湖北作家作品选

（2016—2017）

湖北省作家协会　编

中篇小说卷

（上）

《湖北作家作品选（2016—2017）》编委会

主　任：朱训集　李修文

委　员（按姓氏笔划为序）：

艾晶晶　叶立文　田　天　刘川鄂　江清和　阳　燕

李鲁平　何子英　沈小群　张执浩　周新民　耿瑞华

晓　苏　高晓晖　曹军庆　梁必文　韩永明　蔡家园

序　言

李修文

《湖北作家作品选（2016—2017）》经过各分卷主编、编委的努力，作品的征集、评选、编辑工作已经完成。这项工作是新一届主席团响应省委号召，坚持问题导向、转变职能，坚持服务基层、服务作家，坚持延伸工作手臂、扩大工作覆盖，推动湖北文学事业不断繁荣发展的一项重要举措，同时，也是对湖北文学创作的一次慎重的回顾和审视。

在工作启动之初，省作协制订了工作方案，组成了各分卷编委会，专门召开了编选工作座谈会，广泛听取作家、诗人、评论家、出版机构负责人、资深文学编辑等的建议，并向社会公布了征稿邮箱。征稿截止后，各分卷编委对收集的稿件做了大量细致的工作，核实作者信息、作品原发报刊、发表时间、作品字数，等等。在各分卷编委初选的基础上，省作协组织专家对初选篇目进行了评审，最终确定了入选篇目。

《湖北作家作品选（2016—2017）》分为中篇小说（上、下）、短篇小说、散文、文学评论、诗歌五卷，入选作品均为2016到2017年在省级以上报刊公开发表的作品。中篇小说卷和短篇小说卷分别选编了12位作家的中篇小说和16位作家的短篇小说，其中新人的作品超过三分之一，不少作品曾经被各种选刊转载，产生过较大的影响。值得一提的是，一些青年作家和文学新秀的作品，既继承了湖北小说创作关注现实的传统，又从题材、语言和叙述方式各方面散发出探索和创新的勇气，丰富了湖北小说的艺术气质和艺术风格。散文卷收入了37位作者的作品。散文写作历来就有广泛的群众基础，散文的发表阵地相对小说而言更多，而且散文文体在改革开放四十年的文学发展中也有许多新的变化，因此散文选本的选编并不容易。入选散文卷的作品，无论是写人还是写事，无论是写都市、乡村还是写历史、社会风情，无论是写日常生活、命运轨迹还是人生感怀，总的来说体现出了湖北作家开阔的视野、敏感的体悟以及充盈的文学情怀，尤其是其中有大量的篇章是对乡村、乡愁的书写，对现代化进程中乡村现实与未来的思考，对乡村振兴的关注，凸显了作家拥抱时代的真挚和真诚。文学评论卷收录了 29 篇评论文章，所研究或评论的不一定是本省的作家或其作品，既有宏观分析当代文学现象或思潮的，也有纯粹的文艺理论探索，当然大多数是对本地、本省作家作品的评论和分析。入选文学评论卷的很多作者也不是职业的评论家，而是作家、文学组织工作者或业余评论工作者，充分体现了湖北评论工作全方位、多层次的立体工作格局。诗歌卷覆盖的作者面更广，有 167 位诗人的作品入选，基本上涵盖了湖北各地诗歌创作的骨干，是湖北诗歌创作实力和阵容的一次集体亮相。

应该说，这一套作品选在作者的构成、作品的质量、覆盖的广度等方面基本体现了湖北中短篇小说、诗歌、散文、文学评论创作两年来的实际情况。尽管这项编选工作并不完美，对湖北文学创作的反映不一定精准，但它是我们以正派诚实之心与作家交往、尊重文学的本质和规律、贴进湖北文学现场迈出的一步。我们会及时呼应作家和文学的要求，一步一步踏出坚实的脚印。

目　录

慈悲刀	朱朝敏／1
落雁岛	曹军庆／34
小相山	欧　曼／71
包工头余从众之死	刘益善／107
乘滑轮车远去	宋离人／140
无边无岸的高楼	韩永明／176

世界在谎言中变残

只等最后慈悲一刀

——凯尔泰斯

慈 悲 刀

朱朝敏

1

练完刀,照例要留下来喝喝茶,茶室一般不要室内的,而是选择后院的竹林。出刀馆后门到竹林,要过一方池塘,那池塘……睡莲正红黄白地绽放,池塘上的木板桥十来步吧,敏感得很,脚一踏上就会嘎吱作响,而桥头的亭台楼榭寂寂矗立,倒也不失古旧味道。竹林在池塘靠右后方,因高出的坡地舒展出满目葱茏。

起先,只有萧谷声和于师傅两人,围青石圆桌而坐。黄昏时分,竹林把夕阳筛出铜钱似的光斑。风起,桌凳、身体和地面游弋着森森细细的静美。服务员送来干毛巾,又返回送来沏好的芽茶。一身汗水后,就着竹林晚风,一壶水茛司水仙春毫正好。两人端着茶杯,拿眼闲望或者半闭,任石桌与地上的光影逐渐沉重。一壶芽茶见底时,于师傅套好月白对襟布衫,问句:"还喝吗?""够了,今儿比昨天有长进不?"萧谷声边搭话边手抓白色练功服站起来告辞。"勤勉不懈,萧总的慈悲刀法不远了。"于师傅不紧不慢的声音颇配外形。虽早过不惑之年,身形却挺拔俊秀,看上去而立年纪。返回过池塘,下桥头,于师傅弓身,做了个请的姿势。萧谷声笑笑,上台阶,闪身馆内,跟随迎上来的服务生去换衣服,再告辞,于师傅拱手送别。这套程序,于师傅从未因为时间久而省略。萧谷声也慢慢习惯了。

后来,罗子仪律师加了进来。练完刀法后,竹林茶事无形延长了时间。虽也闲散，但一壶茶变成了两壶茶，唠嗑免不了。男人的唠嗑尽是家国大事。而家国大事从竹林一隅议论开来，似被束缚了手脚，萧谷声不免感叹："于师傅刀馆不错，但相应的配套没跟上，譬如这后院……"罗律师嗯嗯跟着附和。于师傅眯起一双细长眼睛只是笑，有几分妩媚，而眼角折叠的细纹，在细白的皮肤勾勒出明净长空中的秋树剪影。这淘沥岁月风沙后的干净笑法，令萧谷声的眼睛总是不由流连。

不用解释，这刀馆是于师傅父亲留下来的，空间大小早在父辈那里定局。于师傅的笑自有几分无奈。大家不是不懂。罗律师手指竹林右后方，眼睛却盯着萧谷声，刚好满满地迎接上那金黄的夕照。"这居民区竹林多，名叫竹林巷，有十来个巷道，脏乱一团糟，又在郊区，咱们江城正在冲刺全国百强城市，听说要对竹林巷搬迁开发了。开发，还少得了你们萧氏房地产？呵呵，拿块地出来，帮于师傅修建刀馆——或者，你俩合伙发展健身休闲业。"

罗律师的话听着有些刺耳，却是实情。因为共知的实情，由江城大律师，特别是萧氏集团公司特聘律师的嘴巴吐出，又似有遥远的奉承之意。萧谷声没吱声。尽管他很少参与萧家的地产生意，在萧家无甚地位，可毕竟是萧天林唯一的儿子。萧谷声的眼睛刚好撞上罗子仪那灌注了夕阳金黄色彩的目光，上下眼睑不由闭合，随即，又向罗律师瞪大双眼，然而，罗律师垂首细细抿茶，竟不接他的视线。

于师傅又眯起细长眼，伸手去摘一枚青绿竹叶。竹叶什么时候落的？竟落在萧谷声的头发上。于师傅手捻青绿竹叶，舍不得丢弃，把竹叶轻放在石桌上，然后转身，端起茶壶给茶杯续茶。"萧总的刀法，今儿有长进。"还是慢条斯理的声音，但因为倾斜了<u>丝丝笑意</u>，萧谷声感觉到这夸赞声音的诚恳。

"于师傅，我呢？我的刀法……"罗律师孩子般仰起脑袋追问。

"这刀法看似练刀功内功，实则练性情，最忌求急，罗律师悟性好，假以时日，肯定会大功告成。"于师傅的话委婉不失中肯。罗律师频频颔首。萧谷声清楚，于师傅这番话，适用于每个未满一年的习刀者。慈悲刀是刀法，又不尽是刀法，要做到人刀合一，可不是朝夕便能蹴就的，最最需要的是时间。这不，萧谷声习刀已近两年，于师傅今天才主动赞扬刀法有长进。

罗子仪告辞后，萧谷声留下来又坐了一会儿。初秋燥热，萧谷声近来在竹林消闲的时间比夏日长了些，看天光散尽月上林梢，连接好几天，萧谷声都是顶着皎洁的月光离开刀馆，然后到江边寻一家汤馆宵夜，再慢悠悠地荡回去。他不是回家，而是回到公司……他没事做，但是车轮总带领他回到那新建在开发区的集团公司总部。董事长和老总办公楼分别在四楼和五楼，办公室兼带休息室，办公休闲均可，但此时他肯定不是去办公，那么他是去休息的吗？自问后，他苦笑。他没上五楼，这几天来，除了第一次爬到四楼遇见推门而出的……然后折返，他就没再准备上楼，以后几天，人待在车里，车隐身在桂花树下，眼睛却紧盯四楼。

那灯光明晃晃地扎眼，他感觉到毫不避讳的蛮横。

2

盂兰盆节马上来了。萧谷声并不知道盂兰盆节是什么，但在喝完茶换好衣服离开刀馆时，于师傅说，今年盂兰盆节刚好对上了周末。他是无意咕哝的，还是……萧谷声转身，恰好，罗律师补充说，就是鬼节，晚上要给先人放河灯。

鬼节，萧谷声知道，就是农村的过月半，出嫁的姑娘回娘家，给过世的亲人烧纸放灯，但于师傅……萧谷声想起于师傅的感叹：人的命躲不过心结两个字，心结嘛，无外乎生老病死，而生不可捉摸，死却可以告慰。于师傅说这话时，还询问萧谷声："是不是？"萧谷声觉得对极，觉察到于师傅询问中的悲戚，慷慨许诺："以后告慰走路的，我们可以一起。"

他朝于师傅点头。这个周末没事。就是上班，他也可以没事。以房地产生意为主业的萧氏集团，他萧谷声反正就是赋闲的挂名的，但仍是萧总。也许被人嘲笑稀脓包，那又怎么样？他是萧家产业的唯一继承人，这是无法更改的事实。自然，他有权利去消费一个大亨不可缺少的消费，比如时间。

第二天惬意的午觉后，萧谷声开车来刀馆，接上于师傅，朝于师傅的家乡奔去。一个时辰即到。于师傅身着半长月白布衫，提一篮子的祭品，朝西边山林走去。他的祖父母和父母，还有哥妹叔伯一大家人，均葬于山林。

向晚的山林在天幕拢出莽苍。风摇树摆，阴寒气氤氲荡漾。两人一前一后，进山林，过沟穿溪，再拐上一片坡地。一只黑动物嗖地蹿过，留下闪电般的身影。萧谷声猜想是黑猫，于师傅纠正说是黑兔或者野鸡。萧谷声哦了声，却又质疑："为什么是黑色的——兔子不是白色的多吗？野鸡不是彩色的多吗？""黑色动物个性敏感行动迅捷。"于师傅边回答边加紧步伐。

萧谷声停下来，吁吁喘气。"喏，你休息，我去去就来。"于师傅独自朝一片坟茔走去，许久，他提着空篮子出来。两人晃荡出山林，一路无话。看于师傅蹀躞恍惚的样子，萧谷声猜想，于师傅不仅烧了纸钱燃起灯笼，还说了许多话，这些话也许掏尽了于师傅此时的心胸吧……

山风穿过身体，鼓舞起大小鸽子。萧谷声打破了沉寂："河灯呢，不放了？"

"已经放了。"

"哦，那里还有河流？"萧谷声万分诧异。

"没河流，但那里有水槽，点上莲花灯，灯亮了，路也就通了。"于师傅转身，眯起细长眼睛，却不是笑，而是疲倦地回望，但他的感谢没有萎缩半点水分。"劳驾你还陪我来这里，真是我的福分。"

"客气了。"萧谷声上车，发动引擎返回。于师傅道："晚上不祭奠老去的亲人？我也可以陪你的。"

萧谷声摇头："上午已到祖父母的墓地拜祭……喏，难得你有空，干脆咱们去找地方坐坐。"

"明天如何？今天总归是盂兰盆节……他们的节日……"

"他们？难道你还要回去为他们念经……"萧谷声被自己的想法逗笑了。马上又抿上嘴巴，把笑声扼杀在半路。然而，于师傅的耳朵还是捕捉到那些残骸。轻薄的残骸，在于师傅连续耸动鼻子的嘶嘶声中死灰复燃，连萧谷声都看见它们快要活过来的尸体。他偏过肥阔的脑袋，朝端坐在后面的于师傅抱歉一笑。

"你说说，宿命是什么玩意？唉，我祖上的老房子在一次暴雨中坍塌，祖母和太祖母两个老人，还有我叔叔都被埋在房屋里……"

"这……"萧谷声吐出一个字，没有话再能接上。

于师傅却下了狠心，要吐完他的心结："这还不算，我父亲开的刀馆又坍塌……还是半夜三更，毫无防备啊，那年我在外地寄宿读书，但我父母和哥哥妹妹……"

嘎，吱。萧谷声把车停在路旁，递给于师傅一支烟。于师傅不抽烟，却也接过，在后面吞云吐雾，接着剧烈咳嗽。萧谷声把吸了一半的烟弹出窗外，然后转身，郑重地道："刀馆真的是局促，后院也小家子气，我保证两年内让慈悲刀馆变成江城的集健身与休闲的首选去处。我只是入股休闲部分，意思而已，因为我懒得操心，每年坐等你给我分红即可。"轰隆隆的引擎声中，萧谷声又道："唔，你刚才为何肯定那黑东西就不是黑猫？"

"猫过于狡猾，对人间生活早学会了阳奉阴违，这也是猫多为杂色和白色的缘故。"于师傅的解释让萧谷声将信将疑。

3

要把慈悲刀馆后面的地盘扩大，须促成竹林巷搬迁而搞房地产开发。开发不是问题，所有江城房地产开发离不了江城市房地产大鳄萧天林。而居民搬迁，律师罗子仪的消息绝对可靠，但要促成立马实施的现实，固然找书记可靠，可除了书记，老婆王小鱼也行，她是江城发改局的一把手，还是江城政界红人，有可能在明年换届时上任副市长。当然萧天林更没有问题，可是……萧谷声皱眉，极力平息心中翻涌的浪潮。就找王小鱼。

萧谷声晚饭后回家等王小鱼。她去护肤了，周六晚雷打不动的固定节目。他先是闲躺在沙发上，后来，烧矿泉水泡上金骏眉。本来，他喝绿茶红茶无所谓，可王小鱼爱红茶。也许是为表达诚心，也许就是缓和下气氛。但绝对不是讨好。因为她喜欢红茶，而他又泡上了金骏眉，就是讨好？笑话。他是讨好过她，但结婚半年后，他就屏蔽了讨好王小鱼的一切表情、动作和想法。

第一杯茶水减至一半时，王小鱼一身香气地回来了。

续水，沏茶，茶香袅袅。王小鱼愣在原地，显然不大适应这突然的热情。但她的手接过萧谷声递来的陶瓷杯，人就茶叶一样醒来，顿时脸色红润笑意盎然，眼睛亮晶晶地看来……那个眼睛黑白异常分明的女孩子，转过了脸，抬起头颅，露出清傲的微笑……他有些恍惚。女人不该成熟。萧谷声脑海刚冒出的想法，瞬间就遭受自嘲否定。抬手指指王小鱼对面的藤椅，他要说事情了。

很简单。他急需郊区竹林巷那块地，也不全要，只要其中一小部分而已，大致六百平方米吧，根本不是难事。"你自己要做休闲项目？"王小鱼与其说是精明，不如说是已经习惯萧谷声的懒散和无为，她诧异地问道。

"这你别管，反正到时候我会挣钱，有了属于自己的正经事情。"萧谷声晃荡着二郎腿，口气开始不耐烦。王小鱼拿眼看萧谷声，无声笑笑。

"看来，你是拒绝我了，当然你有拒绝的权利。"萧谷声放下二郎腿，站起来。

"难得你找我……说正经事，但我满脑子都是明天的事，明天我要去医院看医生，明天回答你，好吗？"王小鱼跟着站起来，睁大了双眼盯着萧谷声。那双眼睛还是那样黑白分明，却充满了期待，不，不是期待，而是乞求。

难道她疾病在身？也许。但这与他提出的事情有何矛盾？他气呼呼地，但他的气呼呼在王小鱼黑白分明的眼睛注视下顿起又顿失。她若真是生了病，再为她安上交换的世俗病，也大失地道了。萧谷声点头："明天，明天晚上我们再谈谈。"

第二天下午，萧谷声接到王小鱼的电话，要他来医院。"医院？你身体……"电话那边静默无声。萧谷声喂喂喊王小鱼："问你呢，说话啊……"那边还是静默，他准备挂电话。王小鱼又说话了，先是轻笑，被电流传来，有些凝滞，辨不清色彩，却颇震撼，让萧谷声竖起了耳朵："你昨晚说的事……你真想去做，没问题。"

有些意外。她这个时候答应了他，难道她的身体……萧谷声眼前再次闪过一双黑白异常分明的眸子，那双眸子曾掏空他心胸，现在还残留余威。他唔了声，口齿不清地交代王小鱼别动，他马上赶来医院。汽车刚发动，王小鱼又打来电话，她已离开了医院。"晚上，我请你吃大虾……"想到王小鱼身体可能有恙，萧谷声又改口："我请你喝鲍鱼粥去。"

鲍鱼粥和天香冰果酒很合王小鱼的胃口，她吃一口粥喝一口冰果酒，两颊绯红。她的舌头与胃口保持一致的兴头，边吃喝边津津乐道一些话题。要说这些年来，两人走的路不同，又有隔膜，一致的话题很有限。但毕竟是高中同学，王小鱼很快捡起现成的话题。"这家粥铺老板就是高中同学，林亚洲，还记得不？高中读书时老是打打杀杀的，一身匪气。可人家出息了，不过出息有波折，先是倒卖药品，后来听说控制了江城黑道，黑道嘛，打杀在其次，关键是……"王小鱼的脑袋朝前递来，双眼神秘地望下包厢门口，又借口支走了服务员。

"不就是贩毒嘛。"萧谷声接话。王小鱼刚从医院出来，还能这样有兴致，他就尽量附和，维持她的兴致吧，甚至还可以推波助澜下。而她说到的林亚洲——就算不是同学，现在也是江城风云人物，他能不知？

"人家洗手了，开起连锁粥铺，还经营起养生文化产业，是我们江城纳税大户之一，最近还选上了人大代表，算是全洗红了。"

"虚名。"萧谷声摇头，不置可否。

"还有混得更好的，那个三九寒冬都没有袜子穿，名叫王传华的，还有印象不……也是，他高二读了不到一个月就转走了，当时你是富家公子，不关注民生疾苦，可能没有印象。"王小鱼见提醒毫无效果，便将叙述细节化："王传华，双眼隔得远远的，而眉梢呈现倒八字，那长相够恶霸的，当时，他父母都出了车祸，他舅舅领养了他，他舅舅在哪？"王小鱼喂进嘴巴一勺子粥，抬眼看萧谷声。

萧谷声摇头。他真没有一点印象。

"美国。人家先转到省城学了英语，后来去了美国……"王小鱼吞掉杯中最后一口冰酒，继续说，"王传华继承了他舅舅一大笔遗产，可发达了，听说现在是休斯敦华人商会会长，这不，响应'记住乡愁，报效故土'的号召，去年回江城考察，看中了一块地，几个月前又回来投资，准备在江城开发虾制品。"

"哪里……莫非是郊区竹林巷？"

"聪明，你那事马上会有眉目，如果快，大概年底能到位。"

"你去医院到底什么情况？"

王小鱼似乎没有听见萧谷声的询问，还沉浸在刚才的兴奋中。那货真价实的兴奋，就是一条涨潮的河流，在平凡无奇的时辰一个劲地朝前流淌，翻卷起大小不等的浪花。对面的萧谷声被浪花溅个满身。大概，王小鱼去医院检查，也没什么意外，只不过检查前的身体异常，白要她担心了。

4

洗濯完毕，披条浴巾的萧谷声被王小鱼堵在卫生间。"我怀孕了。"说完，她闪身回到客厅。

萧谷声在卫生间闷了一会儿，跟着回到客厅，窝在沙发里。他不知道该选择哪句话先出口。是该指责她嘲笑她昨天的矫情拿捏——不是矫情，而是当作筹码来交换说事情，太可恶。还是该询问她怀上的是谁的孩子？抑或跳起来臭骂，甚至给她一巴掌，然后命令她打掉肚子里的孽障？这都为人所不齿。但这些想法丝毫不顾及他这个男人可怜的尊严，疯子般地朝着喉咙拥挤，争先恐后地要跳出嘴巴，倾泻他的恶心与愤怒。

然而，一张脸在脑海闪电般扯出明亮的沟壑，拽出一阵剧痛。痛楚就是一面迎着光亮的镜子，刺眼，却要人躲避不了，只能再次看见一个多月前的偶遇……他闭眼，硬生生地切断送上来的镜面，但心中却在怒吼：真不明白真要去求证？要王小鱼亲口说出真相，而后，自己再手足无措地苦恼，或穷凶极恶地去报复？她会说出来吗？也许会，也许不。可这有什么用？她说不说，都不会改变什么，事情已在预料之中。这是根本。剧痛下的他，遭受突然领悟的"根本"这把铁锹的挖掘，狂躁的血液和力气不由垂头丧气，然后消失无踪。

他沉陷在绵软的沙发中，一身赘肉垮下来，淹没了腰际。他悲哀地想到，就是这两天没去慈悲刀馆，赘肉还是不可遏制地漫出。他心中兀地滋生出强烈的愿望：去刀馆练习慈悲刀法。

他站起来，王小鱼也站起来，双眼发亮。"我想留下这个孩子……医生说，我年纪大了，如果拿掉，以后可能再没机会了……"

她还要留下这个孽障……她以为答应了我的要求，就捏住我的软肋，可以为所欲为了。萧谷声刚刚清空的脑袋又被塞进一团破棉絮，乱糟糟沉甸甸的。看来，他从未错看王小鱼，她昨天晚上的话放到今天来摊牌，就是强迫他来接受。

"我昨晚挺矛盾的。"王小鱼猜到了他的想法，但解释空洞无力，倒惹来萧谷声的怒火。萧谷声兀地一伸手，王小鱼倒在地上。她右手捂护肚子，嘴巴一张一合:"你没有心计吗?你不过幸亏昨晚说出,先我说出而已,要是今天晚上呢,你现在提出——你不会不提的,会更加颐指气使,那不是交换是什么?"

"混账逻辑。"萧谷声飞出右脚,却被王小鱼机灵地抱住。"你家暴我,就会遮掩你的想法吗?不会,你自己清楚,你不比我清白多少。"王小鱼爬起来,挡住萧谷声去路。"你根本没有权利在我面前嚣张。"她脸颊拉长,上下嘴唇咬住"没有权利"四个字后再微微松开。

"你不比我清白多少……你还有罪责在身。"王小鱼的嘴角泛起细小的白沫。她的模样很可笑。萧谷声厌恶地皱皱眉,吐出两个字:"滚开。"

"不滚。我要说清楚,反正是要说的。"

这真是疯狂的逻辑。他都不想问不想说了,可这个女人却主动送上门来,要,说,清,楚。她肯定没有疯,相反,一如既往地清醒而理智,否则,她如何从一名高中老师转而从政,再做到发改局一把手,再进军江城市副市长?想快刀斩乱麻?是的。可能吗?

王小鱼显然猜到萧谷声的想法,咧嘴嘶嘶发笑。她笑什么?笑他的无能,还是无知?还是毫无经验?萧谷声倒被那笑挑起斗志,站在原地,眼睛斜睨,一动不动。

"刚才在粥铺说到那些发达的同学,我还没说完咧。有发达的,就有背运的。背运到家的,你能猜到……"王小鱼挑衅地仰起脖子,抬高眉眼,眼白漫上眼眶,又恢复居高临下的姿态。"你肯定忘不了,你不是你父亲那样放得下的人,否则,你早接过他的地产大旗叱咤商场了……你说说,都是同学,当时成绩不分彼此,生活却天壤之别?是命——可她的命,欧阳曼丽的命是谁造成的?"

一个黑罩子兀地蒙来。他眼前一黑,浑身冒汗。汗水黏糊在胸口、双腿和双脚。他几乎看见汗水在汩汩朝下滴淌,脚底被汗水濡湿、淹没。令人窒息的淹没。呼哧声,他吐出一口长气,右手挥向喋喋不休的王小鱼。眼尖的王小鱼退后一大步,他的双手扑空。

"我忘记好多年了,但一份救助名单要我记起,欧阳曼丽还活着,却比死去还难受,她在替谁活受罪……"萧谷声一把拽住面前的王小鱼,再次推倒。歪在地上的王小鱼,嘴巴一点也不松劲。

"欧阳曼丽就住在郊区竹林十一巷十一号。她是生不如死。"

5

第一次在夜晚练习刀法。第一次在刀馆度过通宵。

慈悲刀讲究心境，注重顺其自然，晚上就是休息嘛，休息时间练习刀法，气脉不畅，心境也不平……

于师傅不支持晚上习刀，见萧谷声脸色黑沉，只好住嘴，转身拿出白色练功服。萧谷声拒绝，挑出了纯黑练功服，并声称以后只穿黑色练功服。有服务生赶来，于师傅拦住。服务生退下，于师傅拉上木门。

刀馆亮如白昼。于师傅把背景音乐调小，音箱的唱碟是程派的《锁麟囊》，抑扬错落的声音清晰在耳："……收余恨、免娇嗔，且自新、改性情，休恋逝水，苦海回身，早悟兰因。"萧谷声觉得躁，跑去关掉音响。于师傅呆立一旁，看萧谷声腾挪身姿，左右上下地运刀劈刀，一招一式都透着狠辣劲，干脆闭眼。耳际却划过拨剌剌的声音。

于师傅默然退出刀馆。

外面月色如洗，月半嘛，正是亏损后的修复时段。院子里的月桂和花草笼着白霜似的月色，在地面筛出大小不等的影子，犹如藻荇四横。于师傅绕过刀馆，走到后院，过木桥上竹林。夜风四起，竹林抖动，光影摇曳，初秋气息顿生。坐在石凳上，倦怠中，张嘴打出哈欠。悠长的哈欠带出连绵的唾液，伸手抹了下嘴角，然后，双手交握在石桌上，撑住低伏下来的脑袋。

他睡得并不舒服，一直处于半睡半醒状态。呢喃的秋虫，大概是蛐蛐儿，叫得欢快。也许还有金铃子，喉咙婉转清脆，跟着应和。池塘里的蛙鸣时断时续，初秋了，还有蛙叫，可能是癞蛤蟆，它皮糙肉硬，生命力强，在秋天聒噪不为过。还有夜鸟，比如鹌鹑、谷鸡什么的。一点也不奇怪。这是竹林，又在郊区……后面的巷子，听说要马上拆迁，那时他们会住进新房，而自己的后院呢，也有机会扩大……于师傅感觉脑袋下面的双手在发麻，于是，左右手交换了方位。

脑袋昏沉，似被什么炸裂，疼痛难忍。但飘忽的火星从脑袋蹦出，烧到眼前。火……好端端的房屋，还是一座老房子，徽式建筑，突然着火。噼里啪啦的大火，在黑暗中蔓延出肥厚的大舌头，瞬间，吞掉了房屋、房屋后面的池塘和竹林……接着是毂觫抖动声，再接着是哗剥哗啦声。塌陷，风起云涌。黑色的塌陷中，灰尘与狼烟长出丰腴的身体，淹没了那吐着大舌头的红火，甩出大团大团的泥巴。眼前顷刻一片灰黯，灰色的是灰尘，黑色的是废墟。于师傅胸口发紧。他保持刚才的姿势不动，调匀呼吸，脑袋慢慢地从泥团似的废墟中清醒过来。他再次感觉到双手麻疼。

他站起来，换了一个坐势，屁股坐在石头桌子上。刚才那个可怖的梦要说明什么？其实，除了房子倒塌是事实，通天大火却莫名其妙。房子塌了，祖父他们老家的房屋，还有刀馆曾经的前身，就是塌了，塌成废墟，却与大火无关。于师傅几乎痛恨梦中的通天大火，无由地烧来，那是对他心中多年来的疑问的遮掩，是不负责任的解释。房子为什么都塌了——塌死所有的至亲，这就是谋杀。然而，还在体校读书的自己，什么都不知晓。罪恶尚在，罪人缺席。

于师傅闭上眼睛。肩膀上有一只手轻轻搭上，还有拢来的热量。萧谷声练完了刀法，也信步来到这竹林。剧烈运动后，肯定是热，而散热的最佳选择，除了竹林，暂无其他。

"坐吧，这里好，佛家所说的'无上清凉'，就是此刻。"于师傅跳下石桌，屁股挪到石凳子上面，"我刚才在这里睡了一会儿。"

"哦，那是好觉。"

"说不上好，也不是不好。"于师傅说起刚才那个梦，"没由来的大火，莫名其妙啊。"于师傅摇头，轻声笑笑，眼角细纹折叠出清淡的素描画。

"没事吧。"

"还好，这么多年了，没有梦，我还真忘记了。"

"你追求自然状态……慈悲刀名副其实，以后，这竹林，包括那池塘，还要扩大许多，明年春上应该就有大气候了。"

6

与于师傅分手后，萧谷声又踱出了刀馆。他不想睡，因为毫无睡意，那么即便躺下闭眼，也只是装样子，但如此的装样实际很难受很折磨人。随着放倒的身躯，那些被时光淡化的、记忆中刻意丢弃的往事，还是带有锐利伤痛的往事，似乎找到充足的触点，将很没脸皮地涌将出来。

这不是自讨苦吃？

何况这样的一个夜晚。与王小鱼几乎摊牌的夜晚。

他眼前再次浮现黑白异常分明的眸子，心中不由酸楚。往昔若梦，如今的她被政治铠甲武装，简直不像女人。不，不是正常人。她与人交往，发生的一切关系，都是对正常的反叛。那么，伤害不可避免。他人可以退避三舍。而自己呢，作为她的老公和萧天林的儿子，他别无选择，躲避不了。

但萧谷声又骂了自己。说一个女人伤害自己，等于承认，自己作为男人无用，懦弱无能，甚至就是白痴软蛋。他很沮丧——为这样的想法。

他蜗牛般沉重地、机械地迈出双脚，却走得仓促急切。他的心被那个数字和名字召唤，受到控制般被召唤。他不得不去看看。

十一巷十一号。欧阳曼丽。

巷道七弯八拐，估计年头久远。里面的路灯大多文物般跛残、奄奄一息的模样。不晓得在里面穿行了多久，才在一栋楼房旁看见红色的"9"字，那么十一巷还在里面。他闷着脑袋朝更深处穿行。

巷道肠子般弯拐，道路早被居民搭建的院墙破坏。有夜行人在里面行走，两三辆摩托车擦身而过，也有小轿车慢吞吞地在里面往返。他问手拎纸袋的老人，十一巷在哪里？老人鼓起眼睛上下打量，然后嘿嘿发笑："你不晓得十一巷？喏，往后面走……"老人拉起萧谷声的右臂，带到一个狭窄巷子前，"过去就是。"萧谷声一脚踏入黑咕隆咚的狭窄巷道，转身致谢，发现那个老头紧随其后。"呵呵，同道，我也去十一巷。"

窄巷不长，但里面臭烘烘的。萧谷声难以忍受，几乎是跑跳出来。出来后，老头声音又在后面响起："去哪家？"接着，人跟着闪出。"十号。"萧谷声迟疑下答道。"哦，那边。"老头手指左方，人却一步不停地朝相反方向奔去。

里面的道路，被住户堆放了杂物，泊了车，还有的垒出院子，有的竟围建成小房间。路灯还是有，不过几乎坏了。好歹还有月亮。有些住户在看电视或玩电脑，闪烁的光源漏洒出来，给了夜行人光亮。穿过一间小阁墙，凑近一幢两层楼的门牌前，萧谷声看清楚是"10号"，于是朝旁边的楼房走去。没错，十一号。虽是两层楼房，但第二层楼从中劈开，一半是房间，另一半空空如也，也许是露台。房屋黑暗、安静，又落寞。萧谷声走到窗户前打量。房间透露出丝缕灯光，来自后面房间的灯光，游移，昏黄，沉默。有人住。谁呢？是她，欧阳曼丽吗？

这个名字刚刚闪现，他的胸口似被什么东西蒙住，觉得犯堵。她，欧阳曼丽，腰身以下失去知觉的残疾女孩——啊，现在不是女孩子女学生了，而是中年妇女。她一个人居住？那如何照顾自己？应该还有人。谁照顾她呢？吃喝拉撒全在床上，几十年如一日……不光是身体，还有心理……这样想时，尖利而痛楚的嚎叫——那是欧阳曼丽的绝望，十七岁那年，刚从五楼摔下来时发出的嚎叫——毫无防备地穿透二十多年的光阴，在萧谷声的耳畔再次回响。

令人惊悚的嚎叫，一点也没变。他听见自己的呼吸急促粗重。一颗心也乱蹦乱跳。但他换了个姿势，后退一步，波澜起伏的心胸竟慢慢平静下来。

这是她的命。欧阳曼丽的命。课间时分，那么多的学生倚靠栏杆站着，与同学嬉闹的他偏偏撞到了欧阳曼丽，她的身体飞过了栏杆。这怎么说？是的，学校建筑室外栏杆的高度应该在1.2米才达标，那时，学校的栏杆高度只有1.15米，差达标一点点。这毫无疑问是客观条件。她呢，不好好站着，别人都是正面站在栏杆前，她却偏偏背靠栏杆，还摊开双臂，踮起脚尖，仿佛迎接他的相撞，结果飞出了她自己。问题恰恰就在这里——为什么是她而不是别人？她又为什么背倚栏杆踮起脚尖模拟飞翔状？说到底，这还是命。

认定是命运的启示，萧谷声才有勇气，跟在同学们后面去医院看望欧阳曼丽。但是，"命运感"却遭受动摇，他一从医院回来，径直跑去工地上找到萧天林，劈面就质问："你多年前承包了学校教学楼，而你偷工减料以次充好。"萧天林很吃惊，眼珠快要凸出眼眶，一把拽住儿子，拉到车上。坐到车后座的萧谷声继续指责："学校室外栏杆高度没有达标，导致我的同学从五楼摔下来，摔成残疾人了，她整个下肢都失去了知觉，还有屁股，而她是女生，以后，她一辈子就这样瘫痪在床上，连坐轮椅都没有资格。"他的眼泪出来了，鼻涕跟着跑出，声音从颤抖的喉咙里扭身而出，最后破罐子破摔，干脆不管不顾，悲愤号啕。"你偷工减料就是谋杀，你是靠谋杀起家的……本来应该是我，而她替我飞出栏杆掉到楼下。"

萧天林发动了引擎，飞快加速，驾驶到一个僻静处泊稳，侧过脑袋，暴声训斥儿子："你娘们一样哭什么？真没出息，有你这样跟老子说话的吗……还哭？你又没摔着。"

萧谷声悲愤地哭吼道："你杀了人，你就是罪人。"萧天林瞪着铜铃般的眼珠，挥舞右手打断："放屁，你脑袋想想再说，我们萧家跟她无冤无仇，为何要杀她？那纯粹是意外，我那时建筑的栏杆高度就那标准，那么多的人，为什么就她飞到楼下？她又为什么背倚栏杆踮起脚尖模拟飞翔状？说来是她的命不好，你再瞎说我撕烂你的嘴。"萧天林气急败坏，挥舞着拳头叱责。

是的，萧天林在栏杆高度上偷工减料是事实，而他作为萧天林的儿子，如果没有欧阳曼丽挡着，嬉闹中就会飞出栏杆……难道萧天林要害自己的儿子吗？这就是意外，人算输给天算的意外。萧谷声慢慢安静下来。萧天林瞪着铜铃眼追问："是谁跟你说是我承包的教学楼？"

"谁——你以为就没有人议论啊，我同学们都知道，他们替欧阳曼丽打抱不平，自然要指责我们，特别是我，认为是我害了欧阳曼丽。"萧谷声又开始哭泣。他说的是实话，但也注了水分。并非所有同学都知道并指责了他，只有一个女生。她肯定是听她父亲讲的，她父亲是学校的司机，很多年的司机，学校大小事躲不过她父亲的眼睛。她对萧谷声说："别骚扰我了，我心思在学习上，再说，我不喜欢害人的人。"她说萧谷声害人，并以此拒绝他的爱慕追求。她的眸子黑白异常分明，神情充满了鄙夷。萧谷声当然要问"害人"的罪责何来。

有问就有答。

萧谷声把答案拿来质问他的父亲，不仅出于怜悯愧疚，还因为他的初恋遭受拒绝，被贴上罪责标签的拒绝衍生的耻辱。

可这是他萧谷声能选择的？不能。因为不能，他的询问几乎无效，只能哀哀哭泣，而无助的哭泣中，十七岁少年的心中关于"命运"的无奈感定型。强烈的命运感，一旦生根，就会不管不顾地成长。一棵树的形状。一丛草的形状。不经意地消解一些东西，比如疼痛，比如愤怒，比如尊严。这些都很要命——如果缺乏了命运感。

幸好，有命运感。他会宽慰：都是命啊。

欧阳曼丽，这是命啊。就在他嘴巴吐出一口长气时，一楼的铁门打开了。一个身穿吊带背心的女人走了出来。

7

"嗨，进来坐坐。"

扬着笑脸招呼的女人很丰腴，昏暗中，面目不甚清晰。但那油腻的声音，还有满脸殷勤的笑容，笑容下挤在一块的皮肉，均暴露了女人不再年轻。

萧谷声陡然明白了刚才那个老头子的笑，原来是把自己当成了寻春的男人。

女人见萧谷声愣怔在原地，竟扭着身躯上来，拉住萧谷声的右手。"很周到的，保证你满意。"女人近乎呢喃的声音沙哑又甜腻，而右手却暗地里使劲，竟拽动了萧谷声。萧谷声不耐烦了，欲挣开女人。但女人已经贴过来她丰满的身体，章鱼一般，要萧谷声甩开不得，相反越挣越紧。萧谷声心中断然决定，女人要的不过是钱，给她就是。

"放下，好说。"萧谷声低声说道。女人松开双手和身体。

萧谷声的右手刚放入裤子口袋，心中顿时紧张。他不仅没带钱夹，连手机都没带。女人看出他的窘态，又贴上来。萧谷声退跳一大步，右手伸出，做出一个制止的手势。"我是来找人的，你别没脸皮地赖上来……"萧谷声看见女人准备扑上来，又退后，急忙道，"别，别，我不想惹你，你不信，可以跟我去前面的慈悲刀馆去拿钱。"

萧谷声转身就跑。

他一身汗水，在巷子里胡乱转悠，没头苍蝇一般。回头几次，还好，那女人没有跟来。他却无法放松自己，心急火燎地，凭借来时的记忆，往回去的方向转。好歹是回路，总算把那纹理纵横的巷子抛在身后。

回到刀馆，洗澡，静坐了一会儿，凌晨时分，倒在床上。上午九点多钟，萧谷声起床，刚洗漱完，于师傅来喊他去吃早餐。他很惊讶，于师傅怎么知道他醒来？于师傅眯着细长眼睛微笑，也不说话。早餐时，于师傅在一旁也不走，看着他用餐。于师傅恪守作息时间，早餐自然在八点钟以前解决。但他待一旁……萧谷声用完早餐，又喝了早茶，眼睛看向微笑的于师傅："还要去哪里？"

"去我书房吧，罗律师来了。"

罗子仪和自己练习刀法的时间不是固定在傍晚吗？他上午找于师傅……于师傅又带自己上书房……快到书房门口的萧谷声刹住脚，朗声喊道："去竹林吧，那里好说话。"径自转身，哒哒奔向竹林。

罗律师提个公文包跟来。于师傅也跟来。随后的服务员提来茶具和瓷水壶。

"萧总果真在刀馆啊，还是于师傅请……"于师傅眯起细长眼睛摆手，慢悠着声音打断："我自己开刀馆，谋口饭吃，发不了财，就是图个自在，不存在请谁谁。你代表萧天林寻上刀馆，说要买下我这地方，刚好谷声在这里，不妨一起谈谈。"

萧天林要买下于师傅这地方？王小鱼这个女人都给萧天林说了什么啊。

一时激怒的萧谷声拨响萧天林的手机。他听见自己的蛮横从嘴巴里吐出，并扭成粗暴的绳索，直接甩向手机那面的萧天林。"我就在慈悲刀馆，遇到了罗子仪，说是你准备把买下刀馆这块地……哦，你给我买的？哈哈。我还以为你另外有了儿子，准备把这块地盘作为见面礼的……我的态度很明确，刀馆主人是我朋友，他的意见就是我的意见，而且刀馆面积要在以前基础上扩两倍。"

萧谷声刚刚结束通话。罗律师的手机响了。一番嗯哼后，罗律师一声"好的"也结束了通话。他放下手机，朗声一笑，端起茶杯吞下一口茶水，再站起来拱手告辞："滚滚红尘，难得两位明心见性，萧董也为你们感动……"萧谷声猛地扬起右手挥舞："你走吧，没你的事了。"

罗律师夹起公文包，边退边说："到底是萧总体贴人，萧总的事情忙完了，我还要忙萧董的事。"

于师傅拿眼看萧谷声，想说什么，嘴唇却没有动。萧谷声闭眼坐一会儿，也站起来走人。他还要去十一巷十一号。那个地方在晚上有些吓人。白天肯定不会。再说，他还是一个大男人，这次带了手机，还带了钱夹。没有问题的。

很顺利，他来到了十一巷十一号。从于师傅的刀馆到这里，不过二十来分钟的路程。而昨天晚上，来回转悠了起码有两个多小时。

8

铁门敞开，又遇见昨天那个女人。她正在换鞋子准备出门，看见门口矗立着黑塔一般的萧谷声，愣了下，随即招呼："你好，你找谁？"女人果然不年轻了，皮肤倒是白皙，但眼角皱纹细密繁芜，直直看来的眼睛发黄干涩。她的穿着……时尚，但廉价而低俗。但女人，与昨天晚上贴上来的女人，明显不同。她不再嚣张，也不再风骚。在萧谷声的打量中，她有些手足无措，甚至胆怯心虚。是的，她以为，因为昨天晚上的冒犯，人家找上门来了。

"你是房主？"萧谷声打破此时的尴尬。他不想给女人造成错觉。一点也不想。因为女人的惊恐已充分告知，她不过是为了生活，那么，昨天晚上的嚣张与风骚，谈不上冒犯和骚扰。关键是，她就住在十一巷十一号。

她——欧阳曼丽，她们不可能没有关系。萧谷声朝女人露出友善的笑容："你是这屋子的房主？"

"你是来租住房子的……"女人马上恢复热情，快言快语地喊道："曼丽，曼丽，有人要租你家房子……"萧谷声慌忙摆手，制止女人的呼喊："别，别，我不是租房的，就是随便问下。"

"很便宜，她一个人住，我是照顾她的护工，上面二楼全都空着，真的很划算……"女人说到这里，见萧谷声双手还在摆动，嘴巴重复着"我不租"，于是哦了一声恍悟道："你不是来租房子的，你昨天晚上来……现在也找来……做什么呢？"

他来做什么？是来找人的，找欧阳曼丽，但他不能说。就在嘴唇嚅动间，房屋后面传来沉滞的喊声："玉秀姐姐，你带客人到我房间来面谈。"

是她，欧阳曼丽？恍惚中，他极力回想她以前的声音，但能想起什么呢？脑海里关于她的所有记忆都是那一声刀子般锐利的尖叫。她以前的声音，现在的声音，两极似的不搭界。而刚才的喊叫足以显露，她躺在床上，声喉明显被抑制，还是长期受到抑制。

"进来吧，我身体不方便……"欧阳曼丽提高了声调。

萧谷声本想告辞，但双脚不听使唤，迈进铁门。

名叫玉秀的女人脸上堆满了笑容，伸出右手指后面。原来，后面还有院子。"来，跟我来……曼丽啊，来客人了。"玉秀跟上来，右脚在地上拖动，她竟是个瘸子，而昨晚丝毫没注意到。

后院局促，但搭建起来的院子收拾得干净，旁边垒出一间小平房。平房周围就是院墙，里面种植蔬菜，辣椒、茄子、苦瓜正在收尾，鲜艳颜色衬托出初秋的丰盛。

萧谷声掀开门帘，双脚在房门前停下。床铺靠窗，绾在半空的粉红蚊帐正好吊在床铺正中。身着睡衣的欧阳曼丽躺在床上，身上搭床薄盖单，两个膀子外露于盖单上。盖单刚好搭至胸脯。而睡衣宽大了，也许就是领口低，两个饱满圆实的乳房露出小半截。白皙若瓷的肤色异常晃眼。萧谷声不由眨巴下眼睛。欧阳曼丽在枕头上稍稍抬起一张肿胖的白脸，又晃了下萧谷声的眼睛。

房间味道不好闻，那浓烈刺鼻的气味一个劲地朝鼻子钻。花露水与痱子粉混合的味道，不止……还有一股腥臭味。

"坐，坐下谈。"玉秀拉过旁边的凳子。

萧谷声坐下，眼睛盯着那张过于白胖的脸，想从记忆深处扒拉出蛛丝马迹。心中又充满矛盾，既想找到，又不希望。矛盾根本就是徒劳，瞬间瓦解。正如欧阳曼丽看自己，她扫来的目光热情又胆怯。那既是孤独人对外界造访的渴望，还有因为缺陷衍生出的自卑。岁月无敌呵。他无声笑笑，然后问："你就是房主？"

欧阳曼丽嗯了声，又道："我和玉秀姐姐只住一楼，你租的话，二楼就是你一个人的，房间很大，那个露台你可以装饰成露天休闲场地。"说到这里，她露出了一个笑容，满口牙齿露出，而门牙缝里夹着的青菜叶异常显眼，她似乎为自己的想法而得意。

这天真到无畏的笑容……萧谷声的心跳突然加快，不由跟着点头。欧阳曼丽声音大了起来："你放心，我只按一间房屋的标准计价，这样划算的事情在整个江城也找不到第二家，算你走运，而且你若有兴趣，还可以在我们院子里摘菜吃，不打农药不施化肥的，哪里找去？"

"哈哈。"萧谷声被逗笑了。这绝对不是敷衍的笑，而是来自他心中真诚的笑。要不，他瞬间怎么会有被清风穿透的感觉？

"呵，哈哈。"欧阳曼丽也跟着笑，笑完后，追问："这么说，你要租下啦。"萧谷声站起来，双手搓在一块儿："这样吧，我先上二楼参观下再议。"欧阳曼丽很有信心，吩咐玉秀带客人上楼，并信誓旦旦："二楼虽然一直没有人住，但我要玉秀姐姐每天打扫，保证你觉得舒服。"

这个身体有严重缺陷的女子，却并不令人讨厌。让人宽慰的是，她一点也没想起他是谁，连这样的打算都没有。尽管告别时，她神秘地闪闪眼睑："噢，这里自在逍遥，可以做你想要做的事情。"他觉得好笑，也只是一个成年人看破孩子故弄玄虚的笑意，却并不说出。双方遗留温暖，而温暖……流水般漫涌来，他拒绝就是虚伪。他慷慨地拿出两千元钞票,递到欧阳曼丽的手中,说是预付的,等收拾完行李就搬过来。他刚转身跨出房间,欧阳曼丽喊道:"先生……您贵姓?能否留下一个联系方式。"

她的语调开始有点迟疑,喊完"先生"后又急迫起来。他的心跳陡然加速,艰难地转身。不可能,不可能认出他的。而完全不认出——似乎也不可能。旁边的玉秀也跟着嚷嚷起哄,要求他留下联系方式。手机正好响起,一声大一声的音乐响噪,救场一般。是王小鱼的电话,通知他下午和刀馆主人一起找萧天林签合同。他接听完电话,缓口气,嘴巴朝房间里的曼丽说道:"我姓于,就在你们巷子前面的刀馆上班,你们放心,我已经租下了,那两千元就是这个月的租金,我明天或者后天就会搬过来。"

9

萧谷声带于师傅去集团公司总部四楼找萧天林,并非当天下午,而是第二天上午。王小鱼也不在场,但她的气息分明就在场,连从未见过王小鱼的于师傅也能轻易嗅到。

进门后,萧谷声省略了所有客套,左右脚交叉站定门口,双臂环抱胸前,径直问:"她都跟你说了吧?"显然,这语调不是发问,虽然"吧"字拖出询问的语气,但吐气沉滞凝重,还有不耐烦。

就座在老板桌后面一直垂着眼睑的萧天林抬头,又瞪出铜铃似的眼珠,扫了萧谷声一眼,眼珠飞快转到于师傅身上。

于师傅笑笑,走上前,靠近阔大厚实的老板桌,主动伸手相握,寒暄。萧谷声就那样站着,歪着黑塔似的身体,嬉笑着脸庞插科打诨:"这是我老子,生养我这坨肉身的老子,我呢,是他法律上明确身份的唯一儿子。"

萧天林丢来一个凌厉的目光,很快,又垂下眼睑。于师傅双手呈上名片,然后拱起双手感谢萧董。

"我还没有要你签合同,你感谢什么?"萧天林的语气干巴巴的,但霸气明显。于师傅措手不及,僵立在原地,须臾,又眯起细长眼睛微笑:"慈悲刀馆是祖上传业,到我手中,不敢说有多大本事发扬光大,但能够维系祖居……"萧天林冷着声音插话打断:"换一个地方开刀馆不一样吗?说不准你还真就发扬光大了。"

于师傅默然。

"哦，你这萧董横行地产多年，恐怕不会不知道，破坏风水是房产大忌，你命令人家搬迁祖上老屋，要我看来就是断子绝孙之举。"萧谷声移动脚步，一屁股跌坐到真皮沙发上。

于师傅惊愕地瞪眼，看向嬉皮笑脸的萧谷声，又轻声制止："萧总别乱说。"萧谷声脱掉鞋子，双脚抬到茶几上，嘴巴嗯哼着，挑衅地叼上一支香烟，却并不点燃。香烟笔直地黏在他的下唇上。

"看来，你们关系真不错，好吧，就算送你们的。"萧天林抬起眼睛，招手。旁边的秘书出门引来罗律师。罗律师眼睛扫过萧谷声和于师傅，笑嘻嘻地递出合同。于师傅接过。

于师傅不由吃惊。划过来的土地面积竟然翻了倍，他与萧谷声合股，但萧谷声只有其中百分之三十的股份。他又看了遍，终究没有落下一个字，递给萧谷声。萧谷声接过，上下瞟了眼，又扔回来："没错，于师傅你就签了吧。"

罗律师拍拍屁股，准备走人，并跟于师傅请假，说下午他要出差去外地，大约一个星期才回来，就不来刀馆了，请于师傅准假。

垂眼默然的萧天林转动大班椅，又丢来干巴巴的话："这刀馆生意看来不错。"萧谷声收回茶几上的双脚，站起来，吐掉唇上的香烟，伸出右手朝于师傅打个响指，准备离开。

于师傅上前一步，再次拱手感谢萧天林。瘫坐于大班椅中的萧天林若有所思，点点脑袋，语气充满了老人的慈祥："好好经营，这样的刀馆估计在全省也屈指可数。"

"与你没关系。"到门口的萧谷声猛地转身。

"狗脾气……喏，你媳妇怀孕了，你好生在家陪陪她，别整天在外面晃荡。"萧天林可能忍不住了，从老板桌后面微微探出上半身，马上又躺回椅背上。

"哦，她倒真是都跟你说了，看在你今天爽快的分上，你请我陪陪她，我可以考虑。"萧谷声走回老板桌前。两个人隔着老板桌相峙对望。萧天林挥挥手："你走吧，我要忙了，没时间跟你瞎扯。"

于师傅问萧谷声："你媳妇现在很有实权？"

"想必你也了解。"

"我孤陋寡闻，也不关心这些……但你刚才跟你父亲说话……嗨，练了一年多的慈悲刀，可别白费了功夫。"于师傅伸手，拍拍萧谷声的肩膀。

"他这样的老子，我还毕恭毕敬？你未必没听出什么……再说，我也没把你当外人。"

于师傅的右手滑下来，触到萧谷声的左手，握握后放下。

路上遇见卖水果的，于师傅买下紫黑葡萄和新鲜花生，硬是塞到萧谷声的车中，说是有益于养胎，要萧谷声给他媳妇带回家。萧谷声丢进车后座。

"两口子多大矛盾，都比不过新生命来到世上。"于师傅想了想，安慰道。

萧谷声爬进车，发动引擎。于师傅在旁边还没走。萧谷声探出脑袋："你在表达你的谢意吗？很遗憾，你这份表达完全错误。"说着，他收回脑袋，脚踏油门，车子滑过于师傅。后视镜中，于师傅还保持刚才的站姿。

中午，萧谷声顺手把礼物带回了家，再出门，几乎忘记这档子事情。而确定怀孕后的王小鱼，坚持在家吃饭，下班后回家看见果盘里的葡萄和花生，兴奋了，拿起手机邀请萧谷声回家共进晚餐。萧谷声刚练完慈悲刀，正在竹林里与于师傅两人默坐消闲。萧谷声想拒绝，犹豫一番，还是答应了，有些话必须说。

王小鱼套着厨服，头戴一顶帽子忙进忙出。她并非因为长年累月远离庖厨而手艺生疏，相反，手脚麻利得令他吃惊。几乎就在他躺在沙发上看完一篇千字鸡汤文章的时间，饭桌上已经摆出四菜一汤。王小鱼殷勤地拿出红酒，给萧谷声斟上。她自己倒了白开水助兴，边吃边谈："关于郊区竹林巷搬迁，政府已经下文，任务到人，马上展开，东部靠江边的新区就是安置房，前年就动工了，年底他们就能搬进去，动作快吧……还是王传华同学能耐大，而那十一巷十一号的欧阳曼丽运气来了……"王小鱼吞进一勺蛋汤，拿纸巾抹抹嘴巴，"除了给她家安顿新房，我私下还给她联系了残疾妇女救助资金，很难得弄的，钱可不少。"

萧谷声的筷子停在嘴边。

"看在同学的缘分上，我当无名英雄啊，也算是替你和你们萧家……赎罪……当然，我也是为我自己的心……"这话异常刺耳。

萧谷声极力忍住摔筷子的冲动。他还有事情要说。摊牌，总不能在完全破局后吧，那将毫无作用，而他要把自己的话变成无法选择的命令。她，王小鱼必须去做，没有丝毫余地。

这是他作为丈夫的权利。

烧好茶水，等来收拾好碗盘饭桌的王小鱼，他递上红茶，王小鱼接过，微笑着望向他。那微笑在侧仰起来的脸庞上，承接了明亮的灯光，醒目而夸张。

"你明天去医院把孩子做掉。"

……

"必须做掉。"

……

10

  他后悔自己的解释。那是在示弱在求乞。一个男人以丈夫的名义，乞求脸面和尊严，而脸面、尊严竟绑架在王小鱼肚子里的孩子身上。不就是那孩子并非自己的血肉？这世道，如此下贱事多了去，也不至于大惊小怪。如果这么简单也不至于作贱自己了。他不能生育的事实，在萧家还有王小鱼娘家都不是秘密。这多少意味着，秘密已经半公开。

  然而，还不止这样简单。

  这令人头疼的耻辱，已经成为惯性的耻辱……长期以来，他们一个鼻孔出气，相互串通，终于把耻辱磨成铁钉钉在他的身上，提示他永生不得安宁。他们却毫无愧疚，面不改色，面对质疑沉默以对。不，就是默认，觉得天经地义，不需要解释。那个样子，脸色镇静从容，看着你女人般翻卷舌头诉说、指责、苦苦哀求，却一动不动。偶或扬起眼睛凝视你的脸，这摆明的却无须说出的……他们的真理，就是无言的相告：事情就是这样，你不是不知道，除了接受你别无他法。

  这是翻倍的耻辱。他猛地住口，站起来，夺门离去。

  真是恶心。他骂自己，眼眶一阵发热。

  手机丁零零地大响，是萧天林的电话。萧谷声看了一眼没理，但他蛮横的呼叫穿越电流，急切地敲打萧谷声的手机，以顽强而绵长的音乐和振动声一起咆哮。他认为自己能奈何萧谷声这个儿子。何况今天上午，他刚满足了儿子的心愿，送足了人情。他这个生意人，与混官场的王小鱼一个德行，信奉物物相换。换来换去，利益倍增，底气也暴涨，他们比萧谷声这样的废物（他们心照不宣的看法）深刻地懂得，抱团生存一劳永逸。他们……多么相似，而相似下的灵魂，引领他们横跨道义人伦的千山万水轻易地相逢。

  躲不过的，但谁也不怕谁。萧谷声摁下接听键。

  萧天林要求萧谷声去一个名叫"老友茶庄"的地方喝茶。萧谷声保持缄默。"老友茶庄，你听见没有？"萧天林重复。萧谷声彻底愤怒了："我们是父子，不是朋友。"他的声音在咆哮中钢丝般抖颤，竟然濡染上一丝哭腔。他结束通话。他不想再说什么，王小鱼已给了他教训，以诉说为底盘的交流除了自取其辱，再无他意。

  但萧天林的霸道并不因为萧谷声的愤怒和忧伤而更改，他又来了短信："我老了，萧家这么大的家产总要有后代继承下去，都是亲人，请你理解。"

王八蛋。他咬紧牙帮子，颤抖着手指在手机屏幕上划拉，发出咒骂。这么多年，一个人竟然能对他的恶毫无知觉，累累如山的恶行，每一桩都是致命。只怪赚钱太容易了。钱多了气粗了胆子越来越大，为所欲为，凡事都在他的情理中，他又怎么会有醒悟呢？甚至，不惜与自己的儿子相对，何况外人？不，这话也不对，王小鱼是他儿媳妇，相对儿子而言，应该是外人，却偏偏……

萧谷声机械地开着车，脑袋生疼发麻。车子绕过慈悲刀馆，接着拐进了小巷，在拐角处，差点撞到行人。他下意识地及时刹车，车头朝旁边拐去，擦到了道路旁的银杏树。嘎的一声钝响提示，车子肯定擦掉了漆。但他庆幸自己反应及时。他吁了口气，稳稳神，掉转车头，开出竹林巷，去了夜市。买下被褥床单枕头，还买下洗漱用品，他再次掉转车头，深入巷道。

玉秀慌里慌张地开门，然后转身，瘸着腿返回房间，但走到房门前，又转过了脸。萧谷声问："有什么事吗？"玉秀摇摇脑袋："于先生上去吧，你那房间没锁，我等会找曼丽拿钥匙给你。"说着，扎进房屋，砰的一声关门。

于先生……他想起自己就是于先生，当时就这样介绍的。

她房间有人，她在营业。萧谷声脑袋发昏，脚步也不听指令。刚上楼的脚步又撤回来，走到后面院子。欧阳曼丽房间灯光辉煌，传来电视声。一群青年男女在斗嘴调笑，应该是湖南卫视台。哈，哈哈。欧阳曼丽的笑声突兀，炸在眼前，又烟火似地消失。萧谷声眼睛眨巴下，盯着房间。烟火闪亮熄灭，再闪亮熄灭。风，夹杂着秋虫呢喃和秋夜的凉气拂来，梦幻般拽人恍惚。再也没有笑声。烟火也不是烟火。或许，是错觉。

萧谷声上楼，收拾房间。他洗了把脸。发觉口干舌燥。去厨房烧水，却没找到杯子和茶叶，只能以碗当杯。他撮起嘴唇，小心吞咽热水。隐约中，耳旁又闪现出烟火似的笑声。他走出房间，到楼梯口站住。还是没有烟火。

下楼，走向曼丽的房间。房门虚掩，他喊了声曼丽，说是找她拿钥匙。

"请进，进来吧。"她的眼睛热切地迎接萧谷声，"真没想到，于先生就搬进来了。"她的右手指向电视柜下面的抽屉，要他自己拿钥匙，说两把钥匙，分别是大门钥匙和二楼房门的。接着，扯起喉咙喊玉秀。萧谷声小声提醒她别喊了，他可以接受曼丽女士的一切吩咐。曼丽似乎没有听见他的话，径自大着嗓门喊玉秀姐。他小声咕哝了句，却连他自己也没听清楚。

玉秀瘸着腿，摇晃着来了。

"知道你在忙，可我这里来了客人，还是要麻烦你沏上热茶。"欧阳曼丽吩咐玉秀，也挽留着萧谷声。尽管萧谷声解释，他刚才在楼上喝了水才下来，不必再麻烦。曼丽却固执地催促玉秀。很快，玉秀端来茶水，又解释，晚上她有事要出去。说罢，朝萧谷声笑笑，瘸着腿离开。

"于先生也知道她……不会介意吧……"曼丽眼色明亮，盯着萧谷声。萧谷声微笑表示理解，她竟咯咯笑了。明亮的笑声，萧谷声眼前再次腾起烟火，他不由也跟着嘿嘿发笑。

"于先生是个风趣的人。"

"嗯，遇上聪明女士，男人不风趣有失厚道。"

……

"想喝点什么吗？"

"我，可以……随便点？"

"是的，随便点，我愿意听从欧阳女士的调遣。"

"真是荣幸，既然遇见，不如双手奉接，嗯，哈根达斯冰激凌一杯，黑森林蛋糕……如果有可能，还希望有瑞士莲巧克力。"

11

欧阳曼丽吃了哈根达斯冰激凌和黑森林蛋糕，萧谷声穿过大半个江城买到的，却还是留下遗憾，没有买到瑞士莲巧克力。

"没有遗憾，好完美的夜晚。那瑞士莲还是从电视上看见的，那可是世界第一大品牌，江城怎么能有？它就是一个小城啊。"曼丽善解人意的声音充溢着巧克力般的甜蜜。

"很快你就会吃到瑞士莲，现在网络发达，只要你想要，网络就会满足。"他烧矿泉水，再清洗杯子。欧阳曼丽吃完，又帮她漱口。欧阳曼丽不好意思，一边漱口，一边扬来满是笑意的目光。他懂，那笑意其实是濡染了怯懦的探询，是无意中得到友善关注后产生的怀疑，他点头，帮助她坚定信心，这是真实的……她欧阳曼丽一点也不令人讨厌，相反……他耐心地帮助她漱口刷牙，然后去卫生间端来半盆温水，上楼拿来自己新买的小毛巾，周到细致地给欧阳曼丽洗脸。

也许是温水激活了曼丽的血液，也许是女性天生的羞赧，还也许是她因突然遭遇的好心而激动。欧阳曼丽红彤彤的脸庞在白炽的日光灯下，浮动新鲜的味道。她的眼神再次看过来，有些不大自然，还有些躲闪。她在萧谷声端着盆子离开房间时，轻声道出"谢谢"。

可怜的孩子。萧谷声心中怜惜地叹道，心尖尖却洋溢着连他自己想来都惊讶的温暖。他放下盆子又回来，替她搭好盖单，右手殷勤地摸摸她的额头。右手触到她细腻而温软的皮肤时，他的心中涌现一种久违的……那一刻，他觉得自己是父亲。或者说，父亲，这个在他人生词典中被删除掉的章节，突然找到根茎复活过来。

他的手还未收回来，却被蚊子咬了口。他收回右手，站直身体，左右眼雷达般扫描。黑而小的蚊子，趴在绾结于半空的蚊帐上面、被单上面、枕头边和旁边的椅子上……他摇头，双手并拢伸出，轻轻靠近蚊帐。啪，蚊子死在手中，留下一团黑血。再伸出，蚊子跑掉。于是，他拿起旁边的一个纸板，在盖单上一阵驱赶，然后放下蚊帐。蚊帐罩住整张床后，他的脑袋伸进来，再扫视。但他脸上分明感受到那绵稠目光的注视。他回应一个怪脸，嘱咐她安静休息明天见。

"你……真不烦我？"欧阳曼丽送来迟疑而担心的询问。

他哈哈笑答："明天见。"回到房间，简单地洗漱一番。哈欠在嘴边撒欢，他倒头床上，关闭灯光，脑海出现黑洞，黑暗潮水一般涌来，湮没。深沉而厚重的黑夜，睡眠专一而深情。

早上却被突然而至的梦唤醒。一把细长刀，手柄盈手一握，在空中翻着跟头，烟火般闪烁明灭，又飞到伸出的手中。那只手握到刀柄，弯回刀刃，刀子在手中再次烟火般熄灭，疼痛却被刀子扎出，并繁衍出鲜血，泉眼般冒出一连串的水泡……刀子又闪现，在空中挑起一面破旗，上书"慈悲刀一式"。一张眯缝了细长眼睛的笑脸闪现出来，轻言慢语地说道："慈悲刀一式：以无相之心，持慈悲之刀诛世间妖魔。"那细长刀又飞出来，被血清洗的刀刃却不见血，飕飕若风。于师傅催促道："抓回它，以无相之心……"他腾空伸手，刀柄在握，刀尖挨心。

疼痛中，他苏醒过来。睁眼躺在床上，回味刚才的刀梦，不明白何意。而疼痛不过是麻木，遗留在身体里。他痴痴赖了一会儿床才爬起来。

上午来回跑了两三趟巷道。茶杯茶叶、手提电脑、一个小冰箱，还有一个碟机和其他物件，为这些租住日子准备就绪。他找空闲时间上网。淘宝上卖瑞士莲巧克力的倒不少，看来看去，终于确定一个海外商家，评论多达百条，可谓好评如潮，还是专卖世界品牌巧克力的商家。显然，商家自己并非做巧克力，只是中间站。世界品牌巧克力，分布世界各地，商家做不了。但除了这家，他暂时还没看上其他商铺。犹豫一番，最终定下。也许就是真货，也许是假的。谁晓得？却有真的可能，不妨尝试。

萧谷声又转到欧阳曼丽的房间，却被玉秀赶出门外，说是曼丽要赶走他的。怎么这么快就翻脸？他满脸疑问，把手中洗好的水果递到玉秀手里。玉秀将脑袋探过门帘，说："早上要麻烦些，要帮她排泄，要帮她洗澡按摩……她不想要你看见。"

萧谷声搬来碟机，放在院子走廊椅子上，嘱咐玉秀把碟机搬到曼丽房间，没事听听可以解乏。"噢，欧阳，晚上我给你带鲍鱼粥回来吃。"说罢，他转身离开。后面传来玉秀的感叹："于先生真是大好人，我这些天晚上可都有事情，要劳驾于先生了……"萧谷声摇头，无声笑笑。

他去罗律师那里聊了下，关于萧家房产，关于即将搬迁的竹林巷，关于江城福星王传华。罗律师本应该在京城，却中途回来，说不能把刀法丢太久，久不练，人就软不拉叽，浑身不自在，既然如此受罪不如回来。罗律师呵哈着，一副享受神态。"于师傅这个人了不起，开的慈悲刀馆要我们着魔，而萧总有眼力，一起投资，以后商机无限。"

萧谷声没答话。罗律师作为萧氏集团的聘用律师，又是慈悲刀馆的常客，有些微妙事情，他怎么不能察觉明了？

"你这个罗律师，好玩，跟于师傅练习刀法，练出慈悲心肠了，难怪满嘴都是于师傅的好话。"萧谷声朗声说道。罗律师却满脸严肃，点头称是。

12

傍晚时分，三人练完刀法后一起坐在竹林里吹风。罗律师喝完一杯茶水，着急慌慌地催促萧谷声换衣服。他约好晚宴，说是祝贺于师傅与萧总合作开始，成功在望。他带来好消息：下午，拆迁工作队已经驻进了一至六巷。宣传完后，就会签合同，二十来天吧，竹林巷就要拆迁了。

"这么快？"于师傅吃惊地问道。

"条件好，房子都是现成的，而且还有补助，以后这里的虾制品外贸公司优先招聘这里的工人，据说工资起点就是三千元，可谓千载难逢的好机会。"

三人来到鲜蟹楼，谈论了一会儿搬迁事情，又谈到慈悲刀法。萧谷声兀地记起应诺欧阳曼丽的鲍鱼粥晚餐，慌忙下楼。本来，他有秘书，可疏于家族业务，秘书倒也不常用，且觉得不请熟人为好，于是开车到粥铺，订购两份鲍鱼粥，并放下两百元，交付服务生。

很巧，出门时，遇到了前来吃粥的王小鱼。王小鱼疑惑地问他："你来这里订粥，为谁呢？是外面有人，不好意思带出来亮相？"萧谷声一愣，大声答道："你觉得有道理就行。"王小鱼拿眼左右看下，抬起脑袋，眼白漫上眼眶："这么多年还是幼稚脾性，懒得跟你计较，你也玩不出什么花样，玩够了就回家。"她转身离去。萧谷声闷头上车。

新鲜大闸蟹可口。但于师傅遵循自然养生法则，筷子根本就不伸向生猛海鲜，只吃一些清淡食物。看萧谷声和罗律师推杯换盏大快朵颐，他小心建议，以合适为好，慈悲刀讲究自然，不能为外物乱心。

酒酣中的罗律师眨巴着醉红眼睛，问："这有联系吗？"于师傅眯缝细长眼微微点头。

"吃是吃，练是练，都是得一个满足而已。"罗律师反驳。萧谷声倒掉杯中的酒水，拿纸巾抹抹嘴唇，道："于师傅说的是，练习慈悲刀必须要'无相'，而无相，就要先控制饮食和声色。"

"在你萧总心中，于师傅……"罗律师晃着酒杯，打出一个酒嗝，舌头半天也没吐出后面的词语。罗律师接着自嘲："我这律师真是俗人，客不醉酒吾自醉，算了，遵从于师傅教导，不喝了，无相先要无酒，忍痛割爱。"

萧谷声送于师傅回家，一个人再上竹林就座。夜风轻拂，竹林夜晚寂静深远，秋虫偶尔啾啾，喊出了清凉意味。

离开刀馆，萧谷声转回十一巷十一号。楼房静悄悄地，玉秀出门了。上楼时，他听见曼丽房间传来钢琴声，那应该是碟机里的钢琴唱片。但声音很小，压藏在湖南卫视的笑闹声下。

"于先生，你回来了。"听见响动的曼丽兴奋地喊道。萧谷声以最快的速度方便，洗手洗脸，再刷牙，换上干净的 T 恤，脚夹人字拖下楼。"粥好吃吗，要不要喝点水？"他边说边从饮水机倒出热水，放在桌子上冷却。"天下第一美味，多谢于先生费心，我可是吃出一身汗，这天气燥热，背心都黏糊得难受。"

"哦，玉秀姐天还没挨黑就出门了。"曼丽又补充道。

"没事，我晚上在外面喝了点酒，欧阳小姐不介意吧。"

欧阳曼丽脸上漾起硕大而羞涩的笑花："于先生真是客气，谢谢你记得我这个残疾人……"萧谷声的右手食指竖在嘟起的双唇上，嘘声制止，又轻声幽默道："在下愿意听从欧阳女士的调遣。"接着，他弯腰，绅士般地伸出右手。他的幽默立即渲染了欧阳曼丽的热情。她微微仰起发红的笑脸，晃出令人目眩的光芒："噢，我今夜就是公主，多么幸运。"

公主喝水。

公主擦手。

公主洗脸。

他的手再次轻触到曼丽柔滑饱满的额头，感觉一股热浪从手心扑来。热乎乎的潮湿的气息，不仅来自手心下面的身体，还来自他自己。欧阳曼丽圆嘟嘟的脸庞此时绯红，眼睛充电般热切。"好热，我又在流汗。"她没有说谎，她白皙挺直的鼻尖浸出细密的汗水，热气在脸上蒸腾。她抬起右手摸下额头，摸出一把汗水。"受不了。"她一边嘟哝一边掀开了盖单，只是肚腹以上的盖单。也难怪，她还穿着睡衣，系着的带子瞬间被她拉开。

白皙的，丰满的，肉感的，热乎乎的……他眼前简直被两把厚重的大刀逼来。咄咄逼人的刀锋闪耀着挑衅的寒光。他也在冒汗，呼吸顿时急促。无可退路的感觉中，出于本能，他只能举起双手，欲挡住逼迫来的刀锋。那明亮而铁砧般厚重的刀锋，发出得意忘形的狂笑。狂笑中，刀锋震颤，在眼前抛洒霓虹幻彩。

"握住。"公主的声音沉滞，却有不可违背的震慑力。"它们多么好，是我所有的骄傲，它应该奉献给幸福的夜晚……看看，请你看看，它丝毫不逊色于你所见到的……"

他觉得气息不畅，不由激烈喘息，伸出双手。双手拽动身体，他不断下滑，上身慢慢被热腾腾的气息蒸腾淹没。他只剩下嘴巴。喘气，吮吸。高耸的山峰压来，雪光耀眼。所有的光芒。他的脑海冒出这样的句子，灯塔似地亮闪。他浑身都是汗水。曼丽还在喊热。他松开他的嘴巴和双手，放走自己，然后转身去卫生间，双手不断捧住凉水浇灌发烫的脸庞，哗哗的水流溢出了盥洗缸。端水盆时，他很遗憾地想到，差一个大浴盆，然而……

公主，请洗澡。

被放逐的夜晚，他透支掉晚上那点酒，还有胸中的怨怼。他回到房间，到浴室冲澡，放倒身体在床上。即刻，他被睡眠领走。

13

玉秀拦住外出的萧谷声，说起巷道搬迁事情。

"是有这回事情。"萧谷声若有所思地答道，"看来，你们都乐意搬迁，是好事，不过我可惨了，又要到处找房子了。"

"于先生不像是在外面租住房子的人。"玉秀神秘地眨巴眼睛，一层浮冰样的微笑挂在脸上。萧谷声担心她继续往下说，干脆黑下自己："嘿嘿，男人有个私人空间会更轻松些。"玉秀咧开嘴巴，心领神会地一笑："于先生狡兔三窟，是有能耐的人。听说很快就来签合同了，不仅会有崭新的安置房，而且面积不足的，还有可观的补偿金，还可以安排酬劳不菲的工作……真的，前面几个巷子的居民都签下来了，他们真有运气啊，可是我……"玉秀眼神黯淡下来，一声长叹。

"我没这么好的运气,就是受曼丽哥嫂之托照顾她的护工,哦,曼丽这姑娘真是命苦,前些年她父亲走了,母亲身体不好,被哥嫂接到重庆去了,就找到我照看她和这房子,瞧我这腿,本身就是个残疾人。"玉秀抬了抬右脚。

"你跟着去照顾她,还不是住进了新房子。"

"我……唉,我老公反正在外面打工,要是趁这个机会能在这里工作,那真是谢天谢地了……"玉秀闪着一双热切的眼望着萧谷声,把后面的话留在嘴巴里。

"没问题,到时候你跟我说声,我可以帮忙的。"萧谷声不假思索地答应。但玉秀随即补上的感激话令他反感。"谢谢,我这些天晚上都有事情。"他大踏步离开。玉秀跟上一步,说:"我是感谢于先生,曼丽那样子,的确需要有人搭把手。"

他回了趟办公室,又回了趟家。去办公室不过坐坐就离开了。他不清楚自己回去的目的,只是下意识地觉得应该回去下。

办公室干净而空荡,脚步在实木地板上踏踏作响,萧谷声唤来了秘书小陈。她捧来热茶、一堆文件和开支明细,然后轻盈退出。萧谷声翻了下,扔在一边。看不看都一样,前面有萧天林这个总闸。萧天林比谁都精,精了二三十年。反正自己也做主不得,还要精明什么?那是找累。茶水见底,小陈推门进来。萧谷声告辞,皮鞋再次在实木地板上踏踏作响,为他送别。

他回家不只坐坐,还洗澡洗头,换了身干净衣服。这是自己的容身之所,他的声息还没有消失,也不可能消失。他闭眼,把自己放在沙发上。朦胧的睡意顷刻袭来。他看见了一张脸,高二女生高傲的面孔。她的眼,黑白分明。然而,那秋水般的瞳仁,眼白翻上来,覆盖了黑色。她的话语冷而锋利:"别骚扰我了,我心思在学习上,再说,我不喜欢害人的人。"多么高洁,他近身不得。毕业后,王小鱼考上师范院校,而萧谷声上了财经大学,都在省城,却从没来往。怎么说?萧谷声的大学是出钱去的,而王小鱼考的是师范院校,却属于一类大学,再加上容颜漂亮,估计更看不上萧谷声。哪晓得,等她分配回江城一所高中教书,一切变了。王小鱼大改以往的态度,温润有情,友情提速升级,爱情水到渠成。他幸福得快昏了头,不到半年就求婚然后结婚。

什么时候开始,他感觉到了婚姻的屈辱呢?不到半年吧,就在家里,出门的他忘记拿车钥匙,折回家,堵住还没来得及从卧室撤离的他俩……虽然不算赤裸,可那表现又比赤裸好多少?他们自然不承认。他也不好惹,家里平静了,但出了家门呢?宾馆,萧天林的办公室,他均不止一次遇见,那拢在女生双肩上的肉乎乎的大手,一点也不避嫌疑,似乎成心要他这个儿子接受屈辱。终于,屈辱在他体内钉上铁钉，挑战他无法说出口的钻心的疼痛。看看，女生一路爬得真快啊，调出教师队伍，到宣传部文明办，再到乡镇任职副手，再到江城市某区任正职，再就是发改局一把手，明年吧可能就是副市长。

王小鱼居然怀孕了。这个事实冷酷地跳出来，电锯一样割着神经，而且他俩义无反顾地要生下孩子……他皱眉，把自己从昏沉中唤醒，一骨碌从沙发上弹跳起来。

快中午了吧。王小鱼说不准会回家午休。他不想看见她。

在外面吃了饭，又荡回办公室。那里安静，可以无所牵挂地午休。除了午休，他需要一个绝对安静的地方过滤下回家后莫名又漫上来的疼痛。情绪坏掉后的休息，就是隐藏，彻底地隐藏自己。说来，十一号也是个隐藏地方，但不适合午休。那样的地方，他只能在黑暗中踏入。

他准时来到刀馆。

于师傅不时拿眼睛看他。他使出了蛮劲，下手狠毒了些，耳边尽是飕飕的风声，那是刀在空中劈下的痕迹。刀在空中走，应该是无声的。无声的刀法劈出了声响，又好又不好。好处在于，练刀者臂力手腕强劲，这是功力的表现。不好在于，心念繁杂，为外物所累，刀刀走过，却是怨怼，却是辣毒，何来慈悲？萧谷声清楚他的心念，因为清楚，刀声听来就异常吵耳。

汗水水流一样淌出。时间到了，萧谷声扔了刀，觉得疲乏难耐，坐在地上喘粗气。于师傅说，太用力了。罗律师摆摆手，与于师傅前后步出刀馆，上竹林。罗子仪告辞时，萧谷声才一身油汗地走来，他坐下喝了一口绿茶，吧嗒下嘴唇，舒出一口气。

"下午我接了一个电话。"旁边的于师傅手指轻敲桌面，说道，"是你夫人的，她说她有身孕，行动诸多不便，希望你能多回家陪陪她。"

"你应该告诉她，你没有义务转达她的命令。"

"人家很客气，知道你每天要来刀馆。"

"……"

"有什么怨怼，先沟通试试。"

萧谷声皱眉，闭上眼睛。于师傅叹气，再无话。一轮弯月挂在天幕，地上竹影婆娑。风跑过竹林，悠荡回旋。服务员上竹林来，于师傅交代，晚上多准备两个菜，再煲个银耳白菇汤，萧总晚上在这里吃饭。

两人默默喝茶。黑夜漫来，夜风带着湿气扫过脸和手臂，竟有深沉的寂寞感。"世间事多不平，唉，过错是什么？各说各理，这荒谬的时代，错误都能有自己的德行，不可说。"于师傅站起来感叹。萧谷声眼眶发热，跟着站起来，低头喝杯中凉茶，眼角飘过白鸽子的羽翎，那是晚风鼓起的于师傅的月白长衫。

14

萧谷声吃完饭，回到了竹林巷十一号。

"曼丽已经吃过了饭，我也给她擦了身子，不过，她身边还是不能缺人，只好麻烦于先生关照。"玉秀端来热茶。

萧谷声接过，摆摆手："去吧，我反正没事，刚好和欧阳女士聊天，她是个聪慧姑娘。"

"于先生在夸我，我听见啦。"欧阳曼丽的声音从后院传来，充满了兴奋。萧谷声上楼洗把脸，换了拖鞋哒哒下楼。月色清新。院子里的蔬菜挂上白霜，又被自身倾斜的黑影遮盖，在风中晃悠出羞赧和甜蜜。萧谷声的心情霎时轻松。他在院子里伸手踢脚，右手在半空挥舞，而墙壁映现剪影。动漫似的剪影，竟有飞燕掠过的灵敏和轻巧。

"于先生在外面……玩什么呢？"

萧谷声收回刚刚飞出的右手和身体，毫无声响地落脚走廊上。他推开房门，掀起门帘，月色入侵室内，倾泻一地。欧阳曼丽啊了声，伸出双手请求："月色那么好，我能出去看看吗？"

"公主有令，在下乐意效劳。"萧谷声搬出躺椅，找出一床被单，铺在上面，然后进屋去抱欧阳曼丽。

曼丽双手勾在萧谷声的脖子上，脸和胸脯在萧谷声面前拥挤出热潮。萧谷声的整张脸都淹没在热潮中。睡衣又散开，胸脯山峰般耸立，泛着耀眼雪光，吞没了他的视线。所有的光芒。他心中再次闪烁这灯塔似的句子，巨大的眩晕袭来。梦幻收走脑袋及脑袋里的意识。他机械地迈动脚步，就这样被丰腴而温暖的胸脯指引，从室内走到室外。然后把曼丽放在躺椅上。月色甜美。嘴唇带动他的脸庞再次深陷那片山峰和峰谷。

月亮逐渐深远，湿气也在侵袭。曼丽的鼻子嗯嗯哼哼，似乎着凉了。萧谷声抱欧阳曼丽回房时，欧阳曼丽请求他抱自己在院子里走上一圈。还不够，又要上楼在旁边的露台走上一圈。

"这么美。"欧阳曼丽痴傻地重复。美……她说的是月亮，也许还有她的感觉，也许还有……他不做声，也无须求证。欧阳曼丽微闭双眼，似乎睡着了。他抱着欧阳曼丽下楼,回房间。

那个夜晚,他洗澡后,就把自己放倒床上。睡眠再次熟门熟路地领走了他。睡眠是有惯性的。但睡眠又的确有记忆,它认识这里的路。以后的晚上,它都轻易地靠近萧谷声,毫无悬念又水到渠成地领走了他。黑夜真实而可亲。

十来天后,萧谷声把午觉也慢慢迁徙到十一号。那天的决定,实际是欧阳曼丽用手机唤来了他。手机是通过于师傅转来的。是的,他——于先生,说来可笑,连名字都没有留给十一号,更别说手机号码。可她们还是依靠"于先生"与"刀馆"两个线索找到了于师傅,当然也就找到了萧谷声。他就在于师傅身边。

"于先生,公主收到瑞士莲了,真是好。"

萧谷声赶回十一号,去曼丽的房间祝贺,逗留了一会儿,上楼。午觉再次熟门熟路地找来。他的午觉就留在了十一号。

但竹林巷在变。它成片成片地颓废倒塌。轰隆隆的推机和挖掘机,甲壳虫似地矗立于巷道中,然后慢吞吞地爬行,张开了血盆大口,吞噬,摧毁。呛鼻的粉尘在空中放起烟幕弹。玉秀跑进跑出,她脸上布满热望。"快了,我们就要搬进新房子住了……那新厂也就为期不远了……对了,于先生,您答应帮我老公在新厂谋工的事情,可别忘了,我老公是有技术的,一直做电工。"

他当然记得。就是忘记也无所谓,反正玉秀记得。见萧谷声漫不经心的样子,玉秀干脆把谋工事情成天挂在嘴边,念经一样。萧谷声保证,只要新厂一建成,她老公就是新厂的蓝领。蓝领是什么?蓝领就是技工。"不是说你老公有技术吗?""是,他非蓝领不做。"玉秀点头,很严肃地回答。

再十来天后的某个中午,玉秀又缠上来,满脸喜色,说是居委会给她引荐了一个大好人,菩萨一样的大能人。她同情残疾妇女,帮玉秀弄到一个援助。"好事好事,祝贺。"萧谷声祝贺完,突然记起,王小鱼曾炫耀她是善人,私下给欧阳曼丽弄到了一笔残疾人援助金,因那笔资金数目可观所以难得,并非江城所有残疾妇女都有机会。

现在玉秀也搞到——是否是王小鱼所说的那笔资金?

"大概有多少钱?"他问。

"有……嘿,保密。"玉秀满脸神秘。

神秘什么啊,不就是几个钱不是。萧谷声马上失去了兴趣。就算是王小鱼搞来的,又如何?真就是她自己标榜的在发善心做善事?切,她还说在帮助萧家赎罪,屁话。她那理论,不就是借助她的身份与权力搞到一笔为自身贴金的生意,还上升到道德良心的高度了。萧谷声听见心中的狂笑。玉秀似乎听见他封闭在肚腹中的笑声,瞪起疑惑的双眼。"于先生在笑,您笑什么呢?"萧谷声敛了敛神色，摇摇头。但心中又感叹，还是于师傅说的好，"世间事多不平，各说各理，错误都能有自己的德行。"

玉秀还想说什么，见萧谷声表情冷淡，而且给了自己背影，便讪笑着离开。

不久，欧阳曼丽跟他说到了房屋拆迁："……已经签了搬迁合同，下个星期可能就要住进新房了，于先生租住不到一个月，还差几天……"萧谷声摆手制止："这么好的环境，我觉得一个月那点费用太少，算我捡了大便宜。"

"于先生愿意，还可以租我们新房，那一百三十平方米的面积足够。"玉秀什么时候瘸着腿跟来了？她杵在房间外面的走廊上，不说话时可是毫无声响。但，她的补丁话不仅突兀，而且大大不合适。郊区与城区，于萧谷声这样的人，真是不同概念，她不可能懂。

萧谷声朝欧阳曼丽道："就这样了。"说着转身走出房间。

15

拆迁说来就来了。十一巷都在搬家，整个竹林巷都在搬家。大小车辆横亘于竹林区大小路口，还不够，竟然延伸到慈悲刀馆门前。

萧谷声的车根本开不进来，只好在前面一个汽车修配厂停车，以四轮定位的名义。而罗律师消息灵通，根本就没开车来，骑着自行车穿越大半个江城来刀馆练习刀法。罗律师的先见之明，保证了他的准时。而萧谷声一番折腾，到刀馆已经迟到了半个时辰。刀馆的音乐还是《锁麟囊》，婉转动人的唱词清朗又硬气：

> 收余恨，免娇嗔，
> 且自新，改性情，
> 休恋逝水，
> 苦海回身，
> 早悟兰因。

兰因不可说，却可触可摸。这点感觉要人迷恋。他跟于师傅解释，路上太挤，车开不进来，所以迟到半个时辰。于师傅淡然摆手，说："这阵子可能都是这样塞车，哦，你今天可以试下，丢了刀来练习。"

什么意思？萧谷声迷惑不解。他练习的就是刀法，并非拳术。

"无刀胜有刀。"站在场子对面的罗律师居然听见了，笑哈哈地大声旁解。

刀在手，受制于手，手若无声，刀便无声，手刀合一。萧谷声想起那天晚上在十一号的院子走廊上的一番比划。似有若无，无相就是慈悲，慈悲刀——他丢掉刚刚拿起的大刀，仍旧保持刀在手的姿势，飞身跃起。

浑身汗水。却腾挪若飞燕，游弋似蛟龙。

"精彩。"场子对面的罗律师停止练习，眼睛胶在萧谷声身上，又大声叫好。

"你可以练四式了。"于师傅在萧谷声稳而无声落脚时，在背后反剪双手，仰起脖子，朗声说道："慈悲刀四式：远畜生道式，万物有灵，当持慈悲之心，为长兵器攻击招式。"说着，于师傅一个箭步上前，朝挂在木架上的长柄大刀勾起右脚，大刀飞跃，在空中呼的一声，划出一道黑影，稳稳落在萧谷声的右手上。

这次，萧谷声比往日练习时间晚了半个时辰，是为迟到的补偿。于师傅却和罗律师准时终场，到后院竹林里喝茶去了。

不多不少，刚好独自练习半个时辰。萧谷声步出刀馆，擦了把汗，朝后面竹林走去。踏上木桥，他撞见返回的罗律师。"萧总，于师傅他被警察带走了。"

"警察带走？"

"后面竹林巷的一个妇女指控于师傅多次闯入民宅强奸，并猥亵一名瘫痪在床的女人……这怎么回事情？"

"谁，谁指控——你说竹林巷的一个女人？"萧谷声浑身又在冒汗。"王八蛋。"他转身，边跑边骂，留下罗律师在后面急赶。"喂，萧总看样子你晓得一些，到底什么情况？"

拐弯到巷口，遇到正被人抱上车的欧阳曼丽。玉秀呢？萧谷声拿眼左右扫看，没见到玉秀。也许，她先去拾掇新房，然后迎接瘫痪的主子欧阳曼丽。

"欧阳你好，我是……"欧阳曼丽从男人的臂弯中探出脑袋。他吞了下口水，艰难地吐出："我是于适之。"

欧阳曼丽那张近于浮肿的白胖脸洋溢着夸张的笑容："萧谷声，是你啊，我们是高中同学，瞧我记性……啊哈，王小鱼，竟然真被你追到手了，祝贺你们，郎才女貌珠联璧合。"

萧谷声怔在原地。欧阳曼丽到底认出了他，是现在——不可能，但是什么时候认出的？还是根本就没认出而是被人告知？二十多年的光阴，岁月改变了一切，当然改变了容颜，她认出的概率至多五成吧，而另外的半数会被谁唤醒？

他浑身都是灰尘和汗水。车鸣声隆隆震耳。呆愣的萧谷声挡住来往车辆。车辆不住地按喇叭提示。车内传出欧阳曼丽的喊声："王小鱼现在是大鱼，她找了我和玉秀，还给玉秀弄到残疾人资金援助……"车门关闭，引擎发动，欧阳曼丽的声音淹没在喧嚣与灰尘中。

萧谷声一身狼藉回家。王小鱼正在吃晚饭，看见他也不吃惊，只是柔声劝他洗澡，又强调他换掉练功服，那又黑又脏的练功服严重影响孕妇的心情。萧谷声夺掉她的饭碗，坐在她对面，横起宽阔脸。"与于师傅无关，你们不要陷害他。"

王小鱼无声。

他站起来，挥舞着右手，咆哮道："我再说一遍，与于师傅无关，你们不要陷害他，请你们遵守规则，不要陷害他。"

"规则？"王小鱼抬头看他，笑着重复这个词语，然后敛起笑容，道，"你也太恶心了，与女人瞎搞就算了，还……你应该去找你父亲，他还是在乎你的，他是商人，于适之的刀馆商机他怎么能轻易放手？"

"今天于师傅不出来，我保证你们……"萧谷声的腮帮子鼓起。他一个抬腿，椅子飞起，他的右手伸出，椅子劈成两半。他转身去找萧天林。

半路，萧天林的电话来了，说于师傅已经回家。"你送回家的？真有闲心啊。"萧谷声回应。"我在办公室，没时间跟你瞎扯。"萧天林挂断通话。萧谷声拨于师傅电话，一阵叮铃后，传来僵硬的女声："您拨打的电话无人接听。"再打，竟然关机。于师傅肯定回家了，但是拒绝接听。他朝萧氏集团公司总部驶去。

萧天林果然在办公室，看见萧谷声走来，朝旁边的客人一阵耳语。客人告辞。萧天林身陷大班椅中，眉头紧皱。

萧谷声飞身而起，伸手劈向沙发边的博古架。实木博古架被劈成两半，花盆和瓷器碎在地毯上。"你，你别做傻事……"萧天林惊跳起来，跑到大班椅后猫起上半身，瞪起浑浊的铜铃眼。

"别躲，我请你领略下一种刀法，名叫慈悲刀……你也别紧张，我手中没有任何刀器……怎么说呢？慈悲刀不杀人，是救人，它的厉害你早应该知道，可惜挨到今天晚上。"

（刊发于《人民文学》2016年第10期）

落 雁 岛

曹军庆

很难说它是一道门，那么不是门它是什么。看上去那地方那么破旧，没有栅栏。外表很像是废弃了的什么地方，但又不是或者不知道是什么地方。不是废墟，不是废弃工地。当然也不是院落，不是养殖场。什么都不是，普普通通一处凹槽，下雨时满是泥泞，勉强能容一辆车过去。两边是水泥墩子，表皮已破败，露出里面的碎石块，裂缝里夹着枯死的草茎，但看上去仍然像是障碍物，像是一道门两侧的石墩子。中间刚好能容一辆车通过，这便是入口了。由西往东，从武汉市的二环线到徐东大街，在徐东大街驶上欢乐大道。继续往东，车行十来分钟，再从欢乐大道的高架桥上下来。往东湖深处走，在树荫掩映的岔道口，如果往右拐那便到了沙湖水果批发市场，当地人叫它沙湖果批。果批里的生意十分萧条，见不到几个人影。路上只有向左拐，才能进入这道入口，但是没人知道它是入口，此处无比荒凉。这真是一个奇怪的地方，不远处，也就是在它的南边就有华侨城欢乐谷、东湖纯水岸，那些高耸的房子和奇形怪状的游乐设施尽显都市繁华。紧挨着繁华，到了这里却是出奇的荒僻，无孔不入的开发商似乎也把这里忘记了。或许也有可能——虽然没有被开发商所忘记，但也没有谁有本事能拿下这块地。再往里走几步大概就会明白，荒凉的原因或许还因为墓地，刚从入口进去，满眼皆是坟墓。不是殡葬公司的墓场，而是先前乡下老早形成的乱葬岗子。无规则，乱坟乱葬。坟墓集中在左侧，右侧即是东湖。车在坟地里蛇行，有几次几乎走不过去，车头顶在坟堆上不得不停下来，开车的人走下车，叼着烟四处察看。他把车熄了火，走到一边去撒尿，心里无端地有些发瘆。正尿着，车上的喇叭突然高声鸣叫起来，双闪灯也自动打开，在刺耳的嘶叫声中忽闪忽闪。怎么了？开车的人紧了紧裤子，更瘆得慌。他赶忙跑过去，要紧急关闭掉喇叭和双闪灯。但按钮一下子却失灵了，怎么按都没用。急得他用双手使劲拍打方向盘和车顶，还是不行。他转头四顾，这才发现已经到了墓地深处。墓地里只陷落着他这一辆车，谁也没有，因此也没人注意到他所处的窘境，更没人来帮他。远处络绎不绝的汽车看上去已经很小,它们有的拐往沙湖果批,另一些径直开往青山,开往武汉火车站。那些车辆和车里面的司机完全注意不到这里发出的尖锐嘶叫,开车的人开始绝望,他的耳朵快要被撕裂了。不是撕成两瓣,而是四瓣八瓣十六瓣或三十二瓣。这是个阴天,双闪闪得他眼睛直冒烟。于是他眼睛里出现了幻觉,眼睁睁看着有一道彩虹从东湖的水面升起来,它径直飘到了坟地的上空,几乎触手可及。他伸出手来要抓住它的时候,车的鸣叫和双闪又突然间消失了,那些失灵的按钮也一下子恢复正常。彩虹一并不见了,他的手还停在空中,就像在抓挠什么。寂静让他有些不适应,那些撕裂的耳瓣又慢慢聚合到一起,它们又变成耳朵了,但他什么也听不到。失去听觉是暂时的,他继续寻觅路径,主要依靠目测。大约看准了一个方向,他爬上车去,掉转车头。

　　现在他走得比较顺畅,出了墓地,眼前豁然开朗。他到了东湖背面,浩渺的湖水。一座翠绿大山,山有多半插入湖中,另一半与陆地相连。他的车在荒坡上行驶,荒坡上也没有路,但质地坚硬,车行驶在上面不会有任何闪失。这一点他心中明白,因为最近几年他每年秋天都会来这里。在荒坡上行驶十来分钟,来到一处杂树和灌木掩映的地方,这儿才是真正的大门。树丛中走出几个身穿保安制服的人,他们木着脸要查看他的证件。他从钱夹子里掏出证件随手递给他们,所谓证件不是身份证,这里不认这个。他的证件是一张邀请卡,从外表看并不精美,跟超市里普通的购物卡或会员卡并无二致,但却植入了高科技芯片,持有者的个人信息全在里面。邀请卡的发放者是"康大中文系1978级同学会筹委会",同学会是一个将要成立的组织,将要成立又还没有成立,所以有一个筹备委员会来负责它的运作。据说这邀请卡很有来历,说它是在美国专门订制的,世上可能无人能够仿冒。保安接过证件,贴在随身携带的小型电脑屏上,那屏上立马腾起一股绿色烟雾。保安从烟雾中看到了他所有的信息,他叫沈旺秋。沈旺秋看到查验证件的保安对其他人做了个手势,然后他对着沈旺秋深深地鞠了个躬,把证件还给他。一片树木无声地滑开,向两边滑去。滑开的树木中间有一条林荫大道,沈旺秋走进去。全身穿着白衣的侍者垂手站立两侧。那片郁郁葱葱的树木在他身后又无声地滑拢来,关闭上。那些刚刚还在身边的保安被关在外面了,他们可能会重新隐入到树丛中。沈旺秋一个人进来了,他的车和其他东西自会有人替他处理。里面另外会有专门的车辆接送他,树木滑拢来的瞬间,他再次看到角落里一块小石碑上的三个字:落雁岛。

　　沈旺秋住在3号楼,他将在落雁岛上度过15天假期。受邀的人在这儿一起生活,期限同为15天。他们全是康大中文系1978级的同学,到了2016年,他们大多已经到了人生的后半段。当年的同班同学共有53人,有一人去世已不在人间，另一人成了植物人不能动弹，剩下的51人每年都会受邀来落雁岛上聚一聚。但实际上来不了这么多人，总有各种原因无法全都聚齐。大家毕业之后转眼有了三十多年，再要重新相聚也就不容易。当然啊，既然聚在一块了，还是必须要有一个人站出来理理事。没人理事多不方便嘛，理事的人也就是给大家服个务，我们管他不叫班长，因为地处落雁岛嘛，就叫他岛主。我们康大中文系78级的同学一直延至2012年，才第一次想起来要搞个同学聚会。在那之前我们没有搞过，不过到了2012年再不搞就有些说不过去了。那一年对我们而言正好毕业满了三十年，三十周年大庆呢，绝对是个大节日。要么不搞，要搞就要搞出大场面，于是地点就选在落雁岛上。沈旺秋清楚地记得那一次聚会，聚会由一场绚丽的化装舞会拉开序幕，而我们的首届岛主也正是在第一场化装舞会上揭晓的。

化装舞会成了后来同学聚会的保留节目，每年都要搞一次。令大家兴奋的事情是你不再是你自己了，到了落雁岛，所有人都是假面人。有人给你提供面具，你为自己挑选一套行头，五花八门，装扮成什么的都有。沈旺秋当时装扮成了打劫的土匪，把手按在腰间的刀柄上。他从侍者正推着的推车上拿了一杯红酒，分明就是洋酒啊，沈旺秋喝下一口，咳呛了一嗓子。他本来不太喜欢喝洋酒，可是在这个奢华的舞会上什么洋酒都有，他也就随便尝了尝。在悬挂着枝形吊灯的舞厅里，只有侍者还像是来自人间，他们的脸被灯光照耀得惨白。但是他们没有化装，他们看着仍然还是普通人。嘉宾，也就是同学会的人却不一样，所有的人都改变了。他们要么化装成妖魔鬼怪，要么化装成另一个完全与自己无关的人，化装本身就是要让别人认不出自己。把自己藏起来，或是把自己扔掉。据说这也是邀请者的意思，邀请者建议所有人都要抛弃现实中的身份，你在现实中是什么或者你不是什么都不重要，就像扔衣服一样，你得把你的身份扔在进入落雁岛的入口处。不要带入你的身份！这是写在邀请函上最为动人的口号。到了岛上每个人都是平等的，所有的身份都没了，只有一个身份：那就是同学。让我们回到1978年吧，那时候我们是怎样的现在也怎样。很多人看到这样温暖的话都哭了，至少沈旺秋也哭过。那些失败者终于可以剩下自己身上被人蔑视、遭人唾弃的那些东西，暂时进入到和别人一样的世界里。另一些成功者也乐意如此，他们以悲悯的姿态临时性放弃自己的头衔，低调地降临到从前的同类中去。这就是一场游戏，所有人都知道，这就是一段隔绝的生活。斩断已有的一切，回到过去。

沈旺秋真以为自己是土匪，他不停地从推车上拿酒喝。但是他并不知道邀请者是谁，邀请者自己也没有站出来。具体出面做事情——像什么发放邀请函呀、安排活动呀之类的都是那个筹委会的工作人员。他们一层一层地接受指令，至于他们幕后的老板是谁，他们自己也不清楚。同学会的人从他们那里问不出结果，他们一概微笑着摇头。从2012年到2016年，过去了4年，那个同学会仍然还是筹委会，筹备两个字还是没能去掉，也没能成立人们一直在传说的"康大中文系1978级同学委员会"。委员会才是正式机构，筹委会则永远是临时性的。很多人都在猜测筹委会后面有一个大人物，他要么是海外的某个同学，要么是官职做得最高的那几个同学中的某一位。根据这一猜测，初步可以锁定这么几个人：在海外的共有五人，他们是潘向海、华无为、刘家全、范庆江和曾小娟。做到副省级官位的也有三人：苑忠庆、孙大祥和佟锁柱。做到教授的则有汪新忠。如果不是他们，没有谁有这个实力。这么多人在一起消耗15天，得要花多少钱啊。还有落雁岛，这么大一处地方，它的主人是谁？沈旺秋想破脑袋也想不明白。但是这些人全都否认与此有关系，他们进入落雁岛之后声称自己唯一的身份就是同学，以前的权力和金钱在落雁岛的入口处一并丢弃掉了。潘向海说："进了落雁岛，大家就是岛民，我们都听岛主的。"

潘向海的话代表了那些海外人士的心声，尽管他们拥有各种不同的国籍，但是到了这里他们愿意遵守岛上的纪律。

苑忠庆也跟着代表官员表态，他呵呵呵地笑着："在这儿，岛主才是唯一的领导。"

多么动人的姿态。游戏嘛，大家在一块儿玩。岛主从同学当中产生，而岛主的身份是在大家都上岛了之后才被确认的，当所有人的身份都在落雁岛的入口处卸掉之后，岛主便成了岛上唯一的身份，唯一的主管，只有他管事，他成了绝对权威。于是在同学会里有幸登上岛主宝座，实际上是天上掉下来的一块大馅饼，是天大的好事。

2012年落雁岛上的第一任岛主名叫邬有乡，邬有乡在康大中文系1978级我们那个班上刚好又是班长。入学之前他在生产队里做过几年会计，人长得敦实，眼睛很像是算盘珠子，记忆力超强，会算计。上学期间他把班上最漂亮的女生王蓉蓉弄到了手，刚毕业他们就结婚了。从把她弄上手到毕业分配再到结婚，邬有乡的整个操作极其有效，滴水不漏。他们一起被分配到省内比较大的城市襄樊市，两人都在教书，一个在地方中学，另一个在轴承厂子弟学校。现在他们的女儿在美国留学，据说他女儿留学的事，华无为曾经帮过大忙。因为这段恋情，邬有乡在学校的时候是很多男生的仇人，是他们痛恨的对象。当时女生本来就少，王蓉蓉人又长得漂亮，暗恋她的人自然就多。很多人不服邬有乡，无论长相还是才华，邬有乡都不是最优秀的，超过他的男生大有人在。他之所以能够得手，无非是他有班长这个身份。班长是个什么东西，那时候大家已经是大学生了，都很自觉地鄙视官衔。但是邬有乡做班长做得很低调，他不张扬，不耀武扬威，相反总是低三下四地为大家做事情。比如王蓉蓉每个月好事来了的那几天就会不舒服，她愤怒地皱着眉头，情绪低落，不愿意吃食堂里的饭菜，嫌饭菜太硬。这些细微处没人注意到，也没人能想到。可是邬有乡看出来了，他不光看出来了，他还以班长的名义不动声色地去和食堂交涉。他告诉食堂师傅，我们班上有个同学生病了，需要做一份病号餐。所谓病号餐就是面条，到了吃饭的时候，邬有乡就给王蓉蓉端来了一碗热腾腾的面条。你想想看，几乎可以说王蓉蓉是邬有乡用面条弄到手的，那么面条和班长这种身份有关系吗？你不能说没关系，因为病号餐一般都是班长在和食堂联系。他们毕业时的分配也被认为占到了便宜，尤其是两人分到了同一个城市，又算是省内比较大的城市。但是他们过得并不好，从前的班长后来碌碌无为。王蓉蓉对邬有乡是有期待的，可是他不长进，没出息。邬有乡不要说校长，他就连年级主任都没有做过。那些出国发展和后来做了大官的同学，他们最初的起步都不如邬有乡，他们分配的时候大多分到县里去了，有一些留在县城，更有一些分到了乡镇学校。他们一步步做出来了，邬有乡却永远是个老师。王蓉蓉对此很不满意，在她最为恼火的那几年里，大约有三到五年的时间吧，她毫不犹豫地给邬有乡戴上了绿帽子。

但是第一任岛主刚好由邬有乡做了，表面看来同学会在岛上的聚会只有15天时间，做个岛主也就是临时性为大家服务15天，实际上真不是这么简单。岛主不仅要做15天，而且15天之后同学们都散了，岛主还得继续做下去，他要一直做到次年也就是下一年度同学聚会开始的时候才卸任。也就是到了又一个15天聚会开始的时候，只有选出了新岛主，旧岛主才会离任。岛主诱人的地方恰在于这个神秘的地带里——这个地带既指时间，也指地盘——他差不多有一年的时间吧，一年的时间可以做多少事情？地盘呢，他还可以独自操控落雁岛这整座岛屿。岛上的工作人员，他们的招聘和解聘，以及庞大的基础设施方面的建设和改造全都由他说了算。当然，他还有另外一个至关重要的使命，那就是同学会。每一任岛主同时也是康大中文系1978级同学会筹委会的主任，他的任务是要把筹委会变成一个正式的机构，变成委员会。可是岛主已经轮换了四任，那个任务还是没有完成，看来要把筹委会变成委员会仍然遥遥无期。每一任岛主的兴趣都不在这里，筹委会也好，委员会也好有什么要紧，他们更看重另外那些事情。

邬有乡做了一届岛主，他的大手笔是为落雁岛购买了一艘豪华游轮。这艘豪华渡轮正是经由邬有乡之手购入的，它停泊在东湖里，说得具体一点，它就停泊在落雁岛的芦洲古渡口。很多人都看出来了，它的外形酷似泰坦尼克号，或者它就是泰坦尼克号的微缩版。游轮为落雁岛增添了奢华气质，也为同学们的聚会增添了新的景致。邬有乡在卸任之时痛哭流涕，因为他没有完成自己的计划，深感愧对大家。他原本计划在游轮内部建造高档的咖啡吧、书吧、网球场和游泳池。可惜任期只有一年时间，他只能买回游轮，后面的工作没法做。邬有乡当着同学们的面痛哭流涕，他过人的管理才能在他一生的老师生涯中被耽搁了，被埋没了。如果早一点有同学会，早几年进入落雁岛，他的人生一定会是另一种样子。他是可以辉煌的人，不应该过得灰扑扑的，不应该受屈辱，邬有乡哭得那么伤心，大概还有这方面的感触。因为购买游轮，邬有乡女儿在美国留学的学费也有了着落，他还在武汉买了房子，这样的话他和王蓉蓉退休了可以在襄阳（它现在不叫襄樊，又叫襄阳了）住，也可以偶尔到武汉来住。如此说来这笔游轮交易的确有巨大的肥厚的油水，有人说邬有乡从交易中收取了巨额回扣，也许传言不虚。

王蓉蓉不再蔑视他了，听说有一天黄昏她在东湖之滨对邬有乡作了忏悔，她承认当年给他戴上绿帽子是她这一生中很无耻的罪行，她为自己给他造成的伤害感到羞愧和悔恨，在东湖之滨，面对那艘奢华的游轮，她请求他原谅。那是非常美好的一个场景，同学们没一个人在岛上，岛主邬有乡站在岸边看着刚买回的游轮，夕阳金色的余晖落入湖中。听到王蓉蓉真诚的忏悔告白，邬有乡被打动了。他接受她的道歉，并一时情难自禁，也向她道出了自己刚刚犯下的劣行。

原来在这段日子里，邬有乡和女服务生小圆有过几次。他说："她老对我眉来眼去。"又说："我控制不住自己"。还说："反正条件也很便利。"

正是因为王蓉蓉的真诚，才勾起了邬有乡的内省和自责，也鼓起了他的勇气。他不能做一个苍白的人，一个没信义的人。既然王蓉蓉忏悔了，他也应该忏悔。邬有乡直到今天才明白这个道理：实际上比要不要忏悔更为重要的是，你有没有什么可以忏悔？有没有什么值得忏悔？试想一下，如果邬有乡没有和小圆来过那么几次，那么面对王蓉蓉的忏悔，他该是多么的苍白和软弱。对他者罪行的宽宥，一旦有了自我同样有罪的底了，一定要容易得多。也就是说有过小圆，邬有乡竟是那么愿意宽恕王蓉蓉的过错。

但是王蓉蓉一下子不能接受，她本以为她做过的事情是夫妻间唯一的出轨行为，没想到邬有乡手中有了点权力这么快就出问题了。王蓉蓉气得大哭，金色的夕阳已全部落入湖水之中，不见了踪影。哭了一会儿，王蓉蓉自己又想过来了。这世上哪有不吃鱼的猫，既然把鱼送到邬有乡的嘴边了，他又怎么能不开口。想明白了这个道理，刚刚向邬有乡忏悔过的王蓉蓉反过来要他向自己忏悔，她要他悔过自新，要他结束这种肮脏的关系，马上解聘小圆。邬有乡毫无心理障碍地答应了她的所有要求，他当着她的面给人事部打电话，要他们尽快办理解聘小圆的相关手续。

游轮停泊在芦洲古渡口，邬有乡要在它的内部进行升级改造的想法并没有得到落实，他的宏伟规划在他卸任之后被束之高阁。也有道理啊，所谓一朝天子一朝臣，第二任岛主又有了他自己的规划。新官不理旧账，赵宗涛才不会管邬有乡怎么想，他在他的第二任岛主任期内大兴土木，做了一栋房子，也就是现在的3号楼。这栋著名的3号楼是岛上最好的房子，规格超五星级。第三任岛主改建了岛上的所有道路，包括车行道和人行道。翻修了草皮，重新栽种了名贵树木。还建起了一座水上索桥，桥被命名为鹊桥，走在桥上会让人无端地想起鹊桥会。第四任岛主则更为敢想敢干，他在落雁岛的西北角上，在那个无比荒僻的处所建起了一座狩猎场。狩猎场用铁丝网围着，看上去就像是一处军事禁地。里面有茂密的植物，有丛林，有沼泽，还养育着可供猎杀的动物。那些动物分隔在不同的区域里，既有极容易被射杀的柔顺的动物，也有不容易被捕猎的凶猛的动物。

历任岛主——经过他们的努力——让落雁岛大大改变了模样。这样一个游戏中的位置大大激发了他们潜在的才华和想象力，激发了他们的抱负和雄心。同时也让他们自己获得了巨大的好处和利益，能做大事就能得大好处。事实上人人都在觊觎这个位置，谁他妈的不想做岛主啊？又不是不会做，给谁都能做。做岛主太棒了，一帮五湖四海的同学几十年不见，突然聚在一块了。把你在社会上几十年的积累全剥除掉了，一下子回到从前，再从中选一个头领，还有这么大的好处，谁不想做。可是岛主是怎么被选出来的，谁也不知道，没有任何一个人知道。这是最为奇妙的一件事情，谁也不知道岛主是怎么选出来的，或者是由谁选出来的，可是谁都知道那个人就是岛主。新岛主上位，按惯例都是在同学聚会第一天的那次化装舞会上，就像新皇登基，岛主从稀奇古怪的面具中冉冉升起。但是仍然诡异，做岛主的人在做上岛主之前，他自己也不知道。有人说同学会中隐藏着一个类似于长老会的影子机构，那些人对重大事项拥有不可逆的决定权。按道理讲应该有这么一个组织，但是谁也没见过它，也没人承认他是其中的成员。沈旺秋对此疑窦丛生，哪些人组成了这么一个机构，他们又是如何运作的？完全无法想象。或者真没有，或者即使有这种组织，故意隐匿也是为了让那些想要做岛主的人无从打点，他们想打点也找不着对象。

沈旺秋清楚地记得2012年邬有乡被宣布为岛主时的情景，当时特别闹腾，有很强的喜剧效果。那是首届同学聚会，是毕业三十周年大庆的日子。序幕拉开，是一场后来一直沿袭下来的化装舞会。沈旺秋化装成土匪，不停地从侍者的推车上拿酒喝。结果他没几下就喝醉了，他倒下去了，不过他并没有倒在地上，而是倒入了一个乞丐的怀中。乞丐当然也是同学，没有真的乞丐，是哪个同学把自己装扮成了乞丐。那乞丐无比肥胖，体重应该在两百斤以上，两百斤是目测出的重量，实际情况可能会更重一些。因为倒卧在她怀中，沈旺秋马上意识到这人是个女性。他迅速在脑子里搜索了一阵子，根本记不起来同学中还曾有过这种体形的女生，看来时光真是太厉害了。

"你能给我一点零钱吗？"乞丐搂着沈旺秋，有意装出乞讨的声音说。她声音里的凄凉听起来不像是扮演出来的，在这样奢华的舞会上，听着凄凉的声音竟有些让人着迷。

沈旺秋从口袋里掏摸出几枚硬币塞在她手里，那是他仅有的硬币。她接着了，露出某种欣喜。她的手掌肥厚而温暖，他不禁把手放在那里多停留了一会儿。她没有拒绝，她的食指在他掌心里划拉了几下。她还得扶着他，如果松开手，他就会摔倒在地。看上去就像是他偎在她怀中，或是她搀扶着他。

"我能知道你是谁吗？"沈旺秋问道。

"晚会结束后你就知道我是谁了，现在告诉你就是违规。"

"难道你不想知道我是谁？"

"你是谁都一样。"

"这是什么意思啊？我不明白。"

"你总归是我的一个男性同学，在学校里我们不会这样搂搂抱抱。"

"我们现在可以搂搂抱抱。"沈旺秋仰起脸来说。

"可以了，很多事只有在以后才能做。"

"当时不能做的事情以后就能做了，你是这意思吗？"

"是这意思。"

"那么，你是王蓉蓉吗？"

"我不是王蓉蓉，我为什么要是王蓉蓉？是王蓉蓉很有意思吗？我告诉你，我后来长了很多肉。"

"看出来了，以前的同学没这么胖。"

"我吃成这样了。"

"你为什么要这样吃呢？"

"吃可能是这世间剩下来的最后一点点有意思的事情了，你不这样觉得吗？"

这话题有些严重，沈旺秋一时答不上来。肥胖的乞丐不仅仅在说话，她很有可能想要和他讨论哲学。这时，从那边又过来了两个人。一个人笑着对另一个人说："看看，乞丐正搂着土匪呢。"

那两人对着他们指指点点。另一个人说："没准是旧情复燃了。"

"土匪和乞丐也有旧情吗？"

"谁知道，可不是。"

那两人说着说着就走过去了，仔细回想那两人的模样，沈旺秋和乞丐都有些惊呆了，直吓得魂不附体。沈旺秋的酒也醒了，他挣脱乞丐的怀抱，居然在地上站稳了。原来那两人中一个是年轻时的陈永斌，另一个是诗人秋风。就像乞丐一样，他们肯定也是化装而成的嘛。可是他们两人都有故事，陈永斌早就不在了，他又怎么会出现在这里？秋风虽然还活着，但是听说他是个疯子，一多半时间住在精神病院里。

沈旺秋在后面尾随着陈永斌，感觉就像是在尾随一个死人，一个鬼魂。肥胖的乞丐也在他身边，在他们后面又跟上来了另外一些人。那些人顶着各种造型，他们不再是自己。但是似乎每个人都发现了陈永斌，陈永斌是今天的明星，或许只有死亡才能让人如此耀眼。死者陈永斌出现在现场，他一下子让我们所有这些人同时回到了青春时光。化装成陈永斌的这个人是今天最成功的装扮者，他的想法最为聪明。死者让我们的怀旧变得深沉，富有诗意。哪怕他只是陈永斌的一个赝品，仍然吸引了很多人尾随在他身后。

陈永斌只跟我们在一起待了两年半时间，读到大三的时候他突然决定要去湖南湘西某地治疗眼疾。据说他经过寻访得知，湘西某地有一种神奇的草药和医术能够治愈近视眼。多年来陈永斌一直受到近视眼的困扰，这是一个机会，他将只身前往湘西治疗眼病。至于到底在湘西哪里，陈永斌对人们的关心始终语焉不详，他好像是在刻意保密，不愿意跟人分享这方面的信息。这次治疗共花了三个多月时间，结果是陈永斌的眼病并没有治好。后来有人说陈永斌并不真是去治疗眼睛，他更在意并想治好的是脸上的疙瘩，脸上一茬又一茬层出不穷的疙瘩令陈永斌很绝望。他每天都要对着小圆镜挤弄脸上的小包块，我们都见过他从里面挤出小米粒般大小像乳胶似的白色物质，那种东西就像是白色的小虫子。伴随着每挤出这样一粒物质，他的手指上还会沾染上一些血迹。大学里我们同处的两年半时光，陈永斌就那样站在窗口挤疙瘩。那些疙瘩在他脸上摞起来，就像是触目惊心的瘢痂。陈永斌真正在意的是这个，他想治好自己的脸。但是他并没能如愿，他回来的时候只是脸上的颜色更深了一些，变成了紫红色，并常年不褪。因为旷课时间太久，陈永斌退到了1979级，也就是说学校让他留了一级。从这个意义上说沈旺秋不知道他算不算是自己的同学，不过同学会的花名册上有他的名字，他的名字上面画着黑框。陈永斌是53名同学中唯一死去的那个人。现在需要说清楚的是康大在1978年时还是一所师范院校，它的前身是一座地级市——康华市——的师范学校，1977年办成了大学。它本来应该叫作康华师范学院，但是真要那样叫的话很有可能招不到学生，于是上面想办法把它挂靠给武汉师范学院，叫作武师康华分院。很多年后武汉师范学院也不叫这个名字了，改名叫湖北大学。武师康华分院也经过了几轮改名,最后叫康华大学,我们的康大同学会就是这么来的。

  既是师范学校,当年所有学生毕业后都要分配到教育战线去。陈永斌当然也不例外,他毕业后被分配在他老家县城里的一所中学。他上一届的同学多半分到乡村去了,幸运的是他晚一年出来却能留在县城。那年头能留在县城比去乡下有太多优越感,至少找对象都要方便得多。可是陈永斌的幸运仅止于此。他找了个纺织厂的女工做老婆,还生下了一个儿子。在儿子五岁生日那一天,他却死于一场离奇的车祸。那天吃过晚饭后陈永斌独自去外面散步,他经常散步的地方,是府河东南边的一个坡道。那坡道的下面即是府河,从坡道往上走则是一处岔道口,道口往不同的方向有三个分岔。用街道作比喻,它很像是一个丁字路口。陈永斌正走到那里,一辆摩托车把他撞倒了。摩托车的速度不快,陈永斌伤得也不重,或者说并没真伤着他的要害,他只是膝盖和左手肘部擦破了皮。那是他扑倒在地时造成的伤害,卷起衣服能看到细小的血珠从擦破皮肤的伤处渗出。骑摩托车的共有两个人,骑车的人显然喝醉了,他低垂着头沉默不语。另一个坐在后面的人则脑子清楚,他身上没有一丝酒气。此时他不停地向陈永斌道歉,主动掏出两百块钱作为赔偿。那年头两百块钱可是一笔巨款,陈永斌没理由不满足。他甚至有些窃喜,内心里觉得这钱来得太容易了。肇事者可能也捕捉到了他脸上的表情,认为这件事也就到此为止了,不会再有纠纷。陈永斌正喜滋滋地把钱放进衣兜,他这时可以挥手让别人走开,或者做做样子骂别人几句也可以。但是陈永斌没有这样做,也没有那样做,不可思议的是他忽然对他们怎么会撞上他产生了浓厚兴趣。

  "这是个岔道口,"他比划着说,"我在这条道上,车原本在那条道上,但是你们怎么会忽然从那条道上拐到这条道上来撞到我呢?"陈永斌一边比划着,一边百思不得其解。

  那个脑子清楚坐在后座上的男人说:"大哥别纠结了,这货就是喝多了。"

  站在旁边的沉默不语的男人听他这么说,不服气地顶撞道:"谁喝多了?你说谁喝多了?"

  "喝多也好,没喝多也好,我就是好奇,那条道上的车怎么会撞上这条道上的我呢?"

  "不好奇,"脑子清楚的那人说,"大哥,我们不好奇好吧,这事就这样,反正我们也已经赔偿你了。"

  "我也好奇,"喝醉了的那个人说,"没道理啊。"

  "要不这样吧,"也不知陈永斌怎么会有这么好的兴致,"我们来个情景再现怎么样？我继续散我的步，你们呢，返回去按原先的路线再来一次，行吧？我就想看清是咋回事。可不可以呀？反正大家都有时间，证实一下吧。"

"行啊。"喝醉了的那人颇有些兴高采烈，推着车子往回走。"哥，你也上来吧，还是坐后面。"

脑子清楚的人却摆着手，不愿上来，他嘀咕着说："神经！"

喝醉了的那人就自己上到坡上面去了，摩托车是他推上去的，他费了好大的劲。然后他从上面骑着摩托车往下冲，两股岔道，路面崎岖不平。因为铺着碎石子，轮胎很容易打滑。尽管他扭扭摆摆地拧着之字形往下蹿，但是的确没有从这条道蹿上那条道。他几乎没有挨上陈永斌，平安无事地抵达到下面的河边，也没有掉进水里去。

陈永斌皱着眉头说："这不是蛮好嘛，刚才怎么就撞上我了？"

骑车那货醉得很深，他更不解。"刚才我们有没有撞上他啊？"他指着陈永斌问另一个人，"哥，为什么赔偿他？你也看见了，我们不可能撞上他嘛。"

"可是确实撞上人家了，别瞎扯，我们走吧。"事情到了这一步，可见那人是对的，他很清醒。

可是骑车的人不走了，他要讨回那两百块钱。"凭什么给钱？我们没撞他！"

陈永斌暗自冷笑，他再一次卷了卷衣服，露出膝盖和手肘上的伤处。"哼，没撞上我我是怎么伤着的？"

"但我们走着两股道，我又怎么会撞上你呢？"

"我哪知道！"陈永斌说。

"要不，我们再试一次？"骑车的那货说。

"行啊，"陈永斌说，"我没意见。"

脑子清楚的那个人再也看不下去了，他冲上来对着同伴的脸就是一顿猛揍。他出手真是重啊，同伴被他砸倒在地，在地上翻滚。"我让你灌，灌马尿。"

打完了，那个喝醉了的人从地上爬起来，他擦了擦脸上的血迹："哥，我还是再试一次吧。真他妈见鬼，明明两股道，怎么会撞上他呢？"脑子清楚的那人转过身往远处走，边走边说："妈的我是不会骑车，我要是会骑车早骑着车跑了。"

从地上爬起来的人重新把摩托车推到坡上面去，这次他轰着油门迅猛地冲了下来。陈永斌仍然在悠闲地散步，他的背对着上面，身体的正面对着河水。但是那个喝醉了的再一次撞上了陈永斌，是从背面撞上去的。这是第三次，他没有第二次那么幸运了。陈永斌被他铲飞了，落地时后脑勺正好磕在一块硬石上，当场毙命。骑车人自己也没能刹住车，他在撞飞了陈永斌之后自己也冲进了府河。那个脑子清楚的人是这个喝醉了的人的表哥，他已经走出好远，听到响声时他回过头来，正看到他表弟落入水中。

我们同学陈永斌的死亡过程就是这样的，这里面有比较错乱的地方，你很难理出说得过去的头绪。但是他出现在2012年我们第一次同学聚会的化装舞会上，一大群人跟在他屁股后面，引起了一点小小的骚动。化装舞会有集体狂欢的意思，在它之前，所有人报到入住之后有一个欢迎酒会，化装舞会被安排在酒会之后。有些人在酒会的时候就已经喝醉了，毕竟这么多年没见，每个人都想表达自己，所以在化装舞会上很多人跌跌撞撞，东倒西歪。尽管如此，陈永斌的出现还是掀起了一个高潮，仿佛他正领着一帮人在搞大游行呢。这时，一阵强劲的音乐响起，号手吹起嘹亮的集合号，大厅里所有的强光灯一齐打开。一个脸色苍白的主持人手拿话筒，殷勤地向着每一个人频频鞠躬，他鞠躬的幅度很大，看上去就像是一个地道的日本人。

主持人正在喊话："请各位老师揭开面具。"

他鞠着躬，把头顶在地面上。

"化装舞会结束了。"他继续鞠躬，再一次把头顶在地面上。

"各位老师，请露出你们的庐山真面目。"

音乐停止了，只听到主持人声嘶力竭的叫喊声，他仍然在鞠躬，最后一次把头顶在地面上。所有人都扯掉了自己的面具，大家一起站在灯光下面，每个人都是那样苍老。岁月没有放过任何一个人，它唯独只放过了陈永斌，但是陈永斌事实上已经不在了。刚才的陈永斌扯下面具之后变成了邬有乡，他身边的诗人秋风还原成王大贵。

王大贵来自农村，读书的时候已经结婚了。他保持着农民的作息时间，早睡，晚上不到九点就上床睡觉了，还裸睡。也不知是谁发现了王大贵的这一秘密，在他熟睡之际，有人会猛下故意掀掉他的被子。光裸着的王大贵呵呵笑着，一手拼死往回扯被子，一手捂住自己的私处，这一幕在当年的宿舍里屡屡上演。

诗人秋风是个狂妄的激进者，他一直认为他是可以进入文学史的人物。这会儿，真正的诗人秋风刚从一具恐龙模型里走出来。他上个月还在长沙市郊的一座精神病院里接受治疗，康复不久就参加了这次聚会，他把自己化装成恐龙。他径直走向王大贵，冷冰冰地问他："你为什么要化身为我？"

王大贵虔诚地握着诗人秋风的手说："因为你是我的偶像，我崇拜你。"

诗人一下子愣在那里，他惊慌失措地说："我没想到。"

有很多人过来跟沈旺秋打招呼，他刚刚摆脱了土匪的模样。其实没必要，在欢迎酒会上大家不是全都见过吗？可是因为有过一场化装舞会，大家又像是重新认识了，就像网上相互认识的人又回到了现实中。

乞丐是郝晓影，1978年的郝晓影是个精瘦的女孩，沉默寡言。她现在的身形比过去的两个自己加在一起还要大，沈旺秋从她的眉眼里努力打捞她从前的倒影。所有人都恢复了真身，都安静着。

主持人又在说话，他说："现在有个重要的消息要向各位宣布。"

他向大家鞠躬，大家更安静了，看着他把头顶在地面。等到他直起腰来，他接着说："下面有请诗人秋风老师——"他又一次鞠躬，"哦，不对，抱歉，应该是——下面有请王大贵王老师宣布这一重要消息。"

王大贵看着诗人秋风，诗人秋风看着王大贵。没人知道化装舞会之后还安排了这样一个节目，王大贵事先完全不知道他要扮演的角色。但是不用急，有侍者——也就是工作人员给王大贵拿来话筒，有人凑在他脑袋旁边，紧急地跟他耳语，还有人递给他一张纸条。我们看到王大贵满脸通红喜形于色，他握着话筒，激动地喊道："我宣布，我们的岛主诞生了，他是——"他停顿了一下，然后坚定地喊出他的名字："邬有乡。"

喊完名字，王大贵异常艰难地抓起邬有乡的一只胳膊，把它举起来，握在一起在空中摇晃。那样一种动作就像是拳击比赛场上裁判举着获胜者的手，正在向观众示意。沈旺秋事后才想起来，是那些侍者和服务生们在"领掌"，就像传说中的央视春晚一样。他们率先鼓掌、呐喊、尖叫、吹口哨，带动着同学会的同学们一同欢呼。

邬有乡在一开始还有些蒙，有些麻木，他不明白岛主是什么意思。王大贵记得，邬有乡在他耳边轻声嘀咕了一句："岛主是做什么的？"

王大贵没有回答他，因为他也不明白。

主持人说："之所以请王老师宣布这一重要消息，是因为他就站在岛主身边。"

这也成了一种惯例，后来历任岛主也都是由他身边的人来当众宣布。

主持人还说："在化装舞会上我们要装扮成什么，都是我们自己的决定。"我们这才注意到，原来主持人的手上有一叠卡片，那是些像扑克牌一样的东西。他把那些用过的卡片放到后面去，对着搁在上面的卡片瞟了一眼，他又说："没有人知道邬有乡老师会装扮成陈永斌，众所周知陈老师早已离开了我们，邬老师的出场融化了我们所有人的心。他帮我们找回已经走失了的人，让我们重新成为一个整体。"

说到这儿，主持人的声音有些哽咽："正是因为这样，邬老师成为我们的岛主理应是众望所归。"

化装舞会在这里结束,主持人长时间地把头顶在地面上。

沈旺秋觉得特别有意思,主持人的结束语极其像是我们经常见到的——那些流行的"颁奖词"。玩味那些词语,大体上能明白,他在暗示选择邬有乡做岛主的理由。岛主的诞生,以及宣布这一任命的宣布者都显得非常随意,它似乎至少从表面上看——很符合同学聚会的游戏性质。说到底它就是一场游戏,闹着玩嘛。宣布这么重大决定的人物居然也是地位卑微的王大贵,王大贵是名乡村教师,早就退休了,他既做了爷爷,也做了外公。比他地位尊贵的成功者多的是,但是他们一个人也没说话。这也符合平等原则,他们所有的身份都在落雁岛的入口处被剥夺了。

但是岛主是被谁选出来的,至今是个谜。流程看似滴水不漏,可是主持人只是岛上的工作人员、侍者,他在化装舞会上只能起到司仪的作用。那么选拔的程序是怎样的,选拔者又是谁,我们一无所知。主持人自己也不知道,我们认识他,他的本职工作是岛上的一名花工,我们找时间追问过他,他对此十分茫然。

他说:"就是这样啊,每一步都安排好了,我们只要照着做就是了。"

"那么是谁在做安排?"

"谁在安排?"那名主持人——也就是平常的花工,摆弄着手上的一叠扑克牌,"没有人会提出这样的问题,我自己从不关心。"

事实上这个问题越来越严重,它几乎是落雁岛上最重要的问题。因为岛主的产生无人知晓,它是一个黑洞,所有人对此束手无策。但是有过几任岛主的经历后,人们又知道做岛主是有巨大好处的。它不光是个游戏,同时它还有很实际的利益,它是一种看得见摸得着并且也是用得上的权力。康大中文系1978级同学会的同学们大多已经退休了,或是即将退休,他们都进入了生命暮年,如果能在这座游戏岛上做一任岛主,实在是一份额外的幸运。于是许多人都在明里暗里争夺这一位置,在沈旺秋眼里,岛主是正在被疯抢的一种东西。

岛主不仅能得到好处,他同时也有制裁的权力。15天时间是个超长假期,每年来的人都很难到齐。有人会因工作、家庭或身体等原因而中途离开,也有人离开之后又再回来。在一起待的时间久了,一些人的毛病渐渐显露出来。有人把岛上的公物塞进私人行李箱里,夹带着偷盗出去。有些人会在背后攻击和诋毁另一些人,这类事情比偷盗更令人头疼。岛主必须制止他们,制止之前需要证据,所以在某些时候他不得不调查他们。岛主可以调配他的工作人员,那些岛上的侍者、服务生、花工和厨师随时可以变身为调查者。岛上的气氛于是逐渐起了变化,有些紧张,一些奇怪的传言在人群中间蔓延。沈旺秋听说赵氏公馆和芦洲古渡口的那艘游轮已成了相对固定的调查场所，那栋古旧的建筑和那艘酷似泰坦尼克号的游轮里面都有隔断的独立房间。一些同学在里面承认了他们的偷盗行为，并把赃物退了出来。岛主对这类过错一般都心怀慈悲，只要退出赃物就可以了，不会说出他们的名字，贪小便宜毕竟很丢人嘛。另一些事情则要复杂得多，谁在诋毁谁，谁在搞谁的阴谋，几十年看似风平浪静，实际上积累了很多东西。你不能揭开盖子，一旦揭开盖子会有意想不到的麻烦。公馆和游轮成了岛上的禁区，沈旺秋没事的时候不会走向那里。夜间，有人听到从里面传出哭泣的声音，低沉的殴打的声音，那些声音在夜间听起来令人毛骨悚然。但里面的详情无人知道，那是些颇为神秘的地方，一般的人进去不了。

有些同学突然间在肢体上出现了某种伤痕，比如腿折了或是瘸了，但是他们自己往往能够自圆其说。他们说是碰到了什么，或是跌倒在哪里了。他们说的时候并没有闪烁其词，我们听的时候也没有左顾右盼。有些人提前离开了，我们去为离开的人送行，这些事情看上去都很正常，但是沈旺秋仍然时时心有余悸，他跟我说，他摆脱不了恐惧。

同学会建有自己的QQ群、微信群，岛上的电视还有独立的封闭频道。谁如果真有了问题，岛主可以动用这些东西，岛主有威信，也有办法，他完全可以通过这些途径把有问题的人搞臭。

汪新忠在2015年的假期里跟沈旺秋讨论过这件事情。他认为自2012年以来每一任岛主都极有智慧，换句话说每一任岛主都是处心积虑的人。他说："他们都做足了功课，并且摸透了某些人的心理。"

"某些人是谁？"沈旺秋问道。

"不知道，但肯定有某些人存在。"

1978年的时候汪新忠和沈旺秋住在同一间宿舍里，沈旺秋来自农村，汪新忠来自武汉。两人同一年出生，差不多彼此是对方的心腹。他们经常结伴散步，散步的线路是学校附近的菜地。他们一边在菜地里的田埂上行走，一边说话。沈旺秋向汪新忠讲述乡村里粗俗的谚语，他用家乡土话把谚语念出来，再用普通话解释一遍。汪新忠对此很感兴趣，他听得面红耳赤，却又大呼过瘾。当年两人通过粗俗谚语建立起来的友情并没有在未来的岁月里延续下去，汪新忠回到武汉，沈旺秋则在县城里即将度过平庸的一生。当初汪新忠也被分配在县城里，可是他拒绝去上班。他坚持要考研究生，考了两年才考上。读过研究生，汪新忠分到了武汉的一所大学里，他在那里一直做下去，做到教授的位置上。走上学术道路的汪新忠和从前的同学没什么联系，对沈旺秋也一样，他有几十年没联系他。再次见上面以后，他还是觉得沈旺秋亲切。

"我们能不能再做心腹呢？"这是汪新忠的原话，"彼此是对方的心腹？"

"当然可以。"沈旺秋说。

汪新忠早早就谢顶了，他头皮光亮，闪着那种光亮，必然就是聪明的不简单的脑袋。他戴着深度近视眼镜，眼珠从镜片后面鼓出来。汪新忠和他讨论谁能做岛主，他推测他们是怎么做上去的。通过这些分析，沈旺秋发现他是个特别有城府的人，听着听着不由得不寒而栗。他点出了他们的一些事情，重点分析了第二任岛主赵宗涛。他说，如果第一任岛主邬有乡刚好迎合了某些人烂俗至极但还有些感伤的怀旧之情，那么第二任岛主赵宗涛则肯定是在公然作弊和出老千。沈旺秋只听得心惊肉跳，这又从何说起呢？汪新忠说的是他们在化装舞会上的创意，的确如此，邬有乡化装成陈永斌很是讨巧，他温暖地表达了怀旧之情。那么，赵宗涛又是怎么出老千的呢？沈旺秋听不明白。

"赵宗涛穿着白色西装，戴金丝眼镜，拄着文明拐杖。"

"的确是这样子，他让人耳目一新。"

"可是你知道落雁岛上真正有过的历史人物赵宗涛吗？知道那栋古旧的建筑就是从前的赵氏公馆吗？"

"以前不知道，那哪知道，后来就知道了。"

沈旺秋说的是实话，以前没人知道岛上真有过这么个历史人物。一百多年前有个广东人来到落雁岛，他是个大买办、富商，在英国留过学。他的名字就叫赵宗涛，巧的是我们同学赵宗涛刚好和他同名。赵宗涛买下落雁岛，在岛上修建了一栋别墅，名叫赵氏公馆。一百多年前的落雁岛还很荒僻，但是因了赵宗涛，一时间富商名流纷纷前来。芦洲古渡口常常是百帆汇聚，盛景空前。可是后来没人知道这些事情，赵氏公馆破败得不行，"文革"中又受到破坏，断垣残壁，别人还以为是衰败的寺庙。

"但是赵宗涛知道，他知道以前的赵宗涛。"

"你怎么知道他知道？"

"他所化装成的赵宗涛和历史上的那个买办赵宗涛一模一样。"

"一模一样吗？"

"他显然有个模本，有个可以模仿的东西。"

"那是什么？"

汪新忠告诉沈旺秋，有一天他专门去了湖北省图书馆。他带着矿泉水和方便面，在里面埋头查阅了一整天资料。省图的馆藏资料非常丰富，但是你要找到正确的路径。他在那些故纸堆里寻访赵宗涛的踪迹。赵宗涛和湖北官商界的关系，和汉口码头黑帮的关系，这些汪新忠都查出来了，买办赵宗涛当年和武汉各界有着盘根错节的纠葛。他还知道与赵宗涛同时代有一个名叫但尔仓的画家，但尔仓留学法国，在巴黎学画。他不是一个很有名的画家，时间淹没了他，也抛弃了他，后世没有人记得还有这么个画家。汪新忠如果不是查阅赵宗涛的资料，也不会发现这个人。但尔仓虽不是很有名，却极有天分，他毁于自己家境衰落，同时也毁于鸦片。但家算是民族资本家，他们家很早就做纺织业，因为一场火灾，但家受到重创。但尔仓的父亲年老体弱，经不起折腾一命呜呼了。这时候但尔仓本应站出来挽救但家，可他是个画家，根本不懂实业，只能眼睁睁看着家道像水中的沙子流失殆尽。但家和赵家又是世交，有了这场变故，赵宗涛收留了但尔仓，把他留在身边。自此，但尔仓成了赵宗涛的私人画家。但尔仓画油画，他所留下的画作也不多，据汪新忠讲，他在湖北省图书馆只看到了两幅。但尔仓后来沉溺于鸦片，每天都要大量吸食，没有鸦片他活不下去。有人猜测，但尔仓只能依赖毒品苟延残喘，一方面是因为他觉得愧对祖宗，他坚持认为是他毁了但家；另一方面呢，也因为成了赵宗涛的跟班令他屈辱不堪。以前他们是平辈，是兄弟，现在却是主仆。不过从汪新忠看到的这两幅画来看，则足以证明但尔仓就是个天才，他是个不为人知的天才，或者说他是个残缺的天才。两幅画中的一幅是芦洲古渡口的船帆，秋日的傍晚，名媛显贵们正从不同的船舱里移步下船；另一幅则是赵宗涛的肖像，他着白西装，戴金丝眼镜，拄文明杖。站在这两幅画面前，汪新忠激动不已，眼里涌出泪水。

"真是杰作啊。"他说。

接着，他又说："我肯定赵宗涛在我之前查阅过那些资料，他在我之前也一定看过但尔仓的画作。我现在这么说，你应该明白了我的意思吧？"

"我想我明白了。"沈旺秋说。

"也就是说赵宗涛化装成那个和他同名同姓的买办不是即兴的想法，也不是一时冲动。"汪新忠继续分析说，"那是他蓄谋已久的行为，他有计划有预谋。他明白打出这张牌，就一定能打动某些人。"

"你又在说某些人。"

"难道不是某些人在决定吗？"

"决定什么？"

"决定谁做岛主。"

"那么，某些人是谁？"

"我哪知道。"

汪新忠再一次摊开双手，他的眼珠子鼓突得更厉害。

"他衣服的款式尺寸以及嘴上的胡须都酷似那幅肖像画，包括赵宗涛脸上的笑容和皱纹也都和画作像到了极致。可见我们的同学真是下足了功夫，他出现在化装舞会上，不像是真人，更像是但尔仓画出来的一件物品。"

沈旺秋记得当时的情景，那是我们的第二届同学会。奇怪的是当时沈旺秋居然把自己化装成了一个画家，这里面有非常怪异的鬼使神差。沈旺秋当然不知道买办，不知道赵宗涛那些事。他在第一届化装舞会上化装成土匪，这一届他本来想装扮成宫廷小丑。可是参加完欢迎酒会，他突然改变主意，想要化装成一个潦倒的画家。一个痛苦的人，他的痛苦在于现实和梦想的对立。这种装扮是突然降临到他头上的灵感，而且他居然就走在赵宗涛的身边。

他当时还和赵宗涛说过话，他这样问他："你是谁啊？怎么打扮成这么古怪的样子？"

"我也不知道我是谁，"赵宗涛和蔼可亲地回答他，"可是你看上去就像是画家。"

"我的确是个画家。"

"你画过什么呢？"

"我也不知道，可能我什么也没画过吧。不过呢，你怎么看怎么像是画中的人物。"

"是你画出来的吗？"

沈旺秋大笑起来："可能吧。"

汪新忠说："你们一起出现，没有人会觉得有问题。可是等到我研读了湖北省图书馆那些资料之后，我无比惊讶。"

"你这么说，我现在也惊讶，我几乎是惊呆了。"

"你走在他身边，就像是买办的跟班但尔仓，你无意中把自己装扮成了那个被埋没了的画家。"

"确实可以这样想，太合拍了。"

"你知道当年的赵宗涛为什么要买下落雁岛做房子吗？他并不是武汉人啊，实际上他是广东人。"

"为什么呢？"

"资料上很模糊地提到过一个女人，那是当年武汉的一位大家闺秀。关于她和赵宗涛之间的纠葛，资料里面颇为语焉不详。可能是为尊者讳，或是为死者讳。凡是涉及这方面的内容，在文字上都很飘浮，不确定。"

汪新忠从当年一些回忆录、访谈、信函以及报界的杂章片断中获得了这方面的信息，他坚信赵宗涛是因为女人才来到落雁岛。

主持人宣布化装舞会结束时，沈旺秋正好和赵宗涛站在一起。有人递给他一张纸条，递给他话筒。

沈旺秋高高举起赵宗涛的一只胳膊，宣布他为新任岛主。赵宗涛在他耳边很悲伤地轻声说道："我又回来了。"沈旺秋于是想起了那句著名的电影台词，那个反派人物拍着腰间的盒子炮，挺直腰板说："我胡汉三又回来了。"沈旺秋并不知道他在这种时候说出这句话是什么意思。

但是主持人很快揭开了谜底。主持人告诉大家，一百多年前这座岛的主人就叫赵宗涛。他和我们现在的赵老师是同一个名字，而我们的赵老师又刚好化装成了他。这真是一个美妙的巧合，世纪之缘。然后，主持人展示了两幅油画的复制品。刚刚卸妆的赵宗涛在几分钟之前和肖像画中的人物几可乱真。

这时，主持人用很温暖的声音喊了一嗓子："看着赵老师，难道不是故人归来吗？"

赵宗涛做了岛主后将赵氏公馆整修一新，那两幅画后来就挂在赵氏公馆里。它成了落雁岛上的一处人文景观，而在它的内部又有一些密室，不过那已经是另外的事情了。

"你不能不佩服那些做过岛主的人，"汪新忠说，"他们谁都呕心沥血地想过办法，没有人会轻易获得什么。"那是他的结论。当他和沈旺秋一起谈论谁做岛主的时候，他的面部时常痉挛。

"我不是很相信阴谋论，"沈旺秋说，"并非谁都是处心积虑的人。"他记得汪新忠用过这个词，所以他也这么说。

"切！"汪新忠竖起根手指头，猛向他戳来。

沈旺秋突然想到了这一层，既然他这么在意，这么反复地分析、比较、推敲，或许汪新忠也是个想做岛主的人。

"你是不是也想做岛主？"沈旺秋问道。

"你怎么会问出这样的问题？"汪新忠脸色苍白，"谁不想做岛主？"

"我就不想做，"沈旺秋说，"那就是游戏。"

"你跟我说说可以，不要跟别人说。"

沈旺秋这时候特别想逗他玩，也不知是什么动机，他就这么想，逗他玩又怎么的。他说："汪新忠你想做岛主恐怕比较困难。"

"为什么？"

汪新忠看上去很惊恐，正是他的惊恐更刺激了沈旺秋。沈旺秋于是决定把玩笑继续开下去，管他呢，不就是玩嘛。玩吧玩吧，吓唬吓唬他。

"因为有人反对你。"

"反对我，谁会反对我呀？"汪新忠的额上冒出汗珠子，他的喉结像一只开关啪嗒啪嗒地一会儿打开，一会儿闭合。

谁会反对他呢？沈旺秋绞尽脑汁地想着。没有谁，这么多年他不知道汪新忠有没有对手或仇人，在他看来没有人会反对汪新忠。但他不能这么说，他在开一个玩笑。既然如此，他不妨虚构一些名字出来搪塞他，那就随便说几个吧。沈旺秋来自幸福县，康华市是个地级市，在行政关系上幸福县隶属于康华市。沈旺秋住在幸福县城的马坊街，而马坊街又是幸福县里最为著名的幽默之地，住在那条街上的每一个人都热衷于开玩笑或恶作剧。有段子说马坊街有个人死了爹，他一边呼天抢地地哭丧，一边还不忘揶揄站在旁边劝慰他不哭的朋友。他哭喊着："我怎么能不哭啊，爹？我这一生就只你一个爹，哪像他呀，这儿一个爹那儿一个爹。"沈旺秋就生活在这样的环境里，开玩笑对他而言司空见惯。

"怎么会没人反对呢？"他还在卖关子。

"反对我没道理啊，你说说都有谁？"

"据我所知，郝晓影是一个。在她看来谁做岛主都可以，唯独你不行。"

"为什么？"

"她说你心术不正。"

"还有谁？"

"曾凡伟、张亚雄他们都反对你，这个谁都知道，可能就瞒着你。"

汪新忠垂头丧气，他揪自己发亮的头皮，沈旺秋这时候有些怀疑，说不定他的头发是被自己扯掉的。他劝汪新忠不要当真："我也就是说说而已。"

"怎么是说说而已，"汪新忠的眼眶里涌出泪水，"你说出的这些刚好印证了我的猜疑，什么同学会，什么情深意长。其实水深得很呢，里面暗潮汹涌。"

"没那么复杂。"

"我不知道郝晓影为什么到现在还这么恨我，"汪新忠自顾自地说下去，"难道如此漫长的时光也未能抚平她的创伤？她要反对我那也是命中注定，我实在无话可说。"

接下来，汪新忠讲述了他跟郝晓影的往事。这些往事已经尘封了三十多年。这些发生过的事情如果不讲出来，如果一直尘封下去，实际上跟没发生过是一样的。汪新忠在大二的时候和郝晓影好上了，他们好得十分隐秘，不像郚有乡王蓉蓉那样能让人猜出几分，没有任何蛛丝马迹，这是因为他们刻意伪装得好。郝晓影不是很漂亮，面容有些严厉。她戴着眼镜，身材瘦削，腿长个高。跑步的时候，她细瘦的两条腿像竹竿很是显眼。到了大三，郝晓影怀上了汪新忠的孩子。他们不敢在康华市做人流手术，而是私自跑到下面的幸福县去堕胎。"对了，就是你老家。"

他们找了一家小诊所，当天做完当天返回学校。这是一次做得很草率又做得极不完整的清宫手术，郝晓影子宫里的东西并没有清理干净。他们当时还是学生，他们不能声张只能隐忍。从幸福县城回来之后，郝晓影的身体里一直在流血。这件事情十分奇怪，郝晓影同寝室的女生向校方举报，她们有理由怀疑某个女生有可能做过人流手术，本着那些大家都应该恪守的道德准则，她们愿意向校方反映情况。

"这是我们人生中第一次面临告密或告发。"

"你说的那件事我有印象，"沈旺秋皱紧眉头，"可是被告发的人好像不是郝晓影。"

"是的，被告发的人不是郝晓影，而是向冬梅。可是当时我们不知道，我们只知道有人去学校告密。"

那是冬天，校园里飘满雪花。郝晓影把写了字的纸片团成纸球，她把它弹到汪新忠的脚边。汪新忠弯下腰去，从雪地里捡起它。他们以这种方式约会，他们跑到学校外面去走了好几个小时。恐惧让他们无言以对，穿过烈士陵园，他们差点跳入结上薄冰的后湖。

"我们想到了自杀，当时真是走投无路啊。"

沈旺秋和他一起回忆那个冬天。

可是等他们走回学校，他们发现什么事也没有。出问题的是向冬梅，中文系女教师和学校医务室的护士一起去她们寝室做了检查。她们从向冬梅的床上和枕头下面找到了好几件染血的内衣。然后她们把向冬梅带到康华医院，并建议她留在那里住院治疗。这件事是当年校园里出现的最大丑闻，我们同学们都记得，向冬梅和她的男朋友太过张扬。现在看来，当年的向冬梅更像是个冒名顶替者。她顶替郝晓影受到了处罚，顶替她领取了很不好的名声。实际上郝晓影的情况比向冬梅更严重，如果检查人员足够细心的话，她们会从郝晓影的床上获取更多染血的内衣，那上面的血迹比向冬梅更稠密。但是她们没有搜查郝晓影的床铺，她们有目的地直奔向冬梅而去。向冬梅在这件事情上为郝晓影做了掩护，她是她的遮蔽物。一个很诡异的地方是，当年几乎在同时或先后，同寝室的两个女生——也就是郝晓影和向冬梅都做过人流手术，也都做得不成功。然后同住一室的同学前去告密，她们告发了向冬梅，却没有告发郝晓影。这里面的问题是她们要么不知道郝晓影也人流了，要么是尽管她们知道郝晓影人流了也仍然选择了向冬梅，却放过了她郝晓影。因为向冬梅太过张扬了，人们往往不能容忍太过张扬的幸福。你躲着偷着幸福可以，你不能太猖狂。但是这件事情在一开始似乎是郝晓影占到了便宜，其实并不如此。郝晓影虽躲过了惩处，躲过了羞辱，但她的身体却受到了伤害。向冬梅在康华医院接受治疗期间，郝晓影不得不在学校里坚持上课，她坚持了二十几天，寒假之后才找到一家医院重新做了清宫术。郝晓影为这次拖延付出了更大代价，也更为悲惨，她再也不能生育了。后来为了治疗不孕症，郝晓影不停地吃药，那些药物让她的身体不可遏止地膨胀，这也是她发胖的真正原因。

沈旺秋第一次装扮成土匪，曾经因为醉酒倒在郝晓影的怀里，那时候她是个乞丐。沈旺秋记得她跟他说，她是因为贪吃才变得肥胖。但是现在汪新忠告诉他，她之所以这么胖，是为了治疗不孕症而滥用药物所致。他还给他讲了无人知晓的往事，郝晓影后来并没有嫁给汪新忠，到底是什么原因，汪新忠也没说。他只是在反复地追问："她为什么要这样恨我？"

"我看不出来她恨你。"沈旺秋这样回答他。

听说郝晓影的老公并不是学校老师，他是学校食堂里的伙夫。从她的体形来看，很容易跟她老公的职业挂上钩。了解他们生活的人都说他们夫妻俩相濡以沫，她老公并没有因为她不能生育而怨恨她。他的性格当中有听天由命随遇而安的东西，不能生育就不生育嘛，他什么都能接受。之所以给她治疗，无非是满足她的心愿。在此之前沈旺秋不知道她和汪新忠的关系，他没觉得她在恨着什么。尽管郝晓影体态肥胖，但她是同学会中最愿意运动的一个人。她每天早晨都会跑到东湖边上去打太极拳，慢慢地在她身边竟聚拢了一些人，他们跟着她比划。曾凡伟和张亚雄也跟着她在比划，所以沈旺秋在提到郝晓影的名字时，也一并想到了他们俩。

"我想不起来我和曾凡伟有什么过节，也想不起来和张亚雄有什么过节。"汪新忠痛苦地思忖着。

"你不要想这些，想这些没有意义。"

汪新忠大口地喘着气，他看上去就像是个溺水者。他呼吸着的好像不是空气而是水，水倒灌在他喉咙里，让他无比难受。

"你不要安慰我，你已经告诉我实情了。"

"我没有说什么。"沈旺秋矢口否认。

"现在要否认什么可能来不及了。"汪新忠很坚决也很悲惨地说道。

沈旺秋在2016年秋天已经是第五次来到落雁岛了，来之前他得到的消息是诗人秋风可能会又一次缺席这次同学聚会。前去探望过他的人说，他的病情更重了。诗人秋风已经疯得连我们同学他一个也认不出来，他在精神病院里常常和医护人员互殴。苑忠庆也不会来，以前每次他都会短期造访一下再离开，前不久听说做到副省级的苑忠庆被双规了，看来做领导也有风险。沈旺秋觉得相对于别人而言，他更怀念诗人秋风。服务生为他办理了入住手续，他住在3号楼，88301房，也就是3号楼三楼的第一个房间。床头柜上摆着两本书，一本是《秋风集》，是诗人秋风的诗集；另一本是《草芥集》，沈旺秋随手翻了翻，原来是教授汪新忠的散文集。工作人员很细致，除了这两本书，沈旺秋在生活上所需要的东西房间里也都有。所有东西都替他准备好了，睡衣、拖鞋一应俱全，颜色款式也都合他心意。沈旺秋便秘，到了这个年纪说不定身体的哪个部位就会有毛病。他记得几年前他不便秘，而是拉肚子。在他的腹腔里，还是那副完全相同的肠胃，短短几年时间后却出现了完全相反的症状。沈旺秋对此很是不解，因为便秘，他蹲在蹲便器上的时间就比较长。他喜欢一边蹲在蹲便器上使劲，一边胡乱翻书。《秋风集》沈旺秋读得比较多，他一直认为诗人秋风是可以进入文学史的人物。为什么能够进入文学史的人物在现实中会成为疯子呢？他几乎能背诵秋风的一些诗歌，但是《草芥集》他还是第一次看到，所以他手头拿着这本新书。汪新忠在书里讲醉鬼的故事，同时也讲植物，没想到写得真还不错，汪新忠的文字中透出某种仙风道骨。

折腾完毕，从洗手间出来，沈旺秋整理自己的行李物品。他拉开衣柜，把衣服挂进去。挂完衣服，眼睛的余光看到了衣柜里层还有个东西。他把它拿出来，原来是一杆竖着的长枪。长枪黑糊糊的，用透明薄膜细心包裹着。

为什么会有枪？还是真家伙，沈旺秋手脚发麻。他不明白是什么意思，他要问一下。于是他按了按墙上的一颗绿色按钮，那是房间里需要服务的呼叫器。房间里面没有声音，但是外面有响动。

立马就有人敲门，一个很年轻的声音从外面朗声叫着："您好，服务生。"

沈旺秋拉开门，门口笔直立着一位白衣男子。沈旺秋问他："怎么我的衣柜里有一杆枪？咋回事，不会是谁弄错了吧？"

"没谁弄错，它是您的枪。"他说。

"我的枪，我怎么会有枪？"

白衣男子温和地说："不是您的枪，您也不可能有枪，它是您在岛上度假期间我们配给您的枪。"

"我还是没听明白，你们配枪给我干什么？我要一杆枪有什么用？"

"哦，是这样的。"白衣男子说道，"现在是没用，可是到了假期快要结束的时候就有用了。新任岛主可能要安排一场狩猎，所以每个老师都发了一杆枪。"

"发枪，呵呵。"沈旺秋没有别的话说，他只能呵呵。

"不过您放心好了，"服务生又说，"枪很安全的，它不是真枪。谁敢用真枪，谁又能用真枪？它只是普通的猎枪。"

原来还要狩猎，沈旺秋明白了，这个假期一定会很不寻常。"可是，为什么猎枪就是安全的呢？"

"因为没有发给您子弹。"说着，服务生咧开嘴笑了。他的牙是黄色的，在他笑着的时候嘴里闪着一道黄金般的光亮。

沈旺秋重新把枪放回衣柜，没有子弹，它就是一根金属棍子。

欢迎酒会结束后照常要举办化装舞会。沈旺秋在2016年的化装舞会上装扮成一只猴子，这一年正好是猴年。他把那支没有装填子弹的猎枪背在肩上，就像是猴子拿着它的金箍棒。我们那些同学们其实很喜欢搞这些事情，在他们渐渐步入老境之际，很多人都愿意狂欢，愿意借助面具来发泄一通。我们的这种愿望和诗人秋风在本质上并没有多大区别，只不过诗人秋风是以他的本来面目发疯，我们则只有改变了面孔才能疯得起来。沈旺秋在舞会上走来走去，他遇到一个同学把自己化装成了汪新忠。他的化妆术真是太高妙了，纤毫毕现，猛一看就像是汪新忠本人。

沈旺秋打趣道："你和汪新忠真像啊。"

汪新忠则说："你不会拿你那杆枪打我吧？"

"不会。"沈旺秋把枪从肩上取下，"它现在不是枪。"

"它是枪。"

"没有子弹的枪就是根棒子。"

"每一杆枪都会有它的子弹，早晚会有的。"

"可能是吧，"沈旺秋不得不承认，"好像子弹就是为枪而造的。"

"猴子不会懂得这种道理。"

"我一会儿是猴子，一会儿又不是猴子。"

"那么你说不会拿枪打我，你是不会打我呢，还是不会打汪新忠？"

"你这么问，我得想一想。"

说着，沈旺秋走开了。这个汪新忠有些绕，他不觉得他有什么好玩的。他往前走，和一只森林里的大黑熊攀谈起来，他们在一起谈论化学制剂和食物的关系。大黑熊宣称，无论何种食物何种蔬菜或何种水果，它们现在全都必须依赖化学制剂。在它们的生产贮存和运输过程中，化学制剂可以增加产量、持久保鲜并让它们的外表看上去无比鲜艳，吃起来美味可口。

"但是，"大黑熊说，"这些化学制剂都是剧毒品或致癌物。"

"不过是些老生常谈啊，"沈旺秋说，"大黑熊，老掉牙了。"

"确实了无新意。"大黑熊有些羞愧，他离开沈旺秋，走到汪新忠身边。这时沈旺秋听到了熟悉的号声，舞会结束了。还是那个主持人，在向大家鞠躬。

每个人都恢复了原形，只有汪新忠，汪新忠还是汪新忠。所有人都看向汪新忠，事实上在这次化装舞会上，唯有汪新忠没有化装，他就是他自己。有些人暗自觉得他的行为构成了蔑视，对同学的蔑视或不敬。他以公然的不合作冒犯了所有人。沈旺秋却不这么看，他开始有些明白，汪新忠或许是想要赌一把。他相信，他比任何一个人都更想做一任岛主。在和沈旺秋交谈的时候，他反复提到了别人的处心积虑。一个那么在乎别人处心积虑的人，说不定他自己也会处心积虑。

"你必须挤到前面去，"汪新忠跟沈旺秋说过，"我们班共有53个人，陈永斌死去了，秋风疯掉了，实际上还有51个人。就像小孩子排排坐，如果轮流着往下做，每个人做一任岛主，你想想看，轮流一遍至少需要51年啊。51年，我们当中有谁能够活到那么久？没有，我们每个人都五十多岁了，不可能有人再活51年。也就是说正常轮下去，总有人做不了岛主，他到死也做不了。"

"当然是这样，"沈旺秋表示同意，"没有人能活到一百多岁。再说了，即使活到那么老也玩不动了，我们这把年纪玩游戏都嫌太老呢。那么老了跟谁玩，怎么玩？"

"所以要往前面挤。"汪新忠猛地把手往下劈。

"可是，怎么挤？"

大厅里静得很，人们在共同等待谜底揭晓。站在汪新忠旁边的大黑熊卸了妆之后，沈旺秋看到他是曾凡伟。难怪他刚才和他谈论食物，曾凡伟差不多做了二十年的餐饮生意，他对人们吃进嘴里去的食材比谁都有发言权。他这时还对着沈旺秋比划了一个手势，可是沈旺秋对这个手势所要表达的意思并不清楚。曾凡伟的餐饮生意一直不温不火，他没有赚过大钱，不过也不曾亏本。只要和他待在一起，你就会闻到一股味精和陈醋的味道。很多人看着工作人员，他们并没有像从前那样把话筒和纸片递给谁。

主持人笑嘻嘻地说："可能有些人会觉得奇怪，怎么汪老师就没有化装呢？在这儿我要告诉老师们一个秘密：汪老师不仅化装了，而且还是一次很认真很刻意的化装。我要告诉老师们的是，汪老师把自己化装成了他自己。"

大厅里响起嗡嗡的笑声，主持人也跟着再一次笑了。汪新忠站在那里，面色潮红。

"汪老师说，既然我们可以化装成别人，为什么我们不能化装成我们自己？这是多么机智的思考。老师们仔细瞧瞧，汪老师把自己化装成了七十五岁时的他自己。"

我们都看着汪新忠，他果然比实际的汪新忠更苍老一些。如果不是主持人提醒，我们可能注意不到这些细微的差异。他的背驼着，手指在颤抖。更重要的是，他脸上增加了一层层细密的皱纹和鸟粪一样的老人斑。我们都看到了，现在汪新忠伸出手来在自己脸上摸了一把，那些多出来的皱纹和老人斑被他这么一摸，一把全摸掉了。像是川戏里的变脸，或者那些东西都是粘上去的，他一摸就全扯掉了。然后他的腰板也挺直了。我们还看到工作人员正在走向曾凡伟，他们把话筒和纸片递给他。

曾凡伟举起了汪新忠的手。和别人不一样的是，汪新忠的手在空中握成了拳头。从沈旺秋这个位置看过去，他的样子特别像是在宣誓。

沈旺秋听着曾凡伟宣布任命，看来他还真达到了目的。

站在落雁岛上，能看到远处的东湖磨山。为了逃掉进磨山的门票，有船工划着小船，把游客偷运到磨山上去。在磨山正门口买门票，一张要六十块钱，可是坐这些船工的小船十来块钱就够了。那些小船像鬼一样在东湖水面游荡，曾经也有小船试图停靠落雁岛，因为受到岛上工作人员的强力驱赶，以后再也不敢来了。还有些船只在湖水中央漂着，船工看上去百无聊赖，东划一下西划一下。你以为那船上没人，你以为那船工没生意，其实你错了。船工正做着生意呢，他的生意在船舱里面。听说现在有些野鸳鸯不再到酒店去开房了，酒店里的监控无所不在，走在酒店的廊道上膝盖都会发软。船工们于是看到了商机，他们在船舱里铺上花床单，入口处拉上帘子。虽然空间狭小低矮，但是安全啊，而且浪漫。船工对刚上船的男女说："它就是一张不停颤动着的床，一张漂浮着的床。"

"总之，你别把它当船，你就把它当床吧。"船工嘴上叼着烟，一边这样介绍，一边扫了一眼女人的胸脯。

汪新忠把这类船命名为炮船，这些事也是汪新忠在从前的某一天讲给沈旺秋听的。后来只要看到东湖里无聊漂着的船，沈旺秋就会认为它是炮船，他会想到船舱里的野鸳鸯们正在挥汗如雨地大干一场。即使相隔那么远，他也能想象到呻吟的声音混杂进吱吱呀呀的船桨声里。船工为了摆脱那种声音对他的困扰，只能一根接一根地吸烟。

沈旺秋有事没事就会走到湖边来站一会儿，岛上有栈道，有索桥，有曲径通幽。同学们有的在散步，有的在读书。有酒局，有牌局，还有很小范围的茶会。沈旺秋走着走着就是一个人了，他在这个假期里很有些形单影只。站在湖边，能看到湖中一片小洲上的鸟群，岛主将此处的景致叫做"栈道观鸟"。黑色的鸟群栖落在光秃秃的树枝上，从这儿望过去就像是树枝上的叶片。它们突然轰的一下飞到空中。景色壮观，你会以为是那些叶片飞离了枝头。可是那些叶片并没有飘落，它们在空中飞舞一阵之后又落回枝头。岛上静谧幽闭，像是一处世外桃花源，但是沈旺秋却越来越心神不宁。

自从汪新忠担任岛主以来，沈旺秋就连和他见上一面都很困难。以前他们还是朋友，沈旺秋更愿意使用朋友这个词，而汪新忠说的是心腹，他说："让我们成为彼此的心腹吧。"现在他当上了岛主，沈旺秋想和他谈一谈，却找不到机会。他给他打电话，他要么不接，要么说："我正忙着，待会我给你回过来。"挂了电话，他却再也不回。沈旺秋就想，他可能还没忙完，或是忙过了又把这事给忘了。沈旺秋给他发短信，短信他也不回。岛虽小，你要想靠误打误撞地碰到某一个人，其实也不容易。在饭厅里，在路上，沈旺秋有意去搜寻汪新忠的身影。他要么根本看不到他，要么看到了他的背影，一群工作人员却又正围着他。他想挤上去和汪新忠说话，但是有人拦着他，有个工作人员在他耳边悄声说："你需要预约。"就耽搁了这么一下子，再往前看时，汪新忠已经不见了。他在和一帮人谈笑风生，沈旺秋都不知道他眼睛的余光有没有看到自己。如果说汪新忠太忙了，可是在康大中文系1978级同学会的QQ群和微信群里他又特别活跃，他在里面就像是个老顽童。他在群里讲笑话，转段子，发红包。沈旺秋这下终于明白了，人家是在有意地冷落他，有意地怠慢他。沈旺秋想不出理由，他不知道这是为什么。

他开始害怕，我说的是我们的同学沈旺秋。按理说他的心腹朋友做了岛主，他有什么好害怕的，但他偏偏害怕，他怕到骨子里去了。没来由啊，可是越是没来由的害怕，越是令人惊恐不安。

不太好的消息接踵而至，那些坏消息是怎样浮出水面的，或者是怎样出笼的，完全无迹可循。先是听说张亚雄进去了，接着听说曾凡伟和郝晓影也分别进去了。我们所说的进去不是外面的进去，是指他们在岛上进去了。岛上进去的地方是赵氏公馆，那里面的装修据说极其豪华，每间房里都挂着两幅但尔仓绘画的复制品。沈旺秋起初还有些不太相信这些传闻，他在吃自助餐的时候碰到过曾凡伟，也碰到过张亚雄。可是当他想要和他们打招呼聊上几句的时候，他们都像是没看见他一样转身离开了。郝晓影更过火，她直接往洁净的地面吐了一口唾沫。沈旺秋后来想："有一件事我必须要弄清楚，我们所说的进去了并不是进去了就不出来，进去了还可以再出来，但是进去了就是进去了。也就是说进去了就是进去过，或者还可以再进去。"

据说郝晓影进去的原因是一件清朝的瓷器，这件瓷器是岛上的物品。先是一名服务生报失，说是早上还看到过，晚上就不见了。随后另一名服务生在郝晓影的行李箱里发现了它。请郝晓影进去，是要询问调查一下这件事的始末。赵氏公馆里的调查人员都是岛上的工作人员，里面的人员经常变动，有时是搬运行李的服务生，有时是清洁工或厨师。没有一个我们同学在里面做这种事情，用汪新忠从前的话来说，我们同学绝不会迫害自己的同学。

曾凡伟则是因为一个女人，据说他猥亵了一名女服务生。他把那名女服务生喊进房间，要她更换枕头。曾凡伟那段时间颈椎病又犯了，他需要一只更硬一点的枕头。当女服务生走进房间的时候，却发现他光着身子。那名女服务生性情暴烈，她选择投湖自尽，被另一名服务生阻拦了。更可怕的是她的男朋友也在岛上，如果他私自找曾凡伟寻仇的话，可能对曾凡伟更为不利。所以让曾凡伟进去实际上是在保护他，汪新忠曾在某个场合里议论过这件事，他痛心疾首地说："都一把年纪了，你怎么就管不住自己那根鸡巴呢？"

和他们两人比起来，张亚雄进去的原因要简单一些。他上岛的时候携带了一把锋利的小刀，据工作人员说，这把刀子若要割断人的喉咙将易如反掌。他们认为这是极度危险品，不过是一次同学聚会，他们不明白他为什么要带上它。给每个人发猎枪都不觉得危险，可是你私藏凶器那就另当别论了。

这些事情是慢慢披露出来的，在落雁岛上人们最为热衷于谈论的事情其实就是这些。还有什么比这些事情更有意思吗？没有。它的细枝末节在人们谈论的过程中一层一层地变得清晰。

郝晓影在里面拒绝承认偷盗行为，她宣称所谓的清朝瓷器事件不过是一次拙劣的栽赃陷害。她没有拿瓷器，一定是有人在她洗澡的时候或是在她外出的时候偷偷塞进了她的行李箱。据说，当郝晓影义正词严地否认指控的时候，那些人都不怎么搭理她。他们坐在一边悠闲地嗑瓜子、看手机或是谈论昨夜看过的电视剧。他们在外面做服务生的时候，一个个都像是训练有素的仆人，谦卑到极点，恭顺到极点。那是他们的工作，他们做不好就会遭到解聘。可是一旦进入赵氏公馆成为调查人员，他们就变了一副嘴脸。在他们看来郝晓影极其可笑，她的反应早在他们意料之中，或是他们早就见怪不怪了。"你以为我们真的在意你有没有偷过那件瓷器吗？顺便告诉你一下，那件瓷器根本不是清朝的，它是赝品，值不了五十块钱。可是到头来你还是宁愿承认是你偷了它，你信不信？"郝晓影后来吃过一些皮肉上的苦处，在他们动手之前有人对她说了这么一通话，她当时并不怎么懂得这句话的含义。他们打过她，在他们捆绑她的时候，他们嘲笑她的体形。

"没想到一个女人会长得这么胖，"一个女孩子一边气喘吁吁地拉紧绳索，一边嫌恶地说，"我如果长成这样，肯定会一死了之。"

女孩的这种想法郝晓影之前也曾有过，可是真成了这种样子并不一定会去死掉。在苟活于世这件事情上，很多人都一样没脸没皮。他们殴打她，郝晓影很奇怪：在这样美丽的岛上，在我们同学聚会的时候，怎么还会有人打我？就没人管吗？这些人原本是为我们服务的，他们的身份就像是下等人一样，怎么一下子就可以这样打我？岛主是做什么的？他就不管管吗？

有一个人问道："你要不要跟汪老师说说？"他们不叫岛主，他们管汪新忠也叫汪老师。说着，他把一部手机递给郝晓影。郝晓影披头散发，她的手机被没收了，在这里打电话只能用他们的手机，还得经过他们允许。但是郝晓影没有接手机，她猛然想到现在的岛主是汪新忠，这名字让她眼前一黑。

他们在殴打人这方面很有一套办法，既要打你，又要在打过你之后不让人看出来。比如他们不会打你的脸，不会打你的脖子，那些容易被看到的部位他们不会碰，而对其他地方他们就不管不顾了。被打的时候，或是被打之后，你会发现你的确有罪，有些罪是被打出来的。你需要承认这个，你需要承认那个。在所有郝晓影承认过的那些罪过当中，偷窃清朝瓷器竟然是最不丢人的一项罪过。"你更愿意我们在外面传播你哪宗罪，请你告诉我。"郝晓影选择了偷窃，那个人笑得无比灿烂。他说："郝老师，这恰恰是你当初否认得最为激烈的一项指控。不过呢，我记得我提醒过你，到头来很可能你更愿意承认它，看来我想得没错。"

他合上了文件夹，他的笑容让郝晓影有些心惊。她定了定心神，仔细看着墙上的画像，原来他的笑容酷似墙上画像里的笑容。太像了，简直就像是但尔仓根据这孩子的笑容画上了当年买办赵宗涛的笑容。再看看四周，郝晓影发现屋子里所有人的笑容都像是赵宗涛的笑容，他们居然保持着同一种笑容。

郝晓影从赵氏公馆走出来，她的左腿瘸掉了。她跟人解释说，她在栈道上行走时，不小心摔了一跤。次日，我们同学都知道她偷过一件瓷器，如果带出境外，那件瓷器将能卖出天价。

那个女服务生的男朋友参与了对曾凡伟的调查，有人说这不合常理，违背了应有的回避原则。曾凡伟在里面吃尽了苦头谁都能理解，女孩的男朋友肯定挟有私愤，在面对曾凡伟的时候他绝不会手软。张亚雄则被称作硬汉子，他为什么要带上刀具始终是谜。他们最终的罪名前面已经说过，郝晓影是偷窃，曾凡伟是猥亵，张亚雄携带危险品。但所有人都知道，这些罪名不过是他们的外衣。他们在里面都承认过并说出了其他的事情，我们同学们对那些其他的事情更有兴趣。也就是说这些我们可以公开谈论的过错都是入口，就像落雁岛的入口处一样，只有从入口进去之后，你才能看到别的东西。

渐渐有另外的声音出现，有人提到，我们中的一个同学——那个人到底是谁，我们至今无从知晓。但是肯定有这么一个人，他自然是一个高尚的人，一个不图回报的人。他隐在幕后，为我们提供了这样一个天堂般的世外之境，让我们在此度假,让我们在此回味我们几十年的同学之情。这是多么好的事情,我们不说回报,至少也应该有感恩之心。

可是我们在做什么?有人指出来,我们同学会到现在还只是筹委会,无法成立委员会,肯定和他们三人有关系。他们三人也就是郝晓影、曾凡伟和张亚雄。他们拉帮结伙,以卑劣手段分裂同学会。他们搅在一起,故意当钉子户,做绊脚石。从此,他们三个人像臭狗屎一样不为我们同学们所待见。是啊,都几十年没在一起了,在一起不就是抱个团嘛,取个暖嘛。有必要在里面鬼搞吗?搞得四分五裂有什么好处?假期还没有结束,他们三个人都提前回去了,当然各自都找了不同的理由。但是到了下一次聚会,他们还会再来。没什么,每一次聚会,不是都有人提前离开吗?谁会去追究他们真正的理由?

他们三人离开后,沈旺秋忽然意识到为什么刚好是他们三个人?会不会只是某种巧合?沈旺秋这样想是因为他记起了去年他和汪新忠之间曾经有过的谈话,在那次谈话中,他为了逗他玩,谎称他们三个人反对汪新忠。他们不光反对他做岛主,也反对他这个人。沈旺秋是幸福县的马坊街人,他并不是有意撒谎,这只是一个玩笑。想起这个并不久远的玩笑是在某一天深夜,他从88301室的大床上霍然坐起,额头上和胸口那里大汗淋漓。他一下子就明白了,这些日子里他那些无端的惊恐到底是什么。他只不过开了一个玩笑,但是他却害了他们三个人,毫无疑问是这样。"或许我在无意间竟做了一个告密者,是我告发了他们,亲手把他们送进去了。如果真是这样,我又能为他们做什么呢?"现在他们都走了,沈旺秋却在这样问自己。他想告诉汪新忠他们是无辜的,他们真是无辜的。沈旺秋在这天深夜里给汪新忠打电话,电话没有打通。他又给他发短信,他在短信里说:"我取消我之前跟你说过的那些话,那不是真的,我冤枉了他们。"

汪新忠没有回短信,这是意料之中的事情。

沈旺秋在外面独自走着,内心满是愧疚之情。在一处叫不出名字的花丛旁边,他踉跄了一下,差点摔倒,正在那儿扫地的服务生一把扶住了他。

服务生恭恭敬敬地说:"沈老师,您慢点。"

"你认识我吗?"

"我们谁都认识,"服务生谦卑地说,"这是我们的工作。"

沈旺秋继续往前走,服务生这时跟了上来。

他说:"沈老师您气色不太好,要不找个地方喝喝茶?"

沈旺秋看了服务生一眼,他看到他的眉毛很稀疏。"去哪里喝茶?"

"看来沈老师是有兴趣了,那我带您去吧。"说着,服务生放下扫地的工具,他过来扶了一下沈旺秋的腰,沈旺秋感觉到他的手上很有劲道。"就去赵氏公馆吧，这儿离那里近，听说他们刚从福建弄了些铁观音回来。味道挺不错的，沈老师去尝尝。或者也可以搓几圈麻将，我们知道沈老师不会打武汉麻将，正好那里还有几个人会打幸福县的麻将，他们正好可以陪陪沈老师呢。"

我们同学们看到服务生带着沈旺秋走进了赵氏公馆，他们一路上有说有笑。那孩子看上去就是个饶舌的人，不过他的表情看着很亲切。

进了赵氏公馆，并没有麻将桌。他们走在弯曲的木质楼梯上，上到三楼或是四楼，然后走入一间密室。眉毛稀疏的服务生把他交给另一个人，他和他耳语了几句就走开了。那人显得很不耐烦，手上拿着一只公文夹子，他对着沈旺秋点了点下巴，生硬地说道："你坐吧。"

有张桌子，那人在桌子的上首坐着。唯一的凳子在那人对面，沈旺秋在这儿坐下，他现在正面对着那人。他看到了但尔仓那两幅著名的画作，它们挂在墙上。在画的下方，坐着那个拿公文夹子的人。这时我们同学看着那人有些面熟，自己应该在哪里见过他。沈旺秋认真想了想，终于想起来了，刚进来入住的那一天，他传唤过那人。他记得当时他对衣柜里的猎枪有疑问，便按了墙壁上的绿色按钮，应声进来的服务生就是那人。帮他记起来的是那人的牙齿，他张开嘴巴，大概是在打一个呵欠。从他张开的嘴里，沈旺秋看到那人的牙齿是黄色的，它们在那人嘴里闪耀着金色的光芒。

就是他，不可能是别人，他现在像是一个法官。

"听说你一直在找汪老师，你想和他说什么？"

"那是我们之间的事情，我和汪新忠是朋友。"

"到岛上来的老师们都是朋友，你能说谁和谁不是朋友？"

"可我们是不一样的朋友，用他的话说我们是彼此的心腹。"

那人又打了个呵欠，他捂着嘴巴。他说："对不起，我有些犯困，这段时间我老是犯困。我一犯困就不太理智，如果有冒犯的地方请沈老师先原谅。我这会儿是汪老师的工作人员，你要对他说的话跟我说也一样。"

"好吧，反正我也见不着他。"沈旺秋想了想说，"我跟你说，你转告他吧。"

"出什么事了吗？"那人问道。

"你是不是以为我要来揭发谁呀？"

"你不会。"那人说，他的声音里夹着讥讽。

"我要说的是，他们是无辜的。"

"等等，他们是谁？"

"郝晓影、曾凡伟和张亚雄，他们确实是无辜的，那只不过是我和汪新忠开了一个玩笑。"

"如果你要和我说他们,那我们之间的谈话可以结束了。"

"为什么?"

"很明显,他们是不是无辜的不由你说了算。他们自己都承认了自己的罪过,哪轮得到你来给他们申冤。"

"不可能,他们怎么可能承认,他们又能承认什么,他们什么事也不会有。"

那人冷笑着,冷笑和微笑一样,也能让他嘴里金光闪耀。

"恰恰他们都承认了,他们承认的事情比我们知道的事情多得多。我们以为我们什么都知道,其实不是这样。"

"我不理解。"

"你会理解的,等等,让我们稍等等,我相信你什么都会理解的。我们现在不谈他们的事,他们的事早就尘埃落定了,还是谈谈你的事吧,对了,你的事。"

"我有什么事?"

"你不记得了吗?那好,我给你提示一下吧,你和他们是一伙的。"

"他们是谁?"

"郝晓影、曾凡伟和张亚雄呀,你刚才还说起过他们的名字。据我所知,你和他们是一伙的。"

"什么一伙的,你简直是在鬼扯。"

"你说话最好小心点,我们有人在做记录。"那人指了指房间的另一端。

沈旺秋转过身去,看看他的身后。他这才注意到,原来在他身后的另一端,还摆着一张桌子。那张桌子上也坐着两个人,只不过她们是并排坐着的。她们一个人开着录音笔,另一个人则在手写记录。沈旺秋看到她们是两个女孩,从他进屋到现在她们都没有发出一点声音,所以他根本不知道在这间房子里还另有人在。

"有人做记录也没关系,我跟他们不是一伙的,我也没什么事。"

"你没什么事吗?"

"我没事。"

"好吧,"那人说着打开公文夹,"我随便给你念几条吧。"

他果真就念了。他念道,在哪年哪月哪一天,几点几分,沈旺秋在康华市的哪个酒店开了哪个房间,和他一同进入房间的女人叫什么名字,她的身份证号是多少,他们一共在里面待了多长时间,那人都念出来了。

沈旺秋脊背上淌下冷汗:"你们怎么能这样干。"

"这是你妻子的手机号吗?我们怕弄错了,你自己看看。"那人指着公文夹上某一页上的一串数字,沈旺秋看了,当然是他妻子的手机号。那人啪的一声合上公文夹："方便的话我们可以找你妻子核实一下。"

"不要！"如果不是有那张桌子顶着，沈旺秋一定会瘫软在地上。他不想因为他的过错让他的家庭破裂、崩溃。"千万别，求你了。"沈旺秋有种想要下跪的冲动。

"还要我接着念下去吗？"那人说，"这夹子里的材料全是你的，或者你家人的，你想听吗？"

"不听，"沈旺秋惊恐地睁大眼睛，"我好像没有隐私。"

"不是你好像没有隐私，"那人说，"谁都没有隐私。"

"太可怕了，你们要我承认什么？"

"我们不要你承认什么，你自己做过什么就说什么吧。"

"要我说我和他们是一伙的？"

"你们难道不是一伙的吗？"

"你们也不想想，如果我和他们是一伙的，那么最早在汪新忠面前指证他们的为什么又恰恰是我呀？"

沈旺秋不知道他为什么会这么说，他的逻辑顿时变得混乱。

"这正是我们弄不明白的地方，你接着往下说。"

"没道理呀，既然我和他们是一伙的，我又怎么会愚蠢地选择告密？虽然我并不是有意在告密，但是从后来的结果来看，又确实是我告了密。因此，你们是不是也应该放过我？"更多冷汗从沈旺秋脊背上淌下来，"我是个老实人，"他强调说，"我不会再随便乱开玩笑。"

"我倒觉得你是个聪明人。"那人说，"你知道所有的事情最终必将败露，所谓纸是包不住火的嘛。所以在一开始你就在汪老师面前指证他们，告发他们，你给自己留了一条后路。"

"你这么认为？"

"我试着这么想吧。"

然后，他们放他走了。沈旺秋认为这是一个充满善意的开端，的确如此，他也进去了。他进入过赵氏公馆，但是并没有遭遇到传说中的殴打。"他们没有打我。"沈旺秋满怀感激地喃喃自语着。可是因为他刚从赵氏公馆出来，我们同学们都对他侧目而视。他也知道，他是个有污点的人了。无论从哪方面来看，他身上的污点都洗刷不掉了，从此，那些怀疑的目光将与他长久相伴。

他们没有打他，到底是不是真是好事，其实就连他自己也不知道。第二天是岛上的狩猎日，沈旺秋本想回到幸福县，可他也想打一次猎。那杆猎枪就在他衣柜里，他和它在一起住过一段日子了，他想拿起它，瞄准，射击。

岛上起了雾，薄雾让这个清晨变得模糊。工作人员挥舞着手臂，苦口婆心地跟同学们解释，等到太阳升起，这层薄雾就会消散。他们给大家发放矿泉水，一人两瓶，打猎就是这样，要不了多大一会儿，大家就会口干舌燥。

　　我们在楼下集合，坐电瓶车去狩猎场。狩猎场跟我们住的地方还有些远，十辆电瓶车一顺溜停在下面，每辆车头上贴着标号，从一到十。大家或背着或抱着枪杆子，枪里面这时还没有子弹。子弹在工作人员手上，他们提着子弹箱，跟在我们后面。沈旺秋站在路边上东张西望，没几个人搭理他，这是自然现象。昨天晚上有个陌生人打他手机，告诉他郝晓影出事了。他说郝晓影回家之后情绪就不正常，她服下了过量的安眠药，可能是想要自杀，好在抢救过来了。沈旺秋说："我不知道你是谁，你为什么要告诉我这些？"他说："我是郝晓影的老公，是郝晓影让我给你打的。"那人还说，曾凡伟的餐馆被人砸了。他打算把餐馆卖掉，然后逃到海南去，在那里买间小房子，以后就在那里养老。"那么，张亚雄呢？"沈旺秋急切地问道。"张亚雄开着车的时候开着开着突然掉了一只车轮子。郝晓影让我提醒一下你。""提醒我什么呢？""她让你小心一点。"他大概还想要说什么，或者他已经说过什么了，但是沈旺秋一句话也没有听清楚，手机信号一下子出了问题。于是在这个飘着薄雾的清晨，沈旺秋还在牵挂张亚雄，他不知道掉了一只车轮子的张亚雄是否还活着。

　　正在沈旺秋胡思乱想着的时候，汪新忠带着诗人秋风出现了。他记得诗人秋风还在精神病院里住着呢，怎么会到了这里？他们径直走过来，汪新忠说："沈旺秋，听说你到处找我。我这做个破岛主，实在太忙了，抱歉抱歉！"他伸出手，使劲握了握沈旺秋的手："等过了这一阵子，我们找个时间好好长聊一次。行吗？就像从前那样，推心置腹地聊。"

　　沈旺秋眼眶发热，他忍着没让泪水涌出来："我没找你汪新忠，从你当上岛主我就没找过你，你忙你的吧，我不会找你的。"

　　"真的吗？"汪新忠哈哈大笑，"你真的没找过我？看来是他们弄错了。"

　　"真的，"沈旺秋跟着笑，"他们弄错了。"

　　"你看看，我把谁接来了。"汪新忠把诗人秋风往前推了推，"医院里不让我接他出来，说他病情正重。我给他们做了大量工作，我向他们保证只接出来一天，一天过后再送回去。狩猎是一场好玩的游戏，我希望我们的诗人也能参加。"

　　"游戏！"诗人秋风接口说，他的脸很狂热。

　　"你觉得这是游戏吗？"沈旺秋苦巴巴地望着他，想从他那儿得到答案。

　　"游戏人间。"诗人秋风举着拳头。

　　"你听听他在说什么。"汪新忠说。

沈旺秋想起了汪新忠就任岛主时也曾举着拳头，他那样子和这会儿的诗人秋风很相像。他们都举着拳头，像是在宣誓。

"你还认识我吗？"沈旺秋问诗人秋风，"我们你还认识几个？"

"我一个也不认识！"诗人秋风狂傲地宣布，"我终于一个也不认识了！"

"听听！"汪新忠满含热泪，"我的偶像。"

有人递给诗人秋风一杆猎枪，他把它举过头顶，怒吼一声："我要打仗！"

他蹦跳了一下，再次怒吼："我要战斗！"

在前往狩猎场的途中，沈旺秋和汪新忠还有诗人秋风同坐在一辆电瓶车上。汪新忠在沈旺秋耳边絮絮叨叨地说话，那是一些很温暖的话语，只有最为贴心的朋友才会说出那样的话来。他告诉沈旺秋："做岛主也有做岛主的难处，岛主的难处别人不知道，只有做过岛主的人才知道。他并不是所有的事情都能随心所欲，总会有些什么让你受制于什么，到底是什么你又说不清楚。这座岛属于谁，我们一直在上面玩游戏的这座岛是谁的产业，我即使作为岛主也不知道。我是由谁任命的，我也不知道，你知道吗？之前我也跟你说过，总会有某些人存在，某些人是谁我同样不知道。我甚至不再思考这个问题，只有当某些事情受制于什么的时候，我才猛然明白，这世界真是太大了，太复杂了。说穿了落雁岛算什么，或许它只是一只鸟，我们随便打上一枪就能把它干掉。"

汪新忠聒噪了一路，沈旺秋都没有插嘴的机会。到了狩猎场，人群一下就散了。在工作人员引领下，我们同学们一拨一拨地钻进丛林里去了。汪新忠拖着诗人秋风进入一片树林，沈旺秋看着他们的背影，就像是谁拖着一个伤兵正在逃窜。这个镜头是残存于沈旺秋意识里的一个印象，在工作人员为他包扎的时候，这个印象常常浮现出来。

沈旺秋记得他在狩猎场里一共打了三枪，他瞄准的三个猎物分别是一只鸟、一只野兔和一头个头很小的野猪。但是沈旺秋这三枪一枪也没有打出去，不是没打中，而是压根没打响，枪筒里没出声。原来工作人员递给他的子弹不行，很不巧，都是"臭弹"。这种事情沈旺秋在《甲午海战》这部电影里看到过，怎么会落到自己头上呢？工作人员带着崇敬的语气说："沈老师瞄得真准，只可惜子弹出了差错，是臭弹，哑炮。如果子弹行的话，保准沈老师打个正着。"

"可是呢，假如我所瞄准的是些凶险的猎物，"沈旺秋说，"猎人倘若不能在第一时间弄死它，反过来立马会被它给弄死。"

"那是的，沈老师。"

正说着，前面出现了一只小绵羊，沈旺秋正准备打出他的第四枪。他相信这回子弹再不会欺负他了，绵羊也是容易击中的猎物，他已经瞄准好了，马上就要扣动扳机。沈旺秋站立着,在胸口平端着猎枪,他的背斜靠在一棵树上。在他的第四枪即将射出的时候,他自己却被击中了。一颗子弹不知从哪里打过来,击中了他的左肩。如果这颗子弹再稍稍往下移动一点,或许正好就能击中沈旺秋的左胸,那恰恰是最为致命的位置。但是沈旺秋来不及思考这些,他扑倒在地。在昏厥之前,沈旺秋问工作人员:"是汪新忠要干掉我吗?"

工作人员大叫着:"出意外了,出意外了。"

落雁岛上有处医务室,平时也就是给大家发发感冒药什么的,这时临时充作急救室。那枚猎枪子弹并没有真正射入沈旺秋的身体,它在他的左肩那里削掉一块皮肉然后飞走了。沈旺秋淌了很多血,却没有生命危险。工作人员给他包扎了一下,不用取子弹,他们在给他打点滴。

沈旺秋醒过来了,他听到工作人员正在议论他,便假装没有醒来,他要听听他们在说什么。

一个人说:"算他命大,子弹再往下移动几寸,这人说不定就没命了。"

"真是搞笑,"另一个人说,"他居然怀疑这一枪是汪老师打的,他惊慌失措地问我们,是不是汪老师要干掉他?"

"怎么可能,即使是走火了,也不可能是从汪老师枪里走的火。"

"打中他的是秋风老师吗?"

"是的,是秋风老师。秋风老师和这人看到了同一只绵羊,他们同时瞄准,可是秋风老师先开了枪,没想到却击中了他。"

沈旺秋心中大悟,这就对了,太对了。沈旺秋终于想到了这一层:我如果死在诗人秋风手下,那将是最为神出鬼没的死亡。没人会怪罪他,法律也拿他没办法。是啊,诗人秋风是个疯子,是个精神病人,无论他打死了谁都可以不承担责任。谁死在诗人秋风的枪下,都是白死了。法外之躯啊,他想杀谁就能杀谁,想干掉谁就可以干掉谁。多好啊,诗人秋风终于练就了这一身的法外之躯,他完全可以——也只有他能滥杀无辜。

他正这样想着,旁边的人还在谈论他。

"沈老师这个人真是麻烦。"

"麻烦制造者。"另一个人吃吃笑着。

"到了半夜,如果他还昏迷着,我们几个人把他扔出去吧。"

"扔吧扔吧,反正不会有生命危险。"

"明天就跟大家说他家中有急事,提前走了。"

听到这里,沈旺秋又睡过去了。并不是昏厥,因为失血过多,加上疲惫,沈旺秋只是累得睡着了。等到他醒过来的时候,他发现他真的在野外,他躺在那片乱坟地里。他看到了他的那辆车,更确切地说不是看到,而是听到。车上的喇叭鸣叫着,双闪自动打开。沈旺秋明白,一定是车上的按钮又失灵了。他还想再睡会,可能是它的鸣叫吵醒了他。现在他不得不从坟地里站起身来,他要开上他的车,回到幸福县。借用电视里央视的一个栏目名称,叫做"向幸福出发"。是这样吧,他看了看他的身后,在树木掩映的东湖里有一座落雁岛。他在想,明年我还会来吗?

(刊发于《十月》2016年5期)

小　相　山

欧　曼

背景：小相山地处中原大地，名不见经传，南有湿地公园，西接中部平原广袤土地，北有顺天河环绕境内，公路水路四通八达，地理位置与自然风光优越，曾经一度商业发达，素有"小汉口"之称。旧时的小相山区内多岗丘，有大小山峰近二十余座，小相山为众多山峰中最矮的一个。为什么用最小最矮的山取为地名？有两种说法：一是古时此处曾出过一任宰相，其人身材短矮，人称"小相"，但其为人却"不流世俗，不争势利，机智善言，借事托讽"，深得百姓爱戴，故而得名；二是当地人为表自己谦虚之意，不托大不居高，以小见大，让后世之人虚怀若谷，时时保持向上之心。时至今日，地名由来的个中真相已无从考证。

一、看　山

我在这周突然繁忙起来，因为两件事。第一件是公事，我被部领导亲选进入"扶贫专班驻村结队帮扶"一年。第二件是私事，九十八岁的老姑奶要我陪同回乡看山。

出发前，局长专门找我谈话。办公室内，他显得语重心长："千万不要小看结队帮扶这项工作，从全局利益来说，这是要纳入部门绩效考核。从个人发展来说，基层工作经验对于年轻干部的成长非常重要……"

我懵懵懂懂地跟随负责扶贫专班的郝南一起上车。郝南是部里的老人，业务上接触不多，混个脸熟。坐在他的车里，我客气而生疏，闲扯了一通空气污染啊、工资下调啊之类无能为力的话题，郝南问："去过东华村吗？"

"小时候熟，离我老家五里地。"

"怪不得局长会派你，原来是家乡人，家乡人好办事啊！"

我诧异了："扶贫有什么不好办？每年各级领导新春慰问，各个委办局年节走访不都是一个套路。给钱给物资的,下面的人都客气得很。"

郝南说:"这你就不懂了,现在结队帮扶要纳入绩效考核,村里领导和群众有一票否决权,就不是简单的自上而下的事情。你还不知道吧,去年咱们的扶贫考核就没通过,幸亏有两年时间,今年大考,再不过就得吃不了兜着走!"

竟是这样!原以为扶贫只是下乡走秀,顺便乘着春光大好乡村旅游,这才明白是趟苦差事。

我们到了东华村,村委会里只有村办董主任留守,郝南跟他打个照面,他告诉我们村书记这周不在村里,就忙自己手头上的事情去了。郝南打村书记周麻子的电话,结果不在服务区。他便拉我熟悉情况并顺路做入户调查。

忙碌一天回到家中已是晚上八点,我正准备洗澡睡觉。

我爸进房:"今天回老家扶贫了?"

"离老家还有五里地呢,要扶一年,你女儿要成乡村干部了。"

"正好有事跟你商量,"老爸不顾我瞌睡连天,接着说,"老姑奶跟我说想回乡看山,单位实在事多抽不出时间,要不你陪她一趟,反正顺路……"

在我们家,老姑奶的大名如雷贯耳,她是我爷爷的大姐,爷爷活着时,家中大事小情有一半得看她的脸色。老姑奶是个惹不起的人物,我爸这一辈,她瞧得起的子侄只有三位,我爸有幸入内。到了我们这辈,子侄多达八个,能让老姑奶看中的只剩下大堂兄尹齐中,尹氏家族地道传人、品学兼优、人才出众,只是他太过优秀,赴美留学后干脆做了美国公民,从此东西两隔。就算如此,她愣是把自己那只人见人爱花见花开的翡翠玉镯送给仅一面之缘的准堂嫂。那只玉镯通体翠绿透亮,中间有一条靠人体精血长年佩戴供养的红血丝若隐若现,寒冬温润,长夏冰凉,一年四季不离老姑奶右手,前几年有古董行的买家出二十万元,她都不让,结果五年前就这么白扔给了当时的"准堂嫂"(好在如今已经与堂兄结婚成为一家人)。这一举动彻底得罪了其他家族成员,说她没长后眼睛,齐中已经混成海外同胞漂洋在外了,为自己晚景着想,也得给身边的孩子们留点念想。

"算了吧,我可伺候不了她老人家!"我一面脱鞋上床,一面痛快回绝。

"荣荣,你可不兴这样耍脾气,老姑奶一辈子守寡无儿无女……"听着老爸千年不变的絮叨,我很快睡着了。

我承认自己并不喜欢老姑奶,这和同情心无关,也和我妈说的"利益"无关,只不过,作为一个年近三十自食其力的女性,我早过了要讨长辈欢心的年纪,也不想任何人干预自己的生活。

为了老姑奶的安全,老爸破例将爱车借我下乡,我立刻有了花木兰替父从军的感觉,事已至此,也只好做顺水人情。郝南自然高兴坐顺风车。车改后,大家都是这样能省就省，郝南上车就叨唠，这样多下几次乡，一个月七百块的车补哪里够用？

坐在副驾的郝南打听出老姑奶是奔百岁的寿星，如获至宝，陪着老姑奶一路聊家常，郝南今年五十六岁，副处十年，仕途无望，最大的业余爱好就是养生，郝南开口闭口都是吉利话，末了直奔主题向老姑奶打听长寿秘方。

老姑奶说："人老话多，树老根多，长寿秘方不晓得，我有一个习惯倒养了很多年。"

"您老说说？"

"我告诉你，人要喝汤。每个星期煨一吊子汤，筒子骨加脊骨，热天配海带和冬瓜，冬天可以用萝卜或者莲藕，油焖子要厚，人老根老，全靠油养。喝碗热汤睡一觉，养好精神百病消。"

郝南的喉结打滚道："我三高，不能见大油。"

"那是医生在哄鬼，我高血压这么多年，就是靠喝大油汤活着。"

郝南侧身望了我一眼，我应道："我从小最怕喝老姑奶家的汤，冬天碗面上可以结一层猪油。"

我把郝南放在村委会大院门口，约好下午汇合，便带老姑奶去看山。

郝南一离开，车厢里突然空旷安静下来，我不知道聊些什么，只专注开车，后视镜里见老姑奶却一路望向窗外。

我们一路从老街走到新街，街上只有三三两两的人，不算忙碌的车辆，这些年每次走这段路我内心都有一种无法言说的空洞，儿时商贾云集的街市不复重见，外面的世界早已日新月异，故乡却在萎缩凋零。

沿着顺天河向西，一路缓慢行进，路还是那条路，虽然刷黑过，仍不好走，我开得很慢，进老家地界，老姑奶就把车窗打开，不住朝外张望。

"顺天河臭了！"老姑奶突然说了一句。

"臭好多年了。要不关上窗户开空调？"

"不用，再臭也是家乡水。"

"不瞒您说，我最怕喝家乡水，喝一回起一回疹子，这些年每次回乡都要自带水源。"

"你毛病多，跟你妈一样太讲究。"

我懒得跟老姑奶理论过敏体质问题，送佛送到西，好事做到底，何况她一贯嘴不饶人。

车又开了一会，老姑奶问："怎么还没到玉佛山？"

"玉佛山十年前就开完了啊!"

"那追马山呢?"

我把车停下来,用手指了指车右方:"喏,还剩那个采石场。"

"胡说,那么大个山,"老姑奶走下车,望着采石场的招牌,"这么点石头怎么可能是追马山?"

"这就是追马山啊!"我跟着下了车,不耐烦地解释说:"我小时候一放假就在这里钻老虎洞,怎么可能会搞错。"

"那么大的追马山啊……"

"我每年上一回坟,这个山就小一点,老话不是说水滴石穿愚公移山吗?"

"这么好的山就让人给开没了?是谁让他们这么干的?"山下的矿厂正处于半停工状态。老姑奶向人打听矿主,工人告诉她,矿主是本地人,常住汉口,偶尔来一趟。

"作孽!作孽啊!这个后生作孽啊!"

自从爷爷死后,老姑奶就再也不来上坟,她说人要行活孝不必行死孝,走形式做样子,只能哄人不能哄鬼。"您老人家快二十年没上坟,哪里会知道这些事情。再大的山也叫人一点点地开平了。"

"那东阳山呢?东阳山还在不在?"

"东阳山应该还在吧!"

"快快,我要去看东阳山。"

老姑奶看了趟东阳山就决定,她要回乡居住。这个决定把家族老小都惊动了。快百岁的老人,怎么还能独自回乡?乡里就一个所谓三甲医院,长期医生短缺,药品不足,发烧感冒还能对付,治个阑尾炎都有可能丢命。我爸他们坚决不同意,轮番来劝。

老姑奶发话,第一她身体还好,不可能就死;第二活到这个年岁,她也不怕死;第三如果大家真有孝心,就排个表轮流陪她回乡住一段时间。

这辈子从没有人做得了老姑奶的主,她发话就是结论。我爸他们一合计,轮流陪不现实,干脆请人!

家里的老宅多年空置,我们请了几个小工粉刷修整一通,换了新马桶和冰箱,一个月后的周末,一大家子浩浩荡荡地开回老家。

我们忙进忙出布置的时候,老姑奶就坐在大门口的石凳上闭着眼睛晒太阳。

保姆魏阿姨四十多岁,在医院做过护工,懂得基本用药和急救常识,我爸他们把手机号码留给魏阿姨,又另给了两百元话费,让她每天报平安打电话。

一切安顿停当，大伯上前恭谨地问："大姑妈，东西都搞好了，我们准备走，您还有没有什么话？"

老姑奶坐在石凳上一动不动，有那么一阵，我以为她已经石化了，等了好一会，她缓慢地睁开眼睛："就好了吗？你们要走了？"

"好了，都弄好了，天不早了，我们这就走，您还有没有什么事？"

老姑奶的眼睛一一扫过我们的脸庞，目光最终汇聚到大伯和爸爸身上："你们每个星期要派人回来看我一眼，别忘了，啊？"

不知道是谁先开始，还是大家一起感应到了什么，大伯、老爸突然哭起来，连同站在身后的小辈们也感受到气氛里的异样。

"我又没死？你们哭什么丧？"老姑奶大着嗓门训说："等我死了，倒要看看你们哭不哭得出来？"

大伯说："您住几天就回家算了，还是汉口方便，这里条件差，医疗也不好，身边又没个亲人，真有什么事我们鞭长莫及。"

"你们工作要紧，没事我也不需要麻烦哪个！"

老爸拉我站到前排："齐荣这一年都在乡下扶贫，一个星期跑两趟，我把车给她，您有事只管吩咐。"

当着一家老少，我赶紧说了一堆保证承诺之类义正词严的话，老姑奶难得说了一句："齐荣长大懂事了！"

我和郝南充分发挥舆论优势，把我们扶贫的意图写成宣传口号，把扶贫的目的和要求制成简单表格去问询村民意见，还专门把填写说明附在后面。传单发了两趟，收效却不明显。我们去村民家中走访，要么外出打工不在，要么觉得浪费时间不谈。愿意谈的多半是诉苦，要求我们帮忙解决家里的宅基地问题啦，子女读书就业问题啦，户口迁移问题啦，家中病人就医报销问题啦……遇到这种情况，我和郝南只能像小学生老老实实地做做笔记，根本不敢接腔。一个月下来，成效甚微。这次扶贫的重点是解决村里公共资源缺失问题，但一家一户走访下来，见大家都对这个根本不关心。看来，没有周麻子帮忙，任务休想完成。

在电话里约定了时间，我们总算见到了周麻子。周麻子人如其名，脸上也有大大小小的麻子，说麻子其实有点牵强，应该说是疤痕才对。据他本人介绍，他曾经承包矿山多年，脸上的疤痕就是开矿石点炸药伤的。

在东华村新建的会议室里，周麻子带领村委会全体班子成员跟我们扶贫专班一行五人见面问好！周麻子坐在会议桌中间读报告，介绍村务公开、两委班子构成、村籍人口资产、农田水利、计生教育、扶贫就业等。报告内容翔实，行文规范，周麻子夹着蹩口的普通话抑扬顿挫，颇有领导风范。这样正式的接待场面完全超出了我对东华村和周麻子原有的印象。

冗长的会议开到中午才结束，周麻子一看时间不早，便安排董主任准备中餐。郝南赶紧推说组织有规定，不能给基层添麻烦。周麻子便笑着说："不是公款消费，我私人掏腰包请客总可以赏脸吧！"

郝南推辞不过，只好招呼我们一同前去，暗地嘱咐我提前把单买了。

酒菜齐备，周麻子一举酒杯先干为敬，郝南也是酒林中人，自然不在话下，余下村委班子成员和我们几个部下一一对饮。酒过三巡，周麻子说道："不是我怠慢你们上头来的领导，说实在话，我这个村书记一个月满打满算三千块，要是天天守在村委会上班，一家老小都要喝西北风。"

董主任一边斟酒一边补充："书记的生意铺得大，哪在乎这点工资，还不够养车钱。"说这话的时候他朝外张望了一眼，我才这注意到餐馆门口停的那辆宝马X6，原来是周麻子的。

周麻子说："我是操心的命，奔死奔活一辈子。原来开矿，这村里不说全部，至少有一半在我矿上干过，后来矿开完了又转行搞建筑，这几年建筑行业饱和了，又回来承包搞农庄……你们上头的领导不晓得，不是我吹牛，这个书记是大家逼着我当的，不当不行，不当就是自己发财吃独食，就是忘恩负义。"

董主任忙说："哪个敢说您忘恩负义，我抽哪个烂嘴巴！"

周麻子话匣子大开："上头的套路我都懂，今天这个领导立个名头搞检查，明天那个领导来评比又搞检查，任务压到基层，我们累死脱一层皮也搞不完。我也不是三头六臂，能做就做，不能做就等，大不了扣工资，反正也不靠那吃饭，最好你们把我就地免职，那就彻底解脱了！"

郝南听出话音不对："我们算什么领导，就是来基层学习锻炼的，这位小尹，局里的高材生，还是您同乡，书记是不是该喝一杯？"

我赶紧把酒倒满，恭谨地敬周麻子。

周麻子坐着不动："老乡，姓什么？哪个村的？"

"我是小相山正街尹双喜家的。"

"尹双喜我认得，是你什么人？"

"我爷爷！"

周麻子一拍大腿果断站起来："真是老乡，来来，酒满上，轮辈分我算你个叔，我们叔侄俩喝一杯。"

酒桌上一片叫好，我和周麻子连喝三杯，两个人都喝得满脸通红，周麻子把手架在我肩膀上："不错不错，尹双喜的孙女有霸气！"

郝南趁热打铁，赶紧拉近关系："周书记啊，我们前后都来了一年多了，时间过半，任务还没过半，不好交差啊，您看看，这剩下的工作我们要怎么配合呢？"

周麻子笑说："去年上头选扶贫单位的时候搞抽签配对，我前一天打麻将赢了钱，就猜到那天会手背，果然把你们林业局抽到了。你说说，我东华村又不搞旅游又不搞开发，派你们林业局有什么用处？隔壁的下塘村抽到建管局，去年免费修了一条大马路，那是什么概念？要我们提要求？好办啦，村里的两口水塘多年没有清淤，水利设施年久失修，还有前年搞的村村通公路已经有了大面积破损，其他的不说了，就这三样，你们能不能办？"

郝南赔笑说："林业局是清水衙门，搞点绿化种植还行，要拿真金白银搞建设，局里全年的办公经费都不够你们用。"

周麻子冷然说："你们天天在办公楼里吹空调摇笔杆子，哪里懂得我们基层工作的难处，不是我说俏皮话，郝处长来坐我这个位子绝对坐不下来。"

郝南早已不悦，强压火气说："尺长寸短，各吃各饭，都不容易。"

董主任看出气氛不对："今天得喝尽兴！酒桌不谈公事，再谈公事就罚酒。"

周麻子应和说："再开瓶二十年白云边，不喝倒不算数！"

我晕着头下去结账的时候，酒桌上已经倒了大半。趁着领导们睡得烂醉如泥，我给魏阿姨打了电话，她说老姑奶正在午睡，这几天来一切均好。

郝南几个小时后才醒酒，我们开车回家。郝南问我吃饭花了多少钱，我把发票递过去。

"什么？那点农家菜加酒水竟然要两千三！"郝南酒醉都醒了，"狗日的，被宰了！"

直到扶贫快结束我们才从一位老乡口中得知，这家餐馆是周麻子的儿子开的。

二、转　　山

局里召开周工作会议，最后一个议题讨论扶贫，郝南在会上发言："那帮村干部，刁滑得很，不来点真东西肯定不会让我们过关。"

局长四两拨千斤："我没得本事帮他们修路，你要有这个本事，局长你来当。"

郝南立刻闭嘴。

局长说："我知道你们工作辛苦，局里的同志们也不轻松啊！你们专职搞扶贫，局里从领导到同志都是一个人干两个人的事情。"

郝南赶紧说："确实是让领导和同事们费心了。"

"周麻子我又不是没见过，把他的准头摸清楚，他敢漫天要价，就能就地还钱。我看你们最好驻村，随时跟踪他们的工作流程，免得把时间耗在来回路上看不到成效。要是驻村，局里还可以安排驻村补贴……"

会议决定，郝处长带头驻村，我当助手陪同。

回家收拾行李，老爸恨不得把家里吃的用的全都带上。

老爸说："你一个女孩子住在村民家里安不安全？现在农村空心化严重，都是老弱病残，万一遇到坏人怎么对付？"

"还有郝处长啊？"

"他不是爱喝酒打麻将吗？你怎么方便整天跟他一起？要不，你干脆去陪老姑奶一起住，相互有个照应。"

我炸了："有没搞错，陪她？"

"怎么不行？魏阿姨可以帮你做饭洗衣，你不是更轻松，再说，住镇上总比村里方便，去村里办事也才五里路。"

老妈说："荣荣，你爸这次算是没出晕招，老姑奶身后无人，你要是这次把老姑奶的关系搞好了，百年以后，她留套学区房给你也说不定。"

我被老爸老妈押着送到老姑奶住处，就此开始与老姑奶朝夕相处的生活。

开头的一周最忙，村里这些年相关资料以及台账因为年代久远人事变动都不全面，且多是手抄本，我们一边查看，一边帮忙重新整理统计有关数据。为了给村干部留下好印象，我和郝南总是第一个到办公室，最后一个离开。

周麻子成天忙自己的生意，村里的大小事务基本是董主任处理。郝南白天和我一起查资料台账，晚上有时和董主任打几圈麻将，我则是早出晚归，与老姑奶同住屋檐下王不见王，倒也相安无事。

周六一大早我简单地整理衣物准备返家，老姑奶叫我："齐荣，你别忙回去，开车带我去转转山。"

"转山？"

"人老了，腿脚不灵便，你今天不是休息吗？"

我心里无敌郁闷，好好的休息日就这样糟蹋了。

车停到东阳山下，老姑奶下车来到山脚，说要登山。

"开什么玩笑？"我赶快制止，"这山虽不高，也有百米，又全是野路，您这样大的年纪怎么能爬？"

"这山我从小熟悉，再说不是还有你么？"

"我？"

老姑奶说完也不理会我的反应，拄着拐杖向上爬去，我赶紧跟在身后。山路崎岖，但路势还算平稳，看来山路一直有人走。我们一路走走停停，一个多钟头才爬到山顶。六月夏中，骄阳妩媚，草长莺飞，山风不急，透着清爽。我们坐在山头俯瞰老街古镇，儿时脑海里那片好山好水、心旷神怡的田园风光与眼前这片河流田庄、街市房舍星罗棋布却透着满目疮痍的现代街市不断撞击。十岁以后因为成长和学业压力，我好像再也没有上东阳山看过风景。没想到二十年后再上山，陪同的竟然是九十八岁的老姑奶。

物非人非，今不如昔。"可惜了这片山水！和小时候完全不一样了。"

"和我小时候就更不同了。"老姑奶说，"从前，你太爷请过一个风水先生就是从东阳山那头坐船来的，他在这山上找了块上风上水的好墓地，可惜太爷死得急，没人记得那块地。"

老姑奶此行原是来寻那块风水墓地的。只是事隔多年变化太大，我们最终无功而返，下山去了。

这样爬了大半日山，回来后老姑奶倒头就睡，我生怕她有个好歹，吃过饭就坐在她房间的老式三人沙发上刷手机，没想竟睡着了，等我醒时发现已是次日清晨，身上盖着一条薄毯。

"醒了？"

借着窗帘透出的微光，我冲靠坐在床头的老姑奶应一声便起身去屋外倒了两杯水，一杯给自己，一杯给老姑奶，老姑奶喝完说："是个有眼力的孩子，长得也乖巧，学问也不错，为什么还不结婚呢？"

我随口说："怎么您也问这种话？"

"我不该问？"老姑奶把杯子递给我，"明白了，姑奶是孤老，还是个守了一辈子寡的老孤老！"

"我不是这个意思，"我赶紧解释，"我是真心觉得，如果只是为了成家、面子、年龄太大、条件不错而结婚到底有什么好处？"

老姑奶笑说："你说这话的口气倒像我们尹家后人。"

"我本来就是尹家后人。"

"尹家哪里会把女人当后人？"

"我的名字可写在族谱里！"

"两回事，"老姑奶慢慢地把腿挪下床，扶着床头站起来，"现在这些尹家后人哪还有一点尹家人的脾性和骨气？"

早餐照旧是清粥小菜，老姑奶却不动筷子："人老了嘴馋，我现在就想吃鲜鱼糊汤粉。"

"这容易，我带您上街坐馆子去。"

"好，好，帮我把碗拿上。"

这是老姑奶的又一嗜好，从记事起，任何时候吃饭都拿专用的铜碗。

正值周日，街市上人来人往，最大一家早点摊正是久负盛名的鲜鱼糊汤粉。

老家原是鱼米乡，这鲜鱼糊汤粉是用黄鳝、财鱼、泥鳅等鲜鱼大骨加生姜、胡椒慢熬制成原汤，粉丝是用上好的精米特制的细粉过开水烫熟，浇上原汤，洒上葱花，面上铺一层鲜嫩的黄鳝、财鱼、泥鳅片，那种热辣鲜香穿肠，吃过大汗淋漓，周体通泰。有些食客，喜欢就着原汤粉，泡上一根刚炸好的油条，更是别有风味。爷爷在世时，每次回乡必定点这道鲜鱼糊汤粉给我当早餐，我也是对此大爱。于是祖孙二人坐定，一人一大碗吃开来。几筷子下去，老姑奶又不动了："是我老了，还是味道不对？"

"显然是味道不对。"

"倒了可惜，拿回家喂野猫。"

这铜碗原是实心的，端起来十分费力。长期使用的碗底和碗面都有不同程度的划痕，把糊汤粉倒进门口的石钵里，却等不到那只老野猫的踪影。铜碗在阳光下发出耀眼的光，我很想把那些细致的花纹一看究竟："这碗可真重！"

"重吗？我拿了一辈子，倒是越来越轻了。"老姑奶坐在门前的藤椅上，阳光照着她银灰的短发，却照不开她脸上一道道的皱纹，"我从五岁开始用这个碗，你算算多少年？"

我吃惊地看着眼前的"古董"："这碗用了九十三年？为什么？"

"一个算命先生教的。这原是一套，你太爷大大小小连盘带碗筷、勺子总共做了十八件，如今只剩下这个碗和那把汤勺。"

"是那个如意柄的汤勺吗？我见过。"

"几十年了，丢的丢坏的坏，等什么时候这两样也没了，我也该走了……"

我们一老一小坐在初夏的阳光里，话题却不知何时变得伤感。从记事起，老姑奶从来不是一个伤感的人，虽然一生孤独，但自寻烦恼从来不属于她的性格范畴。

阳光终于隐去，乌云在低空翻滚，天地肃杀，眼看暴雨来袭，我扶老姑奶回到屋内休息。"我最讨厌下雨，你太爷走的那一年长夏，雨特别多特别大。"

关于家族往事，爷爷和父亲也讲过一些，但男人讲家事，多半三言两语，太过正式而枯燥乏味，大部分家族往事和趣闻都是逢年过节时老姑奶和奶奶讲得多，只是老姑奶从不讲自己。

我的好奇显而易见："太爷肯定特别疼您！"

"他是这世上对我最好的两个人之一。可惜他走早了。"老姑奶靠在床头，我坐在床尾，屋里没有开灯，我们仿佛在缅怀那不尽的过去和故人。

"我是长房长女，又是头胎。所以，虽是女儿，但老太爷还是高兴得要命。百日宴摆了五十桌，方圆百里有头面的人物都来道贺。为什么？尹霸王添闺女啊，哪个敢不攀，哪个敢得罪？不知有多热闹。

"人是三截命，我肯定是享福享到前头去了。后头才会遭那么多罪。我长到快五岁，老太奶的肚皮再没一点动静。中药偏方吃了无数，一胎都没有坐成。这就不对头了。有一种女人是秤砣生，生娃独生一个。若真是这样，老太爷肯定得纳偏房。那年代哪有妇科检查这回事。东阳山那头出了个有名的算卦先生，老太爷把他请到家里来问卦看风水。算卦先生问清楚生肖时辰，得出结论，太爷太奶命中有子后继有人，只是没到时候。这个算卦先生姓梁，乡间秀才，家道中落，五代单传，半俗半僧，据说开了只天眼，十分灵验。太爷太奶留他吃饭，他也不客气，该吃吃该喝喝。过去家里人请客，小孩都不兴上桌。但我是家中独苗，太爷的掌上明珠，又生得灵气逼人，当然是例外。老太爷顺嘴说让他给我看个面相。梁先生估计喝高了，问清楚生辰八字随嘴就说了句大实话——人有三截命，大小姐怕是福享到前头，后面要受些罪了。

"我那时饭刚吃到一半，老太爷听出梁先生话里有话，便让从小带我的张姆妈领我去后巷玩耍。所以，梁先生的原话没有听到，只记得梁先生笑着翻看我右掌的样子，梁先生不长胡子，面色白净，颧骨高眼窝深，一副洋秀才的模样。他说，大小姐真是个可人儿，可惜了。他从怀里掏出一块银元，去买糖吧！我说不要。梁先生大笑一声：'大小姐果然是见过世面的孩子，我小瞧了小瞧了……'

"后面的事全是太奶许多年后讲的，那时你太爷已经离世了。我和张姆妈刚离开，太爷就面色犯难，太爷最疼我，从小到大没动过我一根指头，只要不是天上的星星月亮，我是想要什么就能得到什么。哪里有人说过我半个不字？可梁先生根本不理这回事。他不是俗事中人，只按各人的命理解说，并不理会俗世中人的喜乐。梁先生说，尹大爷，你这女娃生得漂亮又聪慧异常，可惜她命轻了。这种分量生在一般家庭那还可小富即安，但生在你们家中，又是长房长女，就压不住阵脚，只怕终究扶不起这样好的家世。说句不当的话，长此以往，要么早折，要么损家。"

我坐在床尾听到此处心头一紧，在旧时乡间，人们是极信算卦问卜这回事的："他真这样说？"

老姑奶继续说："太奶当场哭出声来，太爷疼我，不服这口气，问他如何转运，只要有破解之法，酬劳翻倍。梁先生说，命很难转，但可以补。太爷就问他如何补救。梁先生说，办法也不难，给大小姐打制专用的铜筷、铜勺、铜碗，每饭必用，增加分量，最好送到小户人家帮养，吃粗茶淡饭，穿棉麻布衣，成年后嫁一户独子的寻常人家，过平常人生，娘家这方不要过多帮衬，至此方可平安此生，于家于己有利……"

屋外一阵闪电照进屋内，很快接着一阵雷鸣，将我们从一种岁月悠长的情绪里打捞出来。

"所以，太爷就给您打了铜碗、铜勺、铜筷？您从五岁开始一直用到现在？"

"对。"

"那太爷真把您寄养到别家了吗？"

老姑奶在床头沉默，半晌才说："没有。他不舍得。"

我知道谈话并没有结束，便起身去屋外倒了杯水进来，老姑奶喝了小半杯，我问她雷已经打过了，要不要开灯？她说不要，屋黑话不黑。

这老姑奶，近百岁的人，也不糊涂。"您昨天去找的墓地，也是梁先生帮选的？"

"是的。你太爷一辈子爱才，听谈吐便知道这梁先生不是凡人，说的话虽不中听，但太爷还是留他在家里住了好几日，奉若上宾。那梁先生也与太爷投契，又问太爷信不信风水。你太爷谈不上信也谈不上不信，那梁先生说：'我云游四方，这次从东阳山过来，东阳山上有一块上风上水的宝地，我带你去看，只你一个人，你若跟这地有缘，将来百年后可以安葬在那处。'那天吃过午饭，梁先生要带太爷去看东阳山上的宝地，我平时是习惯午睡的，也不太跟脚，那一天也不知道是为了什么，非要跟着你太爷一起去。梁先生说：也好，这也是大小姐的缘分，让大小姐一起去看看也没什么问题。车夫把我们送到东阳山脚下，梁先生打前走，太爷领着我跟在后头，东阳山我们很熟悉，但是梁先生左拐八绕不知道走到半山一处什么地方，那地方杂草丛生，罕有人至，几乎没有落脚之处，太爷只得抱着我，梁先生说：'我用八卦测过，这块是这方圆百里中难得的宝地，大旺家宅，你若信我，从你这代起，百年后都可以安葬在此。'太爷问：'这样的宝地先生送我，我该怎么谢？'梁先生说：'我一年中有半年云游四方，家里还有一位六十岁的老母亲放心不下，我外出的时候你能不能帮忙奉养？'太爷说这不成问题。我们下山后，太爷让厨房帮忙的方姐住到梁先生家里，一日三餐照顾梁妈妈，梁先生后来又来过家里几次，再往后就真的云游四海不见踪影了。"

"这梁先生真是个怪人。"

"梁先生走后不久，你太奶就真的坐了胎，隔年生下你二姑奶，太奶说，二姑奶跟我小时候不同，长得眉清目秀，哭起来细声细气，不像我小时候，吃奶是急脾气，一口接不上就会大哭大闹。真正是一个娘胎生出两样娃。太奶隔了一年又怀了一胎，太爷那个高兴啊。可惜六个月时早产，还是个男孩。太奶早产后大伤元气，成天没精打采。此后一年肚皮再无动静，太爷又派人去找梁先生，梁先生要出远门不肯来，只派人送来一封信，让太爷放生一百只乌龟，太爷放生后隔了不久，太奶又坐了胎。太爷去给梁先生送信，梁妈妈说梁先生已经走了快一年没有音信，太爷也没多问，送了一百块大洋给梁妈妈。那年的生意也是出奇得好，太爷忙前忙后高兴得不得了。怀这一胎，太奶吐得特别厉害，人都难受得脱了形。人人都说肯定会生男孩。太爷心想着尹家终于后继有人，那年过年给家里帮工做活的每人额外做了一身新衣裳，那个新年，老宅上下不知道有多热闹多高兴……"

老姑奶话到这里，脸上挂着一丝不易察觉的微笑，好像还沉浸在过去的喜悦中，我心里却突然紧张起来，爷爷是遗腹子，太奶后来成了小相山赫赫有名、骂人不眨眼、常人惹不起的尹太婆。"太爷后来是怎么死的？爷爷说是病死的。"

"那年冬天去汉口办货回来就病了，当时事多也没在意，吃药拖了几天，前一夜起了一阵高烧，早上退了，只说头还痛，到中午勉强吃了小半碗饭，人还没走到店里，就在路上没了。"

"到底什么病呢？"

"脑出血，算是家族病。"

可以想象当时得知这一情形时的局面。偌大的家业突然失去主心骨，太奶怀着未出世的爷爷，老姑奶不过十岁，二姑奶才四岁，一大家子的局面如何支撑？太爷刚死，太爷的三个兄弟找上门来，太爷一直掌管着家族产业，现在他走了，分家最自然不过。太奶挺着大肚子一面承受着丧夫之痛，一面要应对家族纷争，一面还要面对街镇上各路不怀好意的男男女女牛鬼蛇神。寡妇门前是非多，太奶生生被逼成小相山街最厉害的寡妇尹太婆。

大雨连续一下午都没有停止。可能是下午的话说得太多，晚饭吃得很安静，老姑奶用那双因多年风湿而骨节巨大的手托着老铜碗，我第一次感到一种难以言说的沉重与伤感。

三、寻　　山

　　江城近期大雨，城区内涝防汛形势严峻，东华村地势高，没有内涝困扰，局里让我们这两周回单位，随时防汛候命，扶贫工作可以推后一步。想到要离开老姑奶，我突然内心一阵不舍。

　　五天的时光少有的漫长，我从不知道自己会急切地盼望回到老姑奶身边，连老爸都忍不住觉得奇怪。

　　连续一周的大雨，门前巷弄里有积水退境后的痕迹，一进到老屋，一股霉气扑面而来。魏阿姨说，老姑奶还没有起床。

　　我打开房门，光影微暗，老姑奶躺在床上，身体随着呼吸平稳起伏，我心头这才踏实。

　　天照常阴着，不时下雨，去东阳山是不可能的了。吃过午饭，坐在满是霉气的老屋内，老姑奶看了眼头上的天花板："祖屋里那道房梁好像就是这个位置。"

　　"应该是的。"

　　"太奶那年准备在这上面上吊，幸好你爷爷在她肚子里踢了一脚没死成。"

　　"哦。"我这才抬头重新打量头顶的天花板，五岁时祖屋拆了重建，我的印象并不深刻。

　　"你太奶最疼你爷爷，最恨的应该是我。"

　　"怎么会？"我说完，突然觉得言不由衷。

　　"我不怪她，这是命，我拖累了她。"

　　她平静地说完这句，我却喉头哽咽。我不知道在那些年里，太奶和老姑奶之间到底发生了什么，一个让母亲憎恨的女儿和一个不爱自己孩子的母亲该如何在对方的苦难和自己的苦难中"和平"相处？在命运的无望里，两个女人的剑拔弩张到底达到何种程度，我无法想象，却深深悲伤。

　　"太爷走了，这世上再也没有庇护我的人，我成了多余的，家里只剩下一个老妈子，后来连老妈子也请不起了，我真就像梁先生说的那样，穿布衣、吃粗食，成了家里的粗使丫头。不管我做多少事，太奶都不跟我多说一句话，一日三餐，冬寒春暖也不过问。知道她恨我，恨透了，我却无法怪她。其实我也很想知道：如果当年太爷听了梁先生的话送我去寄养，会不会这一切就不必发生？是我命硬让她失了这一切，害我们这个家失去了一切……我去东阳山那头找了很多次，只是再也找不到梁先生了。"

我不想打扰老姑奶的叙述。

"你爷爷出生时非常瘦小,成长却异常顺利,我从小带他,不像姐,倒像个小妈。他跟我最亲,知道太奶不喜欢我,就偷偷把太奶留给他的炒米、冰糖分我一半。我看着你爷爷,就像看着另一个太爷。但你爷爷到底跟太爷不同,你爷爷也算自学成才精明一世,只是总少一些太爷身上那种霸气。"

"我爷爷哪里能够霸气?我听说奶奶的老气胸就是进尹家门后被太奶气出来的。太奶活着时,每年三十夜里,别人家欢天喜地、老小团聚,太奶总要寻由头骂人,屋里骂完还不算,还要站在大门口、对着正街骂。以至家里人都不敢惹她,一到年三十集体不说话,她找不到理由骂人,就一个人站在大门口哭,每次非得爷爷奶奶一大家子全体来劝,劝了还不行,还得下地跪求,她才肯罢休。说实在的,我幸好出生晚没见过她本尊,单凭这些,我对她就一百个差评。"

"你不了解她,太奶这辈子也不容易。"老姑奶停顿片刻,像是累了,又像回味,"尹家人忠孝好学,一辈子怕惹是生非。虽说忠孝传家久,诗书继世长。但太迁。你倒有几份太爷的脾性,要是男孩就好了。"

这是我多年的痛点,我在这个家族里为着男孩女孩的身份挣扎太多年了,没人知道我有多讨厌这种出生决定论:"生而为人,我堂堂正正,是男是女,为什么要介意?"我说完,便起身去给手机充电,我不想与老姑奶讨论性别优劣问题。

周日,雨还在下,像是没完没了。午后的闲谈成了我和老姑奶习惯的交流方式。一个从二十几岁开始守寡直到九十八岁的女人,究竟藏着多少秘密呢?最大的秘密不过是她那场短暂的婚姻。奶奶在世时不止一次讲过,为了不让老姑奶守寡,太奶几乎要与老姑奶断绝关系。两个从来水火不容的女人,吵了无数次架。一辈子不出远门的小脚女人,小相山街上赫赫有名、骂人不眨眼的老寡妇尹太婆,竟然追到汉口去给自己刚成为新寡妇的大女儿说媒。在汉口那间十八平方米的小屋内,太奶奶坐在靠背椅上,对着自己一辈子不待见的大女儿气势汹汹,说得口干舌燥又苦口婆心,老姑奶站在一边默默听着,最后只说了一句话:"亡夫刚走,守孝三年。"太奶知道劝不动,只得说:"好,好,你有志气,我等三年,你要说话算数。"老姑奶点头同意,便送太奶回程。

三年守孝期满,老姑奶还是不回娘家,继续住在汉口的小屋内。痴心不改的太奶带着二姑奶和爷爷跑到老姑奶的夫家,太奶一把鼻涕一把眼泪,又哭又闹,让夫家劝老姑奶改嫁,夫家王老太爷本来也没打算让老姑奶一辈子守寡,结果老姑奶当场让太奶下不了台,抱着王存良的遗像出来,竟然要求从亡夫姓,并发毒誓,从此终身不嫁。从来不输下气的太奶听说是被爷爷和二姑奶扶着出的王家大门，回家后躺了三天三夜没吃饭，从此后再也不过问老姑奶的任何事情。

我以为今天的话题会讲到这里，结果老姑奶却讲起了爷爷小时候的趣事。我从来不知道爷爷小时候是穿老姑奶和二姑奶的花衣服花裤子长大的，为了不穿花衣花裤哭闹过无数次。也不知道爷爷从七岁上学住先生家开始，每周离家返回学堂前都会提前上山打好一周的柴火，为了不让家里的女人被别人笑话，冬天的时候五点就要进山，带上干粮砍柴到半夜……那代人的生活和境遇，是我们这个年代的人无法想象的。

新一周的防汛形势依然严峻，好在最大的阵雨已经过境，局里的同事都松了口气。周五下班，我一进家门，见老妈难得扯出笑脸："明天中午给你约了饭局，好好打扮见人。"

"又是这一套？"我边脱外套边走进房内，老妈跟进来："什么叫又是这一套？你要能够嫁人成家，我还省得操这份闲心！荣荣，这次的小伙子可是协和医院邓阿姨介绍的，留德医学博士，年轻的副教授，你不要不当回事！"

自从上次失恋后，空窗两年以来，隔段时间，我就在老妈的指导安排下，与各路"青年才俊"会面。我妈选女婿的视野之发散、目标之随机、观点之更新实在让我叹为观止。从最初的机关男、技术男，到学院男、生意男，从富二代到拆二代，从留美的到留非的（南非），相亲对象各行各业、林林总总。

尹氏家族，妯娌三个，只有我妈生了女儿。我们家族是个严重看性别的小社会，所以，我从一出生就注定输了。这种失败感和无力感贯穿了我的童年和青少年时期的家族生活。很多年里我都觉得，不管有多努力，不管是漂亮可爱或者考一百分，不管进"211"还是"985"，不管写得一手好文章还是考进公务员队伍，在亲戚们眼里，我迟早都是别人家的女人，是可有可无的存在，所有的奋斗和努力到头来不过是个屁。可是谁又愿意自己一生让人看不起呢？特别是我妈和我又天生好强。我把努力全用在了工作学习上，我妈就把努力全放在未来女婿的人选上。

老话说得好啊，一个女婿半个儿。每次提到我未来的老公，我妈都会用一种打鸡血的口吻说："荣荣，一定要争气啊！"你看，她用的是争气，而不是合我心意。是个人大约都知道她说的争气是个什么概念吧！

相亲无数，但面对留德医学博士，我还是忍不住有几份好奇志忑。坐在咖啡馆里，身上披挂着刚入手的三千块的"例外家战袍"，手上是朋友代购的一万七的"王菲同款杀手包"，我算是给足了这位医生博士应有的体面。

博士穿了套休闲TOMMY，我们都到得很准时，各点了杯咖啡，话题从各自的工作谈起，主要是我在提问，我实在是对骨科很感兴趣，作为长期敲键盘从事文字工作的人，鼠标手加颈椎病严重，借着相亲，顺便当是看专家门诊了。

博士的回答很有医学范儿，我们的关系不断在相亲男女与医生病人的话题中来回切换，交流还算顺畅。我原来一直觉得医学博士是另一类生物，能够和医学博士谈情说爱的人，智商必须高，还得足够胆大。

博士并没有吓我的打算，他把工作描述得很职业，我原来担心的关于手术室里的刀光剑影，太平间里的逸闻趣事之类基本没有触及，我们很平和地吃完了午饭，相互留了QQ、微信就愉快地分手了。说实在，这次见面的印象还不错，我开始对他心怀期待了。

这周我和郝南重新回到东华村驻点，村主任周麻子让董主任送来一份关于本次强降雨对东华村的救灾专项扶助的申请报告。报告上的金额吓我一跳，五十万元，好家伙，真敢开口。郝南收下报告，说到村里先了解一下情况，便拖着我挨家挨户走访。

东华村主要的积水点是老矿坑留下来的，圈山开矿，炸山取石，山开平了，资源尽了，土地荒了。前些年红火的时候，村人有一半靠山靠矿吃饭，这两年国家严控了矿山开采，加上内需减少，矿厂关的关停的停，村里的年轻劳力近的去武汉市内谋生，远的去北上广寻活路，极少有人留在村里。

老矿坑旁堆着一座碎石堆，矿坑形成一个人工的池塘，百米远处还有一处天然的池塘，站在远处，两口池塘像两只苍老的眼睛，无奈地注视着这片没有生机的土地。因为下过大雨，两个池塘的水全都浑黄得要命，我记得初次来村，董主任曾介绍过，原先天然池塘是村里人主要的生活用水取用点，面积是现在的三四倍，这些年各种非法填塘，池塘面积越来越小，水质更是脏得不像话，好在如今都用上自来水，这个池塘也渐渐荒废了。连日大雨后，正是这两口池塘形成的内涝威胁着附近村舍的安危。

我们沿村查看灾情，拍照片做记录，郝南回驻村点写材料汇报给局里，我开车回老屋，正赶上饭点。

刚吃完饭，汤还没来得及喝，老妈的电话就打进来，她问我对前天的医学博士印象如何？我据实回答，有点好感，可以下次约会再发展一下。老妈在电话那头话锋一转："下次？还有下次？尹齐荣，我早叫你省着花钱省着花钱，一个女孩子，那么高调干嘛？要那么贵的衣服包包干嘛？现在人还没嫁，大手大脚爱花钱的名声已经在外了，你知不知道？"

"你到底想说什么？"

"我说什么不重要，人家男方说什么才重要。王博士的朋友的同学，就是上次和你相亲过的小黄，人家男生说你爱虚荣花钱大手大脚，不是适合成家的女人。你看看，相亲黄了不说，你这爱败家的名声也出门了，将来怎么嫁得出去……"

我不知道如何听完那通电话，心里的怒火已经无以复加。我立刻给医学博士打电话，他在电话那头很意外，我几乎没给他说话的机会："王博士，我是尹齐荣，就是前天跟你见面三个钟头，吃过一顿一百三十块钱午餐的尹齐荣。"

他显然已经听出语气里的不善："找我什么事？"

"我可以花两个小时打扮，穿两万块的行头，去见一个我感兴趣的男人，也可以花三分钟时间找件菜场大妈的T恤衫去敷衍这个男人，你觉得哪种情况更合乎你的审美标准，或者说价值标准？"

"我们有些误会……"

"不要说误会！这世上误会太多，但肯定不应该在一个见面一次、时间不到三个钟头的男女之间出现。很遗憾你和黄渣男是朋友，而你居然把黄渣男对我的评价照本全收，还把他的言论当成对我的价值的评论到处散布。"

"我和小黄并不熟，只是……"

"不要说只是！作为一个博士，你应该有自己的价值标准和判断，为什么不用自己的眼光来看待问题和女人？你是野鸡大学毕业？我请问一句，我不偷不抢不拐不骗，捧自己的碗吃自己的饭，堂堂正正挣钱，高高兴兴花钱，这有什么问题？这妨碍到任何人了吗？"

"……没有。"

"一个女人有能力挣钱有能力花钱，一不靠父母啃老本，二不靠男人傍大款，自我成长自我提高自我投资，这又有什么问题吗？这难道不值得尊重和赞美吗？"

"你误会了，其实……"

"现在误不误会都不重要了。请你马上收回言论，不然我的嘴巴也不是白长的。"

挂了电话，老姑奶和魏阿姨呆愣地看着我，我把桌上剩下的半碗番茄鸡蛋汤一饮而尽，好像那是一碗烈酒，我打了个饱嗝，这才找到点快意恩仇的感觉。

我回到房间，心头怒火还在燃烧，眼看逼近三十岁关口，不急着嫁是骗人的，原以为这位相貌还算堂堂、学识品位还算上成的医学博士能够成为我的发展目标，最次也能混成将来可以免费蹭专家门诊的"男性朋友"。原来不光落花有意流水无情，而是人家根本就把我当成物质女加负能量。发泄过后，一种深刻的自我怀疑突然袭来，难道我真的那么不堪？

老姑奶进来的时候我正把头埋在枕头下，是的，一个人的时候，我其实像个鸵鸟。"你的脾气可真大呀！太奶要是活着，肯定都拿你没辙。"

我一屁股坐起来，看着坐在床尾的老姑奶风平浪静的表情，一条巨大的代沟横亘在我们中间，我不想跟一个九十八岁的女人讨论如何赢得男人的好感。"我现在才不管太奶什么的。"

"你这火气可真大哦，"老姑奶笑着说，"你这孩子也不知道像谁了，太爷要活着肯定另眼看你。"

"我现在心情不好，只想一个人待会儿。"

窗外的雨下个不停，我几乎整晚失眠。早上感觉自己有些发烧，只得跟郝南请了病假，郝南知道我不是真病不会赖在家里，让我放心休息，他这两天主要工作就是两边协调，然后打报告替东华村申请救灾款，事情不多，一个人足以应对。

醒时已是下午，手机里好几个未接来电。排在首位的就是黄渣男。我果断把他的电话拉入黑名单，我和黄渣男约会两次就发现他的渣，主动提出不再见面，他死缠烂打无效只能不了了之，没想到冤家路窄，这种人居然认识王博士，以黄渣男的渣，当然不会放过这样的陷害"良机"，我还需要跟这种人废什么话？

我给老妈回了电话，看来老姑奶已经把我生病的事情给她讲过了，她让我不用担心，邓阿姨是自己人不会到处乱造舆论。我妈最后用一种见多识广的口吻总结说："现在医患关系这样差，医学博士虽然素质高、职业稳定，但从业风险也不小啊！医学博士其实也不算什么，以我女儿现有的条件，根本犯不着为这种男人伤心……"我挂了电话，坐在床上发呆，第一次感觉自己可能真的没有婚缘，会孤独终老。

四、望　山

雨是在半夜停的，而我也在半夜醒来。傍晚时分睡到现在，倦意已然全消，而忧愁却并没有消散。轻轻下床，穿过堂屋走到屋外，没有月光，天地间只剩下黑沉一片，没有声响，世间的一切全体静默，我感觉到一种巨大的遗世孤独与彷徨无助。我突然哭了，小声地、沉默地在暗夜里哭泣。我把白天的委屈积压到现在，终于再也积压不住了。我任泪水横流，一个人在黑暗的世界里不知道站立了多久，只觉着夜空中那没完没了的水汽快把最后的信心全打湿了，我突然听到一丝轻声呼唤："齐荣在外面吗？进来一下。"

老姑奶的主卧室与屋外一墙之隔，她听到我哭了？她是否再次把我看扁？就像家族里其他人一样？我抹了把眼泪，冲着屋内应了一声。无所谓了，要看扁就看扁吧，要可怜就可怜吧，我走进屋内，打算以一个失败者的面貌来面对一切。

床头的小夜灯开着，老姑奶半坐着靠在床头："齐荣，坐上来吧！陪我靠会儿。"

我顺从地坐在床尾，老姑奶搭了条已经洗得掉光了毛的毛巾被在身上，那双出奇大的脚露在外面。我盯着双脚出神，据说作为大家闺秀，老姑奶曾缠足一年，每天痛得大哭小叫，最后太爷发话不让缠了，结果这么一收一放，倒放出一双天足来。老姑奶一米六四的个头，有一双三十九码的大脚，上了年纪，骨头变硬，穿鞋都是四十码起步。

"咱们尹家人都是这种大骨节的脚型，穿鞋子容易变形不好看，老了还特别爱骨头痛。"

我"哦"了一声，悲哀地看了眼自己的大脚骨，很不幸，我也是这种脚型的受害者："还好我没生在旧社会，不然更加不容易嫁吧！"

"嫁个好人跟脚大脚小没有关系。"

我抬头看着坐在对面的老姑奶，夜灯照拂下，她的皱纹更深了，目光却接近柔和，我并不熟悉她如此慈祥的一面，问题却已脱口而出："您当年嫁的人好吗？"

"他当然是好人，而且是我在这个世界上所见过的罕见的好人，也是除了你太爷之外，对我最好的男人。"

"最好的男人？"我不知道该不该同意她的看法，事实上，这个最好的男人不过跟老姑奶做了不到一年的夫妻就溘然离世，老姑奶甚至没来得及怀上一儿半女，却为这段短暂的婚姻独守了一生。作为一个受过高等教育的年轻女性，我无法理解她这种落后守旧的贞洁观念。

老姑奶并不理会我的质疑，她挺了下腰，我顺势把一个靠枕垫在她的后背上。"你太爷走后没多久就分了家，你太奶怀着你爷爷自然争不过其他房，吃了大亏。那年我十岁，已经开始感受得出家庭败落的滋味了。好在你爷爷出生了，就像太奶说的，咱们终于有了撑门面的人。日子虽过得艰苦，但一切都变得有希望。你爷爷十五岁就当家理事。我到了二十五岁还是老姑娘。太爷死后，太奶基本拿我当长工，平时根本不关心，论结婚还是让她操心不少。她是相信梁先生话的，所以从十八岁起，就开始给我物色合适的男人，当然都是穷家小户独子家庭。可惜我从来不是个听话的姑娘，一路挑挑拣拣就到了二十五岁。太奶又急又不急，急是怕女大不中留，留来留去留成愁，不急是家里的确少个劳力干活，论起做事，二姑奶那种慢性子小姐作风真是不顶用，我在家多留一年就有一年免费劳力好用。"

"二姑奶一辈子温文尔雅、阿弥陀佛的个性，走路都怕动静大了。"

"你爷爷十五岁就能当家理事，太奶越发看我不顺眼，我不嫁人事小，挡了她嫁二姑奶和你爷爷娶亲才是大事。可一个二十五岁的老姑娘能有什么好男人看得上？"

"关键您还挑剔，也不是什么男人都愿意嫁！"

"太奶愁得不行。好在我其一本就不怕她，其二不怕嫁不出去，大不了割小麦，你们嫁娶随意。你爷爷也帮腔，说长姐嫁不了人，大不了将来他来养老送终。你太奶这才不逼我的婚事了。"

"可我听说您的夫家在当地是极有财力和声望的大家族啊？那这门婚事是怎么回事？"

"人有时候就是这样子，你越着急得到的时候越是没有，等你不急了，一切倒来了。那年长夏，也是这样大的雨水，小相山那边的集市都淹了。行商的人，最会想办法，不能在陆上交易就走水路。最简单的就是开了商船到湖上，一条商船就是一个流动的商铺。那时，家里还在经营生意，但是规模已经不大。"

"这个听爷爷讲过，在朝正街的老屋前摆个摊位，卖些洋火、肥皂、针头线脑的东西。"

"那是我第一次去商船上看货，大大小小的商船停满了顺天河，卖什么东西的都有，前面一条船上卖大米，后面那条船上卖木材，左边的小船卖布匹，右边的大船卖瓷器。南来北往的船，林林总总的商品，也不分类，就那么混杂在一起，河上河岸都是人，延绵数里……"

我在老姑奶的叙述中仿佛看到昔日那舟行十里、商贾云集的盛景，这条水道上的生意链条一路连着更远处的方周河，覆盖方圆数百里范围。

"我那时和几个一样的小本生意人合租了条船在水道里一路前行，针线、肥皂、皮筋、麻带都进到货了，就只剩洋火，同船的老乡介绍说，这条水路上的洋火生意都叫王李镇的王家垄断了。我们不久来到王家的那条大船上，王家的大船主要装木料，兼卖洋火，一箱箱的洋火上披着油布毡。我上了船，和伙计谈好价钱付了款，伙计正准备把最上头的一箱洋火搬到我的小船上。我对伙计说要下面那箱。伙计不同意，说都是按顺序拿的。我说不对，连天下雨，上面的肯定潮了。伙计说，盖着油布不会潮。我说要么拿下面那一件，要么开箱验货。伙计说，你就做这么点小生意，要求也太多了，他们这里十件起拿的都是这个规矩。

我说我不管你们什么规矩，洋火潮了就是废物，你不能拿走潮的洋火给我。"

"他们到底给你换了没有？"

老姑奶脸上浮现一丝不易察觉的微笑："我的大嗓门把他们管事的少东家从船舱里吸引出来，那是我第一次见到王存良。"

我的脑海里几乎闪过一幅画面，年轻英俊的少年公子王存良从船舱里出来，对着站在船头火气冲天又风华正茂的落魄小姐，多么像旧时代的鸳鸯蝴蝶梦。"哇！你们一见钟情了？"

"应该叫不打不相识。"

"那年他多大？"

"他那年二十六。用他后来的话说，看我虽然脾气很大，但气质不俗，就喝停手下，亲自从下面给我搬了一箱洋火，又问在哪里做生意。我看他面善，就报了家庭地址，当时并没想其他。"

"过了半个月，我在门前出摊，王存良居然跑来看我，我当然记得他，他是我见过的少数好看又有气派的男人。我问他怎么来了？他说想在正街上看一下铺面，问我熟不熟路？我从小在这里出生长大，这街面上哪个角落不熟悉？我让二姑奶过来替一下，领了他就去正街上逛铺面。他见多识广一路侃侃而谈，我们谈得尽兴，好像有说不完的话，我从来没有和陌生男人讲过如此多的话。他突然问我：'尹祖灵，你对我印象怎样？'我当时有点蒙，但还是实话实说对他印象很好，觉得他是个很有魄力也很诚信的生意人。他接着说：'我老婆死了三年，是病死的，有一个女儿快五岁了，我很中意你……'"

"原来是二婚男？"我惊问说。老姑奶并没有怪我打断。也是，旧时代，他这种大家长子哪有二十好几不结婚的道理。"他就在大街上说这些话么？"我实在无法想象在旧时代发生这样的事情，就算换在现代，恐怕也没有几个女人可以不被一个见面才两次的男人求爱吓到。

"我听到这个话，当真被吓到了。按道理，一般的女子听到这话早就掉头吓跑了，我却怀疑他开玩笑，想知道他到底打的什么鬼主意。我不作声，只盯着他的眼睛，一个人眼里的善恶骗不了人。王存良见我不出声接着说：'那天在船上见过你后，就到处打听情况，知道你是见过世面的大家小姐，现在家境虽然不及从前，也是个眼高于顶的人。我们王家在王李镇有些名声，我读过些书，这些年做生意走南闯北也算见过世面，年纪虚长你一岁，我是真心诚意的，你愿不愿意嫁给我？'"

我想到老姑奶那锐利的眼神就有些胆怯，真不知道她当年盯着王存良听他表白时，王存良有没有被她的眼力杀伤。"他是诚心吗？他的眼神是善是恶？"

老姑奶赞许地冲我一笑，靠在床头闭上眼睛，像在回忆过去的美好，又或在体味当下的满足。窗外，清晨已经悄然来临，一缕晨光闯进屋内，好一会儿，她睁开眼睛说："我盯着王存良，他一点没有犹豫地把话说完，眼里全是善！从十岁老太爷过世后，我们尹家一路走下坡路，我太懂得人心善恶，人情冷暖。那时我知道：眼前这个男人说的每一句话都发自肺腑，他是真心喜欢我的人。我知道了他的真心实意，却突然害怕起来，我一句话都说不出口就那么疯跑回了家，把自己关在屋里蒙头睡觉。"

　　"害怕？"我脱口而出地问道，又立刻明白了过来，是的，命运，被梁先生算定的命运。一种难以言说的无奈爬上心头。

　　"我浑浑噩噩地过了三天，想要王存良来找，又害怕他真的会来，每一天每一刻都如坐针毡。第四天，他真的来了，还带了媒人和礼物。我站在堂屋里看着太奶吃惊又客气地跟他说话，看着太奶好奇又讨好地问东问西，太奶几次想拉我一起说话，我却傻瓜一样站在边上，木头人一样。太奶留他们吃了午饭，又派我送他们出门，我这时才清醒过来。让太奶陪媒人先坐一会，我要领王存良去一个地方。"

　　"一个地方？"

　　老姑奶眼神投向窗外，天已经全亮了，早起的车响和人声逐渐沸腾，我不知道她在窗外看到了什么，又或者什么都没有看到。"我走在前头，王存良跟在后头，我一句话没说，他也没问。正夏的午后，我们走得汗流浃背，终于到了太爷的墓地。我告诉他，这里面躺着的是这个世界上最疼我的男人，但是，他却是因为我死掉的。王存良显然不明白我的意思。我这样做就是要让他明白。我把五岁那年遇到梁先生开始家里所经历的变故都说了一遍。我已经豁出去了。我告诉王存良，自己一生已被算定。要么嫁不好，要么选择孤独终老。我不想害他。不管怎么说，这辈子能够得到像他这样的男子爱慕一次，也算值得了。我说完这话便蹲在太爷墓前号啕大哭，自从你太爷死后，我再也没有这样子哭过。我那时只是觉得，这辈子我再也不可能跟任何人成家了。"

　　"后来，他应该没有被吓跑吧？"

　　"他没有被吓跑，但他还是被我说的这一切吓到了。他说要先回去考虑一下。然后我们就一起下山了。下了山以后，太奶看我们的样子不对头，一个劲追问，我告诉她，我们八字不合，这婚事就算了。太奶也就不再多说什么。"

　　我起身给老姑奶倒了一杯水，魏阿姨正在厨房里给我们准备早餐，老姑奶把水喝完接着说："送走王存良后，我每天拼命地干活，从早到晚不让自己停下来，因为只要停下来，我就一定会想他。我像牛马一样不停做事，累到一倒在床上就直不起身体,这样他就不会在梦里来打扰我。我想他已经被吓跑了,再也不会来了。半个月后,我低着头正在家门口打芦席,手上一道道血口子,已经麻木得不知道疼,我打芦席很专注,直到有人叫了一声……

"我在太阳下忙得头昏眼花猛然抬起头,王存良正站在面前,他把我拉起来,我像个木偶一样跟在后头,也不知道要跟去哪里。我们一路走到东阳山脚,王存良说:'我回去就派人打听梁先生,但他多年远游再没回来,我在这东阳山上转了好几次都没有找到你说的那块宝地,今天拉你过来,我们一起找找看。'"

我叹道:"他可真是实心。"

"你太爷死的时候,我私下也来找过,但一无所获。事到如今,我只好跟着他漫无目的地上山去找。"

"你们后来找到没有?"

"没有,我们连续找了三天都没有找到,到第三天傍晚,我们坐在东阳山头,看着夕阳一点点下山。王存良说:'算了,我们还年轻,以后还有的是时间来找。尹祖灵,嫁给我吧!我不怕你命硬,因为我的命也很硬,你知不知道我老婆死的时候,老丈人就说我命硬克死他姑娘。我们这样的人在一起,还有什么可怕的呢?你就放一百个胆子嫁给我好了……'"

我不知道眼泪是什么时候流下来的,我们这一代人看的狗血电视剧太多了,现实中的爱情又足够冷血无情,我们还年轻着就早已不相信什么了。在这一刻,我才知道原来这个世界上曾经有过这样的爱情故事就发生在我们家族里。魏阿姨进来叫吃早饭时,我的眼睛还红着,却已忘记了自己昨日的悲伤。

我休息了两天终于恢复元气。再来到东华村时,水已经退了。我们在村委会办公室整理资料,周麻子突然过来了。周麻子脸面浮肿,样子很不好看:"郝处长,不是说好的五十万么,怎么才三十万?现在三十万能做成什么?"

郝南赶紧说:"我们是按照五十万上报的,但财政局下拨给村里就是三十万,我们尽力了。"

"我昨天跟下塘村村长打了一晚上麻将,他们村跟我们村受灾情况差不多,人口面积也差不多,他们报的四十五万,一分钱折扣没打,全拨下来了。"

"这个情况还真不知道,我回去问一下。"

周麻子早就对郝南不满,他一早看出郝南在局里没什么实权,所谓请示最后就是不了了之,冲口骂说:"少跟老子请示报告那一套,你当我是个苕不晓得行情?你个狗儿的出工不出力,天天在我这里混朝朝,你算老几?"

郝南这个年纪在事业上早没什么追求,派他来干扶贫这个吃力不讨好的差事本就窝火，没想到周麻子敢这样说话："你是老几啊？一个破村书记，真当自己是土皇帝？"

周麻子没想到平时好脾气的郝南今天也敢回嘴，扯开嗓门骂道："你还真是扶贫扶出名堂来了啊，怎么样啊，以为老子不敢动你，以为你真是上头来的大领导了不起。信不信老子打得你认不到北！"

"你敢打我一下试试？你说起来是个村书记，其实一天到晚只晓得吃黑，晓得你是这种人，三十万都给你报多了……"

郝南话还没有说完，周麻子的一记拳头已经打到他的脸上，我还没来得及反应，周麻子的第二拳已经又上了手，郝南这才反应过来，迅速与周麻子扭打在一起，两个人像两个红眼斗鸡。我在一旁又拉又劝也解不了围，十分钟后，总算有村民路过帮我把两人拉开劝离，这场戏才告一段落。

郝南明显吃了苦头，他一个文弱书生，哪里干得过混社会的周麻子，郝南气得不行，直说要找领导报案。等我准备给局长打电话，郝南又让我把电话按掉，局长一直不待见郝南，他如果跟局长讲这事，局长不见得会站他这头。郝南难过委屈得不行，我陪他去附近的医务室包扎消毒，五十好几的郝南居然痛得哭起来，不知他是因为伤痛还是心疼。我见不得男人哭，又不知怎么劝。郝南从医务室出来问："今天去你老家住行不行？这个样子回家肯定要被老婆问东问西。"

如果这个时候拒绝郝南就太不仗义了，我开车载他回老屋。老姑奶对郝南还有印象，立刻安排魏阿姨收拾房间，二楼的房间打扫一下就能住人，郝南伤在脸和胳膊，上下楼没有问题，他进房休息，连晚饭也没下楼来吃。我只好把饭端去房间，郝南没吃两口，一会给家里打电话报平安，一会又给局长简单讲了下扶贫资金情况，只说和周麻子有点不愉快，打架的事情没说，听得出局长没给他好口气。郝南挂了电话两头犯难。

晚上，我照旧来到老姑奶的房间聊天，这段时间，我们祖孙俩几乎成了无话不谈的对象。老姑奶问到底发生了什么事情，把郝南搞成这副模样，我这才把发生的事情一五一十讲清楚。

老姑奶说，"这个周麻子大名叫什么？"

"周良铁。"

"哦，我认得这个后生，当年他是咪咪姐帮忙接的生。"

"您认得他？"

"我不光认得他，他爹周破锣，他娘陈细姑我都认得，他是不是很为难你们？"

我长叹一口气："说实话，他可不是一般地难缠。"

"他小时候我有点印象,这样吧,明天我和你们一起去会会他怎么样?"

"您去见他?"

"我一个老太婆,谅他也不敢怎样。"

老姑奶睡了午觉起来,问郝南的情况,我告诉她郝南昨晚没睡好正在补觉。老姑奶便说:"让他休息,我们去会会这个周麻子。"老姑奶也不等我多说,拿了拐杖就出门,我赶紧跟上。

我一边开车一边给老姑奶介绍东华村的情况,她半闭着眼睛,也不知道在不在听,我说,这个周麻子是个挂名村书记,长期在汉口做生意,我们现在过来不一定能够碰得到他。老姑奶并不理会,依旧闭着眼睛养神。

车开到村委会门前,那辆宝马X6居然在,我突然又喜又怕——老姑奶已经九十八岁了,真不该拉她进来趟这个浑水。

扶着老姑奶下车,慢慢走进村委会大楼,周麻子正跟村办主任谈着什么,见到我们进来像没事人一样。我扶老姑奶坐下,叫了一声:"周书记,董主任。"

周麻子看了我一眼:"我已经跟你们局长打过电话了,事情很清楚,姓郝的骂人在先,我动手在后,这个道理上哪里都讲得清楚,你不用替他解释,要道歉,你让他本人过来,什么都好说。关于扶贫资金的事情,你们要重办,这是关系到老百姓切身利益的大事,一碗水要端平……"

没想到周麻子居然恶人先告状,想起郝南昨天受了伤还左右为难,今天病病怏怏敢怒不敢言的样子,我心里一百个替他不值和委屈,又说不出一句合适的话来对抗。

一旁的老姑奶突然说:"周良铁,齐荣好歹跟你乡里乡亲,你说这个话,一点情面都不给呢!"

周麻子看了老姑奶一眼:"你是哪个啊?我的面子不是随便给的。"

老姑奶气定神闲地说:"你爸叫周纯生,外号周破锣,大嗓门,破喉咙,一米七八的大高个,身板壮如牛。你妈陈细姑却是个小个子,一米五几,说话细声细气,眉目也细,又长得白净,像是画上那种一阵风就能刮倒的人物。这两个人本来是过不到一块的,但你外公好赌钱,输到最后只能卖女儿,你妈说是嫁,其实就是卖给了你爸。"

周麻子面露不快:"你是哪个?到这里来搬我的家谱。"

老姑奶不理会,继续说:"跟了你爸,你妈真是一天安生日子都没有过过,年年月月眼泪都没有干过,打也打不赢,吵也吵不过,最后只能躲。你爸长年干体力活,张嘴破锣嗓子,铁打的硬身板啊!整夜不消停,把你妈整得死去活来。

你妈那种体格哪里受得了他那种男人，话又说不出口，说出口也只能遭打，只好夜夜躲。你爸出门讨生活，一走十天半个月，只要从山那边干活回来，你妈就在地里忙到半夜，实在地里没有活了，出门拾煤球，上山砍柴火，顺天河挑担水，也要忙到半夜。说来也怪，你妈做姑娘家就病病殃殃，跟了你爸也是三餐不济，都担心你妈怀不上娃。谁知道你妈人长得精瘦却特别能生养。街上人都笑话，只要周破锣连着回来两个月，陈细姑就得大肚子。陈细姑生老大的时候，街上专门接生的咪咪姐姐吓得半死，生怕接生不下来大小性命不保，你大哥周良金生了一天两夜，陈细姑鬼门关前走了一遭，生下八斤半重的大小子。当时镇上人都不信。陈细姑才多少斤两，有八十斤没有？咪咪姐逢人便说，秤是从老尹家借来的，谁不知道我们老尹家的秤有准头？天字第一号准，童叟无欺，大伙这才相信。"

周麻子听到这里也是一愣，这一番话里可能有些内容是他都没有听过的旧闻。"太婆，您是尹家哪位祖宗啊？"

老姑奶指了指喉咙："话说干了，你倒杯水来我告诉你。"

不等周麻子开口，董主任就迅速倒了水过来。

"我在娘家名叫尹祖灵，现在小相山认得我的人都死光了。"

"您是齐荣的什么人？"

"是我老姑奶。"我回道。

"你们别打岔，听我讲完。后来，陈细姑又生了良银、良铜、良铁、良钢。生良钢的时候，咪咪姐回来说，陈细姑真的不能再生了，别人生娃是越生越富态，陈细姑是越生越瘦小，再生娃就要把自己生死了。咪咪姐姐跟我弟媳说，陈细姑那双脚板太薄了，没有一双鞋底厚，吓死人，那是长年生娃没吃没喝没休息，硬把自己生空了。我弟媳跟陈细姑有三代亲，看不过眼，拎了一斤红糖两斤泡米去看她，陈细姑就着开水一泡，一口气吃了一斤泡米兑红糖，要不是我弟媳拦着，她还能再吃。弟媳回来告诉我弟弟，我弟尹双喜有心，寻了个机会跟你爸说，儿多母苦，该对陈细姑好一点。话可能起了点作用，你妈这才过了几年安生日子。哎！要不说陈细姑命苦。生了五个儿子，良银三岁得了场重病没了；良铜长到十五岁，却在顺天河里游泳淹死了。良铜读书最聪明，平时也懂事，乡里乡亲没有人不喜欢。镇上的人都说，良铜一死，陈细姑就掉了半个魂。好像没有几年，陈细姑就走了，走的时候应该还不到四十五吧！"

周麻子脸色黯淡下来："我娘这辈子命苦，死早了，没有享过几天福，死的时候我们兄弟几个都没有发财，我一直对她心里有愧。"周麻子沉默片刻："当年您家能够送我娘两斤泡米一斤红糖，我晓得那是稀罕东西，这恩我谢了！欠人情要还人情，混世道要讲义气，这道理我懂。按辈分算，您老是我的长辈。我知道了，您今天是来帮他们说和，没问题，看在死去老娘的面子上，昨天的事情就一笔勾销。晚上您就留下吃饭，我代死去的老娘好好谢谢您老人家。"

事情的解决如此突然又顺利，简直超出我的想象，周麻子在上次吃饭的地方摆了一大桌，还让我把郝南也叫过来一起喝酒。老姑奶坐在桌中央，周麻子发话，今天桌上以老姑奶为主，不许抽烟，酒自愿喝。主桌是地道的小相山三蒸：蒸泥鳅、蒸五花肉、蒸莲藕。郝南看着九十八岁的老姑奶连吃三块蒸五花肉，直呼上了无知医生的当。

出门的时候，老姑奶像贵宾一样被众人簇拥在中央，周麻子亲自开车送我们回到家门口，并答应改天登门拜访。郝南一路上高兴得忘乎所以，局长专门给他来了电话，局长去找财政局领导批条子，重新核实了东华村的灾情，决定按五十万元重拨水灾建设款。一切都得到了圆满的解决，郝南对老姑奶赞不绝口。

老姑奶回家第二天就病倒了，病起得急，来势也凶。我们连夜把她送回汉口救治，虽然只是伤风感冒，到底年岁大了，中途因为呼吸困难，医生下了两次病危通知。这次住院，长辈们吓得不轻，本来回老屋住众人都反对，现在更是如此。但是老姑奶表示，出院后还是要回乡去住。所有人照旧没能说服老姑奶，大伯说了半日，最终流着泪从她病房出来。

我陪老姑奶又回到了老屋，一切好像又恢复到两个月前的样子。魏阿姨悄悄对我说，这次回来老姑奶吃不动了，一天只有一顿吃得像样。这天吃过晚饭，老姑奶突然对我说："齐荣，你帮我把周良铁叫过来一下，我有事找他。"

我赶快给周麻子打了电话，他说人在汉口，答应明天赶过来。

我陪着老姑奶躺在床上，九月的夜风已经有了凉意。经过这次生病，老姑奶明显瘦了，像个宽大的衣架支撑着干瘦的身体。"齐荣，你听到什么声音没有？"

我听了一会，什么声音都没有。

"有人在叫我，齐荣，有人在叫我。"

次日周麻子来时，老姑奶正在午休。我陪他坐在老屋门前的青石凳上，午后的太阳力度已经减弱，但我们还是烤出一身臭汗，我几次请周麻子进屋，他都不愿意，他说从前老家门口也有这样两个青石凳，已经好多年没有坐在这样的石凳上晒过太阳了。

老姑奶醒了，我和周麻子进屋陪她说话。周麻子说："您病刚好，就躺在床上给我们说话吧，我老娘活着的时候没有时间好好陪她说话，现在特别想听您多讲几句。"

老姑奶靠在床头，我陪在一边，周麻子坐在旁边的沙发上。"良铁，我想让你帮一个忙。"

"什么忙，您说。"

"我五岁那年，有一个游方的梁先生领着我家老太爷去东阳山看过一块宝地，几十年过去，我们找了很多次，却再也没有找到过，你不是常年开矿山吗？能不能帮我去找找？"

"东阳山上的宝地？我怎么从来没听说过？"

我就把事情的来龙去脉对周麻子简单讲了一遍，他这下明白过来："原来是这样，找地没问题，这附近的山没有我不熟悉的，那地到底是个什么模样您得说明白。"

"齐荣，把官皮箱拿来。"

老姑奶有一个随身走的官皮箱，我一直很好奇里面装了些什么。箱子时代久远，箱角破损，表漆剥落，上面的铜锁配饰也掉了大半，箱体表面散发着人体肤脂长久触摸形成的自然光泽。我们像是在观赏一件珍惜古董，看着老姑奶把官皮箱打开，箱内的结构远比想象中要复杂许多，有镜架、抽屉，还有暗格，老姑奶从暗格里取出一张发黄的信纸，叠成小块的信纸逐渐被打开，里面是一张手绘的草图，图上画着两个成年男子和一个小女孩站在半山腰的地方，寥寥几笔，看得出那个地方的布局杂乱却又草木丰美，远处可以望见高山，脚下便是河流浅滩。画作者显然并没有受过专门的训练，铅笔素描用笔并不老练，但美在意境已经表达充分。

"这是我二十五岁那年凭着记忆画出来的，那年我的丈夫王存良还活着，他去找过，据说还找到过，但我后来去找却没有找到。我相信只要东阳山还在，那块宝地一定就在。"

周麻子看着我，我不知道该如何给他解释王存良的事情，那是老姑奶这一生的故事。

送走周麻子后回到屋内，我问老姑奶，当年王存良真的找到过那块宝地？既然找到了宝地，那他为什么又不知道地方？

"他是单独上山找到的。"老姑奶靠在床头上平静地说："那时我们已经结婚了。我有没有告诉你结婚是一件非常幸福的事情？是的，结婚很幸福。比我原先想象中的幸福得多。他待我很好，虽然公爹公婆对我并不算满意，但他是站在我这边的。只是女儿雅芬有些认生，她是个可爱的孩子。我一开始还是像从前在家里一样，从早上睁眼开始就干活。但是王家不比娘家，人多业大，家里常年都有帮忙做事的老妈子和丫头，根本就没有多少事情可做。再加上王存良跑船，隔一个月就要出门跑一趟水路，我们结婚后五天他就出门去了码头。这样的日子也成了婚后的常态。我简直闲得有些发慌，我们都很想要个孩子，不孝有三，无后为大，在我那个年龄，别的女人都生养好几个了，但我过了小半年都没有一点动静。小相山和王李镇原本就隔得近，太奶早年生养困难的事情很快就被三姑六婆传到王家人耳朵里。公婆坐不住了，找了大夫来看，其实我心里更着急，很担心自己真有什么毛病不能生养，但是大夫仔细看下来，说一切都还好，可能是长年劳作，有些宫寒和失调，只几服药调理一下就行了。我把这话告诉刚跑船回来的王存良，他什么都没有多说，只让我宽心，还从行李里拿出一对手镯。我一看就知道是上等行货。王存良说，自从我嫁进门，每一趟的生意都很好，这是感谢我给他带来的好运气，将来等生意再做大一些，他会出来自己单干，家里的事情就交给二弟，让我先帮他孝敬公爹公婆几年，我们的好日子还在后头……"

我听着老姑奶平静的叙述，苍老语气中的每一个细节都让我有一种不真实的快乐，一个人在人生中等待一场苦尽甘来，就是这样一种忐忑不安的心绪吧！

"我怀过一个孩子，可惜流产了。"

"啊！"家族里一直传闻老姑奶结婚时间短从没生养，这种八卦我还是第一次听到。

"我从五岁起就被太奶不待见，很多女人该懂的东西其实我都不懂。太爷死后，家道中落，我每天忙成陀螺，根本就不知道怎样爱惜自己的身体，连好不容易有孩子怀上身都不知道。我那时很伤心，王存良也一样。但他一句话都没多说我的。那段时间刚好是航运淡季，他盯着厨房天天给我做好吃的。坐趟月子下来，我还胖了三斤。有一天下午他回来告诉我，找到了梁先生说的那块宝地。他形容的样子果真和我五岁那年看到的一样。我想跟去看。他说还没出月子不能出远门，不然落了病就麻烦。要不我把印象中的样子画下来，他看了画就知道找的对不对。我立刻找来笔纸边想边画，画好了给王存良看，他说和找到的宝地一模一样。我们太高兴了，找到了宝地，好像找到了打开命运之门的钥匙。我再也不用担心害怕了，有了这块宝地，一切都可以改变。"

我在心里松了口气，却又大大地存疑，宝地果真有如此神奇吗？果真能够改变一个人或者一个家族的命运？看着老姑奶苍凉的面容，我当然知道命运最终将她导向了哪里，突然害怕知道一切。我僵着身子一动不敢动，大气也不敢出。

老姑奶却依然平静："我还没出月子，王存良又要走船了。这一次成了我们的永别。船在龙王庙附近出了事故，消息传来已经是第二天，我赶过去守在江岸上，我在长长的江岸上没日没夜地走，没日没夜地喊，没日没夜地哭……水狗子请了一个又一个，他们轮番下水，捞了七天七夜，活不见人，死不见尸，王存良就这样一句话都没有留就走了，他死了，我的心也死了。"

虽然结局是我早已知道的，但听到这里，我的心还是茫然又空洞，我们试图去拥抱生命中那些罕见的美好，可那些美好总那样轻易就溜走，让我们无法抓住！面对命运的无常，除了无能为力，还能说什么呢？我很想说点什么安慰的话语，却不知道应该说什么。我默默地流下眼泪，不知道是为过去还是为现在而哭泣。

五、葬　　山

这期间我基本上都在陪着老姑奶，偶尔去趟东华村，也没什么事情可做，郝南几乎承担了我分内的全部扶贫工作，自从老姑奶做通了周麻子的"思想工作"，周麻子的配合度大大提高，再加上局里新拨的五十万元救灾款已经顺利划到东华村的账上，有钱能使鬼推磨，所有的问题都迎刃而解。郝南来看望老姑奶时居然长胖了，他说现在天天在周麻子开的餐馆吃饭，农家菜养人。他现在跟周麻子关系已经一日千里，但他又悄悄告诉我们，这个五十万元的救灾工程已经包给了周麻子的关系户，据说周麻子在里面也有股份。

我其实已经并不关心这些事情了。自从上次与老姑奶长谈后，老姑奶的话就慢慢变少了，有时我陪着她坐半天，试图引起某些话题，她也并不搭理，常常走神或发呆。魏阿姨说，老姑奶越来越吃不动……

又是连续下了三天急雨，终于停了，从长夏到初秋，这个年份的雨水真是多得可怕。天一放晴，我想陪着老姑奶出门晒个太阳，老姑奶却说走不动。我们吃了午饭，正准备午休，周麻子开着宝马X6送了两条活鱼过来，让魏阿姨给老姑奶炖汤喝。在过去的一周，老姑奶几次让我打电话追问周麻子找宝地的结果，我感受得到她说不出的焦虑，但结果仍然让人失望。周麻子也没找到宝地，只能把地图郑重地交到老姑奶手里，我们再次与那块传说中的宝地失之交臂。听到这个结果，老姑奶坐在老藤条椅上长久地沉默，她双目噙满浊泪，目光却不知道望向何处。

我提议陪老姑奶出门转转，这次她没有反对，周麻子让我们坐他的车，他当司机。我问老姑奶想去哪里转？她说东阳山。还是那样的路径——老街、顺天河、追马山……最后是东阳山。到了东阳山脚，我问老姑奶要不要下来走走。她摆了摆手，说走不动了。尽管我叫了她一辈子老姑奶，但在那一刻，我突然意识到她真的已经老了，好像这一程便是穷途末路。

我们陪着老姑奶坐在东阳山脚下，平日里并不起眼的东阳山突然高大起来。久雨初晴，空气中的水蒸气含量充分，阳光照在身上似乎也水润了。陪着老姑奶坐在山下的空地上慵懒地晒着太阳，有一搭没一搭地说着各自关于东阳山的回忆。在我的儿时记忆里，东阳山上有老虎洞有猫洞，都是捉迷藏的好去处。周麻子却说东阳山是当年的避暑胜地，一到至夏傍晚，半个镇上的孩子都会到东阳山上抢位置乘凉……老姑奶说，她小时候看到的山山水水我们更加没有看到过。那时东阳山西南一马平川，一到汛期，湖水可直达山下，烟波浩渺，水阔连天。当年梁先生站在东阳山头说的对联她到现在都记得——风吹孤帆远，渔火满渡霞。

我们从回忆拉回现实，放眼望去，整个小相山境内，山已经炸平了，水已经弄脏了。年轻人都走了，集市已经散了。没有青山绿水，没有良田美宅，我们谈着谈着，突然都开始沉默。

"咱们的老祖宗把这块地叫做小相山是不是叫错了？"老姑奶突然问道，"年轻的有本事的都走了，剩下些老弱病残真就被人看小相了不成？"

这句提问真让我和周麻子始料未及，周麻子当然是不服气的，他好歹也算是致富带头人，怎么能让人看小相呢？"您不能这样讲，现在年轻人往大城市跑，这是时代的趋势，不光咱小相山这块，您放眼全中国，哪里不是这样呢？以前是农村包围城市，现在是城市吸收农村。都是为了发展。"

"大道理我明白，人活着要挣钱嘛，良铁，你不是开矿的吗？这一座座山开没了，也有你一份在内吧，你现在也算是咱这里的有钱人了吧！"

周麻子老实承认自己算是有钱人，不过，现在开矿生意也不好做了，而且国家在这块也管得严了。

"良铁，我也算是经商世家出来的，开矿也是门生意，就算你不做也有其他人会做的，到如今，怪谁不怪谁，这山也没了，这地也坏了，说了也是白说。我只是觉得，咱们这样发展下去，得让咱这块地上的子孙如何生活？这一代挣到钱了，那下一代呢？山总会挖空的，水总会用脏的，但我们这块地上的人还得活下去，可我们靠什么活呢？"

周麻子找不到语言解释，只能干笑两声，老姑奶又抬头望了一会东阳山，说："良铁，你最后能不能帮我一个忙？"

"您说。"

"我想让你在东阳山上给我炸一个洞，不要太大。这事情最好快点，打一个洞要多少时间？"

"埋好炸药开洞很容易，关键是现在政府管严了，东阳山不让开矿呢。"

"偷偷地开个小洞行不行？用不了太大。"老姑奶又往山上看了一眼，指了指山腰的方向："就在那个地方，山中间，好不好开，往下一点也行。"

周麻子看了一眼老姑奶指的方向，"这山不高，不是我吹牛，您想在哪里开洞对我来说都不是难事，只是不明白，您开洞有什么用处？"

"我要走了，我想埋在山上，宝地可能这辈子都找不到了，但只要东阳山还在，这山就是我的宝地。"

虽然早有准备，但老姑奶这样一说，我还是吓了一跳，周麻子赶紧说："您瞎说什么？您身子这么硬朗，头脑这么清楚，日子还长着呢！"

"你们不懂，时辰到了，王存良已经等我太多年了，我该去了。"

那天回来，老姑奶就让魏阿姨把周麻子送来的活鱼拿出去放生。

大伯和爸爸他们是第二天到的，一起到的还有周麻子。我木然地听命老姑奶指挥我做这些事情，好像等候一场悲剧上演。

晚饭时，魏阿姨做了好些菜，老姑奶坐在中间，大家有意无意地都把话题往水灾、交通上引，大伯说："听说小相山这块要泄洪，今年的水灾是内涝，我看大姑妈明天就搬回去，您年纪大了，身体又不太好，真到了大转移的时候就不方便了。"

大家纷纷应和。老姑奶说她不信，小相山地势这么高，要泄洪也轮不到这里。"我活到这个年岁，没有什么看不开的。我死了父母，死了弟妹，没了丈夫，没有子女，但我是这片土地上长出来的人，这片土里没有绝后，我就有后。你们还有良铁都可以算是我的后人。"大家听到这里都不约而同地放下筷子。

"我的日子不多了，这次回来就没打算再去汉口，我是在这里出生的，死后不想火化，要埋在东阳山上。良铁，开洞就事就拜托你了。老大，孩子们能够回来的就让他们尽快回来看我一眼，其他的孩子都不远，齐中在美国赶不赶得回来？我想见他。老幺，你赶快找人帮我把老床拆了打口棺材吧，不用太结实，能把我装进去送上山就行了。"

没有人再吃得下饭，上次出院后，有些话老姑奶已经跟大伯单独说过，但他还是坚持说："您现在没病没灾的，说这些话干什么？我们到现在也没好好尽过孝，您这样讲，我们如何想得通！"

"老大，我的时辰到了，你怎么还不明白？我这一生不想给任何人添麻烦。干干净净地来，干干净净地走……"

老妈和大伯妈率先哭出声来，周麻子走出门打电话安排手下尽快开山。大伯和老爸分头打电话安排余下的事情，我陪着老姑奶坐在堂屋里，看着众人忙碌的身影，感觉某种不真实的存在。

等到众人再次团聚在堂屋里,已是一小时后。老姑奶坐在老旧的藤条靠椅上,其他的人或站或坐围在她的身边。我手里抱着老姑奶的官皮箱。老姑奶指了指里面:"我所有的家产都在里面,最值钱的是三套房子,我要走了,钱财这东西生不带来死不带去,你们看看怎么分?"

大伯和爸爸说:"我们没意见,随您的意思,想怎么分就怎么分?"

老姑奶说:"老大,老幺,我想过了,怎么分都是分不好的,怎么分都会有人占便宜有人吃亏,与其这样,我这钱就不分了,行不行?"

大伯问说:"您的意思我没搞明白?"

"我这钱,不是娘家给的,不是夫家送的,是一点一点挣来的,我自己挣的钱,如何花都是可以的对不对?"

周麻子说:"您说吧,我今天就算见证人,您想如何安排这钱,没人敢说不对。"

"我想把这钱捐给咱小相山,捐给咱小相山的每一个后人。咱们这块地被祸害得太厉害了,得有人出来,把这块山水再变好回来。"

一屋子的人这才明白老姑奶的意思。

"我不知道这事该怎么办?你们肯定会有办法,我已经操不了这种心了。我只问你们一句,你们每一个从这块地界走出去的子子孙孙,你们是高是矮、是男是女、是胖是瘦都无所谓,是尹霸王的后代还是周破锣的后代也无所谓?小相山下如今还有没有顶天立地的后人?你们摸着良心,对着天地,老实诚恳地回答我,咱们祸害的土地祸害的山水能不能再变好回来?我小时候看到的旧山旧水你们没有见过,我死后这里的新山新水你们可以替我看到。我今天可以魂归故乡,你们将来要魂归哪里?"

站着半屋子的人,竟然听不到一丝声响。我在这种巨大的沉默里突然间明白了很多往事,很多从小不了解的家族往事。爷爷一生对老姑奶的恭顺敬重,族中长幼对老姑奶的爱憎惧怯。一个女人从二十六岁开始守寡,在几十年孤独岁月里练就了强悍与孤勇。很多年来,我都已经忘记了神圣和责任这类词的含义,此刻,却感到这些词语的分量。

不知道这晚有多少人没睡着,到了后半夜,我悄悄溜进老姑奶的房间,她醒来,我熟门熟路地睡在她身边,夏末的夜晚已经有了凉意。"您怕吗?"

"从前怕过,现在不怕了,"老姑奶在黑夜里望向我,"齐荣,不要怕,你是个好孩子,将来有一天也会像我一样什么都不怕。"

我不知道自己会否拥有老姑奶那种决绝的勇气,遗世而立的个中甘苦并不是每个人都需要体味的。

"把我的官皮箱拿过来。"

房产证、钥匙和存折已交到大伯他们手中，官皮箱轻了好多。"您想拿什么？"

她在黑暗里把官皮箱的暗格打开，月光下，我看到一只翡翠玉镯，很显然那是王存良送她的那对中剩下的另一只："这个给你！"

那只玉镯真是罕见的好货色，我想起打它主意多年的家族男女，突然觉得一切都毫无意义，我把玉镯戴回了老姑奶的手上："您带着吧，要是见到王存良，也好有个见证。"

老姑奶长久地拉着我的手发呆，这次没有推辞："我们家族的祖宗可能并不保佑我。不过没有关系，齐荣，老姑奶将来肯定会保佑你，也会保佑这个家族的子子孙孙……"

我忍不住哭起来，眼泪滴在她手背上："我不想让您走！"

"齐荣，时辰到了，我听不到他的声音，听不到江涛声了。"

"江涛声？"窗外的月光静静地流淌进来，就像千百年来流过世上的每一个角落一样，一切再平常不过，我的心绪跟着宁静下来。

"我一直住在三民路那一片，王存良最后一次走船就是行驶到那附近的江面上出事的。那以后，我一辈子都没离开过那一带。从年轻到现在，几十年光阴，熬过一个又一个冷清的夜晚，居然能活到这样的寿数。"

长情永远是女人的专利吗？我想知道她难道不怕孤独？却问不出口。

"我相信王存良一直留在那块江底，他在那片江底保佑着我的平安。我夜夜听着江水浩浩荡荡奔涌，夜夜听着江涛拍打江岸，那声音就好像是我的男人在对我说话，我听着涛声，就好像一辈子没有离开我的男人……"

我静静听着老姑奶无悲无喜无忧无惧地表述，感受她起伏人生的坚忍与从容，我并不全然理解她的选择，却满怀悲伤。

六、镇　　山

老姑奶从第二天开始绝食，竟然没人出来劝阻。我每天给她送水，陪她说话，她却越来越少地睁开眼睛。想到所有人都在默许死亡发生，我不知道是该感到"可怕"，还是该觉得"宽慰"。

大伯和老爸把老床搬到屋外的空地上一点点地敲打。老床睡了多少年，没人说得清，床木原本的黑漆基本掉落，但却显示出木质的黑色。一个简陋的棺材在他们的手里逐渐成形。

周麻子几乎每天来家里，讲讲开洞的进度，陪在老姑奶床边片刻。

晚上是最热闹的时光，所有的人都围在老姑奶的床边。大家回忆关于祖屋里的往事，关于爷爷奶奶、太爷爷太奶奶的往事，大家杂七杂八地说着，老姑奶已经说不出话，就那么躺在床上，偶尔睁开眼看一下众人。

绝食到第五天，家族里所有男女老幼都过来了，除了远在美国的尹齐中还在途中，而老姑奶已经进入弥留状态。我们轮流在她的床边呼唤，可是毫无效果。大伯他们已经开始准备后事了，我却不想放弃，我给相亲失败的医学博士打了一个电话，在熟悉的人中，他是医学权威。他很意外于我的来电。我已经不在意所谓的面子了。我简单地讲述了下老姑奶目前的状态。他答应下班就赶过来。

傍晚，医学博士来了，还带来支丙球。丙球马上注射进老姑奶体内。我送医学博士离开的时候，老姑奶已经再次复活过来。

尹齐中在此后第二天下午赶来。他带着老婆孩子一起在床边呼唤好久，老姑奶终于睁开了眼睛，双眼里闪烁着最后的光芒，那光芒最终黯淡下去。见到了尹齐中一家，她已经全无心愿，再次安静地闭上了眼睛。

所有人聚集在堂屋里，对这个多雨的长夏而言，这是一个有着难得明媚月光的晚上。第九天夜晚落下，老姑奶终于"睡着了"。女人们帮忙擦身，整容，换装。男人们在堂屋里谈论着什么。大伯跟尹齐中讲到了老姑奶的钱财和房产，尹齐中完全不介意老姑奶的安排，他遗憾自己在国外没有时间来帮忙处理这样复杂的"身后工程"，建议成立一个以老姑奶名字命名的恢复故土基金会……我们抬着老姑奶落草，又把她送进棺材，鞭炮和花圈都省了，她需要安安静静地上路。我把官皮箱放在老姑奶巨大骨节的脚边，把她戴着翡翠手镯的右手摆在胸口，作为快一百岁的女人，她看起来端庄宁静又从容美好。

凌晨的月光照过每个人头顶，大伯和爸爸走在前头，周麻子和尹齐中走在后头，四个男人平稳地抬着棺椁，我们一行人在泥泞中行进，沉默地穿过街市。东阳山就在前方，而我们已然忘记了难过和悲伤。并不高大的东阳山此刻在我们心里变得伟大神圣起来，有一种说不出的庄重和责任正引领着队伍前进，而某种灵魂深处的自觉与救赎正把我们推向另一段人生。

（刊发于《人民文学》2017年第5期）

包工头余从众之死

刘益善

包工头余从众是个农民。余从众于1968年出生在湖北省武昌县余家大湾。武昌县后来划归武汉市管辖，现在叫武汉市江夏区，但余家大湾紧邻嘉鱼，离武汉市很远，这是个富不起来的乡村。这里的农民靠种田为生，住的还是土砖瓦房，而余从众家的土砖房已很破烂了。

余家大湾大部分人家姓余，是一个宗族。余从众这一房从他老太爷爷开始，一根藤延续下来，一代只结一个瓜。他老太爷爷生他太爷爷一个儿子，他太爷爷生他爷爷一个儿子，他爷爷生他爹一个儿子，余从众的爹人称余老八，在堂兄弟辈中排行第八。余老八说，他这代一定要多生几个儿子，以突破他们家几代人的生育模式。

余从众生下来时，余老八一探是个带把的，喜不自胜，他的理想已经开始发芽了，他已经看到了希望。余从众满月时，余老八下了一碗带四个荷包蛋的面条，请村里的教书先生给儿子取名字。教书先生吃了荷包蛋，问余老八："你儿子这名字有个什么讲究？"余老八说："发人。"教书先生是村里的民办教师，五十多岁，蓄点胡须。教书先生摸着胡须沉吟了一下，掏出支圆珠笔，在烟盒纸上写了余从众三字，递给老八。余老八识字不多，瞪着烟盒纸上的三字不解。教书先生说："不是要发人吗？这三字中有多少人，你数数看！"余老八数出了六个人，连说先生好学问好学问。

余从众的名字虽有讲究与寄托，但余从众的妈的肚子不争气，生下余从众后，余老八再怎么努力奋斗，那肚子就是鼓不起来。余老八唉声叹气，但仍然坚持战斗。白天在外面苦干农活，晚上回家在床上苦干人活，连年累月，输出太多。乡下生活差，补给不够。到余从众读小学三年级时，余从众的妈陡生一场病，死了。余老八这下就惨了，多生几个儿子的理想没实现，老婆死了，他自己还不到四十岁，却已是老态毕现，腰常痛，走路腿肚子都是软的。

日子还是要过，余老八埋了老婆，调整了一下心态，不再娶女人了，又当爹又当妈地来培养余从众。余老八说:"余从众,你要好好读书,能读多高就是卖血也要供你多高。我们这房靠你呢,你名字中有六个人字,你要生个儿子,我们上几代人的理想就由你来实现了。"

余从众在十几岁读小学时,心里就记住了读书、生儿子两件事。读书这件事他觉得比较难,有点硬着头皮为他爹读的味道。生儿子的事他还不懂,要像读书这样难那就惨了!余从众心中总有一种忐忑不安的感觉。

日子过得很快,余从众父子相依为命,一个人读书,一个人种田,吃没什么好吃的,穿也没什么好穿的,乡下人,都这样。

余从众读书读不上去了,读了个初中毕业,没考上高中。没考上高中,就回家种田。余老八望着瘦弱的儿子,无奈地摇了摇头。说什么呢?没娘的孩子,也遭孽啊!没考上就没考上吧,这是命呢!

余家大湾的人多,土地并不宽展,余老八家分的田地,他一个人种得了。余从众回家后,没有多少农活要他做。余从众个头不高,身子单薄,营养不良的样子。余老八就让余从众做些简单的农活,想办法尽量弄些好吃的,给余从众补养身体,让他长壮,再给他娶房媳妇,要发人还指望他呢!

余从众在家闲散着,一晃就是两三年过去了。余从众个子是略微长高了些,但还是瘦。余老八是力不从心。父子俩,三顿饭能挣到口里就不错了。割肉剁排骨煨汤,那要钱,把鸡杀了吃,还指望鸡屁股生出油盐钱来。没女人的穷日子难啊!

余从众十九岁那年,余老八四处托人给儿子找媳妇。媒人到余从众家一看,嘴一挑,走了。两间破砖屋,两个瘦男人,钱没有,谁愿嫁来。你别小看了,咱江夏现在是武汉市的户。姑娘的身份抬高了,哪像过去武昌县!余从众想要媳妇,娶个远处的穷山里的姑娘吧!

余从众这时娶媳妇的愿望并不强烈。余从众最强烈的愿望就是走出这个余家大湾,到外面去见见世面,闯荡闯荡。余老八四处求人给儿子介绍媳妇时,余从众不大理会。

1987年冬季,部队开始征兵,余从众报了名,经过体检,竟然合格录取。余从众报名参军,余老八并不知晓,当知道余从众录取后,余老八不让余从众走。余老八说,独子不当兵!乡武装部长和余老八是表兄弟,姓熊,上门做工作,说现在计划生育,独子也要尽义务当兵。熊表叔抖着手中的一张纸说:"余正斌是你们湾的人吧,他当兵提干,这次转业,转到武汉市去工作呢,这不通知都寄给我们了。你个老家伙不懂谱,人家孩子找我开后门当兵我都不让,表侄子是自己考上兵了,这是条出路呢,将来干得好提了干,转业可安排工作,有你福享的。"

　　武装部长几句话把余老八说得无言以对，识字不多的农民，又不刁滑，是好做工作，一做就通。何况武装部长是他老表，又说得有道理。

　　包工头余从众就这样参军了，在河南当兵。

　　新兵训练，大操场上，口号喊得山响。余从众瘦小的个子，站在队伍的前列。当教员的排长胡老黑是个武汉人，络腮胡子，眼睛朝余从众扫了扫。胡老黑走到余从众跟前，问："叫什么名字？"余从众答："余从众。"江夏话。胡老黑咧嘴笑了笑："瞧你这名字都没尿出息，跟在别人屁股后面跑。"武汉话。余从众的小脸红了，大声说："不！余字一个人，从字两个人，众字三个人，我名字中藏六个人，好！人多力量大。"胡老黑怔了怔，哈哈大笑起来。队列里的新兵也轰地笑了。难得的轻松。

　　胡老黑个子有一米七四，黑而壮。胡老黑伸出右手，在余从众的肩背上拨拉了一下，余从众身子趔了趔，差点倒下。胡老黑还未等余从众站稳，用手又拨拉余从众的背。余从众这回没立住，倒在地上。队列里的新兵又笑了。

　　余从众在地上，愣愣地看胡老黑。胡老黑说："尿，还人多力量大呀！我看你是开后门当的兵。你以为当兵这碗饭好吃的。起来！"

　　余从众的小脸更红了，他慢慢地爬起来，突然，他像一只小老虎般，一头向胡老黑撞去。胡老黑没想到余从众会来这一手，未设防，被余从众撞倒在地。余从众把胡老黑撞倒后，飞快入列，站好。

　　新兵们被眼前的一幕惊呆了，吓得谁都不敢出声。

　　胡老黑从地上爬起来，揉了揉屁股，脸黑着。突然胡老黑十分响亮地喊出口令："立正！向右看齐！向右转！跑步走！"

　　在新兵连，余从众训练能吃苦。络腮胡子胡老黑见了他就笑眯眯的："你狗日的，身手还敏捷呢！小心老子揍你。"武汉话。胡老黑说着，又伸手去拨拉他的肩背，余从众早有防备，哪里拨拉得动。但胡老黑事后再没整治过余从众，对他挺友好。

　　新兵训练结束，分到各个连队，余从众分到三连。

　　三连长让新兵列队，训话。

　　三连长鲁大刚是湖北孝感人。三连长看见排在队列前边的余从众，情不自禁地走上去，伸手朝余从众的肩背拨拉。余从众一惊，忙用定力稳住了身子，心想，怎么这些人一见面都要拨拉我。

　　三连长问："叫什么名字？"余从众答："报告首长，我叫余从众！"三连长又问："怎么长得这么瘦小？是不是开后门当的兵？"余从众答："报告首长，我家只有爹和我两人，穷，自小没好东西吃，所以长得不高大。我当兵是考取的，没有开后门。"

余从众一口的湖北江夏话，三连长鲁大刚听得很舒服，有种亲切的感觉。训完话后，新兵们就开始分到各个班排里去。

余从众被分到炊事班，当伙头军。

三连长鲁大刚跟余从众个别谈话："看你这身个，别人都想拨拉你。到炊事班去，放开肚皮吃，三年后让你长成个沙奶奶说的大黑塔。"三连长喜欢哼样板戏，对《沙家浜》情有独钟。

余从众到炊事班后，先是专门烧火。后来炊事班长见他还勤快机灵，就教他做连队战士吃的大锅菜。余从众在家跟他爹两个人过日子，做饭做菜自然是会的，连队里的大锅菜学都不用学。他跟炊事班长搞关系，经常给班长买烟，想从班长那儿学炒菜技术，做几样特色菜拿手菜。班长见他还孝顺，也就教他几手，但没绝活。

在炊事班近荤油，吃得饱吃得好，余从众的个头真如雨后春笋，噌地就高了好多，身上的肉也多了，壮实了。部队养人呢！

三连长鲁大刚的爱人从湖北孝感老家到连队探亲。三连长让余从众服务，给他的宿舍送送开水，每顿开饭，把饭菜送到房里。余从众很乐意完成这个任务，他很喜欢三连长的老婆。

三连长的爱人吴淑珍三十来岁，脸面周正，浓眉大眼，身材适中，凸凹分明。第一次给他们送开水时，三连长对他爱人介绍余从众："湖北老乡，挺机灵的个兵。"

余从众忙问候："嫂子，你好。"

三连长的爱人吴淑珍满脸是灿烂的笑："谢谢你，兄弟。我这一来，给你们添麻烦了。"

"不麻烦不麻烦，我特别欢迎你来！"三连长坏笑着说。

三连长的爱人一拳打在丈夫身上，骂道："狗嘴里吐不出象牙来！不许带坏了小兄弟。"

余从众忙起身要走，三连长的爱人拉着说慢走。她从包里掏出从家乡带来的花生，还有几瓶孝感米酒，一古脑儿地塞进余从众怀里。

三连长的爱人说："兄弟，出门在外，多关照些你们连长。你有什么事，连长也会关心的。在一起是缘分呢，将来回家乡，我们当亲戚走！"

三连长的爱人是个开朗热心快肠的人，在老家一个工厂里当会计。三连长对余从众说："我和你嫂子是在农村唱样板戏《沙家浜》时弄到一起的，她演阿庆嫂，我演郭建光。余从众，你小子刚到连队来时，那形象，活像刁小三。"

余从众几岁时看过样板戏，他觉得三连长的爱人果真像个阿庆嫂，他一下子就喜欢上这个嫂子了。

星期天早晨，炊事班长做了两份排骨藕汤，吩咐余从众给连长夫妇送去。炊事班长说："你们湖北佬喜欢这玩意，快送去，给连长补一补，他昨夜怕是战斗不歇！"

余从众想，我看连长的宿舍蛮早就熄灯了，怎么战斗？战斗什么！但余从众没作声，端起排骨汤就走，他想快点看到连长的爱人，获得一种愉悦。

三连长的宿舍和连部挨在一起，余从众把排骨藕汤端到三连长宿舍时，三连长夫妇还关着房门。余从众把排骨藕汤端到连部的桌子上放着，再到三连长宿舍门前，准备敲门。这时，余从众听到三连长的爱人说："该起来了。"三连长说："再来一盘。"三连长的爱人说："喂不饱的狗呢，不累？"三连长说："饿呢！"接着一阵响动，连长的木板床吱呀作响，三连长的爱人发出很迷人的哼哼声。

余从众脸红了，余从众的裤裆被那硬邦邦的一根顶起来了，余从众忽然想起女人了。连长的爱人的哼哼声真美妙。余从众站着不动，大气不敢出，静听着房里的暴风骤雨，头脑里想着三连长的爱人的模样，难过极了。

好久，房间里风平浪静。余从众调平了呼吸，上前轻轻敲了敲门，柔柔地喊："连长，嫂子，给你们送的排骨藕汤放在连部桌子上了，你们趁热喝啊！"

三连长说："知道了！"三连长的爱人说："谢谢你，兄弟！"

余从众转身就跑了，跑回炊事班，还在喘气。班长问："怎么去这久？"余从众说："听连长战斗咧！"

当天夜里，余从众在梦里和三连长的爱人战斗在一起，醒来后，流了一裤裆，畅快无比。余从众还是打了自己一耳光，和别的女人可以，怎么能和嫂子呢？余从众越来越喜欢这个连长嫂子。

三连长的爱人很快就要走了。余从众送行。三连长的爱人说："兄弟，谢谢你！有什么事要帮助的，跟我说。"

余从众说："嫂子，我家穷，只我和爹俩，别人看不起，将来复员回家，找不到媳妇，嫂子就帮我找一个吧！"

三连长鲁大刚说："这小子想女人了！"

三连长的爱人说："只许你想，就不许别人想。兄弟，嫂子包了，到时没女人，找嫂子要。"

一年后，三连长鲁大刚要转业了。三连长把余从众喊到连部。连部没其他人。三连长伸手拨拉余从众。余从众动都不动。三连长笑了："兄弟，我要走了，

111

你也长大了。当初来的时候你瘦小呢！我知道炊事班能把你养壮，你是从小吃的东西太差呢！有个壮实身体，到社会上才能养活自己。这是我对你这个小老乡的照顾。"

余从众哭了。

三连长鲁大刚帮他抹去泪："铁打的营盘流水的兵，服完义务期就回家吧，你个初中毕业生还想有个么想头？现在提干，要读军校呢！给，这是我的家庭地址。有事写信，复员后去找我们，我和你嫂子欢迎你。"

三连长鲁大刚转业走了，回家后来信说，在孝昌县关镇当武装部长，分管民兵，协助妇联主任抓计划生育。

余从众服完两年兵役，复员回到江夏余家大湾。

余从众回到了家乡。当了两年兵回来，家还是那个家，两间土砖破茅屋；爹还是那个爹，比两年前更老态了，腰已经有些躬了。余从众看到自家的破砖屋和爹时，眼泪不禁汹涌而出。余家大湾像他家这种破砖屋已经稀少了，仅有的几间是别人家的牛屋。爹五十岁不到，却是白发苍苍，完全进入老境。那时余从众心里想的是，必须尽快努力奋斗，把自家的破屋换成新瓦房，要让爹后半辈子过得好些。

余老八看到儿子的第一眼，竟然有点不相信，那么个瘦小的儿子，怎么一下就变得这么高高大大壮壮实实！部队真是个好地方呢！

余老八拉着儿子的手说："不哭不哭，回来就好。还去不去？"余从众摇摇头，说："爹，我回来给你养老，再不去了。"余老八说："那好，明天就去乡里，找你熊表叔，让他给你安排个工作。"余从众口里答应着说好，心里却清楚，像他这种当两年兵回乡，哪里会有工作安排。

当夜，父子俩睡下聊天。余从众说："爹，我们家的房子要修了。"余老八说："就是，等着你回来修呢！你明儿去找你熊老叔，让他帮你安排个工作，能拿工资，把房子修了，再就是快点娶房媳妇，跟我生几个孙子，我的任务就完成了。今后我就给你们带孩子。"

余从众第二天去了乡政府。他去了政府倒不是像他爹说的那样，找他当武装部长的熊表叔要工作，而是部队规定，他复员回来，要到当地武装部门报个到。

乡政府同两年前相比，变化不小，一幢两层的办公楼，办公室门口横着三寸宽半尺长的木牌牌，写着党委办公室、政府办公室、组织部、宣传部、妇联、贫下中农协会、武装部，等等，很像个机关的样子。

余从众找到武装部，门敞着，他看见武装部长他的熊家表叔坐在藤椅上，双脚跷在办公桌上,手捧一份在湖北本省发行量很大的都市报,看得津津有味,双脚的脚趾头在办公桌上一点一点的,很悠然自得。

余从众走进办公室,喊了声:"表叔!"

可能声音太小,也可能是熊部长读报太投入,竟然没有反应。余从众等了等,见没反应,就声音大了点,喊:"报告熊部长!"

余从众这一喊,把熊部长吓了一跳,双脚从办公桌上放下来,丢了报纸,愣愣地瞪着余从众:"你是谁?干什么?"

余从众笑了。余从众说:"表叔学习好专心哟!我喊了两次你才发现我。我是余家大湾的余从众,我已部队复员了,找乡武装部报个到。"

熊部长这才呵呵笑起来,站起身,拍拍余从众的肩膀说:"这孩子,出去才两年,长这么壮实了,我都认不出来了。好好,回来好,支援地方建设,乡里欢迎你。"

余从众递上两瓶酒,是他从河南带回来的。熊部长说:"自家人,客气个什么呢!"

余从众交了手续,问:"表叔,能安排个事做做吗?"

熊部长说:"你入党没有?"余从众摇了头。熊部长就说没入党,也没提干,没工作可安排,回去种地吧!

余从众本也没抱幻想,就回家了。

余从众回家对爹说了熊表叔没办法给他安排工作的事,余老八一下生了气:"个狗日的东西,前年要你去当兵,骗我们说复员回来可以安排工作,现在怎么不算话了,是放屁吧!老子明天去找他算账。"

余从众拦住爹,说:"爹呀,这你就不懂了。当兵如果提了干,转业回地方才可以安排工作。我又没提干,别人哪有工作给你。"余老八说:"那你怎么不提干呢?"余从众苦笑着说:"爹呀,只怪儿子不争气,读的书少了。现在部队提干部要是军校毕业的呢!我的学历太低。"

余老八这才明白了些,答应暂时不去找熊家老表,但什么时候碰到这个老表,他是要骂他个狗日的。

余从众当了农民,和他爹余老八在余家大湾种地,并积极筹备盖房子。

余老八牢记着他的神圣使命,四处找媒人为儿子介绍对象。儿子娶了媳妇,才能为他生孙子。

媒人介绍了姑娘,见了余从众,姑娘心里有点意思,但看了余从众家的两间破房,和他的一个老爹,姑娘就不愿意了。媒人说,他家准备盖瓦房呢!姑娘说,盖了瓦房再说吧!余从众当两年兵回来,怎么还在屋里种地?

媒人对余老八和余从众说了姑娘的意思，余老八急得不得了，余从众倒是不慌张。临走，媒人说："我们莫在附近找了。看看这里，自从划到武汉市后，真真假假是武汉市郊区，自个把自个的身份抬高了，还不是一头高粱花子，可就没个好点的姑娘留在乡下了。"

余从众想女人，他也需要女人，媒人介绍的几个姑娘不愿意嫁给他，他也不急。余从众帮助爹把田地里的庄稼安排妥了后，把盖房子的计划拟了拟，打听了砖瓦木料的价格，把自己的复员费和余老八积蓄的几个钱归拢一等，还差一笔款子。余从众决定借钱也要把房子盖起来。

余从众动身到孝感去找三连长鲁大刚。余从众要盖房子，要找女人，在江夏谁也帮不了他。他想只有去找连长和连长的爱人，他十分喜欢的嫂子，他们会帮助他的。

余从众先步行到镇上，坐了车到武汉，再从武汉坐长途汽车，到了孝感。孝感已改地级市，余从众按三连长留的地址，找到三连长的爱人的单位，见到了热情洋溢的嫂子。

三连长的爱人还在厂里当会计，大家喊她吴会计。三连长鲁大刚呢，还任孝昌县城关镇的武装部长。孝昌县是新设置的县，山区不少，经济不是太发达。

余从众见了鲁大刚，像见了亲人似的，充满了一种亲情。余从众的娘死得早，跟爹长大，家里没什么亲戚。当兵时，鲁大刚对他好，他是永久记着的。这不，有困难，他就来找鲁大刚，就像找自己的大哥一样。

鲁大刚夫妇十分热情地接待了余从众。晚上，吴淑珍炒了几个下酒菜，让已经转业的三连长鲁大刚和他的前部下余从众喝几杯。余从众站起来，端杯站起，给鲁大刚夫妻敬酒。余从众说："大哥，嫂子，我余从众自小没娘，跟个老实爹长大，到部队后，连长大哥把我当兄弟对待，嫂子去部队时对我那么亲，我就把大哥嫂子当亲人了，这杯酒请大哥嫂子干了，以此后把我当个小兄弟吧！"

余从众几句话，把吴淑珍说得泪涟涟的。鲁大刚先是愣怔着，过后细细一想，这孩子是说的真心话。于是三人把酒干了。吴淑珍起身去炒菜，鲁大刚就和余从众边喝边聊着。鲁大刚问余从众回家后的情况。

余从众就把复员回乡，在家里种地，他爹托人给他说媳妇，他家的房子太破，别人看不上，他准备修盖房子的计划，等等，就着杯中的酒，一一说给连长和吴淑珍听了。

吴淑珍炒了菜后，一直坐在旁边听。

余从众说："我这次来，一是看望老连长大哥，还有嫂子，二是来找嫂子要媳妇的，这是嫂子那年答应了的。"

余从众的话说得鲁大刚和吴淑珍都哈哈笑起来。

吴淑珍说:"媳妇包在我身上,嫂子说话算话。"

鲁大刚说:"房子的事么,大哥支持你,还差多少钱,大哥帮你想法子。"

余从众探望老连长鲁大刚,取得了极大的成功。

吴完珍就这样出现在余从众的人生之中,成了他的妻子。

吴完珍认识余从众,是因为他的堂姐吴淑珍。

余从众住在鲁大刚吴淑珍家里,两口子都在县城上班,住的房子宽展,只一个孩子,在武汉上学。吴淑珍说:"小余,先在我家住下来,把媳妇说好再走。"

吴完珍接到堂姐吴淑珍托人带的口信,特地从村里赶到县城。她和吴淑珍的老家是一个村,鲁大刚是她们邻村人。吴完珍有事到县城,总是住在堂姐家。

吴完珍先见了吴淑珍,问:"姐,你带信叫我来,有事?"

她们坐在吴淑珍上班的财务室,财务室是间小办公室没外人。

吴淑珍笑着说:"当然有事呀,我给你介绍个男朋友。"

吴完珍脸红了红,说:"姐,我听你的。"

吴完珍就和余从众见了面。吴完珍个子小巧,圆脸,健康结实。虽说是在乡下长大,却也大方。

吴完珍听堂姐介绍了余从众的情况后,一见余从众,心里就喜欢上了这个鲁大哥的战友。

余从众对吴完珍也很满意,把吴完珍带回去,不比村里的一批媳妇差。余从众就探吴完珍的口气,说:"我家里穷啊,房子还没盖,还有个爹,年纪快到五十了。"

吴完珍说:"我们有手啊,我们能劳动。爹年纪不大,还能给我们作帮手呢!穷是能变的。"

两人互相感觉都好,吴淑珍很高兴,留他们再住两天。

吴完珍是个勤快人,帮堂姐家做清洁,里里外外擦洗得亮亮堂堂。

鲁大刚把余从众带到镇政府去玩。在鲁大刚的办公室。两人边喝茶,鲁大刚边问余从众面授机宜。

鲁大刚说:"我和你淑珍嫂子当时都是公社文艺宣传队的,我们排演样板戏《沙家浜》,她演阿庆嫂,我演郭建光。你嫂子那时候俏着呢。胡传魁、刁德一都在拼命地追她。我也是恋着她的,而她都举棋不定。我想我个正面人物,新四军的英雄如果得不到她,那岂不是正不压邪,让反面人物得逞。我要行动我要战斗,我要来她个措手不及。那天晚上演出,我和她在台上演得都不错,获得了阵阵掌声。演完之后，我约她到村外去散步。她先是不肯。我就说：'你今天一定要陪我走走，我有重要事情要告诉你，否则你要后悔一辈子的。'她见我说得如此庄重严肃，就跟我一起走了。我们来到村后的一片小树林里，她问：'你有什么事？说得那么吓人。'我说：'我要你答应做我的老婆！'她沉默了一下，说：'我要不答应呢？'我说：'那绝对不行。你怎么能嫁给胡传魁刁德一之流呢，你只能嫁给郭建光，否则你就是叛变。'说完，我就把她紧紧地抱起来，亲她的嘴。她开始还在我怀里挣着，但挣了一会她就不动了，嘴巴主动地迎合我。我接着就抚摸她，她立即就软了，软成一摊泥。我想，要乘胜前进，彻底占领阵地。那天晚上，在小树林里，我把你嫂子彻底地占领了，从此，她就成了我的。后来，我参了军，她招了工，我们就结婚了。"

鲁大刚的故事把余从众听得迷迷盹盹的，直喷喝。"哎呀，大哥，你真勇敢！"余从众赞叹说。

鲁大刚喝了一大口茶，接着说："女人啦，喜欢勇敢者，绝对不喜欢懦夫。我们当过兵，应该是勇敢者吧！我说这件事的目的，你清楚吧！你如果觉得对完珍满意，你就冲上去，占领阵地，她就属于你的了。但是，我得对兄弟说，这媒人是你嫂子，今后只要吴完珍没有对不起你的地方，你不许抛弃她，否则你就对不起我和你嫂子。"

余从众说："大哥和嫂子放心，不会有其他的事情发生。"

第二天，静静的上午，阳光灿烂，鲁大刚和吴淑珍上班去了，余从众和吴完珍留在家里，四周无人，两人坐在沙发上看电视，房门关着。

极好的机会。余从众想。

电视里正在播放连续剧，讲爱情的，男女主人公正在接吻。余从众趁这当儿，把手放到吴完珍的腿上。吴完珍望了他一眼，眼里有脉脉的东西，手却把余从众的手拿开。余从众顺手把吴完珍的手抓住，嘴巴凑到吴完珍的脸上，狠狠地吻着。吴完珍的手没有挣出来，脸红了，气不匀了。余从众没有遇到坚强抵抗，两腿间已经挺起了冲锋枪，他想起鲁大刚说的冲上去占领阵地的话，就如疯了一般，三两下剥了吴完珍的衣服，把吴完珍压在沙发上。吴完珍完全没有了反抗的可能，嘴里说着："你是个土匪，你是个流氓。"

余从众在鲁大刚家的沙发上完成了他对吴完珍的占领，在吴完珍的压抑的尖叫声里，一朵红玫瑰留在黑色皮革面的沙发上。吴完珍哭了，吴完珍说："我一辈子是你的女人了，你要是不要我，我就把你杀了。"

鲁大刚和吴淑珍商量了后，借了八千元钱给余从众。鲁大刚说："回去把房子盖了，早点把吴完珍娶回去，好好过日子。这钱等你的手头宽裕后再还，我们不等着急用。"吴淑珍说："完珍是个好孩子呢，你放心，我会照顾好她的，你早点来接她吧！"

余从众告别了鲁大刚吴淑珍夫妇，他庆幸他摊上了这么好的两个人，他眼泪汪汪的。

吴完珍把余从众送到长途汽车站。吴完珍哭了。吴完珍说："要照顾好爹，照顾好自己，我等你。"

余从众回到江夏余家大湾，找了村长，说了想把破砖屋重新翻盖的事。村长是他叔，村长说："你家那屋早就该盖了，没问题，劳力的事，大家帮忙。"

正值秋天，余从众在村里乡亲的帮助下，盖成了三间土砖红瓦房。余从众再用石灰把那墙内墙外刷得白白的，房里就显得十分亮堂，在余家大湾算是不错的房子了。

元旦节时，余从众把吴完珍从孝感那边接过来，在新屋里摆了几桌酒，正式结了婚。

余从众结婚那天，他爹余老八被村里几个老伙计灌多了酒。余老八高兴啊！余老八说："新屋新媳妇，我就等着抱孙子哩！来，喝！喝！我没醉。"

余从众的婚后生活是幸福的，但也是艰苦的，只是他们的艰苦因为有了爱情而幸福。多少年没有女人的家，现在有了个年轻勤快、手脚麻利的女人，就彻底告别了那种凌乱肮脏单调死气沉沉，有了干净整齐丰富，充满了生气。

余从众的家庭太差了。原来的破砖屋只有几件烂家具，现在盖了新房，烂家具搬到新房里简直没法看，没法看也只能先用着。余从众盖房结婚两件大事办下来，用光了鲁大刚的八千元钱，还有他的复员费和余老八有限的积蓄。余从众决心艰苦奋斗两三年，把家建设好，把欠债还上。

夜里，余从众抱着吴完珍结实小巧的身子，有些惭愧地说："完珍，我们这个家底子太薄，你跟着我受苦呢！"

吴完珍依偎在丈夫宽大温暖的怀抱里，心里只有甜蜜和幸福。吴完珍说："我只要有你，讨饭都幸福。余从众，你不要觉得好像对不住我的似的。我能吃苦，我自小就吃苦，我们齐心协力，我们家会好起来的。"

多好的女人啊！余从众紧紧地亲着吴完珍，他觉得他好爱好爱这个个子小巧的女人。他进入到吴完珍的身体中，他轻轻地抚爱她，他急急地撞击她，他从容而顺畅，像在长江里游泳，像在大湖里荡桨，他把吴完珍抚爱得发出一阵阵荡人心魄的呼叫，他自己也一下子升上了云巅，如神仙一样快乐。新婚期间，他们天天欢乐而幸福。

白天，吴完珍做饭、洗衣、养鸡喂猪。余从众父子俩有热饭热汤吃，衣服穿得整整齐齐。余老八像换了个人似的，比过去精神多了，脸色红润，腰似乎也伸直了许多。

余家大湾的土地不算很多，早些年分到余从众家是三亩田两亩地。吴完珍嫁过来后，村里已没有田地可分了。余从众家现在是三个劳力，余老八别看他老得快，可做起田地里的活来，却是全村顶尖的好手。他们家的田地，还是以余老八为主来耕种，余从众吴完珍只能当助手。

余从众说："爹，你歇下吧，这田地让我和完珍去种。"

余老八说："我还做得动呢，我不做田地里的活就要病的。你们好好学吧，当农民也不能半瓢水。等我做不动了，这田地就是你们的了。"

余老八使起耕牛犁地，虎虎生风，那牛服服帖帖。余老八割起水稻，那镰刀如游龙戏凤，谷子一倒一大片，在他手下整整齐齐地躺倒。余老八种的田地，没有荒过，那田边地角，杂草难找一根。田地里的庄稼，绿油油黄灿灿，人见人爱。余从众看着爹种田，感觉出了一种美。爹啊，你是个种田的高手呢！

但种田高手又怎么样？一年做到头，汗流光了，腰累弯了，粮食收了，卖不了几个钱，把那公粮水费农药和各种提留一交，所剩无几。乡村要想有几个活钱，就要进城，干什么事都比这种田来得快。余从众可不想像他爹那样，一生挨在田地里，到老来还是穷呢！

外面田里的活路，余从众和吴完珍做得不多；屋里田里的活路，他们可是没有耽搁。余从众夜夜耕耘，吴完珍的那块田很快就有收获，她的肚子慢慢挺起来了。

吴完珍怀了孕，余从众有些闲了，心里就有些急。欠老连长的钱，指望田地里的收入，要到哪年哪月？余从众决定进城打工。余从众给吴完珍说了自己的打算，吴完珍不高兴了："是不是嫌我脸上起雀斑丑了？结婚才几个月，就要离开我，我不愿意。"余从众把吴完珍轻轻地搂着，说："现在种田是赚不了钱的，何况家里的田地有爹种着，你可帮帮手。我这么个闲着不是个事呀！到武汉打工，离家又不远，可以经常回来嘛！不管找个什么事，总能赚几个钱。有了钱，我们早点把老连长的借款还了，该有多好。"吴完珍问："你找到事情了？你不要到城里那花花世界里忘了自个，不晓得回家呢！其实呀，你说得有道理，我是舍不得你走哇！你是应该去找点事做的，你看村里那几个年轻人，成天游手好闲的，打麻将喝酒闹事，毁了呢！"

余从众听吴完珍说完，心想，好懂道理的女人呢！就从后背抱了吴完珍，要亲她。吴完珍连说："轻点轻点，我的祖宗，肚子里有我们的孩子哩！"

余从众开始打听到武汉去打工的事。村里有不少人在武汉打工，还有少数人跑到广东，他们有的做了几个月就回了家，有的长年在外。打过工回到家的人说，农民进城打工受欺负呢，你走在大街上，有几个人看得起你，就像个讨饭的。是啊，这就是农民进城市讨饭呢！给人家拖渣子，穿印黄字的红背心给别人送煤气，拿个扁担在汉正街给别个挑货，在码头卸货，在建筑工地当小工，还能做什么？像你这样在部队当过兵，可以帮别人守门，当保安。什么苦你都得吃，什么累你都得受，遭人白眼你就忍了吧，钱莫嫌少，除了吃喝剩不了几个。不干？哼，你不干别人抢着干。什么事都难找，碰运气吧！讨饭么？你可能什么都讨不到。

余从众毕竟在河南当过两年兵，懂得些外面的事。他从来就没想过到城里打工是享福，赚大钱。那是要吃苦，只有能吃苦，才能干成事，余从众从来就不怕吃苦。

可是找谁牵线到城里去找个事呢？又不能盲目地闯，先有个人带着最好。

有一天，余从众当兵时的一位战友到余家大湾看亲戚时碰到了余从众。他们在新兵连时在一起待过，后来没有分到一个连队。余从众把战友接到家里玩。战友姓刘，叫刘福。两人是一起复员回乡的。刘福说："你还在家里待着呀？"余从众说："复员回来盖了房，娶了妻，最近是准备出去找个事做。"刘福一复员就到武汉打工，在一家宾馆做保安，他姑爹在宾馆当老总。

余从众托刘福帮他在武汉找个事做做，混碗饭吃。

刘福说："我们宾馆是没事可找了，最近还要裁人呢！人多了。不过，我给你留心一下，有了消息就打电话给你。"

刘福回到武汉后不久，给余从众打了电话来，电话先打到村长家的。刘福帮余从众在汉口船码头上找了个卸货物扛包的事情。

汉口沿江大道一侧，铁灰色的水泥防浪堤外边，是一个挨一个的码头，有货送码头，轮渡码头，还有跑上海跑重庆的大轮船停靠的专用码头。多少年，这些码头总是热闹的，人流熙攘，市声沸扬。但如今，这些上下人的客码头冷清了萧条了，人们外出乘火车汽车飞机，谁还有耐心从汉口坐船往重庆，在江上走三天五天呀！人们过江，从长江一桥二桥乘公汽，比在武昌汉阳门乘轮渡到汉口，时间减少一大半。客码头冷清，货码头却很忙碌，南来北往的货物通过长江远抵武汉，水运的成本低得多吧！

一艘铁驳子船靠在趸船边，船上推的是层层叠叠的水泥包。没有传输带，用的是人工卸货。余从众腰微弓，伸出右肩膀，驳子上两个人各抓水泥包两只角，提起来，朝伸出的肩膀上搁，一次搁两包。水泥包搁好，余从众把弓起的腰挺起，扛起两百斤重的两包水泥，一步一步，步步踏实地走过趸船走过铁格子宽跳板，沿着江坡朝防浪堤上爬。防浪堤凹下一个铁口，是码头门。穿过码头门，防浪堤边有卡车停着，把水泥包送到东边，卡车上有人从扛包人身上把水泥包提起来，码到卡车厢里。卡车厢码满了，开走，又一辆卡车开过来，再装那些似乎永远装不完的水泥包。

　　肩上的水泥包卸去了，余从众有一刹轻松解放了的感觉，就又走进码头门，下江坡过跳板上趸船到铁驳子边，微弓着腰伸出肩膀，等人给他肩膀上压重量。两包水泥上肩，余从众运动步子，就又处于一种沉重的压迫的感觉中了。刘福介绍余从众扛包的这个码头，是个水泥专有码头，供应着武汉三镇的数不清的建筑工地的水泥。负责水泥装卸的是一群组合复杂的民工，民工来自三省八县。包工头是个四川人，四川人包工头只负责你扛一包水泥上来，格老子付你一块钱，你一天扛二十趟，每趟扛两包，赚四十块钱走。你自己找地方去吃，自己找地方去住，明天你活着能来，就扛包，你不能来他不管，死了病了是你自己的事情。余从众见了那矮个子包工头几面，一个年轻女人陪着他，到码头上转悠。柱子说，老板视察呢！柱子是扛水泥队中的唯一江夏人，余从众运用江夏话和他搞上了老乡关系，两人合租了一个工棚住。

　　装卸公司有三十来人，除了一部分人在附近租了住房外，剩下的十几个就住在江夏坡上违规搭建的简易工棚里。工棚里有个食堂，陈菊和老五叔做饭。陈菊是老五叔的侄女，都是湖北安陆人。余从众就想，这么个民工队伍，松散的没有契约，大家为那扛一包水泥一块钱而来，矮个子四川人还要叫个公司，真是好笑。不过，能当他这个包工头也不错，成天不做事，挎个女人，吃香的喝辣的，每月来钱怕也不少，都是剥削我们这些扛包的呢！

　　柱子与余从众年龄相近，还没娶老婆。白天扛一天包，人累得半死。扛包完了，人满头满脸满身都是水泥灰，跑到江边就着那浑浊的江水兜头兜脸地洗，洗完后到陈菊老五叔的食堂里去吃一大钵子饭，一碗红烧肉，然后回工棚，倒头便睡。那睡下的一刻，真是享受啊。

　　余从众这时就想老婆，他出来有半个月了吧，吴完珍的肚子肯定又鼓大了一些，她现在在干什么呢，她想我么？我这天天扛包天天累，也没时间没心思没地方打电话。别担我的心，我很好。等做完了一个月，领了工钱，就回来看你，看你这个小女人啊！

　　余从众想老婆时，柱子在那边铺上说话。柱子问："小余，你将来最想做的是什么事？"

"我呀，我最想做的就是像那个四川人样，当个包工头，做个小老板！赚的钱，养老婆孩子和爹。"余从众答道。

柱子说："你的理想比我的大多了。我最想做的事是到年底，赚够了钱，娶个媳妇回家。晚上睡觉，有媳妇陪着，快活哩！"

余从众准备再说点什么时，柱子却发出了呼噜声。余从众想说的是，娶媳妇好是好，但好不长久，因为你得让媳妇把日子过好呀，赚钱是最好。赚钱能还账，赚钱能过好日子。当个包工头能赚很多钱吧！余从众想着，也迷迷糊糊地睡着了。余从众做了个梦，梦见了吴完珍。余从众见了吴完珍，抱住她就行事，吴完珍推开他说："不行不行，我肚子里怀着孩子哩，有三个月啊！"这时余从众醒了，当下就想，扛包太累，半个月这才第一次想女人。

在码头上扛包的都是壮实个大的男人，个子瘦小的在这里是要压机的。陈菊是这个包工队男人群中的唯一女性。陈菊十八岁，初中毕业在家里待了两年。她要随村里的小姐妹去广东打工，父母不允许她离家太远。她五叔就带她到武汉，在装卸包工队食堂里做饭。陈菊皮肤微黑，但五官端正。包工队食堂用瓦钵蒸饭，半斤米一钵，这饭也只有扛包做体力活的人吃得下，干其他事的人现在谁还一顿能吃半斤米的。食堂的菜多是豆腐烧猪血，海带排骨汤，红烧肉，各种粗纤维的青菜。

中午十一点半，就有人到工棚里来买饭，刚揭盖的屉笼，热气腾腾，屉笼里摆的瓦钵，一钵钵蒸得胀鼓鼓的，煞是爱人，勾人食欲。陈菊负责卖饭，一元钱一钵。五叔打菜，五元三元两元一元，每份菜价格不等。

收完钱，陈菊递一钵饭出去，手指烫得红通通的，每烫一下，陈菊皱眉头咧嘴哈气，很是可爱。余从众见了，只是笑，陈菊看余从众笑，噘了嘴说："没良心。"余从众说："谁说我没良心，你烫一下我的心就疼一下。"陈菊说："我不信。"余从众说："你不信就来摸一下。"陈菊递上一钵饭过来，烫得又是一哆嗦，嘴里说："快滚！你那心为你老婆疼去吧！"

余从众端了饭，都不离开。他对陈菊说："我告诉你个窍门，可以立马让烫了的手指不疼，你可以当场试验。"

陈菊说："那是个么法子？你快说。"

余从众说："这是个秘密的窍门，一般人我可不告诉，是陈菊你，我才说的。"陈菊说："好啦，你又卖关子了。说吧，是真的灵验，我帮你洗一个月的衣服。"余从众说："那就一言为定。我现在告诉你，你的手指烫了后，立即用烫了的指头摸耳朵尖，那烫了的指头就不疼了。"

这时一民工来买饭，陈菊端了一钵饭递上，手指又烫了，她马上用手指摸耳朵尖，真的手指头就一点烫的感觉都没了。陈菊高兴得叫了起来："哎呀，真灵！"陈菊的叫声引得吃饭的民工骂余从众："完全个狗东西，吊人家姑娘呀，小心五叔打死你。陈菊呀，你莫上当，他有老婆的。"

陈菊不理会民工们的玩笑，很认真地问余从众："你怎么不早点告诉我这个好法子？这是个么道理呢？你是怎么晓得的？"陈菊一边向余从众发一连串的问，一边用手指摸发烫的饭钵，再摸耳朵尖，反复试验，真灵。

余从众笑了笑，吃下了一大口饭，说："我凭么事要早点告诉你，你对我又不好。你问我是么样晓得的这个窍门。告诉你陈菊嘛，我今天在这里扛水泥包，是挣钱养家还债。我原来可是比你权力大多了，我跟师傅给一百多号人做饭哩！这个防烫的小窍门嘛，是我师傅传给我的。"

"你师傅是谁？你也做过饭？"陈菊问。

"我师傅是中国人民解放军某部某连炊事班长。"

"啊，我明白了，你是个炊事兵，火头军。"陈菊笑着说。

一天苦力干完之后，民工们的夜生活最不安宁。在市内租了房子的，他们回到出租屋，累了的就躺，还有剩余精力的就到影碟屋去看武打片，或者看影碟里的光屁股女人。也有三个人用扑克牌斗地主，四个人摆张方桌打麻将，赌得很小，混时间呗。如果赌得吵起来，就打一架。余从众和一些民工就住在江坡的工棚里，晚上，工棚里有人打呼噜，有人斗地主赌钱。余从众有时睡觉，有时就找块石头，坐在江边看夜里的长江。余从众从不去赌钱。

这时，会有一些可疑的身影晃过来，站住，轻轻问："大哥，想家哩？要不要我陪你？五十块钱？三十块钱？"

余从众摇着头，余从众不理会。这是些可怜的农村妇女，到城里打工，干不了其他事，就卖淫。条件有限，进不了宾馆发廊，就到民工居住多的地方晃荡，拉住一个算一个，民工们称是打野鸡。三十元钱就可以玩一次，不贵。可余从众他们扛一天的水泥包，累得个半死，也只四十元钱哩！

防浪堤把大汉口的繁华喧嚣纸醉金迷灯火灿烂的夜挡在余从众的背后。余从众面对大江，大江上有不多的夜行船驶过。泊船和趸船上的灯火闪烁，夜行船的汽笛留下不绝如缕的尾音。江风吹来，江水东去，余从众十分十分想家了。余从众在做了一个月后，领了工钱回家了一次。吴完珍见到余从众，都高兴得哭了。爹很好，种田地种得兴味十足。吴完珍也很好，肚子大了些，已经出了怀，脸上的小雀斑又多了几颗。余从众只在家歇了一夜就回了武汉。他扛了一个月的包，除了吃喝，净赚六百元钱。他把六百元交给吴完珍。他说："很苦很累，我瘦了是不是？不怕，我受得了。我做一年，就能把曾大可和村里人的几笔债还了。再做一年，就能给屋里置办些家具。"

余从众在江边坐了会，就回工棚要睡觉，柱子早就在打呼噜了。又一艘夜行船留下长长的汽笛远去了，余从众在梦里去见他的妻子吴完珍。

夏天过去了，秋天过去了。转眼进入冬季。那天余从众又坐在江边看江水，江水浑浊得呈泥土色，翻滚着向东流去，夜幕降临后，有灯光在江面扫过，江水又跳跃着闪闪的光斑，而没有灯火的江面，却是一片黑色。余从众正想着哪一天再去看看刘福，让他想法重新介绍个事情，这扛包累不说，挣的钱又少，他不能在这里长久干下去。

这时，余从众听到离他百多米的黑暗江滩上，有声音传过来："小姐，一个人蹲在这里等谁？陪我们兄弟玩玩吧，两人一百块，价钱蛮高的，他先上我后上。"另一个声音附和着："是呀，这江滩上的价其实是搞一次三十块钱的。我们出五十块，是看你年轻，么样唦？"两个声音都是武汉话，好像是两个年轻人。

"我不是做这个事的，你们走开些！"一个年轻女人的声音，夹些乡下口音。是陈菊。余从众听出来了，起身跑过去，并喊着陈菊、陈菊。

余从众跑到跟前，陈菊看清了余从众，一下扑到他的怀里，身上直颤抖，带着哭音轻轻喊："余哥。"

那黑暗中站着一高一矮两个人，抱着膀子看这一幕，矮个子说："是么样回事呀，伙计！"

余从众拥着陈菊，对两个人道歉说："对不起，哥们，她是我妹妹，我们都住在那边工棚里，不是'卖粉'的。她刚才是找我的。"余从众边说边指离他们不远的工棚，工棚里还亮着灯光。余从众人意思是说：我们的人就在旁边呢！

看样子那两个武汉人也不是胡搅蛮缠，听余从众这么一说，丢下一句"年轻女人晚上不要在江滩上晃，免得别个认为是鸡"就走了。

那两个人走了，陈菊伏在余从众怀里不动，余从众拥抱着陈菊也没松手，两人相拥在黑暗中，只听见彼此的呼吸声，过了好久，陈菊轻轻说："余哥，你经常一个人坐在江边干什么呀？我刚才就是跟着你出来，蹲在那里看着你的，你总是不舒心的样子，我怕你……"余从众笑了，说："你怕我怎么啦，怕我想不开跳长江？我不会的，妹子。"

余从众拥抱着陈菊，闻着陈菊身上散发出的少女清香，身体有反应了。但他突然想起在乡下挺着大肚子的吴完珍，马上就平静下来。陈菊问："余哥，你喜欢我吗？"余从众吻了吻陈菊的脸，说："我们回去吧，要不你五叔会担心的。"

因为吴完珍马上要生了，余从众结清了工钱，离开了搬运装卸队，走的时候，他没有告诉陈菊。

看着儿媳的肚子一天天大起来，余老八就处在一种惊慌不安之中。儿子在武汉，田地里的活不要儿媳妇接手，余老八做得干干净净。余老八天天在心里祈祷，她要给我生个孙子啊！她要不生个男孩，我怎么办？余家这一房绝不能没有延续香火的人。余老八走了几十里路，到有名的黄龙潭寺庙里烧了香，磕了头，捐了五十元的香火钱。他只求菩萨让他有孙子，五十元钱他积攒了好久时间，他舍得捐出。为了他家的香火，余老八做牛做马都愿意。

　　余从众回家的第二天，吴完珍的肚子就开始痛起来。余从众请来了村里的接生婆四婶。那是在下午两点钟的样子，吴完珍生了个女儿，母女平安。

　　四婶对余老八说："是个千金哩，恭喜啊八哥。"

　　余老八一下子瘫坐在椅子上，叹了一大口气，老泪纵横。

　　四婶说："叹个什么气？按现在计划生育政策，农村里像你家这样的单传，如果一胎是个女孩，还可以生第二胎。今年是个孙姑娘，明年再生个孙子，有男有女，多好。如果头胎是个儿子，那就不能再生二胎了。"四婶是接生婆，也是村里管计划生育的干部，她懂政策。

　　四婶的一席话，把余老八说得破涕为笑，他忙颠颠地下灶烧火，给接生婆下红糖鸡蛋面条，喊余从众杀鸡，给儿媳妇煨鸡汤。

　　家里有月母子，余从众就留在家里照顾吴完珍，帮爹种种庄稼，打了大半年工，赚的钱，把村里几笔小欠债都还了，还剩点儿钱，加上田地上的农业收入，凑两千块，可以还鲁大刚的一小部分借款。春节期间，余从众和吴完珍带着孩子，先回吴完珍的娘家，再到孝昌城里给鲁大刚吴淑珍夫妇拜年。

　　鲁大刚和余从众喝酒，余从众说了他这一年的情况，说了他天天扛水泥包的经历。鲁大刚听得心里酸酸的，心想，他们在城里找工遭罪呢！辛苦呢！

　　余从众说："天天扛水泥包，那撒满的水泥沾得人满头满脸满身都是，听说进鼻孔里，到了肺里胃里，时间一久，我的大哥啊，连拉出来的屎，被风一吹，凝固之后，硬邦邦的像混凝土橛子。我们这些农民工，成天都是灰扑扑的模样，都不愿到大街上去逛，免得城里人见了讨嫌。再说，干了一天苦力，也没有剩余的力气去逛街了，逛一逛有什么用？满街都是好东西，你有钱买吗？那所有的好东西没一件属于你。大城市不是农民待的地方。"

　　吴淑珍和吴完珍姊妹俩关在房里唠家常。吴淑珍抱着吴完珍的女儿，在孩子胖嘟嘟的脸上亲个不够。"小余对你好吗？那个地方和我们老家比起来怎么样？你们的日子过得困难不困难？"吴淑珍巴不得把所有的事情都问清楚。

　　"余从众对我好，还知道疼女人。那地方虽说是武汉市郊区，其实跟我们老家也强不到哪里去，穷人家也不少。我们的日子过得稍紧巴点儿，盖房结婚花费，他们积蓄少，借了些债，余从众打了快一年的工，还了一些。今年，再打一年工，可以把你们的钱还完吧！"吴完珍对堂姐细细叙说这一年来的日子。

孩子哭起来了，要吃了。吴完珍从堂姐手里接过孩子解开衣服掏出奶头，孩子的小嘴立即吸得吧嗒吧嗒响。

吴淑珍在一边看了，喜欢得笑眯了眼睛。

在孝昌城住了一天，余从众带着吴完珍搭汽车到武汉，再转车回江夏。余从众先还了两千块钱给鲁大刚和吴淑珍，另六千块下半年一定还来。鲁大刚让他先用，不要着急。余从众非要还。结果吴淑珍用红包封了五百元钱给小孩，说是大姨妈给侄女的见面礼。余从众满口推不掉，只有在心里感激鲁大刚夫妻了。

吴叔珍说："我们是一家人，莫说两家话，兄弟，完珍妹子交你了，你要对她好啊！"

汽车开了，余从众看见鲁大刚吴淑珍在汽车走了好久后，还在车站门口站着。

从孝昌县回到江夏余家大湾，余老八把余从众叫到房里，父子俩讨论余家他们这一房的传宗接代问题。

余老八说："从你太爷开始，到你这一代是五代单传。你爷爷死时跟我说的是我们家要发人啊！现在你媳妇生了个女儿。我也不封建，孙女也是宝贝。可我要孙子，没有孙子，我家就断了香火。儿啊，你要让你媳妇一定再生个儿子。"

余从众说："爹，你的这些难点我从小就记住了，我也巴不得要个儿子，可完珍生了个女儿，能怪她吗？计划生育是国策呢，国家规定不能多生。再说，我们现在的日子过得也艰难，再生孩子，养得起吗？"

余老八说："我没怪完珍，说实话完珍是个不错的媳妇，勤俭持家，孝敬老人。但我余家这屋的香火不能断了呀！我同你说，你是无论如何要生个儿子出来的。你四婶管计划生育，你四婶懂政策。你四婶说像我们家这种单传的，头胎生了女儿，还可以再生一胎的。什么养不起？你和完珍还年轻得很，能做多少活，我还能做呢？只要是我余家的人，我讨饭也要养活他。"

余从众没再和老父亲讨论下去了。余从众知道，生儿子是他老父亲心里解不开的一个死结。他想，他这辈子要不生个儿子的话，他的家这一房是断了香火，他老父亲会不依的，余老八会死不瞑目。

余从众就和吴完珍频频做爱。吴完珍说："你是饿牢里放出来的么？怎么不顾及一下身体？"余从众说："我爹希望你再生个儿子，为我们家传宗接代哩！""生儿生女是你们事，我是没法的。"吴完珍说。"所以我就努力下种，下个长儿子的种，为让老爹放心。"余从众说。夫妇辛勤做爱，余从众边做边把他们余家这一房五代单传的故事说了,把他取名余从众的来历也说了,说得吴完珍积极配合,决心和余从众共同来完成这个神圣使命。

余老八亲自给孙女取名余招弟,原先给余从众取名的那个教民办小学的先生死了,要不,余老八还会请他为孙女取个更好的名字。现如今的教书先生不会取名字,他们取的名字远不如余老八自己取的呢!

余从众和吴完珍的努力合作很快就有成效,吴完珍怀孕了。吴完珍一边给余招弟喂奶,一边在肚子里给余家孕育第二个孩子。妊娠反应大,吴完珍脸上的斑点更多了,个子本来就小,身子一臃肿,显得很有些难看。吴完珍对余从众说:"我现在很难看吧,你会嫌弃我么?"余从众听了,皱了皱眉,说:"少说无盐无油的话,你要给我们家做贡献哩,我怎么嫌你呢?""那要是我这肚子里怀的又是个女儿呢?"吴完珍说。余从众忙捂着吴完珍的嘴,低声吼了一句:"不要瞎说,你这胎一定生儿子。""要是生了个女儿呢?"吴完珍硬是要设这个反问。余从众沉默了一会,回答说:"生了个女儿我也喜欢,我们家就是要发人!""那你们家怎么传宗接代?"吴完珍又问。余从众想,这个婆娘今天怎么这样打破砂锅问到底呀!"再生。"余从众吐出两个字,再不理吴完珍了。那一刻,他脑子里闪过陈菊的身影。

农历的惊蛰节气之后,余从众把家里安顿好了,搭车到汉口,回到货码头的搬运队,继续扛水泥包。工棚食堂还是五叔、陈菊在做饭。陈菊看到余从众,显得十分高兴,却又噘着嘴问他:"你去年走的时候连个招呼都不打,人家想送你都不行!"余从众笑笑说:"又不是不来,这不又回来了吗?"

少女陈菊是喜欢上了余从众。自那次余从众告诉她摸耳尖防烫之后,她帮余从众洗衣服,来往多起来。余从众看上去文文静静,不闹酒不抽烟,不赌钱也不嫖女人,到底是在部队里受教育,这样的男人不多。而且,余从众不会永远在这里扛水泥包的,他会干更大的事情。陈菊有这样的预感。

余从众也喜欢陈菊,陈菊比吴完珍长得漂亮,陈菊人也好。但余从众有吴完珍啊,他一个扛水泥包的打工仔,有什么权力弄个第三者二奶的?他想都不想,他把自己的喜欢压在心里。

江坡上那些没被石头压住混凝土盖住的泥土,长出一块块茵茵的草,柔软嫩绿,春风吹过,春风绿了江南岸,春风也绿了江北岸。汉口在江北,武昌在江南,余从众在汉口打了年把的工,还没到武昌去看过。据说武昌有东湖有磨山有高新技术开发区,还有许多大学。在春风拂动江潮的日子里,余从众傍晚坐在江边,他想江夏的家又多了,想离开这个扛包的地方,找个更好的事情做的时间多了。余从众后悔自己的读书少了,要是初中努力,考上高中而后再上大学,毕业后肯定能干出些名堂来的。现在干什么？初中毕业生，能干到个包工头就是他最大的愿望。

搬运装卸队那里因运水泥的船只出故障，没准时傍靠，无货可卸，放假休息。陈菊找到余从众："余哥，陪我到东湖玩一回吧，我没去过东湖呢！"余从众说："我也没去过呢，好，我们一起去玩一回，看看到底有什么东西。"

两人结伴，坐公交车过武汉二桥，直达东湖梨园大门。不是节假日，到东湖游玩的人不太多，来的人多是外地出差到武汉，慕其名而至。见偌大一个水面，碧波荡漾；见偌大一处园子，亭台楼阁，林木影映；杂树生花，轻舟湖上，歌舞翩跹，无不惊叹。好啊，东湖，好地方好地方。余从众和陈菊是第一次到东湖，陈菊打扮了一番，在那熙熙攘攘的人群里，看上去倒也不显是个打工妹子。她紧紧拉着余从众的衣服，在东湖园子里处处转悠。看那树，看那花，看那雕塑，看许许多多的人，她兴奋得脸儿红红的。在几棵树掩着的石桌石凳边，陈菊说："余哥，坐下歇歇吧，我脚痛。"余从众见陈菊脚上穿的是双高跟鞋，笑了笑，说："不习惯吧，别看这高跟鞋好看，穿它要技术吧！""要么技术，我要天天穿它，肯定会穿得习惯好看。"陈菊自信地说。

有点口渴，余从众见不远处有座商亭，就说："我去买两瓶矿泉水来。"

余从众在商亭边要两瓶矿泉水，正在付钱时，突然觉得肩膀被人用劲地拨拉了一下。余从众一转头，见一张笑脸对着他，一个壮实的汉子，络腮胡子，黑。那人说："看什么看，不认识我了？你的名字中有六个人，我说你的名字是跟着别人屁股后面跑，余从众！"地道的武汉话。

余从众一下反应过来了。这是新兵连给他当教官的胡排长胡老黑呀！余从众把矿泉水放在商亭的柜台上，伸开双臂扑过去，抱住胡老黑的膀子。余从众大叫："老黑哥，老黑哥，你怎么在这里？我们在这里见面了，好巧好巧。"

"这是缘分呀，兄弟！我一看这身影，就估计是你，就情不自禁上前拨拉你。还好，没把你拨拉倒地，桩子还稳。"胡老黑说起在新兵连拨拉余众生的事，两人大笑。

胡老黑是到商亭买烟的。他陪几个客户到东湖游玩，客人到湖上荡舟去了，胡老黑叫人陪了，自己留在岸上，抽烟休息。

余从众把胡老黑带到陈菊坐的石桌边，对陈菊说："这是我在部队时的老首长，老黑哥！"陈菊见胡老黑一身名牌西装，领带打得挺挺的，面相和善，但看上去是个人物。她忙起身，喊了声："老黑哥！"

胡老黑看了陈菊，高兴地说："好哇好哇，余从众有出息，有这么漂亮的女朋友呀？不错不错。"

余从众忙解释:"不是不是,老黑哥真的不是,她是我们在装卸队的同事,她叫陈菊。"

"同事也可以当女朋友的。是不是我不管了。今天见到你很高兴。说说看,现在在干什么?"胡老黑在石凳上坐了掏出烟,用打火机点着,深深地吸了一口。

余从众就把自己复员,到汉口货码头打工扛包的事说了一遍,他没有说他在江夏乡下结婚生女儿的事。当着陈菊的面,他不便细说。

胡老黑边听边点头。余从众说完,胡老黑说:"怎么就这么点出息啊?就不能做大一点的事,你都白当过一场兵啊!"胡老黑扔掉手上的烟头,站起身,说:"余从众,要干大一点的事,怎么能在那里扛一年多的水泥。我在一家房地产开发公司负责基建工作,正在开发建设汉口的大江新村,是我们的弟兄有缘,余从众,你把那个装卸队扛包的活辞了,到我那里干,你组织个队伍,当个包工头,我给活路你干。我那里总是要人干活的,让自己的战友干,我放心些。怎么样?"胡老黑又掏出支烟,点着,深深吸一口。

余从众没想到有这么个天大的好事落在他的头上,日思夜想地想搞个事做做,当个包工头的梦想马上就要实现了。胡老黑不会说假话骗他的。余从众说:"黑哥,我是没机会呀!我怎么不早点碰上你呢?没说的,我今后就是你的部下了,跟着你干,一定干好,不结黑哥丢脸。"

胡老黑掏出一张名片给余从众,说:"我今天陪两个客户玩东湖,你明天就在这地方找我,这上面是我的电话号码和手机号码。客户很快要上岸了,我去接他们。"

胡老黑正要走时,陈菊拉着他说:"老黑哥,余哥到你那里去做事,那我呢?"

胡老黑看了看陈菊,哈哈一笑说:"你就听从余从众的安排了,我让他牵头干哩!"胡老黑说完,就走了。

余从从这才看手中的名片,名片上写着胡老黑是大江房地产开发公司副总经理兼基建部经理。

余从众情不自禁地学着公园里的男女,搂了搂陈菊。真是好运气。不是陈菊要他来东湖,他能碰到胡老黑吗?

余从众从东湖回到工棚,兴奋不已,焦急地等待着去见胡老黑。余从众对陈菊说:"今天东湖见胡老黑的事,谁也不要说,免得别人节外生枝。"陈菊连连点头说:"晓得。"

余从众在江汉路一栋楼里见到胡老黑。胡老黑热情地与他握手,见他一身没有领章的军装,利索干净,很显精神,就高兴地说:"我找到一位好班长了。"

胡老黑把余从众带到大江新村的建筑工地，把余从众介绍给项目经理向才明，说："他是我的战友，是我把他请来的，他带一支十几人的民工队伍，在工地上负责土建，土建事完之后，再给他们安排能干的其他活路。记住，他是我的战友，你可要好好地带着他们。"

项目经理向才明连连称是。

胡老黑要余从众组织队伍，三天后到工地上班。"具体的安排找项目经理向才明，有重要事情再找我。"胡老黑拍着战友的肩，信任地说。

余从众立马回到工棚，把陈菊找到一边，说："我回江夏村子里去招人，招自己的队伍来，这里我只要你和柱子两人。你还是到我们那边去做饭。其他人我就不惊动了，这里的四川包工头也需要人干活，我要带走别人，会拆他的台。"陈菊说："把五叔也带过去吧！"余从众摇摇头："我只要你一个人。"

余从众又找到柱子说了，柱子高兴得直拍屁股，说："余哥，我跟着你去打一块天下，我会拼死跟你干的。"

余从众当天就搭车回了江夏余家大湾，家也顾不得落就在村里找人。余从众选了村里十几个能吃苦听话强壮的中青年弟兄，把他们请到自己家里。余从众说："我的战友在搞一个房地产项目，他把土建让我做。打仗还靠父子兵，我请各位弟兄们来，就是希望大家跟我去干。我余从众会根据大家的劳动，在工钱上决不亏待大家。我要是想赚黑钱，就不会回湾子里招人了。我招自己弟兄，是想肥水不流外人田。大家愿意干的，明天把家里事安排一下，后天带上铺盖行李，跟我一起到汉口。记住，都是弟兄伙的，丑话说在前头，我带出去的人，要听我的话。不听话的，到时候不要说兄弟不讲情面。"

听说在汉口找到工程做，又是余从众当包工头，大家没有不愿意的，都想赚几个活钱。过去只是找不到可做的事，许多人都窝在家里。当下众人约定后天集中的时间。

余从众把人都定好了，这才顾得上和妻子吴完珍、老爹余老八说话。

余从众说："爹，完珍，这回好了，我找到个好事情了，再不扛水泥包了。我们欠的债很快就能还了，我们会有钱的。"余老八说："你莫得意很了，要扎扎实实做事，要夹住尾巴做人，就是赚了再大的钱，也不要张狂哩！"

余老儿的话说得余从众连忙点头。

吴完珍又怀孩子了。她手上抱着招弟，挺着个肚子，脸上的雀斑更多了。余从众从完珍手里接过胖胖的女儿，用嘴巴去亲，他没刮的胡子把女儿的嫩脸扎着了，招弟咧嘴哭了。吴完珍忙接过孩子，满眼深情望着余从众，说："你累了，快歇歇吧！"吴完珍把孩子放在摇篮里，到厨房去给余从众做饭。

晚上，吴完珍等招弟睡着了，偎在余从众的怀里，摸着肚子对余从众说："我有些担心，要是这胎再生个女儿怎么办啊？给你家当媳妇，让我提心吊胆的。"余从众说："你莫担心，生儿生女是命，我命中有儿子，就会有儿子，命中没儿，生十个八个也是女儿。生个儿子最好，先个女儿我也喜欢，你放心吧！"余从众抱着吴完珍，安慰着她。吴完珍怀孕三个月，怕伤了胎气，劝余从众别想其他心思。余从众不能和吴完珍做爱，脑子里又出现了陈菊的影子。余从众想：陈菊会生儿子么？陈菊比吴完珍丰满呢！

余从众带着一帮余氏弟兄到了汉口的大江新村建筑工地，陈菊和柱子早等在那里。余从众与项目经理老向接上头。老向带他安排了民工住的工棚和做饭的地方。老向让余从众住已建成的另一栋一楼的一套一室一厅的小户型房。老向说："这是你办公的地方。你那一帮人就归你管理了，记住，你要按时完成我交的任务，而且要做好，不能出任何问题。工钱按月给你结账。你先写张领条吧，这5000元先给你们当开张费，是胡总交代的。"

余从众在给他住的一室一厅中写了领条，拿了5000元钱。向经理又递给余从众一只手机，说："这是只旧手机，你先用着，将来你再买新的，你手机的号码是1350××××××××，我有事就打你的手机。我的号码你也记住，有事你找我。"

余从众十分顺利地当上了包工头，一年前他在江边扛水泥包时，见到四川包工头时产生的愿望就这样实现了。余从众想：这是命运，命运对我是公平的，让我遇上了鲁大刚胡老黑吴淑珍这样的好人，让我有了这样的机会。要感谢命运，要好好干。

余从众把自己的队伍安排了一番，大家住工地上的工棚。这工棚比江边那工棚好多了，实际上是一排红砖红瓦的平房。柱子做工地上的监管，在余从众不在时，指挥大家按要求挖土运土。陈菊做饭，余从众又请了一位家住在工地附近的陈嫂子，做陈菊的帮手。陈嫂子是下岗女工，死了男人，孩子在上中学。陈菊借住在陈嫂子家。

余从众的包工头事业就这么红红火火有条不紊地开始了。余从众带的余家兵勤苦劳作又听话，柱子死心塌地为余从众当监工帮手，大事小事出主意操心，陈菊陈嫂把伙食办得又好，大家吃得开心干得痛快。土方任务完成得漂亮，项目经理向才明按时结工钱。余从众是胡总的战友，向经理哪敢怠慢。结了工钱，余从众按时给民工发放，大家领到新崭崭的百元钞票，高兴得眯了眼，干得更带劲了。

余从众发给柱子的钱比一般民工高，柱子感激不尽："余哥是讲义气之人，能办大事。"

向经理给余从众的钱，当然保密。总之，余从众慢慢地换了行头。他买了西装，换了皮鞋，换了新手机。余从众回江夏老家一趟，放了些钱在家里，让吴完珍带孩子去孝昌，把欠鲁大刚吴淑珍的余账还了，并送了几瓶好酒给鲁大刚。余从众买了彩电，把家里的破家具都重新更换了。余从众对吴完珍说："你好好养着，也去买几件好衣服穿穿，然后再为我的余家生了儿子。我现在赚的钱够养活你们了，你放心吧！"

包工头余从众一切顺利。他每天只去工地上转转，打个照面，交代柱子配合好机械挖掘土方，运土时撒落在街上的泥土要铲光洗净，严格按市政城管的要求办事。柱子管着十几个余从众村子里的人，大家也听柱子的话。"你放心，余哥！你多去联络老板们，工地上的事有我。"柱子说。

余从众定期向项目经理向才明报告工地上的有关情况，剩下也就没有多少事了。他办公的地方在他的一室一厅房子里，民工的饭菜在工棚吃，他的饭菜由陈菊每顿在食堂里做好送来。陈菊给余从众送饭，给余从众洗衣服，她对余哥特别照顾，晚上食堂的活做完后，她总要先弯到余从众住的地方看一看，然后再回陈嫂子家去住。

余从众为了保持自己的身份，规定他手下的民工不能随便到他的办公室来。民工有事找柱子，柱子有事找他，先要得到他的同意，才能到他的办公室。只有陈菊才能自由地出入他的房间和办公室。

江夏老家打电话，说是吴完珍快要生了，希望余从众回去一次。余从众当天就赶回了家，吴完珍没什么事，只是有点紧张，怕再生个女儿。吴完珍看着穿着整洁的包工头余从众，心里忐忑不安，吴完珍说："余从众，我要是再生个女儿，你还要我么？"余从众因吴完珍没事叫他回来，心里就有点烦，现在她又提这样的问题，就说："你别再说这个事好不好！我不要你，难道把你抛弃掉么？你这个人有点烦人。"余从众这一烦，吴完珍就哭了，说："余从众，你不爱我了，我一脸的雀斑，长得丑，你就心里烦，是吧！"余从众没法，只好软下来，好好地哄着吴完珍。

余从众回到汉口大江新村工地之后，继续当他的包工头。晚上在他的一室一厅的办公室里，把柱子叫来，让陈菊炒几个菜，三人喝酒。主要是余从众和柱子喝，陈菊只抿几小口。酒喝到一定的程度，余从众瞪着陈菊不转眼，想着吴完珍，这小女人现在变了，变得难看，变得烦人。这陈菊真不错，模样好，人善良、会做事。想到这里，他叹了口气。柱子也喝得差不多了，对余从众说："余哥为什么叹气？有什么难事，让我和陈菊帮你做。余哥要知道，我们三个是从江边码头那里一起来的，没有余哥你，我的还在那里扛包吃水泥灰哩。"柱子说话时，陈菊深情地望着余从众。

余从众端起杯子，把酒干了，苦笑了笑说："没事没事，把酒喝完，早点睡吧，明天还干活呢！"

柱子喝干了杯中酒，摇晃着站起身，对陈菊说："我先走了，你招呼一下余哥，别走了。"

余从众头是完全晕了，眼迷离着，浑身是一种飘飘欲飞的感觉，而心里却如一团火般，在腾腾地烧着。陈菊上前，扶他到床上躺着，然后打来热水，给他擦脸擦身子洗脚，给他脱衣服，让他睡觉。他突然抱住了陈菊，说："来，快来，陪我睡觉，我要你，快点，我等不及了。"

陈菊听话地脱光衣服，钻进他的被子里。余从众翻身骑到她的身上，重力挺进。只听一声尖叫，余从众进去了，快乐无穷。他不顾身下那个人的痛苦呻吟，只一味快速抽动，直到泄了，才酣然睡去。

余从众是被一阵抽泣声吵醒的，睁眼一看，窗外明亮，已是早晨。自己睡在床上，陈菊坐在床边哭着。余从众想了想，这是在哪儿，陈菊怎么在这儿？再看自己，赤身裸体的。余从众脑袋一下大了，天哪，昨晚喝多了酒，是不是错把陈菊当作吴完珍了？余从众爬起来，穿上衣服，问陈菊："你怎么了？"

陈菊说："余哥，我没怎么的。我们那乡的规矩，女人被谁睡了，就是谁的。我从今后就是你的人。"陈菊说完，扯掉床上的床单，余从众看到，那床单上的鲜艳的处女红。

陈菊把床单和余从众的几件脏衣服，丢进洗衣机里，打开按钮，随洗衣机自动去洗，然后出门上工棚食堂，和陈嫂子一起给民工做早饭。

余从众待在屋里，心里是种说不出来的滋味。他把陈菊睡了，这难道不是他潜意识里的希求么？但是睡了陈菊，今后怎么办呢？他是有老婆吴完珍的，他不能娶两个老婆啊！和吴完珍离婚，余从众想都没想过。虽说吴完珍现在不好看，满脸雀斑一身臃肿，但吴完珍嫁给他时可是小巧玲珑的大姑娘啊。如果和吴完珍离婚，他对得起老连长鲁大刚和嫂子吴淑珍吗？余从众决定任何时候都不和吴完珍离婚。陈菊呢？余从众喜欢这个安陆打工妹，她对他好，他也对她好。好了，如今已经把人家睡了，还是个真正的处女呢。陈菊刚才不是说了，她是我的人了。我能把她从身边推开么？我也舍不得推开她，我要她，我要把她养起来。只要陈菊不是非逼着我和吴完珍离婚，我就养着她。这叫什么？这叫养二奶。我余从众怎么也这样了？

余从众上午把自己关在屋里，想得头都发痛时，陈菊中间进了一次屋。陈菊没干扰他，只是将早点放在他的面前，把洗衣机里的床单与衣服取出来晾晒好，就又走了。陈菊和陈嫂子要做中午饭。

吃中午饭时，陈菊给余从众送饭来。余从众说："妹子，昨天哥喝多了酒，伤害了你，哥这里赔礼了，对不起了。"

陈菊说："余哥，我情愿，我这辈子跟定你了，你不要我，我就死。"

"可我江夏家中有老婆孩子哩，我是不可能和她离婚的。你说怎么办？"余从众挠着头说。

"离不离婚我不管，我就跟定了你。"陈菊说。

余从众要的就是陈菊这句话，心里放下了一块石头。余从众在吃完午饭，陈菊收捡碗筷时，他把陈菊抱到床上，好好地做了一回爱，这回陈菊没有痛苦，只有愉快幸福的哼哼嘀嘀声。

陈菊的身份很快变了，她变成了包工头余从众的秘书。叫秘书好听点，陈菊能当什么秘书，再说一个搞土方的包工头要做什么秘书？陈菊的工作就是照顾余从众的生活，负责他住的一室一厅的房子和卫生打扫。实际上是个保姆，不过陈菊担负的另一任务是保姆担任不了的，那就是陪余从众睡觉。陈菊做饭的事情，余从众让陈嫂帮忙又请了一个下岗女工胡嫂顶替。

陈菊陈秘书是余从众的小老婆，或者说二奶，这事柱子和陈嫂最先知道，接着余从众的土方包工队的人都知晓。后来项目经理向才明和胡老黑副总经理也大略知道。在现今这时代，这样的事情很平常，似乎司空见惯，大家也不议论，让其顺理成章地发展。余从众对手下打工的弟兄们从不克扣，所以余家大湾来的那些弟兄们，也没一个人把这事传回乡下，传到吴完珍的耳里。

余从众和陈菊过起了幸福生活。陈菊大部分时间住在余从众的屋里，偶尔也回陈嫂子家，她租了陈嫂子家一间屋。柱子仍然十分努力尽心地管理工地上的事，工程进度人员状况他随时来向余从众汇报。柱子留在余从众屋里吃饭，还是陈菊做的菜，柱子和余从众喝。柱子说："余哥，你活出个人样子来了，你值！我佩服你。"

一天夜里，余从众和陈菊亲热过后，陈菊说："我可能有了，有一个月没来月经了，我怀上了。"

余从众惊地说："真的？好，陈菊，你要为我生个儿子。"

余从众已有好长时间没回余家大湾的家了。吴完珍挺着个大肚子，扳起指头算了算，自己快临产了，就又一次打了电话来，叫余从众回家一次。

余从众热恋着陈菊，手头的事情也有些，但他吸取了过去吴完珍没什么事情打电话叫他回家的教训，就一直没有回家。回家有什么事，还不是听爹的生儿子的唠叨，看完珍挺着大肚子长着雀斑的小脸左问右问要回答爱不爱她的问题，余从众确实有些烦这样回家。吴完珍终于动了胎气，就在陈菊躺在余从众怀里告诉他说自己有了的那一夜，吴完珍的肚子痛得直叫唤，余老八知道媳妇要生了，忙摸黑拍四婶家的门，把四婶拖起来接生。四婶忙颠颠地穿衣起床，随余老八来到余从众的家里。四婶见吴完珍痛得直哭，检查了一下，忙吩咐余老八去叫媳妇来帮忙，完珍要生了。

　　余老八就拍隔壁喜子家的门。喜子是余老八的侄辈，在余从众的包工队里打工，喜子媳妇玲子平常和完珍来往较密切。余老八喊："玲子，玲子快过来，四婶让你过来帮忙，你完珍嫂子要生了。"

　　玲子赶忙起床穿衣穿鞋，一阵风似地到吴完珍房里，帮助四婶接生。

　　余老八在堂屋里祖先牌位前跪地祷告："媳妇这回一定要生个孙子，祖宗保佑啊！"他一边磕头一边口里念叨。

　　嘹亮的婴啼穿透了余家大湾的黑夜，四婶和玲子齐声说："好了，生下来了。"

　　玲子用完珍准备的襁褓包好了孩子，让完珍母女躺在床上。吴完珍睁开眼，疲惫无力地问四婶："四婶，是男是女？"四婶脸上堆起了笑容说："好，好，你又生了个千金。女孩好，女孩准得疼娘。"

　　吴完珍闭了眼睛，豆粒般的泪珠从眼角边渗出。

　　玲子拉着完珍的手说："完珍姐，月子里不能哭啊，要落下病的。"

　　四婶从完珍房里出来，见余老八还跪在地上祷告。四婶说："八哥，你不要再祷告了，打电话叫余从众回来，他媳妇生了。"

　　余老八从地上站起，愣愣地看着四婶。四婶知道他要问什么，就说："完珍给你又生了个孙女。"

　　余老八听了四婶的话，什么话都说不出来，脸上的肌肉立刻僵了，嘴唇抖动，口水从嘴角淌了出来。

　　四婶一看不对头，赶上去扶住余老八，喊："八哥，八哥，你怎么啦？你怎么啦？"

　　余老八身子往下垮，四婶扶不住了，余老八一屁股坐在地上，发出一声瘆人的号叫："我的天啦！"

　　四婶和玲子既照顾月母子，又照顾余老八。

　　天亮后，四婶终于让村里人给余从众打通了手机，余从众上午就赶回了家。

吴完珍母女还平安，余从众抱着大女儿招弟，看着小女儿粉嫩的脸，对吴完珍说："我现在不比过去当打工仔，想回就回。我现在带着一帮人，天天要负责给他们安排活路搞管理呢，实在不能随便离开。老二就叫引弟吧！"

吴完珍躺在床上望着余从众说："我没本事，又生了个女儿。余从众，我不管你们家接代不接代。我生的女儿也是宝贝，是我的骨肉，我要爱她们，把她们养大，不让她们受委屈。我再生不了的，你余家是怎么传宗是你家的事！我是没办法了。四婶说，我要是再生，那就违法了。"

余从众给吴完珍掖了掖了被角，他想起怀孕的陈菊，心想：我还是有办法的。余从众说："完珍，你好好坐月子吧，把引弟喂好奶，差钱，就让玲子给我打手机。"

余从众请玲子每天到家里照顾吴完珍和生了病的余老八，每个月给玲子付工钱。玲子说："付不付工钱无所谓，隔壁左右，我照顾一下是应该的。"

余老八的大脑受了刺激，有些混沌起来，加之又受了风寒，躺在床上没起来，余从众要走，到老爹房里告别。余老八又流泪。余老八说："你混出个什么模样我不管，你不想法给我们这一房生个儿子出来，就是你的不孝顺，我是死不瞑目的。"

余从众回到大江新村建筑工地，找到现场督工的柱子，问了一下情况。柱子给余从众点了烟，说："这里有我，施工严格按照要求干的，弟兄们特别听话。哎，余哥，嫂子生了个什么"？余从众吸口烟，慢慢吐出来，说："又生了个女儿。"柱子说："女儿好，女儿好。"余从众说："我老爹都急病了，说是我不生个儿子，他就死不瞑目。我的压力大呢！"柱子说："没问题，余哥，叫陈菊给你生个儿子不就行了！"余从众说："我和陈菊的事你就不要在外面说了。陈菊不能再住在陈嫂子家了，你想办法在武昌租套房子，装修一下，让陈菊住过去，她已经怀孕了。"柱子说："没问题，我尽快办。"

柱子和余从众的关系拉得越来越紧，余从众需要柱子在施工现场督阵指挥，他个包工头自己怎么能天天时时在现场督着呢？柱子跟从余从众，不再扛水泥包，能领导一批民工，每月收入不错，柱子已经在老家找了媳妇，定在春节结婚。这一切都是余从众给他的，他能不死心塌地么？

武昌徐东新村是一片新开发的宅区，柱子在这里给余从众租了一套两室一厅的房子。房子本来就装修好了的。柱子和陈菊亲自收拾了一下，陈菊到家具大世界挑了些家具，置办了其他的生活设施，一个家就像模像样了。余从众没有多操心，等陈菊一切布置好之后，他才来到这个家。

余从众很满意这个家，这像个大城市里居民的家啊，这跟江夏乡下那个家是两码子事，余从众渴望拥有城市的家，余从众的包工头再当几年，他购买这样的一套房子不成问题。城市里的家好呢，厨房卫生间，沙发、彩电、冰箱、洗衣机，用水用电方便快捷，这比乡村强多少倍了。

余从众拥着陈菊在宽敞柔软的席梦思床上，享受着城市之家的美妙。余从众此时的脑海里，暂时没有江夏的家，暂时没有吴完珍和他两个女儿招弟、引弟，但却有余老八的话："你不生出个儿子来就是不孝，我死不瞑目。"余从众摸着陈菊的肚子，心里坚定地认为，肚子里一定怀着的是儿子，是招弟招来的，是引弟引来的。

在余从众和吴完珍的二女儿引弟不到一岁时，余从众和陈菊的儿子出生了。陈菊是在娘家安陆县一个镇卫生院生的孩子。在武汉，他们没有结婚证准生证，住不进医院，而这个问题在乡下就好解决了。

余从众得到陈菊生了个七斤重的儿子的消息时，一个人在房间里抱着头哭了。余从众自己对自己说："我有儿子了，我们这一房终于可以传下去了。爹呀爹呀，你就放心吧，你已经有了亲生的孙子啊！完珍啊，是我对不起你了，我余家这一脉要延续下去啊！你再生是违反政策，而谁又能保证你再不生个女儿呢？我也知道，生儿生女责任在男方，但陈菊为什么一生就生个儿子呢？放心哟，女儿儿子都是我的，你和陈菊也都是我的，我会照顾好你们。"

陈菊的儿子满月时，余从众弄了一辆车，随司机一起去安陆接回陈菊母子，陈菊和儿子回到徐东新村后，余从众专门请了个小保姆照料儿子。陈菊不习惯外人住家里，说："我已经满月了，我可以照顾宝宝，免得花那冤枉钱。"

余从众就把小保姆辞退了。

余从众给儿子取名余三宝。

余从众给儿子照了许多照片，照片里的余三宝胖嘟嘟的，逗人喜欢。

余从众抽空回了一趟江夏余家大湾，在家住了一天。余从众很好地安抚了吴完珍，给了吴完珍一些钱，和吴完珍做爱，让吴完珍快乐得如个幸福女人。

余从众把余三宝照片给病得呆呆的爹看了，余从众说："爹，这是你的亲孙子，在汉口养着。爹，这事不能让完珍晓得了，为了余家传宗接代，我做了这事，等三宝大了，再给完珍说。现在要是让完珍晓得了，闹出了事，我就犯法了哩！"

余老八看了余三宝的照片，立时从床上爬起来，人变得清醒了，病也好了。余老八说："不怕，只要有孙子，让你坐牢，我去给你坐。"

余从众苦笑了笑，很快就回了汉口。

余家大湾分管计划生育的四婶，找到吴完珍，说："完珍，你现在有两个孩子了，再不能生了，跟我去医院结扎吧！"

吴完珍就跟四婶到乡医院，做了输卵管结扎手术。

包工头余从众在汉口包二奶，生了个儿子的消息就像纸包不住火，不久，余家大湾的人都晓得了。

只有吴完珍一个人不晓得。

余从众还经常回余家大湾的家，给吴完珍养家的钱，给吴完珍安抚，和吴完珍做爱。

在汉口，余从众就天天回武昌徐东新村的家，和陈菊与儿子余三宝在一起，享受娇妻爱子的快乐。

吴完珍突然地带着招弟和引弟，找到汉口余从众办公兼住宿的一室一厅的房子里。听到敲门声，正与余从众在屋里商量事情的柱子开了门，看到满脸疲惫一身风尘怀抱引弟手牵招弟背上还有大包袱的吴完珍，惊得"啊"地叫了一声。余从众跟出来，见了吴完珍娘仨，心里一愣，但他马上从吴完珍手里接过引弟，有些不高兴地说："来之前怎么不告诉我一声呢？你这一路奔波的，是怎么找来的？"

"怎么不欢迎，我们想你呢？自己找来的。"吴完珍说。

吴完珍是怎么知道余从众在武汉生了儿子养儿子，又怎么知道余从众的工地和他居住办公的房子，这是个谜，吴完珍一直没说。

余从众到武汉打工这几年，没有带吴完珍到武汉来过，吴完珍自小也没到武汉来过。吴完珍的到来，肯定是从别人那里得到准确地址才找来的。

余从众把吴完珍和两个女儿接进屋，女儿爸爸、爸爸地喊着，余从众心里既惭愧又高兴。他对两个女儿的爱太少了。

柱子忙着倒茶，口里喊着嫂子辛苦，显得分外亲热，但心里却在打鼓。

正是临正中午的时候，余从众叫柱子去工地食堂端些饭菜来，他和吴完珍及两个女儿在屋里吃饭。

吴完珍显得很平静，余从众忐忑不安的心稍平稳些了。

"我爹好吗？"

"爹很好！自从你上次回家后爹就精神特别好，像吃了神药一般，还下地呢！爹有孙子了呢！"吴完珍说完，用眼睛狠狠地瞪着余从众。

余从众心里一惊，心想这是有备而来，不禁惭愧不安起来。他给招弟引弟的碗里夹些好菜，对完珍说："完珍，是我不好，先吃饭，晚上我再向你仔细解释。"

吴完珍仍很平静,说:"好,我吃饭,招弟引弟好好吃,吃完了出去玩。"

下午平安无事。吴完珍把余从众的一室一厅的清洁做了,把地擦了,把床上的被子晒了,单子洗了,弄得干干净净整整齐齐,屋子立即内外变得窗明几净了。

余从众下午在工地上和柱子说了说情况,显得很担忧。说实话,他对不起吴完珍,是他自己的错,但是他们余家是要有传宗接代的人啊!

柱子说:"嫂子是怎么知道的,先不去追究,这事迟早是要让她知道的。我觉得嫂子是个懂道理的人,会说得通的。"

余从众给陈菊打了电话,告诉她今晚不回武昌,让她照顾好儿子。

陈菊说:"忙你的吧!儿子我会照顾好的!"

陈菊不知道这是余从众给她的最后一句话。

柱子和工地上的民工们当晚很关切他们的工头余从众所住的一室一厅,但是很安静,那里没有发生任何争吵声。

柱子心想,吴完珍真是个懂道理的女人。

早晨七点钟,柱子买了油条面窝豆浆等食品,用只袋子提着,敲开了余从众办公兼住宿的屋子。

是吴完珍开的门。

柱子说:"嫂子,我给你们买了过早的东西,你们吃吧!"

吴完珍说:"谢谢你柱子,放在屋里的桌子上吧!"

柱子问:"从众哥还没起来?"

吴完珍说:"我把他杀了。"

柱子说,"别开玩笑,你们可是好夫妻呢!"

吴完珍说:"我们是好夫妻呢,我太爱他了,就杀了他,我用的劲太大了,把他的颈子切了一大半,快断了,我正用索子给他缝呢!"

柱子这才看到吴完珍手上的血。他急忙跑到卧室里,他看到的情形令他终生难忘。

余从众和吴完珍的两个女儿,安安静静地睡在大床上,余从众倒在地板上,地板上满是鲜血。余从众的头与身子断开了,吴完珍用粗线索用针在尸首的颈子上缝缀着,还没缝完。一把沾血的斩骨菜刀放在地板上。

吴完珍说:"我爱他!他不要我,我就杀了他,和他一块走,我结婚前就和他说过的。"

余从众死了。柱子把招弟和引弟送到陈菊处,先住下再说。

胡老黑把工地上的事交给柱子管理,让柱子代替余从众管理包工队。胡老黑把余从众的后事办理了,他什么都没说。

鲁大刚和吴淑珍从孝感赶到汉口的市公安局看守所,吴淑珍见到吴完珍,说:"你怎么这样蠢啊!你怎么杀人呢?"

吴完珍说:"没办法,我不能没有他。"

鲁大刚见吴完珍那模样,摇了摇头。

(原载于《十月》2016年6期)

乘滑轮车远去

宋离人

一

还记得我曾经说过的那家工厂吗？是的，黄泥坝的红旗化工厂。黄泥坝有很多这样历史悠久的工厂，是革命的需要。比如胜利面粉厂、前进毛巾厂、永红皮鞋厂、还有红光港机厂，等等。这些工厂错落有致，各自用蛇形的铁丝网界定范围，有巩固革命成果的意思。布局稍显呆板，比如化工厂的隔壁是皮鞋厂，面粉厂的斜对面是毛巾厂，阀门厂的烟囱和港机厂的烟囱竞相比高。它们分别坐落在黄泥坝的前坡后坝上，灰色的厂房犹如林立的墓碑，各自散发着独特的气息。红卫街像一根藤蔓连接着这些呈葫芦状的工厂，街上匆忙的人影自然成了为果腹奔走的蚜虫了。

有意思的是清晨。在被早早醒来的炉烟笼罩的街面上，一个人穿着毛巾厂的制服出门，你并不能由此认为他就是毛巾厂的职工，因为他的脚上是一双胜利牌皮鞋，或者他的身上还洋溢着属于港机厂的浓郁的机油味呢。黄泥坝上班时分的清晨总是这样不分彼此而充满着猜测的趣味。当然，在密匝匝的人流中，化工厂的人占多数，因为化工厂是个大厂。大厂有大厂的气派，化工厂的厂门宽大，可以进出大型的载重汽车，厂区内有高耸的烟囱，浓烟喷薄而出，显现与众不同的大企业的派势；化工厂的人也气派，他们根本不会混穿着胜利牌皮鞋，肩搭前进毛巾，更不会散发出难闻的机油味。他们有属于自己的行头，一个灰白色的防尘鼻罩。他们说话总是带着浓重的鼻音，吭吭嗤嗤，梗直脖颈，挥动着臂肘，一副居高临下颐指气使的派头。可以说，化工厂因为一直主宰着黄泥坝的无人比肩的老大哥地位而受人关注。

  我在一些作品中经常写到红旗厂。那里发生的一些事我总是能很快知晓，这多半要感谢我的表哥艾红旗。表哥曾经是个聪慧的孩子，甚至有点天赋异禀。如今他在化工厂从事分装入袋的工作，因此，他的头发里总被一些白色粉末盘踞着，无论怎么洗都是徒劳。我们都有喝酒的爱好，因此常聚在一起哥俩好。他挠着头转动着眼珠告诉我一些有趣或者无趣的故事，用这些故事换我的酒喝。酒也不是好酒，是本地散装的粮食酒，多是走卒贩夫者享用。当时我就住在他下班必经的一条巷子里，叫幸福巷。巷边就是那条从化工厂排出来的臭水沟。也叫五彩沟，因化工厂常年排泄五种颜色的废水而得名。有时候，他顺着水沟翻过高大的围墙抄近道就到了我家后窗。途中自然经过那家君再来酒铺，他也乐于买酒出力。酒钱自然出自我的荷包。他从劳改农场出来后就到化工厂做临工，工资仅够抽烟。他每次溜号都能在我家逮到我，似乎长着一副千里眼。我是泡病假的老手，我的心脏总是给我添乱，它似乎见不得我活泛健康，更不愿意我拿到整月的工资。在家休养的日子，我总是在晴好的阳光下搬出一把藤椅坐在水沟边，一边沐浴着微风中弥散的药粉的怪味，一边想着若隐若现的心事。眼睛盯着那条寂寞的小道，很多次，我的这位表哥都会步履匆匆地出现在小道上（他的脚上穿着一双胜利牌皮鞋），若隐若现，一只手里甩着一个鼻罩，另一只手里多半提着一个塑料酒壶。

  他不是一个好的叙述者，甚至还有些口吃。特别是叙述到了他认为的高潮阶段时，简直就会瞠目结舌，大睁着眼睛啊啊啊地原地踏步。十几年前，我表哥也有一副伶牙俐齿，在课堂上经常语出惊人或者篡改语句，为博得笑堂的乐趣而沾沾自喜，深得怀春少女的青睐。如今表哥无法管理自己的舌头，这副窘迫的样子也时常惹人发笑，可是再也不能吸引女人的目光，以至于三十好几还是赤条一人，后来总算是解决了配对问题。这口吃的毛病来自于严打。他张口结舌间，我就会及时摆摆手，劝他呷一口酒，酒入肚，效果依旧不佳，一只手举在空中挥了又挥，还是不能协助嘴巴里的舌头，再怎么转眼珠也没用。很多时候，他知道自己说不下去，就会用一句"你是知道的"来考验我的理解能力。

  更多的时候，我是知道他要表述的内容的，因为有些事情是我事先就听闻的。有一次，他突然说起化工厂烟囱倒塌事故——那是发生在前不久的一件事。我依稀知道这是化工厂倒塌的第二个烟囱，最早的那个是几十年前的事情了，那时我才十几岁。这一次的倒塌预示着一个新时代的到来——红旗厂破产改制了。

  "倒了，倒了。"艾红旗在空中做了一个类似坍塌的手势，说。

  "狗日的，倒得过……过……过瘾。哗哗哗，倒了。完了。"

  艾红旗说起倒塌事故时用了一个形象的比喻，这出乎我的意料。他说："好时光结束了，因为红旗厂的大……大……大……大（他口吃了，还不停地挠着头发）。"

"慢慢说，不急。"我示意他端起酒杯。他看我一眼，略含歉意地摇摇头："你明白的。"

"我明白个屎。"我不屑地说。

"对，对，对，就是屎……鸡……巴，红旗厂的大……大……大鸡……巴倒……倒……掉了。"

我哑然而笑。脑海里就出现那座没有倒掉时的烟囱的样子。不知是工匠的疏忽还是那时节因多快好省而有意为之，修建到一半时突然急于收口，呈现下粗上细（还是陡然变细）的奇怪样子。建造完毕后，又在顶端安放了一个硕大的、铁质的圆形罩子，用以防雨雪。艾红旗这么一说，我频频点头，这样的造型还真的有了阳具的意味呢。

"你，明白了吧？"艾红旗眼神揶揄地看着我，高耸的颧骨上油光毕现。

我点点头："真像，你的比喻很到位。"

"不对，你……你不明白。我说的意思不是这个。是，是，是，你看，一个人要是没有了哪个什么还叫人吗？红旗厂的大……大……大什么塌掉了还是红旗厂吗？完蛋啦。嗯，你……你……你明白了没有？"

我当然明白啊，你想，他说的多有道理啊。男人没有阳具还叫什么男人？某种时刻，高昂的烟囱就是化工厂的精神阳具，现在改制后的化工厂不景气，工人大量下岗，企业岌岌可危，那种萎靡的腔调，不是和被割了阳具的男人一样吗？

整个喝酒的夜晚，我脑子里一直盘桓着那根烟囱的图形，时大时小，不停地变幻，更多的时候，我愿意把它想象成一根阳具，只是这根阳具没有了刚硬，在时而暴晒时而骤雨的时空里变得柔软起来，甚至是弯曲成一副滑稽的模样。这情状多像久染沉疴的高大病人？外表光鲜下，病态的柔软已经慢慢地附着在身，只是出于某种需要某种伪装而不肯承认罢了。

那天我送艾红旗出门的时候已经是傍晚了。九月的晚风多少带着点初秋的寒意，门前的小道上开始滚动着早谢的梧桐树叶，发出轻微的沙沙声响。艾红旗对着水沟撒完尿，就伸出手要和我握手道别。我一巴掌打掉他伸来的手。休想传染你的软弱。他狐疑地看我一眼，并不见怪。我们从来不握手分别。显然这次他是在调侃我。他打了一个嗝，释放出酒气。没想到他突然高声唱起歌来，嗓门粗鄙而沙哑，把我吓了一跳：

刘队长，有胆量

>悄悄地来到了女澡堂
>
>他东看看，西瞧瞧
>
>腰里顶着一根硬棒棒——

这曲调我曾经太熟悉了，来自于一部叫《洪湖赤卫队》的音乐剧，歌词是篡改的。原版的歌词唱响全中国，篡改的歌词风靡黄泥坝。记得十一岁那年，我顺着水沟捉螃蟹曾经进入过化工厂的生活区，那时正好是暑假期间，化工厂那条著名的大斜坡上来回穿梭着玩滑轮车的孩子的身影，他们的嘴里从头到尾都是这首"刘队长"。当着女生的面也敢唱，模样一点也不猥亵，就像唱那首"共产主义接班人"一样正经八百。我很快也学到了毛皮，我一路琢磨一路唱回家，反反复复，由生涩变得熟练，由低沉变得高亢。我父亲下班回来，我显摆似地在他面前唱起来，结果挨了一巴掌。这事我一直记得。转眼这么多年，艾红旗再一次唱响，我下巴骨上的神经还会跳。

那天分手前，他告诉我一件奇怪的事情。他曾经有个娃娃朋友，也是化工厂子弟，叫王爱工。王爱工有个弟弟叫王爱农。兄弟俩我都认识。王爱农是个瘦弱的男孩，有着一副高高的颧骨，眼睛大大的，闪耀着灵动的光泽。我不会忘记，刘队长那首歌就是他教会我的，为此我和他还有过一段短暂且深刻的友谊呢。我们年纪相仿，如果他活到现在，也该有三十岁了吧。他或许没有死，因为没见到尸。他是失踪了，可是谁也不知道他去了哪里，一点痕迹都没有留下，包括那顶帽子。很多人都认为他掉进水库淹死了，因为他失踪的那天有人看见他在大斜坡上滑着滑轮车呢。可是寻找者连续半个月在水库边翻找也一无所获了——没有丝毫的零星线索，一个人说不见就不见了，像被蒸发的水珠。他失踪有十五年了。

艾红旗神色诡异，他结结巴巴地说："王爱农的帽子找到了。"

帽子？

你根本想不到艾红旗嘴里的找到了是什么意思。不是年少被人贩子拐走老大被救回，也不是走失多年后光宗耀祖的荣归，你压根想不到。王爱农失踪的时候是早春，失踪的那天，他哥哥王爱工把自己头上的一顶毛线帽戴在了弟弟头上。红色的帽子，上面别着一枚团徽。王爱工是团员。这顶帽子是王爱农失踪的重要物证，找到这顶帽子就能知道王爱农的下落了。

是的。是帽子出来了。

艾红旗的爸爸生前是个钓鱼迷，他是我的表姨父。他有个绰号叫白头翁，是的，他过早地生长着一头茂盛的白头发，都说是苦心钻研钓法的成果；皮肤白皙，像从面粉袋里钻出来一样，野外钓鱼并没有晒出黝黑的成果，这是一件奇怪的事。他的钓法很别致，不需静守，更不能坐等，而是需要站立着不停地收放，他给这种钓法取了个新名字叫抛钩钓，也就是将大号鱼钩抛到河中间去。无需饵料。鱼钩下沉的过程中猛地往回拽，这种钓法更适合在冬季，鱼因为缺氧都浮在水面，开合着嘴巴一动不动，很容易被硕大的鱼钩挂住。不过那是很多年之后的事了。孩子们常在放学后集拢在他四周，新奇地观赏他这种望天收的钓法。我经常夹杂在其中，看着他把一头白发甩得蓬乱，眼泪也一颗一颗滚出来了。我的表姨父有流泪的毛病，特别是一到钓鱼的时候，似乎钓鱼并不是他的本意，而是被什么人逼迫而不得已去做这件让他悲伤的事。这毛病横亘他的一生。后来这种钓法在红旗厂盛行起来，不过那时表姨父已经去了天堂。在冬季，垂钓者看着因为缺氧而漂浮在水面的傻乎乎的鱼群时，纷纷仿效起曾经被他们笑话的抛钩钓，似乎在怀念那个可怜而孤独的亡魂。那天艾红旗的一个工友在岸边忙乎了大半天一无所获，就在收杆之前他奋力地抛出了最后一杆，这一次居然有些不同了。他起钩时隐隐感觉到了一些分量，满眼欣喜中一个黑影被拉出了水面，通过传递过来的振动，他预感出那一定不是一条鱼，而是一只团鱼，就是王八。好家伙，值钱着呢。那家伙也在较劲，趴开四肢在挣扎。可近到岸边，却没有了生息。工友连忙用抄网兜上来一看，他妈的，是一堆柔软的黑乎乎的东西。用脚扒拉了一下，就看见了什么。

团徽。别在一堆烂绒线之间的一枚团徽。
"他妈的。叫老子白高兴一场！"他狠狠地骂了一句。走了。

谁晓得这么多年水下发生了什么？毛线会不会在水里烂掉我也不清楚。反正就是这么回事，王爱农真的是掉进水库淹死了？毛线的纤维没有烂掉，人的记忆已经烂掉了，没有人能够记起这顶帽子和王爱农的关联。几天以后工友把这件事告诉了艾红旗。艾红旗和王爱工是同学，十五年前他作为目击者亲眼看见王爱工给他弟弟戴上了自己的毛线帽。开始的时候，他并没有留意对方的叙述，他只对王八肉兴趣盎然。一天下了晚班，他走到水库边的时候突然就想起了消失在记忆深处的那顶红色毛线帽。月色皎洁，光线斜射在水面上，星星粼粼，宛若一条缀满银器的饰巾。艾红旗说他看着水中的光斑，心里激灵了一下，就想到了工友嘴里的那枚团徽。第二天一大早，他围着水库转了半圈，就找到了那团烂兮兮的东西。那顶帽子形状还在，颜色已经不复存在，经过阳光的暴晒，表面的泥污板结了，当然，还有那枚团徽，也在，搓掉污泥，像新的一样散发出多年前的光泽。

艾红旗把他的发现告诉了化工厂的同事和邻居。对于一件十五年前的旧事，许多人提不起兴趣了。少年王爱农的样子在认识他的人的脑海里早已像过期底片一样损毁模糊了，更不要说那些不认识王爱农的人了。他们皱着鼻子说，十五年了，肉肯定烂掉喂鱼了，当然只有身上的帽子衣服了，这有什么好奇怪的？

艾红旗想告诉王爱工。可是王爱工在那起著名的抢劫事件后身陷囹圄乃至后来精神错乱。关于抢劫的事等会告诉你，艾红旗的口吃也和这件事有关，据说是被吓出来的。

艾红旗就来跟我说。他知道我认识王家兄弟的。我虽然是港机厂的，可是我经常去红旗化工厂玩，我的玩伴都是化工厂的，王爱农就是一个。

我第一次见到王爱农的时候大约十二岁，那是一个暑假，我顺着水沟去了化工厂的宿舍区，是的，是为了捉螃蟹去的，宿舍是由十几幢旧式砖楼组成的一个狭长区域，更像一列加长的拖挂列车。楼前楼后随处可见玩耍的小毛孩，远处的大斜坡上是大孩子们骑着滑轮车驰骋的身影。因此没有人会注意他们中间多了一个人。我的说法可能不对，应该说我的出现还是被人注意了，那个人就是大眼睛的王爱农。他一边打量着我一边走拢过来。当时我并不知道这个滚着铁环的男孩就是王爱农。王爱农大约比我小两岁，黑瘦黑瘦，个子也没有我高。他的颧骨很高，颧骨高了，眼睛就显得深陷下去，现在想起他来，印象最深的就是他的眼睛，那两只眼睛大大的，像两枚玻璃珠子，如果眼皮再抬高一点，玻璃珠子就有可能掉出来。

他的靠近引起了我的不安。你不知道港机厂和化工厂子弟之间的纠纷是那样的层出不穷，昨天还称兄道弟地分一截黄瓜，今天就有可能兵戎相见，孩子们的秉性就是这样，常常使双方的家长摸不着头脑。

瘦弱男孩王爱农滚着铁环靠近我，甚至是围着我转了几圈。大一点的孩子滑滑轮车，小一点的孩子滚铁环，这在两个厂都是不争的区分成熟与否的标志。王爱农滚着铁环说明他还是小毛孩子的行列。可是他的口气却不小。他收起铁环对我说："喂，小孩，你是哪里的？"

我一迟疑，他马上又说："叫你呢，问你，你从哪里来？"

我随口一句："老子不是小孩，老子比你大。"

说完我就后悔，假如他知道我是港机厂的，又在化工厂自称老子，只要他叫一嗓子，我一准成为不远处几十号男孩拳击的沙袋。王爱农睁着大眼睛看着我，估计他没料到我会这么回答他。他足足看了我五秒，突然张开嘴（我以为他要叫喊了）笑了。他的笑有羞赧的成分，配合脸颊上两个浅浅的酒窝，很像一个女孩子的笑。其实除了黑一点，他纤细的模样真的有几分神似女孩呢。

"你是港机厂的吧？我知道你是。我问你是从哪里来的？"

王爱农的意思我明白。通往红旗厂的路有两条，一条大路一条小路。大路是水泥铺制的,是红旗厂班车出入的专用公路,平时少有人走;小路在围墙下的松林里,弯弯曲曲地通向附近农村的菜场,也是孩子们上学的必经之路。因此走的人特别多,踩踏得久了,路面竟少了崎岖多了平实。大路小路我都没走,我是从水沟里顺过来的。水沟和小路在一个方向,于是我朝小路的方向点点头。

"你在路上看到一个人没有?"

我摇摇头。

"你好好想想,又没有一个人在路边休息?坐在树林里,满脸胡须,额头上有一道疤,那是被锅炉烫的。"

我还是摇摇头,说没有。

"你保证?"

看得出来,这个十岁男孩有些失望。不过那种失望的阴霾只在他脸上停留了短短的一瞬就消散了。他接着对我比划说道:"明天,你明天还来吧?你来的时候帮我看看,路上有没有这样一个人,额头上有道疤,络腮胡。"

"你干吗自己不去看?"

这个时候,突然有人很响地喊了一个名字。王爱农回头答应一声"来了",我看到叫他的那个人约有十四五岁的模样,个子高大,肩上扛着一辆滑轮车。

"我哥哥在叫我回家了。明天你来吗?别忘记路上的事。"男孩不等我回答就滚着铁环走了。哦,对了,他是唱着刘队长那首歌离开的。

这个和我搭话的男孩就是王爱农,喊他的就是他哥哥王爱工。当然,王爱农向我打听的那个人你应该也猜到了,对,他在找他爸爸。他爸爸有个奇怪的名字,叫王断念。

后来我才知道,只要有陌生面孔出现在化工厂的宿舍区,王爱农就会追问对方是否看见一个蓄着络腮胡的男人。这个男人就是他失踪多年的父亲王断念。尤其在那几年里,随着王爱农的长大,随着众多含冤的倒霉蛋(有隐约的消息透露,王断念的失踪和此有关)的释放,王断念的重新出现成为可能。王断念这个名字是有点奇怪,更没有人知道原委。很多事情就这么回事,没头没脑,梳理不出头绪。

我后来知道这么一件事。某一天,一个叫王断念的人中午上班后去向不明,一连几天不见人影。那天中午,阀门厂发生了一起安全事故,废弃不久的气炉房爆炸了,蹊跷的爆炸炸塌了烟囱。废墟里并没有发现属于他的残衣碎肉,王断念就此失踪了。这事很蹊跷。他有两个孩子,大的八岁,小的三岁。孩子的抚养成了难题。一个月后,清理被炸设备的人发现了某些苗头,联想到王断念的失踪,他们以盗窃案汇报上去。很快就有对王断念不利的消息传出,保卫科搜了家,但一无所获不了了之。

兄弟俩的疑问变得强烈，他们不停地打听询问，甚至还要工厂赔他们的爸爸。"我爸爸上班不见的，厂里要负责赔我们。"他们说，"我们要吃饭，我们要吃肉，我们不能在新社会饿死。"厂里没办法，对于下落不明的员工又不好开除，万一人家回来了怎么办？回来看见儿子饿死了还不拼命？工会就把抚养任务交给熔炼分厂，分厂就推给锅炉车间。车间的大人们会对守候在厂门口的兄弟俩这么说："你爸爸没说吗？他被派到青海修锅炉了，紧急任务，别去闹了。"他们还会加上一句："这个老王真是的，出差了也不给孩子说一声。"后来时间长了，他们就闪烁着眼神这样对兄弟俩说："王大胡子回来没有？他是被锅炉爆炸吓跑了，你们再等等。"或者说："真是断了念头了，连孩子都不要了，这个大胡子真绝情。"也会有人想起什么似地摸出几块钱，说："喏，拿去，你爸爸寄来给你们，去买点肉吃吃。"哥哥拿过钱，咬咬腮帮子，嘴里会嘟哝说："他还会回来吗？"哥哥的眼角已经流不出眼泪了。几年后，王氏兄弟家里的三五牌闹钟停摆了，一张纸条由此被发现，纸条上有几句话，说明王断念是个心思缜密的人。

二

红旗厂的那条大斜坡很出名呢，那是红旗厂孩子们引以为傲的一段陡坡，是骑行滑轮车检验勇气和技巧的经典线路。过了红卫商店就是大斜坡了，足有两公里长，如果作为终点的运输队的那道铁门不锁，就可以一直滑到水库的平台上。平台有两间教室这么大，是天然的减速和回旋的好地方。光有胆量没有技术是不行的，那太危险，你想，车速过快，转弯不到位，弄不好就要栽到水库里淹死的。

因为危险而出名，当然这只是其一。

还因为它掩映在桃树之中。你不要笑，真的是这样。红旗厂建造在半山腰上，灰砖灰瓦，没有一丝亮色。你可以幻想一下，到了三、四月间，整座工厂掩映在桃花之中，尤其在大斜坡一带，更是花团锦簇胜似仙境。大斜坡犹如挂在山间的一条彩带，缀满桃色的花边。很是壮美呢。周边厂矿的职工逢周日就会来赏花，大斜坡上人来人往，欢声笑语，人在花树下流连，别有景致。

"在那桃花盛开的地方，有我可爱的故乡。"蒋大为唱的歌。是我可爱的工厂才对。工厂不是我的，是属于王爱农们的。港机厂也种过桃树，后来被砍掉了，砍掉的理由众所周知，革命的工厂怎么能有桃红柳绿呢？可是红旗化工厂保留了这些多少染有资产阶级色彩的桃树,由此可见,不是任何一场革命都具有普遍意义。每逢暑假,桃子成熟的季节,我们这些非红旗厂的子弟只能眼巴巴地看着红旗厂的子弟们在桃树间上蹿下跳,享用革命果实。桃子成熟的季节也是孩子们群殴的季节。是啊,你以主人翁的姿态拒绝与人分享,那还不激恼了饥肠辘辘的垂涎者?港机厂有地理优势,因此偷食者甚众。我偷你护,斗殴在所难免。

关于桃子而起的纷争,还真的有一件事值得一说。那年夏季的一个夜晚,毛巾厂的几个痞鬼鬼祟祟地集拢在一起,他们有约在先。他们伪装成去洗澡的样子就进入了港机厂。毛巾厂没有澡堂,毛巾厂的职工都是在有着一个大澡堂的港机厂去洗澡的。他们偷偷地从港机厂澡堂边的围墙翻进了红旗厂,他们排成队像一条黑蛇一样游进了桃林。很快就在大斜坡上被艾红旗带领的护桃小分队发现了,艾红旗是小队长,他要对方说出口令。其实口令很流行也并不保密,一方说句"天王盖地虎",那一方就接句"宝塔镇河妖",哪想毛巾厂的孩子心虚,胡乱喊出一句"我是你爸爸"就转身跑了。他们顺着原路往回跑,大概有嫁祸港机厂子弟的嫌疑,翻越围墙的时候,追赶的队伍中有人扔出一块石头,这块石头像一颗流星从路灯下飞过,落在了围墙那边的一个看热闹的港机厂的男孩头上,血流了一地。受伤的男孩好像叫刘卫国,是港机厂流里流气的孩子王刘卫东的弟弟。这边还在庆祝打了胜仗,保住了胜利果实,那边早已群情激昂摩拳擦掌。

闻讯而来的刘卫东领着被激怒的港机厂子弟跳过围墙,以血债血还的豪情结结实实地教训了红旗厂子弟。艾红旗自然首当其冲,被打得头破血流。等到双方的保卫科派人赶来,斗殴已接近尾声。

我前面说的两个厂子弟之间的纠纷层出不穷,就是这么一回事。今天你偷我,明天我打你。梁子越结越深,矛盾越来越多。弄得家长很不好做人,家长们都护犊子,尤其在贫困的时期,需要补充的是,充斥在黄泥坝儿家工厂的偷窃行为愈演愈烈,铺天盖地成为了时尚。大人们责无旁贷。孩子们的打斗有可能成为大人们互相揭发的前幕,这就是让大人们难以维持公正的缘由了。

艾红旗受伤以后嘴里开始骂骂咧咧,开学的前几天他头上还缠着绷带,嘴里脏话连篇。我们港机厂和红旗厂的子弟都在一所学校上学,学校因此叫红港子弟学校。艾红旗不仅下课骂,上课也禁不住要骂出声来。班上就有港机厂的子弟啊,他盯着人家嘴里不三不四。有一次,任课冯老师忍不住了,搬着椅子一屁股坐在门口的阳光里。他不讲课了,手指一指艾红旗把他叫起来,对他说:"你先骂,你骂完了,我再讲课,你骂的时候我不说话,我讲课的时候请你闭嘴。"你想不到,艾红旗这个家伙还真的骂出来了,他对着天花板咆哮:"君子报仇十年不晚,老子要报仇!老子和你天不共戴!"

班上同学都笑起来。冯老师也笑了，露出一颗金牙。老师说："艾红旗，你算了，你还去报仇？你把不共戴天说成天不共戴，你说出来，你的仇人都要笑死了。"

艾红旗嘴贱，他说："我就要说天不共戴，你不要管。"

艾红旗又说："你也好不到哪里去，你在别人的床上不也是说不出话来，就会哼哼。别以为我不知道。"

冯老师脸色一变说："好，好，好，天不共戴，天不共戴。"

没想到，艾红旗真的是报了仇了。不共戴天也好，天不共戴也好，刘卫东的一条腿断了，是同学王爱工动的手。艾红旗不仅害了刘卫东，还害了王爱工。

还是说王爱农。说一个关于组词的故事。

一节语文课上，老师要求学生们用"门"字来组词。那时王爱农上二年级，有了组词的能力。五十个同学轮流说，一个一个站起来回答，限时十秒钟。老师的意思是想看学生们的反应，或者说是检查平时收集词汇量的情况。从左到右的顺序，王爱农坐在最右边的第六小组。看着同学一个个快速地回答，王爱农心里有些急，他想的几个词都被人家说去了。他需要不停地想出新的词汇。他还真的想出了一个，就是天安门。他心里默念着这个词，唯恐被边上的同学听去。他以为天安门很安全，不会被人从心里抢走。但是他错了。第五组最后的那个女生万小燕，唉哟唉哟，那个女生真的叫万小燕，我认识。到初三她还流着鼻涕，谁会不晓得她？我还奇怪呢，你们怎么会起一样的名字。天安门被万小燕说去了，王爱农着急了。他前面只有四个同学了。很快就会轮到他接口。他狠狠地瞪了万小燕一眼。万小燕拍着胸口，一副终于说出来的脱险样子。阀门。蒋门神。门槛。王爱农前面的同学都一一回答出来了。有几个同学没有回答出来。他们放学后就被罚到操场扫地。轮到王爱农了，他慢吞吞地站起来，想延长点思考的时间。他发觉脑子很空。全班同学的眼睛都在他脸上，把他的脸皮都看红了。他们还帮着老师一起数数，分明是故意扰乱他。8秒了。有些同学就是在8秒的时候想出来的。没有人提醒王爱农。其实也基本上都说完了，小孩子有多少词汇呢？

你不会想到王爱农居然说出来了，不到两秒的时间。没有人知道那一瞬他想到了什么，就在全班喊到九以后，他冲口而出。

"屁眼。"

全班安静下来。旋即又轰地一下炸开了。每个人脸上都挂着撑到极限的笑容。语文老师突然背过脸去，扶着黑板，抖动双肩。等他回过身来的时候，脸上流着眼泪。很多同学在擦眼泪，一边擦一边还在笑。他们刹不住笑声。老师的克制力强，老师擦掉眼泪后，平端着双手，示意安静。这还是课堂嘛。

为人师表是老师的立身之本，循循善诱是老师的天职。老师用两个反问把学生们的思路引领到了正确的道路上来。

"王爱农是不是故意捣乱？——不是。"

"王爱农的答案究竟正不正确？——正确。"

老师解析说，屁眼就是肛门。屁眼是我们日常的口语用词，肛门是书面用词。屁眼是小名，肛门是大名。所以说王爱农的回答没有错。从他一贯的表现来看，他也不是捣乱。

老师看着垂下头的王爱农。"你不能要求一个二年级的孩子在回答问题的时候像大人一样深思熟虑。"说完，老师咳嗽起来，憋着笑出门吐痰去了。

下课以后，有人开始叫王爱农王屁眼，说王屁眼是王爱农的小名，王肛门是王爱农的大名。

我知道这些事都是艾红旗的功劳。他还告诉我很多关于王家兄弟的事情，他和王爱工是同学。他们是大斜坡上不多的敢用滑轮车冲刺整个路段的红旗厂子弟。王爱工家里闹钟下面的那张纸条也是他破译的，纸条上的字歪歪斜斜，一看就知道出自锅炉工王断念之手。是些什么内容，我一会告诉你，先讲一段王家兄弟之间发生的一件事。这可能和王爱农说出屁眼一词有关吧。

王断念失踪以后，王家兄弟开始相依为命。哥哥八岁，弟弟三岁。组织当然会管，更多的是王断念的工友来管。他们把粮票交给哥哥，教会哥哥去食堂买饭生火炒菜。他们还把自己腌制的咸菜送给兄弟俩，也包括一些衣物。我认识王爱农的那年他已经十岁了，我还记得那天他穿着一件很旧的背心，肩上的背带是断过后重新缝接的，针脚很粗，歪歪斜斜，我后来知道那是他哥哥的作品，包括他们家洗换好的被子，也是王爱工缝订的。穷苦孩子早当家，这话不假。他们兄弟俩就这样活在周围人的眼皮底下，过得不好不坏，无病无疾。

有一天艾红旗去找王爱工。有事没事他们每天都要碰头。那是二十世纪八十年代初一个礼拜天的下午，时令是秋天吧。艾红旗的妈妈带他去县里买了一件军装，回来后，他穿着新衣服就去找王爱工。他和王爱工胖瘦高矮差不多，他也想让王爱工穿穿。好朋友就是好朋友，有福同享。

我说过那些老式家属楼像一列列火车车厢。灰砖灰瓦，四四方方，毫无情趣。王家兄弟就住在一幢十几户人家共同居住的平房里。艾红旗在前门看了一眼，门关着。他就去隔壁祝奶奶家。祝奶奶正在听广播，她耳背，广播的声音就有些吵人。看见他进屋，祝奶奶就故意说："调皮鬼，今天不让你走。"是的，你肯定没有住平房的经历，如果你忘带钥匙，是可以从隔壁家的后门来到你家的后门的。当然你家的后门或者窗户是要开着的。祝奶奶显然是在玩笑。艾红旗是熟门熟路了，他打开祝奶奶家的后门，快速地翻过半人高的花墙隔挡，就到了王爱工家的后窗。

往常艾红旗会在后窗叫喊一声。可是那天不知为什么艾红旗会变得安静，也许是想给王爱工一个惊喜吧。是不是还有这样一个原因：有新衣服穿也要低调嘛。

总之艾红旗伏在窗口往屋里睃寻。那种老式的宿舍是两居室，前面的一间是厨房，后面的一间是卧室。八十年代初，家里有女孩子的人家把卧室的窗子砸掉，改成门，又在外面搭起一个小间，变成了三居室。这多出来的一间就是闺房了。王家兄弟不需要扩建，即便他爸爸没有失踪。因此他们就睡在大房的窗子对面，也就正好正对着艾红旗。

艾红旗很快就吓了一跳，他缩下身子只露出一只眼睛。他是唯一的目击证人，我至今都不敢确定他对我说的这一幕是真是假。那年他十四岁，对一个成长在山区工厂的孩子来说，他所见到的一幕够他消弭一生吧？

我不是卖关子。

兄弟俩光着屁股睡在床上。其实这没有什么好奇怪的。关键是弟弟后来说了一句话。

"哥哥，你放到我的屁眼里去吧。"

是的，就是这样一句话。

哥哥并没有动作，而是紧紧闭着眼睛。

现在，应该可以理解王爱农在语文课上冲口而出的那个词了。

那天傍晚，艾红旗来港机厂找我。看得出来，因为守护着一个秘密，他有些亢奋，也有些不安。他需要找个人来分享。他是我的亲戚，我该叫他表哥。那天他并没有告诉我一切。他从牢里放出来后才告诉我封存在他心里的这个秘密，在牢里他得了严重的口吃。那是严打的成果。我之所以记得那天他来找我的情景，不仅是他的新军衣，还有他回答我妈的一句话。我妈要留他吃饭，他不肯。那天我妈专门烧了他最爱的红烧肉。可是他不肯吃。他出门的时候丢下一句话：

"我什么也不想吃，我一吃就会吐出来。"

王家兄弟相依为命的故事让很多红旗厂的人动容。沿着大斜坡往上一直走，会路过太阳顶，再往前就是杜家河，杜家河是个百十人的村子，村里有一条石板街，街上有一个也是附近唯一一个肉食供应站。附近厂矿的职工都在那里买肉，买肉需要票，是肉票。肉不多，去晚了连骨头渣滓都被人捡走。能吃上一顿肉是那个时代孩子们最开心的事。我就去过那里，不是去买肉，是去拿号码。那是小孩子帮大人做的不多的事情之一。上学前，家里大人如果对你说"放学了去拿号啊"，就是说明明天的餐桌上就有红烧肉吃了。那个时候五花肉是最好的肉，越肥越养人。放学了，我们就会你追我赶地往杜家河跑。号码越前你能买到的肉就越好。回家我们把号码交给大人。翌日天不亮，大人们提着篮子就出门了。有一天，一个大人出门最早，凌晨四点就到了杜家河。就隐隐约约见供应站的屋檐下已经有人了，走近了才看清是王家兄弟俩。俩兄弟抱成一团互相取暖，那可是深秋时节啊。一问才晓得是昨晚拿了号就没有回去，兄弟俩一月才吃一顿肉。因为号码靠后，哥哥想半夜就来，留弟弟一人在家，弟弟不干，弟弟说一人在家害怕。那年哥哥十岁，紧紧地搂着五岁的弟弟，弟弟黑瘦，在哥哥怀里像一只小猴。那人动了恻隐之心，连声叫了两遍"王断念啊王断念，你看看你的儿子"就把自己的号码换给了哥哥，又寻来一些干柴点了一团火。

还要说说杜家河的那天小河。夏季里，河水涨起来了，鱼虾也多起来。厂矿的子弟成群结队地去捉鱼摸虾。王爱工也去，他很会捉虾的，他背的竹篓是他爸爸留下的，自从有一次王断念带着兄弟俩来捉过一回虾以后，王爱工就学会捉虾了，那天，要不是为了照顾岸上的弟弟，他一定比他爸爸捉的还多。

可是他不喜欢带王爱农去，夏季的河水很危险。学校禁止学生去杜家河游泳或者捉鱼的。有孩子淹死过。王爱农是他哥哥的小尾巴，哥哥去哪他就跟到哪。哥哥要去捉虾，弟弟非要跟着去。哥哥怕弟弟出事不让他去。弟弟还要跟着去，一边哭一边跟。那次艾红旗也在边上。艾红旗也有些烦，他眨巴着眼睛出了个主意，要王爱工揍他弟弟一顿，"揍一顿你弟弟就不会再跟着了。"王爱工采纳了艾红旗的建议。在半路的一块蚕豆地里，哥哥把弟弟撑在地上狠狠地揍了一顿，一边揍一边说要你跟要你跟你还跟不跟？弟弟满嘴满脸都是泥巴，点点头表示还要跟着哥哥。最后的结果是王爱工和艾红旗两人把王爱农四平八稳地抬起来，丢在了坎下更深更密的一块蚕豆地里。翠绿的地里看不到王爱农的人，只听到他凄惨的哭声。王艾两人转身就跑掉了。

你不能说哥哥的心狠。后面发生的事情就是最好的证明。王爱工在河里捉虾的时候一直心挂他的弟弟。"我弟弟会不会摔疼？""我弟弟摔伤了没有？""我们把他丢下去的时候他是不是还在哭？""哭声有没有变化？""他为什么没有跟上来呢？"艾红旗显然被他问烦了。火热的阳光已经把他烤坏了，脖颈子火辣辣地疼。他说："算了，我们不捉了，你根本就没有心思。我们回去算了。"王爱工说："老子干吗要听你的揍我弟弟？他是我弟弟，不是你弟弟，你不会心疼。"王爱工丢下鱼篓说:"我有感觉,我弟弟肯定出事了。"

王爱工回家的步伐特别快。他以为在太阳顶会见到弟弟（因为那块蚕豆地里没有了哭声），可是那里除了冒烟的石头外空无一物。在大斜坡上也没有看见王爱农，他问几个滚铁环的孩子有没有看见王爱农。他们说看见了，他们说你弟弟王爱农吃着蚕豆回家去了。

王爱工到了家门口，发现门开着。他喊了一声阿弟。里面没有声息。他推门进去，眼睛有一刹那没有适应黑暗。后来他看到了坐在一张矮凳上的王爱农，王爱农靠在墙壁上睡着了。"阿弟，我们回来了。王爱工说，你怎么睡着了？你不知道靠在墙上睡觉会生病吗？"

王爱农并没有醒来，他的嘴角流出了一条细小的血线，胸前也洇了几滴。

"阿弟！阿弟！"王爱工扶住弟弟的脸庞。一脸苍白的王爱农痛苦地睁开红肿的眼睛，他对哥哥说："阿哥，我好难受，我的肚子疼死了。"

王爱工夺门而出。他对艾红旗说："我弟弟被我们摔坏了，他吐血了。他要死了。"

那天，在好心人的指引下，王爱工跑到了运输队，他跪在地上对运输队的队长说："叔叔求求你，救救我弟弟，把他送到医院去，我弟弟要死了。"他高高的颧骨上沾满泪痕，他说："我已经没有爸爸了，我不能再没有弟弟。"

到医院后王爱农就抢救过来了。他没有被他的哥哥摔坏。他在蚕豆地里哭了一阵后就坐起来。他哥哥很少揍他，如果他没这么执拗的话，他哥哥根本就不会动他一根手指头。他坐在绿茵茵的地里吃起蚕豆来。他哭的有些饿了。他吃了不少，最后离开时还摘满了两个裤兜。半路上，他的肚子就疼了，脖子也像被人卡住一样，呼吸变得困难起来。

是的，是蚕豆病。生蚕豆是不能多吃的。对，尤其是小孩子。蚕豆里面有一种成分摄入得多了，就会得病，严重的会休克甚至死亡。

王爱工的预感救了他弟弟一命。

再说一件兄弟俩的事。

也是在夏季里。王爱农是个执拗的孩子，他滚铁环的时候不喜欢水泥地，他喜欢挑战自己的水平，就专门找一些凸凹不平的地方滚。那天他就滚到红旗厂的烟囱下面去了，那里有一些砖块，在砖块上滚也是王爱农喜欢干的事。他甚至还设置了许多障碍。他滚得满头大汗，且乐此不疲。后来他听到空中发出了一记声响，砰的一声，像什么东西撞在了烟囱上。他抬头看的时候，空中正好掉下一团毛茸茸的东西。是一只鸟，可是比鸟大，更像是一只鸡。这只鸡或者鸟一动不动，显然是撞死了，嘴里还流出血来。王爱农不敢捡，他真的以为是谁丢在这里的一只鸡，那东西真的很像一只鸡，脑门上顶着一个红冠。他赤着脚就往家里跑。王爱农的脚板宽大，这和他夏天不穿鞋有关。他第一次没有滚着铁环噼噼啪啪地跑回家，对着哥哥王爱工说："阿哥，快跟我走，一只鸡死了，撞在烟囱上死了。"王爱工丢下手中做的事，他在往滑轮车上覆盖一张薄铁皮。兄弟俩一前一后跑到烟囱下。"喏，就在那。"弟弟指了一下地方。哥哥走过去，看了一眼，还踢了一脚，后来哥哥捡起来，拎在空中扬扬手说："这是什么鸡？难道你连鸟和鸡都分不清？"

哥哥说："我们快回家，晚上我们有肉吃了。"

弟弟说："都是我的功劳，是我发现的。"

哥哥说："你回去马上生炉子。我去买点生姜，还要买点黄酒。"

弟弟说："鸡心是我的，我好久没有吃到鸡心了。"

这件事在红旗厂家喻户晓。王家兄弟捡到一只野鸡的事很快从红旗厂传了出来，传到了我们港机厂。我们港机厂没有烟囱，所以不可能捡到瞎了眼睛的野鸡。

当天夜里，兄弟俩美美地享用了鸡汤。艾红旗晚饭后去了王氏兄弟家。他隔着纱门看见哥哥撕了一条鸡腿给弟弟，弟弟也撕了一条腿给哥哥。兄弟俩像电影里的地主儿子一样大吃大喝起来啦。艾红旗后来跑到我家，他对我说，野鸡腿好细啊，根本就没有肉，一层皮下来就是一根骨头。野鸡哪里有家鸡好吃？你说对吧？

王家兄弟的故事仔细想想的确很感人。没有父母没人疼爱。哥哥八岁就会烧饭洗衣，弟弟四岁就会生火，坐在板凳上拿扇子扇风，满脸煤灰。我认识王爱农后去过他们的家。他们家的墙壁上画满了人像。那是弟弟王爱农的杰作，你仔细看能看出一些端倪，林林总总的画像不是一天画成的，有年轻的样子（头发茂密），有中年的模样（胡子茬），有受伤的模样（额头上一道疤），更多的是画着络腮胡的，还有一些脸上有了皱纹，光着头，是老年男人的样子吧。你知道这些画像画的是谁？

是啊，还会有谁呢？

他们的爸爸王断念。

唯一的一张全身像画的是拎着两只行李的王断念归来的情景。墙上的王断念笑弯了眼睛，张大的嘴巴占据了整个脸庞，还滑稽地戴着一顶军帽，一个鼓囊囊的行李包上还写着"上海"两字，很具有匠心。画面的边角上是两个显得抽象的孩子，站立着，高举着双手。有几个字是用红色粉笔写在画像的正上端，歪歪斜斜的：工农欢迎，爸爸回来。

王爱农第一次见我，就问有没有见到一个络腮胡的男人，这个人就是在他三岁的时候再没有回来的父亲。

他把一个孩子对父亲最纯真的思念画在了墙上。

三

我说王爱农是个执拗的男孩是因为他教我唱歌这件事。刘队长之歌。我并没有在去红旗厂的路上遇到一个络腮胡的男子，这并不影响我去找王爱农玩。有几次，我们甚至是一起走到那片树林里等待一个蓄着络腮胡的父亲。我们就在树林唱起歌来。

刘队长，有胆量
摸到了敌人的女澡堂
他东看看，西瞄瞄
腰里顶着一根硬棒棒——

我小时候很会唱歌，和这件事大有关联。现在五音不全，主要是没有遇到比这还好的歌曲。

我们在树林一遍遍唱刘队长，百唱不厌。我还学会了在树木间滚铁环，是那种很有技术的绕行，甚至是急停。这些都要归功于王爱农。他的执拗成就了我，不把我教会他誓不罢休呢。

我隐藏的私心不仅是想依靠王爱农吃到桃子，我还想滑他哥哥的滑轮车。在偏僻的厂矿子弟之间，能拥有一辆滑轮车是每个男孩子的梦想，一旦拥有，你就成为众星捧月的孩子王了。王爱工就有一辆与众不同的滑轮车。他的车不仅轮轴粗大结实，周身还覆盖了一层亮熠的白铁皮。这和盛行在厂矿间的滑轮车比赛有关，结实而且耐撞击。我说过那种高速滑行的感觉像飞机的俯冲。坐在王爱工的滑轮车上有骑上白马驰骋的感觉呢。

我就常常鼓动王爱农把他哥哥的滑轮车偷出来滑。滑轮车就锁在他家门口的柴棚里，钥匙放在吃饭的桌子上。可是王爱农不敢，他怕哥哥会揍他。小孩子只能滚铁环玩。建在山坡上的红旗厂没有平坦之地，出门就是那条著名的大斜坡。在大斜坡上冲刺是每个滑轮车驾驶者最向往的游戏。大斜坡会召唤你。你能掌控好内心蓬勃的驾驭欲望吗？

但是有一天王爱工把滑轮车停放在门口就不见了，不知是疏忽还是觉得没必要上锁，反正门口只有孤零零的滑轮车，不见他的人影。我们围绕着滑轮车滚了好几圈铁环，还是没有看见王爱工回来。我真的太想在这匹白马上坐一会了，哪怕是一动不动地坐上一会。我就对王爱农说："我跑累了，我想歇一会。"王爱农说："好吧，我们休息一会。"我说："我坐一会。"就一屁股坐在了滑轮车上。王爱农说："你不能滑啊，我哥哥会骂的。"我说："我不滑。"嘴里说不滑，屁股却一前一后地扭起来。滑轮车就轻盈地动起来。王爱农就笑了。他的笑鼓励了我。我后来做出滑翔的姿态对王爱农说："你看，我的样子像不像你哥？"王爱农说："像。"我说："要是滑起来也像就好了。"王爱农说："你滑一下吧，我看看。"我说："你推我一下吧。"他就推了我一下。我一下子就冲出了门前那块窄小的平地，上了大斜坡。那感觉我至今还记得，很多孩子在路边看着我，他们的脸上一定满是惊诧。我模仿着王爱工的样子，缩矮身子，曲起平衡方向的两条腿，两只手紧紧地扣住车的腰板。坡起先很缓，陡坡要过了红卫商店才算开始。滑轮车比赛的起点一般就设在红卫商店。我的耳边也开始有呼呼的风声了，不很激烈，但是我已经很知足很惬意了。这次难得的经历在红卫商店就终止了。王爱工出现了。在红卫商店的转角，我瞥见王爱工丢掉手里的香烟匆匆赶过来，嘴里骂骂咧咧。跟在他身后的是艾红旗。他们两个是躲在墙角抽烟呢。

　　王爱工把我从车上拎起来，接着就往我屁股上踢了一脚。他踢我的屁股是有道理的，谁要我屁股痒呢？你不能怪大脑的指使，存在决定意识嘛。

　　艾红旗也上来踢我一脚，这一脚显然有讨好的成分。我心里十分恼火，嘴里警告说："你凭什么踢我？我告诉你妈，你抽烟了！"

　　那一年，王爱工十五岁，他半公开地抽起了香烟。在厂矿狭小的认知世界里，孩子抽烟是成熟或者沦落的表现。大人们会讥笑说，卵毛都没长齐，也叼起香烟来了，像什么样子！

　　如果让学校老师知道，王爱工就有可能入不了团。可是他很快就入团了。学校团支部书记是风流的冯老师，他和女教员在某个夜里语无伦次的对话被艾红旗偷窥获悉。偷人也是偷窃的一种，人比物更容易偷，因为人锁不住，会自己走出来让人偷，因此在红旗厂狭小的认知世界里，偷人是偷窃的低级形式而暗中为人所不齿。王爱工的入团与艾红旗大有关联，他在操场上叫住冯老师，打听起小娟老师不一样的嗓音来，这足矣让夜半伴唱者冯老师乖乖就范。王爱工得以顺利入团。因此，假如你是团员，年满十六周岁，又因为父母俱损成为孤儿或者疑似孤儿，红旗厂的工会会考虑让你进厂上班，也算作顶职。那个年代很多父母都愿意这样把岗位交到不争气的孩子手里。厂里经常可以看见吊儿郎当却满脸稚气的毛头青工。

王爱工偷偷抽烟的事，王爱农早就知道，他们朝夕相处同榻共眠。王爱农最早发现哥哥抽烟是一次去杜家河卖橘子皮。他们捡了一个夏季甚至加上一个秋季的橘子皮。晾晒干。在冬天的时候背着这些橘子皮卖给杜家河收购站。这是兄弟俩捡的最多的一次。他们不仅各自背着装满了的书包，甚至还借来了一个背篓。背篓里也是。祝奶奶说，估计会有三十斤之多。谁家也没有这么大的秤。祝奶奶还说，三分钱一斤，十斤三块，三十斤就是九块钱。我的天啊，九块钱可以买十斤肉了。兄弟俩一路走一路合计这笔巨款的用法。哥哥说要买只鸡吃，还要买一些鸡蛋，弟弟说，杜家河经销店的那几本连环画，这次一定要全部买下来。哥哥说，明年要捡更多，弟弟说，明年他也要背上一个竹背篓。两人到了收购站，为了防止人家卡秤，哥哥居然神气地摸出一包永光来。人家说，你卵毛长齐了没有？也抽烟了。哥哥说："我不抽的，我是给你们买的。"那人一连抽了两支才开始给兄弟俩称。

　　"三十斤。"那个人称完以后说，"二十九斤半，算你三十斤。三三得九，九毛钱。"

　　"什么？不是九块钱？"

　　"九块？你们有没有上学？三百斤才九块！钱这么好挣，都去捡橘子皮了。"

　　"一斤三分，十斤三块，三十斤是九块。"

　　"小兔崽子，你们回家好好跟大人学算术去！你们把角忘记啦！笑死我。"

　　兄弟俩神情黯然地回了家。回家的路上，王爱工抽起了香烟。烟气都是从他鼻孔出来的，样子像大人一样很到位，一声咳嗽也没有。

　　哥哥说："太丢人了。会把角忘掉的。"

　　弟弟说："祝奶奶是个老妖婆，连算术都不会。"

　　兄弟俩在路边的石头上坐了下来。哥哥默默地抽着烟，烟雾变得浓郁起来。弟弟好奇地看着哥哥。弟弟说："阿哥，我不买书了，你去买烟吧。"

　　哥哥望着远处化工厂灰蒙蒙的烟囱突然说："你快点长大吧。长大了，我就可以走了。"

　　弟弟问："阿哥你要去哪里？"

　　哥哥喷出一口烟，一副欲言又止的模样。

　　"我跟你一起走。"弟弟这样说，"我们一起去找爸爸。"

　　"找他干吗？你根本就找不到一个存心要失踪的人。"

　　一阵咳嗽随即而起，打断了弟弟继续追问的念头。

　　春节里，王爱工正式公开抽烟了。兄弟俩在门口放鞭炮，他们买不起成串的鞭炮，他们口袋里的鞭炮都是零散的，都是在地上拣来的别人家没有炸响的残疾鞭炮。王爱工手指间夹着香烟,他用香烟点燃这些拣来的鞭炮,零星的爆竹声响彻在兄弟俩寂寞的新年里。

"老子卵毛长齐了。"王爱工这样回答路过的人的询问,毫不避讳。"老子可以抽烟了。"

他甚至把点燃的鞭炮丢进空的酒瓶里,用四散的碎玻璃片来拒绝别人的靠近。

是啊,从小缺失父爱的孩子长大了,就像路边的小草,不经意间开出了细小的碎花,你留心也好,不留心也好,他们都不需要你的垂怜,花期的早晚都与你无关,哪怕是发生了异常的变化。

与王爱农与生俱来的执拗不同,哥哥王爱工的变化显得骤然和无由。

艾红旗有一天和两兄弟躺在大斜坡的桃树下,阳光穿透枝叶照射到他们的脸庞上,晒出了他们身上隐藏的慵懒劲头。他们轮流打了一个哈欠。那个时候,艾红旗头上的绷带刚刚卸掉,短细的头发间横着一条幼稚的伤痕,你知道那是刘卫东的杰作。有句话叫做好了伤疤忘了疼。伤口痊愈以后,艾红旗居然和刘卫东交上了朋友。还有一句话叫不打不相识。艾红旗的仇恨不见了。抢劫事件发生以后,我才明白他的深刻用意。但是当时,我们都不能理解他的转变,我们认为这个人就是一个雷声大雨点小,最后一点风也不会刮的软蛋。

他常常展示他的伤疤,他牛皮哄哄地炫耀:"你知道我的头是怎么破的?是刘卫东打的,刘卫东你们知道吧,港机厂的大王。我把他弟弟打了,他就把我脑袋打破了。"

他和刘卫东交上朋友的事我也是后来知道的。有一天傍晚我出门买酱油,刘卫东在路上看见我就把我拦住了,问我的表哥是不是红旗厂的艾红旗。我说是。他就要我去通知艾红旗,说有急事找他。我拎着酱油瓶就去告诉艾红旗,说刘卫东到处找你,该不是要揍你吧?其实那个时候他们已经暗中结盟,准备晚上去毛巾厂找一个女生。这个女生是红港学校谢老师的女儿,长得很漂亮,是附近厂矿公认的美人胚子,就是高傲得不得了,谁也不放在眼里。锅炉厂的娃娃头二胖追了她好几年,只让牵手,不让亲嘴。二胖爱得死去活来,死心塌地地维护自己的产权,逢人就说我是某某的男友,某某是我的人,不敢让人靠近,一副剑拔弩张的意思。刘卫东却不知怎么看上了她,想得晚上睡不着,又因为美人的妈妈和艾红旗的妈妈——也就是我表姨——都在职工医院上班,她妈妈是院长,我表姨是产科医生。平时两家多有往来。艾红旗和美人也挺熟络。刘卫东是想让艾红旗利用这份熟络把美人约出来。艾红旗还真的把美人约出来。在水厂的游泳池边上,艾红旗还隆重地介绍了对方。这件事做得漂亮。等于是完成了一件在刘卫东看来不可能完成的任务。刘卫东很赞赏艾红旗，公开表示艾红旗是他好兄弟，比亲兄弟还亲。

刘卫东后来弄大了美女的肚子，这也是毛巾厂的胜利果实被港机厂偷食，或者是港机厂的火种被毛巾厂孕育的典故。这事在当时通过地下途径很快流传开来，极度丰富了附近厂矿贫瘠的业余生活。据说流产手术也是艾红旗求他妈妈给做的。这件事院长是不是知道就不得而知了。

我要说的不是艾红旗。这家伙是恶有恶报。

王爱农有一个问题要问哥哥王爱工，也是问艾红旗。我说过，他是一个执拗的孩子，常被一些细小的思虑左右。他的问题是在学校体检的时候想出来的：鸡鸡硬的时候和软的时候分别称体重，重量是不是一样的？

王爱工坐起来看了一眼弟弟，他说："有意思有意思，这个问题有点意思。"接着就仰躺下去，眯缝起眼睛，嘴里嘟囔说："硬棒棒重还是软棒棒重？"

艾红旗急吼吼说："肯定是硬棒棒重。"

王爱农说："为什么？"

艾红旗说："傻瓜，变长变大啦。"

王爱工说："你才傻瓜！那本来就是身体上的肉，一点没少一点没多。"

艾红旗说："会充血。"

王爱工嘴里发出哧的一声，说："看来你真是一个傻瓜，血也是身体里面的，难道你棒棒里充的是猪血？"

树下响起一阵笑声。王爱农笑着拍打着身边柔软的泥地，富有节奏。王爱工一耸身爬上一棵桃树，他怕艾红旗会跳起来揎他。可是艾红旗没动弹，任由兄弟俩的笑声揶揄而起，又此起彼伏。他叼着一根草芯若有所思地看着笑出眼泪的兄弟俩。

他觉得兄弟俩是拐着弯有意嘲讽他，反正他是这么认为的，成长期的孩子总是有一些奇怪的想法的。于是，他要还击。

艾红旗真的在桃树下想到了用以还击的一件事。那个时候他已经看到了王家兄弟间发生的事了。他把这些画面深藏起来，储备着有朝一日为我所用而翻晒。他眨巴着眼睛，装作有意无意漫不经心的样子问王爱工："王爱工，你别笑了，我问你，你的卵毛有多长了？"

王爱工止住笑说："肯定比你长。"

艾红旗说："比我长？你连胡子都没长呢。"

王爱工说："老子胡子没你多，卵毛肯定比你长。老子一大片了。"

王爱农说:"我哥哥说的没错,比你长。"

艾红旗说:"你又晓得了?你看见啦?"

王爱农说:"我当然看见了。就是比你长。"

艾红旗说:"王爱农,你长了没有?"

王爱农摇摇头:"我的毛才发芽。"

艾红旗说:"你还是一只嫩鸡子,白胚。你的屁股好白,你的屁股沟沟里也好白,一根毛也没有,像个女生。我当然知道!"

王爱工突然坐起来,他对艾红旗说:"你恶不恶心?"

艾红旗看着王爱工圆睁的大眼睛,他放弃了针锋相对。他心满意足地拍拍王爱工的肩膀说:"呸,是有点恶心。不说了,我们去毛巾厂去,谢娟娟肯定在去游泳池的路上。

"你不去我就去了,我去看看谢娟娟的奶子,毛巾厂的革命成果被刘卫东摸得圆滚滚的。"

四

兄弟之间如何维持爱呢?有时候,我更愿意相信发生在王家兄弟间的那件事只是一个意外的游戏。成长期的游戏罢了。我想不通,也解释不了。我听说在长期服役的犯人之间有这样的情况发生,军营里似乎也有吧。但那都不是发生在亲兄弟之间!

我情愿相信这是一个梦幻。我有点理解王爱工怪异的远遁了。他嘴里的远走高飞,是不是出自良知的发现和觉醒呢?

你快点长大吧。长大了,我就可以离开了,去很远很远的地方。

他一直都没有离开,是舍不得年幼的弟弟吗?抑或,是那种有悖常伦的行为让他无法自拔?

半夜里,哥哥不见了。哥哥的书包也不见了。

天亮了,哥哥回来了。一脸倦容地坐在门口。

弟弟说:"阿哥,你也想存心躲起来,像爸爸一样?"

哥哥说:"我明白,要躲起来是多么难。"

放学了,有人对弟弟说,你哥哥说他出去几天。你不要找他。你别哭。

天黑的时候,哥哥在大斜坡上出现了。弟弟欢腾地说:"阿哥,阿哥,你去哪里了?我炉子生好了,水也烧好了,等你回来烧饭呢。"

哥哥说:"我走了老远,一抬头,发现走回来了。"

弟弟说:"阿哥,你真笨。"

哥哥点燃一支烟。烟雾里,哥哥若有所思。

突然有一天夜里,几个高大的人闯到王家来了。他们的袖子上箍着一道红箍,他们是红旗厂保卫科的。他们到王家的每一个角落里巡视了一遍,又到柴棚里看了看。他们看见了那辆滑轮车就转移了目光。显然他们不是为了滑轮车而来。

他们对王爱工说:"你最近干了什么?"

"我为什么要告诉你们?"

"咦。坦白从宽!老实交代!不老实小心把你铐起来!说!"

"我什么也没干。"

"真的吗?开水房的水龙头怎么都坏掉了?铜芯子呢?是不是你搞的破坏?"

"你问我我去问谁?"

他们在碗橱里看见了一碗红烧肉。看见红烧肉使这些人兴奋起来。他们怪里怪气地说:"哪来的钱买的红烧肉?"

"锅炉房的马阿姨送来的,不信你去问她。"

那些人恐吓了王爱工几句且毫无所获。他们这样对王家哥哥说:"年纪轻轻,要学好。明年你要进厂了吧?要好好表现才对,社会上的不良风气不要去学,带好弟弟,做弟弟的榜样,是不是?"

他们看着墙壁上的画像说,"这是你爸爸?谁画的?还真的像王断念。"一个男人忍不住大声说:"王断念你这个王八蛋,龙生龙凤生凤,你的儿子就会打洞。"

"你说谁?"王爱工突然问。

那个人鼓着眼睛说不出来。其他人拉开他,嘴里责怪说:"你喝多了马尿,对孩子胡说什么?出去!"

他们和颜悦色对兄弟俩说:"发现坏人坏事要及时向我们报告!记住啊!"

那些人走了。

王爱工追出去。很快,他就出现在昏暗的门前灯影里。点燃香烟,烟雾里他若有所思,飘渺的烟雾一直盘桓在他高高的颧骨周围。那个人说了几句奇怪的话,王爱工这样对门里站着的弟弟说:"爸爸没有躲起来,也没有失踪。"

他在哪里?

"烟囱。"王爱工说,"爸爸回不来了,他和烟囱一起消失了。"王爱工吐出最后一口烟故作轻松说:"他回不回来要紧吗?没有他,我们过得也好好的。"他朝门前的黑暗里丢出烟蒂，一道明亮的弧线在水沟边弹跳了几下就消失了。他回到了屋里。

这一年王爱工长高了不少，像拔节的春笋，因此他身上的裤子就滑稽地吊在小腿上。裤子是那种灰色帆布做的劳动装，膝盖上有两个圆圆大大的补丁，针脚像蜘蛛网一样细密有致。弟弟王爱农的裤子上也有一圈蜘蛛网，左腿的网上还蹲着一只肉色的蜘蛛，那是破了一个小洞后露出的皮肤。秋季了王爱农还穿着凉鞋，鞋太小了，紧紧地捆住了王爱农的一双大脚，有些褡襻因为断过好几次，又被烧红的锯条片修补粘连了起来。丑陋不堪。

王爱工关好大门，就开了后门。他跨出花墙，就到了隔壁祝奶奶家堆放弃物的墙角。那里有几只破损的泡菜坛子，坛子倒扣着。王爱工搬起其中的一个来，坛子下露出一个报纸包。王爱工捡起包，就悄没声息地回到了自己屋里。

灯光下，他展开报纸。很快，一堆黄灿灿的东西就显现出来：水龙头上铜制的阀门芯。足有十多个之多。断口粗糙，外圆上布满凹痕，明眼人一看就知道是用东西砸断的。

是的，是偷来的阀门芯。

哥哥这样说："明天我去水牛坪，那里也有收购站。越远越安全。回来的时候，你就有新鞋穿了。"

哥哥还说："背一麻袋橘子皮也顶不上两根这个。橘子皮也要捡，不捡更会让人怀疑。"

哥哥最后又说："阿弟，哥哥会心疼你的，爸爸不在，阿哥会像爸爸一样爱你。"

我插一句我爸爸做豆腐的事。做豆腐是一件苦行当，和打铁、撑船并称世上三大苦差。我这么一说，你就知道我的家境了。穷字当头。穷开心。穷折腾。穷讲究。穷帮穷，和穷字沾上边的事都和我家有关。八二年秋天，港机厂职工服务社借调我爸爸去做豆腐，他们从档案里知道我爸爸曾经在豆腐厂上过班。工资照发，还有提成，他就抱着铺盖兴高采烈地住进了服务社。服务社两间破屋里堆满了黄豆，散发出久沤的臭气。我爸爸在黄豆里睡了半年，起早贪黑地磨豆子点卤水叉滤网。当然他有帮手，叫艾集体，就是艾红旗的爸爸，我的表姨父。我的表姨父是个老实巴交的人，爱好钓鱼却皮肤白皙，喜好流泪却并不因为悲伤。头发过早地白了。说话细声，走路低头，连睡觉都要夹着裤裆。听说年轻的时候应征当兵，被退回来时受了挫折的。这是一个柔软的人。就是做事勤快，出手麻利，我爸爸就是看中他这点。据说我表姨看中的也是这点。

后来发生了一件奇怪的事：我的表姨父半夜醒来去照镜子。鬼晓得他为什么要去照镜子？他显然是不认得镜子里的自己了，他对镜子里的人说："你是谁？你为什么要到我家里来？"镜子里的人也同样这么问他。他不由分说就砸碎了镜子。响声惊动了隔壁房里的表姨。表姨一边斥骂一边走过去看究竟。她看到姨父的时候顿时吓得尖叫起来。姨父拿着一块碎镜片面露狰狞朝她招手："你过来，你过来，你看看镜子里的这个人是不是他？"这件事发生以后，我们都开始认为表姨父不再是一个正常的人了。他还是经常到水库边去钓鱼，流泪不说，还时常自言自语，比如说，看你往哪里跑？跑了今天跑不了明天！等等，诸如此类的话。更多的时候，他坐在石块上拿出一块小圆镜不停地对着自己照，似乎真的想从镜子里找出另外一个人来。

有一天我爸从外面回来摇着头对我妈妈说："老艾的脑子坏掉了。看来没救了。"原来在回来的路上，爸爸碰到了姨父。姨父拿着镜子要爸爸看镜子里这个人是谁。爸爸替姨父收好镜子，就拍拍他的肩膀对他说，老哥哥啊，你的心要放宽。老夫老妻，孩子都这么大了，疑神疑鬼做什么？表姨父告诉我爸，说他真的是在镜子里看到有一个人爬到他家里去了，就是趁他出去钓鱼的时候。我爸就问他，那个人什么样子？他说，没看清什么样子，但是一定是港机厂的！

"机油味！"表姨父坚定地说，"他身上的机油味，我一闻就知道是港机厂的！骗不了我！"

表姨父还说："就是在钓鱼，一想到那股机油味，我的眼泪就会被熏出来。"

"你闻闻，我也有机油味。"

"不是你，不是你。"

我爸复述这些的时候，我正好在边上写作业。我记得我妈叹了一口气，努努嘴止住了我爸继续说下去的念头。

那年做豆腐，我爸爸还是把他从河边请到了豆腐房。

半年以后，两间屋子没剩下一粒黄豆，全部变成豆腐进了港机人的肚子。我爸爸领来一百九十五元钱，那是半年下来所有的报酬。我爸爸拿了一百，给表姨父九十五。表姨父嫌给多了，红着脸要退一些。我爸爸一巴掌把他推出老远，说："你这老兄，尽胡来！"表姨父红着眼圈就收下了。拿着钱两人没有回家，直接走进了港机厂的职工商店。一人头回一台三五牌闹钟，算做新年礼物各自抱回家了。一台闹钟九十元。表姨父还买了一块新的小镜子。我爸爸把最后的十元钱给了我和姐姐，表姨父把用剩下的钱给了艾红旗，算作新年时的压岁钱。

你可能要奇怪，为什么我要说买钟的事？等我说完你就明白了。那个时候，闹钟还是稀罕玩意，家里有台闹钟就跟现在有台汽车一样，是殷实的象征。穷讲究就是这个意思。孩子们都是旧衣破鞋，家里买个当当当只会响不能吃的玩意不是穷讲究是什么？大人的心思你不要猜，猜不透。我妈妈上班总是卡着点，不到最后一分钟不进工厂的门。那天开始居然日日提前到岗。大家很奇怪。我妈妈半幽怨半自豪地说："都怪老戴，买了个闹钟回来，三五牌的，一天到晚吵个不停，烦得我在家待不住了。"

大家一听是三五牌闹钟，都围上来问这问那。我妈妈说："买什么不好，非要买个闹钟？还说有票都买不到，是非计划的。"

你看，一个闹钟对大人是多么的重要啊！

王氏兄弟家就有一台三五牌闹钟。我第一次走进他们家的时候，它正好当当当地在报时。和我家的那台有些不同，我家的是新式样，钟声清脆，他家的式样不仅老，还很旧，上面布满灰尘和说不清出处的污渍，钟声也哑，像敲在木头上。

我后来又去他家几次，待的时间也不短，记忆里好像没听过它有声有色地响过。有一次我玩过了头，忘记了回家的时间。王爱农提醒我说："你还不回家？五点都过了。"我说你家的钟怎么没敲？他说："早就不敲了，旋发条的钥匙丢掉了。"

你有没有给闹钟上过发条？用那种蝶形的钥匙，三五牌钟需要扭十五下，扭好以后，再左右推动几下，钟摆就重新滴滴答答摆动起来了。王爱工从艾红旗家借来钥匙也是很久以后的事情了。清晨没有了敲钟声，兄弟俩有些不习惯，王爱农上课也老是迟到。王爱工没上学了，他到教育科参加新职工培训了，过了这个冬天他就要上班啦，就变成让人羡慕的化工厂工人啦。

王爱工旋好发条后就推了一下闹钟，钟摆轻微地动了一下。许是很久没有运动的缘故吧，王爱工把闹钟抱了起来，上面布满了灰尘啦。抱起闹钟的时候，就发现了一张纸，一张叠得四四方方的纸。怎么会有一张纸呢？谁会把纸头放在闹钟底下？

王爱工奇怪地打开这张纸，这张纸上有细小的格子，是从那种低龄幼儿练字本上撕下来的。

纸上有字，歪歪斜斜。还有一幅画。

　　　　　　工农团结

　　　　　　不饿肚皮

　　　　　　实在不行

　　　　　　动点脑子

画就在字后：

显然,这是王断念的手迹了。王断念为什么要写这些字、画这幅画?是无心还是有意?无心为什么要压在闹钟下面?有意为什么不直接放在显眼的地方?

王爱工叫来弟弟,弟弟念了一遍,弟弟念得很通顺,可是弟弟更喜欢后面的水龙头和一碗米。弟弟说:"爸爸真会画画,画得比我们美术老师还要好。"

工农团结,不饿肚皮。王爱工坐在花墙上反复念叨着这两句话。念着念着,他的眼睛就红了起来。他和弟弟,一个叫爱工一个叫爱农,组合起来就是工农,工农一家。小时候就听爸爸说过,哥哥工人要爱护弟弟农民。兄弟俩团结起来,相互友爱,相互帮助,就不会饿着肚皮。难道爸爸要告诉我们的就是这个道理吗?这个道理我懂啊,我一直都疼爱着弟弟,所有好东西都是弟弟先有……

爸爸是预感到有不好的结果等待着他才苦心留下这张纸吗?

可是,可是后一句是什么意思呢?动点脑子?动什么脑子啊?

那天夜里,艾红旗来取钥匙。王爱工就把纸条给他看了。艾红旗看看纸条,又看看王爱工,嘴里嘀嘀咕咕。最后,他一拍脑门说:"这还不明白?动点脑子的意思就是细水长流,你看,你爸爸不是画了吗?水滴,米饭。细水长流就有吃不完的饭。这么简单的问题,我一看就晓得了。"

王爱工想了想,觉得艾红旗说的有道理。他说:"我爸爸真是的,走都走了,还管我们什么细水长流。操。"

后来发生的一件事,让后两句话有了全新的诠释。当你明白过来以后,你就知道在那种环境下王断念的暗语是多么的痛心和决然。要活下去！两个即将失去唯一亲人的孩子要不惜一切地活下去！哥哥要爱护弟弟，为了弟弟，更为了不饿肚子，哥哥要动点脑子！

王断念真是动足了脑子呢！

谜底很快显现。

我的表哥艾红旗的确是个聪慧的人。

那次王家兄弟背了三十斤橘子皮，卖了九毛钱。在红旗厂的大门口碰到艾红旗。艾红旗的汗水从军帽里流出来，他似乎走了很远的路似的，搭着军衣，气喘吁吁。王爱工好奇地问他去了哪里。艾红旗对王爱农说："你回家去，这里没你的事。"王爱农就回家去了。艾红旗把王爱工拉到一边，从口袋里摸出一包游泳香烟，抖了抖。王爱工说："操，你抽这么贵的烟？来一根。"艾红旗说："老子发财了。"王爱工说："快说快说，你怎么发财了。"

艾红旗说："看在好哥们的分上，老子告诉你。有烟同抽有苦同吃。"说着从口袋摸出一个手指粗细的铜芯来。"你知道是什么？"艾红旗问。"阀门芯。"王爱工说。"知道它多少钱一斤？不知道吧？一块五一斤！你卖十斤橘子皮才三毛，我卖几根就是三块。"艾红旗拍拍口袋，"钱，你听到没有？老子发财了。"

"怎么弄来的？"

艾红旗一招手，王爱工就跟上了。他们一前一后来到了红旗厂的开水房，那里一字排开了二十多个水龙头。艾红旗一努嘴说："你明白了吧？一次不能搞多，搞多了会引起怀疑。每次两三个，弄坏了有人会换新的。"

艾红旗又在开水房的窗口对王爱工说："你过来瞧瞧，看，就是这个大家伙，外号水葫芦，整个一个铜疙瘩，能把这个宝贝偷出来，就彻底发大财啦！"

王爱工若有所思说："这也能偷？不怕开水烫死你！"

艾红旗跳到一块砖头上，居高临下说："实在不行，动点脑子。你看，这都是你爸爸的主意啊，他都画在纸上了。不动脑子，怎么养活你弟弟？你弟弟瘦得像一只猴子啦。"

"也许会爆炸。"分手的时候，艾红旗抽抽鼻子说，"会把这个房子炸掉，就像那个气炉房一样，太可怕了。"

我表哥艾红旗是个不折不扣的坏孩子。我妈妈多次警告我不要和他走得太近，怕他带坏我。实事上，我很早就学会抽烟了。是艾红旗教的。他教我吃一口干茶叶，嘴里的烟味就会变成腌鱼味。有一次我妈妈闻出了鱼味，就追问我缘由。我随口说是在表姨家吃的腌鱼。我妈妈深信不疑。直到有一次姐妹俩碰头，才真相大白。我唱刘队长之歌被我爸奖赏一巴掌，我吃腌鱼他还是奖赏一巴掌，没有创新，了无趣味。

按道理，我爸爸应该给我三巴掌。因为艾红旗还借给我一本书，就是柳曼娜女士的《少女之心》。红港子弟学校的袁校长曾经在全校大会上说，凡是看过《少女之心》的人都要走上犯罪道路。这话太绝对，我不信，就去问表哥借了看。是一本手抄本，抄在练习簿上，密密麻麻的字迹，像爬满了蚂蚁。我连夜读了两遍，除了面红耳赤以外，受用的就是我的小弟弟，愣头愣脑地站了一夜。我并没有因此而成为罪犯。想归想，做归做，中间靠的是胆量。我生来胆小，因此漏过了法网。就这么回事。

去年，我去了一趟红旗厂。那里的旧式平房要推倒重建了，旧房子是那个时代的见证者。存世渐少。我去的时候，已经有电视台的人在录像，一台挖掘机高昂着手臂做背景。我站在烟囱倒塌的废墟上若有所思。我想到了表姨父的死。表姨父是从房顶上跳下来的。谁也不会想到这样一个懦弱的人会爬到房顶上寻死，是谁给了他这样的胆量？软弱极度了就会变得富有勇气吧？目击者回忆说，他跳下来之前喊了一句什么，大概是"我是男人"之类的话。简直是废话。他跳下来的时候手里拿着一面镜子，看来镜子里那个充满机油味的陌生人把他逼得走投无路了。我爸赶到医院的时候，姨父口吐血丝说了最后一句话："我是一个硬邦邦的人。"

很多人都知道自寻短见者的苦衷。可是孩子们都不甚清楚，我自然也蒙在鼓里。后来，我爸被安排提前下岗了，他听说消息后一句话也没有争辩，呆立在原地很久。很多人跑到办公室去论理去拍桌子去骂人，他没去。他整理好工具柜，交代好明天的工作，就带着自己的几件衣服回家了。几天以后，他突然问我："儿子，你说你爸爸我是不是软蛋？人家要你回家你就乖乖回家，一句话也不敢说？"

我看着这个高大的老实人，想着因为他下岗和我妈的争吵。

"我就是一个软蛋！"他悲怆地说，"外表坚硬，内心阳痿，我跟你姨父一样，甚至比不上他，他可以用死来抗争软弱，我却没有胆量！"

那次，我终于知道了姨父自杀的原委。那个浑身充斥机油味的男人真的存在！他就是港机厂的刘小水，也就是刘卫东的爸爸，一个身强力壮的北方男人。这对奸夫淫妇在许多人的舌头下面偷欢了十几年，无所顾忌充满胆量。姨父在河边崇尚和谐，忍气吞声，甚至迎风泪下，就是缺乏一颗砍杀的心肠！好在艾红旗在鱼竿里发现了一张揭秘的纸条。纸条让艾红旗有了一次复仇的砍杀。

我那天还去了王氏兄弟家。那里的住户早就搬走了，窗门破损，一派萧条。我从霉烂的窗子里进入了这个曾经充斥着煤油味和童年苦乐的屋子。王家兄弟出事以后，这个屋子基本就是空闲着，还保持着原来的样子，因为他们的父亲王断念似乎随时有回来的可能。

可是王断念没有回来。他没有带着络腮胡和上海牌行李包回来。在人们短暂的记忆里，他是匆匆地丢下两枚苦果就断了念头销声匿迹了。

屋里的摆设藏污纳垢。地面积着厚厚的灰尘，又因为潮湿而布满了犹如来自远古的苍苔，将人的足音吸进封存的时间之中。碗筷一地。破衣烂衫。蛛网遍布。我捡起一个锈迹斑斑的水阀，门芯还在，看着水阀我心有所动，此刻，一束阳光正好透过窗棂照射在墙壁上，光影下，是王断念归来的画像。那上面除了一些浮灰，和几个讨厌的脚印外，王断念还是那么神采奕奕，眼眉因为笑而弯曲着……

那纸条上的图画，真的就是你留给孩子们的谶语吗？

我幻想着找到那台闹钟，我幻想着能在那台闹钟里看到过去岁月留下的痕迹。

不可能了。

我还看到倒伏的桌子背后结着一窠蜂巢，蜂去巢空。窗下的一堆烂木条上长出了喜人的蘑菇。那张四脚朝天的矮凳上写着爱农的名字，一只猫在窗台上慵懒地晒着太阳，窗台木棱上挂着一条干缩的鱼干……

生命的迹象从来都没有离开过这里啊。

后来我还到艾红旗家附近转了一转。我碰到了艾红旗的老婆。还记得那节语文课回答天安门的那个女生？叫万小燕。呵呵。艾红旗娶了她。艾红旗自己是刑满释放人员，他能找到老婆已经万幸啦。

我表哥艾红旗在十六岁的时候等来了复仇的机会。从这一点看，我表哥还是有些头脑的，十六岁能够独自承担法律后果了。一人做事一人当，不连累家人。

那是八三年料峭的春天。冬季的时候，严打才开始。那年春天，刘卫东从广东回来，旅行包里全是电子手表。他让艾红旗帮着推销。艾红旗就找到王爱工，他给了王爱工一块手表。他对王爱工说："你就要上班了，送你一块手表吧。"

王爱工很喜欢这块手表。十六岁能戴上手表也是那个时代幸福的事情。为此王爱工很感激艾红旗。他摩挲着表盘子嗫嚅地说："这好贵吧？我怎么好意思呢？"

艾红旗说："你要是实在不好意思就帮我个忙。"

"什么忙？只管说。"

艾红旗说："刘卫东把我脑袋打破了你知道吧？这仇我一直没忘记。现在机会来了。锅炉厂的二胖和刘卫东有夺爱之仇，刘卫东把谢娟娟的肚子搞大了就跑到广东去了，二胖一直在等他回来。现在刘卫东回来了。我看见刘卫东脖子里有一条很粗的金项链，肯定来路不正。这链条二胖看上了。准备晚上带人去问刘卫东要。他肯定不会给。不给就给他颜色看。老账新账一起算。"

王爱工说："你不是和刘卫东和解了吗？"

艾红旗说："狗屁！老子不做软蛋！老子这叫卧薪尝胆。趴在地上的日子，老子受够了，老子要站起来做人。君子报仇十年不晚！你知道什么叫不共戴天！"

艾红旗还说："父债子偿，我爸的仇也算在他头上了。"

王爱工说："你爸？你爸不是跳楼的吗？"

艾红旗看了我一眼，很快就说出了一个惊天的秘密。冬天的时候，表姨父生前发明的抛钩钓在红旗厂风靡起来。一场大雪后，成千上万条鱼像过江之鲫飘浮到了水面，是的，水底缺氧，鱼群都浮了起来，整个水库的水面上挤满了鱼头。水库边通宵达旦围满了打鱼的人。使用的方法就是抛钩钓。钩子轻巧地甩出去，拖回来的时候一准是沉甸甸的。艾红旗也加入了捕捞者的行列。他拿着他爸爸的鱼竿出现在冬日的夕阳里。他在组装鱼竿的时候发现了一张纸条，确切地说是一张卷着的纸塞在了鱼竿里。他展开了那张纸，同时也展开了一个秘密。艾红旗没有说出纸上的内容。那天，他眼睛里燃烧着如血的夕阳。

"我爸爸是被刘小水这个流氓逼死的。他让我爸爸戴了绿帽子！"

王爱工显然被震惊了。

"你爸是为了这个死的？那你妈……"

"你少废话，干还是不干？！"

王爱工说："这事你找别人去吧。我干不了。"

艾红旗说："你孬。有别人老子还来找你？"

王爱工摸着手表还在犹豫。

"你孬种！"艾红旗突然说，"你狗日的这么没胆量，你就会搞你弟弟的屁眼！"

五

那天傍晚，太阳还红光满面地挂在西天呢，王爱工就出门了。他裤兜里藏着一把弹簧刀。刀是艾红旗的。出门的时候,王爱农问哥哥干吗去。他的脸上开始变得圆润起来了,是的,他长胖了许多。王爱工看着弟弟红润的脸颊轻描淡写说去艾红旗家看他的手表。王爱农也要跟着去。哥哥不让。哥哥说:"我就要发一笔小财了,我们会过得更好的,皮鞋手表什么都会有。"弟弟开始执拗起来,非要跟着哥哥一起去。哥哥说:"我马上就回来,艾红旗还答应给你一块手表呢,你听话在家。"弟弟嘟嘟囔囔。哥哥只好说:"你滑滑轮车吧,你要是在家就滑滑轮车,练练水平,比赛的时候让你上。"

"真的?"弟弟高兴了,"好,你去吧,我自己滑车去。记住,带块手表回来。"

哥哥出门后又折回来。他的身后跟着艾红旗,艾红旗匆忙赶来塞给他一把弹簧刀,王爱工揣好刀突然想起了什么,就转身折回来了。他取下自己头上的红色毛线帽戴在弟弟头上,那上面有一枚闪亮的团徽。他对弟弟说:"戴上帽子就不怕吹风了。你小心一点,天一黑就不要滑了。"

弟弟说:"知道了知道了,我只滑到红卫商店。"

门口的艾红旗挥挥手说:"我先去了,你快点,别误了大事。"

哥哥交代好就走了。

他不知道这是兄弟俩最后一次说话。他更不知道这是他最后一次看见亲爱的弟弟。

他出门后去了港机厂的开水房,他想看看那里的水龙头换新的没有。他再收集一次就可以给弟弟买双球鞋了。回力牌球鞋。弟弟的脚长得太快了,他的鞋子弟弟也能一脚穿下了。弟弟的脚趾头从来没有呆在鞋子里过,总是不老实地探出头来。弟弟的皮带也快断了,总不能老是烫接吧。他想着弟弟的事,他想事情结束以后,他什么报答也不要,只要艾红旗保守秘密,不要说出去他和弟弟的事。其实,他和弟弟一共就一次。一次就被艾红旗发现了。他不知道自己为什么会那样,只是游戏,他想,可是又感到羞愧。

"我要走了。"这是他羞愧万分时说的话。他想离开这样的游戏,可是又离不开弟弟。晚上走,天亮归,白天走,夜里回。他必须爱着守着弟弟,这是爸爸给他的交代啊。

工农团结。

春天的夜风像个调皮的孩子,他走到港机厂的时候头发都被吹乱了。冬天开始的时候,他留起了长发,是那种很流行的发式,不仅能够遮住眼睛,还能遮住耳朵的那种。这样的发型让守旧的化工厂家长暗自叹息。厂道上已经见不到什么人了。有几个人快速地从他身边跑过(长发飘扬),其中一个胖子走在最前面。

他围着港机厂走了几圈才往刘卫东家走去。他看到刘卫东家亮着灯。他在一棵树底下点了烟。他又想到了弟弟。他想他是不是已经滑完回家了呢？天已经黑了，马路上的路灯不知道修好了没有。弟弟晚上吃得不多，玩久了肚子很快就会饿的。碗橱里还有半个馒头，他应该会去拿了吃掉的。

有几个黑影站在了刘卫东家门口。是二胖带着的假装买手表的人吧。

他想，最好刘卫东不要跑出来，他认识我。

他感觉自己摸着那把弹簧刀的手掌都出汗了。他想，我再站一会就回家去了。这么多人进去了，刘卫东估计早就服软了。

起先是一阵乒乒乓乓的声音。是从刘卫东家里发出来的。有人嗷地叫了一声，叫声惨烈，之后，一个身影从窗户里爬了出来，里面有人拉着。那个人卡在窗户里。王爱工认出那个挣扎的人就是港机厂的大王刘卫东。刘卫东笑起来很讨女孩子喜欢，会露出一颗调皮的虎牙。谢娟娟就是因为这个才答应和他交朋友的。

刘卫东居然没有大声呼喊，他憋着一口气挥舞着拳头打击着拉扯他的人。

王爱工停留了片刻。

他发现他的脑子空了。他握刀的手颤抖起来。

他走过去，假装一个过路的人，甚至他把衣领抬起来，遮住了自己大半个脸。他走近刘卫东。刘卫东看见了他。"叔叔，你帮帮我，有人要杀我。"刘卫东这么哀求他。这个时候，王爱工的心口突然疼痛起来，像一根尖利的钢针戳在他的心脏上。他险些要窒息。他想到大斜坡上滑车的弟弟了，是弟弟摔跤了还是怎么了……疼痛很快就消失了。他决定马上回家，回到家就重新锁住滑轮车。

刘卫东开始嚎叫起来了。

王爱工想起了艾红旗的交代，他掏出刀来，对准刘卫东的膝盖部位就是一刀。

脸上一热，不知是血还是泪。

艾红旗冲过来，夺过匕首，大声喊了一句："艾集体，这一刀老子替你扎！"说罢，朝着刘卫东的大腿根就是一刀。

王爱工跑回家了。家里没人。门锁着。他以为王爱农睡觉了，就跑到床上看。被子像早晨起来一样叠在靠墙的位置。滑轮车也不在柴棚里。碗橱里的半个馒头还在。

"阿弟——"

"阿弟——"

他沿着大斜坡大声呼喊，回应他的是他的回声；他跑到红卫商店大声呼喊，有人说，是看见你弟弟在滑，还戴着一顶帽子，红色的，他是不是到别处去玩了。他在运输科的铁门外大声呼喊。铁门关得紧紧的。

他想起了什么。他拼命地跑到我表姨家。艾红旗还没有回来。他不知道此时艾红旗已经在潜逃的路上了。他对我表姨说："阿姨，你看见爱农没有？"

我表姨说："爱农？没有。他没来过。"

那天深夜，王爱工被抓获了。

在港机厂的大门口，他朝对面走来的几个人说："你们看见一个骑滑轮车的小孩没有？他是我弟弟。他叫王爱农。这么高，瘦。"

人家问："你是谁？你叫什么名字？"

他说："我是他哥哥，我叫王爱工。我找他一个晚上了，他失踪了……"

人家一把抓住他，有人朝他腿上狠狠踢了一脚，他一下子站不住倒在地上。他被几个人撑在地上，一束手电光照的他眼花起来。

他听到一个人说："是他。狗日的，卵毛还没有长齐，居然会杀人放火了。铐起来！"

我的故事讲到这里也接近尾声了。

艾红旗没跑出多远就被捉住了。他拿着那根金项链去换钱，这不是自投罗网吗？人家追他，他跑。在县城的街道上，他的亡命奔跑显得异常醒目。许多见义勇为的人在他身后追赶他。很快他就陷入了包围的圈阵，束手就擒了。一条胳膊差点被扭断。满嘴青紫。我表姨去送了几件衣服，回来的时候哭得像个泪人儿。艾红旗已经走不得路了，他显然反抗过，被专政得满脸青痕，腿也快断了。话也说不清了，张嘴就口吃，结结巴巴不明所以。

艾红旗被判了十五年，王爱工十二年。从重从严，刚好碰上了严打。

审判大会就在红港子弟学校召开的。那天操场上黑压压地站满了人。带来了两卡车犯人，犯人们大多低着头，一副无颜见到江东父老的样子。只有一个人抬着头，不停地朝人群里张望。对，是王爱工。他伸着脖子找他的弟弟呢。大会足足开了两个小时，王爱工就这么一直伸长着脖子。

结束下台的时候，他跪在台上，泪流满面。

红旗厂的保卫干部借题发挥高声叫道："王爱工，你后悔也来不及了！你的青春只能在铁窗里度过了！你哭？你假惺惺地哭什么？"

王爱工高扬着头，放声大哭。

"阿弟——"

"阿弟,你在哪里——"

押上卡车的时候,艾红旗突然嘶哑着嗓子也叫了一句——他看见了冯老师,冯老师站在人群里目光闪烁——他就对着冯老师闪烁的目光叫了一句:

"你,狗眼看……看……看人,老子报仇了。君子报仇十年不……不……不晚。新仇旧恨一起清算!"

王爱农真的不见了,和他一起消失的还有那辆滑轮车。我都很奇怪,王爱农的滑行过程怎么就没有目击者?大斜坡上就真的没有一个人看见他,没有一个人听见滑轮车滚轴的声响?

红旗厂保卫科曾经就王爱农的失踪做了一些似是而非的调查。运输科那扇铁门的钥匙是由一个叫马登高的人保管的。这马登高在铁门里种了一块自留地。那天傍晚,也就是下班后,他在自留地里浇水,后来他的孩子来喊他回家吃饭。他撂下水桶就跟着孩子回家了,并没有锁门。他是踩着地上的花瓣回家的,是的,桃花盛开了。金色的晚霞映照着红旗厂成片的桃树,花团锦簇中蜜蜂嗡嗡,细鸟嘤嘤。二十分钟后,他再次来到地里浇水,这段时间他没有看见有人进来滑滑轮车。平台上堆放着成堆的货物,这些货物阻碍了作为缓冲或者回旋的滑行。他担了一担水就结束了劳动。他锁上门就回家了。

可以想象,在他回家吃饭的二十分钟里,王爱农从红卫商店那里飞驰而来,从飘落的花雨中穿梭而下。那正是晚餐时分,大斜坡上少有人走动。他坐在滑轮车上,头上戴着一顶红色的毛线帽,像一只红冠野鸡一样在大斜坡上飞翔。

速度太快了。也许这第一次飞翔出乎他的意料,惊扰了他。他错过了在运输科那座沙堆上迫降的最好时机,而是穿过奇怪地开着的像是迎接他的那道铁门。平台上堆放着成捆的货物,像存心看他笑话似的,根本就不给他回旋减速的空间。也许他害怕地惊叫了一声,也许那声惊叫还没有完全爆发出来就已经结束了。

滑轮车带着他飞进了深不可测的水库。像一只展翅的鸟。

水面平静下来的时候,那个叫马登高的人再次来到了这里。他什么也没有看见,什么也没有听见。

纷落的桃花瓣儿被调皮的春风旋转着带到了水面,一圈圈细小的涟漪眨眼即逝。

红旗厂的人都这么说:
王家老二被他爸爸带走了。他哥哥吃官司了,谁来照顾他?王断念这个死鬼回来了，他把他的小儿子带到走了。

王断念。坚硬的王断念。可疑的王断念。

是的，我一直对王断念的失踪心存疑虑。很多年前的烟囱倒塌事故似乎和他有着丝丝缕缕的联系。究竟是怎样的关联呢？

还记得那个外号叫水葫芦的大阀门吗？有一天艾红旗这样回答我的疑问："化工厂有两个……个这样的大阀门，一个在开……开……开水房，一个在气……气……气炉房。那年气炉房的烟囱倒塌之前，发生了剧烈的爆炸，你记不记得那……那……那……"

"晓得，晓得，这么大一件事哪个不晓得？"

"那好。人们到废墟上拼命地挖……挖谁？你……你……你知……"

"谁？"

"还有谁？王断念。挖他，他那天值班。可是，他不在，没他。就是没挖到他。你奇怪？都奇怪。现场一点碎片也不见，没血，啥也没……没……没有。"

艾红旗呷了一口酒，不紧不慢地嚼着一颗花生米，眼睛盯着我。

"王断念从此人间蒸发了，和他一起不见的，还有一样东西。"

"大阀门？"

艾红旗朝我竖起大拇指，重重地点了一下头："那家伙，值不少钱！说不见就不见了，还是和王……王……王断念一起不见的。你说神不神？他妈的。"

"王断念偷走了阀门？从此销声匿迹？为什么？"

"你问我？"艾红旗略显醉态地一挥胳膊，大着舌头说，"你问我，我知道个屁！我和你一样，什么也不……不……不知道！"

"谜。"艾红旗竖起一根手指："一个谜，谜，你知道吗？就是……就是……就是一个屁，只有臭味，什么也看不到。"

几年以后，王爱工从运河边的优抚医院里跑了出来。他进监狱不久就疯了。他每天只说一句话："你们看见我阿弟没有？他这么高，眼睛大大的。"有一次放风的时候，他爬上了铁丝网，他说："我要去红旗厂看看我阿弟回来没有。"他哪里爬得出去呢？捉回来就打。就关起来，他就撞坏玻璃逃出来，要不就撞墙，撞得头破血流，他的骨头真是硬，换成别人，早见阎王了。就捆着，就打，人很快就不行了，疯掉了。到优抚医院后整天坐在梳洗间的水池边，看着那里的水阀发呆。不吵不闹，据说连续几年被评为模范病友呢。不知什么原因，有一次居然出现在红旗厂了。一个人，穿着奇怪的蓝白条纹服，干瘦不堪，满脸胡茬，双手托在胸前，拿着一只水阀，逢人就哆哆嗦嗦说："拿好拿好，交给阿弟，我，想，他，了。"

厂里人认出了他。电话通知了优抚医院，对方来了一辆吉普车，车里下来两个白大褂，不由分说就把他拖走了。他跑出来两天了，医院离厂子三十公里，鬼晓得他是怎么来的？

我的故事讲完了。

这个故事盘桓在我心里很久了，很多次我都忍不住想把王家兄弟的事完整地说出来。堵在心里的感觉是难受的。十月怀胎一朝分娩，现在我说完了，就像生下了一个过了预产期的超大婴儿，轻松而幸福。是的，你躺在我身边安静地倾听让我感到幸福。久违的幸福感。饱食终日鲜衣肥马的生活会有充满愉悦的幸福感吗？我不知道，我没有体会过。但我知道王家兄弟是幸福的，在墙上绘画父亲的归来是幸福的，在滑轮车上飞驰的感觉是幸福的，喝鸡汤是幸福的，被哥哥爱是幸福的，滚铁环是幸福的，守护桃树是幸福的，爱弟弟是幸福的，唱歌是幸福的，甚至偷窃也是幸福的。

如果你心细，你会发现，琐碎的生活充满着幸福。

我想唱歌了，因为唱歌幸福，因为聆听幸福，因为怀念更加幸福。

让我完整地唱一遍刘队长之歌吧。

    刘队长，有胆量
    摸到了敌人的女澡堂
    他东看看，西瞄瞄
    腰里顶着一根硬棒棒——
    突然背后一声喝——
    不许动
    他看也不敢看，望也不敢望
    乖乖儿地举起了手里的枪
    他回过头来瞄一瞄——
    哎呀我的妈呀
    原来是碰到了敌人的女翻译
    哈哈哈哈，哈哈哈
    原来是碰到了敌人的女翻译

（原载于《清明》2017年第5期）

无边无岸的高楼

韩永明

一

许佳红一进房间就捂着脸哭起来。边富贵正仰头看着天花板,听见哭泣声,回过头来,说:"好好地你哭个么事?"

许佳红仍哭着,肩膀夹着,一耸一耸的,双手捂着脸。

"新房子呢,哪有第一次进门就哭的?"边富贵又说。

许佳红这才把手拿开了。脸上的泪稀里哗啦,她用几个指头把脸上的泪往两边抹,抹了几下,又抓起掉在地上的手包,找出两张纸巾来:"我也不晓得么样搞的,突然眼睛一酸,眼泪就冲出来了。"

边富贵把头仰起来,望望天花板,又望望窗外,得意又像是讥诮地说:"真是没发过财的人,几套房子,就把人激动成这样?那些有二十儿套房子的人还活不活?"

许佳红和边富贵两人刚才去物业拿了钥匙,一人五套。他们本来是夫妻,拆迁之前办了离婚手续。现在房子到手了,一起来看房子。

许佳红擤了擤鼻子,拿纸揩净了:"想起来……就像做梦一般。"这才仰起头看只刷了薄薄一层石灰的白墙。

许佳红是从菱角湖嫁过来的。那时磨湖离市区还很远。晚上,大都市的万家灯火,还是磨湖村人眼里一片橘红色天空。

许佳红从生下来,就想在那片橘红色的天空下生活。如果说得更远一点,这也是她姆妈的梦想。她姆妈原是花山村的人,想嫁到城里而不得,只好嫁到城郊菱角湖村,算是向大城市靠近了一步,终于望得到城市的橘红色天空了。到了她这一代,姆妈满以为她从菱角湖村一跃进城,可没想到她进城的路依然是那么漫长。高考落榜，复读，再考，还是落榜。招工是农村户口，考兵，视力过不了关。最后不得不和她姆妈一样，把进城的希望放到自己的长相上。她固执地认为凭她的长相，会有人把她迎接到那片橘红色的天空下去。

可没有城市户口，她就是天仙，城里人也看不见。只白白耗了她好几年青春。最后，把自己等得花儿要谢了，她才嫁到了磨湖村，嫁给了比她大好几岁，而且左眼有块疤癞的边富贵。

磨湖村要拆迁她是听姆妈说的。边富贵听她说可能要拆迁，要建房子，问她是不是想变成城里人想疯了。拆迁？等一千年吧。

许佳红没和边富贵多说什么。她拿定主意了。这些年，她卖菜卖鱼，积积攒攒，有了十几万块钱了。

这是她准备在城里买房子的。自从她嫁给边富贵后，这个想法就有了。无论如何要到城里去，即使没有城的户口，也要住在城里，生活在城里，哪怕只能住上一天，就是死，也要死在城里，和城里人一样火化，做鬼，也做一个城里的鬼。所以这钱她没有动过。两个孩子上学、生病，她都没动过一分。

可这次，她想都没想把存折拿出来了。她决计赌一把。

她赌赢了。她的新房还在建设中，城市像一条筋斗虫一样，几拱几拱就拱过来了。磨湖村要建还建房小区。

"我们结婚这多年，还是头一次见你哭。我还以为你不会哭呢。"边富贵说。

这话一下刺痛了许佳红。许佳红眼里又来了泪。

过去，许佳红在娘家时，哭过不少。高考落榜，她哭，一哭几天几夜，茶饭不进；考兵，视力不行，被刷下来，她哭……甚至当边富贵上门提亲，她见到边富贵之后，也哭。她真的没有想到，命运是如此不公。只是她嫁给边富贵以后，她不再哭了，就像泪腺坏掉了。

直到拆迁之前，她才知道，她其实还是能哭的。那是她去找老孟办离婚手续。许佳红家的老房子新房子加起来有1000多平方米，当村里人知道要拆迁，许多人种房、在房上加层时，许佳红又在两栋房子上用复合彩钢板加了两层，几百个平方米。一家人面积这么多，让别人眼红。同时，过渡期的补偿政策下来了：按户头，一个户头每月补贴生活费1800元。许佳红这就想到了和边富贵"离婚"的主意，写了申请，去找村主任老孟盖章。

老孟家里有很多人。老孟说章子在村里，他去村里了就打她电话。第二天中午，老孟打她电话了，要她去他家的油菜地，他在给油菜打药。她揣上申请便去了，可眼里只有金灿灿的油菜花。打老孟电话，老孟说他在呀，在地里歇着。许佳红猫着腰，一行行油菜寻找过去，才望到茂密的油菜花下有一个黑乎乎的人影。许佳红以为老孟猫在里面捡烂菜叶,就站在田埂上等,这时听老孟在里面喊她了,要她进去。油菜花开得正盛,密钉钉地像一张金毯,上面蜂飞蝶舞。许佳红想直着身子走过去,可走不过去,还怕被蜜蜂蜇了,只好弯下腰钻进去。

老孟坐在里面,头上落满了花瓣。许佳红蹲在老孟身边,把申请书拿出来,递给老孟。老孟把申请书接过去,放到地上,问许佳红,她和边富贵是真离还是假离?许佳红说真离,老孟说真离你就叫上边富贵一起来。许佳红说,边富贵都签字了。老孟说签字不算。许佳红人往起站,要回去找边富贵,老孟说:"我晓得是么样一回事,直说吧,你这个章我可以盖,章子我装在裤兜里,可要我在申请书上盖章,我得先在你身上盖一下。"许佳红慌乱地看一眼自己的手臂和伸出去的腿,以为老孟真要在自己身上盖章。老孟呵呵笑起来,说:"许佳红,你像个外星人。"许佳红仍然不懂,怔怔地望着老孟,老孟便伸手过来了,摸一下许佳红白净净的小腿:"明说了吧,我要搞你,我早就想搞你了。"许佳红说:"你说什么?"老孟说:"我真的早就想搞你了。"说着就要抱许佳红。许佳红双臂抱起来,缩成一团,犟着,反抗着,老孟说,别动,把油菜弄断了。许佳红还是挣扎,老孟又说,真的别动,一动蜜蜂就蜇人了,蜜蜂蜇了很疼的。许佳红说:"不行,真的不行。"掰着老孟的手,掀着老孟凑过来的嘴巴,老孟说:"许佳红你怎么这么浑啊?你一犟,油菜晃晃荡荡的,会招来人的,他们以为里面有猪獾呢。"许佳红还是犟。老孟说:"你们家两栋房子呢,补偿费,还建面积都是按户头算的,你不晓得这一个章子值多少钱?"老孟说到这里,许佳红反抗的手和腿没力气了。许佳红不动,老孟说你动啊。许佳红还是不动,老孟说,该动的时候不动,不该动的时候又动。许佳红就动起来。完了,许佳红的眼泪哗的一下就下来了,水开了闸一般。老孟把那份申请捡起来,瞥一眼许佳红:"哭?再哭我不盖了啊。"他把章子递给许佳红,要许佳红用嘴对着章子哈气。许佳红这才不哭了,把章子哈了气递给了老孟。老孟在大胯上把章盖了。"舒服,"老孟说,"想不到你身上这么光溜,像抹了油一样,我还没碰到过这么光溜的。"许佳红拿起申请书要走,老孟说:"上面马上要来测量房屋了,负责的是王科长,你去找找,带两万块钱。"

许佳红去找了王科长,所以她的几百平方米彩钢板房才算成了房屋面积。

边富贵看许佳红眼泪又滴滴哒哒往下掉,说:"怎么又哭了?"

许佳红又拿手抹泪,抹了一阵,说:"我们就住这套吧,这栋房子在我们老房子地基上。楼层也好,前面开阔,站在阳台上,还可以望见我们家的船。"

许佳红说的船是一条小木船,在磨湖做旅游,已做了好几年了。旺季,一天可以挣个三四百块。

许佳红和边富贵在房里走着，看着，房间、厨房、卫生间都看完了，最后去了阳台。站在阳台上，从两栋楼之间望出去，果真可以望见磨湖一大片水面和湖岸如墨般的柳树。

许佳红说："我们总共十套房子，我们俩住一套，给边亮一套，边采芹一套，卖一套，其他的，简单装一下出租。"边富贵说："卖一套？"许佳红说："补偿费总共只有70几万，装修钱不够。更重要的，我们得拿点钱出来，给边亮找个稳当的工作，让边采芹把书读好。边亮书没读好，初中一毕业就出去打工，打到现在，也没有一个正式单位，连个对象都谈不到。这次，我们得拿点钱出来，给他在我们跟前找一个好工作。采芹现在读高一，虽然成绩不怎么样，可我们不能再像对边亮那样了。我们要请最好的老师给她补课，要想办法把她的成绩升上去，争取让她考个好大学，然后出国留学。反正现在，我们也不是那么缺钱了。如果拿钱可以买到外国的大学读，我们就拿点钱。"

出电梯时，许佳红又说："我们结婚时，没照相，我想去补照一个，照个婚纱。挂在新房里。你说呢？"

二

拆迁后，许佳红和边富贵租住在春天里社区。房租贵得咬人，所以许佳红只租了一小套，总面积60平方米的两居室。这种小套，如果只有许佳红和边富贵两人住，如果是城市的上班族，还可凑合。可许佳红、边富贵不是，他们有种地的锄头、背篓、镰刀，有装粮食的陶缸、木柜，有做泡菜的坛子，等等。所以，客厅里、厨房里、阳台上到处摆着柜子，走道上尽是坛坛罐罐，像摆的梅花桩。何况女儿边采芹也住这里？

三个人住在这套房子里，浑身都不自在。而且房租还贵，每个月1500。所以，还在路上，许佳红就打电话给边亮，要他回来帮忙装房子。

要边亮回来帮忙，许佳红主要是两点考虑。一是不想让边亮老漂在外面，她怕边亮在外面把人漂坏了。二是为了让边富贵还能守船。在磨湖守船，除了每天可以捡几百块钱，还可以悄悄地在湖里下网弄鱼。许佳红家从未买过鱼吃。有时鱼多了，还要送别人一些。

边亮一接到姆妈的电话就回来了。他紧紧地拥抱了许佳红："姆妈耶，我们有钱了耶！"

"你别高兴昏了头，不过就是几套房子。"许佳红嘴上这么说，其实心里是蛮高兴的，"姆妈要你回来帮忙装房子，就是不想你一直在外面漂了。房子装完了，你就在武汉找个工作，找个靠谱的单位。"

许佳红给边亮说房子装修的事时，边富贵一直躺在沙发上看电视。许佳红给边亮交代完，问边富贵有些什么想法，问了几遍，边富贵没有反应。

许佳红把边富贵手中的遥控器拿过来，把电视声音调小了，又问边富贵对装修房子有什么想法。

许佳红交代边亮的话，边富贵刚才一句话也没听进去，见许佳红问他，含含糊糊地说："行吧。"

边富贵就是这么一个性格，家里事咸淡不管。不仅不管家里人的吃穿用度，不管孩子们上学生病等一些大事，就连他自己的事，穿衣，抽烟，喝酒什么的，都是许佳红管。他身份证、离婚证也都交给了许佳红。每天守船，晚上一回家就把钱交给了许佳红。

许佳红早习惯了。今天她问边富贵，主要是觉得这事太大了。"别到时候说这里没做好，那里没做好。"

三个月时间，许佳红和边亮一起，就将房子装修好了。房子装修得不错，全实木的，家具、电器都是名牌。过去的邻居庄小凤过来看，说许佳红这房子装得漂亮，像宫殿。如果家具换成红木的，那就赶得上老孟了。

小区也在这段时间里变了样。栽上了花草树木，高的，雪松、银杏、红枫、玉兰、桂花；矮的，合欢、女贞、冬青、山茶、黄杨，一排一排的，整整齐齐。房屋间的空当几乎都被绿色填满了。还有几块空地上铺了绿色和红色相间的塑胶，上面安装了一些健身器材。

许佳红觉得这就像画一样美丽，觉得也像画一幅画那么简单。

现在，小区的外面，马路两边，雨后春笋般冒出了一家家商店：菲达舞蹈、伊贝姿丰胸、雅丽会所、徒手健康生活馆、母婴房、棋牌室、特色腹疗、西麦尔蛋糕、李二甲鱼、巴厘龙虾、三禾小面、山沟沟羊肉粉、金麦坊、江城传说农家菜、国大药房、首信烟酒……

这些商店，门面都做得考究，各有特色。入夜之时，装饰灯亮起，霓虹闪烁，人多了起来，一条新街，摇身一变灯红酒绿了、时尚繁华了。

一天在大门口看见庄小凤，两人说起小区来，都觉得漂亮。许佳红说："想不到磨湖村会变得这么漂亮，就像画儿一样。庄小凤说，是呢，就像是给磨湖换了一件衣裳。古话说人要衣妆佛要金装，其实什么都一样的。

叫许佳红感到满意的还有：她简装的6套房子能很快出租了，价格可观，平均下来，每月有一万五千块收入。边亮在武汉的工作已有了着落，她通过娘家的一位表弟把边亮弄进了武汉的一家合资公司,讲好房子装修好了就去上班。给边采芹请的一对一补课老师也已经开始给边采芹上课了。

房子装好后,许佳红就将家搬了过来。庄小凤比许佳红早搬进来个把月。许佳红搬进来这天,庄小凤来帮忙,见许佳红搬来了锄头、背篓、镰刀,以及一些旧水瓶、旧电扇,便要许佳红统统扔了。许佳红说:"我想做个纪念。"庄小凤哈哈笑起来:"纪念什么呀,纪念你是个农民?许佳红我跟你说哎,这些劳什子我第一次搬家时就丢了。你还真做得出来,搬进搬出,搬到新屋里来。你搬到新屋里放哪儿?别说是破铜烂铁,就是金子做的,我也得把它们扔了。我看着它们就要吐。"庄小凤说着就抓起一把锄头往外甩。一旁摆弄电视的边富贵向边亮翘嘴,边亮便就走过去,把庄小凤手里的锄头接到手里:"姆妈早晨是说要丢了的,可能是搬家的又收到车上了。"边亮说时又拿起地上的镰刀和背篓出了门。许佳红想说:"我什么时候同意丢了",还没说出口,边亮就丢出去了。

在厨房里,许佳红从纸箱里往外拿电饭锅,庄小凤便接过去,看一眼,说这锅不能用了,内胆不卫生了,电视上说这种内胆涂层坏了,会往外渗重金属,便把电饭锅放到地上。许佳红往外拿筷子,庄小凤又接到手里看,说这筷子也不能再用了,筷头儿上发黑了,这发黑的东西是黄曲霉素,致癌的。专家说了一双筷子最多只能用半年。许佳红说:"不会吧。我们原来,一双筷子,用几辈人呢,只要没断,用了一代又一代,也没见着哪个吃了这种筷子长了癌。"庄小凤说:"那是过去,那是乡下啊。"

许佳红想不到庄小凤知道得这么多。

许佳红不几天就把家收拾好了。房子收拾好之后,就闲在家里了,她有些不习惯,想出去找点事做。

租住在春天里时,许佳红在小区物业当保洁员。装修房子时才把这事辞了。许佳红人长得漂亮,又肯吃苦,活做得又好,和同事关系也处得也不错,所以,辞职的时候,马经理有些不舍,对她说,如果房子装好了,她想找事做,就去找他,他可以安排她去物业办公室值班。

想到这儿,许佳红便想给马经理打个电话。正考虑着怎么说,庄小凤打进来了,问她在做什么。许佳红说她准备去春天里上班。庄小凤惊叫起来:"上班?你还觉得钱不够多啊,你是掉到钱眼里去了吧。"

"不是钱的事。我就是闲得慌。现在,突然没事了,我不晓得日子怎么过了。"

"你下来。下来我好好给你说说你该干什么。"

许佳红不知道庄小凤要干什么,不想去,可不好拂了庄小凤的好意。

刚下楼,一辆轿车徐徐驶了过来,"嗞"一声在许佳红身边刹住。许佳红吓得倒退了两步,心咚咚跳,正想骂人呢,车窗徐徐落下来,一个女人的烫发、茶镜、耳环、涂了口红的嘴唇、挂了金链子的颈脖子徐徐出现在许佳红眼里。

许佳红没认出人来,直到车门打开,那人抱着一条狗从车上钻出来。

"你个庄小凤,我还以为是香港来的富婆呢。"许佳红笑起来。

开车的是庄小凤的儿子冬子。冬子也下了车。他理个锅铲子头,戴副墨镜,颈上还挂了一根绳子粗细的金链子。

庄小凤笑声滚滚:"我就喜欢这样,蛮有感觉的。"说着把狗放下来。"安迪,给许姨敬个礼!"安迪却叫着,往一边跑,不远的地方,有人在遛一条金毛。

许佳红想不到庄小凤会养狗。她过去可是讨厌狗的。那时许佳红家养了只小黄狗,庄小凤硬要许佳红把狗处理了。她说,许佳红的狗一天到晚咬,吵得她睡不好觉,她都神经衰弱了;许佳红的狗追她家的鸡,追得连蛋都不下了;许佳红家的狗身上有虼蚤,虼蚤都蹦到她家里去了;许佳红的狗掉毛,掉得她屋里哪儿哪儿都是;许佳红家的狗体味重,几丈远就闻到骚臭……说她这辈子是怎么都不会养狗的。

庄小凤拉着狗绳,不让她的狗去与金毛相会。

许佳红被庄小凤刚才的称呼弄笑了:"你让狗叫我姨,骂我呢。"庄小凤也笑:"你别见怪,我可是把它当儿子待的。"

庄小凤这时便给许佳红说她这条狗,这是一只泰迪,又叫贵宾犬,她们这种人养最好。现在小区里养狗的人多了,有边牧、德牧、金毛、拉布拉多、蝴蝶。又说老孟的老婆周秀兰养了一只藏獒,十几万,比一辆车都贵,而且每天狗粮就要几百块。

许佳红想不到小区里有这么多人养狗,狗也有贵贱,也有三六九等,也想不到庄小凤变化这么大。她认真看了庄小凤一眼,说:"感觉你脸也变白了,细皮嫩肉的了。"

庄小凤说:"真的?我自己也是这么感觉。我感觉像换了一层皮一样。原来那张被太阳晒、被风吹雨打的皮不见了。"

许佳红笑起来:"拆迁之前,老孟动员说,磨湖村这么一拆,再这么一建,摇身一变成大城市了,男男女女,老老少少,祖宗八代,就把农民这张皮彻底撕下来了,就都变成城里人了,我当时还不相信,心想老孟是瞎吹。现在看见你,我感觉老孟这话没说错。"

庄小凤哈哈笑起来。

许佳红也笑了，笑了一阵问庄小凤："你要我下来，不是就为了让我看你换了一层皮吧？"

庄小凤说："你不是说闲在家里无聊吗？我今天就是专门来给你上课的。走，上车，我带你去个地方。"

上了车，许佳红又问庄小凤今天到底要带她去哪里，庄小凤说今天就要带她去体验一把美容。许佳红本来长得漂亮，可惜这些年风里雨里，把脸弄得不像张脸了，无论走到哪，都像个土克西。

许佳红想不到庄小凤是要带她去做美容："人都老了，美了给谁看？"

"边富贵啊。"

"边富贵？我还管他爱不爱看？他不爱看也没办法了。"

"你还有边富贵，我呢？那你说我给哪个看？你不想给边富贵看，也可以啊，给别人看啊。"庄小凤说时，睖了冬子一眼，可能是有什么话但有冬子在场不方便说，"你都千万富婆了，想看你的人多呢。"

许佳红说："我这张脸，没人看才好。"

"许佳红你叫我怎么说你好呢？你怎么一定要给哪个看呢？难道女人一定要漂亮给别人看，不能给自己看？这么说吧，女人漂亮才会有自信。现在女人走在街上，讲的是回头率。再说，你可莫觉得边富贵现在不在意你漂不漂亮了。边富贵现在不是从前的边富贵了。他也算千万富翁了。你一个黄脸婆，小心他成了别人的钻石王老五。"

许佳红笑起来："还钻石呢，除非那人是个瞎子。"

庄小凤说："你怎么就不开窍呢，说到底这就是城里女人的一种生活。有钱人就该这么生活。"

三

许佳红没想到女人做美容有这么好。躺在床上，有人帮你洗脸，帮你按，按得舒舒服服。做过了，脸一洗，脸确实白净不少，而且还很滋润，很舒服，这让她想起了待字闺中的时候，那个时候，她也是很在意这张脸的，曾希望这张脸是一张通往城市的通行证，每天用香皂洗，抹珍珠霜，抹得脸白里透红。只是嫁给边富贵后，才没在意了。

做完之后，店主向许佳红推荐年卡，推荐护理套装。许佳红犹豫了一下，就办了。店主又向她推荐面膜，说是天然蚕丝蛋白，比外面要好，货真价实，许佳红也买了。

而且，一天天地，许佳红便越来越在意这张脸了，越来越喜欢上做美容了。每天早晨起床，就用从美容院买回来的洗面奶洗脸，然后用爽肤水、紧肤水、嫩肤水，噼里啪啦弄一大阵子。午休了起来，切些黄瓜片贴脸，到了晚上就做面膜。她真的感觉到，慢慢地，她脸上那些岁月沉淀在里面的颜色，太阳和风风雨雨一点一滴沁在里面的颜色都淡了。

她觉得这样的日子很舒爽。

这就把去春天里的事忘了。是呀，她现在感觉，真的没那么闲了。再说，她尽心尽力做美容，怎么还去春天里做保洁员呢？做几十次美容，也许只要晒一天就白做了。

搬家后，边亮一直没去上班，他说这几个月装房子累了，要好好休息一下，这样去表舅厂里才有一个好状态。许佳红催过几次，边亮总是找理由拖着。许佳红心里明白，边亮是因为买车的事故意和她拗着。

这天晚上，边亮又说买车的事，许佳红说："买吧，买了车你好去上班。"边亮似乎有些难以置信："姆妈真同意我买车了？"

许佳红说："我不同意行吗？"

许佳红自己也说不清楚现在她为何同意买车了。

边亮曾请庄小凤劝劝她姆妈给他买车。庄小凤说，这车说到底它就不是车，而是一张脸。许佳红这时又想起了庄小凤这句话。

"就买辆奥迪吧。"许佳红说，"可你得老老实实给我把技术学好，考到驾证。"

"庄姨说，如果买驾证，她有路子，冬子的驾证就是买的。"

"买驾证绝对不行！这世上什么东西都能花钱买，唯独驾证不行！"

许佳红做了一段时间美容之后，也喜欢上买衣服了。她感觉过去那些衣裳真的与她不相配了，怎么穿着都别扭。

许佳红也想养条狗。边富贵和边亮一大早就出门了，晚上到她睡下都不回家，一天到晚，没有说话的人，她感觉还是有些无聊。更重要的是，前几天她在小区散步，看到牵着狗的人特别容易在一起交谈。狗狗们相互亲热，拉扯不开时，狗主人也会站在一起交流养狗狗的事。就像有只狗狗，她们在一起交谈才有理由，才是合理的。还觉得在小区里散散步，不牵一条狗，就好像不是这个小区的人似的。

许佳红给庄小凤打电话，要庄小凤陪她去一趟宠物市场。

庄小凤帮许佳红挑了一条泰迪，公狗，许佳红问为何要公狗，庄小凤说，她的那条是母狗，这样她们就成亲家了。许佳红说："又不是人！"庄小凤说："你现在不明白，养些时日就明白了。"许佳红说："公狗气味重呢。"庄小凤咯咯笑起来，说这算个么事哦，前几天，她的安迪发情，那才把她折腾够了。看它可怜，先去买避孕药喂，然后去给它找公狗，托了好大一圈人才找到。"你猜安迪怎么样？它都抬起腿来给我作揖呢。它懂得报恩呢。"庄小凤说着哈哈大笑起来。许佳红有些迟疑，说："畜生呢，有这个……必要吗？"庄小凤说："你没看到那时的安迪多可怜，看着我心里难受得不得了，现在好了，我只要带它出门，它都给我作揖，眼神特别真诚，好感动哦。"

许佳红感觉庄小凤真的变了。过去，她怎会同情一只狗发情？她只恨不能一脚将狗踹死。

许佳红最终同意了养条公狗。因为庄小凤说，许佳红的狗狗寻死觅活时，她就主动把安迪送上门来。狗狗原来有一个名字：萌萌，庄小凤说这名字土气，狗狗的名字体现主人的品位，要大气、洋气。和许佳红商量了半天，最终取名杰克。"《阿凡达》里那个男主角就叫杰克。"庄小凤说。

有了杰克，许佳红的日子忙多了，而且在小区遛狗的时候，还真有了跟过去不一样的感觉，好像自己真进入了另一种生活。

边亮拿到驾证后，便和许佳红一起去4S店提了一辆奥迪Q5。坐上车，边亮把车打着，系好安全带，拍一下方向盘，喊道："我们有车喽！我们也成了有车一族喽！"

许佳红听边亮这么喊，心里也涌起一股莫名的高兴。

边亮对这款车并不陌生。学车的时候，有个学员就买了这一款，还开去了驾校。边亮和他混得熟，时不时开一开。"姆妈，这款车还行吧，你听发动机这声音，听起来多舒服。你听这音响，人听着，像在云彩上飘……"边亮操作着车上的开关，这里那里，说个不停。许佳红哪懂这些？只要边亮上路要小心，要好好保养。

"姆妈我带你去兜兜风吧？"

"去你表舅的公司吧。熟悉熟悉路，明天就去上班。我也一便去看看你表舅。"

"姆妈你也忒急了吧。表舅不是说想几时上班就几时吗？迟儿大有什么关系？反正你也不指望我去挣这几钱。"

"说好拿了证儿就去。"

"姆妈耶，这几天我还真去不了。我们练的车是东风世嘉，比这车小，也比这车矮，视线和这车差别好大，您得先让我熟悉熟悉车再去吧？"边亮说着将车进了档，起步了，"新车，还得去美美容，买点炭包什么的放在车上吧。姆妈闻没闻到车上的气味？这气味对身体不好。更重要的，这车还没上牌，临牌呢，开到公司去，别人会笑话的。"

许佳红说："你总是有理由！"

车辆徐徐行驶在宽阔的马路上。路上车如流水，高楼如林，许佳红蓦然感到自己是一滴水，一滴融进城市这片大海里的水。

"姆妈，我们去看看老爸吧，"车行了一段，边亮突然说，"给他一个惊喜，让他也看看我们家的新车。"

"要去你去，我不去。我就当没这个人了。"许佳红收了一下脚，双腿偏到一边。

许佳红前不久跟边富贵闹了矛盾。自从搬到新房以后，边富贵每天守船的钱不再交给许佳红了，说要把钱攒着油船（每年夏天船都要沥干水，涂一遍桐油，防止水浸坏了船底），也不悄悄带鱼回家了，不仅不带鱼回家，常常连家也不回了，总说他们在外面打牌。前几天，一向不回家的边富贵回了家，找许佳红要钱油船，许佳红便问他守船的钱干什么了，边富贵便说都下馆子了，打牌了，现在他们这些守船的，哪个都不把这点钱拿回家了，就是吃点喝点玩点牌。许佳红说边富贵大手大脚，两人便吵了起来。边富贵甚至提出要分家，各管各的。

"老爸这个人，和您过了大半辈子，您未必还不清楚他的脾性？他就是那么一个人，老实、规矩、实话实说。再说，现在我们家，在您的英明正确领导下，发了财，致了富，享受一下生活也是人之常情吧，不然发财有什么意思？您们都辛苦了大半辈子了，也到了该享受的时候了是吧。您看看我们原来湾子里的那些人家，有哪个还像我们老爸那样老老实实一心一意守船？有哪个不是天天在泡馆子？我感觉老爸做得很好了。"

"船是挣钱的呢，现在倒好，连油船的钱都没得了，那这船还有什么守头？他以为我们现在是金山银山了？也不想想，你要恋爱、要结婚成家，要多少钱？你妹妹现在补课一个月大几千，以后还要上大学，去国外留学，要多少钱？"

边亮不再说什么，谨慎开车。要到湖景小区时，便得意地问许佳红，他车开得怎样，可许佳红没有回应。

许佳红在想究竟去不去磨湖见边富贵。边亮说要去磨湖，明摆着是想借这个机会让她和边富贵和好起来，她不想让孩子们跟着难受。

"你不是说要去兜风吗？我就听你的，去磨湖看一看。"

磨湖风景区是开放景区，但并不让车辆在景区内通行。边亮心里不爽。他是想把车开进去风光风光的。这不仅仅是他有了车的问题。

边亮将车泊在门口，没有熄火，让许佳红在车上等着。许佳红说："不让进我们就不进吧，走进去。"边亮说："才邪完了呢，我们就是磨湖的人，还不让进去了？"边亮说时拿了手包，去了门卫室。

也不知道边亮和门卫说了什么，门卫竟出来把车辆通道打开了。边亮上车，开车往里走，许佳红问门卫怎么放行了，是不是磨湖人的车子能够进去。边亮说："磨湖人算个鸟，钱！我给了那个家伙一百块！"

一进景区，边亮便把车窗放下来了！"姆妈，里面风好，吹自然风比空调舒服。"

磨湖是老公园，绿茵如毯，法国梧桐粗壮如柱，树瘿如小儿脑袋，枝繁叶茂，遮天蔽日。时间虽近中午，里面的空气里却透着凉爽。边亮没有将车直接开到老爸那里，而是沿着主道向里行驶。

主道上有三三两两的游人，有电动观光车。边亮不自觉地把车开快了。

风就大了，边亮和许佳红的头发都飘了起来。边亮感觉有不少人向他投来羡慕的目光，他把音响开大了些，汪峰那深厚而又沧桑的声音在磨湖里回荡起来。

当我走在这里的每一条街道

我的心似乎从来都不能平静……

"姆妈，我今天才有感觉。"

"什么感觉？"

"磨湖就是我们家的后花园。"

许佳红扑哧一笑。她也有一种跟往常不一样的感觉。过去，她总是站在一种她向望的生活之外，是一个旁观者，隔着一层薄纱，她看不真切，更走不进去。现在，这层纱不在了。她不知道是不是这车把她带进去的。

"你慢点！"许佳红说。

边亮在公园里兜了一大圈，这才去了他老爸守船的地方。

这地方叫柳树湾，湖岸栽了一排柳树。柳树很大，树干要两人合围，黑黢黢地掩映在飘飞的柳絮中。这和许佳红在家的阳台上看到的有很大不同。在阳台上，只能见到一团一团的绿色，像一团团绿色的雾。

许佳红下车，眼光先是寻找岸上，却没见有船晾在太阳下。边富贵往年油船时，她给边富贵送过饭，她看见过边富贵油船。把船倒扣在几根木杠上，在太阳正烈时，拿一块白棉布蘸了桐油往船上抹，抹一遍又一遍，晒干了又抹。那时边富贵戴着草帽、身上只穿一条短裤，浑身也像抹了油一样发亮。

可现在，往年油船的地方空空的。

船这么快就油好下水了？她想。

岸边有几条船在水面上摇荡着。边亮和许佳红一条一条船看过去，却没有看到边富贵。让许佳红感到奇怪的，居然船主们她都不认识，他们也都不认识许佳红，一个劲儿地撺掇许佳红和边亮坐船游磨湖。

"姆妈，看到了吧，我们湾子里的人都不在这儿守船了，都把船租给别人了。怎么说老爸不容易呢？别人都把船租出去，上岸了，晒不着淋不着了，泡餐馆打牌去了，可我们老爸还坚守着，就凭这一点，我觉得就挺不容易的，我就很佩服的。"

许佳红还真被边亮这几句不咸不淡的话给打动了。是呀，现在，边富贵还能老老实实在这儿守船，她确实应该知足了。

远处的水面上有几只船漂着，像几片树叶。许佳红以为有一匹树叶是边富贵。

许佳红记得她家的船一直拴在前面一棵歪脖子柳树下，就和边亮走过去，在树下站着。等了一阵，终于等到那条船靠岸了。

船主却不是边富贵。她仔细辨认着那条船，认出她面前的这条船就是她家的。

船主是一个中年男人。他告诉许佳红，船是从别人手里租来的，一年给他交三万。"那船主去哪儿了？"许佳红问。中年男人想了想说："可能是出去做生意去了吧。十天前还来过，要明年的租子，说他要出去做事。"

许佳红一下懵了。做生意，做什么生意？要边亮打电话问问他在哪里。

边亮也没想到事情会是这样，边拨电话边往一边走。开始边富贵说他在守船，待边亮说出他和姆妈就在柳树湾时，才改了口，说他在河南，家里太闷了，他想出来散散心。

边亮接完电话，走到许佳红跟前，说老爸真是出去谈生意了。许佳红问去了哪里，什么生意，边亮想了想说，河南，好像是药材。

许佳红疑惑地瞪了边亮一眼。

"老爸……可能是想给姆妈一个惊喜吧。"边亮说。

上了车回家，边亮怕她生气，说："姆妈千万不要生老爸的气。老爸这回，不经领导同意，擅自将船租给别人，擅自出去做生意，这也确实太无组织无纪律了。他回来，我们一定要求他做深刻的检讨，给您写保证书……"

许佳红没让边亮胡扯下去："做生意？几万块能做什么生意？"

出了公园，路过沿湖街，许佳红突然说："你找个场子停车吧，我今天也不做饭了。我们上馆子。"

点了菜，许佳红便给边亮说去表舅公司上班的事，最多三天后就去上班。边亮要等牌照上好再去，许佳红说："那你就坐公交，等牌来了再开车去！"边亮知道姆妈的性子，不敢再说什么。

四

边亮去公司上班后，许佳红去遛狗，看见庄小凤，便朝庄小凤走过去。

许佳红的杰克和庄小凤的安迪早熟络了。人没到一起，两只狗狗先亲热上了。许佳红说："到底是畜生。"庄小凤笑起来："畜生比人好呢，想干嘛干嘛，无拘无束的，也不怕丢人现眼。"许佳红没心思和庄小凤说笑，叹了口气。庄小凤说："你有烦心事？"许佳红说："你说人究竟是怎么一回事啊，原来我想，人要是有了钱，不愁吃不愁穿，日子就好过了，顺心了。想不到有了钱之后，烦心事却不见少。人真是没一天好日子过。"庄小凤说："你有什么不顺心？房子一大堆，一个指头儿不弯，躺那儿吃躺那儿喝，几辈人也用不完，儿子进了好公司，女儿听话又上进，老公还天天给你守船挣钱，知足吧！"许佳红说："你想得到美！"庄小凤盯着许佳红的脸，看了一阵，似乎要从许佳红脸上看出什么来："边富贵在外面找人了？"许佳红想了想，把边富贵将船租给别人，悄悄去河南的事说了。

庄小凤哈哈大笑起来："我以为有蛮大个事哩。"许佳红说："不大吗？他可能是真有了什么人，一起出去野去了。"庄小凤说："不会吧，边大哥可是个老实人。"许佳红当然也希望不会。可想起边富贵的变化，又不得不往这方面想。搬到新房后，许佳红要和边富贵去照个婚纱，可边富贵不干。他说年纪大了照个婚纱，挂在屋里，别人会说他们是二婚。许佳红要去补办结婚证，边富贵也不去，说没这个必要，还说，房子拆迁前他们小离婚，拿到新房子就去办复婚，万一上面追查起来，他们这就是骗取补偿费。"都说男人有钱就变坏。"庄小凤说，"钱在你手里，他坏得到哪里去？许佳红，现在我们不是磨湖村的农民了。男人不会像过去那么老实了。照我看，边富贵即使像你说的带了别的女人出去野去了，也没有多大个事情。你没听说，现在城里修鞋匠都找个二奶呢，没有二奶就不是个男人呢，二奶就是男人的脸面呢。你知道我们老磨湖的男人，现在天天都在干嘛？坐饭馆儿麻将馆，上练歌房洗浴房，美其名曰联系业务，其实就是吃喝嫖赌。边富贵偶尔来这么一次，你就受不了了？现在你又不是没钱，他坏你也坏啊，看看哪个坏得过哪个？"许佳红说："我是担心孩子。你不知道，孩子跟过去也不一样了，就好像我们家有金山银山，花钱像流水。"庄小凤说："你挣了这么房子，不就是为了让孩子们花的？你还想要他们像我们一样吃那些苦？"许佳红长叹了一声。庄小凤说："也许我们把事情想复杂了。也许边富贵真是去找生意了呢，也许是他们那一伙守船的人一起去看少林寺了呢。"

和庄小凤扯了一阵闲篇，许佳红心里稍稍轻松了些。许佳红想找几个守船人的问问，可觉得这样做有些丢人，就打消了这个念头。

午休时，许佳红做了一个梦：边采芹考取了大学。她在太子酒店里设宴请客，把边采芹学校的老师、补课的老师、磨湖湾子里的人，把姆妈和外婆都接来了。酒店里面张灯结彩，大家都恭喜她女儿考上了大学。

杰克的汪汪声吵醒了她。她起床，一边揉眼一边便客厅走，这时看见杰克对着一个陌生人在叫，许佳红看清杰克对着叫的人是边采芹，她正站在客厅里，身边放着一只行李箱。

"大中午的怎么回来了？学校放假了？"许佳红一脸的疑问，"刚才我还做着梦呢，梦见你考上了大学。"

"我不读了。"边采芹说着，拖着行李箱去了她房间。

"读得好好的，怎么突然就不读了？"许佳红望着边采芹的背影说，人也往边采芹跟前走。正要进房间，边采芹"砰"地将房门关上了。

这太意外了。许佳红立刻打乔老师电话。乔老师说，边采芹这阵子常常旷课、迟到，夜不归宿，作业也不交，今天上课时打瞌睡，数学老师问她作业，她竟然就出了教室。她正准备给许佳红打电话说说这事的。

许佳红想不到是这样，对乔老师说，她会马上把她弄到学校来，可乔老师说这事不能操之过急。她既然回家了，就让她在家待几天，慢慢引导。

许佳红心中焦急，可不知如何是好。想起刚才的梦，眼里不知不觉流下泪来。

许佳红在边采芹身上寄托了她的理想。她没有考上大学，她要让女儿考上大学。她要让女儿出国留洋，然后体体面面地在大城市工作。她总觉得这才是真正地进入了城市。虽然现在磨湖村变成城市了，可她总觉得那不是真正进了城市。

令许佳红感觉自己不是真正进入城市，除了进入方式外，还有小区的状况。虽说从表面上看，湖景小区具有了城市的所有特征。高楼、绿地、健身器材、亭台回廊、喷泉、地下车库，等等，应有尽有，可许佳红总感觉有些不一样，总感觉它带着一种奇奇怪怪的气息。它既是城市又是乡村，既不是城市又不是乡村，这既是她想要的城市，又不是她想要的，总之有些似是而非。

许佳红生出这种感觉并不难理解。小区还有不少人在自家阳台上装晾衣竿、天线锅，把豪车停到自家楼前，把电视和音响声音开得震天动地，存心要让小区的人都听得见。尤其是小区死了人之后，有人仍在院内搭一个帐篷设置灵堂，放哀乐，唱卡拉ok，放鞭炮，吵得几个小区的人不得安宁。城管曾因为相邻小区数次投诉来管过，罚款，可罚款管不住这里财大气粗的业主……除了业主，小区还有很多租户，东西南北中，七行八作什么人都有，简直就像一个大杂烩，一个升级版的城中村，就像一个邋遢的人换了一件时尚华丽的衣裳……

许佳红在沙发上坐了一会儿又站起来，走到边采芹房门口，敲门。她想无论如何还是要让边采芹上学。

"采芹，你现在还小，你可能还不懂得姆妈的心，你开门，姆妈给你说说。"许佳红在门外说。

"采芹你开门，无论有什么事，你和姆妈说。什么事都没有读书大……"许佳红又说。

边采芹不开门，也不吭声儿，只有杰克望着房门汪汪叫着。许佳红望着门叹息，正要转身，听见边采芹在屋里嚷起来："你别说了好不好？我说不读就不读了。"

"不上学怎么行？将来……"

"你究竟是为了我还是为了你自己？你要是真心为了我，你就把要花的那些冤枉钱给我好了，把我的房子给我好了，我用这些钱去做生意。"

许佳红听边采芹这么说，顿时头晕目眩。许佳红真想把门砸开，好好教训教训边采芹。

可想想还是忍住了。

许佳红想，只有给边富贵打电话了，让他回来做做边采芹工作。可打了十几分钟，边富贵都不接电话。

许佳红只好给边亮打电话，要边亮下班后就回来，劝他妹妹上学。

五

边亮晚上回来，一进门许佳红就拉他在沙发上坐下，轻声说要他如何如何做好边采芹的工作，无论如何要让边采芹去上学。边亮说："妹妹这书，不读就不读吧。"许佳红眼瞪大了："你说么事？"边亮说："姆妈我说句您不爱听的话。现在这书读不读真的很无所谓了。就拿您自己说吧，您当年一心想考上大学，您要是考上大学了,您现在在做什么?当厅长、工程师、经理、教授?要是混得好,可以,混得不好,也可能一辈子就是个处长、科长、讲师什么的对吧?就说当个教授吧,您看看现在的教授,有谁成了千万富婆?有您现在这么多财产?您有现在这个财富,有您现在这样的生活?也许正因为您没上大学。要上了大学,您也许就什么都不是了……"

许佳红像不认识儿子似地,嗔道:"你这是什么话?我把你请回来做你妹妹工作,你倒成了她的说客。难道人就只有钱重要吗?"边亮说:"您说干什么不是为了钱?就说那些死命读书的,还不是为了钱?这个世界您没看明白?有钱就有一切,没钱就什么都不是。"许佳红说:"我不跟你讲嘴劲,你今天的任务就是把你妹妹工作做通,让她马上去上学。"

许佳红这时站起来,倒了一杯水,放到边亮面前,要她给边采芹端过去,"无论如何,要让她早点回学校。都高二了呢,耽误不起了。"

许佳红看边亮敲开了边采芹房门,这才去厨房做饭。

过了一阵,边亮来到厨房。许佳红问:"怎么样?"边亮说:"我晓得的道理都讲了,连天天用奥迪车送她上学这样的条件都许了,可她仍是不答应上学。"许佳红说:"她不读书了,想干什么?"边亮说:"没说。"许佳红说:"她真的以为自己可以躺着吃躺着喝,什么都不用干了?给你爸打电话,叫他马上回来。"

吃饭的时候,许佳红让边亮叫边采芹吃饭,可没叫出来,边亮说边采芹已经睡了。许佳红问边亮给他爸打电话没,边亮说打了,他说这两天会回来。

许佳红把全部希望都寄托在边富贵身上,可边富贵就是不回来。每次电话打过去,边富贵都把电话挂了。

过了五六天,边富贵才回来。

杰克还没见过边富贵,一见边富贵,便蹿到边富贵前面咬起来,把边富贵当成了一个入侵者。

许佳红心里很烦,瞪着边富贵说:"你还知道回家的路?"边富贵说:"不就是边采芹上学的事吗?"

边富贵坐到沙发上,靠住,把双臂伸开架在沙发靠背上。

许佳红说:"你觉得这是个小事?"

边富贵把手臂放下来:"不就是读书吗?不读就不读吧,不读书又不会死人。"许佳红的声音高起来:"你还是不是她爹?"边富贵说:"你就是钱烧的。读书是一个人的天分。没这个天分,你就是用钻子钻她,也钻不出个窟窿。再说,就说你钻天拱地,倾其所有,让她念上大学,可念上大学又怎样?现在大学生多如牛毛,塞脚丫子的就是大学生,女孩子更惨。大学毕业不是去餐馆里洗碗端盘子，就是去洗发店卖淫，去傍有钱人，去做小。所以，现在有些人根本不让孩子上学了，把孩子读书的钱给她存起来，长大了给他做点小生意。"

边富贵跟边亮简直就是一个腔调，她真怀疑他们是不是串通好了。"你想让她以后也去做生意？"边富贵说："天生一人，必有一路。"许佳红说："不读书，路在哪里？难道可以玩一辈子？"边富贵说："玩一辈子怎么了？玩一辈子的女人还少吗？有福的女人一辈子就是玩的。"许佳红说："她总要嫁人，成家吧？不读书，没份好工作，会嫁到什么样的人家？"边富贵说："她长得不差，我们也办得起像样的嫁妆，她还嫁不到一个好人家？现在有钱人哪个还在乎女人有没有才艺？在乎的就是你长相，你会不会玩，你有没有像样的嫁妆。"

"简直是胡说八道。"许佳红只觉得心里堵得不行，"边富贵，你这个态度，回来做么事？你这个态度就不要回来！"

边富贵望着许佳红，不疾不徐地说："我没想管这个事，你管怎么折腾怎么折腾。我，是回来拿钱的。"

"拿钱？拿什么钱？"

"我做生意，要钱，打牌，输了，要钱。"

许佳红想不到是这样。她顿时似乎明白了什么。"边、富、贵，我明白你为何对边采芹读不读书无所谓了，你是心中早就没有我们了。"

边富贵这阵子正跟一个叫翁倩的美女打得火热。这些天，他和翁美女一起旅游，从河南到陕西跑了一大圈。

翁倩是边富贵跟伙计们一起去K歌时认识的。磨湖村变成湖景小区后，在磨湖守船的十几个船主隔三岔五便要下一次馆，喝点酒，聊下天，享受一下生活。开始是在磨湖一带的小餐馆，以后就把档次提高了，去湘鄂情、太子，而且不仅喝酒聊天，还去K歌，去洗澡，去熏蒸了。翁美女就是边富贵前不久在巴山夜雨认识的。边富贵认识翁倩后，找了家宾馆，包了房间，让翁倩住着，每天下了船就去宾馆与翁倩幽会。

翁倩特别有风情。每次边富贵到她房间，她总能弄一点花样，把边富贵乐得翻了天。更让边富贵想不到的是，她从来不向边富贵要这要那，也不向边富贵打听什么，譬如说边富贵的家庭情况，等等。边富贵曾试探过她，说他们不会有结果，只能做露水夫妻。翁倩说露水就露水，露水才新鲜呢。边富贵说他在这城里没房没车，只有这一条破船，翁倩说，她也不是奔着边大哥的财产来的，边大哥有没有什么一点也不重要，重要的是她喜欢边大哥这个人。边富贵说你喜欢我眼上的疤子？翁倩蹿上来，叭了边富贵的疤瘌一口。边富贵觉得她单纯、真诚。他觉得和翁倩在一起与和许佳红在一起完全是两种感觉。

翁倩这么可人，边富贵有时很想和许佳红离了，娶翁倩。是呀，他和许佳红早就离了呢，从法律上说，他和许佳红没有半毛钱关系了。他完全可以再来一段婚姻，开始一段新的生活呢。

可又下不了决心。真离了，财产他就只有一半，或者还没有一半了。更重要的，在伙计们口中，离了婚再娶是笨蛋。不离，财产都是他的，女人只是一个管家，是个出纳。有钱人哪个在外面没有几个奶？

问题是现在他腰包瘪了，囊中羞涩。偏偏许佳红，不仅是个出纳，是个管家，还真正掌着实权。他要用钱，都要给许佳红说。他今天是一种试探，看看许佳红的反应，如果许佳红给他钱了，能保证他和翁美女的花费，就这么过下去。

边富贵不回答许佳红心里有没有他们的问题："我……欠了一屁股债，天天有人追着我要债，我没法子了，才出去躲债。"。

许佳红说："我看你现在就没一句实话了。"

边富贵说："实话也好，假话也罢，你直说给不给钱吧。你要是不想给，我也不想为难你。我用我自己的钱。"

许佳红这才明白边富贵为何今天要钱这么理直气壮，看来他心里早就盘算好了。"你的意思我明白了，是要离婚，我同意离，我只有一个条件，孩子跟我。"

边富贵这时心里更矛盾了。他只是想逼使许佳红拿出钱来，没想许佳红不吃这一套，而且爽快地同意了，连忙说："离……婚……法律上……我们早……离了……"边富贵结巴起来，"我……没说要离……婚。"

"那就是分家，一个意思。"

边富贵想不到许佳红是这种态度，顿时觉得自己离婚的想法真是太冲动了。这就好像你看上了某件物品，想花重金买下来，结果别人说送给你，你陡然会觉得那东西不是你想要的了。"我也没说要分家。我是这个家的男人是吧，可我……像个男人吗？我能做一分钱的主吗？你没觉得我窝囊？你天天侍候自己一张脸，没想想男人也是你一张脸？"

许佳红简直被边富贵绕懵了："你到底要怎么样，是要离婚还是要钱？或者还是要当家？"

边富贵说："我……要钱，我输了20万。"

许佳红没想到边富贵会要这么多。她没问边富贵拿钱做什么。她不想再说什么了。边采芹这么待在家里，最重要的是边采芹。她把银行卡找出来，丢到边富贵面前："拿去！少给我阴阳怪气的！"

许佳红二天一早就去学校找乔老师，她想知道边采芹怎么突然就变了。乔老师说边采芹有可能是有了网瘾，并要许佳红现在不要着急边采芹上学的事，而是要想办法戒除网瘾，乔老师并且建议她去找找师范大学专门研究戒除青少年网瘾的敖教授。

敖教授给了许佳红一些建议，如转移孩子的兴趣。她喜欢唱歌，喜欢音乐，可以请个老师教教她；喜欢旅游，可以陪她去看看风景……总之，要把她从网络虚拟世界里拉到现实生活中来。沉溺网络游戏的孩子，某种程度上世界观和价值观都有一些扭曲，心理不太健康，在某种意义上说也算是病人，所以，当家长的要跟她多一些交流，多一些耐心。许佳红觉得敖教授说得有道理，回家后，便敲门要和边采芹说说话。可边采芹不开门。许佳红在门口，轻轻地敲门，轻言细语地说："采芹，你不想上学就不上了，可你不能长期待在屋里，你这样成天见不着阳光，身体会弄垮的。我们报个团去旅游吧，出去散散心？"

屋里没有一点动静。许佳红又说："你要是喜欢唱歌，喜欢跳舞，我们去找个老师教教你……"

房里还是都没回应。许佳红心里的气上来了，想发火，可想起敖教授说沉溺网游的孩子就是病人的话，便忍了下来。

杰克站在门边叫着，许佳红有了主意："采芹，我去买菜，杰克就放在家里，你帮忙看着。"

许佳红把杰克留在家里，出门买菜去了。买了菜回来，边采芹房门仍没有开。杰克颠颠地跑过来，站在她面前，可怜兮兮地望着她，似乎眼里充满了幽怨。

许佳红做好了饭，叫边菜芹吃饭，叫了半天也没叫出来。许佳红吃完饭，边采芹才出来了。

边采芹吃饭时，许佳红便说起旅游、说起学唱歌的话，边采芹不吭声儿，夹了些菜，端进房里吃去了。

一晃半个月过去，许佳红和边采芹没有一次成功的交流。许佳红有些着急了。像这样下去，边采芹什么时候才能像敖教授说的回到现实中来？

这天晚上，许佳红吃完饭就等在桌边，边采芹刚一端起饭碗夹菜，便抓住时机说："采芹，你今天吃饭后，把杰克拉出去遛遛。姆妈早晨去买菜摔了跤，走路有些不方便。"边采芹不吱声，就只把菜往碗里夹。许佳红说："你小时候是很喜欢狗狗的，你还记得我们家盼盼吗？那条黑狗，毛像缎子一样，眼眶上有撮白毛，像熊猫，是你给它取了名盼盼？"边采芹的嘴里蹦出一句："你能不能不说这些？"许佳红被噎住了，可仍耐着性子说："我记得你最喜欢它了，走哪儿都要带着……"边采芹说："说这些有意思吗？你不就是想让我出去吗？想让我出去，简单啊,你把我的房子给我,我今天就出去。"边采芹夹好了菜,说完就端着碗往房间走了。

许佳红再也忍不住了,吼起来:"你的房子?你的房子在哪儿?我今天算明白你为什么要回来了,为什么待在屋里吃,还这么理直气壮?"边采芹"砰"地关上了门,可许佳红没有停下来,她肚子里积了一肚子火,差点都要把自己憋死了:"你以为你是这个家的人,这个家的财产就天经地义有你一份,你衣来伸手,饭来张口,你以为这一切都是理所应当?你打算就这样活下去,活一辈子……"

许佳红站在边采芹房门口吵了一阵,才坐到沙发上。泪从眼里挂下来。杰克跳到她腿上,嘴里哼哼着,像哭,又像是在安慰她。

她怎么也搞不清楚边采芹突然之间变成这样了。翻天覆地,就像磨湖村变成了湖景小区。

边采芹一直是个乖乖女,除了读书笨点儿,别的都好。许佳红不让她穿低腰的牛仔短裤,不让她把头发披着,不让她用口红,不让她穿高跟鞋,她都听了。边富贵甚至说许佳红偏心,对边采芹苛刻了。许佳红说,她不想让边采芹靠模样吃饭。

想起这些,许佳红心里更难受起来。她有一种梦碎了一地的感觉。

令许佳红感到心里还有点踏实的是边亮。边亮自愿住到公司里去了。他对许佳红说,公司宿舍的条件虽然差点,但住在公司,可以省不少汽油钱,省去不少的时间,还可以锻炼一下自己的吃苦精神。许佳红有时候打电话和他说边采芹的事,他也总做些劝解。许佳红感到边亮成熟了,省心了。

哪里想到这一切是边亮装出来的,是他的韬晦之计?

这天下午,许佳红正在小区遛狗,一向不轻易给许佳红打电话的边亮的表舅给许佳红打来电话,说边亮没在公司干了。

许佳红心"砰"的一炸:"他……没……在公司干了?"边亮表舅说:"听经理说,他一个多星期没来了。可能是吃不了这里的苦,趁我出国,他就开溜了。在我们这边干操作工确实有些苦,我这么安排,是想锻炼锻炼他,我大学毕业后也是从操作工干起的。"许佳红脑子里嗡嗡响:"昨天……给他打电话,他还说他在公司呢。"表舅说:"边亮实在不愿意在我们这儿干,表姐也不要勉强他。但表姐却不能什么事都惯着他。我今天详细问了问他的经理,他说了一些情况,我觉得有必要给表姐说说。他在厂里时候,没怎么在食堂里就过餐,每天晚上出去喝酒,吆五喝六,男男女女,开车兜风、K歌、消夜,有时候还住酒店……我有点担心这样下去,他学坏,会成毛病……"许佳红说话都有些结巴了:"他……这……是真的?"表舅说:"表姐也不必要太担心。他现在人还小……"

许佳红没听清表弟说了些什么，耳朵像一下子聋了，里面只有一片嗡嗡声。

六

许佳红脑子里断片了。她不明白是什么时候挂掉表弟电话的。清醒过来时，她发觉自己坐在小区乒乓球台边的水泥凳上。她这时才想起自己是出来遛狗的。可狗呢？她四下望，却没看见杰克的影子，不知杰克什么时候从手里遛掉了。

她站起来，又坐下。手机还捏在手里，她看了一眼，装进了裤兜里。

她突然感觉这个地方很陌生，很不真实，她面前的高楼、绿化树、健身器材、鹅卵石路面等像一种虚幻。

刹那间，磨湖村原来的景象——她家的老屋，村里那些田垄、垂柳、庄稼、池塘……迭现出来。她突然有些想念过去了。她在心里叹了一声，要是能回去真好！

可是，怎么还能回得去呢？她感到自己就像一个赶路的人，突然走到了一个前不着村、后不挨店的地方；像是一辆没有站点也没有终点的列车，只能轰轰隆隆向前开去，停不下来，也没有别的轨道……

直到庄小凤把杰克给她送来。

回到家，她便给边亮打电话，要边亮回来。

边亮晚上10点多才回来。一进门，便给许佳红说表舅有些不了解情况，他在表舅那儿干不下去，不全是因为活太苦了，而是因为学不到东西。他现在就是想学东西，将来自己开个公司。所以，他出入餐馆，是在做考察，想做个网商，在网上卖小龙虾。

许佳红没让他说下去："别说这些没用的。叫你妹妹。今天我有话对你们说。"边亮说："我想给你解释一下。"许佳红发起火来："把你妹妹叫出来！"

边亮走到边采芹房门口，敲门，屋里没动静，打边采芹手机，听到了手机铃声，但边采芹就是不接听。又敲了一阵，仍叫不开，只好跟许佳红说："我叫不开。"

许佳红站起来，到餐厅抱了一把椅子，走到边采芹房门口，朝房门砸过去。

"哐啷"一声，门开了，椅子倒在地板上。

边采芹仍盯着电脑，就像早料到了。

"你们！"许佳红手指头点着边采芹和跟过来的边亮，吼起来："都给我听着，听仔细了。我今天要和你们把话说清楚，你们变成今天这个样子，我有责任。自从搬了家,成了城里人,又有了几套房子,有了钱,我就讲究起来了,不做事了,过起了有钱人的生活。这给了你们错觉,你们觉得有了房子,就不需要靠自己的双手了,可以不劳动只享受了。今天我给你们做检讨。同时我决定从明天开始去找工作。你们两个,也去找。从明天开始,家里再没有饭给你们吃了。我今天给你们每人十天生活费,让你们找工作这段时间有口饭吃。钱用完了,你们自己去挣。都听到了吗?

边亮说:"姆妈,十天太少了。三个月,您给我三个月时间,我一定让您看到我成功。"

许佳红说:"除非你去表舅厂子,老老实实上班。"

边采芹的眼睛一直盯在电脑上,身子像被定住了。许佳红说:"边采芹,你呢?"

边采芹说:"你不就是赶我们走吗?你把我的房子给我,我马上出门。"

许佳红说:"你们不要指望靠房子养活你们。房子不是你们的。是我的。如果你们好好读书,好好工作,我就把房子给你们,要是你们不读书,不工作,我就把房子捐给国家。"

七

许佳红觉得她的变化是从去美容院开始的。如果不去美容院,她会去春天里小区,她就不会想着城里人的面子。她觉得自己也是走得太远了。

她把梳妆台上的洗面乳、亮肤水、面膜,等等,一古脑儿都扔到垃圾桶里,把美容店的年卡和杰克给了庄小凤。

她给马经理打电话,说想去春天里找份事做,可马经理却说,管理员的位子早给别人了。许佳红说她还是想做原来的工作,做保洁员。马经理说他们刚招了几个保洁员呢。

记得社区经常发布一些招聘信息,许佳红便去社区。

许佳红把身上的漂亮衣服都挂了起来,找出过去的旧衣裳穿上,把手上的金戒指、脖子上的金项链、耳朵上的金耳环统统都取了下来。

边亮和边采芹房间的门都关着。她知道他们都还没起床,却没有喊他们。她不想再婆婆妈妈了,不想再唠唠叨叨,像他们还是三岁小孩子一样对待了。她要让他们知道,她是说一不二的。

她从提包里拿出钱包,数了五百块钱放在茶几上,又数了五百块钱放在旁边，然后在每叠钱上留了一张字条。

到了社区，打听到只有招聘送外卖、送快递的，许佳红便去找罗书记，罗书记建议她去街道看看。

街道的撒大姐接待了她。撒大姐先介绍自己，说她不是傻子那个傻，是撒网的撒。撒大姐问她愿不愿意做环卫工，磨湖路缺一名环卫工，月薪1450元。许佳红想想答应了，并说自己曾在小区物业做过保洁员。

撒大姐问许佳红带了户口簿没有，许佳红拿出户口簿。撒大姐看过许佳红的户口簿，又盯着许佳红看，反反复复地看了一阵，问道："你真是湖景小区的？我怎么看你都怎么不对啊。听说你们小区的人，都是土豪，男人们都有产业，交给别人打理，自己吃吃喝喝；女人都是全职太太，无所事事，成天是逛逛街、购购物，你怎么还要出来做事，而且还是做环卫？"许佳红说："不都是这样。有的人也就一两套房子，活不了人，又没田没地了，也就只好找点事做，免得坐吃山空。"撒大姐又说："听说你们管房子叫什么？哑巴儿子？这说法好。但我看，房子比儿子好。现在，有几套房子，什么都不怕，坐在屋里，每个月都有人送钱来。可要是有几个儿子呢，那可就惨了。现在的年轻人啊，他就没有孝敬老人的概念，别说送钱你，恨不得买个榨油机，把你骨干都给榨干喽。说啃老那是好的。那他简直就是来讨债的，来折磨你的。"许佳红笑笑，敷衍着："谁说不是呢？现在最让人不放心的就是孩子。"

撒大姐发了一阵感慨，才言归正传，要许佳红把身份证、户口本复印了，填了表交了，去环卫所领活去。

到了环卫所，所长让人给许佳红拿来了工作服、带了布帘的草帽，然后叫了一辆垃圾清运车，把许佳红送到路段。

路段上有一个很小的活动板房，几个平方米，里面放着清扫工具，也是环卫工换衣服和休息的地方。司机给了许佳红一把钥匙，要许佳红将工作服也放在里面，把水和饭菜也放在里面，要许佳红明天上班，凌晨三点钟到岗。

司机走后，许佳红便把橙红色的工作服换上了，把鞋也换了。她想今天就穿着这身衣服回家。

工作服大了一圈，她感觉自己顿时变矮了许多。

许佳红回家时，正是中午。开门时，看到门口站着送外卖的。掏钥匙时，门开了，边采芹来接外卖。

边采芹没认出她，接了外卖就把门关了。

许佳红用钥匙开了门，进屋时，边采芹已经去她房间了。

许佳红做好饭，一个人吃了饭，便开始准备明天上班用的东西：水壶和饭盒。她想好了，她要和别人一样，自己带水喝，带饭吃。

晚饭时，边采芹又叫了外卖。许佳红啥声儿没吭。许佳红想，等她把五百块钱吃完了，看她还怎么叫？

边亮出去了，很晚都没有回来。许佳红想，他是去了表舅公司里，还是出去找事了呢？想打个电话问问，可想了想，忍住了。

许佳红的心情却比昨天好多了。她不再那么焦急，不再那么忧心。她感觉，边亮和边采芹会被她打动的。

凌晨三点钟，许佳红便挎着三个大可乐瓶凉水，两个大饭盒去了路段。早晨，人车稀少，城市似乎还在睡梦中。

许佳红想起她做美容，学养狗，想起前段时间一心要成为城里人的日子，也有一种做梦的感觉。现在，梦醒了。那不是她的生活。

许佳红的路段有3公里，从7路公交车湖景站到火车站，另有8个垃圾桶，一处简易公厕。清扫一遍要三个小时。许佳红先去活动板房，放下水壶和饭盒，拿了扫帚和撮箕出来。

许佳红拿起扫把弯下腰要扫的那一刻，脸有些发烧。她抬手把帽檐上的布帘拉下来罩住了脸。

布帘有些遮挡视线。她想了想，还是把布帘掀上去了。她问自己，为什么怕别人认出自己？

是啊，为了孩子，我这有什么怕见到人，有什么可羞涩的呢？我原来不就是做保洁员的，做保洁前不是还担过大粪？

毕竟在物业做过保洁，清扫路面、清理垃圾桶和冲洗公厕都不是难事。干完这些，六点半不到，基本在所里规定的时间以内。许佳红这时便回了板房，喝了水，提了撮箕和垃圾夹去火车站。司机交代过，从火车站出来，打出租或是坐公交的人最喜欢往外丢烟头纸屑矿泉水瓶。巡查的人捡到了就要扣钱。她的其他时间几乎一直要待在火车站那头。

一晃几天过去了。许佳红每天按时出门，到下午四点多回家，做晚饭，准备明天要带的饮食。边采芹仍叫着外卖，边亮也仍在外面晃荡，与许佳红打不着照面。

许佳红并不说什么。

这天下班，许佳红正在做饭，边亮回来了，手里拎着一小瓶可乐，倚在厨房门上："姆妈，你去扫大街了？"许佳红正用刀拍黄瓜，回过头来："是啊。""你是做给我和边采芹看的吧？""我们家里，无论是谁，从现在开始，都要用自己的双手过日子。""那条路上常常有人飙车。而且不久前,有个环卫工捡路上的烟盒时被车撞死了。"

飙车的事,许佳红已亲眼目睹过两次了。先是一种刺耳的声音在远处响起,紧接着一辆接一辆的车便飞一样过来了,一眨眼又飞一样过去了。她只感到有些惊心,有些不明白为什么有人要把车开得像飞。她能感到,那时公路两边的护栏,绿化带里的树都吓得在颤抖。

许佳红心里有一点点感动,边亮这是担心她安全呢,这就是效果呢,可表面上很冷静:"我晓得。"

"现在我们小区的人,都知道您扫大街去了。"边亮说,"您可真能做的,您知道别人都在说什么吗?"

许佳红没想到边亮想说的是这个,没好气地说:"我用自己的双手挣饭吃,别人爱么样嚼么样嚼。"

"我们呢?您想过我们吗?我们在外面怎么见人?我开着奥迪出出进进,姆妈在扫大街,在捡垃圾,您说我成了什么人?我给您说过,我现在正在筹划办公司,我得有个形象啊,得让人家知道我的实力啊,您这大街一扫,我生意还怎么做?还有边采芹。您要她读书,读书,您说她好意思去学校吗?"

许佳红心中的气上来了。她真想抽边亮几个耳光,真想质问他,姆妈干清洁工儿子就不能出门了,姑娘就不能上学了?可想想还是忍住了。"好办啊,你们就说不认识我。"

"姆妈你怎么就不懂呢,我今天是专门提前回来和你说这事的。这扫大街的事,您就算了吧,就算您给我们留点面子。"

"要留面子可以,你明天就去你表舅厂里,老老实实地上班。"

边亮一转身走了,出去了。

许佳红心里气得不行。可想想又释然了。这样毕竟比不闻不问好。

八

边富贵回来过一趟,知道许佳红在做保洁员,不置一词。他是回来拿身份证、户口本的,他说要办公司,要贷款。许佳红说起逼着边亮边采芹自己去找工作的事,边富贵说:"你别跟我说,你一定要搞个花样儿你自己搞去。"许佳红听边富贵这口气,心中不耐烦:"我是怕你给他们钱。你要清楚,给钱是害他们。"边富贵说:"钱都是你管着,我哪有钱给?"

一晃十天过去了。边采芹仍然待在家里，四门不出，大门不迈，吃饭就叫外卖，边亮也一天到晚不落家。许佳红想，他们哪里来的钱？他们手里原来还有些钱？那就等他们把手里的钱用光吧。

这天边采芹生日，许佳红上班时就想怎么给边采芹过个生日。从小到大，两个孩子过生日，她都要给孩子做点好吃的，实在做不出什么好的，哪怕就是煎两个荷包蛋也行。可今年这生日怎么过呢？

今年和过去不同了。他们不再是农村人了，他们有钱了。湖景小区的人，大人小孩子过生日，都要去酒店了。有的甚至还在小区里放鞭炮，还弄些豪车，风风光光地接寿星去酒店。许佳红想，或许应该给边采芹好好过个生日，给她冲一冲，也可以缓和一下她们之间的对立。可又想，她去做环卫，目的就是要让他们懂得节俭，懂得靠自己的双手过日子，在这种情况下又去铺张浪费不好。

想去想来，最后决定还是自己亲手为边采芹做一顿饭为好。边采芹从小爱吃肉饺，她想下班以后，去集市上买点猪里脊，自己动手擀面皮给边采芹做一餐肉饺。

许佳红就去市场上买了里脊和面粉，还买了一个大蛋糕。到12楼，一出电梯，便听到家里传出震耳欲聋的音乐声。

谁把音响开这么大呢，许佳红感觉门都在震颤。

打开门，眼前的一幕把许佳红吓呆了。

客厅里窗帘都拉上了，吊灯、筒灯、射灯统统打开了。一大群穿戴怪异的年轻男女，有的在客厅中间跳舞，有的斜躺在沙发上吸烟、喝酒。茶几上摆着罐装啤酒和一些奇形怪状的塑料壶和吸管，一片凌乱。

许佳红在几个赤裸着上身、胳膊上有文身的男生中间看到了边采芹，她甩着头，似乎要把头甩掉下来，许佳红感觉她就像一个疯子。

"边采芹！"许佳红叫了一声，可边采芹没听见，就像进入了另一个世界。屋里的其他人也没听见，没有任何反应。

许佳红嗅到屋里有一股特殊的香味。她警觉起来。电视上常常报一些吸毒的案子，她们会不会……想到这里，她的眼光盯住了茶几上那几个有点像浇花水壶的东西，她可以肯定，她们是吸毒了。

手中的里脊肉、面粉和蛋糕掉到了地上。

她走过去，把音响关掉，歇斯底里地喊："出去！都给我滚出去！"

边采芹这时才停下来，她冲到许佳红面前："同学来给我过生日，怎么了？"

许佳红指着那些水壶："那是什么？"

边采芹说："我不想生日就是蛋糕蛋糕，烦死了！"

许佳红穿着工作服，一众人都没认出她来，一个男生冲到许佳红面前，叫嚣起来："你什么人啊在这儿扫我们的兴？一个扫大街的还管我们唱歌？出去！"

许佳红说："要出去的是你们，我是边采芹的姆妈！"边采芹背对着许佳红，许佳红说："转过来，你给我跪下！"

边采芹不动，许佳红揪住边采芹的头发一拽，踢了边采芹腿弯一脚，将边采芹踢倒了下来："说！他们都是些什么人？你怎么认识他们的？你沾了毒没有？"许佳红歇斯底里地叫起来，像一头发疯的母兽。

边采芹歪在地板上，将头低着，散乱的头发遮住了脸。

"说，毒品是哪里来的？你沾过几次，钱是从哪儿来的？"

边采芹不吭声，许佳红双手掐住边采芹的脖子："沾上毒品，你死期就不远了。与其你吸死，不如我现在把你掐死……"

"我……"边采芹掰着姆妈的手，"没……沾，我……不晓得那是什么东西……那都……是他们自……己带来的。"

许佳红这才把手松开了："你明白吗？就凭刚才这个，聚众吸毒，就要去牢里蹲几年。"

许佳红留心观察了边采芹几天，觉得边采芹吸毒的可能性不大，才把这颗悬着的心放下来了。

一晃两个月了，边采芹仍然天天叫着外卖，边亮也一直在外面晃荡着。许佳红有些沉不住气了，准备问问他们钱到底是从哪儿来的？

这天下班，刚回到小区大门口，门卫便告诉她有人找，让她去物业办公室去。许佳红去了物业办公室，原来是银行的人，一男一女。他们都穿着银行的制服，问清她就是许佳红后，拿出几张单据，要许佳红还款。许佳红云里雾里："我没在银行贷过钱啊？"银行女士说，是边亮和边采芹的信用卡消费，他们申领信用卡时填的都是许佳红的电话号码，他们让他们来找许佳红。

许佳红这才明白是边采芹和边亮为何有用不完的钱了。

"我不能给他们还钱，你们找他们本人。"许佳红说。银行女士说："我们已找过本人了，他们没有钱还。如果您不还，到时候，我们可以通过起诉让法院强制执行，您希望您的孩子上黑名单？被判刑？"

许佳红说："你们想怎么执行怎么执行。"

两位银行的工作人员望着许佳红，百般不解。那女士说："我们听说您是有钱人，您觉得钱比儿子姑娘还重要？"

许佳红说："你们没看出来我是个扫街的？"

银行女士说："您这种人，我们也不是第一次见，越有钱越抠门儿。"

许佳红狠狠瞪了他们一眼，转身走了。

回到家，许佳红正准备给边亮打电话，告诉他银行来催款的事，门铃响了。打开门，见是四五个五大三粗，扎着宽牛皮带，剃着光头，臂膀上文着刺青的男人。

他们把双手抱在面前，冷冷地看着许佳红。一个问："你是边亮的姆妈？"

许佳红从他们凶神恶煞的样子上，感觉出来者不善："是啊。你们……找他？他……怎么了？"

领头的从怀里掏出几张纸，拍到桌子上："这是他亲手写的借条。你看看吧。"

许佳红愣住了："什么钱？刚才银行的来人，要还信用卡。"

"我们可不管这是什么钱。我们只是收账的。"

许佳红抓起桌上那几张纸看，果真是边亮写的借据，还按有手印。

"给个答复吧，我们没有工夫等。"

"五十万？"许佳红的声音当时就变了，"他……借这么多钱做什么？"

"我们怎么晓得他借钱做什么。提醒你一下，不要报警，明天十点钟以前，乖乖地在柜员机上把钱打过去，要是我们明天十点以前收不到这笔账，我们就不能保证他的胳膊还能长在他身上了。"

领头的说完，把借据拿走了，给了许佳红一个账号。

许佳红到底还是去银行汇了款。汇款后给边亮打了电话，告诉他去还信用卡。回到家，又对边采芹说信用卡还款的事，让他们记清楚，无论他们去坐牢，还是被别人砍脚砍膀子，她都不会理会了。

许佳红感觉自己很失败。她要绝望了！

她不明白两个孩子怎么突然间就变成这样了。她突然想去问问敖教授。

敖教授正在办公室吃盒饭，见许佳红等着他吃饭，就让许佳红说，他边吃边听。

许佳红这就给敖教授说边采芹上网辍学、邀同学在家过生日吸毒，边亮赌博借高利贷的事。说完时，敖教授饭也吃完了。敖教授用纸擦了嘴，然后擦汗，说："获取幸福的错误方法莫过于追求花天酒地的生活，这是叔本华说的。他还说，人总是企图把悲惨的人生变成接连不断的快感、欢乐和享受。"

许佳红懵懵懂懂，怔怔地望着敖教授。

敖教授说："追求享乐是人的本能吧。"

"您的意思是……他们没救了？"

"这可能是一个过程。一个必然的也可以说是必须经历的过程。这个过程很长，很长。也许会伴随人类始终。从另一个角度说，人类文明史也许就是与人自身的欲望斗争的历史。譬如宗教，就是要人怎么抛弃欲望的。"

许佳红一脸茫然："您能不能说得通俗些，譬如说，我现在该怎么办？怎么才能让孩子变好？"

敖教授说："我问你一个问题：你要求孩子读书，读书了做什么他们知道吗？你要孩子上班，上班了做什么？"

许佳红说："为了更好的生活啊。"

敖教授说："也就是说，无论好好读书，还是好好工作，目的只有一个，就是多挣钱，好好生活对吗？"

"是的。"

"症结就在这里。他们读书也好，好好工作也好，终极目的就是挣钱，好好生活，现在，他们有钱了，就觉得读书和工作无所谓了。所以，你现在最重的事，是要让他们相信，世界上有比金钱更值得追求的东西，有比那种灯红酒红的生活更有意思的生活。"

许佳似乎有些懂了："您能告诉我……具体要怎么办吗？"

敖教授叹了一声："现在，大道理已经不起作用了。"

许佳红想了想说："您是说我……该把那些房子都捐出去？"

"那是你自己的事。"敖教授说，"不过，财富，对于不懂得如何使用的人来说，确实是灾难。"

"电视上说过这些，一些有钱人并不留给孩子遗产，而是去做慈善，捐出去。"

"那些财富大亨回馈社会、帮助他人并不仅仅是为了孩子。他们在承担自己的社会责任，也教给孩子社会责任。这正是我们现在缺少的。我们现在很多有钱人，但有社会责任感的人却凤毛麟角。这当然也需要一个过程。我们一直面对的问题是贫穷，是饥饿，现在才面对着有钱这个问题。有钱了怎么办？怎么生活确实是我们要面对的一个新问题了。"

许佳红说："我……有点明白您的意思了。过去我确实没想过我们要的究竟是一种什么生活的问题，我就是想，只要有了钱，什么都好了……"

敖教授想结束谈话，站了起来："好了，我要去上课了。你回去好好想想我提的这些问题。"

九

许佳红揣摩敖教授的话，想着把房子捐出去。可真要把房子捐了，她却很不情愿。这些房子，在别人看来，来得容易，可哪块砖哪块地板没有她许佳红的汗水和心血？

而且，边富贵同意吗？办了离婚以后，她和边富贵没去办复婚手续，从法律上说，她没有支配边富贵那些房子的权利了。

扫地的时候，许佳红一直在想这个问题。她甚至想和边富贵商量商量。

下班回家，走到小区门口，突然一阵鞭炮声打断了她。她望过去，只见她们小区的中间冒着浓烟，而且有哀乐飘出来。

许佳红心上一紧：谁又走了？

走到33栋，许佳红看见灵棚，两腿顿时就软了。

死者是冬子！冬子的遗像放大了摆在灵棚中间。

灵棚里摆着一圈花圈。鼓乐班子敲着丧鼓，音响里放着哀乐。有三三两两的人坐在那里，脸木木的。

许佳红给冬子上了香，给冬子鞠了躬，这才看见庄小凤坐在角落里。安迪和杰克在庄小凤身边嬉戏着。庄小凤瞪着大眼睛看着许佳红，红肿的眼里又流下泪来，她张着嘴，可嗓子早哭哑了，发不出一点儿声音。许佳红过去紧紧地抱住了她，眼泪刷地一下流下来。

许佳红陪庄小凤流了一阵泪，才问起冬子这究竟是怎么了。旁边的人说是出了车祸。

湖景小区不算冬子，已经有八个人死于车祸了。其中最惨烈的一家四口全死了。他们刚买了豪车，开着车在湖边兜风，车子冲里湖里去了，一个人都没爬出来。

许佳红说："冬子不是都开了小半年了吗？是飙车？"

"他开错了道，逆行，撞了大货车。"

许佳红陪了一阵庄小凤，往回走。从物业办公室门口经过。门口聚集了几个人，他们正议论着冬子的死。

"其实他并不是走错了道，他是故意的。他认为有钱，想往哪走就往哪儿走。"

"说是吸毒了，吸过头了，人产生幻觉，总感觉别人在追他。不然他怎么开那么快呢。"

许佳红感到头有些晕眩，恐惧感像一朵乌云一样罩着了她。这种事情电视上常常报。许佳红一直觉得这离她很远，想不到原来离她这样近。

"其实钱来得太容易不是什么好事。俗话说肥田生瘪稻，老辈子的话不会错……"

许佳红却听得心惊肉跳，就像这些话是她从面前滚过去的一串炸雷。

天已经完全黑下来了。许佳红回家的时候，装在绿化带里的庭院灯和地灯一起亮了，发出白滢滢的光。她突然觉得自己像走在一片坟墓里，觉得一栋栋楼房，就像一个浑身是眼的怪物，每一个窗口，都是一张吃人的大嘴。城市就是一个一望无际、深不可测的陷阱。

她第一次觉得城市太坏，坏得她不可想象。

许佳红回到了家，像虚脱了一样，浑身无力。她在沙发坐了一阵，倒了一杯水喝了，就去敲边亮和边采芹房门。她想要他们去看看冬子。

边亮出来了。可边采芹不开门。许佳红心中的愤怒忽地一下从脚底冲上头顶。她一脚把门踹开，对着屋里吼叫起来："冬子死了你晓得吗？怎么死的晓得吗？吸毒！"

边采芹就像麻木了，不说话，不看姆妈，就像一个渐冻人。

许佳红喘了口气继续说："我早给你们说过，你们不听话，我就把房子交出去。可我下不了这个决心，我一直在犹豫。可现在，我不犹豫了。冬子的死，让我下定决心了。只有把房子交出去，才能保住你们一条命。不然冬子的今天，就是你们的明天！我告诉你们，我下定决心把房子捐出去了。你们要活下去，必须依靠自己的双手。"

许佳红声色俱厉，边亮从未见到过姆妈这样。他感觉姆妈像疯了。

"姆妈，我们现在就去看冬子。我再也不赌博了。边采芹……在家也不全是在打游戏，她跟我说……想做平面模特……"

"别说这些无用的话，你真想做事，就不会去赌。"许佳红的声音小了下来，就像刚才把力气用尽了，"你们记着，人只有用自己双手挣来的东西，才是自己的。不然，老天不答应。"

许佳红说完找出电话本，给那些租户打电话，让他们找房子，她想把房子卖出去。

打完电话又对边亮说："把车钥匙给我。我要把车卖了。"

边亮低下头，瓮声瓮气地说："车……抵债了。"

十

许佳红打电话叫回了边富贵。边富贵听说许佳红要捐房子，跳起来："你疯了？"许佳红说："我不能眼睁睁地看着他们步冬子的后尘。"边富贵说："一派胡言，冬子是死在房子上？"许佳红说："不仅冬子是，华子是，大毛是，刘雪英一家都是。"边富贵说："你还像个当姆妈的吗？哪个父母辛辛苦苦不是为了孩子？哪个父母拼死拼活不是为了给孩子留点家产，让孩子过上好日子？你倒好，要把到手的东西都交了，要让孩子们无遮身挡雨之地。"许佳红叫喊起来："我是要给他们留一条命！"

边富贵说："你实在要捐你就捐你的。我的你休想。"许佳红说："我们不是一家人吗？"边富贵说："不是早就离了？不是你写的申请，你去找的老孟，你去居委会办的手续？"许佳红说："你怎么这么无赖，房子是哪个盖起来的？"边富贵说："房子就是你盖起来的又怎么样？你应该知足了。你想想看，你要不是嫁给我，你会有今天？会有这么多房子？你说房子是你建的，我承认，可房子建在哪里？不是建在空中吧，是建在我边富贵家的地上吧。你应该清楚一个事实，值钱的不是房子，是地。"许佳红感觉到边富贵绝不会同意她捐房子："你要离也可以。但你别想带走孩子。"

"你都把房子捐出去了，他们不跟我睡大街上去？"

"我就是要他们去睡大街！"

边富贵不想再说下去了，站了起来："我们办离婚的时候，边采芹就上在我的户口本上。边采芹跟我是天经地义。"

许佳红说："你休想！"

第二天上班，许佳红一直在想怎么保住边采芹的问题。她打电话问表弟，表弟听说她要离婚，要把房子捐出去，逼使孩子们自食其力，学好，便劝她冷静，并说离婚和捐房子都不是办法。两个侄儿不求上进，是他们对待财富的观念不对。所以解决问题的办法只能是改变他们的观念。

中午，许佳红一个人坐在活动板房里吃午饭时，来了个一男一女两个陌生人，说他们是报社记者，要采访她。许佳红愣住了："采访我？我一个扫地的，你们要采访么事？"

女的说："就是采访您扫地。您身家千万，是名符其实的千万富婆，为什么还扫地？"

许佳红拿手指自己："千万富婆？我？"

"我们去小区物业采访过了，您现在拥有十套房子，按市值，千万不止。"男的说。

许佳红想怎么让这两个不速之客早点走："我不是什么千万富婆。我也没有十套房子。"

"我们问过了。您和边富贵先生现在仍在一起生活。"

"你们走吧。扫街……我只是想给孩子们做个样子，让他们懂得人要用自己的双手吃饭。这事你们不要再问了。我要去火车站了，要去捡烟头，检查的来了，一个烟头要罚50块。"

第二天早晨，许佳红扫到火车站时，火车站卖报纸的黄阿姨抖着一份报纸叫她："许佳红，许佳红，你上报纸了呢，快来看啊，还有你的大照片呢。"

黄阿姨朝她喊过，又指着她向报摊周围的人喊："快看啊，千万富婆当环卫工就是她！"

买报的人一下多了起来。许佳红过去时，几个手拿报纸的人盯着她看。有几个看了报纸的人，对她竖拇指，说这是满满的正能量，要把这份报纸带回去给儿子看看。还有的说，现在那些富二代，就是不懂这个最简单的道理，以为上一代人拼搏就是为了让他们挥霍的。许大姐做得太漂亮了。这可以让那些护犊子的看看人家是怎么教育孩子的……

人越来越多，有的举着手机照相，还拉着她合影。

许佳红想不到她扫大街的事真会上报纸，而且在别人眼中她是那么高大。想起边亮和边采芹，她感到无地自容。她恨不得向他们喊："这都是被逼的！"

许佳红拿一张报赶紧躲了。她走到一棵树前坐下，看那张报纸。照片上的自己，穿着反光背心，古铜色的脸，汗湿的头发，就像她过去一样。她不知道这照片是什么时候拍的。

报纸还未看完，一辆电视采访车"嗞"地停在她身边，从车上下来几个拿话筒的美女和好几个扛摄像机的帅哥。没等她反应过来，帅哥们已经将镜头对准了她。

一个美女这时才向她说明缘由。都市报的报道出来后，社会反响强烈，媒体转载，跟帖刷屏，省、市领导高度重视，要求媒体搞好深度报道。

许佳红想不到事情会闹这么大。她不想再闹下去了。她想怎么让这些人回去。"你们都回去吧，我的话昨天都说了，说完了。"许佳红拿起扫帚就走。

一辆轿车过来了。车上下来两男两女。许佳红望了一眼，两个女人她认得。一个是社区罗书记，还有一位是街道的撒大姐。一下车，罗书记就向许佳红介绍那两个陌生男人：周区长、王部长，说他们专门来看望慰问她来了。

罗书记把许佳红拉到一边，嘱咐她配合采访，现在她是区的典型、市的典型、省的典型了，还有可能成为全国的典型。许佳红说："我不能接受采访了。我要跟边富贵离婚。我要把房子捐出去。"

罗书记跑到周区长和王部长跟前，嘀咕了一阵，回来对许佳红说："我们社区出你这么一个典型相当相当不容易，而且是出现在湖景小区这样的新小区。在这样的小区出现这么一个典型，是多么有说服力。所以，这节骨眼上怎么能离婚？不仅不能离婚，还要搞好夫妻关系，成为模范家庭。捐房子的事也不行，房子一捐那还是什么千万富婆？即使你分得一半财产，那也只是百万富婆了，说服力就小得多了。"王部长这时也走过来，对许佳红说："罗书记的意见也是我和周区长的意见。小许你可能还不明白你这一扫帚扫出来的历史意义吧。现在像我们这种新城区，住着的大都是过去的农民，他们还不知道进入城市后该怎么生活。过去他们是过穷日子，只有过穷日子的经验，不知道有了钱富裕之后该怎么生活。所以，有不少在搬迁过程中发了财的人无所适从了，有的开始追求享乐，有的赌博打牌，把财富挥霍殆尽，有的甚至走上了犯罪的道路，甚至付出了生命的代价。你这是给他们上了生动的一课，也给了我们许多启示。城市不能只有一望无际的高楼，必须要有精神，有灵魂。而你就是我们城市灵魂的塑造者。所以我们希望你不要辜负省市领导、全市人民的希望。"王部长长篇大论般地说了一通后，罗书记又接着说："许佳红啊，你现在离婚也好，捐房子也好，弄不好就会成为一个全国性的网络事件，网民们会认为我们树假典型。我们无法向全国人民交代。"罗书记说完，撒大姐又接着说。

几位领导轮番劝说许佳红，说到最后，许佳红已经听不清他们说的都是些什么了，耳朵里只有一片嗡嗡声。许佳红真搞不懂这是怎么了，扫街、离婚、捐房这不都是她个人的事吗？

领导不让离婚，不让捐房子，而且那些租房户也说他们最快也要两个月才能租到房子，许佳红只好把这事先放下来。

一天中午，她正在活动板房休息时，手机响了。有人给她发了一条信息：要她拿500万去赎边采芹。

自从许佳红对边亮、边采芹宣布要把房子捐出去之后，边亮、边采芹就再没有出现在许佳红视线中,也没有打过电话,就像他们消失了一样。开始,许佳红还有些担心,好几次也想给他们打个电话,或者问问边富贵,可最后放弃了。她觉得两个孩子在跟她打心理战,她要打赢这场心理战。她不能让他们觉得她还在关心他们,不能让他们觉得她动摇了,她不能给他们这样一个错觉。更重要的是对自己,她担心自己会真的动摇。

想不到有人会绑架边采芹。

许佳红有点不相信这种事情会出现在她的生活中。她想是不是有人恶作剧,是不是边富贵?她给边采芹打电话,边采芹关机。打边富贵电话,边富贵一听边采芹被绑架了,便骂起来:"都是你惹的祸!"许佳红说:"你真没看到边采芹?"边富贵说:"我告诉你,绑匪一定是看到报纸了才绑架边采芹。"许佳红紧张起来了:"我也没想到要上报纸……"边富贵说:"还是你惹出来的!要是你不要捐什么房子,边采芹不会出门,不出门就不会出事。"

许佳红这才相信边采芹确实被绑架了。她感到恐惧,一种从未有过的恐惧。"你……不要说这些没用的,你说怎么办?报不报警?"

"你想边采芹死就报。"边富贵吼了一句就把电话挂了。

许佳红正翻出边亮电话,边富贵又把电话打过来了,要许佳红联系边亮表舅,向他借五百万,先把人赎回来再说。许佳红犹豫了一下,她突然觉得还是报警好。"绑匪拿了五百万,也仍然可能撕票,绑匪不可能让认识他们的人还活着。"

许佳红急急忙忙赶回家。刚打开门,来了一男一女两位警察。两位警察都穿着便装,拎着几个大包。男警察给许佳红看了警官证,说他姓吴,并介绍女警察姓朱。朱警官一进门就去拉窗帘,然后把大包拉开,取出一些仪器摆好。吴警官便看着许佳红手机的短信,要朱警官查查号码。

朱警官忙了一阵,对吴警官说号码不是武汉的,她已经把号码发回处里做技术分析了。朱警官问可以了吗?朱警官说,可以了。吴警官便让许佳红给绑匪打电话,尽量延长通话时间。

许佳红把电话拨了过去,"是你发信息给我吗?朋友,你只要不伤害我的女儿,我什么都答应你。你放心,我不会报警。我现在正在四处借钱。我已经在女儿表舅那里借了三百万了,我自己还有一百万,还差一百万,我刚才打了几个亲戚的电话,他们答应帮我,我算了算已差不多了。我明天一早就去银行,把钱打给你们。我只有一个要求,我女儿一直娇生惯养,没吃过苦,你们不要打她。"

许佳红一边说,一边望着吴警官,吴警官示意可以了。

许佳红却没有挂线,她想和女儿说几句话。她已经好久好久没有心平气和地说过话了。她问劫匪："我听听我女儿的声音可以吗？我想和女儿说两句。"

电话里果然是边采芹的声音："姆妈，救我……"

边采芹这一声姆妈，让许佳红的泪滴滴哒哒落下来了。她有多长时间没叫她姆妈了啊。"采芹，你别怕，姆妈正在想办法救你……"

劫匪把电话挂了，许佳红"哇"地哭起来。

吴警官看了看朱警官画的坐标图，拿着对讲机跟人说了绑匪藏身的具体位置，并让他们执行第一套方案。

案子不到一天就破了，边采芹毫发无伤，三名绑匪全部落网。据绑匪交代，他们果然是看了报纸上那篇千万富婆当环卫工的报道后，策划绑架边采芹的。他们认为许佳红是最好的作案对象。她扫大街给孩子做榜样，说明她不仅很有钱，而且很爱孩子。这样的人是不会报警的，只会乖乖地拿钱赎人。

这件事后，许佳红更想把房子捐掉了。她觉得这一切都是那几套房子惹来的祸。这真应了那句古话：钱是惹祸的根苗。

这天上午干完活，她坐在板房里，就给社区罗书记打电话，问她现在可不可以捐房子了，罗书记说："这怎么行呢？现在刚刚过去半个多月，如果你一定要捐，至少也要等小半年吧。"许佳红觉得这半年的时间太长了："我悄悄地捐，不跟任何人说，更不会对记者说，我保证不会让别人知道。"罗书记说："这不是你想象的。现在的事情，只要一个人知道，全世界的人都知道了。只要有一个人把你捐房子的事捅出来，我们就不好交代，网民甚至会说我们是造了一个假典型呢。"许佳红说："我想这事早日有个结果。"罗书记说："许佳红你为何一定跟房子过不去呢？你难道不知道好多人为了买套房子在拼命？不知道房子比钱还值钱？这事你不要说了。居委会现在绝对不会支持你，更不会给你写证明。"许佳红说："罗书记我给你说实话吧，为么事我现在要捐房子，就是想救两个孩子。因为有这几套房子，两个孩子不听话了。"罗书记说："你不晓得对孩子撒个谎，就说房子已经捐了？你有点爱心行不行？你可不可以想想别人的孩子？"

许佳红觉得有些道理，反正半年后，就要把房子捐出去的。他把边亮的号码翻出来，准备打过去。

自从边亮出去后，一直没回过家，也没有给她打过电话。她也一直没联系过边亮。不是不想联系，是非常想，想得心里发抖。那就像一根尖厉的刺扎在心里，动不动扎一下她，把她心扎了个千疮百孔，血肉模糊。每当这个时候，她特别想跟边亮打个电话，听他叫一声姆妈，听他说找了一份工作……可每次抓起手机，把边亮的号码翻出来，想拨过去的时候，她又觉得不行。她必须冷酷，必须让他们放弃对她的依赖，自己去闯，哪怕撞得头破血流；必须懂得承担，懂得天上不能掉馅饼这简单的道理……边采芹被绑架，她觉得有了跟边亮联系的理由，可抓起电话后，又放下了。她想边亮会打过来的。可她一直没等到边亮电话。

她想，大街小巷，电视上报纸上，都是边采芹被绑架的消息，边亮难道就不知道？这样大的事，他难道就不知道要关心？

又想，他是不会不关心的啊？

想到这里，她心中涌上了强烈的担心。她想打电话了。可最终都没把电话拨出去。现在，她感觉理由充分了。

可电话拨不通了。拨了好几次，电话都是忙音。

她打电话问边富贵和边亮联系了没，边富贵说没有。她说："他……不会有事吧？"边富贵吼起来："别问我！"就把电话挂了。

下午回家，许佳红一进门就叫边采芹，问她和哥哥联系了没有，可叫了几遍也没听到应答。推开边采芹房门看，这才知道边采芹不在家了。

边采芹回来后，仍像往日那样把自己关在房里。许佳红做了饭，叫她吃饭时她便出来吃饭，吃完饭又回自己房里去。许佳红想，边采芹受了刺激，现在可能还处在一种恐惧中，因此，也不多跟边采芹说什么。她还想，边采芹这次经受了这么严重的教训，应该长大了，懂事了。也许坏事变成了好事。她甚至感觉边采芹会去上学，会变成原来那个乖乖女。

出去散步去了？她想。这时瞟见那只旅行箱也不在了，电脑也不在桌上了。打开衣柜，衣柜里的衣服也不多了。这就拿起书桌上一张字条来看。字条上写着："我走了，不要找。"

许佳红决定去寻找孩子。她不想报警，想自己找，找到边亮、边采芹，亲口告诉他们，她把房子捐了。

她从小区的网吧、麻将馆找起，一天比一天走得远。这时候她才发现，城市比她想象的大得多，她感觉高楼无边无岸，就像大海。

她买了一张地图，到一个地方，就涂黑一个地方。太远的地方，就坐公交车，乘地铁。

一晃两个月过去了。许佳红的地图已涂黑了巴掌大一块，可没有边采芹、边亮的影子，也没有任何信息。可许佳红却越一点也不气馁。她像一个斗士，越斗越勇。

一晃又是半个月过去。这天许佳红去了光谷大道，傍晚时到了一条小巷网吧门前，正要进门，手机响了："您是边亮的母亲吧？边亮涉嫌抢劫……"

"抢劫？他抢劫？"许佳红难以置信，"你们是什么人？"

"我是南山派出所的，姓吴，初步查明，他伙同他人抢劫了一位开法拉利的女士，并致车主受伤。"

许佳红说："人在哪儿？"

吴警官告诉了许佳红地址，许佳红说："谢谢你们。我马上到。"

到了派出所，吴警官简要给许佳红说了一下案情，并说车主伤势不重，所抢金额也不多。如果家属主动退赔，取得受害人谅解，刑期可能不会太长。吴警官并且说他知道许佳红就是那个有千万家产还要扫大街的典型。

吴警官问许佳红想不想见见儿子，如果想见，他可以破例安排他们见一面。许佳红说不必了，她今天赶过来不是来见儿子，是来见警官的，更不是来求情的。她来就是要让吴警官转告边亮一句话，她把房子都捐了，让他在里面好好改造。

许佳红说完就走了。

边采芹还没下落。

这天下午，许佳红又去了光谷大道。傍晚走到一条小巷里，这时看到从一栋楼里出来一个身影，有点像边采芹。许佳红紧走几步过去，正要喊叫，突然看到一个男人走上前，鬼鬼祟祟碰了一下"边采芹"的手，然后扬长而去。许佳红冲过去，喊了一声边采芹，可"边采芹"几大步冲进了楼。

许佳红冲过去时，却没见到"边采芹"的影子。

她越想越觉得那个姑娘就是边采芹。她坐到楼梯上，拿出包里的冷水，喝了两口，平静了一下自己。

歇了一会儿站起来，她有了一个主意：换了工作服再来。

许佳红换上工作服，拿了铁皮撮箕和垃圾钳，叫了一辆出租赶过来，可在大楼口守了一晚，也没有看到"边采芹"。

直到第四天晚上，她装模作样地看楼道里打扫卫生时，才看见了"边采芹"，并认出了边采芹。

等边采芹一进屋。她拨通了警方电话：光谷大道樱园小区一栋老平房的602号房有人聚众吸毒。

拨过电话，她一直在楼道里坐着。警察一会儿来了，抓了五六个年轻人出来。认出披头散发、消瘦了不少的边采芹，许佳红心里针扎一般难受。她走过去，轻轻喊了一声采芹，边采芹似乎听到了她的声音，朝她望了过来。泪积在眼眶里，许佳红强忍了回去。直到边采芹被带走，坐上警车，她才让泪流下来……

回到家，许佳红给边富贵打电话，告诉他边亮和边采芹的事，说了半天，边富贵回了一句："晓得了。"

　　一周以后，许佳红下了班正在厨房做饭，边富贵回来了。他走到厨房门口，咳了一声，倚在门框上，翁声翁气地说："我回来了。"

　　许佳红正拿着刀拍黄瓜，扭过头来扫了边富贵一眼，又拍了黄瓜一刀，手中的力量不自觉大了不少。

　　"你还有脸回来？"许佳红重重地拍了一下砧板。

　　"我……"边富贵蔫蔫地，像被霜打了，声音也小得很。

　　边富贵从来没有到厨房门口和她说过话，也从来没用过这种口气，许佳红感到很奇怪。"你给我滚！别让我看见。我现在杀你的心都有。"

　　许佳红心里火直往上蹿，真恨不得一刀劈了他。

　　电炊壶的水开了，尖叫起来，许佳红不再理会边富贵，放下菜刀，去灌开水。边富贵这才去客厅坐了。

　　许佳红做好了饭，一个人在桌上吃着，也不叫边富贵。吃完饭，她拾掇厨房，边富贵又踱过来，倚在门框上："我要和你说个事。"

　　许佳红正在刷碗。刚才，她想过了，边富贵一定是把钱吃喝嫖赌光了，回来要钱来了。现在，她没钱了，她也再不会给边富贵半个子儿了。要不他就是来谈离婚的。

　　边富贵又说："我……"

　　许佳红说："我说过了，离婚我同意，但孩子不行。"

　　"我……被骗了。房子……我们的房子……被人骗走了……"

　　"你说什么？"许佳红真不敢相信自己的耳朵。

　　"那个骗子叫翁倩，这几个月我……就是和她……在一起，我们……拿了结婚证。前不久……她和我说要把房子卖了，移民到国外……她……先卖掉了我的那几套房子，后来，她请人伪造了你的委托书，通过中介低价把你的另外四套房子也卖出去了，现在，她已经卷了所有的款子溜了。"

　　许佳红手里的碗掉在地上。她发疯似地扑向边富贵，揪住边富贵的衣领："边富贵，你这个畜生！怪不得你不着家，怪不得你不理会孩子，你……把房子还我……"

　　边富贵抓着许佳红的手："你不是……要把房子都……捐了吗？"

　　"那是一回事吗？"许佳红头向边富贵撞去，边富贵往后退着时，一只腿被餐椅腿绊住了，人倒到地上。许佳红像疯了一样，骑到边富贵身上，双手掐住了边富贵的脖子。边富贵一开始还想把许佳红的手掰开，掰了一阵，感觉手没力气了，干脆自己掐起自己来，"你掐吧……我帮你……掐，掐，我不想……活了……"

许佳红这才放了手。

许佳红自己也不清楚为何这么难以接受房子被骗的事，她感觉不是房子的事，而是一天一天积攒在心中那无边的愤怒。她"嗷"地哭出一声，晕倒在地上。

清醒过来，才问边富贵报案了没有，边富贵说没有，因为报了案，他也逃不脱……

许佳红吼叫起来："坐牢我陪你坐！"

十二

深秋，行道树落叶多了，一天到晚都纷纷扬扬的。马路和人行道、绿化带上，一会儿不扫就会满地金黄。许佳红一个人忙不过来，所里又在这段路上增加了一名环卫工小玉，一个20多岁的年轻人。她叫许佳红许姐。许佳红问她这么年轻，长得又漂亮，怎么要来当环卫工。小玉说，她是农村来的。她只要能在城里待下去，干什么都行。许佳红就叹气。在心里说，她和边亮、边采芹都差不多啊，要是磨湖村不变成湖景小区，边亮和边采芹会不会扫街呢？

小玉招进来以后，所里给她们新来的一批环卫工讲了许佳红的事。小玉被许佳红的事震惊了，于是又上网读了一些报道。中午休息时，她便问许佳红："许姐，我可以问你一个问题吗？"许佳红说："可以啊。"小玉说："您是千万富婆，为了让孩子们上进，上街打扫卫生，您的孩子们现在怎么样了呢？"许佳红说："他们不学好。"小玉说："这说明您这个办法并不奏效是吗？那您为什么还要扫街呢？"许佳红看了小玉一眼，然后把眼光望向屋外："我也说不清楚为什么还要扫街。我总感觉孩子们在我身边，看着我。我只有拿着扫把扫街，我才不那么痛苦，心里才能平静一点。再说，我现在，没房租可收了，只有扫街，当保洁员，才有一口饭吃。"

小玉说："您的房子呢？"

许佳红说："被骗子骗走了。"

小玉说："是吗？城里真可怕。"

深冬的早晨，许佳红和小玉正在打扫绿化带里的银杏叶，一阵婴儿的哭声传出来。黎明之前，婴儿的啼哭声格外嘹亮而惊心。"小玉，快找找，可能又是哪个把孩子丢在绿化带里了。"

两人找了一会儿,便在一棵千年银杏旁找到了一个襁褓。许佳红把孩子抱起来。小玉说:"您刚才说又是哪个把孩子丢在这儿了,您以前就捡到过孩子?"

"是啊。小玉快看看,这里面还有一张字条。"

半个月前,许佳红在火车站附近捡到一个被遗弃的女婴。她打电话告诉社区罗书记后不久,来了两位女警官把弃婴带走了。

庄小凤知道了这事,便来找许佳红。

庄小凤穿着灰色粗布衫子和裤子,脚下穿着布鞋,手上的玉镯,项上的金项链都取了,而且,人瘦了许多。许佳红第一眼差点没认出来。

许佳红说:"庄小凤?你好像哪里变了,是不是现在流行这种装束?"庄小凤双手合十:"阿弥陀佛,我念佛了。"许佳红有些诧异:"念佛?"庄小凤说:"冬子死了后,我只有一个念头,就是去陪冬子。是佛祖救了我。"庄小凤说着,双手合掌在胸前,又念一声阿弥陀佛。

两人聊了一会儿天,庄小凤才说想收养一个孩子,许佳红感到有些奇怪。"念佛呢。"庄小凤似乎看出了许佳红的疑惑,"我想做点善事。那些孩子……太可怜了。"许佳红叹了一声:"我真怀念我们过去的磨湖村,田地、庄稼、人……都是那么亲切。"庄小凤说:"信了佛,满眼的房子,都是青山。"

许佳红有些懵懵懂懂,感到庄小凤像变了一个人。

她给庄小凤说,弃婴当时就被警察带走了,而且对收养弃婴政府有规定,要庄小凤去找社区申请。

庄小凤这才走了。

小玉看了看字条,说字条上写着孩子出生的时辰。许佳红打开襁褓,里面还有一只奶瓶。孩子一定是饿了,她拿起奶瓶给孩子喂起来。孩子的一双大眼睛一动不动瞪着她。她突然觉得孩子有点像边采芹。

给孩子喂了奶,她这才抱着孩子去活动板房。"小玉,上次那两个女警来带弃婴时,给了我一张名片,我放在门后的小包里。你帮我找出来。"

小玉把名片找出来,从许佳红手里接过孩子,逗着孩子,孩子望着房里的灯光,明亮的眼珠一动不动。小玉说:"这孩子好可爱哦!"

许佳红按着电话,按着按着,突然停住了。

下午,许佳红抱着孩子回家,走出板房不远,看见前面站着一个姑娘,亭亭玉立,长发飘飘。

有点像边采芹。许佳红走过去,果然是。边采芹叫了一声姆妈,滚下泪来。

许佳红把孩子交给小玉:"采芹,你是回来了?回来就好。"

边采芹将头抵在许佳红肩上,"啊"的一声哭开了。

许佳红用手捋着边采芹的头发:"采芹,你瘦了,没原来好看了……"

边采芹说:"我想去戒毒,我想你送我去戒毒……"

"好,姆妈送你去戒毒……"许佳红拍着边采芹的肩,"采芹,是姆妈报的警。那天你看没看到姆妈?"

边采芹只呜呜大哭着。

许佳红说:"你可能还不知道,姆妈的房子,都没了,都被骗子骗走了。"

边采芹哭声更大了……

小玉抱着孩子一直陪着许佳红和边采芹进了门。小玉一走,许佳红便给庄小凤打电话,让她来看看孩子。庄小凤一见孩子,喜欢得不行,抱着就不松手,许佳红让她去社区找罗书记。庄小凤走时,把孩子抱走了,说养一天是一天。

半个月过去,庄小凤的收养手续也没办下来。这天下午,许佳红刚回小区,庄小凤便要她一起去街道,帮她跑收养手续。这时接到警方电话,说翁倩被抓住了,而且追回了大部分赃款,要许佳红和边富贵带着身份证去派出所。许佳红只好要庄小凤等她去了派出所后再去街道。

警方已经决定将追回的赃款退还给许佳红。从派出所出来时,街灯已亮了。等公交时,边富贵说:"我们还是去办个复婚手续吧?"许佳红不吱声。边富贵又说:"婚纱照……你现在还想不想照?"许佳红还是不吱声。

上了车,许佳红对边富贵说:"我想办个孤儿院,你说呢?"

边富贵想了一会儿说:"是你报的案。"

走了一阵,许佳红碰了碰边富贵的胳膊:"我们……去看看采芹吧?"

边富贵说:"还有边亮。派出所给我打过电话,说他想见我们。"

在站点下了车,许佳红招了一辆出租,和边富贵坐上去。

出租车往一片灯光中驶去。许佳红感到像是在灯光的海洋中穿行……

(原载于《当代》2017年第6期)

湖北作家作品选

（2016—2017）

湖北省作家协会　编

中篇小说卷

（下）

武汉大学出版社

图书在版编目(CIP)数据

湖北作家作品选:2016—2017.全2册,中篇小说卷/湖北省作家协会编.—武汉:武汉大学出版社,2019.1
ISBN 978-7-307-12531-5

Ⅰ.湖… Ⅱ.湖… Ⅲ.①中国文学—当代文学—作品综合集—湖北 ②中篇小说—小说集—中国—当代 Ⅳ.I218.63

中国版本图书馆 CIP 数据核字(2018)第 278950 号

责任编辑:黄　殊　　　责任校对:汪欣怡　　　版式设计:韩闻锦

出版发行：武汉大学出版社　(430072　武昌　珞珈山)
（电子邮箱：cbs22@whu.edu.cn　网址：www.wdp.com.cn）
印刷:湖北恒泰印务有限公司
开本:720×1000　1/16　印张:27.75　字数:511 千字　插页:4
版次:2019 年 1 月第 1 版　2019 年 1 月第 1 次印刷
ISBN 978-7-307-12531-5　　　定价:76.00 元(全2册)

版权所有，不得翻印；凡购我社的图书，如有质量问题，请与当地图书销售部门联系调换。

下，掉头向左奔跑，刹那间，半操场的人以手捂眼，只听前方"哎哟"一声，一具肥胖的身体扑通倒地，众人挪开手去看，标枪插在左传的屁股上，稳稳地斜着。

左传被抬到学校医务室，解开裤子来看，标枪插入了大半寸。好在是棉裤，好在左传的臀部十分肥硕。校医为左传清洗消毒，上药，敷住伤口，还打了破伤风针，让他暂且趴在推床上静养。一会儿，那个掷标枪的同学来了，沮丧地站在推床前，结巴说："左传……兄，药费我赔！"左传疼得闭着一只眼，想了想，手拿到屁股上方摆摆："这样吧，药费有学校报销，你不用管，许慎的《说文解字》3块6毛钱一本，替我买一本。"那结巴子就无比结巴地答应下来。左传因祸得福，竟发了一笔偏财。

那时上大学国家是发生活费的，师范生还略高一些，每月16至23块不等，依家庭经济状况分出级别。左传家不算最穷，发18块半，因他爸在他念高中的那所中学烧火（做饭），可以领工资。但18块半买饭菜票花去15块，剩下的钱很吃紧，买一本《说文解字》整整差一毛，还得买点牙膏肥皂信封邮票什么的，最后连新电影《叶塞妮娅》也看不成。起初，家中每月给左传寄点钱，但左传念着祖父祖母母亲及弟妹在农村，坚决不让父亲再寄。左传没钱，想要一本书，就找衣物送给同学，让人买书，算是易货贸易。到了大三，左传一年四季只有冬装和夏装两种衣服替换，春秋时节就挪冬借夏地糊弄过去。为了省时间，左传从不料理自己，是有名的"三不主义者"：不洗碗、不冲澡、不换衣。那床被子好像四年没见洗过一回。而且他还有一个不好的毛病，老是找不到自己的牙刷，抓住谁的用谁的，后来室友们都把牙刷藏起来，他便常常刷不成牙。

有一年，一位女生在学校食堂排队打饭，突然晕倒，经校医掐压人中才活了过来，原因是疲劳过度和营养不良。这事对左传触动很大。不久，他做出决定：少下床。他的床是上铺，他把买来和借来的书全都挪到床上，靠内侧码成半匹墙，除了听课和吃喝拉撒，再就待在床上，放下蚊帐自成一统。室友们时常听到他念念有声，把床架晃得吱吱作响。那时，师院每天晨跑，左传不参与，辅导员找他谈话，他穿一件红裤衩爬下床来，朝辅导员嘻嘻笑，说饭菜油盐少，他只好堤外损失堤内补，省些能量。辅导员说跑步正是为了强身健体呀！他便两臂一弯、屁股一撅，做出一个癞蛤蟆起跳的姿势："您看您看，我这体魄！"那汗毛茂盛的胴体还真是白胖白胖的。

那时，别大方正轮换跟几个女同学交往，左传约别大方去城墙上散步，羡慕地询问经验，别大方说："讲卫生。"

3

而今，别大方每次跟4791的人聚会后，自然还得回到自己的岗位。别大方的岗位在省文联大厦的12楼，有大办公桌和皮椅，有装满书籍的玻璃书架，有沙发座和茶几，有一面鲜红的小国旗，也有烟雾、茶水、来人以及打嗝放屁一起腌出的气味。因为办公室面积"超标"，辟出一间别室，摆了捉毫书写的毡布大案，留有耳门进入。别大方坐到这个位置也是努力的结果，除了曾经求学跳龙门，几十年来追随时势笔耕未辍。有一年为了拿奖，跑过一些环节。手头支绌时，甚至把鸭舌帽拉低了向左传讨些赈济。很多事弯弯曲曲，不是能力水平问题。这些年，别大方淡下来，微笑着，偶尔发点不着四六的小脾气，像个主席样儿。但别大方坚持弄字，也就是练书法，而且跟别人不同，专弄各式篆体。篆体跟小学有关，因为从前受过左传的熏陶，或许也是怀念。别大方的左边太阳穴挂着葡萄斑，比54岁的实际年龄显得老。

近日，别大方总是无端想起左传。左传虽然已是人物，但左传跟自己比，究竟哪个更为成功或者更为失败呢？这家伙现在在想些什么东东？他本来是要微笑的，却啊切一声，打了一个大喷嚏，就眨眨眼，仰靠到皮椅的高背上，一波一波地摇晃，一面让怀想轻飏，一面感受皮椅晃动的舒服，索性闭上眼皮。

"得、得、得。"有人敲门，手法很文雅。

别大方睁眼愣怔一下，起身过去。

"你是？"别大方拉开门，门外站着一个陌生女人，心想，莫非是青春年代的某一位？但陌生女人莞尔一笑："我跟您曾经见过的。"爽朗的声音和光明的态度驱散了别大方的遐想。

别大方邀她去沙发上就座，一边坐到她的对面。看上去，她有四十岁左右的年纪，瘦脸，面颊白皙而肤质略显干涩，但眸子黑亮，目光柔韧绵长，鼻梁挺直磊落，那样子使她的莞尔越发显得清洁。在一个瞬间，别大方确信自己在某个年代见识过这类女性，譬如大学时期讲授欧美文学的那位漂亮的女老师。

"您找我？"别大方使用了"您"，似乎有些愿意跟她聊聊。

"是。"她将手中的一只蓝色化纤布包提起，亮了亮："我是从汉江大学来的。"那布包上印有毛体的"汉江大学"，进一步证明她的表面仍然停留在20世纪的时光里。

她一直保持恬静而光明的微笑，让别大方感到时空莫名的亮堂，又一时找不到应酬的尺寸。别大方略显慌乱地给她冲茶，她从蓝布包里取出两本书放到茶几上。书是古铜色封皮，近乎大辞典的规格。别大方向她递去茶杯，她接了，放下，拿起一本书来送给别大方，说："请您指教。"别大方接过书，见书名叫《汉字与汉文化探源》，著者古兰，不由抬头诧然相望。她便微笑得灿烂，说："古兰是我，我找不到别不改先生了，特来见您。"

别大方一下子全想了起来，禁不住蹲身而起，像从前面对左传别不改似的，扬起一根手指，朝着古兰面前连连甩动："啊，古兰呀古兰！"古兰望着别大方，脸颊顿然潮红，急忙拿起另一本书送过来，说："这一本托您转交别不改⋯⋯"

4

1983年，左传别不改和别大方于古城师院毕业，同时分配到江汉平原的一家国有农场的子弟中学任教。左传迷恋汉字，按规定工作两年后，考取江城大学古汉语研究生，做了黄（侃）门弟子。本来，以这家伙稀烂的英语是考不上的，但他出了奇招，在专业试卷上写道：本人以康熙年间规范的繁体字答题，如有一字串代，请赐零分！改卷时，他的答题内容全对，却无人能判其繁体字是否无一串代，经转呈南大程老先生过目，方才得以认定。这样，左传虽然英语不达标，而被力主改革的校长特批破格录取，在当年一度成为考研美谈。

不过，左传还嫌美得不够，闹过一次反复。大约入学不到两月，左传收到程老先生从南大寄来的一封信，信中向他表示赞赏和祝贺，顺便指出他的答卷中有一个常用字写错了，即"钱"应为"錢"。左传看完信，脸上顿时火辣，顾不得老先生袒爱，急匆匆跑到研究生院去揭发自己，恳求退学，以待明年再考。接待他的人一时懵了，问他怎么这么奇怪。他也懵了，说这很正常啊。一来二去就争吵起来。后领导闻声出面，把他领到一间小房里说话，比他更恳切地希望他从大局着想，为学校保住美谈和名誉。左传奉头沉默，最后提出一个请求：让他亲手把试卷上的"钱"改为"錢"。领导表示同意。

第二年，别大方也考取了江城大学。别大方发表过几首诗，原本想通过做省文联主席的义父调到文化单位的，但教育界把关严，出不去，为了理想，只好转而考研。那天，别大方从宿舍三楼下到二楼楼梯口，楼道上有人喊："老夫子，学报编辑的电话，找你。"一个熟悉的鸭公嗓门回道："挂了，他们想改我的稿子呢。"别大方驻足转身，与左传迎面相遇，左传一时立定而望。别大方就欢呼："左传兄，你咋成了老夫子？"左传这才眯着眼嘻嘻笑："莫非你也考来了？"

老夫子别不改除了在专业领域变得口气粗壮和身材进一步胖，其他方面一如从前，最大特色还是不讲卫生：蓝布棉袄的两个袖口油光鉴影，鲜明地映出左右开弓擦鼻涕的频繁与熟练；尽管相距几米之遥，一股长久腌制的人腥气扑鼻而来。但是老夫子毕竟是本科兄弟，别大方奋不顾身地冲上去，跟他拥抱了……

　　研究生时期清苦而寂寞，别大方时常去找老夫子聊天。由于老夫子的寝室比老夫子更臭，别大方又把他领到自己的寝室来。有时老夫子看书不想动，别大方就用肉丝面勾引。老夫子来了，其实也没什么好聊：聊学问，专业不同，别大方是学现当代文学的；聊女生，老夫子不懂；聊古城师院，两三回之后就是炒现饭了。后来，两人下象棋。老夫子下棋入迷好胜，每次轮到他走棋都要探出身子，俯在棋盘上方，把格局遮住，用瓶底眼镜照着棋子使劲研究；时间长了，别大方去撒尿，回来，他的姿势原样未改。但老夫子到底力不从心，一直输多赢少。别大方赢了棋，心里盘算：只有让他多输，不服，才会再来搦战，让自己得以常乐，就以言语挑逗："跟我下棋一般有三点体会，一是水平差不多，二是下得别扭，三是不该输的输了。"老夫子果然光火，离去时丢下一句："小子莫狂，下次收拾你！"

　　有段时间，老夫子老是感冒，鼻涕止不住，下棋时抹鼻子后也不揩手，弄得棋子黏乎乎的。别大方不敢碰棋子，找一双筷子来夹，老夫子快要输，夺去筷子，一折四截，扔到门旮旯去。下回，别大方削一根二尺长的木棍，准备在棋盘上戳棋子。老夫子见他手持木棍，问："干什么？"别大方用木棍戳着棋子示范一下："杀棋呀！"老夫子照着棋盘飞去一脚，任棋子咣啷四溅，掉头而去。别大方追到楼下，当着老夫子面，把木棍咔嚓折断，老夫子这才抬手拦住一泡鼻涕，笑了。

　　在江城大学，看书、听课、写作是日复一日的常事，所以杀棋与吵架倒留下深刻记忆。此外，在别大方的印象中，老夫子别不改于毕业前出版过一本不厚但据说颇有分量的小学专著，系里按教授规格为他举办学术报告会，别大方去听过，人不多，老夫子讲得满头大汗。再有，就是老夫子"骂楼"和给人"送大礼"……

　　"骂楼"是为了留校。本来，导师正在为他的事山上山下奔走说项，据说已有眉目。但老夫子抑制不住窃喜，邀同门师兄弟小聚，三杯下肚，竟摇头叹息："唉，我留校后，其他老先生的课怎么上哦！"诚然，这样讲话不过是学人的得意，而且话从老夫子的嘴里说出来，应该不会以为狂傲多于悲悯；可是，座中偏有犹大。翌日，导师把老夫子传唤到书房，黑着脸，在三尺空地来回疾走，连声骂道："岂有此理岂有此理江城大学还有我还有杨敬斋先生马继侃先生你算老几你不知天高地厚你教我怎么办——怎么办！"老夫子像从前乡村的地主，勾着头，肉实的身子一缩一抖。后来，骂声停了，老夫子转目偷窥，已不见导师人影，立马撤退。接下来，便轮到老夫子骂人。一连几个白天，老夫子一夫当关地立在寝室楼道上，双手叉腰，犟着脖子，瓶底眼镜一闪一闪地放光，但凡听见脚步，就以旧镇上恶妇的态度大骂："他妈×的，小人难养——有本事出来跟你大爷应战！"

那样子和骂声是那座老楼当年最为深刻的批判，想必后来的学弟学妹们也会时常忆及……

老夫子白天骂了人，晚上上一层楼，闯进别大方的寝室，一屁股坐到铺上，豁着大嘴喘粗气。别大方已知道老夫子的事，不宜拎这一壶，就朝床头架上的棋盘努努嘴。老夫子不应。别大方吞一口涎，色色地取出烟来，递过去，老夫子也甩手不接。沉静一会儿，老夫子嘴上咕哝一句："老子杀人的心都有！"

事态严重，别大方必须拯救，就以恶治恶地嗤道："瞧你这点德行，除了留在江城大学就不活了？"老夫子嘟哝："老子除了做学问，什么也干不了，什么也不想干。"别大方指出："学问也不是只有江城大学才有，江城还有好几所综合大学，去哪个中文系不行？再说，你这门学问全靠自己做，跟留在什么大学何干？你就是不服一口气！"老夫子不说话，但脸上略有起色，因问："别的大学如何去得了？我又不会送礼？"别大方便笑："又不是没有送过。"这么说，是因为有一年寒假，老夫子用蛇皮袋从乡下背来若干鹿鞭去孝敬导师，导师见这怪物恶心，一脚踢去，几支鹿鞭飞出窗外，扑嗖嗖地落在江城大学的半山上。老夫子正色道："说正经的！"别大方说："正经的简单，背上你那些研究蚯蚓（注：指古汉字）的成果，去隔壁汉江大学毛遂自荐。"

没几天，老夫子果然喜形于色地前来报告："还真他妈的天不全黑，我去汉江大学，不仅被热情接待，而且接待我的是一位姓古的副校长，这古校长也是研究小学的，在刊物上读过我的文章，答复得颇有口气！"别大方就拍着老夫子的肩膀替他高兴，说："你呀，不能光知道古代的那点风景！"老夫子取下瓶底眼镜，哈了哈，扯起衣角来擦，一面给别大方奖赏："行，陪你杀一盘。"

之后，差不多一个星期不见老夫子踪影。别大方下楼造访，老夫子的门由房内拴着，敲几下，没有应声，再敲，一边喊："是我呀！"老夫子在屋里高声道："没人！"别大方知道老夫子的迷劲发作了，摇头一笑，更大声喊："屋里是哪来的猩猩！"老夫子大约觉出自己犯下低级错误，就丝丝拉拉过来开门，说："正赶写论文呢。"别大方忿道："扯淡，现在是抓紧活动的时刻，写什么论文！"老夫子眯了眼，诡秘地把嘴巴送到别大方的耳边："这回是送人大礼咧！"别大方问：

"谁?"老夫子说:"古校长——干部考察,人家急用!"别大方瞪起眼:"什么?这跟女子卖身何异?"老夫子讪讪地笑:"算是金刚石宝刀生一次锈吧。"

1988年秋,老夫子顺利登上汉江大学中文系的讲台。不久,做了大一女生古兰的老师。而且,古兰是古校长的女儿,因为家学渊源,偏爱小学……

5

老夫子虽说是个肥胖的矮家伙,但学问扎实胸有鸿鹄,曾经在讲台上放出豪言:不出十年,汉江大学就是华中地区的小学研究中心。而人一绽放,周身的异味也随之消退。对于古兰,老夫子简直是一朵香花。盛夏的一天,老夫子正光着胴身在斗室里劳作,门虚着,有人半推了门,叫唤别老师,老夫子掉头一看,是古兰!古兰穿一件粉花连裙,胸部膨胀起伏,抿着浅笑,下巴一侧的三颗小痘子憋得又红又亮,晶莹黑眸直视老夫子。老夫子慌忙抓了衬衣往身上套,古兰拿出一本书,放在桌上,转身风影似地消失。

老夫子半穿着衬衣愣怔片刻,转头见桌上的书是歌德的《浮士德》,心里一动。没错,老夫子的确向来对外国文学不以为然,但是浮士德的故事还是知道的:莫非古兰拿我当作饱学多闻的浮士德老博士,而她甘愿做美丽纯朴的玛甘泪?莫非她正在期待我走出书斋,而她早已开始培育她和我的爱情?……多么美好啊,请不要停留!老夫子感到一种崭新的激动,心中的静水掀起波澜。一连几天,他像一只多情的公猫,尾巴总在一撩一撩地晃动,眼前浮出古兰的眸子、胸脯以及小痘子,生理上竟然发生了很不恰当的反应……

不日,老夫子去到一墙之隔的江城大学,一脚踢开别大方的寝室门,大喊:"我来了!"别大方正伏案赶写毕业论文,头也不抬,扬手道:"今天不杀棋。"老夫子鼻子一喷:"鬼才杀棋呢,老夫来教你认字!"别大方估计撵不走老夫子,只好放下活计,可转过身来,却是吓得一跳:老夫子穿一件"广式"大花褂,胡茬精光,湿漉漉竖立的头发散发出劣质发胶的气味,脸上嘻笑熠熠——陡然变成了一个鲜活的妖怪!别大方噗嗤道:"你这是刚刚从广州珠江里打捞起来的吧?"老夫子仰起脑袋:"怎么,就兴你人模狗样,不许老夫光亮一回?"别大方明白了,连连点头:"是,是,你发情了。"老夫子反驳:"那么说,有人每天都在发情啰!"别大方只好叹息:"时代不同了,小学也不甘寂寞啊!"

后来,经别大方诱供,老夫子交代了玛甘泪。但别大方问:"你不是要教我认字的吗?"老夫子抿住笑,去桌上翻过一张稿纸,写下:

祖

老夫子问道："认识这个字吗？"别大方很疑惑："难道这不是祖国的祖？"老夫子很不屑："这个字，首先是祖宗的祖呢。"别大方仍是不解："你想说什么？"老夫子且问："知不知道这个字如何造出来的？"别大方想想，说："会意。"老夫子又问："怎么会意？"别大方试探地说："大概由祭祀引申。"老夫子连连摇头，老气横秋地叹道："咳，不知所以然了吧？亏你一直蒙在鼓里使用它！"接着顿了顿，声音陡然明亮："这个字关键在右边的'且'——这是一个象形字，是男人的生殖器；祭祀什么？首先是'且'！"

别大方顿然崩溃，直笑得肚子抽筋，心想这家伙也弗洛伊德得太露骨了，就憋住笑："用过'且'吗？"老夫子朝他一甩手："俗！"掉头走了。别大方朝门外喊："回去问问浮士德怎么做吧！"

这之后，别大方忙着毕业谋职，再没时间跟老夫子拉扯。当年，别大方一度在党政机关和学术机构之间做选择，后考虑再三，还是去了省文联主管的一家刊物，因其义父大人在文联主席任上，斯地从政从文可以双进。可是，他过于乐观了，不久义父职位飘摇，他又老是言词过激，前途忽然晦暗不测。别大方大约以愤怒诗人的脾气隐忍了小半年，终于政文两弃，以"停薪留职"方式下海从商——另寻发达。这事发生在1990年，4791的同学都知道。

别大方去了江城的一家外资化妆品公司，很快当上经理。有一天，他从外地回来，办公桌上搁着一封信，信封上印有毛体的"汉江大学"，知道是老夫子寄来的，拿起拆开，信中写道：

"……此番致书为二事：一，汝今从商，坠入孔方，乃学人之耻，余不再与汝握手矣；二，汝以丈夫之尊从事化妆品之粉脂勾当，虽替汝羞怍，然难拆同窗旧谊，愿赐汝助余之机会，昔日玛甘泪与余往来渐密，其颔侧生痘若干，似有蔓延之势，余几欲抚之，不敢试手，望汝速赠祛痘膏少许。声明：即使获赠，亦不得握手！"

看完信，别大方拍案大笑，引得几名文员一起冲进办公室，惊呼："别经理怎么了？"别大方一愣，意识到自己身在外资企业写字楼，连忙合手致歉，表示对不起。众人窸窣而退，目光转折狐疑。

办公室安静下来，别大方再去看信，又欲笑，却掐着嘴巴凝住了：老夫子从前在书上嗅字和穿着"广式"花裰的样子，一时在眼前叠进叠出。他想，这家伙真够呆的，面对所爱竟"无以措手足"！明明同在江城，却不肯过江来取货，还弄一通之乎者也？难道本人从商真有那么堕落和反动吗？别大方决定，马上去公司仓库买两瓶祛痘霜，等下班后给他送去——这夫子，哪里晓得人在江湖身不由己哦!

6

可别大方还没起身,老板打来电话,说上海的一个女阿拉投诉本公司美白产品用后过敏,事态闹得严重,他得立马飞赴上海公关。如此,别大方只好向长江那边的老夫子摇头一叹。行前,他向一位女文员塞出一百元钱,像日本人一样拜托了老夫子的事。

两个月后,别大方从上海归来,又可以在办公室坐班几日。一日午后,他随意翻阅桌上的《都市生活》报,在末版左上角看到一个豆腐块专栏,名为《汉字中的两性关系》,当期的"豆腐"是《"奸"的前世今生》,署名"别大方"!别大方一诧,赶紧查阅近期的《都市生活》,果然每隔两日的末版都有一块"别大方"制作的"豆腐",共计已奉出十块"豆腐",涉及的汉字有:

祖、妙、屎、婚、囡、晏、嬲、嫖、戏、奸

不用说,这是别不改干的!别大方皱起眉头,报纸从手中滑落了。他立刻去找拜托过的那位女文员。果然,女文员将一个邮包交给他,说查无此人,祛痘霜已退回。他接过邮包核实,原来收件人"别不改"被毫无理由地写成了"别必改",不由歪头瞪起白眼,女文员却嘻嘻地笑:"不对吗?你就是这么说的——别必改嘛。"

当晚,别大方乘轮渡过江,来到汉江大学。老夫子的房门虚掩着,别大方破门而入,在老夫子还来不及抬起土豆脑袋时,将一叠报纸和两瓶祛痘霜拍到书桌上,气呼呼地不吭声,掏出烟来点燃。老夫子仰起瓶底眼镜,即刻嬉皮笑脸:"哟,稀客,终于大驾光临了!"一面夸张地伸出手,表示信上的"不得握手"可以撤销。别大方摆摆夹在手指上的烟,不理这一套,去床边坐下。

"怎么?"老夫子转身看着别大方。

"你说怎么呢?"别大方噗出一口烟雾。

"我没怎么呀?"

"你在报上写些什么破玩意?"

"解字说事嘛。"

"屁!你这是堕落!"

"兴你堕落一生,不许我堕落一时吗?"

"我是我,你是你。"

"是啊，文章是我的，署名是你的，不失体面。"

"什么体面？扯淡！告诉你，你我情况不同，当今做小学的人不多，像你这样有成就的更加稀罕，你天生只配做学问，而且只配做小学！你要珍惜，你花了十几年工夫，是可以成为里程碑的，你不能心生旁骛，不能糟蹋自己！"

"可是，谁叫你不给我送祛痘霜的……"

于是沉默。老夫子起身倒一杯水，朝别大方示意，放到了床头柜上。过一会儿，别大方端起杯子喝水，老夫子就喜悦地讲述近况：他亲自去商店买了一瓶祛痘霜，送给玛甘泪——古兰的脸红红的，奉着头，接受了；但这瓶祛痘霜花去月工资的四分之一，想到爱情可能"断炊"，心里很是犯愁；恰于这时，在校门口遇上了江城大学的一个师妹，师妹现在是《都市生活》的编辑，寒暄时向他约稿，表示稿费从优，最后这一句令他心动，于是策划了《汉字中的两性关系》这个专栏。老夫子说，写过几篇后，忽然觉出一点新意——这样"解字说事"倒也是格物致知，可以析出诸多文化的根儿，譬如一个"婚"字，左"女"右"昏"，可见"婚"是在晚上娶女，在晚上行房事，也就是说，中国人文明后，只在"昏"时——晚上——做爱，不像动物，光天化日下交媾，毫无羞耻；也不像西人，喜欢大白天野合，人兽两性兼顾；至于嫖客娼妓，则是没有白天黑夜的界限，属于不用情义的发泄与买卖——"婚"是人造的，造字人的观念即文化，实乃文化造"婚"；中国有了"婚"字，有了婚习，自然就有了独特的婚文明、婚文化……老夫子说着，眼睛里的白光透过瓶底眼镜闪闪发亮，突然双手一摊："老兄，你看咱们中国字多么有趣，它跟外国字不同，形音意，字字都有来历内涵，如果从小学的角度加以挖掘，搜集全体，那可是呈现了中国文化之根脉——文以载道，而字已载道啊！再者，现在《都市生活》因我的几块'豆腐'很受读者青睐，这样，他们好，我也好，不也是知识经济、君子之道吗？"

老夫子的学术诡道几乎令人欣悦。既然如此，别大方夫复何言。他便端起杯子猛喝几口水，泯了兴师问罪的情绪。然后，他递给老夫子一根烟，鼓励他玩玩，老夫子拿着，端到厚嘴唇上点火，火机的火苗一吐，老夫子咳得脖子鼓胀起来。

"玛甘泪怎样？"别大方问。

"你是问脸上的痘痘？"老夫子使劲揉搓脖子。

"不，和你呢。"

"这个，有些进展。"

"交欢了？"

老夫子嘻嘻笑，说："算是'准欢'吧，那天她穿一件单裙来我这儿，我正在写'屎'的豆腐块，见她胸脯一起一伏，自己的屌就很不听话，可惜我他妈的缺乏技术，终于只弄湿了她的裙子……"听到这儿，别大方不由噗嗤，两人就大笑起来。

笑完，老夫子一本正经地说："这丫头挺单纯的，我就那样了一下，她却问我会不会怀上——你他妈的不许再笑！"

别大方连说："不笑不笑，下一步有何打算？"

"什么打算——婚呗！"老夫子十分笃定。

7

但后来老夫子和古兰未能成婚。

前日，古兰前来赠送那本《汉字与汉文化探源》，别大方得知古兰就是古兰，大为惊异。当时，他抽着烟，从古兰浅浅的微笑中看见了几朵淡化的瘢痕，那瘢痕便是从前那些小痘痘的纪念。

"你们后来一直没有联系？"别大方问。

古兰点点头，淡然一笑。

"知道老夫子的近况吗？"

古兰依旧微笑："他现在怎样？"

"好像没做事了。"

"为什么呢？"

"一言难尽，或许并不快乐。"

"哦……"

别大方顿了顿，转而问："你一直在汉江大学？"古兰摇摇头，说她的硕士是在江城大学读的，博士是在南大读的，在外面读了6年才回汉大教书。那意思轻描淡写，没有延展的表达，别大方不再多问。

8

当年，别大方从老夫子的寓所回来后照例奔忙于江湖，直到年终才让屁股落到办公室的皮椅上。他拿起《都市生活》，直奔末版去找老夫子的"豆腐"。可是，"豆腐"不见了。搜寻其他版面，没有；翻看前期报纸，也没有。别大方觉得奇怪，通过114问得汉江大学中文系的电话号码，打过去，对方说别老师不在，已经好久没见。

雪花在江城白茫茫地纷扬了几日。周末雪霁，别大方带上两瓶祛痘霜，来到汉江大学。老夫子斗室的门关着，别大方又敲又喊，听到门栓的响动，推门而入。室内雾气缭绕，一股浓烈的方便面气味；照明灯没开，书桌上的台灯奄头亮着，空间因了湿雾更显昏暗。老夫子没有为别大方的到来而欢呼，默然回到书桌边坐下，一手扶面桶，一手拿起筷子，且不动作；他已摘下眼镜，眼泡凸凸的，曾经湿漉漉竖立的头发如一蓬枯草，稀疏的胡茬横七竖八，嘴角的几根胡梢挂着酱黄的汤汁，有一滴掉下，落到大红羽绒服的胸口。

别大方嗫嚅地问："怎么了？"一面从口袋里掏出祛痘霜，放到面桶的旁边。

老夫子长吁一口气，不说话。

别大方试探道："是古兰的事？"

老夫子摆摆头，将筷子插进面桶，转过身，抹一把胡茬，说："给我一支烟。"

之后，老夫子在烟雾中咳嗽着，向别大方通报情况。原来，古兰跟老夫子发生并不成功的"交欢"后，回家宣布自己已找到爱情，做父母的本来且惊且喜，可当她说出男友是别不改老师时，已升任省教育厅副厅长的父亲眉头一颤，当即表示"绝对不行"，古兰问为什么，古副厅长说今后吃小学的饭很难，古兰说："你也是做小学的呀。"古副厅长说："不是人人能做到我这样的……"但古兰爱意蓬勃，对父亲的话没当回事儿，回到学校后，倒是把违抗父命当作爱的战绩讲给老夫子听，不料，老夫子听得脸色陡然阴沉，古兰一再追问，老夫子冷冷地笑，说出了他给古副校长"送大礼"的旧事，古兰掉头便跑……没几天，中文系党支书找老夫子谈话，谈老师应当为人师表，谈做人要知恩图报，谈不改同志正是做学问出成果的黄金时期，等等，老夫子一言不发。可是，老夫子心中黑暗，时常在课堂上借题发挥，痛斥现实的丑陋与荒谬。一日系里举办学术讲座，老夫子讲"荆楚方言方音流变"，其间大谈自己的研究方法、经过和成果，明显是以披露的方式将他昔日送给古副校长的那份"大礼"又收了回来！不久，学界的议论传到古副厅长耳朵里，古副厅长很有涵养地淡然一笑："想想，可能吗？"

别大方说："别的不扯了，我只想知道古兰什么态度。"

"她能有什么态度？"老夫子凸起眼珠，沮丧地说："她还那么小，都不敢抬眼看我，怎么向我表明态度？"

室内的烟雾在潮湿的空气中凝固。别大方起了身，提议去校园里走走，老夫子没有拒绝。雪后的校园毕竟清朗，楼舍间歇满平展的积雪，道路和操场旁的树行银装素裹；几只小鸟扑扑蹿飞，雪末沙沙坠落。别大方和老夫子走过几幢宿舍楼，走进一片空旷的操场。他们在操场中央停下，禁不住仰体向天，纵情地吐纳空气。阵阵微风缭绕，二人不觉得寒意，倒是巴不得融化在这白净的晴朗之中。

"我想考博！"老夫子说。

"考哪里？"别大方知道以老夫子的学养没必要读博。

"南大。"

"你考吧。"

两人默契地停留一会儿，走出操场，向一片挂雪的树林走去。突然，老夫子让别大方原地等他，掉头朝寝室方向飞跑，那矮胖的身躯跑得很不成样子，像一头熊，身后扑哧扑哧地溅起雪花。老夫子回来时，手里拿着两瓶祛痘霜。这时，他便领着别大方走进树林，走到一条石凳边，将两瓶祛痘霜放在了白雪覆盖的石凳上。别大方相信，这石凳上留有老夫子和古兰的体温。老夫子转头冲别大方冷然一笑："算是祭奠吧！"

当年老夫子考博的笔试成绩是第一名，去南大面试业已顺利通过，由南京回江城后要做的事就是打点行装。

可是，老夫子在返回江城的客轮上疯了。

一张小报的"花边"立刻把老夫子的疯癫传遍大江南北：当时，客轮行至九江，一个土豆脑袋、戴瓶底眼镜的青年男子从自己的舱室冲出来，两颊潮红地立在客轮大厅中央，举臂高喊："诸位，现在向你们正式宣布鄙人的最新考据成果——鄙人是革命领袖×××丢失的小儿子！"从此，便面带微笑，逢人自称"领袖之子"……此事几乎闹成一场政治风波，幸好有江城六角亭精神病医院的诊断证明予以驳斥。

别大方赶到医院病房时，老夫子仰靠在床背上，倒是安静而平和，看着别大方极谦逊地笑："知道了我的最新考据成果吧？"别大方点点头："知道了。"于是老夫子就安慰别大方："你不必为我担心，以我现在的身份，别说一个副厅，就是省长也不敢为难我——今后当然不愁没饭吃、没老婆。"别大方的心口在抽搐，却不停地点头应诺。

后来，别大方去拿床头柜上的开水瓶给老夫子倒水，老夫子极严肃地说："你坐下，我有话对你讲，不要光为了钱忙碌；钱者，兵戈也，贱也；为了钱难免斗和贱；斗必不仁，不仁即贱；你要小心，现在全社会都往钱眼里钻，即便是金刚石宝刀也会生锈！"别大方把一杯水递给老夫子，老夫子接过去咕哝几口，将杯子还给他，接着说："告诉你，鲁迅所以厉害，因为鲁迅曾经跟随章太炎学习文字音韵训诂,算起来我和他还是师出同门呢……我有大事要做,我要写一本奇书,由籀文和小篆入手,从全体汉字中勘探汉文化之真相之全貌,记住,不仅仅是涉及性的汉字,是全部;为什么要清理文化,因为文化是人之为人的基因;当然,基因也会变异,但人必须明白人的基因是什么,知道怎么做人;别看很多人都在讲文化,其实胡扯的太多……老实说,我选定这个课题还得感谢你,要不是你忘了给我送祛痘霜,我就不会'解字说事'卖文,看来钱有时也不贱,真是无心插柳柳成荫啊……说到底,领袖之子又算什么呢,比起这件事来太没意思了,这才是里程碑,小学领域最后的里程碑,我决定暂时放下个人块垒,大丈夫当以事业为重……唉,古兰也不来看我,算了,别难为她,爱者爱也,只要她好……只是古副厅长太嚣张,必须挫一挫他,现在他该知道本人是谁了吧!对了,昨天我父亲来过,听说我妈也要来,但我不会告诉他们我已是领袖之子,我不能让他们哭……记得,你去汉朝,不不,去我的寝室,帮我把许慎的《说文解字》拿来,不要拿班固的《艺文志》和刘歆的《七略》,那两本东西不严谨,《说文》有几处我还有疑问,拿来琢磨一下……"老夫子说到后来,接连打起了哈欠。

别大方想,《说文解字》或可帮助老夫子回归,就去汉江大学替他取书。进老夫子住处不用带钥匙,老夫子一般把钥匙藏在门框的某个缝隙里,有时还会把那个缝隙告诉信得过的人。别大方顺利地摸到钥匙,开了门,掩鼻入室,拉灯,查找,从竹书架的顶部抽出《说文解字》。正要熄灯离去,忽见书桌上搁着一副刀鞘,古朴的黄铜色,似有粼光闪烁。这是一件异物,别大方不曾听老夫子说过,好奇地拿起,一手握了鞘口的刀柄拔抽,霎时,一道银亮的刀片呈现在微亮的灯光下,刀肩上清晰地镌刻着一行大篆:

你是金刚石宝刀

另有图章似的落款,以小篆写着"古兰谨赠"!别大方不由愣住,心中为老夫子得此红颜激动不已,于是把刀插回刀鞘,决定将这金刚石宝刀和《说文解字》一起带给老夫子。

可是别大方走出汉江大学校门时,突然感到不妥:以老夫子眼下的状况,岂可手持大刀!这样一想,复又觉得古兰这小女生还是太不更事,其痴情极有可能间接害了老夫子呢——简直糊涂!于是,别大方就留下宝刀(且带回自己的住处存放),只把许慎的《说文解字》给老夫子送去。老夫子见到《说文》,苍白的脸上沁出桃红,醒着,就手捧《说文》,困了,将它枕在枕下。

3个月后,老夫子以"领袖之子"的脾气坚决要求脱离六角亭这个白晃晃的鬼地方,医生无奈,只好放行。但医生私下对汉江大学负责人和老夫子父亲说,病人的病情虽有好转，但仍不稳定，还需长时间调养。校方负责人以抱歉的微笑去看老夫子父亲，其父就举手发言："领导莫愁，我儿我带走。"校方负责人赶紧补上一句："工资学校会照发的。"老夫子父亲接走老夫子时，老夫子本不愿意回老家，见老父老泪纵横，权且答应。临行前，老夫子邀别大方陪他回到学校寝室，将一只木箱交给别大方，说里面有几本重要的小学专著和自己写的书，还有关于"汉字与汉文化探源"的写作大纲，请别大方转交古兰保管和使用，等他日后回来拿取。别大方接过木箱。

学校安排一辆金杯面包车送老夫子离校，许多听过他的课的学生前来送行。老夫子从窗口探出头，向送行的人挥手，高声喊："我'胡汉山'还会回来的！"人群中有人嘤嘤地哭，不知古兰是否身在其中。

次日，别大方找到古兰，把木箱交给她。这是别大方20多年前唯一一次跟古兰见面。

9

1993年春，老夫子回到家乡十里镇。十里镇隶属荆市，离荆市十里。荆市辖地半山半平原，十里镇位于山峦与平原的过渡地带。老夫子回来时，金杯车行驶在一条正在拓宽的公路上。13年前，老夫子就是走这条路先到荆市，再由荆市搭车去古城师院的。现在，老夫子回到了他的出发地，除去他自己，谁都知道他这次不是回家来休假或探亲的，他或许将从此歇息在这里。

不过老夫子没有回乡下去，且住在十里镇上。父亲仍在镇上的十里中学烧火，学校里有一间宿舍一张床，老夫子上大学前一直跟父亲挤在这儿，而今老夫子从城里回来，父亲觉得儿子不宜回乡下抛头露面，把他安置在学校跟自己住。自此，不再有人拿老夫子当老夫子看，父亲一辈的人都省了别姓叫他不改，他有些不习惯，总是把自己关在房里，要不就去野山坡上转悠。

春天里满眼青翠，四处花卉烂漫，蝴蝶绕着行人飞舞，头上有雀鸟啁啾，脚边有溪水潺潺；从半山坡上回望平坦而苍翠的荒地，一群长颈梅花鹿在远处自由嬉玩。如此行走在没有阡陌的旷野，老夫子倒是有些喜欢做自然界的别不改。一日黄昏，别不改口吟陶令从垄上回来，于校门外碰见父亲，竟然开口叫了一声"爸爸"，令父亲喜极而泣。他不知道，父亲每天都默默地在不远处守候他呢……

没多久，别不改提出回汉江大学去，父亲极力劝阻。为了让儿子进一步忘情于山水，父亲经请示并得到十里中学校长同意，编好了话对别不改说："学校有个校办鹿场，放鹿的人手不够，校长想让我去，我这老寒腿跑不动，你代我吧。"别不改出于孝道答应下来。这之后，别不改每天就去鹿场了。鹿场西北角有一个草台，草台上有一棵葳蕤的柳树，别不改坐在树下，看梅花鹿行走、吃草、交颈、撒欢；有时也倒在草坪上睡一觉。鹿场原来有一名放鹿女工，是校长的侄女，名叫满枝，高考落榜，长得大眉大眼、饱满葱俊，而且活泼爱笑。满枝晓得一点不改哥的事，依旧羡慕他书读得好。有时，满枝从草台后面悄悄跳过来，哎一声，将手里拿着的一只烤红薯送到不改哥面前，让他吓得一抖，自己咯咯地笑。满枝说："吃吧，红薯能增强免疫力。"别不改听她说出"免疫力"这个科学名词，接过红薯时不由喜欢地望着她。

　　事情就不以人的意志为转移。盛夏的一个下午，别不改在草台小睡一觉坐起，忽然看见一头雄鹿爬到一头雌鹿的背上，接着臀部激烈运动——用家乡的话讲就是"过喜事"了。别不改的心口怦怦直跳，竟没有理由痛骂这两头畜生"低级趣味"。恰在此时，满枝在背后拍他一下，倚着他的身体滑坐下来。他感到满枝整个儿柔柔软软的，释出一股让人失控的引力，顿时体内血涌，毫无决策地转身压了过去……而满枝顺势为之，也十分配合。事毕，满枝依偎在别不改的怀里，忽然手指鹿场，说："你看！"别不改看过去，见那对雄鹿和雌鹿仍在战斗，就再次将满枝压在身下……

　　这年，别大方去探望过别不改。有一次，别不改和满枝并坐在草台上，别不改还没来得及戴上眼镜，满枝头发蓬乱脸颊赤红，估计刚刚完事。而且，当着别大方的面，满枝也不避讳跟别不改挨挨擦擦。趁满枝走开，别大方盯着别不改看，别不改一笑："看什么看，你不是没干过的。"别大方就跟着笑。其实，他是在看别不改的病状有否好转，而他竟然发现：性是可以治疗某种病症的，哪怕是跟一个没有所谓爱情的放鹿女性交！然而他问："要是有一天古兰来看你，看见你和这丫头在这儿干坏事，会怎么办？"别不改耷下头，沉默一会儿，说："她不会来的，要是看见了也就看见了。"停一下，用手指戳戳自己的后脑勺："我时常感到这儿有些不对劲……算了吧，现在她是凤凰，我是山鸡，早些让她离开我也好。"之后，两人讲开心的话，别不改倒是十分乐意介绍一些性的经验……

　　只是别不改心里仍有纠缠，不愿对满枝发生深刻的想法，而且时常以纳闷的态度和小动作对满枝的第一次表示狐疑。满枝是贼精的，看出他的心思，就撇嘴："你要是找歪，没门！"一面熟练地倚上身去。别不改想：反正又不是爱情，随她吧。立刻就按部就班地把满枝扳倒在地……如此，快乐的满枝越来越专制，并且开始自主筹办婚事，而别不改唯一的抵抗是拿"婚"字说事，每每拒绝白天……

第二年春天，别大方再来，看到别不改跟满枝已是一对呼应哎诺的男女。别大方问别不改后脑勺咋样，别不改说大不如从前。又问："是否跟南大方面联系一下？"别不改摇头："脑子坏了，学问做不到家的，做不到家何必做呢。"又问："需要我代表你去看望古兰吗？"别不改歪起鼻孔苦笑："听中学的人讲，有个白净的姑娘来过鹿场，估计她都知道了……不要再打扰人家吧。"晚上回学校，别不改父亲备了几样菜，还有粮食酒，别大方跟别不改父子和满枝一起喝酒。席间，别大方大谈城里的生意经，别不改专心地听。别不改的父亲问："你也没做学问呀？"别大方点头说："早没做了。"又问做什么生意，别大方说是化妆品，别不改的父亲就笑："男做女工，还不如放鹿呢……"

6月，镇上批评学校鹿场连年亏本，学校决定按改革精神把鹿场承包出去，方案是每年上缴利润1000元人民币。消息发出，有退休老师跃跃欲试，满枝趴到别不改肩上呃呃地哭泣。别不改不在乎鹿场落入谁手，单是感到满枝的一对奶子在胸口一颤一颤地撞，就说："我来承包吧，每年交1200元。"这样，两人就去校长办公室，用200元打退了竞争者。可是，当校长收了钱，跟别不改签合同时，别不改不肯动笔。满枝跺着脚喊："签咂签咂，我叔子还会骗你不成？"校长也拿起笔，往他手里塞，他默着脸，用力摆手，将笔碰落到地上。满枝就蹦跳起来："你！是白读了几十年书，还是脑子真有毛病？"别不改扭过头去，瓶底眼镜的白光陡然定住，扬手啪的一声打在满枝脸上，没等满枝哭叫便朝校长大吼："你等着，我马上回来！"转身冲出校长办公室。

别不改架起两支胳膊，像慌张的村姑一路疯跑。到了镇上的一家刻字摊前，让人刻一枚私章。刻字的白眉老头拿出几种款样给他看，他觉得无一可用，就要了纸，写下"别不改"的三个篆字。白眉老头看过，就其中的"改"字提出看法，别不改冷笑："没错的，照刻即是，加价30元。"章子就刻成了。等别不改带着章子疯跑回来，校长真的还坐在办公室吃茶，满枝则捂着脸歪在一把木椅上。别不改拿出章子晃晃，二人立马起身，在合同盖印。

完了，别不改向满枝努嘴，满枝收起合同，鼻子里哼出一声。两人一前一后往办公室外面走，出了校门，满枝接连抽噎几下，说左边耳朵听不见了。别不改顿然紧张，连忙送满枝去镇上的医院。医生诊过，认为耳朵受震严重，暂时失聪，也有好转的可能，便开药。回鹿场的路上，满枝捂着左耳埋怨："就是你就是你！"别不改拿手去抚摸，歉疚地咕哝："你让我做什么都行，只要莫让我写字。"满枝转头把右耳偏过来，问："你说什么呀？"别不改高声喊："我说，我都听你的，你莫让我写字，行吗？"

10

别不改骑上"虎背"后,便在"虎背"上想,本夫子连小学都弄得通,何况鹿场这点买卖,就朝着天空藐视地一哂。不日,他带了满枝去镇上申报注册公司,说公司名已想好,叫满枝鹿业有限公司。上了路,别不改又说:"为了满枝的事业,以后凡要签字,都由你代笔,我盖印。"满枝咯咯笑,远处的几只梅花鹿掉头望过来,天空一片彩云。

公司的生意是靠鹿吃鹿,可以出卖的产品有幼鹿、种鹿、鹿肉、鹿茸、鹿鞭、鹿血、鹿胎以及散装鹿酒。为了把经营搞上去,公司决定首先雇一名技工,专门伺候并鞭策雄鹿跟雌鹿频繁"过喜事",让梅花鹿快速生产,便打了招聘广告。接着,由别不改口授,满枝执笔,又写出一份介绍满枝鹿业产品种类的招商书,抄誊若干,分别邮往需要鹿材的酒厂、食品厂和保健品厂。

"技工"还没招到,来鹿场订货的人蜂拥而至。需要的鹿材主要是鹿鞭和鹿茸。来人见公司营业执照上写着别不改的名字,都喊别总或别老板,其中有个穿背带裤的小老头操香港话称呼他别先生,一口一声"冇闷试"。别不改时常被尊重得嘴唇嗫嗫嚅嚅,又明白和气生财的理,逢人就一边认真地笑,一边抬手示意:"那边请,交订金的事找满枝经理。"满枝每日在工棚里收钱。

一天夜里,灯还亮着,别不改落身便打起呼噜,满枝摇醒他,提出一个疑问:"为什么打货的人都不是酒厂、食品厂和保健品厂派来的?"别不改睁开眼,摆摆头,让脑子清醒了,问:"那他们都是些什么人?"满枝说:"是一些听到消息的散户。"别不改坐起,皱了眉头自语:"散户?只买鹿鞭和鹿茸,这倒是一个谜呢?"满枝见他陷入琢磨,即刻打断:"算了算了,反正每天有钱进。"手就伸出去做别的……

别不改仍在琢磨那个谜的日子,校长来到鹿场的工棚门口,问:"改革可否更进一步?"别不改反问:"何意?"校长说:"承包不如转让咧。"其实,校长是嫌每年1200元承包费来得太慢,而学校正差一大笔钱整修校舍。别不改一时犹豫,转眼向着鹿场外的旷野长久张望,几乎望见遥远的汉江大学或更加遥远的南大。校长催问道:"咋的?"别不改激灵一下,回头见校长笑出的一嘴黄牙还照着自己,问:"转让费多少?"校长眨眨眼:"整数10万。"别不改也眨眨眼:"您能借我一点吗?"校长说:"我顶多能借你一千。"别不改说:"才一千呀?"校长说:"你乡下还有亲戚,你的订金还在收,还有满枝的家里呢?"别不改不语,掉头望旷野,最后使劲点了头:"成。"校长笑嘻嘻离去。别不改独自面朝鹿场,心想:再也不能像跟满枝"过喜事"那样,抱着临时心态了。

5月的花在旷野里乱蹿,别不改站在工棚外发愣。满枝过来,向他报告:有个瘦猴一样的小伙子,每天来到鹿场,不订货也不打订金,光在鹿场转悠。别不改头也没回,说:"知道了,去忙吧。"满枝看着别不改的背影,窃窃地笑,以为别不改真拿自己当老板呢。

一会儿,别不改背了手,朝鹿场去,果然看见那小伙子站在西北角的草台上,正专注地观赏鹿群。别不改走到草台边招呼:"喂,朋友,订货吗?"小伙子猛地一惊,连忙回道:"不,我不是订货的,是工程师。"别不改看他穿一身皱巴巴的灰色西服,脸是白净的鹿脸,戴金边眼镜,不像一个滑头,笑问:"工程师也喜欢鹿?"工程师说:"我是专门开发鹿原料保健品的。"别不改心里不由一动。接下来,两人在草台上席地而坐,工程师介绍自己叫陆小彪,四年前毕业于汉江大学生物工程专业,现在是某保健品公司产品研发部负责人。别不改本来只是对鹿原料保健品感兴趣,得悉陆小彪是自己的校友,一时喜悦,且跟他聊起汉江大学。陆小彪也兴奋,大谈有关母校的共同话题,说着说着,竟说到母校曾经有一位青年教师,很有学问,后因潜心考据,考证出自己是革命领袖丢失的小儿子……别不改的脸色倏地暗下,冷冷地打断他:"那人就是我呢。"陆小彪不由呆住。

但别不改即刻摆手一笑,问陆小彪何以来到鹿场?陆小彪推推眼镜,惭愧地说:"老师,不瞒你,我是出来散心的——几天前,我所在的公司收到贵场的招商函,我力主跟贵场建立稳定的原料供购关系,以保证鹿保健品正常生产,不料,会上所有人骂我书呆子,老板也让我以后不要再过问此事——我是技术人员,怎么能接受这样的现实?"

别不改心里起毛:"难道你们的鹿保健品不要鹿原料吗?"

陆小彪灰暗地一笑:"产品说明书和广告中是有的。"

"那不是坑人?"

"他们有骗术呀。"

"怎么骗?"

"香料加味料。"

"什么意思?"

"用香料和味料调出鹿原料的香型和口味。"

"这不是黑良心?"

"是啊!可能也有不那么黑良心的人,一边采用香料和味料的法子,一边也多少添加一点真料。但据我所知，越来越多的鹿产品、蜂产品、人参产品、燕窝产品、虫草产品是冒牌货，被吹嘘的原料其实子虚乌有。在业内，一些科技人员正在配合老板们这么干，那些产品经他们在理论上一'圆'，更能蒙人。"

"老百姓这么好骗？"

"老百姓不懂，而且这些产品虽然无效但也无毒，不能产生生理效果却可以发生心理效应——以为有效，便感到有效了。"

"嗐，操他妈的鹿蛋！"

"所以，我只能来鹿场看看……"

别不改戚然无语。一只小鹿晃悠过来，停在草台下，朝他们骨碌骨碌地看，见两人无心逗耍，撒下一泡尿，让臊气飘来。忽然，别不改得了灵感，瓶底眼镜白光一晃，打在陆小彪的金边眼镜上，说："如果有真正的鹿产品跟冒牌货摆一起，让人比着消费，那不是迟早良莠自见吗？"

陆小彪就笑了："老师，你这里除了卖货，能进货吗？"

别不改没明白："进什么货？"

"人才呀！"陆小彪用一根手指朝自己胸口指点。

别不改立马伸出手，让陆小彪握住……

这时，满枝在工棚那边喊："不改，回来吃饭！"别不改应了声，邀陆小彪一起过去。两人起身走下草台，陆小彪向小鹿招手嗫声，想拢去摩挲，小鹿掉头跑掉。别不改心里咯噔一下，想到这个金边眼镜要是数月之前来到鹿场，当初坐在草台上看梅花鹿"过喜事"的便是他咧……那该多好啊！可现在，他只能做满枝鹿业的技工了！

正是这天傍晚，满枝把别不改的手拿过去，放在自己的小腹上，说："你摸！"别不改预感不妙，问："什么事？"满枝在幽明中一笑："都会动了呀！"别不改触电似地缩手："瞎扯，昨晚还那个了的？"满枝便嗔道："那是你馋吵。"别不改的日子就彻底暗淡了。

于是结婚。

结婚仪式上，别不改跟满枝亲嘴，把嘴对着满枝的右耳门，小声说："鹿久，天天长久！"满枝相信这是比喻，喜盈盈地笑……

几天后，满枝明白：原来"鹿久"是满枝鹿业有限公司即将开发的鹿原料保健酒的名字！可不管怎样，此"鹿久"跟彼"鹿久"分得了彼此吗？满枝就拿出前期积攒的钱，交给别不改，任由他在陆小彪的指导下大兴土木。关于酒厂，别不改只有一个要求：厂址选在鹿场西边，跟鹿场隔一道高墙。因为本地多东南风和北风，免得鹿们闻到鹿酒的气味。同时，公司开始减少鹿血、鹿茸、鹿鞭的出售，以备"鹿久"之需。半年后，满枝产下一女，梅花鹿满场奔腾，酒厂里酒香阵阵。但是，满枝和陆小彪都希望别不改写两个篆体的"鹿久"用于包装，别不改却坚持不从。满枝只好找镇上最有名的书法家写了狂草的"鹿久"。那"鹿久"二字印在酒瓶和纸箱上，别不改天天得见，发现其中的"久"字在横折处顿了一下，更像一个"欠"字，但一直佯装不察……

　　酒厂辉煌时，别大方来酒厂喝过鹿久。当时别不改事业有成，穿一件米色T恤，扎在黑裤子里，系一根金利来皮带，颇有老板起色。说到鹿久，他晃着红光满面的土豆脑袋笑："时也，命也，恰好遇上全国人民热衷于补肾的季节。"又说："或许是人性的觉醒和复苏吧，几年前，我在报上'解字说事'"，也算是加入了这场启蒙运动，真是种瓜得瓜啊！"别大方分明听得出别不改的谬意，但见他谬以亨通，几乎心生妒忌。别大方说："你应该穿西装的。"别不改谦逊地点点头："有，懒得搞。"别大方不甘平庸，向别不改透露，他刚刚完成一部历史题材长篇小说，回应改革主题，估计会引起反响。但别不改心知别大方凡事不专的习性，又缺乏罹难，估计那小说必定不会高明，单是浅笑。别大方偏说："这么多年一直泡在商海，对社会形成了一些看法，参加过一些会议，准备上岸，省里领导约谈过一次，可能会有些安排。"别不改觉得别大方语意晦昧，不再深聊。

　　送走别大方的那个下午，天空无比澄湛。别不改独自向鹿场西北角的草台走去。他已经有了肚腩，走路仰头，八字步，背手。鹿场上除了鹿的气味，还有绊根草、野菊、桂子、柳树以及泥土溢出的芬芳，一切混合了，一切都很亲切，风一来浓一阵，风去化入身心。别不改举起瓶底眼镜眺望，宽广的草地鹿群散布，四周扎着围栏，西边立着一面高墙，只可以看见酒厂的屋尖；不远处是十里小镇，镇郊有一栋乡村别墅已经动工……多么好啊，没什么不好！他在草台上站住，一阵风来，香馨漫拥，忽入化境，恍然回归了汉字的形音意发生的遥远的纯朴年代，便点燃一支烟，任烟缕飘散于无形……

　　越明年，别不改差人修一条由酒厂到十里镇的柏油公路，经上级批准，命名为满枝小路。满枝涂了口红，驾一辆宝马X5驶往荆市。

11

　　荆市领导也常来满枝鹿场和酒厂视察。那时经济是最大政治，从政的人必得把一半以上的心思放在经济上。荆市市长来了，拿别不改当外商邀请：别先生，欢迎你去荆市城区投资呀。别不改虽然从前因小学而狂傲，但现在知道小学在现实里很小，所以并不因为过去的古副厅长而排斥所有的"长"，反而特别经不得任何一个"长"的尊重，就卑以自牧地向市长哈腰弄笑，表示感谢，但确实又不懂行市，一时喏喏无词，像是犹豫。满枝插嘴道："我们正考虑投什么好呢。"市长仰起宽脸大笑："莫考虑了，我帮你们拿主意，投资房地产！"

不日，别不改赴省城考察回来，由满枝开车送去荆市市府大院。市长迎出来，捧其手，使劲摇摆，一面着人通知城建委主任前来应事。主任陪别不改去城区看地，一路上不停推销，别不改暂且缄口不语。晚上，市长宴请。入了席，市长替别不改铺展餐布，一面问："意下如何？"别不改将身子倾向市长，小声说："能把荆市车站给我吗？"市长一怔，但即刻拍案道："啊呀，好主意——荆市这几年发展太快，中心城区交通堵塞，早该把车站迁出去了——来，谈谈你的想法！"别不改受到鼓舞，便说："我想在那块地上搞两个项目，一是高档住宅楼，一是现代化的 shopping mall。"城建委主任盯着别不改，眨眨眼，小心问："怎么'削皮毛'？"市长忍俊不禁，大幅摇头："老土啊老土，别先生讲的是英语，是把购物和吃喝玩乐集于一体的新型商业场所！"桌上的人无不欢笑。满枝为别不改的英语而喜悦，悄声问："这项目得投多少钱？"别不改粗枝大叶地回道："反正赚钱。"宴毕，投资项目原则上敲定。

荆市车站及周边地段划入项目的土地共计二百余亩，购买土地使用权和支付拆迁补偿约 1.5 亿元。钱倒不是问题，满枝鹿业的账面上早闲着 1.6 亿元呢。真正的问题是在合同上签字。市里的想法是，这么大的投资项目，应该搞一个签字仪式宣传宣传。别不改急了，去问城建委主任："在合同上盖章也算签字吧？"主任说："当然也算，不过执笔签字的画面上了电视，效果会更好。"别不改不由戚然。主任问："别先生有想法？"别不改灵机一动，嘻嘻地笑："如果要让画面更好，双方代表签字时，最好有各自的一把手站在背后，电视上都是这个阵仗。"主任以为别不改想摆一回谱或者过过瘾，经电话请示了市长，表示此意甚好。这样，在举行签字仪式那天，鹿业方面由满枝执笔签字，别不改得以背了手，跟市长肩并肩看着观众鼓掌……

接下来的事很常规：打款、招人，注册新公司，拆迁，建房。一日晚餐后，别不改和满枝坐在乡村别墅的客厅憧憬未来，陆小彪突然给别不改打来电话，报告鹿久目前销售势头很猛，可惜流动资金不足，影响发展。恰在这时，电视里开始重播前次签字仪式的报道。别不改喜欢那画面，就草草回应了陆小彪，也没给个具体，继续跟满枝一起看电视。报道结束，别不改称赞满枝蛮上镜的，满枝却突兀地说："我们应该答谢市长。"别不改愣住："招商引资是他的本职，凭什么答谢？"但这话有点二百五，一开头便结束了。

次日晚上，满枝把两箱鹿久和两支鹿鞭抱到宝马 X5 上，去了一趟荆市。回来后，仿若得胜将军，海里海气地对别不改喊："今天不是你日老子，是老子要日你了！"别不改吓得胯下一颤，傻看着满枝。满枝双目炯炯，接着说："市长答应替我们给银行打招呼，让我们用土地抵押贷款……资金已不是问题！"别不改只好乖乖地脱衣服上床。

小半年后，楼盘尚未封顶，满枝又去了一趟市里，市里特批准许"预售"……当时，银行对购房贷款还不积极，满枝再去市里，不久银行就派员来售楼中心现场办公……如此，位于原荆市车站地段的房地产项目就坐了顺水船，生意干脆利索，最后净赚 2.6 亿元，还落下一座现代化的 shopping mall（削皮毛）！

别不改越来越有钱，越来越出名。虽然被动，却无以拒绝；虽然不无喜悦，却时常恍惚。出名后，市里开始勾引别不改进入政协做委员，别不改且欣且戚。去政协开会前，满枝及一男一女两个秘书提议给别不改的形象动动手术，往白领西装方向整，但别不改力排众议，先削一个青皮头，再换一副黑框的瓶底眼镜，然后身穿藏青色中山服，脚蹬主席鞋，叼上雪茄；出门时，等人拉开宝马 X5 的门，缓缓爬上去。自然，那中山服的口袋里是装着那枚"别不改"篆印的，进了摆着签到簿的场合，就慢条斯理地取出篆印一用，很别致，让人以为是酷。满枝知道别不改的坚持，只是担心地问："倘若有人剪下带印章的纸，写上借款一百万咋办？"别不改便笑："你以为我傻呀，每次我都是压着一个大人物的笔迹落印，剪不开的。"

有钱，有篆印，又当了市政协委员，别不改常想做点捐赠善事。第一笔钱给到高中母校（即父亲仍在领取退休工资的十里中学），30 万元，把校舍又翻新了一遍。满枝也是这所学校毕业的，觉得这事做得很有面子。不料，捐钱的事一动头，讨捐的人都来了，人人光明磊落：民政局希望改造福利院，民宗委希望修一座庙，工会希望抚恤残疾工人，市领导希望给某村扶扶贫，连广告公司也希望树一个公益广告牌。钱要的倒不多，眨眨眼，盖个印，人就走。但是，事情越来越频密，别不改渐渐感觉不良，觉得捐赠变成了索捐，善事做得不香。满枝是在乎钱的，去荆市找市长，说："这样下去我们即使能造钱也招架不住啊！"市长立刻着人发文禁止索捐。别不改一度得以清静。可是，半年后，社会上开始有人议论别不改铁鸡公一毛不拔，别不改再次光荣地出席政协会议时，心里又有些惭愧了。

因为惭愧，别不改不想见人。乡下的鹿业有陆小彪打理，满枝又对城里的房地产公司很上劲，别不改干脆撒手，自个儿猫在 shopping mall（削皮毛）顶层的董事长办公室。办公室太大，摆了大班台、沙发圈，另有一处由树蔸茶案和红木椅组成的饮茶区，剩余空间仍可让众鹿奔腾。平常，别不改坐在大班台前看看报表，打打电话，然后去饮茶区泡茶，时间多得像没着没落的空气。某一刻，别不改盯着古树苑看，想到文化的根，想到了字，想到了书籍，却闭眼一哂。正是辉煌空虚时，别大方来了。别大方此次出现，虽然依旧英姿飘然、气宇轩昂，却于苍白的脸色中泄露几分倦意。晚上外出喝鹿久，别大方喝着喝着破口大骂："狗日的文坛和官场都他妈的不江湖，老子大奖没拿到，省里许诺的文联副主席也黄了！"别不改本想挖苦的，见他骂完便扑通一声趴下，肩顶桌缘，脸贴桌面，两臂软软地下垂，真的很落魄，只有摇头而笑。

第二天，别大方清醒了，大步流星地来到别不改的办公室，咋呼道："左传，本人此来无别，学字。"别不改仰起黑框瓶底："学什么字？"别大方一哂："你能教我什么字，篆字呗！"别不改诧然愣着。别大方连忙道："莫装清高呀，这回必须帮我一把！"别不改撇起嘴笑："准是作文不行，回头找字的岔子？"别大方严肃道："莫扯，我请了创作假，躲到你这里来主攻篆书，等明年书协换届，把主席位置拿下。"别不改问为什么呢？别大方问什么为什么？别不改说为什么要当书协主席，别大方说丢了级别捞个实惠嘛。别不改明白这家伙是慌得很，但想想眼下正空虚，留他在这里打发时光也好，就说："我可是述而不作的？"别大方不耐烦地怹道："晓得！"于是，别不改着人在办公室摆案铺毡，买了湖笔徽墨宣纸端砚回来；白日里，一人坐于大班台前，一人站在案台边，正经课字。首先从汉字造字六书入题，讲小篆鼻祖李斯和篆书楷模李阳冰，讲小篆由大篆演变，讲籀篆与大篆之关系，讲理解文字本义乃书法门径，讲笔法圆融平正和结构典雅纯净……半月后，别大方按照别不改的指引，前往西安观摩碑林之《峄山碑》。

别大方一走，别不改复又空虚。某日，别不改与满枝看电视报道洪灾，见一母亲在波涛中把孩子推上岸后消逝于旋流，满枝哭了，别不改抬手抚拍满枝的肩，说："我们捐点钱吧。"满枝呃呃地点头，两人当即商定捐赠100万元。可是，去电视台节目演播厅举牌那天，满枝举起的牌子上只有5个0，100万变成了10万。这样，荆市首富别不改的善心在荆市起码掉到了50名之外，很没颜面。

别不改耿耿于怀，暗自决计扳回一城。等到一个凉爽的夏夜，别不改压上满枝的身子"过喜事"，中途停下，说："我想给全市中小学学生每人送一本字典和一个书包。"满枝迷离地问："需要多少钱？"别不改说："估计两百多万。"满枝顿时大叫："你吓老子。"猛力掀开别不改，别不改咚的一声落到床下。当夜二人弓背相向，暗战不语。次日，别不改晏起，穿衣时发现中山服口袋里的篆印不见了，知其故，亦无言。

突然，有一天傍晚，满枝拎着一只鼓鼓囊囊的黑包回家，别不改去接，因问什么东西，满枝说："钱。"又问："多少？"回答："200个（万）。"别不改惦着捐赠字典和书包的事，以为满枝回心转意，便笑："还是夫人懂我呀！"不料，满枝黑脸一嗤："屁，这钱今晚就得送出去——市里换了人，新来的那个深刻得很，城西旧城改造项目再不出手，就被温州佬拿走了！"别不改拿着包僵住。满枝进房换过一件上衣出来，从别不改手中扯了包，橐橐地出门去。别不改许久望着门外的黑暗……

12

曾经，别不改问过自己："我可以举报吗？"答案是不必说的。别不改唯一能做的是不让自己知道满枝在做什么。好在满枝有了钱和宝马，不再乐意跟他厮磨，常常为了钱开着宝马四处奔忙，而两人的事一忙就忘，忘久了甚至乏味。有段日子，别不改过于萎靡，任由司机带到荆市的KTV包房去。他不会K歌，也不玩掷骰子喝酒，单是看看出台的小姐像母鹿一般欢腾。不用说，那些小姐个个都比满枝鲜嫩，燕瘦环肥，穿得也少，又有出色的调情技巧；可惜他已沧桑，单剩下伦理，不能像当年在鹿场草台上那样发动。有时，小姐们蹭到身上，反倒让他感到皮肉瑟瑟地退缩。

终于有一回，一个小姐让别不改乍见一惊：这小姐十八九岁的样子，白净小脸，腮边冒出几颗红红的青春痘，太像从前的古兰！而且，她也不如别的小姐风骚，常常是寂寞的。当晚，别不改像一棵老树的枝上歇了只小鸟，有些感觉，且让司机记下牌号。以后再来，司机就点她出台。别不改开始跟她说话，知道她是汉江大学学生，家在本地，放暑假回来，为了下学年的学费，方才投奔KTV包间客串。一次，别不改严正地批评她："作为一个女大学生，怎么可以来这种地方挣钱？"她倒一笑："您怎么也来这种地方消遣呀？"见别不改就要生气，她赶紧说："老板，时代不同了，我们学校门前的街上有家娱乐城，专招女大学生做小姐，连房号都是政治系、哲学系、中文系、数学系、化学系呢。"

秋风起，黄叶落。别不改回到十里镇的乡村别墅，一连多日，空寞地坐在客厅里抽雪茄。满枝终于回来，停在门口，与别不改凝目相对。一只肥大的苍蝇从两人交织的目光中飞来飞去，彼此都等着对方开口说话。别不改说："我们离婚吧？"满枝问："怎么离？"别不改说："给我两个亿，印章还我，其他全归你；办手续，各过各的。"满枝问："你不后悔？"别不改点头："不后悔。"满枝又问:"为了公司运作和孩子成长,暂不对外公布行吗?"别不改淡然而笑:"一辈子不公布也没啥的。"

婚就离了。

第二天,别不改向荆市全体中小学学生每人捐赠一本字典和一个书包,共支出251万元人民币。

第三天,别不改给别大方打电话,自称已是裸人,别大方啊出一声,别不改就向他通报离婚情况。别大方问:"有女人了?"答:"没有。"又问:"下一步怎么打算?"答:"没打算。"停顿片刻,别大方提议:"来省城吧,我现在是书协主席,我让书协跟你合办一所书艺学校,效益不错的。"别不改笑:"你那些玩意儿也叫书艺吗?"别大方说:"你总不能闲着呀?"别不改突然说:"哦,对了,明年是4791班同学相识37周岁,大家就要老了,我做东,请同学们聚一次。"别大方问:"怎么聚?"别不改迟疑一下:"裸聚。"别大方问:"什么裸聚?"别不改说:"不懂裸字呀?裸,就是把衣服扔到一边去,剩下一个果。"别大方说:"屁扯!"别不改说:"不是屁扯,是真的,但你先不要向大家透露这个安排。"别大方嗤道:"说了也没人信。"

翌年春天,荆市政协派人送来一式三份表,让别不改填了报上去,准备当省政协委员。来人走后,秘书说:"这是好事啊,我帮您填,您盖印吧。"别不改呵呵笑,说:"我不配。"然后,要了车,去鹿场看鹿,心里单是惦着凭吊一段岁月,并与之告别……

但是,两天后,别不改接受了省教育厅和省教育扶持基金会联合发来的一个参会邀请。本来,别不改知道这个邀请跟他捐赠字典和书包有关,但对出席会议的光荣索然无味,可上边的人在电话里说,是教育扶持基金会古会长特意关照的,这便让他心头一动:古会长曾是古副校长和古副厅长,是他不屑的人——不屑的人至今仍在为教育操劳,而你却落荒而去?再者,古会长曾经是敌人——敌人已释出善意,你这个小学比人家做得好的人,也不至于小里八气吧?于是答应下来。

会议在省城望江宾馆举行。入住当晚,教育厅长和古会长一行看望重要来宾,也到了别不改的房间。古会长从厅长手中接过别不改的手,一边摇摆一边感叹:"唉呀,别先生!不错不错,你干得好,比我强啊!"古会长而今两鬓斑白,泡起的眼袋高过眼珠,眼睛里的笑分明鲜活却有淡淡的浑浊,脸已垮成皮瓤,摇摆的双手轻飘无力。别不改望着古会长,知道老人家一生不易,眼下还要称呼自己别先生,不由为之恻然,就谦恭地笑,说:"会长褒奖了。"古会长脱手之前,明显使劲将他的手摆了几下,他明白那含义,心想:当年我的病虽然佐证了古副厅长作为学者的清白，却也让老人家的心头留下了重伤啊！就赶紧摇摇手，以示回应。

次日开会。主题是"全社会共同关心教育"。大会秘书已事先通知别不改在会上发言。会议开始，主席台上坐了21个厅级以上的官员，千人大厅座无虚席。古会长主持会议，副省长首先致辞，接着请宣传、教育、财政、公安、共青团、妇联方面的负责人讲话，然后是支持教育的杰出代表发言。别不改一直没有想好说些什么，此时见到台上坐着这么多官员，而且官员们的讲话都无比高大上，临时突发灵感，得到一篇腹稿。轮到他走上讲台，目光与台下的无数眼珠一碰，当年做教师的自信与从容自然回来了，开口道：

"衣冠禽兽的各位——大家别紧张，这不是骂人。我研究过古汉语，今天想跟大家分享衣冠禽兽这个成语的意义变化。衣冠禽兽原是明代官员的特制服饰，本无褒贬的，后因人们以这种服饰指代官员而演化为成语。在明朝，文武官员的服饰不同，文绣禽，武绘兽；而级别不同，禽兽有异。据考，文官一品仙鹤，二品锦鸡，三品孔雀，四品云雁，五品白鹇，六品鹭鸶，七品鸳鸯，八品黄鹂，九品鹌鹑；武官一、二品狮子，三品虎，四品豹，五品熊，六、七品彪，八品犀牛，九品海马；此外，文武官员一至四品着红袍，五至七品穿青袍，八、九品用绿袍。当初，文官勠力建言，武官英勇立功，享赐禽兽衣冠，令人钦羡，百姓遂以衣冠禽兽予以赞许，可见当初这个成语还是褒义的。但是，明中期以降，文官作奸和武官作恶愈演愈烈，官员声名狼藉，百姓视为匪盗瘟神，以致衣冠禽兽沦为贬义；到今天，衣冠禽兽一直泛指金玉其外、败絮其内的恶棍。而且，连词的构造也不同了——不再是前正后偏的指代而是前偏后正的比喻。我要指出的是，这个成语所以发生褒贬轮转，实在是因为操权者的善恶转化！（讲到此，别不改停顿一下，将脑子里那些直接与该成语挂钩的政界、商界、学界、文化界的案例删去，决定从自己入手。）比如我吧，做捐赠是漂亮的绣绘，所得到的荣誉犹如禽兽的皮毛一样斑斓；但是，假设我做企业不凭着文采武功挣钱，只是阴差阳错走狗屎运，或者以酒色金钱获得发财机会，或者以其他非法手段获取财物与资源，我便是表面斑斓的禽兽——如果不叫邪恶禽兽，起码也是低智能的禽兽！那么，我和在座各位究竟是明朝中前期的衣冠禽兽，还是中后期以来的衣冠禽兽呢？这个问题不解决，教育何以为之——文不对题，请恕罪！"

别不改说完，没有掌声回应，会场静若空谷，而无声之声在膨胀。别不改快步走下讲台，径直向大厅右侧的门口走去。古会长赶紧从讲台右边跟下来，追至门口，一手搭上别不改的肩，问："别先生没事吧？"别不改停下，知道古会长担心他旧病复发，摇头笑笑："今天的话与您无关呢！"

13

　　当日下午，别大方接到别不改的电话，约他去江边的加缪茶屋喝茶。这是古兰来省文联大楼拜访别大方之后的第二天。现在，别大方手上有古兰送给别不改的两样东西：一是20多年前的那把金刚石宝刀，一是昨日送来的一本《汉字与汉文化探源》。他想，如果把这两样东西同时交到别不改手上，一桩忠贞不渝的爱情故事明摆着，或许会让别不改枯木逢春吧。于是，别大方用一只羽毛球球拍袋装了这两样东西，带到车上，驱车去赴约。

　　白天的加缪茶屋有灯无光，幽明而柔和；茶客稀少，音乐在宁静中低回。别大方拎着球拍袋进了屋，走过吧台，看见别不改坐在临窗的位置：光头，黑框瓶底眼镜，藏青色中山服，颈上露一圈衬衣的白领子，正歪着土豆脑袋凝视窗外。窗外是浑黄宽广的长江，几艘行船遥远而渺小：逝者如斯，不舍昼夜。别大方哎了一声，别不改回过头来，瓶底眼镜亮晃晃地笑。别大方上去跟别不改隔几而坐，且把球拍袋落在身边的空座上，说："怎么喜欢加缪的哲学？"别不改微笑："虽然知道加缪，其实不懂。"一面取出一支雪茄，见别大方摆手，自己叼上。

　　茶送来了，别大方端起呷一口，心里酝酿着如何表达一个好故事。别不改吐出烟雾，突兀一笑："喂，先给你通报一项战果——今天在教育界的千人大会上，我讲解了衣冠禽兽这个成语。"于是就饶有兴味地详述经过。别大方听着，饱满的情绪渐然泄气，心里的那个故事也聚成了一团黑云，几乎听到凶险的电闪雷鸣——既然别不改依旧神志失常，怎么可以用这两样东西来刺激他？别大方从口袋里掏出烟，取一支，插上红木烟嘴，故作沉稳地点燃。别不改讲完，见别大方毫无反应，问："不精彩吗？"别大方把烟雾吹得老长，说："这事发生在你身上很正常。"别不改笑笑，拿雪茄指点别大方："你要是正常，就当不上书协主席啰。"

　　别大方彻底打消了亮出故事的念头，问别不改约他啥事，别不改说应该商定一下4791班同学聚会的具体安排，他已谈妥省城蓝汤湖的一家会所，五星级的客房餐厅夜总会洗脚屋沙滩浴场一应俱全，时间定在7月的最后一个周末，希望别大方和老班长做召集人，所有人都可以带爱人或情人，费用全包。别大方便笑："莫非你想玩一回'了不起的盖茨比'？"别不改连忙摇头："屁，比尔·盖茨都不新鲜了，现在是云计算。"别大方记起上次的话，问："你不是要搞什么裸聚的吗？"别不改的瓶底眼镜一亮："是呀，有这个节目的。"别大方笑笑："估计在美国的班花回不来?"别不改说:"那就让她用手机视频参与呗。"别大方落下眼皮,不由想到从前的花痴。别不改说:"死了的就没办法了。"分手前,别大方问:"跟满枝还有和好的可能吗?"别不改淡然而笑:"人各有志,由得她去做一个成功人士吧!"别大方小偷似地拎起球拍袋……

7月的聚会如期举行。首先是吃。中午,蓝汤湖会所的宴会厅华灯璀璨,6张大圆桌像百合花摆放在大厅中央,桌上的杯盘筷匙以及包金的高背椅在灯光下闪闪烁烁。4791班的人已在上午入住会所时哎哟哎哟地重逢过,此刻便嘻嘻哈哈推推搡搡地就座。老班长让左边的座位空着,留给去了地下的花痴。远在美国的班花虽然没能赶回来,但毕竟人在地上,不必留座的。开始上菜了,相聚的喜庆由悲伤开始。老班长起立举杯,提议为花痴默哀。默哀毕,老班长将杯中酒倒一半到花痴的空碗中,剩余的仰头咕哝一口;大家都效仿,纷纷过来倒酒;女同学和女眷端着红葡萄酒,自然也倒;一会儿,那碗里的酒就红红地漫溢出来。这时,不知是谁大声说道:"亲爱的花痴,在无始无终的时间里,37年跟4年一样,只是瞬间,再过37年,我们都来跟你相聚!"有人回应:"嗨,活着也悲怆,不如快活!"于是大家欢乐地干杯。

别大方请老班长讲几句,老班长摆手说:"都是4791的人,不必讲,何况我不当老大30多年,做爷爷的人了,只晓得狗日的小孙子好色,天天在幼儿园谈情说爱。"大家都笑,说这是光荣的遗传。老班长笑得露出半截子门牙,一面指着别不改:"还是让今天的东道主讲讲吧。"别不改连忙举手投降:"不行,不行,我在4791的面前就是一个窝囊废。"众人不依,一阵乱嚷:"说嘛说嘛!听说你有3房太太?你跟哪个老婆移民的?你家马桶是不是会替人揩屁股?你怎么想到利用鹿的雀雀发财?……"嚷声被笑声淹没,别不改的脸皮一动一蠕地笑,像是被人揪扯汗毛,就站起来,举杯大喊:"干杯!同志们,我跟大家干一杯!"全体起身响应,让别不改混了过去。

其间,服务员给每人送上一尊铜炉汤锅。炉口冒着蓝色火苗,锅中的汤汁即刻沸腾,炉边的盘中盛着鲍鱼卷、海参条、鱼翅丝、燕窝球。服务员说这道菜叫"佛爬墙",给大家介绍吃法。有人问:"佛爬墙"啥意思?有人答:就是佛吃了这道菜也会往墙外爬。又问:为什么?答:墙外有女人哟。又问:我们怎么办?答:听说老别安排了"摩挲鸡"。又问:女生呢?答:"摩挲鸭"呗。说笑之际,还得兼顾夹菜碰杯,人人手口忙乱。忽然,一个女同学跟班花接通了越洋视频电话,一个男同学抢了手机吆喝:"喂,左传骂你呢?"班花在视频上眨眼:"左传是谁?"这边喊:"老别,别不改吵!"班花便笑:"哦,别不改,他骂我什么?"这边喊:"骂你把自己卖给了美国。"班花说:"这不像是左传的话。"别不改笑嘻嘻跑来，把头伸到手机上方喊："莫听他们胡说，我没骂你，是恨你呢。"班花说："恨我？为什么？"别不改喊："因为爱呀。"班花就笑："你爱小学。"别不改说："要不是小学，我早就糟蹋你了！"这边一阵大笑，手机又被别人夺去。

饭吃到尾声，别大方准备宣布后续活动，别不改抬手止住，赤红着脸摇晃而起，一本正经地说："是这样的，我已经把今天下午的沙滩浴场包下，本想让4791班同学在太阳下搞一场裸浴，但考虑到国情和各人的态度，不能强求，只好用民主的方法，请全体举手表决，如果有超过半数的同学举手赞成，我们就一起裸浴，否则，都去更衣室穿泳衣——好不好？"大家都歪着头听，因了醉意，起先十分当真，但即刻醒悟过来，不由哄堂大笑。有人喊我赞成我赞成。女同学多数抿着嘴笑，如从前的少女一样惊慌。最后实施民主，结果只有11人举手，连三分之一也不到……

下午三点阳光灿烂，碧水沙滩无比旷渺。浴场更衣室那边，开始有穿泳衣的人出来。第一个是一个大白胖子，第二个是一个黑黑的瘦子，第三个是一根弯木头，第四个是一支钓鱼竿，第五个是一堆肉墩子……像猪像猴像驴像鹅像鹤也像鹿像人，有头有脸，有眼耳鼻口，有躯干有胳膊，有腿子和脚板，渐渐成了人群，走过沙滩，走向碧水。别大方跟在别不改身边，说："怎么衣服一脱，都认不出张三李四了？"别不改说："都是一个象形的人字呢。"下了水，多数聚在浅处嬉闹，水花在笑声中溅起。不知是谁向远处游去。几个女同学蓬在大群人的外边。有人找人，认不出，就李甫杜白地乱喊。喊声笑声越发热闹。

别大方问别不改："何以想到集体裸浴？"

别不改说："让大家亮出'果'来。"

别大方不解："回归本真吗？"

别不改模棱两可："首先知道自己早已失真。"

别大方笑，用手指甩向别不改，心想，这家伙神志没坏呢。

忽然，水中的人全部站住，转身望向沙滩。沙滩上，冒出8个全裸的男同学，窝在一起交头接耳，即刻摆成一排，开始比划当年在古城师院练过的形意拳。水面上响起一片掌声。有人问左首第一个是谁？右首第一个是谁？回答犹犹豫豫，引起一番辨人的争论。但是，那8个裸男的特征却是分明：右起，第一个的上腹有一道半尺长的蜈蚣疤，第二个的尖屁股比小肩膀更窄，第三个的左腿比右腿粗，第四个的肩胛骨翘得很高，第五个的乳房松松垮垮直抖擞，第六个的背上有一个隆起的肉包子，第七个尚且白净匀称，第八个的阴毛遮了阴茎露出下垂的袋子晃晃荡荡。大家望着，在阳光下一时有些恍惚，以为那些形意的猴子蟒蛇蛤蟆真是猴子蟒蛇蛤蟆……太阳变得无限遥远。这时，别大方下意识地去看别不改露在水面的胸脯，别不改拍胸一笑："彼此彼此呢。"

"失真"之后，接着去包房歇息，享受异性按摩服务。别不改和别大方没去，冲洗更衣，来到包房附近的一间咖啡厅。坐下时，彼此相视一笑。别大方无端地感叹："我们啊，只能是我们了。"别不改没应，却说："接下来是一场得不到实验结果的实验。"别大方问："什么意思？"别不改说："因为实验的结果只能搁在被实验者的心中。"别大方问："那又何必实验？"别不改笑笑："你知道他们平常怎么想象你我？"别大方凝起眉头："你要回敬他们？"别不改摇摇头："不，是帮助他们呢。"

别大方想了一下："有点绕。"

别不改说："不绕，如果今天有人能抵御异性诱惑，他会想到，哦，原来诱惑也是可以抵御的。"

"要是有人被诱惑了呢？"

"那也没问题，他（她）会马上感到无趣甚至无聊，他（她）会发现自己终于做不来，还会重新做自己。"

"哪一种是你？"

"哪一种是你呢？"

两人同时拿手指甩向对方，笑个不停。

这时，别大方相信别不改的神志不仅没坏，而且异常清醒，再次想起古兰的那两样东西，就说："我出去一下吧。"一会儿，别大方从自带的车上拿了那只羽毛球球拍袋回来。别不改见着，说："我不打羽毛球的。"别大方说："不打球呢。"一面将球拍袋放到桌上，拉开链口，取出金刚石刀和《汉字与汉文化探源》。别不改甚为疑惑，伸手拿起书。别大方说："古兰送你的。"别不改一诧，抬头看别大方，瓶底眼镜的白光定住。别大方讪讪地笑："还有这副宝刀，当年你住院时，古兰放在你的斗室里……"

别不改低头去看宝刀，肥大的嘴唇微微抖动，像是惧怕。

别大方因了别不改神情慌乱，迟疑道："当时，你是那种状况，我怎么能让你手中有刀呢？"

别不改放下手里的书，双手一寸一寸地去接近那宝刀，倏然间一手握刀鞘，一手抓刀柄，哗啦一声，亮出银光闪烁的刀片。他看见了刀肩上的一行字："你是金刚石宝刀——古兰谨赠！"眼眶顿时放大，眼珠子膨胀似地向外奔突，可片刻之际，那明晃晃的瓶底眼镜如断电的灯泡一暗，眼睛闭上了。

别大方几次抬手，终于没有去别不改手上取下宝刀。

许久，别不改睁开眼，左手放下刀鞘，急急忙忙地从上衣口袋里摸出一个小方盒，用牙齿帮忙，打开盒盖。盒子里是"别不改"篆印，他把印章取出来，放到桌面中央。别大方似乎意识到别不改要干什么，未及阻止，别不改已挥起金刚石宝刀，向着印章砍去——可是，只听啪的一声，印章完好无损，宝刀折断了！

别大方和别不改不由愣住，原来金刚石宝刀是木制的象征品！

咖啡厅死一般沉静。两只杯子溅出咖啡的汁液，零乱地洒满桌面。突然间，别不改空空一笑，从口袋里掏出一封信，递给别大方，说："明天拆开吧。"就站起身，胡乱地将书、将刀鞘和断成两截的刀片装进球拍袋，拎起，仓皇而去。

14

别不改显然是早有准备，信封里有一张银行卡和一纸留言。留言写道："我已经回不去了。走了。银行卡上有200万元人民币，如果古兰至今仍在做小学研究，交由她成立一个小学扶持基金会；否则，捐给母校古城师院中文系吧。"

几天后，别大方来到别不改曾经任教的汉江大学，找到了古兰。校园里草木繁茂，鸟儿飞窜鸣叫。两人去林中散步，说别不改的事。

别大方问："有没有真的金刚石宝刀？"

古兰说："真的宝刀一直挂在我的书房。"

"为什么？"

"当年，我和他在一起时，他老是念叨——便是金刚石的宝刀也会生锈，我说不会，金刚石是世上最坚硬的物质，硬度是10呢。后来我不方便去见他，外出旅游散心，在古玩店买了这把刀，本想送给他的，可他病了，只好托人用实木仿制一把。"

别大方突然停住："我能贸然问一个问题吗？"

古兰赶紧一笑："大家都习惯了自己的生活。"

于是又往前走。别大方问："你说别不改今后会做什么？"古兰摇头叹道："他呀，什么都可以做，什么都可以不做，好在他不会自杀，不会去做奸商，去嫖娼、养二奶、当土豪、买名声，去做对不起'人'的人……"

后来说到 200 万元,古兰倒是接受别不改的意见,只是建议从这笔钱里抽出一点点,提前为别不改制作一座汉白玉墓碑。她淡淡一笑:"墓志文由我来执笔吧。"别大方就说:"那么书丹就用我的篆字。"

两人一起愉快地笑了。

分别时,别大方总觉得还有话要说,又以为或许多余。

(原载于《天津文学》2016 年第 12 期)

六渡桥消失之前

谢络绎

"上大人,孔乙己,说话还要从头起。"

——楚剧《讨学钱》

一

许阿满站在半月形人工水池边上,一头白发闪闪发光。她眯起眼睛,眼角的褶皱拱起来,棕黄的眼珠像是陷在一堆干柴里,目光简直要迸出火星,跳跃着穿过对面被夕阳照得金碧辉煌的假山,落在小区大门口。

"烦死人,早晓得我自己去买啦!"

她一面蹙紧眉头嘀咕,一面把之前从池子里捞起的树枝再扔回去,轰跑一群前来讨食的漂亮锦鲤。

等到王汉生瘦瘦的有些飘摇的身子终于出现在大门口,许阿满松下一口气,接着便像是被这口气推着走的,以十分惊人的速度离开了。

"莫被他看到。"

昨天她按捺不住给老街坊李梅打电话,带着炫耀的意味,描述新搬来的这个地方,房间大得可以跳绳,楼下的花草红的黄的各式各样,不但如此,要山有山要水有水,不晓得有几好。李梅难得回了一句好听的:"行吧,你算是享福了。"王汉生却在一旁拆台,明知道许阿满开着免提还扯着嗓子喊:"她就不是享福的命,整天操些冤枉心。"挂了电话许阿满同他大吵:"我操么事冤枉心了?"刚才她让王汉生去买酱油,正等着用的东西,他去了半个小时还没回来。许阿满把能想到的坏的情形都想了一遍:忘了带钱,在超市跟人扯皮了,打架了,路上被车撞了……越想越怕。不想别个操心自己就把事情做到位,这么长时间,莫说买酱油,做都做出来了,这事换谁谁不操心?这种自然而然的担忧到王汉生那儿就能被他说变了质，什么操心无福，他就是个糊涂蛋，不明是非，还老是一副"又被他说中"的得意模样，讨人嫌。

穿过架空层下的两套空荡荡的石桌石凳，许阿满弓着背停在一丛杜鹃后面喘气。一只沾满灰垢、毛发粘连的白猫卧在那儿。听见动静，白猫惊恐地抬起头看了一眼，又马上怀着信任俯下去闭上眼睛。许阿满索性蹲下来，佯装逗弄白猫。

王汉生拎着一支酱油瓶子经过时，许阿满并不看他，而他也不看她，只故意把脚步踩得响亮一些。许阿满跟上他。两个人一句话也没有，一前一后走到楼下，刷门禁卡上楼。到了二楼，许阿满任王汉生停下来开门，她气喘吁吁继续往上爬，爬到三楼，敲敲门，喊："十分钟后下来吃饭。"

他们的女儿王竹应一声："好。"

许阿满耳朵不怎么好使，再敲，待女儿抬高声音又应一声，她才作罢，着急走下一层。

厨房里，王汉生刚刚买回来的酱油已经端端正正摆在了炒锅边上。许阿满嫌弃地撇撇嘴，用力撕开塑料拉盖，往锅里撒出好多。王汉生坐在客厅里心安理得地看电视。墙上的时钟指向下午五点二十五分。

"盖子都不晓得打开，做不到一点事情。"

许阿满盯着锅里正在上色的红烧肉，大声说气话，脸上的愠气被烟机顶灯照得十分鲜明，掌持锅铲的右手更用力地上下翻炒。电视里在放一个重播了很多遍的战争剧，声音开得大，炮火轰鸣，王汉生瞪着眼珠看得入迷，根本听不见许阿满的话。他倒是惦记着许阿满在做菜，突然高喊一声：

"红烧肉莫把太多盐！"

本来就有点耳背的许阿满哪里听得见。到饭做好，王竹下得楼来，便听见他们两个在吵。

"要你莫把太多盐，这么样能吃？"

"哪个跟我说了？"

"这里还有哪个？"

"你跟我说我就要听？一天到晚不做事，动不动提要求。"

"我不做事？酱油是哪个买的？"

他们一句更比一句偏离矛盾本质，不断延伸出新问题，直到双双厌倦，再也不想搭理对方，愤愤然沉默起来。

王汉生嫌弃红烧肉，只闷头夹另一个盘子里的酸辣藕尖吃。许阿满盛完饭，若无其事地端起藕尖，躲开王汉生的筷子，一股脑儿地全扒进自己碗里。王汉生眼珠子越瞪越大，突然站起来，啪的一声把筷子拍在桌上，气哼哼走了。

他们的女儿王竹剪着短发，戴金属边框近视镜，斯斯文文坐在他们中间。她的头上像戴着透明罩子，掩护她一方面存在着，一方面又被隔绝着。她埋头吃饭，不时夹起一块红烧肉，在盛了半杯水的一次性塑料杯里涮涮，再扔进碗里，和着米饭吃。

半小时后，她从气氛紧张的父母家出来，给还没下班的丈夫郭卫海打电话，要他快点回家吃饭。

"晚了妈妈又要嚼的。"

她走上小区被树木掩映的人行道，平跟皮鞋踏在花岗岩路面上，发出轻微又清脆的哒哒声。她与一些看上去从未见过的人相遇，沉默着，马上就会毫不珍惜地越离越远。只有两个小朋友在大人的看护下追逐着经过，笑声像爆竹一样一下一下炸开，又迅速收起踪迹。路上的其他人，连同小朋友的家长，都静悄悄的，互相交谈着什么，但低声细语，离开一步都根本听不清在说什么。化不开的幽静，令人放心的私密感和更高的文明性从上到下将这里包了起来，天空被包住了，大地被包住了，似乎向上看更清透详和，往下看更稳重踏实。

王竹特别喜欢这个地方。

每次从许阿满和王汉生的争吵中钻出来，她就庆幸，至少出了门就是一片开阔地，不像从前。

二

从前他们住在老弄堂里，进进出出像是食物通过肠道，从入口开始，就被动黏连起各样杂碎，归笼在一股陈腐的咸渍气味之中。

这气味是从邻居家飘出来的，占领了半条巷子。邻居男人姓吴，女人姓李，常年做卤菜，临近中午推一辆架着大锅的小推车，在巷口叫卖，晚饭后才回来。王竹与邻居家的孩子吴霞一起披挂着卤味去学校，常常被同学误会他们是一家子。王竹才不要跟吴霞是一家子。她在自己窄小的房间里总能听到吴霞的母亲动辄咆哮的声音。这声音不同于她母亲许阿满训斥她父亲王汉生的声音，至少有个来由，也有个尽头。吴霞母亲的咆哮是突然性的，不知何故，没完没了。王竹一开始会扒着窗户往他们家看，看那个不修边幅的女人张牙舞爪，声势吓人。习以为常之后，许阿满就只觉得吴霞可怜，吴霞的妈妈可憎。如果继续往巷子深处探究，王竹的另一位同学何帅跟他母亲李梅对骂的场景也会随时浮现。那时候王竹觉得何帅的确帅,因为他敢于反抗。王竹觉得她与这些声音不像是隔着家与家的墙壁,而是分处在自家不同的屋子里。

傍晚,除非下雨,人们总要搬张竹椅坐在门口,中间只留出勉强一人能通过的过道,东家长西家短地扯闲皮。吴霞游泳被江水冲走的事情就是这样被传开、被神秘化的。人们都说,吴霞早就不想回家了,她是故意这么做的,是自杀。王竹只觉得这样的事情恐怖,不想听。但她不能不听,里弄里的一切,巷道、门窗、错综的电线,这些没有生命的东西,连着长相不同的人,这些人听来的事情和做出的举动,共生于此地,是传播者,也是被席卷者。

在那样的环境中,王竹的母亲许阿满一度炙手可热,谁家有事都要问问她的意见。

吴霞死后,她妈妈李玉珍跑到与她一起游泳的韩鹏家闹事,把他们家的碗全都摔了,地上落了一层碎瓷片。许阿满及时赶到,拦下去抓韩鹏僵了的脸的李玉珍,骂她混账,看不见韩鹏为了救吴霞人都虚脱了。这孩子比吴霞大那么多,已经长成了大小伙,明白事,人又壮,他在现场都救不起吴霞,可见吴霞去意有多大。她去意大是为什么?许阿满逼问李玉珍,在家受你打骂就好吗?可见不比死去好。李玉珍收了手,掩起脸疯了般跑回家。后来韩鹏考大学,他爸爸老韩头说家里没钱,要他考武汉本地的学校,他不愿意,老韩头愁眉苦脸过来找许阿满,要她去做韩鹏的工作。许阿满说,韩鹏这孩子心里头有事你看不出吗,你掐不住他的,让他走,他又不得依靠你什么事,他有那个本事。这事就这么定下了。这样的事还有很多,大家对许阿满都比较信服。

每次许阿满在巷子里作为焦点与人叽叽喳喳争争吵吵时,王竹都要紧闭门窗,以大声诵读课本来掩盖那些平平常常的事说来像吵架,真吵架时又像是要杀人的动静。

她的父亲王汉生作为动静的一部分,总是饶有兴致地站在二楼,头从窗户那儿探出来,面带欣赏的表情,像是在看一场精彩的演出,演出没完,他绝不离去。有时候他还会从上面撂下几句话,附和道:"对,是那个事。"

随着王汉生单位的垮掉,许阿满渐渐在外就不愿意多说了。偶尔说点什么,别人稍有不同意见,许阿满便觉得是人家故意拆台,瞧不起自己。她往往情绪十分激烈地与人争论,强词夺理。到家后又延续着在外的劲头,乱发脾气。她嫌王汉生瘦干巴,不撑头,懒,要他去找事做,数落他一个大男人天天站窗户边看是非算个什么事。她还嫌他粗俗,吃饭打嗝,上厕所不关门,换衣服不拉窗帘。王汉生一开始并不当回事,嘻嘻哈哈由着许阿满蛮横。但他很快就厌烦了,自尊心受到伤害，孩童时期的老脾性被触发，他开始与许阿满对着搞，顶撞她，骂她是不是有什么外心，成心找事。

在王竹的印象中，这两个人是从她上初中起开始变成这样的。母亲许阿满嫌父亲王汉生没用，嫌王汉生一点都不在乎她嫌他，照她的话说就是，死猪不怕开水烫。一天天懂事的王竹看出来，要不是住在里弄里，家家户户离得这么近，毫无隐私可言，谁家男人赚了多少，又买了什么，一清二楚，许阿满顶多只是嫌嫌而已，不会感到憋屈。

"男有志，女才有势。"许阿满常常这么说。

她拿自己做例子，告诫王竹将来无论如何要找个有志气能赚大钱的男人，不然活着没底气。

王竹却始终记得在家里条件最艰苦的时候，王汉生一日三餐全在家里做，风雨无阻去学校给她送饭，接他下晚自习。她觉得王汉生对这个家的贡献并不比许阿满小。她懵懂地产生了想要证明王汉生也是有价值的想法。她在由王汉生提供后勤服务的读书这条道上天才般地越学越好。大家都说王汉生没白忙活，王竹太争气了。许阿满却从来只夸王竹，觉得身为一个男人，王汉生只能在家做饭根本就是因为没本事。

王竹无能为力，只好保持中立，谁也不帮谁也不管，慢慢练就了一身金钟罩，坐在他们中间可以坦然地干任何事情。但她了解自己是在忍耐，隐隐感觉到，她也像吴霞那样渴望着离开，也必将离开。她有点害怕这微弱的心意，直到有一天她通过另一种方式实现了离开。

八年前，王竹与新婚丈夫郭卫海一起住进这个叫做华春园的商品房小区。

大概是这里的每一样事物都与里弄截然不同，反倒让她对过去产生了极致的想念，似乎那些随时涌动的声响，窄巷子里的平凡人生又可亲起来。但是每当她回去看望父母，还未走到巷口，便不可思议地感到自己已经嗅到了邻居家的卤味，这味道唤醒了她所有阴沉的记忆。接着她走进家门，看到父亲王汉生一如往常躺在楼梯下的摇椅上看电视，母亲许阿满垮着脸在他身边走来走去，为着他的腿又伸得长了些这点小事争吵，心里便又难过起来。

也正是到了这个时候，王竹才突然明白，以前觉得整条巷子都在争吵，其实是因为那里太破旧和矮小了，就好比扣住几粒色子的碗，摇晃时产生了扩音效果。这样她便有了想要带许阿满和王汉生离开这只碗的想法。这想法一直要求着她，令她内心很不安定。直到上个月家里又买下楼下那套房子，她把父母接过来，她才感到终于可以卸下负担，去享受梦寐以求的宁静了。她也确实在许阿满和王汉生答应搬过来的时候感受到轻松，却不想只是一瞬间的事——许阿满和王汉生把里弄作风也带了过来，深更半夜吵得整幢楼不得安生。他们还试图跟每一个在小区里相遇的人做朋友，碰到钉子后便觉得这里人情寡淡。他们都不想想，这种商住楼，大家都是半路邻居，不知根不知底，不知未来，谁人不带着防备？他们住得很别扭。

王竹像对待每天排近八十个号等她看病的病人一样，运用智力，更多地运用耐力看着这些。离开了里弄，并不能离开在那里的经历，那些经历造就了今天的许阿满和王汉生，当然还有她，王竹。一对争斗的夫妻，一个沉默的女儿。他们这辈子都别想改变这个了。

三

第二天一早，王竹从医院下班回来，打着哈欠摸到床上。郭卫海正要去上班。他简短又略带调侃地汇报情况说，从昨天晚上吃饭到现在，楼下一声没吵。

王竹说，冷战呢呗，谁也不理谁了，他们俩就这样，要么不好好说话，要么不说话。

一觉睡到中午，王竹下楼吃饭，看到许阿满和王汉生一个来到餐厅，另一个就必然离开餐厅；一个去了客厅，另一个就绝对不会再进去。房间里，他们迎面碰上都会侧着身，小心又带着怨气地躲着走，便觉得好笑。

许阿满和王汉生住在里弄的时候，经常性十天半个月谁也不理谁。那边街坊熟识，两个人不说话，自然能找到各自说话的人。自从搬到这里，这种憋一天还不说一句话的情况倒还是头一次。在这里，他们谁也不认识，彼此即使是吵架，也好歹要有个对象，要是连这个对象都没有了，就太孤单了。王竹断定他们闹不下去。

一直到第三天，两个人还是一点动静也没有。吃饭错开，不同时上桌；看电视错开，不同时坐在沙发上；睡觉错开，一个睡卧室，一个睡沙发。

晚上吃饭，许阿满给王竹盛好饭，给自己也添了一碗，坐下来，同王竹一起吃。王汉生在客厅看电视。

王竹叫他："爸爸，吃饭了。"

许阿满立刻放下筷子，意思是，你叫他来吃，我就不吃了。

"我等一会儿过去。"王汉生的声音传过来，很和气，像是根本没什么事。

王竹小声对许阿满说："又搞么事？"

"就是要管一下他。"

王竹无奈道："管了他一辈子了，又么样。"

吃完饭，王竹回自己家换了一身运动装扮。

路灯一盏一盏亮起来，像是在展开越来越强烈的召唤。有人开始沿着步道散步或跑步，王竹加入其中。小区外面东南方向五百米的地方有个小型公园，王竹一般会跑到那里，在公园里绕两圈再跑回来。

等到王竹满头大汗地跑回小区，跑过假山，一眼看到许阿满站在水池边的路灯下，往门口眺望。

她身后便是他们住的那幢楼了，单元门开在另一侧，得从水池这边穿过架空层走过去。阳台也开在那边。朝向小区大门的这边只有一间厨房和一个卫生间，楼下长得茂盛的香樟举着枝叶一路遮挡到二楼，如果想要张望大门口方向上的什么人，许阿满只能下楼转到半月形水池边上。水池倒映着许阿满和她依着的那盏路灯，水波微微晃动，空气里隐隐飘浮着青草和流水的茵茵香气。

许阿满并没有注意到从暗处移动过来的王竹，她等在那里，眼睛望着小区大门，又似乎什么也没看，空空洞洞地想着什么。

"妈妈，等我吗？"王竹大声喊。

许阿满身子一正，说："你爸爸脑壳进水了！"

她说得满不在乎，身体却如脚下的流水，暗地里打战。

"么事？"

"他一个人回六渡桥啦。"

四

六渡桥在江北的汉口，泛指三民路一带。

那一片有条路叫民意一路，民意一路上有个旧式老里弄，叫大陆里，残残破破，连里弄口门楼上的牌子都被风吹雨打得快要看不出字迹了。

许阿满、王汉生和王竹，他们一家三口很多年来一直住在里面。

大陆里的房子跟王竹的爷爷差不多一般年纪，早先叫希昌里，是辛亥革命元勋蔡汉卿买下后用自己的另外一个名字——蔡希昌命名的，后来蔡汉卿又把这里转卖给大陆银行做职员公寓，这才更名为大陆里。

王竹的爷爷早年在汉口讨生活，做扁担给人拉货。有次送货送到大陆里，听人说周恩来曾经在这里办过报纸，他吃了一惊，没想到眼前这条不起眼的巷子，灰蒙蒙的水泥地，他此刻正尽情踏在上面的这条路，竟然是这样一个大人物曾经走动过的。送完货，他找到周恩来早年办公的地方，望着那幢二层小楼朱红色的木窗棂，暗暗想象着里面曾经发生过怎样惊天动地的事。

打那以后，王竹的爷爷便觉得自己与汉正街的其他扁担不同了。他带着强烈的想要在大陆里安家的愿望，更努力地拉活赚钱，留心学做小生意。慢慢地，蚂蚁搬家一般，他在汉正街比较外围的位置上捯饬出了一个小店，专卖竹床竹席竹垫这类跟竹子有关的物什。到他结婚那年，他终于凑够了钱，买下大陆里的半边小楼，虽说上下两层加在一起不过六十来平方米，但总算夙愿得偿。

跟王竹的爷爷一起住进大陆里的女人也姓王，叫王银爱，在竹制品店隔壁卖文具，不怎么说话，看起来总是不高兴，让人觉得疏远。她离过婚，年龄比王竹的爷爷大十九岁，膝下无儿无女，也不见回老家看父母，就像从石头缝里蹦出来的，常年一个人进进出出打点生意。她跟王竹的爷爷公开住在一起没几天肚子就鼓了出来，大陆里弯曲的巷子里暗暗传着她的闲话，说她勾引了王竹的爷爷，要不是这样，他们两个怎么可能走到一起去。

打听出王银爱到底多大了之后，大陆里的人更是吃了一惊。老话说，男子有，到老有，女子有，不过四十九岁。意思是说，生育能力这事，男人是没有极限的，女人就不行了，到四十九就歇菜了。那一年王银爱恰好四十九岁。一时间，所有人都找到了下酒的菜，一日三餐，把这件他们认为好笑的事说过来道过去。

不知道究竟是老话有理，还是人言可畏，心情郁结的王银爱生产时果然遇到麻烦，当时命保住了，但三个月后还是望着成天哭喊的小毛毛王汉生，一脸不甘地撒手人寰。

没了娘，当爹的又忙着打点生意，王汉生又野又犟，治服了一帮小屁伢跟着他厮混。大陆里八十来岁的吴爹爹至今还记得当年他的儿子吴春华跟另外一个叫何向国的，小时候被王汉生使唤，两个人用手和胳膊搭成人肉座驾，王汉生坐在上面，双手搭在他们的肩膀上，一下一下拍着，像赶驴子一样，大摇大摆地去上学。

野到十八岁，王汉生当兵去了，性情大变，都说是被部队铁一般的纪律管好了。复员后，王汉生的工作落在离家不远的老字号德华楼里，做一份与他变得富有耐性的脾气十分合意的工作——给领导开车。

好司机王汉生不久就被人发现对做服务员的潜江伢许阿满死缠烂打。许阿满脑子转得快，长相虽不出众，但身材比例好，脖子细长，看上去亭亭玉立。她从小就觉得自己不一般，与身边的人格格不入，初中还没毕业就在亲戚的帮助下来到汉口，进入体面人才能经常出入的德华楼做服务员。她对王汉生的态度一直不明朗，既不接受也不拒绝。有人提醒王汉生说，许阿满没什么身家还心高气傲，这种人从来想的都是怎么一步登天，你掐不住她的，怕是被耍了都不晓得。陷入痴迷的王汉生哪里听得进去，一有空闲就围着许阿满转。许阿满特别喜欢吃附近蔡林记的热干面，又不愿起早，王汉生就天天跑去蔡林记打包，送到许阿满的宿舍。他还偷偷开公车接她放学。

那时候许阿满报了电大，虽然基础不好读得很吃力，但她特别刻苦，一心想做个有知识有文化的人上人。她并不把不求上进的王汉生当做自己的真命天子，只是觉得他对她好，又是本地人，吃公粮，万不得已也能是个归宿。许阿满在电大毕业后果然获得提升，成为前厅部经理，只是一直没有遇到转公职的机会。作为外来户加临时户，许阿满自觉吃了不少亏。眼看着年龄一天天大了，她只得认命，在当时看来相当高龄的二十八岁上，下嫁给了王汉生。

一年后，他们的女儿出生了。

给女儿起名字的时候，电大毕业的许阿满天天查字典，翻古诗词，想给女儿起个雅致的名字。王竹的爷爷看到说："不消搞那么复杂，我是卖竹子的，对竹子有感情，就叫竹吧，我看蛮好。"许阿满一听，不错啊，花中四君子之一，又跟夫家的生意有关。但她嘴上说："我再想想。"王竹的爷爷知道这是许阿满觉得自己那么有文化，却没起个好的出来，想摆谱。他并不说她什么，只管天天对着孩子竹子竹子地叫，硬是把这个名字叫实了。

婚后，许阿满又在酒店干了一年，生产后因为要带伢，就没再回去上班，偶尔去王汉生父亲的竹制品店帮忙。

又过了一年，王竹两岁半时，有天烈日当头，空气潮热，六渡桥繁忙的马路上升腾起弯弯曲曲的光影，王竹爷爷在给人送货的路上，突然间脑袋刺胀，跌倒在地，再也没有起来。

彼时王汉生受到领导照顾，调到办公室做副主任去了。他本来有意接手父亲的竹制品店，被许阿满拦住，骂他像个苕，这么做下去，能当总经理都不一定，还干什么个体户。

竹制品店那边，许阿满咬咬牙，自己上了。她减少了品种和进货量，勉强一个月赚点生活费，节约下精力带孩子。在王竹很小的时候，许阿满就教她认字，天天教导她将来要往人尖上混，要成为她父亲酒店的座上客，千万不要再伺候人。

王竹不负母亲所望，从六渡桥小学毕业后考上一中，后来又考上医学院，进了武昌那边的一家医院，老公郭卫海在一家研究所上班，有天到王竹所在的医院看病，两个人一见钟情，什么波折也没有，半年后就领证结婚了。许阿满对她这个同样是知识分子的女婿很满意，工作和女儿一样好，长得也一表人才，唯一感到遗憾的是他是外乡人，在武汉没有根基。

有回她跟街坊在巷子里闲扯，扯来扯去就扯到孩子身上，许阿满各种如意，不免有些欣欣然，话说得满，把周围的人都比了下去。当中，何向国的媳妇李梅心气极不顺。她的儿子何帅与王竹青梅竹马，一度走得很近，后来王竹顺利进入大学，何帅考了两年都没考上，两个人慢慢就没有了话题，到最后彻底疏远了。

李梅反感地顶了一句："再好还不是嫁了个外码。"

外码指的是外地人，有贬损之意，相当于把许阿满也给骂了。

许阿满立刻失去了理智，大声嚷嚷："外码么样，别个是博士，你们哪个比得过。"

"还有老韩头的儿子呢，你可不要鼻孔朝天，看谁都不如你。"

李梅从来都是说着最凶狠的话也只是最寻常的表情，她淡淡笑着，十分不屑，就好像老韩头的儿子是她的儿子。

许阿满确实忘记了老韩头的儿子韩鹏。他的博士是工作几年后考取的，当时只是打电话回来说了一声。老韩头兴奋地从正在乘凉的街坊中走过，把消息传播开来。韩鹏虽然有出息，但常年生活在国外，从上大学开始就很少回来，除了老韩头夫妻两个，渐渐地没有什么人提他了。

许阿满早就觉得老韩头算是白白生养了这么个儿子，又在气头上，便把这样的话说了出来。她把头扬得高高的，问："他？他在哪里？他爸爸妈妈在哪里？随他几有出息，有鬼用。"

"那你又在哪里？"李梅哼哼一声，说："你傲什么傲，有本事搬走啊。"

许阿满被呛得回不过去话，憋着气回家，心里想，都变了都变了。

她走上吱吱作响的楼梯。王汉生摇着蒲扇在楼梯下看电视，露着粗大血管的腿瘦弱又可怜地弯曲在躺椅的支架边。她不想再看他第二眼。

即使是在二楼，屋子里的湿气仍然很重，散发着霉味。她坐下来，看着这个几乎被一张床占满的地方。地板多年前修补过，用几块花色相近的瓷砖替代了破碎的地方，已经磨得毛糙。墙上靠近地板的位置刷了一溜绿色的油漆，好几处变得乌黑，成块地剥落下来。家具还是结婚时从汉正街搬回来的，样式老旧，漆都快掉完了。窗外，对面花岗岩门楼上横着扯着十多条电线，一根自制的加长衣撑，撑着一件湿淋淋的破边裤子摇摇晃晃地举上来，挂在电线上。往下看，邻居吴春华刚刚收了衣撑，趿着拖鞋，慢悠悠地在窄窄的幽暗的巷道上吐一口痰，转到昏暗的屋里去了。他老婆李玉珍随即轻轻哎了一声什么，听不清内容，但还是把她特有的幽怨释放了出来。

许阿满把窗户关上，转过身，感觉胸中的气快堆到了嗓子眼。

这个地方她已经住了几十年，一直是她的骄傲，屋与屋挨得近也没什么，街坊吵吵嚷嚷也没什么，四下里越来越杂乱破旧也没什么，这里可是汉口的中心啊。

五

六渡桥一带曾经何其风光。

这里聚集着老汉口最早的一批生意人，他们走南闯北，脑子灵光，都是些见过世面的主儿，建起了很多新鲜场所，百货商场、酒楼、戏院、服装城、珠宝城、公寓，好不热闹，江南的人买重要的东西都要过汉口来，到了汉口不到六渡桥，就好像没到过汉口一样。在这个地方，大老板住在洋楼里，小生意人住在巷道内，不远不近地守着各自的场子，赚各自的钱，真正是大河有水小河满。

许阿满十几岁来到汉口，高兴待在六渡桥做工，就是觉得生活在这里即便是武汉本地人都会觉得羡慕，她一个外乡人，再苦再难，能在六渡桥安下家，便是件荣耀的事。家乡的人问她在武汉的哪里做事，她从来都像任何一个生活在六渡桥的人那样，不说具体里巷，只说六渡桥。再问细点，就说是六渡桥的大陆里，一定要先讲出"六渡桥"这三个金光闪闪的字来。结婚的时候，许阿满特地请亲戚们过来开眼界，从民意一路左转过十字路口一直逛到铜人像，跟他们讲，这一趟走下来，置办一个家所需要的东西就都能买下地。声誉满三镇，购物在六门。她像个导游一样一本正经地把这句话背出来，说，六门就是六渡桥，整个汉口都是要望着这里过日子的。亲戚们边走边听，不但觉得许阿满有知识，有钱，还有运气，都夸她命好。

第二年，连接前进一路和民主路的六渡桥人行天桥建成时，王竹出生了。此后每每拉着王竹的小手打桥上过，望着桥下车水马龙，许阿满都心生欢喜。人往高处走，越是人潮人海处，越是寸土寸金地，这么好的地方，竟是她的地盘，她住在这里，有家，有门面，不晓得有几好。

她常常在早上跟王汉生一起,带着王竹去德华楼一楼过早,吃正宗天津小笼包。小笼包一块钱三个,内部职工半价,他们花上一两块钱,趁着刚出炉还冒着热气,用筷子夹一个起来,对着包子吹几口气散散热,再细细咬一小口,让浆汁流出来,嘬干,再连皮带馅一口吃进嘴里,感觉满口流香,又有嚼劲。吃完了,一人再来一碗豆浆去油去燥,很是舒服。有时候王竹馋甜食,他们便会给她点一份糯糯的水磨年糕,配桂花米酒糊,看着她喜滋滋地吞下肚。

吃饱喝足,王汉生留下来上班,许阿满送王竹去上学,转回来再去店里开门营业。

有时候许阿满实在欠热干面,他们就放弃德华楼的优惠,跑去蔡林记。

到了下午,许阿满把王竹接回来,有时候还会帮着打牌上瘾的李梅把何帅一起接着,先监督他们把作业写完,再允许他们限时在店门口跟其他小伢抽得螺,得螺转啊转,小伢们追着疯。

他们常常坐在一起,手拍手念歌谣:

"汉口的姑娘伢生得傲,麻纱裤子穿一套;红缎子鞋,皮底铰;燕子头,反镜照;新市场里买戏票,三层楼上靠一靠。"

那阵子,许阿满虽然觉得生活并不尽如人意,但不吃力,过得还算有滋有味。

到王竹上初中的时候,一九九七年,情况发生了变化。

一天下午,许阿满收工回来,顺道买了菜,准备给还要上晚自习的王竹做饭,送到学校去。到家后她发现门是虚掩的。王汉生闭着眼睛坐在楼梯下的躺椅上,门外的光线直直投在放置在他脚边的破纸箱上。许阿满走上前踢了一脚纸箱,问:"是什么?"接着蹲下来把手伸进去扒拉。看到纸箱里全是王汉生放在办公室的个人用品,水杯、笔记本、合照等,她明白了,王汉生这是卷铺盖回家了。

大半年前,德华楼关门歇业的消息流传开来,真真假假,这下见了分晓。

"以后工资发不出哪个管?"许阿满沮丧地靠在楼梯扶栏上。

王汉生弯腰把水杯取出来,往一旁的小桌上一放,说:"先给我倒杯水。"

水杯是搪瓷的,杯口有一圈藏青色的收口,磕碰出好几个豁。白色杯身的一侧呈扇形分布着一行红字:德华楼先进工作者。底下有一行小一点的黑色的字:一九九二年七月。这是王汉生那一年评先时得的奖品,他用过一段时间,后来弄丢了盖子,就没再用了,塞在柜子里。

"以后工资发不出哪个管?"许阿满阴着脸又问一遍。

"管不管老子都得喝水。"王汉生蹦起来，抓起杯子自己去倒水。开水瓶在厨房炉灶边上，他走得急，拎起开水瓶时动作大，瓶口磕在炉子上，磕飞了瓶塞。开水晃了出来，浇在他的左手上。他下意识松开手，水杯哐当一声摔在地上。

许阿满赶紧过去看发生了什么。

王汉生捡起水杯，在水龙头前冲洗。水流声哗哗啦啦响着。王汉生背对许阿满，身子弓着。洗着洗着，王汉生举起水杯，使劲砸在水池里。哐当当，惊得许阿满一颤。

那一年前后，整个六渡桥都在变。

热闹的桥东商城变成了听起来很洋的来雅百货，但依然难挽顾客渐渐减少的趋势。当年为了迎合六渡桥高涨的购物需求，由中南旅社扩建为商场的桥南商场也一蹶不振。周围的商铺，无论是卖什么的，尤其是那些老字号，四季美、蔡林记、福庆和等，都眼望着招牌颜色淡了，店里少有人来。

又过了一年，王汉生的老领导陈为来找王汉生。早先他由德华楼调去另一家老字号酒楼老会宾，准备大干一番，可惜没整起来。这一年武汉市提出保护老字号，他就又有了热情，准备注册商标，再拉几个得力的人一起，借着东风把老会宾的餐饮重新做起来。

陈为鼓动王汉生和另一个德华楼的老职工——干销售的廖长城去帮他。

王汉生和廖长城过去后也仅仅是帮着把会宾楼的商标注册了，算是保住了品牌，但想重振旗鼓，却是力不从心。为了发工资，他们把整栋楼都租了出去，一楼做五金生意，二到六楼做宾馆，如此才勉强给一百多号职工发得出基本工资。

王汉生时至中年，既没文凭也没技能，只好一边领着微薄的工资，一边到店里给许阿满搭手，更多的时候在家做饭。

被许阿满换了牌子，现在叫"阿满竹品"的竹制品店，情况也很凄凉，一天卖不出去几样东西。往些时候，全国各地的人都到这里搞批发，即使是在秋冬季节，也能往南方地区出不少货。为了生计，王汉生和许阿满不得已搭着卖电热水袋这类时令玩意儿，生意时有时无，得过且过。

廖长城一家的情况更加不如意。他爱人跟他一样也是德华楼的，两个人一起失业，不得不把在紫竹巷的老房子隔出一间来对外出租，赚点生活费。

夏天快过完的时候，有一天下着细雨，王汉生给王竹送完饭，没有沿着老路走直线回去，而是从前进四路绕到中山大道，过六渡桥天桥，再转到民意一路，走出一个几乎完整的四边形。他时常需要这么绕一绕，一个人，默不作声，慢慢由己，每走一圈，胸中的郁结似乎就能减轻一些。

这天他没有打伞，反剪双手，毫无目的地玩弄着手中的塑料袋。他之所以没有像往常一样，把这只装饭盒的塑料袋也留在王竹那里，就是想到一会儿如果雨下大了，可以把塑料袋套在头上挡雨。他这么走着，慢慢走上六渡桥天桥，猛然发现桥对面明晃晃闪动着德华楼这几个字。他恍惚得立刻站住。没错，是德华楼。雨丝密密柔柔落下来，在这几个字照出的微光中呈现出细小的连接。万物清醒而晶透。被霓虹点亮的德华楼一扫往日的衰老倦意，容光焕发。王汉生几乎小跑着进入装修一新的德华楼。

廖长城一身棕色制服，正端着一笼汤包往靠近门口的餐桌上送。

王汉生喊他："老廖，又开业了！"

"是啊，叫我们回来帮忙呢。"廖长城看到王汉生也很激动，把他拉到一边，小声说，"叫回来的都是业务岗位上的。"

王汉生当初是开车的，后来搞行政，中途又去了老会宾，自然不在召回的行列。

"培训好些天了，说要走向市场，全是现代企业那一套，么事微笑服务。"廖长城一边说，一边咧开嘴做鬼脸，让嘴角朝上。"晓得不，要这样，时刻保持微笑。"接着他又摇头，说，"我这大年纪了，还整天跟年轻人一起搞这些。"

王汉生看着他夸张的表情，想笑，却忍不住红了眼睛。

"蛮好，老廖。"他说，"要你么样就么样，蛮好，我想搞还搞不了咧。"

许阿满听说德华楼重新开业了，有点不相信。

原本她每天的路线是从民意一路出来，右转上中山大道，往友谊南路去。自从王汉生包下给王竹送饭的事，她就很少再往东北方向走了。到那天她才发现，被挡板隔绝了视线的六渡桥天桥经过几个月的改造，已经拆除了建筑围栏，露出了新鲜的花岗岩拼花图案，从底下往上看，可以看到侧面装上了奶黄色的塑铝板。而上次看到它被围起来时，她还以为六渡桥大势已去，人行天桥不必要了，要被拆掉。被六渡桥天桥横跨的中山路也焕然一新了。她走上天桥，看着这个并不如从前热闹，但更漂亮了的地方，车辆、行人，都好似被刷过一道油漆，更鲜亮了。她此时已经四十有五，面对变化，会感到不知所措。站在桥上，她久久无法移动脚步。这样的感受先行打了预防针，使她进入德华楼之后，情绪平淡了许多。

她依据以往的经验，挑了个高峰时间过去，混在顾客当中，观察对比着。

她果然看到廖长城，只这一点，她便断定生意不会好过从前。像她这样的过来人，即使是受了贫困的罪，也不可能连续着伺候人。伺候人一定是年轻人当中比较懂事的那部分人做的事，只有他们才有热情，才不会计较，甚至觉得很应该，他们会把这当作是人生路上打拼的过程。她这样年纪的人不行，过得好的不屑做，过得不好的即使出于生活所迫做得了一时，也会因心有不平做不长久。请人做工，还得会请。虽然德华楼确实漂亮了许多，食物的品种也足够多，但她依然凭借自己对人生的理解，也或者是出于一种说不清的被冷落者的妒忌，感觉生意一定不会好过从前。她觉得那些本来就有的东西，一块石头，树，可能会看着人一代一代老去，而人建立起的东西，尤其是像德华楼这样需要去提供服务的东西，因为存在更新换代的问题，很容易垮掉，活不过一个人。

但是廖长城笑眯眯地跑前跑后不知疲倦的样子又让她拿不准。

不管怎样，不想未来的话，廖长城至少现在比王汉生的情况好。

王汉生自从在德华楼见过廖长城，回到家把摔掉了好几处漆的搪瓷杯子又找了出来，每天望着杯子上的德华楼几个字解渴。许阿满从德华楼回来，见王汉生双手捧着搪瓷杯子，靠在楼梯下的躺椅上听收音机。光线昏暗，整间屋子散发出腐木的气味，王汉生闭着眼睛，作为躺椅的一部分，作为这间屋子的一部分，作为生活的一部分，融洽的感觉令许阿满深感厌恶。她越看王汉生越窝囊，埋怨他没长远，好好的偏要从德华楼出来。王汉生不理她，抬手把收音机的音量调大，压过她也成功激怒了她。她气急败坏地走到他身边，从他手上抢过杯子，把里面的半杯水全部泼在他的身上。王汉生跳起来扇了许阿满一巴掌。

"搞邪了你还！"

许阿满捂住火辣辣的脸一动不动地瞪王汉生，片刻，她大喊一声，扑到王汉生身上同他撕扯起来。

待到两个人精疲力竭安静下来，许阿满使劲拍了一下自己的右耳，说："完了，我听不见了。"

李梅至今仍然坚持说许阿满是装的。

也有人说不像，装一时可以，装不长久。李梅说，那要看更长久的是什么事，她跟王汉生三天一吵五天一打七天不说话，这么不如意，总要有办法对付过去。

许阿满连这些议论都封在耳朵外面了。

她让王汉生带她去看医生，辗转看了好几个，什么检查都做了，结论五花八门，药也吃了不少。后来有个医生说，排除了先天的问题，就耳朵本身的情况看又不存在什么损伤，最有可能的情况是，她的情绪波动过大，引起全身毛细血管的痉挛、收缩，造成内耳血管血流减慢，发生微循环障碍，使内耳听神经缺氧，导致突发性听力问题。这个病没别的，只一条，莫生气。

许阿满竟然都听清了，立刻转过身去对王汉生说："听见冇，你听见冇？"

王汉生看着许阿满转过来的松弛的脸，突然生出怜惜来。他拍拍她的肩膀，安慰说："听见了。"她转回去，愣了半秒中，恍惚间说着什么，转眼又问："你说么事？"

时间在许阿满用虚幻的听力努力对现实的辨认下慢慢流逝。

许阿满与王汉生始终如一个窝里的两只公鸡，战事不断，但并不能掀翻屋顶。他们越来越熟悉对方的套路，也越来越不把对方的套路当回事。艰难的生活在他们紧张的平衡关系中继续推进，一直到王竹大学毕业确定工作，顺利恋爱并结婚，日子才逐渐变得省力了。

那几年，临近六渡桥的汉正街开始实施搬迁改造计划，许阿满心心念念，很快便将这件事盼到了"阿满竹品"所在的片区。

在这之前，她对大陆里也产生过期望。六渡桥片区因为涉及很多老房子，拆得很谨慎，拆了的又分两种，有的盖起了新式楼宇，有的虽然被围起来，但时建时停，一直荒废着。没拆的还是占大多数。老里弄建得早，人又多，里里外外越来越杂乱和破旧。大陆里的很多人都盼望着能早点拆迁住新房子。

也不是没人过来勘察。

大陆里4—9号是《新华日报》旧址，由两栋长长的两层小楼构成，加起来有一千来平方米。当初王竹的爷爷就是被这个地方激发起打拼的勇气，最终把家安在大陆里的。作为武汉市文物保护单位，大陆里4—9号吸引了很多热心市民和外地人前来参观，政府部门的工作人员也时常过来走动，为大陆里的命运做出设想。

每次听说有人过来，何向国与李梅的儿子何帅就会从不知道什么地方跑回来，拉上吴春华有点木讷的次子——吴霞的弟弟吴天明，再架上吴天明的腿脚已经不灵便的爷爷，非常直接地对来的人说："我们在这里住了几十年了，希望能早点搬迁离开这里，毕竟这些小楼房是文物，需要保护起来。"

许阿满觉得何帅这孩子从来没有哪句话说得比这还顺溜。

也许是难度太大，大陆里一直没什么动静。

好在许阿满和王汉生还有一间商铺。

正是王竹结婚等着用钱的时候，许阿满把拆迁得的钱一分两半，一半自己留着过生活，一半帮着女儿付首付，在武昌那边靠近女儿单位的地方给她买了套房子，省得她天天汉口武昌一去一回三个小时。

这样的打算一开始王汉生并不赞成。

他是生在六渡桥长在六渡桥的老汉口，固执地认为不消说什么武昌，就算是汉口的唐家墩、循礼门，过了万松园、解放公园都是乡里位置。

"新房可以买，但不能出六渡桥。"他说。

王竹为了劝王汉生，带他和母亲许阿满武汉一日游，告诉他们大武汉早已今非昔比，商业区不独有六渡桥一个地方，早在三镇遍地开花了，恰恰是老城区，因为人员密集，都是老古董房子，不好拆，修缮又是件麻烦事，慢慢地就呈现出衰败来。

逛了一天，王汉生带着抵触心理，看哪哪不顺，觉得王竹看中的小区除了好看，跟电视上播的国外似的，但戒备森严，超市和商场都离得远，连个过早的地方都得找半天。吃，吃不到正宗的热干面和豆皮，听，听不到"么板眼撒，信邪，个板马的"这些话，不是乡里位置是什么，从里到外都比不上六渡桥。

许阿满却看得吃惊。从六渡桥出来，一路上很多地方都起着高楼大厦，铺着花园绿地，每一样都时髦光鲜，衬得六渡桥像个笨拙虚弱的老太婆，无论如何也跑不过其他地方似的。这样的地方哪里留得住人？她使出一向在王汉生面前说一不二的劲儿，拿主意道："不能说六渡桥不好，只能说别个位置跑过了六渡桥。再一个，给姑娘买房，当然要买到她单位附近，你对六渡桥有感情，未必就得你姑娘天天上下班跑几个小时去证明？"

王汉生在这件事情上完全不松口。他说："不管么样，王竹是汉口的姑娘伢，是六渡桥的姑娘伢，这个不能变。"

王竹说："这个就变不了。"

许阿满说："王汉生，你不清白。"

她咬咬牙，瞒着王汉生去银行取了钱，带着王竹去售楼中心把首付给出了。她打心眼里鄙视王汉生没有头脑，看不明白世事变幻。现如今，留在六渡桥的才是乡里人哪。

六

这年春天，民意一路两侧稀疏的悬铃木生出成块成块的白絮，风一吹，带到了大陆里，糊上人的眼睛。

许阿满一面轻轻拨弄眼睫毛，一面接听王竹的电话。电话里，一向文静的王竹激动地说，他们楼下的房子急着出手，比市场价便宜一半。

这时距李梅揶揄许阿满找了个外码女婿不过一个月的时间。

许阿满扒着窗户往下看，看见王汉生伸着干瘦的腿坐在楼下闭着眼睛晒太阳。她刚刚晾出去的秋裤吧哒吧哒直往他脸上滴水，他抬手胡乱摸了一把，翻动了一下身子，又继续睡了。

她把头缩回来，坚定地说："赶紧定下来！"

买下房，家具什么的都是现成的，样式新，质量也不错，许阿满很满意。她按自己的喜好简单摆设了一番，便向王汉生和盘托出，要他跟自己一起搬过去。

知道最后一点养老的钱也被换成了房子，王汉生气得蹦起来。

"我死都不搬！"

"你心里有得数吧。"许阿满数落他，"六渡桥前前后后搬出去多少人了？外面不好，大家为么事要搬出去，你看不清楚吗？你看看李梅知道我们要搬去跟姑娘住，而且是另有一套房住，她那样子，是不是气死了？她儿子何帅学何向国的样，冇得出息，书不会读，事情不会做，三天两头被炒鱿鱼，就那样也不愿回来跟他们挤。剩下他们两个老东西，冇得一点希望，生在六渡桥死在六渡桥，不憋屈？他们羡慕死我们了！"

"许阿满，你这辈子就是跟别个比来比去的吗？就冇得一点觉得特别重要的事？你有冇得能力搬出去不是别个说了算的，她李梅说你冇得能力你就冇得能力了？咱们家拆迁得了钱哪个不晓得？不是冇得能力，是不愿意。为么事不愿意？感情你懂不懂，想当初你要是有能力自己过早把我甩了是不是？你不懂感情，我懂。我对一个人有感情，就是这个人天天吵天天闹，我也不会走。我对一个地方有感情，这个地方再不如别处，我也不会走。你看在巷子口卖卤味的吴春华李玉珍两口子，他们起早贪黑，生意那么好，赚得不少吧，他们冇得能力走？他们是舍不得走。离开六渡桥，我们这些人就真成了外码了，腿脚都不会灵便，还么样过生活。"

许阿满从来没有听王汉生一口气说这么多。

半晌，她软塌塌但又碍于面子地强词夺理道："他们赚得有那么多吗？"

见王汉生摆出一副再也不想理她的样子，她连忙扯住他，说："好了，好了，反正买都买了，钱是退不回来了，不如去住一住，不习惯了再回来。"

王汉生拗着头说："不去。"

第二天，许阿满里里外外收拾行李，王汉生当没看见，一直拉着脸。

他照往常那样，洗完碗，用镂空的塑料罩子把饭桌上吃剩的两个菜罩住，踱几步站到门外。

巷道深处传来人群聚集的声音。他知道那些人早上就来了，还请了几只小号，天刚闹亮就呜呜啦啦吹起来。晨雾中，小号吹出的悲痛调子，仿佛一滴滴硕大潮湿的水珠，把人裹进去，带着人往土里坠。这几年，类似的声音越来越频繁地响起，老人们平日里都说，不晓得下一个是谁啊。

这家过世的是一位老裁缝，不到七十，是老韩头的老婆，韩鹏的母亲。

老韩头是一个大面瓜，凭谁跟他说什么都笑眯眯的，对老裁缝更是言听计从，退休后在家给她打下手，主要做一些拆补的小活儿。老韩头按照惯例请人在门口搭了一顶小小的红色塑料棚，占据了大半个宽的巷道，里面摆着好几只花圈，他坐在屋里，陪着将与他一起守夜的几个亲戚。屋子小，光线又暗，一眼望去满满堂堂。

王汉生前几天已经送过礼了，这会儿只是往那边走了走，没有过去打招呼。往回走的时候，他有意走得很慢，瞻顾着这条久经风雨的老里弄。走不过几步就会碰到一个搬着凳子出来乘凉的老人。大陆里的年轻人确确实实都一个个跑出去了，就算是何向国的那个不争气的儿子，也是长年累月不见踪影，都不知道他在外面住在哪里。争气的呢就如这老韩头的儿子，常年被单位派驻国外，叫什么科特迪瓦，非洲一个城市，毕竟不是一个可以扎根的地方，他们老两口天天念叨，如果儿子回国了，他们就离开六渡桥，儿子去哪他们跟到哪，照顾儿子。

这话有回被李梅听到了，说："照顾儿子？是儿子照顾你们吧。"

老韩头嘿嘿一笑，轻声说："积谷防饥，养儿防老，也冇得错。"

李梅拍拍衣服，不好意思说似地，边说边走远了："儿孙自有儿孙福，莫跟儿孙做马牛；儿孙自有儿孙福，莫把儿孙当马牛。"

老裁缝望着李梅的背影，开导老韩头说："莫听她说，她自己养的伢冇得出息，指望不上，正话反话都被她说了。"

王汉生想到这些，感觉老裁缝戴着老花镜踩缝纫机，严肃认真的姿态历历在目，但这个人竟已经离去了。他回头又看了一眼老裁缝的灵棚，感觉它离得那样远，红色棚子变作一个点，发出轻幽幽失神的光。

他开始往前走，嘴里念叨："出去也冇得错，在哪里不是摆花圈呢。"

正式搬去武昌前，他们向街坊告别。

李梅正在做饭，屋子里弥漫着炝人的烟气。她咳了几声出来，在门口举着锅铲赶他们。

"走，走，走，快点走，走了就莫再回来。"

许阿满知道这个女人的脾气，说话直，但并没什么恶意，把人气个半死，她自己该怎么说话还是怎么说，隔天再见面还是亲亲热热，一点也不会觉得生分。

住隔壁的吴春华听见动静匆匆迎出来，一只脚光着，一只脚趿着拖鞋，身上的灰色T恤染着大片卤渍，一双小眼睛像是怎么睁都睁不开。他端着一只卤猪脚，送到王汉生手上，说："刚刚做的，一会儿才出摊卖，先尝一下。"

王汉生配合地捏起一只，放进嘴里。

在老韩头那儿，王汉生惊讶得说不出话来，仅仅一个星期而已，老韩头的腰就弯曲了，眼睛上像是蒙了一层雾，一直噙着泪。

许阿满说："您还是把儿子叫回来接您走吧。"

老韩头摆摆手说："我伤心，我这辈子都不得走了，我不走。"

王汉生说："有么事嚷一声，我回来帮忙。"

他们最后去了巷子最深处吴爹爹那里。吴爹爹是吴春华的父亲，吴天明的爷爷，是抗战胜利后最早一批住进大陆里的人。他原本与儿子吴春华一家三口住在一起，四个人挤成了灰色的纸片。在吴春华李玉珍夫妇失去吴霞，有了第二个孩子吴天明之后，他搬到了现在住的地方。这里原本是一个福建过来的生意人买下的，九十年代末这个人回归故里，把房子转给了吴春华家。

买房子付钱的时候，吴爹爹很不高兴。

"想当初，这房子我想要哪间就是哪间，哪个敢要钱？"他神气地说。

谁都知道老爷子这是在说妄语。当年抗日战争接近尾声时，被日本人占来做马房的大陆里一片狼藉，等到日本人都撤走了，那里便成了一条空巷，谁没地儿住，碰巧来到这个地方，进去看中哪间，打扫打扫就成了自己的。吴爹爹快入土的人了，一辈子也就这件事像是得到了上天的眷顾，便总是说个不停。

王汉生许阿满来跟吴爹爹告别。八十多岁的吴爹爹颤颤巍巍走到门口，嘴巴皱成一团，上下吧哒几下，像是在吞咽口水，好不容易拱出一句模糊的话：

"常回来啊。"

王汉生跟着许阿满顺着民意一路走到中山大道路口，往后看了看六渡桥人行天桥，想着吴爹爹的话，差点落下泪来。

许阿满嗤笑他想不开。

在公交车上，许阿满坐定后拉开随身带的小包，从里面摸出一卷纸，扯下一截递给王汉生。王汉生哭丧着脸不理她。她把纸放回去，又从包里摸出一个高高瘦瘦的保温水杯，拧开盖喝几口。王汉生突然问她带了他的杯子没有。

"么杯子？"

"搪瓷杯子。"

"写了德华楼那几个字的？破成那样。冇带。"

"停下，停下！"王汉生大叫，转头对许阿满说，"我回去拿。"

"拿么事拿，破得吓死人的，扔了。"

"么事？"王汉生盯着许阿满，说，"老子的东西你可以随便丢，看老子哪天把你丢了。"

许阿满说："跟我抖狠，你丢啊，现在就丢啊。"

王汉生盯着她，像是要打人，又突然转过脸看向窗外，扬起头使劲忍着。

七

新家实在漂亮。照王汉生的话说就是大，客厅大、卧室大、厨房大、卫生间大、阳台大。许阿满笑他，说："你漂亮的标准就是大。"王汉生光是半夜起来上厕所，从床上摸到卫生间，这个漫长的过程就让他适应了好几天。

再有就是安静。四周总是静悄悄的，双层铝合金窗子一关，就像与世隔绝了一样。这让听惯了嘈杂的王汉生夫妇一度睡着睡着怀疑他们是不是已经死了。

清清白白的空气也让他们不习惯。没有了楼下吴春华家的卤味无时无刻不往鼻子里钻，他们老是觉得空气中有股怪味，令他们呼吸困难，睡不香甜。

最开始的几周，他们夜夜失眠，睡得很不好。

"非要过来，过来搞么事。"

"过来过好日子。"

许阿满抚着满头白发，心里琢磨是不是也学一单元的贾婆婆的样去染一下，对于王汉生的抱怨，她极不耐烦。

"么好日子，磨死人。"

王汉生一样一样在心里画叉。

没有老弄堂吊在厨房窗户外的油鼻涕，没有起潮残破的墙壁，没有杂物，没有灰尘，没有人大声说话，从前让人格外讨厌的这些东西推远了看，却是活生生的烟火气，没有了倒叫人感觉离地万里，心里空落。

没有过早的地方。小区外面没有沿街门面，都是树，过早要走很远。好不容易走到了，也只能勉强吃上一碗掺了大量花生酱的水货热干面，肚子饱是饱了，胃口却败了。

没有那种看起来乱哄哄，其实处处有惊喜的菜市场。有时候乡里人打了鱼直接拉过去，碰着了就是捡着了。一年总有那么几次，新疆人在市场门口现场宰杀山羊，血淋淋的画面不看便是，肉可是最新鲜的，价钱也美得惊人，惹人哄抢。而这附近呢，只有超市，还是唯一的一个，大是大，品种并不多，又不能讲价，每样菜都像是从真空里生长出来的，不带一点虫咬和泥印，好看得特别假。

最重要的是没有可以信赖的街坊。

"莫把自己搞的像是命蛮贱，这好的地方住不惯。"许阿满一面说，一面注意看时间。

"我命贱？你咧？你就蛮好？你还不是一样吃不好睡不香。"

"我吃得不晓得有几多，睡得不晓得有几好！"许阿满嘴硬道。

他们正吵着，贾婆婆来了，门敲得轻轻脆脆，很小心的样子。

贾婆婆是许阿满在楼下喂鱼的时候认识的。她每天上午十点到十一点半，下午三点到四点半，铁定会出现在架空层，坐在石凳上织毛衣。许阿满观察了几天，主动靠近她，拿起石桌上塞进塑料袋的毛线团，帮助贾婆婆松毛线。贾婆婆一开始很警觉，要许阿满放下，她自己来。许阿满笑着说没事没事，这事她做着简单。她主动报出自家的门牌号，邀请贾婆婆去家里玩。贾婆婆一听，只淡淡地说了一句："住那里呀，那我们离得还是蛮近的。"

到贾婆婆真的过来串门，许阿满也只是知道贾婆婆与她同住一幢楼，在一单元，至于几楼几号房，她并不清楚。她看出贾婆婆的头发根上白花花的一层，就知道她虽然看着不显年纪，但其实跟自己应该差不多大。她寻思是不是也该去染一下头发，当然不能像贾婆婆这样，发根那里白头发又冒出来了都不去管，那不是白染了。

王汉生看到有人到家里来，也很高兴。

他这些天在楼下转，发现像他这么大年纪的男人并不多，大多是婆婆，推着婴儿车。许阿满试着跟这些婆婆套近乎，但说几句话就没词了，毕竟干的事不同，人家现在都围着小毛毛在转，不同于他们。再说许阿满特别不喜欢别人问她外孙的事，王竹一直忙工作不想要孩子，许阿满很不高兴。不高兴的事，许阿满自然不愿跟人多说。他们后来碰到推婴儿车的都绕着走。再有就是在八幢与七幢之间的小花园里，有几个人吃完晚饭会在那里打纸牌。那些倒都是些大老爷们。王汉生过去看了几回，发现人人都只限于打牌看牌，都不怎么吭声，据说是物业有规定，不能大声喧哗。两个小时后，纸牌摊子散了，老家伙们各回各家，还是没一个说话的。本来王汉生就对打纸牌不怎么感兴趣，几次下来，便觉得再去看没什么意思，就不去了。

现在有人到家里来玩，虽说是个婆婆，找许阿满的，也算有点人气。

她勤快地给人倒茶，端到跟前。

贾婆婆一进门就抽抽鼻子，说："好香。"

"在卤猪脚，"许阿满热情地说，"一会儿尝一下。"

贾婆婆坐下来，环顾四周，问："这房子不是你们自己装的吧？"

许阿满不想承认买的是二手房，忙说："是的啊。"

"我么样感觉像是年轻人住的？"

"本来是姑娘女婿住，我们嫌三楼高，跟他们换了一下。"

"我说呢。姑娘女婿住三楼？"

"是啊，楼上楼下。"

"蛮好。"

"你唎，么不见你老公啊？"

"他忙。"

话说到这里，贾婆婆起身告辞，说还有事，有空再来。

许阿满把贾婆婆送走，关上门就开始生气，说这女的藏得太深，来了问东问西，都跟她说了，再问她，她倒是什么也不肯说。

"你看，按道理，她来了咱们家，走的时候要说句客套话，要我们有空去她家坐坐才对，她说么事？有空她再来。就是有来无往的意思呗。再来，来个鬼。"

王汉生安慰许阿满，说她想多了。许阿满转而冲王汉生发脾气，埋怨他太殷情，那么急着端茶倒水，看她看起来年轻是不是。

王汉生说："你还是接着骂她吧。"

许阿满说："我骂她干什么，她跟我又冇得关系。"

王汉生说："那就跟老子闭嘴。"

许阿满说："你跟老子闭嘴。"

王竹听见他们吵，下楼来劝，看到王汉生正往包里塞衣服。王竹把包按住，从里面扯出衣服，扔进衣柜。

许阿满什么事也没有一样地在厨房忙活。她用筷子把油亮的卤猪脚一块块插起来，堆到小盆里，喊："吃饭啦。"

王汉生扭捏了一会儿，出来捡了块最大的，忘乎所以地啃起来。

王竹说："你们两个，吵归吵，莫记仇。以前你们吵，冇得地方去，吵完就算了，莫现在有个地方可以回，就闹得冇得余地。"

王汉生在一旁放慢了啃食的速度。许阿满用胳膊肘撞了一下他，问："不好吃？"

王汉生没心没肺地说:"不如吴春华家做的。"

许阿满把王汉生手中的卤猪脚夺下来,扔到盆子里,说:"我要是比他们做得还好,还有他们么事。"

八

"他就是欠吴春华家的卤猪脚呗。"

许阿满同王竹一起回到家,鞋子也没换,就近坐在餐厅,嘴里念念叨叨。

从餐厅靠近客厅的位置上望过去,可以看到厨房的台子上还放着那盘没吃完的红烧肉。王汉生就是在许阿满收拾碗筷的时候不见的。红烧肉被王竹蘸着水吃掉了三分之一,余下的许阿满舍不得倒掉,就先放在一边,等她洗完碗,再来看怎么处置这盘菜的时候,听见大门响动了几声。她以为是王竹跑步回来了,又一想,不对,王竹的习惯是跑完步直接回她自己家。她从厨房出来,发现房间只剩下她一个人。她觉得自己被丢弃了。她矜持地不去追他也不给他打电话,闷头考虑接下来该怎么办。他应该是回六渡桥了。如果不是,他会去哪儿呢?她等了一会儿,坐立不安,只好出去站在水池边等王竹。

王竹给王汉生打了个电话,确认他确实回六渡桥了,还没到,在公交车上。

王竹说:"你这是搞么事,离家出走吗?"

王汉生说:"么事离家,我现在是回家。"

许阿满在一旁说,让他去让他去。

王汉生听得不耐烦,把电话挂了。

到了晚上,许阿满睡不着,披着衣服起来在房间里转圈。

她细细想着王汉生这些时候的表现,住得不如意没错,她也觉得不如意啊,左邻右舍没一个熟悉的,楼下的气氛也是冷清的,遇到的人都带着警惕,话说得客气,让人觉得生分,反倒不如嘴巴跟把刀似的李梅。她与李梅再怎么争吵,也是知根知底的争吵,谁多说一句,谁少说一句,说的都是事实,都不会凭着猜测和敌意随意编排什么。也正因为如此,在她们之间总是流动着一种特别能够让人感到踏实的了解。就好比许阿满常常揶揄李梅养了个不争气的儿子,李梅也最讨厌听人提这个事,但哪天何帅突然回来问李梅要钱,许阿满便会第一个去她家里安慰她。反过来,李梅虽然揭许阿满的底儿,说她找了个外码女婿,但有时候两人话赶话,李梅也会直接说出她的羡慕来。她们之间就如同戴着戒指的手,戒指看得清手的皱纹和承受，手也明白戒指的价值与表达。

　　睁着眼睛熬到天亮，许阿满开始担忧接下来的这一天该怎么度过。

　　她受不住寂寞，照例到架空层去等贾婆婆。两个人不冷不热地闲聊了几句就没话了。许阿满捋着鬓角的白发，伤感但坚定地打算还是一个人待着，借口是想起还要去超市买东西就走了。她本来装作往小区大门方向走，走着走着想到，家里的洗发水已经用了一半了，买瓶新的备着吧，就真去超市了。

　　出小区门右转，走差不多五百米便是那个大超市，人总是很多。许阿满上二楼找到洗发水货架，比较了半天，选定的还是家里正用的那种。排队买单时她想，从出门到回家，这番折腾，好像确实需要半个小时。以前她哪会细细想这些。她生出一丝愧疚来，禁不住想起王汉生，感到他对自己的那些埋怨也不是没有道理。转念一想，是他把她丢在这里不管的，以前再怎么吵闹都没有出现过这种情况，他没有理，她却在这里反思，真正没有天理了。她翘气地咧了咧嘴。这两天她心里窝火，嘴唇干燥，咧一下像是要裂开了一样。她疼得轻轻哼了一声。

　　这时候排在她前面的一位老人转过头对她说："这里不收钱了，你得去别的位置排队。"她正想看清发生了什么，有人走过来排到她身后。老人又对这个人挥手，说："这里不收钱了。"站在老人身边的他的老伴嫌他管得多，埋怨他说："几嘀哆噢，别个不会自己看啊。"老人说："他们就是冇看到才排到后面哪。"许阿满在他们争吵的过程中看清收银台边上不知什么时候摆出了一张暂停服务的牌子。她转身排到另外一支队伍后面，目光一直跟着那对拌嘴的老人。

　　无论如何，他们是一起来逛超市的啊。

　　许阿满的眉毛耷拉下来，眼神失去了光亮。

　　回到家，她把洗发水随便往桌子上一扔，躺在沙发上生闷气。她翻过来倒过去，扭得腰差点折了。她决定给王汉生打电话，要他回来。可她又不知道怎样才能说动他。要不她回去找他？正好回去看看。

　　回去找他！她立刻从沙发上坐起来。

　　慢着，回去干吗呢，王汉生丢下她不管，自己跑回六渡桥这事已经够李梅嗤笑了，现在她又死乞白赖地回去请他回来，左邻右舍都看着，丢死人。她像一只泄气的气球，软下去，重新摊在沙发上。

　　正在发愁，手机响了，来电显示是李梅。许阿满激动得按错键，把电话给挂了。她赶紧重拨回去，电话接通的瞬间，她却拿起腔调来，慢声问李梅有什么事。

　　"你么样还不回来？"李梅说。

　　"我为么事要回去？"许阿满装模作样。

"老韩头死了,王汉生冇跟你说?"
"么事?"

九

老韩头是这天凌晨去世的。

他远在非洲的儿子韩鹏最近对父亲过度悲伤的情绪有所察觉,每天早晚打两遍电话给他。这天早上韩鹏打给老韩头一直没人接,他就把电话打给了何向国。何向国还在睡觉,李梅接起电话,听到是韩鹏,就责怪他母亲去世了也不回来看看。韩鹏说他在负责一个援建项目,正在验收阶段,实在走不开,过些日子才能回国。李梅照韩鹏说的去老韩头家敲门,看看他会不会有什么事。敲了好一会儿没见有动静,李梅招呼左右邻居把门撞开,一眼看到老韩头趴在老裁缝的缝纫机上,像是睡着了一样,一动不动。其他人都去推老韩头看他有什么反应,只李梅一人站在门口,静静看着众人连声叫老韩头的名字,看着他任人推搡,无动于衷。李梅用手蒙住眼睛,快速往家走。她抓起电话给韩鹏回拨过去,吼他:

"你再也不用回来了!冇得人要你陪了!"

这件事情发生的时候,王汉生还在睡觉。绿色印花窗帘挡住了一部分光线,使得照进二楼卧室的晨光微微发青。救护车停在巷口,警报声一直没停,嘀咙嘀咙地一路冲撞直奔巷尾。

王汉生缓慢地翻了个身,面朝墙,睁开眼睛。他预感到了什么,但也觉得无论发生什么他都能接受。这条里弄太陈旧了,这里的人也都太老了,总要有个了结。他一点也不着急地从屋子的另一侧转到王竹从前睡的更小的那间卧室,推开窗户。李梅何和向国两口子,吴春华和李玉珍,老韩头的左右邻居也都在,簇拥着两个警察和两个穿白大褂的医生,朝巷子深处移动。他隐约听到老韩头的名字,不由得一怔。谁能想到会是老韩头呢。

许阿满接到消息后,第一反应是王汉生是因为老韩头去世了才回六渡桥的。她产生了一种私密的无法说出口的轻微的喜悦。这喜悦与老韩头去世无关,仅仅只是合理化了王汉生的离开——不是因为厌恶她啊!她又马上从这样的微妙心意中走进了老韩头离世的悲伤中,慌里慌张地起身,不顾眼前一阵黑,甩甩头,刚一站稳就往六渡桥来了。

巷口吴春华家的卤味摊子上只有个子矮矮的吴天明一个人在招呼着。许阿满嗅到熟悉的卤味，脚步变得越发沉重起来，好像吸进的味道增加了她的重量。

大家齐齐坐在老韩头家商量怎么给他办事。许阿满出现在门口，眼睛迅速找到王汉生，又马上从他身上移开，轻飘飘地看着李梅。王汉生沉浸在悲伤中，已经把许阿满抛在了脑后。她本来的确构成了他的烦恼，现在不是了，相对于老韩头的死亡，她变得无足轻重起来。他一直面朝门口坐着，看到许阿满，他转过了脸，他宁可看墙。墙上挂着一个大相框，相框里有五张照片，两张是老韩头和老裁缝头挨头在照相馆拍的合影，一张是韩鹏的单人照，一张是老裁缝踩缝纫机的照片，最中间是他们一家三口的合照，里面韩鹏还小，老韩头和老裁缝还年轻。除了韩鹏常年在外这一条，他们算得上是大陆里最和睦的一家了。王汉生难过地拂了拂眼睛。

已是阳光最好的午间，巷道里高过人头的位置上挂满了衣服，阳光从顶上泻下来，在地上打出一小块一小块厚厚的影子。

事情商量完，大家踩着一地斑驳各回各家。许阿满跟在王汉生后面，明明灭灭地走着。她刚才已经听明白了老韩头确切的死亡时间，比任何人都感到怅然。王汉生默不作声，像不认识她一样。左右两溜老房子还是老样子。吴春华家的卤味钻进她的鼻子。她打了个喷嚏。李梅撇着嘴说："闻不惯了？"许阿满对着她的脸打出第二个喷嚏。李梅躲了一下，骂："胆子粗了。"许阿满白她一眼，关上门。她看到家里居然储备了好几天的菜，不免咬牙切齿起来。还真不打算回了？她一口气做了八个菜，把所有的菜都用光了。菜香暂时盖过了吴春华家的卤味。她把菜摆上桌，故意弄得声响很大。王汉生默默从楼梯下的躺椅上起身来到餐桌前，刚要端起碗，被许阿满伸出手压住，说："我做的饭，你凭么事吃。"王汉生抓起碗往上一抬，挣脱了许阿满的手，又重重扣下来：

"你紧搞个么事！"

但他马上变得平和起来，像是强行遵循着什么规则，在突然间忘记之后又突然间想起来。他缓缓坐下，凹下去的眼睛充满谜　般的哀伤。

"老韩头死的时候身边冇得一个人。"他说。

许阿满正在往嘴巴里送饭，听到这话她停了一下，抓住机会说："事情处理完了跟我回武昌。"她见王汉生想要说什么，怕他反驳，又说："你要是不回去我就把王竹叫过来，我们三个再过回从前，你看可能不可能。"

王汉生拿起筷子。他其实就是这个意思。许阿满用她许阿满的方式说出了王汉生的意思。他不再说什么，像突然间老去了很多，颤颤巍巍地夹起一块油亮的西兰花。

老韩头的儿子第二天就飞回来了。第三天，老韩头火化，在殡仪馆有个简单的告别仪式。第四天他便要走了。

告别仪式后，王竹走上前跟韩鹏打招呼。他已经是一个浮肿的中年男人形象。他像她远远地端详他那样，看了好一会儿才确定她是记忆中的那个人。王竹笑着说："不认识了？也难怪，你出去上大学的时候我才上高一。"韩鹏说："我当然认识你，你和吴霞是一个班的。"王竹没想到韩鹏会主动提到吴霞，有些尴尬，毕竟当初吴霞的母亲李玉珍责怪韩鹏没有照顾好吴霞，言外之意是说韩鹏对吴霞的死是负有责任的。王竹点点头，不知道该说什么。

"这下我跟这里彻底没有关系了。"韩鹏郑重地说，看上去如释重负。

王竹惊讶地看着他。但他看不出她在惊讶，或者是早就适应了他人的惊讶。他转而与迎上来的李梅打招呼。李梅叮嘱他不管认不认识，是个人就要鞠躬。

"都是看着你长大的。"她说。

王竹拽着许阿满的衣角找到王汉生，一家三口结伴离开了。

王竹问："回六渡桥还是……"

许阿满说："我跟你走。"

王汉生说："你们先走，我过阵子再回去。"

在他们身后，韩鹏还在向每个关心他的人解释说，忙，没办法。王竹低着头，拉住许阿满，一面细细听着越来越远的韩鹏的声音，恍恍惚惚听出早年自己诵读课本的心情来，一面同许阿满辩解说韩鹏也不想这样。她们边走边说，王汉生什么时候与她们分开了都不知道。许阿满回头看到王汉走远了，有些失落，停下来要王竹自己回去。王竹说："你让爸爸再住几天吧，他会回去的。"许阿满说："我不是要去找他，我是想跟你李梅阿姨再聊聊。"

许阿满一个人坐公交车回到六渡桥。

站在人行天桥上，初夏瓷白的太阳烤着她，使她的后背完全汗湿了。她想起当年他们一家三口从这里走到对面的德华楼去，在里面吃包子。那时候老韩头不叫老韩头，叫小韩，老裁缝也不叫老裁缝叫小裁缝，他们的孩子韩鹏还是一个葱郁少年，偶尔带着吴霞、王竹和王帅玩，至于王汉生，他也不是现在这副动不动爱答不理的样子。她望着桥下穿行的车辆，道路两边来来往往的行人，似乎他们这些人也在其中，由远处走来，越走越近，也越衰老，转眼就要消失不见。她感到一阵眩晕，连忙抓住扶手。

  转过身缓了一下，许阿满慢慢移动脚步，想，去找李梅干什么呢？李梅又要看她笑话，扯一堆不该说的出来。她马上转回身去，显出身为一个老人百无聊赖的气息来，无所谓时间与去处，只慢慢走，东张西望。望着望着，望到德华楼的金字招牌，突然想进去坐坐。德华楼重新开业到现在，她只去过一回，一是怕再碰到廖长城不知道该说些什么，二是她始终觉得自己和王汉生从那里出来以后混得不好，反倒是德华楼重振旗鼓精神抖擞，就好像一个有骨气的被遗弃的人产生了傲气，让遗弃他的人不便再接近。但她现在已经不在六渡桥住了，她难道不能像回来看望老朋友一样走近德华楼吗？她按了按额前翘起的白发，怀着与老恋人终有一见的心情，略带蹒跚地走了进去。

  尚未到正餐时间，大厅里人不算多。地板上土黄色的瓷砖刚刚拖过，有一点湿滑，许阿满小心翼翼地落脚，慢慢走到一张空位前。桌子是一块有着碎点花纹的人造石台面，圆圆的，上面摆着青花瓷筷筒和调料瓶，下面只在中间的位置撑一根钢管，围绕着它摆着四张大鼓造型的木凳。头顶的仿古六棱吊灯发出柔和的光。真正的照明用光来自于四四方方的吊顶，中央嵌着红色镂空木板，四条边被白色灯箱围住。许阿满一面打量一面坐下来，顺手把提包放到身边的另一张凳子上去，又觉得离得有点远，不安全，往身边拉的时候，包掉在地上了。她弯下腰去捡，轻轻抬头时，看到从旁边直立的柱子后面伸出一条腿来。那条腿细长干瘪，布满杂乱的短毛，血管横生。

  王汉生！

  许阿满直起身子，伸长脖子越过柱子看他。的确是他。他还是早上的那身装扮，穿着一件深灰色短袖T恤，露出的小臂与底下的小腿一样清瘦老朽。他正在认真地嘬汤包里的汁，并未注意到许阿满。

  许阿满走过去，拍了拍桌子。

  王汉生有些意外，因为尴尬，眼神有些躲闪，但很快恢复了常态，显得无所谓地继续吃汤包。

  许阿满恨不得抽他。

  她不客气地夹起蒸笼里仅剩的一只汤包，恶狠狠地咬开，却烫了嘴，一团和着面皮的汤在她的嘴里滚啊滚，使她不停地吸溜起来。

  王汉生忍不住笑话她："你又不是冇吃过，这着急搞么事。"

  许阿满烫得眼泪都要下来了："你是不是人，我烫成这样，还笑。"

  王汉生说："冇得事，哪个吃汤包冇被烫过。"

许阿满继续吸溜嘴。

王汉生继续笑。

许阿满说:"莫瞎笑。"

"喝点水。"王汉生说。

"我要喝豆浆。"

"汤包配豆浆,"王汉生说,"停了头。"

"对,对,对。"许阿满似乎已经忘记了舌尖上的烫。上一次他们两个这样嬉笑着吃饭是什么时候呢?大概需要追溯到谈恋爱的八十年代。

"还有桂花米酒糊。"她说。

"配水磨年糕,"王汉生说,"竹子最喜欢吃的。"

"对,对,对,一会儿给竹子包上几个。"

"再来几个酱肉包子,明天过早。"

"酱肉包子这里卖几多钱啊?"许阿满问,"华春园那边要一块五。"

"两块。还是这里的好啊。"

"贵还好?"许阿满瞪起眼睛。

"一分价钱一分货,该这里的贵。"王汉生嘿嘿笑起来。

一会儿工夫,水磨年糕来了,许阿满撕下一小块放进嘴里咀嚼。

糯,还是那个味。

王汉生看她吃得高兴,也像正吃着一样,露出心满意足的表情。

"么不见廖长城啊?"许阿满一面嚼着水磨年糕,一面四下张望。

"他们两口子到北京给儿子引伢去了。"王汉生说。

"你看看,都围着孩子转。"许阿满说。

她没有再说下去。她察觉到自己居然愿意在讲道理上有所保留,尤其是对方是王汉生,觉得有些不可思议。她看着他叫来服务员,再用服务员拿来的两个打包盒分装好水磨年糕和酱肉包,仔细盖上盖,最后吹开塑料袋,把两只打包盒并排放进去。他认真的样子使他变得威严,但他又那么细致,这使他又显得十分和善。她禁不住抓住他的手——这只手她已经多少年没有碰过了,她说:"跟我回去吧"。她的眼圈泛红——这也是多少年不曾有过的了,她从来都当什么事也没有,她说:"回去吧。"

王汉生被许阿满弄得不好意思起来,左右看看,拎起塑料袋,说:

"我本来就打算回去的。"

"今天?"

"今天。"

"么事?"许阿满把手放在耳朵边上,形成一个扩音器。

"今天。"

十一

看到许阿满和王汉生一起回来,王竹把眼镜取下来又戴上,再三确认。

一早她去殡仪馆参加老韩头的告别仪式,离开的时候看到两个人还是那么别扭,就悄悄打电话劝王汉生差不多行了,非要闹到许阿满耳朵又严重了就舒服了。

"她有跟我走,一个人去六渡桥了,说是找李梅阿姨吃饭,看着心事重重的,精神不蛮好。"王竹这么说着,但特别没底气,不知道王汉生这个倔老头会不会听他的。她让他差不多的时候去李梅那找一下许阿满,把她送回来。

没想到真回来了。

王竹把门一关,煞有介事地反锁上,说:"都不准给我走了。"

王汉生并没有理会王竹,自顾自换了鞋,进房间准备午睡,好像根本不知道她在说什么。

许阿满追着王汉生要他洗一洗。

"一身的汗!"

"馋瞌睡,一洗把瞌睡洗冇得了。"王汉生说。

"那你换件衣服。"许阿满小跑着到卧室的衣柜里给王汉生找衣服。

"几嘀哆噢。"王汉生埋怨道。

王竹伸长脖子在门外偷听。再怎么吵,只要不分开就行。上了年纪的人,单独一个人情绪容易失控,老韩头为什么在老裁缝走了没几天,人就不行了?他们不能不引以为戒。再有就是万一发生什么事,连个传信的人也没有。老韩头要不是韩鹏敏感,谁会发现?

听着听着,王竹感觉到了不寻常,似乎这两个人这一次从六渡桥回来,脾气收敛了许多,吵架的声音明显不比从前了,情绪是温和体谅的。

"起来嘛。"卧室里,许阿满一定要王汉生换了衣服再上床。"一会儿冷气上来,你这样睡着了着凉了怎么办。"

"你烦不烦啊。"

"我这是为你好。"

"你莫要为我好。"

"还有这样的人,为你好倒有问题了。"

"问题大着呢。"

王竹暗暗笑起来,听王汉生这语气,问题可不会有多大。

小时候如果哪天从外面回家,远远地听不到许阿满和王汉生的吵闹,她就会不习惯,到家后看到他们在家还好,要是见不到其中任何一个,她就会紧张。她那个时候特别容易紧张,老是觉得许阿满对王汉生不满意,怕她哪天不要王汉生了,把王汉生赶出去,或者丢下他去找她理想中的更好的男人。每次只要听到他们两个都在,管他吵成什么样,或者听不到他们的声音,知道他们在家,便会心安。

她那时候跟何帅好,主要是觉得他居然能对李梅说出"你算老几"这样的话。她有时候就特别想对许阿满这样,觉得她太凶了,把自己老公凶成那样,处处贬低他。她想说,要是他真的那么差,你许阿满能好到哪里去,当初还不是你接受了他才结婚的吗。可她说不出口。何帅就不同了,他无所顾忌,在学校顶撞老师,在家里跟李梅对着搞,他爸爸何向国都不是他的对手。她那时觉得何帅活得真是潇洒。

那些感觉延续到现在,楼下动静再大或者总没动静都不要紧,怕的是现在他们当中的任何一个一翘气,随时上演离家出走这种只有在青春偶像剧中才会出现的桥段。尤其是王汉生。王汉生老了老了倒与从前活反了,从前什么事都是许阿满占上风,现在明显是王汉生一闹,许阿满就没辙了,怕王汉生走了,丢下她一个人。

王竹放心下来,蹑手蹑脚地上楼去了。

两个人吵着吵着又回到一个人做饭,另一个人看电视,吃饭时各吃各的,不说话,完了一个在客厅,一个在卧室的状况。晚饭时王竹小声提醒许阿满,这样下去,说不定哪天王汉生又回六渡桥去了。

"他敢!"许阿满往客厅看一眼,脸上带着装模作样的严厉和难以隐藏的调笑。

王竹看出她在虚张声势,也感觉到,尽管许阿满同王汉生不讲话,气氛仍像箍上了绣绷的布,弹一下砰砰响,但已经明显不如从前那般撕扯,甚至隐隐透出令人愉快的游戏感来。

第二天,也是怕王汉生像王竹说的那样,许阿满跟着他。

他们起得早,八点钟就吃完早饭收拾妥当了。再无事情可做。王汉生拉开门,许阿满赶紧换鞋。王汉生百无聊赖地沿着步道在小区里走,边走边晃动胳膊，活络筋骨。许阿满跟着他，也照他的样晃动胳膊。走着走着，王汉生停下来，转过头来问："你跟着我做么事？"许阿满说："哪个跟着你了，我下来锻炼身体不行啊。"王汉生哼一声，朝小区大门走去。许阿满在他快要走到大门口时拦住他，问："搞么事？""逛超市。"王汉生说。许阿满说："我也去。"

小区门前横着一条马路，人行道两侧栽着栾树，黄色花朵烟云一样成片落在树顶。

王汉生右转，走上人行道。路上有些着急上班赶路的人，为了避开他们，王汉生贴紧路沿走。许阿满也学他的样。再往前有一排服装店，时间尚早，全都落着卷闸门。王汉生继续往前走，走过另一个小区的范围，才看到有几家餐馆，其中一家做早餐生意的，把桌椅都摆在外面。王汉生在这里吃过热干面，当时只尝了一口就小声对许阿满说芝麻酱是花生酱充的。他以后再也没在这里吃过。但是因为附近再也没有其他早餐店，王竹又遗传了许阿满爱吃热干面的习惯，许阿满就来这里给她买，好让她早上下夜班补过觉后有口爱吃的。王汉生在这里站了一会儿，好像在观察什么。许阿满有些纳闷，刚刚觉得忍不住，想要上前问他，他便开步走了。

超市已经近在眼前，但王汉生显然没有停下来的意思。许阿满离他有一米左右，大声问他怎么不进去。王汉生头也不回地说："又有得么事要买。"许阿满知道这是王汉生无聊，随便转转，也就没说什么，只跟着他。王汉生却突然转过头来，打商量道："往前面再走一下唎，看一下到底再走几远才能看到别的卖过早的。"

"好。"许阿满点头。

这样他们便有了一件具有开拓意义的事情去做，心里瞬间存了信念。

大概又走了一站路的样子，终于在一条不起眼的巷道里看到几家。王汉生一家一家地看，选中其中一家，要了一碗热干面，坐下来与许阿满分着吃。"不好吃。"他摇头。许阿满也说不好。

"再往前找一下？"

"走唎。"

又继续走。慢哒小悠的，有目的，却不赶着实现这个目的。他们渐渐从一前一后走成了肩并肩。

"热干面要想好吃，主要看芝麻酱，太多用花生酱以次充好的了，就算是纯芝麻酱，也要看芝麻好不好，用空心芝麻和陈芝麻做出的酱都不好。另外还分白芝麻和黑芝麻，味道差别蛮大。"

他们又走过几家早餐店，一一尝过后，王汉生评头论足。

"这几家的酱都不好。"他说,"除了这个,卤水也蛮重要。你那么爱吃热干面,晓不晓得热干面的卤水中有几味料?"

许阿满摇头,说:"我只管吃,哪管得了这多。"

"听我给你数一下,"王汉生伸出右手,团起来,再一根指头一根指头地伸直,依次数,"八角、桂皮、小茴香、甘草、三奈、甘菘、花椒、砂仁、草豆蔻、草果、丁香……"

"这多啊,好几个听都冇听说过。"

"这还冇完,"王汉生继续数,"还有生姜、大葱、绍酒、冰糖、味精、盐。"

"我不晓得这些,但我晓得还有一样你忘了说。"许阿满笑着说,目光友好又十分得意,有着深刻皱纹的脸上竟微微透出一道粉红的光亮。

"是么事?"

"辣椒。我爱吃辣我记得。"

"现在都是另外调辣味了。"

"所以说还是以前的好吃。"

"以前也不全是直接放辣椒的。"

"我吃的都是直接放辣椒的。"

王汉生还要说什么,无意中朝前面看了一眼,停下,惊叹道:"我们都走到哪里来了!"

许阿满这才从十分投机的对话气氛中跳出来,细细看着周围,也叹:"都到了一桥了!"

长江一桥离他们还有一站左右,作为一个体格庞大的地标,它威严的形象自带光环,看上去像是近在咫尺。

王汉生瘦长的脸渐渐拉得更长,嘴巴张得大大的。

"要不我们走一下一桥吧,你走过冇?"

"冇。竹子走过,跟何帅一起,气死我了。"

"么时候的事啊?"

"他们上高中的时候,我偷偷看了竹子的日记。"

"我么样不晓得?"

"你不晓得的事情多了。"许阿满撇着嘴笑。

气温越来越高,夏日一天当中最凉快的早上已经慢慢消逝。许阿满和王汉生身上脸上全是汗。但他们再次迈开步子。走了那么远,他们竟一点也不觉得累,新目标让他们又生出百倍的力气来。

"其实我也走过一桥。"王汉生故意把头垂得低低的，斜眼瞟许阿满，看她的反应，见她果然脸色一沉，他便哈哈大笑起来。"也是上高中的时候，跟班上的一个女同学。"

"哪一个？"

"搬走了。"

"也住六渡桥？"

"也住六渡桥。"

"怪不得你不愿意搬出来。"

"不是因为这个。"

"就是因为这个。"

王汉生拉扯一把许阿满，说："翘气了？婆婆，四五十年前的事啦，有点醋也都晒干啦。"

眼前，江面辽阔浩瀚，衬得对面的龟山矮矮的，变得一点点小，汽车来来往往铺满了整座桥面。许阿满和王汉生走在人行道上，时不时倚着栏杆看江上的轮渡如树叶一样静静飘来，又静静飘走。他们想起吴霞这孩子来，她就是在长江边上不见的。哎，许阿满叹气，要是这伢还活着，跟竹子一般大了，说不定凡事还能走到竹子前面去，结婚生伢，相夫教子。她比竹子更像个姑娘伢，温顺，讨人喜欢。

望不到尽头的长江水稳稳流动，水波从某个角度看去，齐齐发出晶莹的光芒，刺得人眼睛流出泪来。许阿满的眼泪流着流着，越流越多，竟然控制不住了。漫漫长江，看了多少来看它的人。她激动起来，好像从江水中看到了漂亮的吴霞，看到小伢们小的时候的模样，看到自己年轻时骄傲的一张脸，看到王汉生一大早敲开她的宿舍，捧给她一碗热干面。那时候他也年轻得很哪，高高的个子，可能是当过兵的缘故，眉眼间透出英气，见到她总是把自己放得很低，停不住地讨她欢心。

"喂，么样哭起来了？"这个已经同她一样衰老的男人问她，"好好的，想么事吴霞？"

"我想我自己。"许阿满抽泣着，"还有你，么样一下子就变这老了咧。"

王汉生看着她，本想逗她笑，却忍不住声音岔了气，产生了悲凉的意味。

他们停不下来了。

过了一桥他们说，索性再走走，走到六渡桥去。这简直要超过年轻时的豪情，像是进行一场竞赛。

他们先是坐在龟山脚下歇息，那里有一个公交车站，不远处是通向山上的小路。他们就坐在路口的路沿上，看着来来往往的车辆。突然之间，许阿满想起他们一起走过一桥。

"你开着公家的车接我放学，完了打鬼主意，不把我送回去，带着我乱转，有一回就转到了桥上。我嫌太远了，要你马上开回去。"

"有吗？"

"错不了。"

"哈哈。"王汉生站起来，说，"当年要不是有这股劲头，也追不到你。走！继续！"

他们下了一桥沿着滨江大道走过晴川阁，等到了晴川桥上，将那座起于嘉靖年间的古建筑四角起翘的重檐和簇拥它的高大的林木抛置身后，眼前便有了大汉口市井繁忙的景象。下了桥东北方向上一大片都曾是小生意人的天堂，尽管不如当年辉煌，站在桥上往那边看，依然能感受到人群聚集的热闹与生生不息的活力。王汉生真正激动起来。这才是他习惯的味道！他满头大汗，直想喝水。许阿满要他慢些走，这样走会散架啊。他哪里还听得到她的话，也遗忘了脚底板的酸痛，大步流星朝前走，越走越兴奋。

"紧走，总要有个尽头吧，到底去哪里咧？"

"六渡桥啊。"

"我是说六渡桥的哪儿？回大陆里吗？"

王汉生想了片刻，说："蔡林记吧，你不是总欠他们家的热干面吗，中午了，先吃饭吧。"

许阿满一时心都要化了，再顾不上说他，暗暗在他身后抹眼泪。她这一路，流了这些年来所有的泪。她不是轻易流泪的人，倒是王汉生，不定什么时候，突然就泪光闪闪了。可是今天，全反了，她一个劲儿地哭，眼睛被眼泪装得满满的，他咧，眼睛睁得大大的，被看到的一切装得满满的。

十二

武汉特有的热在正午时分密不透风地压下来。

他们晒得通红的脸看起来汗津津水汪汪，很润和的感觉，实际上汗已经钻进褶皱，用手抹不下来，越积越多，再被太阳一烤，渍得皮肤发紧发疼。他们比任何时候都想念冷气开得足足的蔡林记，计划到了之后，先去卫生间洗把脸，才好坐下来好好享用热干面。

　　本来，接下来的最佳路线是下了晴川桥走沿河大道，再转到民族路上，最后到统一街。但他们不知不觉上了友谊路。这条路的前方与中山大道交汇，走上中山大道，第一个路口就是民意一路。民意一路上有他们的大陆里咧。他们走着走着看清了自己的心意，也就不再纠结走错了路的问题，心之所向，身体是拗不过的，顺从吧，想么样走就么样走吧，他们还有很多力气！特别是走上中山大道，这一块就是六渡桥了，他们竟然从武昌那么远的地方走到了六渡桥！这是一个多么神奇富有感召力的地方啊。许阿满拽着王汉生湿漉漉的短袖衬衫，激动得话都讲不出来了。但是站在民意一路路口，他们顺着中山大道看到六渡桥天桥不见了，被遮挡起来了。

　　上一回它被遮挡起来还是一九九九年，那时候六渡桥的消沉就好像一棵水灵的大白菜望着望着就蔫了，许阿满都懒得管，觉得一定是要拆了，没救了。没想到几个月后去掉遮挡，就像揭开新娘子的盖头，看到一张修饰得娇艳动人的脸，六渡桥焕然一新了。

　　这一回是为什么？

　　许阿满隐隐有些不安。六渡桥一带叫六渡桥是个泛称，六渡桥天桥却是实打实有名有姓的，大红色的六渡桥天桥五个字就挂在桥栏上，中山大道一东一西各有一个，这座桥不单是桥本身，还是整个六渡桥的灵魂。昨天许阿满还站在桥上感慨呢，今天就被围起来，不让上了。这是要怎么对它呢。

　　他们慢慢往前走，到再也不能靠近之时，他们拉住蓝色施工护栏边上一个工人模样的人问："这是要搞么事？"

　　"要拆啦。"工人见惯不怪地说。

　　有个围观的凑过来说："你们不晓得吗？新闻都报出来了，今天拆。"

　　另有个人也说："我们特意过来看的。"

　　这两个人都是老人，其中一个还牵着一个四五岁的小伢。

　　"哪个说的今天拆？"工人转过身来。

　　"新闻都报出来了。"

　　"那是说今天围起来，不让过了。"

　　"到底么时候拆？"

　　"看工程进度。"

　　聊了几句情况弄清楚了，这个地方要修地铁。

　　地铁在地底下走，碍着地上的桥么事啦？王汉生跺了跺脚，不服气地望着眼前好像手术台一样准备对六渡桥大卸八块的施工现场。

许阿满静静站在旁边,心里一阵一阵起着波浪。

"晓得热干面是么样来的吗?"

坐在蔡林记定制的木桌前,热干面还没上来,王汉生抚摸着桌子上拓刻的巨大印章,上面的蔡林记三个字除非这张桌子垮了,否则再也不会被擦去。

许阿满不作声,心思还停在六渡桥天桥那里。

"好多年前,长堤街上住着一个叫李包的人,他在关帝庙卖粉面,有天天气太热了,到了下午他的面还冇卖完,怕放一个晚上就馊了,就干脆过了道开水,把面烫熟。因为是第一次这样做,他心里冇得底,手忙脚乱把桌子上的香油打泼了。冇想到这样一来,不但面变香了,还不会粘到一起,安安全全放到第二天早上。第二天他把这些面稍微过一下水,拌上平时掺在粉面里的调料,好,一道新式面诞生了。"

"你么样晓得这多咧?"许阿满敷衍地问。

王汉生看到服务员送来了他们的热干面,先停下,趁热把面拌好,一筷头一筷头地挑起来闻香,又觉得少了点什么,端起碗来到一个放置着各样调料的开放柜台前,加了一勺酸豆角。这样才对味嘛。他乐呵呵地回来,自己吃了一筷头,一面大口咀嚼,一面拉过许阿满面前的那碗,也去给她加了勺酸头角,拌好,推到她跟前,说:"好吃,尝一下。"

"武昌那边,华春园附近冇得过早的位置,你晓得吧。"

"晓得。"

"你和竹子又爱吃热干面,我动过念头,反正冇得事做,可以搞一家试一下。"

"么事?"

什么热干面是怎么来的,王汉生呜里哇啦说了一大堆,许阿满一句也没听进去。她舍不得六渡桥天桥,拆了它就好像整个六渡桥都被拆了一样。她这么想着,便觉得也许离那一天其实不远了。她唯一听见的是王汉生说要搞一家热干面馆,吓得立刻精神了。

"王汉生,老了老了,你倒有板眼了。"她欣喜地打量他,使他不好意思起来。

他放下筷子,抬头往门外看了一眼。他高挺的鼻子因为太瘦,只剩下一道锐利的梁,鼻翼倒是开阔,随着呼吸轻轻起伏。他的呼吸均匀有力。他好像在逐渐信任着什么,愈来愈信任。

老裁缝走了,老韩头走了,远一点的,他的父亲、母亲,还有吴霞这孩子,早走了，老韩头的儿子和李梅的儿子，其实也早走了，王汉生和许阿满，还有王竹，跟韩鹏和何帅一样，也走了，如今六渡桥天桥也要不见了，一个地方时间长了，地上的景致，人，都是要大换一遍的。他们就是那被换下来的。他们被换到华春园去了，那里不像六渡桥，没有热干面，他们就不能让那里有热干面吗，他们怎么对待那边，将来来到六渡桥的人就会怎么对待这里。凡事都有个变换和均衡，就是这么回事。

许阿满忘记了去吃她最爱吃的热干面。面对这样的王汉生，她有点不知道该怎么办。她想了半天六渡桥天桥拆了以后会怎么样，其实答案就在王汉生的打算里。不会怎么样，六渡桥还在，这个地方还在，从来都是这样，铁打的营盘流水的兵，已经消失的各个商铺，消失的那些人，将要消失的六渡桥天桥和桥南商场，还有许阿满和王汉生，他们自己，一个个，都是时间的兵。她只有不断点头，对着王汉生点头，对着他们经历过的这些人和事点头。

"大陆里还有么事东西？"王汉生严肃地问。

"要紧的都带到华春园了。"许阿满说。

"再想想，"王汉生扒进最后一口热干面，满意地吧哒着嘴巴，说："清一下，早晚那里也要冇得的。"

"有一个。"

"么事？"

"你那个破搪瓷杯子。"

"你不是扔了吗？"王汉生露出微笑来。

"我哄你的。该留下的还是要留下。这个我不糊涂。"

十三

二零一四年十二月一日晚上七点，六渡桥天桥主体桥面拆除完毕。

(发表于《人民文学》2017年第4期)

老 孩 子

普 玄

一

坏人缩在太阳下,阳光猛烈。正在喝午后茶的面食店女老板闻到一股浓烈的衰老气息,她不明白这股衰老的气息来自哪里。坏人离她尚远,还在马路对面的街边趴着。女老板开始寻找这股衰老气息。眼前是她的面食店,阳光和红茶,干净的桌椅,干净的器皿。她嗅来嗅去,居然嗅到自己身上。她不相信这股浓烈的衰老气息来源于自己的身体。她只有三十四岁,身体还年轻,每天早上洗澡,浑身充满芬芳。但这是真的,气息来自她的身体!她对自己感到恶心。她跑出面食店,穿过场院,站在马路边呕吐。她看见了远处趴在阳光下的坏人。

坏人在猛烈的阳光下朝伍敏慧的面食店艰难地爬行。此前他爬了一上午,在此前他爬了一夜。他被人打断了脊梁,挑断了脚筋。求生的欲望牵引着他,一寸一寸往前蠕动,如一条蚯蚓。伍敏慧愣住了,这个男人烧成灰她都认识。

地上爬行的男人苍老可怜,肮脏暮气,但他曾经骄横一世威风八面。他手下曾经有几十个工人,曾经开豪华奔驰车,曾经戴着红牌牌开过人大会,曾经搞过无数个年纪不等黑白胖瘦不同的女人。这个男人今年六十八岁,他叫鲍其欢。

"伍敏慧,救救我。"老男人在暴烈的阳光下一寸一寸爬着,嘶哑着嗓子喊。

"你怎么了,鲍其欢?"伍敏慧用手在额前挡住阳光。

"有人打断了我腰,伤了我脚筋。"鲍其欢说。

"谁?谁干的?"

"还不知道。"

"为什么有人要伤你?"

"我不知道。"

"我知道。"伍敏慧说。

"你知道?"鲍其欢疼得汗珠子一颗一颗往地上落。

"你肯定又搞了别人的老婆,别人的女人。"伍敏慧说。

老男人在地上扭动身子,疼痛得呻吟,脸上勉强挤出笑。"别开玩笑,伍敏慧。"鲍其欢抹着朝眼睛里渗流的汗水,说:"我现在只有你了。"

"你只有我了?"伍敏慧猛然惊醒了。她日日夜夜想杀的男人就在眼前!这个男人曾经让她流过四次产,其中一次是宫外孕;这个男人在她大出血的时候和另外一个女人在寻欢作乐!更重要的是,这个男人,把她的父亲气死了,是的,就是气死的,不是病死的,是这个男人气死的!

这个男人现在趴在她面前,如一条蚯蚓。

伍敏慧惊醒过来。她一下子明白了眼前的机遇和任务。她必须杀这个坏人!她扭头冲进面食店,在案板上摸了一把菜刀冲出来。

"鲍其欢,好!"伍敏慧喊,"你只有我了?你只有我了!"

有人抱住她。

"杀这么一个人,还用刀吗?"抱住她的人说。

"杀这么一个人去犯法,划不来。"抱住她的人又说。

伍敏慧一愣。

"你是谁?"她问。

抱住伍敏慧的是一个头发花白的老食客。他来买重庆小面。他每天在其他客人走后拿着大铝碗来买面。伍敏慧不知道他的名字,每次喊他老食客。

伍敏慧的菜刀掉在地上。

伍敏慧一下子明白了身上这股暮气的来源,没错,暮气来自她三十四岁的身体,她的身上鼓荡着一个六十八岁的老人的气息。暮气是她身上沉睡的野兽,这头野兽比她更早看到鲍其欢。这头野兽要从她年轻的身体里跳跃出来,去迎接老朋友。

伍敏慧在阳光下哭起来。

不杀这个坏人吗?

好不容易碰到了日夜咬牙切齿的人,不杀他吗?

"怎么了,怎么了?发生了什么事?"买菜回来的面食店主管刘背头大声问。他飞快地骑着三轮车,他的衬衣被风吹成鼓鼓的白旗。

刘背头晒在太阳下,阳光猛烈。我正在窗前拨计算器盘账,刘背头回来了。面条、鸡蛋、芝麻、黄豆、白菜、香葱和辣酱,被刘背头一袋一捆地从三轮车上轻松地拎到库房。刘背头每天都这么搬东西。我闻到一股年轻的燥热气息，这股气息来自刘背头鼓鼓的肌腱上，来自他全身的每一个部件。这股燥热的气息令我作呕，我想呕吐，却半天吐不出来。

难道我身体里的暮气又在作怪？我搞不明白自己怎么了。我对我看起来还年轻的身体充满厌恶。

我回到厨房调小面的汤料。肉末、黄豆、芝麻、香葱，还有什么？还有我眼前的空气。专心做小面的人，真正热爱小面的人，眼前的空气是你的原料，你会相信有神灵在里面帮你。

"那个躺在医院里的人是谁？"刘背头搬完东西，站在背后一边看我调汤料，一边给我说鲍其欢在医院里的治疗情况。鲍其欢瘫痪在病床上，永远无法站立了。

"是我的仇人。"我说。

"你这个人真是……"刘背头笑着说，"有给仇人这么治病的吗？"

"那就是我的亲人。"我说。

"亲人？什么亲人？怎么没听你说过？"刘背头说，"既然是亲人，那天你怎么拎出一把菜刀？"

"对，这个鲍其欢，他是我的仇人，也是我的亲人，我要杀他。现在我要给这个仇人治病，我要把他养好。现在他瘫痪在床了，真好！那他只能乖乖由我摆布，由我慢慢去杀他。"

"你这个人，充满神秘。"刘背头站在我后面，嗓子干干地说。

刘背头嗓子一发干，我就知道他在看我的屁股。我撅着屁股调汤料，他站在后面嗓子干干地和我说话。我知道他想冲过来抱我，我谅他不敢。

这个刘背头是我捡来的伙计。半年前的一个早上，我起来通炉子，看见他饿晕在面食店门口。他说他讨账没讨到钱，几天没吃没喝。他干活打工的工地老板跑了，包工头也跑了，他四处找不到老板和包工头。那天早上他饿得牙齿咬不动面条，我给他灌水，喂面汤，他缓过气后，一口气吃了一大盆子小面。

"你像你的小面一样神秘。"刘背头望着我的调料汤盆说。

我用身子挡住汤盆，挡住二十六岁的刘背头。我闻到一股年轻的燥热气息，我想呕吐。我明明知道这股气息来自他鼓鼓的肌腱和年轻的身体，我为什么想呕吐？难道我身上的野兽不喜欢二十六岁的年轻气息，只喜欢六十八岁的暮气吗？

对，鲍其欢曾经是我的男人。现在我三十四岁，他六十八岁，十九岁时我遇到他，他五十三岁。我陪他睡觉，陪他出差。我们身体紧绷，拔步有力，欲望如三月江边的野草。二十九岁时我离开他，我的身体和生活都千疮百孔。我打过四次胎，子宫薄得像知了的翅膀，医生说我不能再怀孩子了。我的身子如布袋，肚子如青蛙。我用布袋一样的身体在天地间呼气吐气，树木青苗和孩子们都纷纷躲着我。

做小面当然神秘。刘背头不明白我的小面为什么如此好吃；他不明白我在汤料里面施了什么魔法；他不明白为什么每天顾客盈门我却不扩大店面；他还不明白我为什么每天坐在窗前喝茶发呆；他当然更不明白为什么我三十四岁了不找男人。

但是我不愿让刘背头看到我做汤料的过程，看到这种神秘。这个男人很好，勤劳聪明，留着一个背头。一个伙计留着一个大背头，日后必能发达。这个男人长着鼓鼓的肌腱，身上一股年轻的气息。我对他年轻的身体如此排斥，那不是他的问题，应该是我的问题。

二

鲍其欢一直在等着伍敏慧来杀他的日子。鲍其欢知道，伍敏慧花钱给他治病，出院后给他租房，花钱请人照顾他，不是为了让他享福养老，只是让他先活着。鲍其欢知道，伍敏慧不会让别的仇家杀了他，也不会让他自然死亡，她要亲自杀他。她一定会亲自杀他。

早晨的第一缕晨光打在天花板上，鲍其欢在天花板上看到了另一个自己，另一个世界的自己。他知道，伍敏慧杀他的日子要来了。

伍敏慧果真就来了。

鲍其欢住在离伍敏慧的面食店不远的一个社区单间，他现在尽量用耳朵，他能听到社区里面的说话和咳嗽，街面上的车声和人声。他的目光却只能看到天花板和窗户。这就是他目前的范围和世界。

伍敏慧端着一碗小面进来。

鲍其欢不吃。伍敏慧把鲍其欢扶起来，枕头垫在腰后，侧靠着床头，这样吃面方便。鲍其欢却不吃。他盯着面前凳子上的一碗葱花芝麻小面，肚子饿得咕咕叫，却不敢吃。

"杀人是要抵命的。"鲍其欢说。

"你说什么。"伍敏慧在观察这间屋子，窗户朝阳，空中一条铁丝线晾衣服，厕所与淋浴间合一，电视摆放高低合适，小是小一点，但是各项功能齐全。伍敏慧第一次来，鲍其欢从医院出来后，她一直忙着，今天终于来了。

"你还年轻。"鲍其欢说,"你杀我要抵命,你划不来。"

伍敏慧听清了。

"你说什么?"伍敏慧猛扑过去。鲍其欢头磕在床沿上。鲍其欢的头发被伍敏慧抓住,在床沿上使劲撞。鲍其欢的脸上响起耳光,左边一掌偏向右,右边一掌偏向左。

"我就是要杀你,我愿意抵命,行不行?"伍敏慧说。

鲍其欢的脖子被卡住,呼吸困难。他的脑壳滑落在枕头下面,如沉进深湖,一点一点下沉。他再次看见了天花板上那个影子。那个影子一步步在后退,在向他告别。

他最终没死,影子又飘回来了。

伍敏慧头发凌乱。

伍敏慧累得气喘吁吁。

伍敏慧盯着凳子上的那碗面发呆。

鲍其欢哭起来。

"我不想死,伍敏慧。"鲍其欢哭着说,"我知道你恨我,你想杀我,但是我不想死。"

"你以为我会在面里下毒?"伍敏慧说。

伍敏慧端起葱花芝麻小面,自己吃起来。

"我准备下毒。"伍敏慧从口袋里掏出一包老鼠药说,"但是我的手抖来抖去,丢不进去。"

鲍其欢抢过碗,大口大口吃起来。

"其实我可以自己死。"鲍其欢说,"伍敏慧,我自杀去死,你也不用负责,不用抵命,行不行?"

"不行。"伍敏慧说。

"也是。"鲍其欢用筷子挑着小面说,"我是要自杀了,你还报什么仇?"

伍敏慧用手蒙住脸。怎么杀?用刀杀?用被子蒙住头?面里下毒药?让一个瘫痪在床上的人死亡好像是一件很简单的事,但是,真正做起来,却并不简单。

其实把鲍其欢扔在外面,不养他不管他,江湖上也会有人杀他,那是一定的。有人打断他脊梁挑断他脚筋就是明证。先前警察在医院做调查,问鲍其欢有什么仇家,他说不清楚。他搞了太多不该搞的女人,他都不知道谁是他仇家了。

"其实我专门找到你,"鲍其欢一边吸吸呼呼地吃面,一边说,"就是想死在你手里。"

"怎么杀?"

"我今天早上在天花板上看到我的命了，我就知道你要杀我了。"鲍其欢开始喝汤，说，"人的命自己看得到，你相信吗？"

人的命自己看得到！我当然相信。我的身子在下重庆小面，在调小面的汤料，但是我的眼前，却一直在晃动着一个影子，这个影子就是我的命。

鲍其欢现在在天花板上看到他的命了，但最初这句话却是我说的。当年我躺在医院的病床上快死的时候，我在天花板上看到了我的命。那一年我宫外孕急性发作，半夜里肚子疼，我找不到他。他到另外一个女人那里去了。我从床上想下来，却疼得下不来。我在床上慢慢挪动身子朝下滚，地上留下一摊血。

手机落在那摊血上，我的命在手机上。我够着了血淋淋的手机，开始拨号，但一直联系不上鲍其欢。我知道他在哪里，知道他不会接，但我还是一直拨。我的力气在一点一点的疼痛撕扯中耗光了，在一颗一颗疼痛的冷汗中流干了。我在一开始还大喊大叫，后来没力气喊了，我感觉自己快死了。我在那一刻看到了我的命。

我的命飘在空中，从半夜飘到凌晨，迟迟不肯离去。我的命飘去找鲍其欢，他正睡在一个女人身边。我喊不醒他。我的命飘去喊我爸爸，他本来睡得很沉，却突然醒来。我爸爸半夜里突然跑过来看我。他撞开门背着我朝医院跑，我的命一直紧跟着我爸爸朝医院跑，我喊他快跑，我抱着他花白的脑壳喊他快跑快跑。在医院里，我的命突然回到我的身体里，因为我听到医生说，马上做手术，患者再也不能怀孩子了。

我的命突然回到身体里，我说："不，我要当妈妈，我不做手术！"

医生脸色很难看，对我爸爸说，时间紧张，再晚一点大人的命都保不住了！

我爸爸哭着说："孩子，活命啊；孩子，活命啊……"除了这一句，他不知道再说什么了。

我躺在病床上不做手术，我看到自己的命了，我的命就在天花板上晃动。我要见鲍其欢。我要见这个在我肚子里播下种子的男人。我为他怀过四个孩子，第一次流产，我无所谓。第二次流产，我有一点疼痛了，虚汗直流。第三次流产，我不想去，我想生下来，但是鲍其欢不想要孩子，他生意当时滑落得厉害，每天都在救火，他强迫我打胎。医生说，姑娘，你不能再刮了，你的子宫已经薄得像知了的翅膀了。这是第四次。第四次我看到自己的命了。第四次我没丢命，我爸爸却把命丢了。

这个鲍其欢，他现在落在我手里，他难道不该还我一条命吗？

面食店现在很安静。外面暴烈的阳光和屋里没什么关系，开餐时间已过，人群潮涌已过。只有一个顾客，他就是头发花白的老食客。我开始下重庆小面。他面前摆着两只碗。一只是面食店里的瓷碗，另一只是他从家里带来的大铝碗。

我给老食客下面。他每天都等顾客散了才来。他瘫痪在床的老伴是重庆人，听说快不行了，却喜欢吃重庆小面。他的重庆小面，要求单独做臊子。他老伴不喜欢大作料，不喜欢胡椒味精炝料，只喜欢我做的最简单的臊子。他每次要两碗面，不能一起下，要一碗一碗下。我都是先下一碗，看他慢慢吃完，把所有的汤汁一勺一勺喝完，才开始下第二碗。

但是今天我没下第二碗。我正准备下的时候，老食客说话了。

"请你重新再做一次汤料。"他说。

"为什么？"我问他。

"你今天的汤料比往常差。"他说。

我愣住了。今天的汤料是比往常差，我以为只有我知道。我决定重新做，但我想测他一下。

"为什么差？差在哪儿？"我问他。

他咂咂嘴，品味着。他说："我感觉这里面怎么有一股杀气？"

我不再说话。我的心在抖动，但是我不能再说话。我端着盆子把原来的汤料往外面垃圾桶里倒。老食客给我道歉。他说所有的汤料钱他来出。他解释说他老婆嘴刁，对重庆小面的味道有天然的识别。我不能开口，一开口天机就要泄。我今天做汤料的时候一直在想杀鲍其欢的事，我把杀气调进去了。顾客是我的上帝，我永远记得这个立身之本。

刘背头买菜回来，看到我要倒汤料。"怎么了？怎么了？"他拦住我。

三

伍敏慧没想到刘背头不顾阻拦，把一盆子准备倒掉的汤料吃光了。

刘背头拦住准备倒掉的一盆子汤料，他把盆子撂在桌子上尝，尝不出差别。

"汤料里面有杀气？扯什么蛋？里面有刀吗？"他对老食客说，"有刀吗？能杀人吗？"

"这一盆子汤料钱我出。"老食客说。

"那怎么行？"伍敏慧拦住刘背头，对老食客说，"我重新做，顾客永远是上帝。"

刘背头坚持不倒掉汤料，他把一大盆充满杀气的汤料一碗一碗吃掉，连汤水都喝光，他不相信汤料里面有什么杀气和刀子。

老食客坚持付一盆子汤料钱，他们推来推去。付完钱后的老食客沉默不语，神色严峻。伍敏慧听说他老婆得了一种重病，到晚期了，医院已经不收了。他便不再干别的事，每天陪他老婆说话，每天给他老婆买小面吃。老食客每天的脸色就是他老婆病情的晴雨表，今天他老婆情况肯定不是太好。

伍敏慧的眼前晃动着一个影子，她知道那是什么，她当年在天花板上看到的东西又来和她打招呼，她知道那是她的命。她的命提醒她不要忘了杀鲍其欢，那怎么会忘？但是她现在有顾客，顾客是她的上帝。她一次一次深呼吸。

"你怎么了？"老食客问伍敏慧。

伍敏慧突然有了一种强烈的交流欲望。屋子里很安静。刘背头吃完一盆子带着杀气的汤料，哼着小曲出去了。外面暴烈的阳光和屋里没什么关系。

伍敏慧问老食客："听说你老婆身体不大好？"

老食客说："恐怕她时间不多了。"

伍敏慧说："你为什么要天天为她花这么大代价买小面？"

老食客说："她看见小面就笑，我希望她笑。她的胃口是小时候养惯的，她说她能在小面里面吃到她的童年。"

伍敏慧将信将疑。

"这是她亲口说的。"老食客说。

伍敏慧的心稳定下来，黄豆，来；芝麻，来；香葱，来；小麻油，来。安静真好。汤料真好。

老食客也有交流的欲望。"我喜欢看她吃小面，她在吃小面的时候，我能看见一个东西，边远远地飘走，边面带微笑和我告别。"老食客说，"你信吗？那是命。"

伍敏慧的泪水流出来。

"我要让她在我怀里离开，面带微笑离开，我只能做到这一点。"老食客的泪水也出来了，遗憾地说，"这么多大医院都挽救不了她，怎么办呢？怎么办呢？我不知道该怎么办。"

老食客端着小面准备离开，突然问伍敏慧："你那天为什么要杀那个人？"

伍敏慧不说话。

"他现在在哪里？"老食客问。

"我把他养着在。"伍敏慧说，"我养着他，免得他在外面被人杀了。"

"那是肯定的，他在外面有生命危险。"

伍敏慧清楚地记得鲍其欢当年的两次险情。一次是他儿子带一帮人打他，打得他满地乱滚，伍敏慧吓得尖叫，但鲍其欢儿子并没有打她，只是把她拨开，说，"伍敏慧，你是个老实人，你走开！"另外一次是他玩弄了来厂里幼儿园实习的一个女幼师，谁知那个幼师是有男朋友的。她男朋友带了十几个兄弟，某一天早上，冲到他办公室二楼，用皮带抽他。他们正准备掏刀子刺杀鲍其欢的时候，伍敏慧尖叫起来，那帮人跑掉了。

我在重庆出差考察小面的做法，接到电话说鲍其欢绝食了。我根本不相信。鲍其欢绝食？那怎么可能？我跟了他十年，我不了解他吗？他是一顿饭都不能饿，每顿饭都要吃好的人啊。

我没有理睬鲍其欢，继续在重庆考察小面。我没想到鲍其欢真绝食了。

鲍其欢绝食了。他不吃不喝不睡。每天每夜在床上哭。哭完了之后，就是发呆。他一发呆一整夜，一发呆一上午，一发呆一下午。他一根一根吃烟，地上扔了一堆烟头。

瘫痪在床上的鲍其欢万念俱灰了。

我打电话给向照顾他的服务人员问他的情况，他抢过电话，说："伍敏慧，我算是失败了吗？"

我说："你当然失败了。"

他说："我没有翻盘的希望了吗？"

我说："鲍其欢，别做梦了你，一个瘫痪在床上的人，还谈什么翻盘呢？"

他突然像苍老的野狗一样大哭起来。

我看着手机发呆。在我和鲍其欢相处的十年里，我只见他哭过一回。他快破产的时候带着钱去赌运气，赌输以后，他站在汉江边一棵树下想故作潇洒地笑，笑着笑着却哭起来。那天晚上天很冷。他哭的时候，我看见不远的地方有一只苍老的野狗也在哭，对着汉江呜嘟呜嘟像渡船一样在哭。我感到很惊奇，狗也会哭吗？后来他也看见狗在哭，他就不哭了。他骂骂咧咧地说一定要翻盘。

我听说我离开他之后这五年，他的厂子被债主分光了，他想了很多办法一直想翻盘，但最终都失败了。

打断他脊梁挑断他脚筋的，到底是债主还是他玩过的女人背后的男人？谁也说不清。

看来他真想死。

那不行。

我立即往回赶。

我赶回武汉，他已经只剩下半口气了。

我立即找医生过来抢救他，给他输液，又把他抢救过来了。

　　医生和抢救的人都走后，我觉得搞笑和奇怪，不可思议。我为什么要救他？我不是要杀他吗？他要死就让他去死！一个我要杀的人，我又救他干什么？

　　我不明白我怎么了。

　　那天夜里抢救到很晚，一直到早晨，鲍其欢苏醒过来，医生和其他人困乏得不行了，一个一个陆续离开了。我脑壳里各种影子晃来晃去，我不知道救这个人到底为什么。

　　"你为什么要救我？"鲍其欢问。

　　"我不想救你，"我说，"我想你去死。"

　　他叹口气。

　　我安排了两个人，一个白天一个晚上看管他，不能让他就这么死，每天让他吃好喝好。好酒好菜好面让鲍其欢面色红润，浑身通泰。他告诉我他不想死了要我放心的时候，我知道我要杀他了。

四

　　伍敏慧在刘背头第一次拉肚子的时候吃了一惊。刘背头吃了一大盆子她准备倒掉的小面汤料，晚上开始拉肚子。刘背头扯天扯地喊疼，惊动了伍敏慧。伍敏慧准备带刘背头去医院的时候，刘背头又不疼了，伍敏慧一离开，刘背头就开始拉，一直拉到早晨。

　　"这盆汤料里面……真的有刀子吗？"刘背头边呻吟边说。

　　刘背头此后又吃了几回这样的汤料，吃一回拉一回。

　　伍敏慧惦记着杀鲍其欢，几次反反复复。鲍其欢一阵子想让她杀，一阵子又不想让她杀，两个人开始拉锯。知道自己反正迟早要死在伍敏慧手里的鲍其欢开始要烟要酒，耍蛮刁钻，让伍敏慧请来照顾他的人都无法忍受，一个一个陆续辞职。伍敏慧一见鲍其欢要刁就起杀心。每动一次念头，她的心就失衡，面前的那团空气就不听话，她调的汤料就会被老食客品出差别。现在大锅的汤料几个帮工和厨师差不多都会做了，老食客的汤料必须她亲自做。她动杀心一次，做汤料就失手一次。每次她要倒掉汤料，刘背头每次都不让倒，都会把一大盆汤料吃掉。毫无例外，每次吃完，刘背头都会拉肚子，都会像拉刀子一样，疼得大喊大叫一整夜。

　　"我真的把杀气和刀子调进汤料里面了？"伍敏慧问自己。

她看见一把把刀，各种形状的刀，在空中飞舞，在自己身边旋转跳跃。

刘背头向伍敏慧要求去照顾鲍其欢。

伍敏慧正委托家政公司帮忙找人照顾鲍其欢。她找来的女服务生和男服务生，干了几天都不干了。短短几个月，她换了七八个服务生。

"你别再四处找人了。"刘背头说，"这个老头子，又胖又重，每天要洗澡，端屎端尿，别人搞不了，交给我。"

伍敏慧没有回答。

天气越来越热了。伍敏慧又在做汤料。开面食店，汤料是魂和精神。伍敏慧撅着屁股在忙，她又听到刘背头嗓子发干。她知道刘背头又在盯她的屁股，也知道刘背头想冲上来抱她，她更知道刘背头不敢。

"天气越来越热了。"她说。

"我怎么不能去照顾那个老头子？"刘背头问。

"天气越来越热了。"伍敏慧说。

"你不信任我，"刘背头说，"你信任谁你都不信任我。"

"你这个刘背头，"伍敏慧说，"我不信任你我提拔你当主管？我不信任你我让你分管采购？"

午后的面食店照样安静，外面暴烈的阳光和屋里没什么关系。二十六岁的刘背头看着三十四岁的女老板撅着屁股做汤料，他想冲上去抱她。又没人看见，凭什么不抱？孤男寡女都没结婚，凭什么不能抱？

"我可以给他端屎端尿，"刘背头嗓子干干地说。

"我可以抱着给他洗澡。"刘背头又说。

"你为什么要这么做？"伍敏慧转过身子。

为什么？伍敏慧明白，刘背头对她和鲍其欢的关系感到神秘，或者说他一直对伍敏慧感到神秘，他觉得她这个人和她调出来的汤料一样，无法说清。他觉得伍敏慧是一个幽深的溶洞，现在洞口出现了一条蛇。鲍其欢就是这条蛇。刘背头想抓住这条蛇的尾巴进洞。

刘背头奇怪我和鲍其欢是什么关系，现在鲍其欢在我面前，我养着他，我准备杀他，我们是仇人关系。原来我们睡在一起，是什么关系？他有老婆孩子，他比我大三十四岁，他比我父亲都大九岁。和这么大的男人天天睡在一起，要我承认是情人，是包养的二奶，我说不是，因为我们说不上情，他也没包养我，不管外人信不信。

那年我十九岁。我跟了一个五十三岁的男人，我爸爸听说了，他从鄂东的大别山脉赶到省城武汉找我,他戴着一个叫九阳巾的冠帽,盘着长头发,在号称"火炉"的武汉显得特别扎眼,他是一个道士,刚刚出家两年。

道士站在大太阳下面,满脸汗水地劝我回家。

"他比你大三十四岁,他比我都大九岁啊。"道士焦灼得如一捆干柴,再晒一会儿能起火苗了。

"我知道。"我说。

"他是有老婆有儿子的人。"道士说。

"我知道。"我又说。

"你回家去。"道士的汗水在额上脸上堆着,他抹着汗水说。周围来来往往的世俗之人停下脚步,看道士的装束。

"哪里是我的家?我有家吗?"我在烈日下面冷冷地说。

那时我十九岁。我三岁的时候家里起房子,房梁没架稳,掉下来砸死了我妈妈,砸坏了我爸爸的腰和肾。我和爸爸两个人生活了十几年,到了十七岁上高一的时候我不读书了,我到南方打工,我爸爸就出家去当道士。一个道士,道观就是他的家,神仙和香客就是他的家人,每逢过年过节,我都没有家回,我有家吗?

道士在太阳下面沉默,周围的几个人看着他的装束和怪模样哄笑。

道士说不服我,他赶到鲍其欢的工厂见鲍其欢。鲍其欢看到他的装束才知道我是道士的女儿。

"你会'麻衣相术'吗?"鲍其欢坐在宽大的办公室里,面前是金鱼玻璃缸。

"不会。"我爸爸说。

"那你看看我哪一天发大财?"鲍其欢指着办公室中间摆放风水财运的金鱼玻璃缸说。

"我不会看。"我爸爸说。

"你不会'麻衣相术',又不会看风水财运,你当道士,天天干什么?"鲍其欢问。

"我天天打扫神像,念经。"我爸爸说。

"你天天只搞这些,太寡味了。"鲍其欢说。

"你让我孩子回去,你比她大三十四岁,你比我都大九岁。"我爸爸说。

"我比你大九岁?"鲍其欢从办公桌边站起来,伸出脑壳,他脑壳上前几天只有一根白头发,被我拔掉了。他把脑壳伸到我爸爸面前,我爸爸的头发花白,白多黑少。

"你让我孩子回去。"我爸爸累了,气息微弱,喘息着说,"你是有老婆孩子的人。"

"你让她回去啊，回去吧，我不管，来去自由。"鲍其欢神气活现地说。

但是我不回，是我自愿不回，没有人约束我。我就是这么一个奇怪的人，就像我现在养着鲍其欢。养一个瘫痪的人容易，照顾一个瘫痪的人却是一个难题。刘背头主动要照顾鲍其欢，我一直犹豫不定。

我抽空亲自照顾了鲍其欢一天。

我照顾鲍其欢，鲍其欢很紧张。他尽量不上厕所，不喝水，吃饭也不弄出动静。屋子里一直很安静。大部分时间里，他盯着天花板发呆。我望着窗户发呆，望着厕所的门发呆，望着挂衣服的铁丝线发呆，我望来望去，也不知道该干什么。

我的口袋里装了一袋老鼠药，我把它拿出来，又放进口袋，过一会儿我又拿出来。我拿出来放在小方凳上，鲍其欢也看见了。我们俩都盯着那包老鼠药，谁都不说话。

说什么呢？

要他说对不起我吗？要他说要我原谅和宽恕他吗？

要我说我恨他吗？要我说他伤害过我的一件又一件事吗？要我说他侮辱过我的一年又一年吗？

杀他真是太容易了。

我可以不露痕迹，可以不承担责任；我也可以故意明目张胆地杀，我害怕抵命吗？

早上一碗小面，中午一碗小面，晚上一碗小面。

"好吃吗？"我没想到我居然这么问他。

"还不错。"他吃到晚上那一碗的时候，说，"你的小面比街上一般的小面好吃，但是，我还是觉得缺点什么。"

"缺点什么？"我问。

他没有回答。我们又发呆了很久，他突然盯着天花板说："我还有翻盘的机会。"

"别做梦吧。"我说。

"你不能把重庆小面的绝活传给刘背头。"鲍其欢说。

我愣了一下。"为什么？"我问。

"这个人有反骨。"他说。

我在这一刻决定了，这个坏家伙在挑拨离间。他不喜欢刘背头，好，我偏要让刘背头来照顾这个坏人。

我准备让刘背头照顾鲍其欢，鲍其欢坚决不同意。但是我的心意已决。他闹了几天，拗不过了。

"看来你真想杀我。"鲍其欢说，"你让刘背头来管我，你就真想杀我了。"

"如果真要死，我要死在你手里，我不希望死在刘背头这个鼠辈手里。"他又说。

五

谁都能看出刘背头喜欢伍敏慧。在刘背头看来，他的老板伍敏慧高贵、淡定、低调而神秘，她每天亲自调汤料，生意再好也不扩大门面。她似乎对钱和男人都不感兴趣，她唯一感兴趣的就是红茶，她每天都要坐在窗前安静地一壶又一壶地喝红茶。

刘背头曾经在堆满面粉和青葱萝卜的库房向伍敏慧表达爱情，他双臂张开，身子抖动如筛。伍敏慧用一捆青葱挡住了他。

"我有什么不好？"刘背头说。

"你什么都好，但是我对男人不感兴趣。"伍敏慧说。

一个三十四岁没有结婚的女人，她对男人不感兴趣，她必然是一个幽深的溶洞。现在，刘背头抓住一条蛇尾巴进了溶洞，这条蛇就是鲍其欢。

鲍其欢正在想办法赶刘背头走。

刘背头喜欢伍敏慧，鲍其欢就讨厌刘背头。他跟刘背头要烟吃要酒喝，他大口大口朝空中吐痰。一个人躺在床上不能动，能干的事情太多了。鲍其欢斜靠着枕头吃纸烟，烟灰长到什么程度？似乎一口气就能吃一根烟，又似乎是睡着了，或者修炼成了神仙，但是烟灰都归刘背头打扫；鲍其欢喝酒，早上也要喝。关键是吐痰，有痰盂他不吐，他专门朝墙上和被子上飞。

他希望刘背头忍受不了，早点滚蛋。

最过分的是有一次拉屎。一般都是刘背头把他抱到厕所里拉，那一次鲍其欢明明能憋到厕所，却磨磨叽叽，等刘背头过来抱他的时候，突然拉到裤裆里。

鲍其欢没想到，刘背头一一忍受住了。每天跟他说话，陪他吃烟，喝酒，抱他大小便，替他搓背洗澡。

鲍其欢没想到刘背头耐性这么好。

一个瘫痪在床上的人说他想翻盘，他的空间只有房间那么大，只有天花板那么大。鲍其欢折磨不了刘背头，他盯着天花板看，一看一整夜，一看一整上午，一看一整下午。他在天花板上没有再看到他的命了，他的命回到他的身体里了。他看到的是他过去的失败。他曾经成功过，但最终落脚点却失败了。失败就是汉江边那只苍老的野狗，天天蹲在天花板上，像渡船一样呜嘟呜嘟地对着他哭。

不行！

想翻盘的鲍其欢必须赶走刘背头。他后悔没有和以前照顾他的那些服务人员搞好关系，他让刘背头喊来伍敏慧，他说他要换人。伍敏慧哪有心思再给他换人？他说刘背头折磨他，虐待他。伍敏慧听了反而很高兴。

一个该杀的人，折磨一下、虐待一下有什么不好？

鲍其欢完全没办法了。

除了开餐忙碌的时间，刘背头其他大部分时间都待在房间里和鲍其欢共处。大部分时间两个人都不说话。鲍其欢看天花板，刘背头抠手指头或脚趾头。寂寞如同一只老鼠，一会儿在心里，一会儿在墙上，一会儿在黑暗的角落。

鲍其欢爱喝酒，这一个弱点让他露出破绽。

刘背头给他买酒，就着小面喝酒也别有滋味。酒一喝，他的话就多起来，就开始吹他辉煌的过去。

鲍其欢慢慢放松了警惕，有一回酒后说出了原来工作过的企业的名字。

刘背头跑到鲍其欢原来的企业一打听，情况清楚了。

那天省城在大风中飘着小雨，刘背头骑着摩托车从郊区朝市内飞奔。这个城市有两条江穿过，一条长江，一条汉江。刘背头在长江桥上被风雨打着脸，一路听着汽车声、自行车声和人声，心里翻江倒海。伍敏慧！什么高贵，什么淡定，什么低调，什么神秘！原来是一个破产老板过去包过的二奶！原来是一个打过几次胎，差一点丢了命的女人！

他一路风雨而归。

伍敏慧正在做汤料。

刘背头全身淋湿了，伍敏慧折身找条毛巾想递给他。

"我什么都知道了！"刘背头不接毛巾，说。

"你知道什么了？"伍敏慧莫名其妙。

"哈哈，我都知道了！"刘背头说。

伍敏慧不动声色看着他。

刘背头准备再笑一声，却觉得不对劲。哪里不对劲？这个女人既不是他老婆也不是他女友，他没有任何权力说这个女人。他愣了一下，努力让自己想明白。他在风雨中穿过上千万人口的城市，心里憋着一口气。这口气怎么来的？他想了一下，没完全想明白，他觉得首先应该找鲍其欢算账。

鲍其欢的好日子过去了。

刘背头不再给他洗澡，不再抱他上厕所，任由他拉在床上。他的床上臭不可闻，苍蝇围着他的床和脸乱飞。两天以后，鲍其欢尝到刘背头给他端来的特殊小面。

什么味，什么味？

鲍其欢再笨也能闻出来，刘背头在油晃晃的小面里掺进了大便。

但是鲍其欢已经把一大碗掺有大便的小面吃进去了。他趴在床头，半天吐不出来。

"伍敏慧，我要换人！"鲍其欢大喊。

"伍敏慧，你就这样杀我吗？"鲍其欢又大喊。

伍敏慧听不到，听到的只有刘背头。刘背头开始逼问鲍其欢，把他在企业里面打听到的消息一一和鲍其欢核实。鲍其欢不说实话就挨耳光。鲍其欢和伍敏慧的事情很快被刘背头核实清楚了。

他们在一起睡了十年。鲍其欢一生搞过很多女人。伍敏慧打过四次胎，差点丢命了。这些传闻的东西都是事实。

我抽空去看了一下鲍其欢，才明白发生了什么事。

看来刘背头什么都知道了。

知道就知道吧，那我索性和他直说。过去的苦难，过去的生活，像黑色的石头天天压在心里，我也想找个人说说。看来刘背头是最佳人选。上午我没找到刘背头，中午开餐的时候也不见人，等客人都散了，我还在收拾案板和荷台，刘背头进来了。

几天没见，刘背头毛发凌乱，眼睛通红。

"我什么都知道了。"刘背头说。

"知道了好。"我说。

"这是真的吗？"他说。

"对，是真的。"我缓缓地，一字一顿地说。

"为什么？"他说。

我不说话。

"你为什么要跟一个老头子？"他哭着说。

为什么？

我爸爸也问我为什么。鲍其欢企业里的一些人也问我为什么。还有，他老婆，他儿子。还有，我和他一同出差时见到的那些南来北往的客户，他们都不明白为什么。

我没有得到鲍其欢一分钱,有人信吗?我离开鲍其欢的时候,他已经快破产了。我因为宫外孕和我爸爸的死,我去杀他。杀他没成功,我就跑了,身上只有一套衣服。我在这个面食店应聘当服务员,前面那个老板面食店快开垮了,转让给我,我一开就火了。

我为什么要跟一个老男人呢?

我读书读到高一,我们几个姐妹都不读书了,我们相约去南方的广州打工。打什么工?都到发廊和洗浴城当妓女去了。我没有去,我做不了妓女,我觉得恶心。我长这么漂亮,我不去做妓女,我只好干体力活。过年回家的时候,我的姐妹们都买飞机票,只有我一个人坐红壳子汽车和一大群臭烘烘的民工一起,摇晃着回老家。

有一个和我作对的姐妹做了妓女,她看不起我坐长途汽车。她在手机微信上晒飞机票给我看,几个姐妹们也都陆陆续续在手机微信上晒飞机票。每过一阵子就有人坐飞机,飞机多大,什么颜色,什么航班,代表了那个人混得好不好。特别是那个和我作对的姐妹,她一次一次向我炫耀。我坐不住了。我也要坐飞机,我也要晒飞机票。但是我天生做不了妓女。我试着从洗浴城做到发廊,从广州做到武汉,都不行。有一天,我正在武汉的一家发廊发呆,我看到鲍其欢进来。他在发廊里洗头,谈笑风生,惹得我们一群人大笑。我身体里的气息跟着他跑,我身体里这头苍老的野兽很早就活着。它一直追着鲍其欢出门,追着他拉开车门。

"带上我吧。"我对鲍其欢说。

鲍其欢看了我一眼,说:"你长得还可以,但是,我怎么会带一个发廊女走?"

"我还是处女。"我坚定地说。

就这样,我跟他走了。我跟着一个比我大三十四岁的老头子混世界去了。一混十年。

刘背头突然从后面抱住我。

"你干什么?"我一惊。

"我要搞你。"刘背头嗓子干干地说。

"你松开。"我说。

"一个老头子都能搞,我怎么不能搞?"他说。

"你滚!"我没想到刘背头说这句话。

刘背头不松手。有人来了。老食客拿着大铝碗在门口喊人。

六

在相当长一段时间内，伍敏慧、刘背头和鲍其欢，他们三个人相安无事。刘背头强行抱了伍敏慧，被她赶走，几天后的一个早上，他又跑过来主动帮伍敏慧生炉子和打扫场院，给伍敏慧赔礼道歉。伍敏慧在刘背头离开的几天里，为照顾鲍其欢的事也伤透了脑筋。她同意刘背头再回来。鲍其欢也被迫接受了刘背头。他只是要求伍敏慧给他配了一个手机，如果刘背头再让他吃屎，他能随时投诉。

刘背头又开始照顾鲍其欢。

鲍其欢和刘背头之间的相处大部分是在沉默中度过的，鲍其欢依旧是吃面和喝酒，刘背头偶尔也陪着他喝一杯，但两人基本上不说话。鲍其欢尽量生活规律，讲卫生，减少洗澡和大小便次数。刘背头也不想再流浪，他在这里至少还是一个主管，有吃有喝，最重要的是，他小面技术还没学到。他们都回避着不提伍敏慧。两个各怀心事的男人在沉默的时候偶尔对望，发呆，他们之间有一个黑色的深沟，那就是伍敏慧。

两个男人相互敌视着又相安无事，这个局面对伍敏慧是有利的，她可以腾出时间去考察小面，她这一段时间经常朝重庆跑，偶尔也去原料市场甚至原料基地。现在刘背头知道了她的底细，知道就知道了，她又没刻意隐瞒谁。人是因为需要而在一起的，她需要刘背头。刘背头也需要她。在考察学习小面的旅途中，她常常发呆。怎么杀掉鲍其欢？她一直没想好一个办法。

伍敏慧没想到刘背头和鲍其欢会联合起来。

某一天，刘背头给鲍其欢带来一副黄色扑克。鲍其欢看完后，要求再看两天。两天里，鲍其欢把扑克压在枕头下面，一有空就抽出来看，两天之后刘背头来要，鲍其欢恋恋不舍地还给他，却少了两张牌——大王和小王。

刘背头发现了，说"你留着干什么？你一个瘫子。"

鲍其欢说："我有想法啊。"

刘背头说："你真有？我不信。"

鲍其欢展示给刘背头看，刘背头就相信了。瘫痪的老男人鲍其欢有欲望，让刘背头兴奋不已。

刘背头接下来给鲍其欢找黄色录像看，黄色录像看了一段时间之后，两个男人觉得不过瘾，开始在外面找妓女。

鲍其欢和刘背头成了朋友。鲍其欢给他讲原来办企业天南海北坐飞机跑业务的故事。鲍其欢吹他的业务,他的残疾人石墨厂,吹伍敏慧最爱坐飞机,收集飞机票。嫖过娼之后,鲍其欢明白,没那么简单了。

"刘老弟,"鲍其欢有一天憋不住了,说,"你为什么对我这么好?"

刘背头说:"伍敏慧要杀你,你知道吗?"

鲍其欢说:"我知道。"

刘背头说:"我在这儿,伍敏慧轻易杀不了你,我可以保护你。"

鲍其欢说:"那你为什么对我这么好?"

"我们有缘分。"刘背头说。

"我可不懂小面技术。"鲍其欢说。

刘背头一愣,说:"你要不听我的,我就把你嫖娼的事告诉伍敏慧,你的死期就到了。"

鲍其欢紧张地说:"你要我干什么?"

刘背头愣了一下,说:"先说你怎么搞伍敏慧的,用什么姿势搞?一天搞几回?"

现在我的身体对人关闭,对大自然打开,但是多年前相反。我沿路考察小面技术和原料,面粉、黄豆、芝麻、榨油坊和香葱基地。所有的原料我都不随便在菜市场购买,我都尽量远处跑。黄豆、芝麻、香葱,我都要找那种不施化肥、不打农药的生产地,芝麻小磨油困难一点,找到真正的乡间土作坊很难,市面上宣传的小磨香油,大都是机器做出来的,哪有原始的香味呢?我走在乡间,我的身体全部对大自然打开。我的芝麻、香葱、黄豆,都是自然而真实地从土地里一截一截生长出来的,上面有阳光,有月露,怎么会不好吃呢?我的鸡蛋,来自自由走动的鸡,鸡们呼吸着自然真实的空气,在阳光下散步。别看一碗面,里面可是一个世界呀。

但是多年前相反,我的身体对自然关闭,对人打开,对鲍其欢打开。我们每天只知道疯狂。鲍其欢四处买壮阳酒,里面有各种稀奇古怪的猛药!

我爸爸让我陪他去看长江边的江滩。这个道士为了劝我回家,为了劝我离开鲍其欢,干脆还俗了。他剪掉了长头发,脱掉了十方鞋,改成小平头和普通布鞋,再次来到省城。他在我和鲍其欢租房外面的小区租了一间房,看来不把我劝回去不罢休。长江边的江滩上正在搞菊展,四周成了菊花的海洋,到处是黄色白色的菊花,上面泛着太阳光。四周弥漫着冷香。江面开阔而昏黄,太阳高悬,江风送爽,绿树和青草柔和。"多美,多美,你看看多美。"我爸爸给我指指点点。但是我看不到眼前的开阔的长江、青草和阳光,看不到菊花的海洋和菊海里的爸爸。我觉得困倦乏味，哈欠连天，我的身体对眼前的大自然关闭。我只想回到屋里，回到床上，向鲍其欢打开。

还俗道士人还了俗，心还在神仙身上。他在他租房的屋角，设了一个神位，供着太上老君、祖师爷和观世音菩萨，每天香雾缭绕。他说："孩子，你要拜神啊，你身体里有魔啊。"我不愿拜神。被他逼着拜了，也是有口无心。他只有叹气。

我的飞机票越来越多。我在手机微信上晒我的飞机票。鲍其欢全国各地跑业务，新疆、黑龙江、河南、山东，有油田的地方都是他的业务目标单位。他跑业务都带上我，让我过飞机瘾。啊，飞机。拉上皮箱，过安检，等候，傻望天空，安全带扣好，看远处的云彩如老家的柴垛、棉花垛，那个感觉真好！

我的姐妹们都惊叹，羡慕，啊，那个和我斗气的姐妹，她彻底失败了，她会跑这么多地方，坐这么多飞机吗？哈哈。

老鲍真好。床真好。身体真好。

七

鲍其欢已经讲累了。讲女人，他搞过的女人，一个一个讲。讲完就去死吧。平躺在枕头上，斜靠在床头，他的视线只能看到窗户一角。这一角可以看见太阳，看见天空白，有月亮的晚上也可以看见月亮和夜空白。噢，讲到第几个女人了？但是现在窗帘全拉着，白天变成了黑夜，听众只有一个，刘背头。

"讲到哪儿了？已经讲了十几个了？"鲍其欢真讲累了，为什么这么喜欢听？"前三个都是幼师，对，我们那个残疾人企业，有个幼儿园，我喜欢招幼师过来实习。实习生比较幼稚，他们看我养残疾人，容易感动和崇拜。我搞了三个幼师，其中两个是处女，一个不是，她有男朋友，已经睡过了。我搞女人不戴套子，所以都怀过孕。怀了孕的皮肤像油脂一样，只好去打胎。唉，我只有一个儿子，但是我在外面乱搞没生下来的儿子，怕是有几十个。"

"再讲。"刘背头说。

"真没有了。"鲍其欢说。

"有，你还有。"刘背头说。

那就一个一个讲。讲完去死吧。窗户前面怎么有两条江？他讲了几天女人了？讲女人是讲不完的，那是男人之间永恒的话题。鲍其欢看见窗户前面有两条江，一条长江，一条汉江，长江和汉江在他生活的这个城市交汇。有一千多万人口，每天都在上演男人和女人的故事。

"讲到哪儿了？讲到嫖娼了？男人哪个不嫖娼？最喜欢嫖娼的不是生意人，是干部和民工。几个民工不嫖娼？无非档次不一样。民工嫖那些拎着菜篮子卖鸡蛋的，二十块钱搞一回。嫖娼最怕得性病，我可不想死，不想得艾滋病、淋病。印象深的？有一个中学老师，教英语的，兼职做妓女，她租的房子里还有她改的作业本。鬼知道她为什么兼职。现在的城市复杂，面对复杂你尽量别去细想。"

"再讲。"刘背头说。

"真没有了。"鲍其欢说。

"有，你还有。"刘背头说。

那就讲，一个一个讲。讲完去死吧。从枕头朝窗户看，还能看见什么？一条深深的隧道。女人的子宫？我们都是那个地方出来的吗？男人迷恋女人，男人就是在迷恋自己的生命和出生地吗？不，刘背头你看，有一个老人站在洞口。

"讲到哪儿了？讲到搞残疾人了？残疾人不能搞啊。残疾人是不是人？他们是人，那我不是人啊。有一个哑巴女，我们这里有个残疾人强奸过她。对，是那个断一条腿的家伙强奸的。我报的案，抓去坐了四年。但是这个哑巴女我也搞过。我给钱。我搞一回给五十块。哑巴女认得钱。她知道十块比五块大，一块比五毛大。哑巴女第一回得了五十块，激动得哭了，后来就习惯了，每次搞完伸开手，我给一百块她就找五十块，她认得钱。她不多要。"

"再讲。"刘背头说。

让我去死吧。我真的看见了隧道口的那个老人，我看清了，谁？你知道吗，刘背头，是伍敏慧的爸爸。

鲍其欢讲着，在外考察的伍敏慧电话打来。

伍敏慧问："老鲍，你还好吗？"

正在讲故事的鲍其欢气若游丝，说："我好。"

伍敏慧问："你在干什么？"

鲍其欢说："我和刘背头，我们在讲故事啊。"

讲故事有奖品。讲故事有什么奖品？奖品就是黄色扑克，黄色录像，外面招来的妓女。一天一天讲，不讲怎么行？女人这么好。黄色扑克和黄色录像这么好看。但是，一天一天讲，谁有那么多故事。"讲完了啊，刘背头，真讲完了。"

一天一天搜肠刮肚，真讲完了。

"那讲伍敏慧，讲你搞伍敏慧。"刘背头说。

"刘背头，"鲍其欢说，"刘背头，我求求你好不好，讲谁都可以，不讲伍敏慧好不好？"

"不行，就讲伍敏慧。"刘背头说。

鲍其欢说："刘背头，我现在是伍敏慧养着的呀，你虽说是帮她干活，但是没有伍敏慧就没有你的今天啊，你说不定还在流浪啊。"

"你讲不讲？"刘背头冲过来揪住鲍其欢的头发。

伍敏慧的电话刚好又打来。

伍敏慧问："老鲍，你还好吗？"

鲍其欢哭起来。

伍敏慧问："你怎么了？你哭什么？刘背头又欺负你了？"

鲍其欢抹抹泪说："没有没有，我刚才梦到你爸爸了。"

刘背头在黑暗中播放鬼片，他现在知道鲍其欢怕鬼，他专门在市面上找人淘鬼片。阴曹地府，尸体下油锅，身体被锯子锯开。"好，你鲍其欢，你搞那么多女人，你害伍敏慧流产四次，你搞残疾女人，哑巴，你在地狱第几层？"

"啊，啊……"

鲍其欢最怕这个，他死过去了。

刘背头不怕他装死。停止播放。一碗凉水泼在鲍其欢身上。

"说不说？"刘背头对苏醒过来的鲍其欢说。

"说。"

"开始吧。"

鲍其欢开始哭。哭也要说。他说他和伍敏慧当年怎么搞，完全和狗一样，连体人。他不讲了。他看见刘背头的身体晃荡着。刘背头晃荡着咿呀乱叫。鲍其欢讲不下去了。他第一次觉得人的身体让人恶心。

"快讲！"刘背头说，"必须讲！"

鲍其欢说："刘背头，我们不是人啊，我们要下地狱啊！"

我站在灶台那里教刘背头做重庆小面汤料，做小面汤料有什么难呢？我没有师父教，完全自学的，说出来谁信？如果非要说有师父，那我有两个师父，一个是鲍其欢，一个是我爸爸。

鲍其欢凭什么是我师父？鲍其欢爱吃面啊，他祖上应该是北方人。他天天吃面，胃口极刁，有一阵子，我天天的任务就是给他找面食店。找到面食店我先吃，我觉得可以再喊他，吃得不顺口他就要发脾气，他会扔筷子扔碗。一个好面食店，多吃几回他也烦了。这么多年，我给他找了多少种面？鸭子面，鸡汤面，财鱼面，猪肺面，刀削面，拉面，扯面，撕面，都不行。他吃几天就烦。我过不了关。我过不了关他发脾气，还打我，最后还是我爸爸帮我过了关。

我爸爸会下面，手工擀面糊汤的那种，做素臊子，最多加鸡蛋，他天天吃斋念经，不沾油荤。但是他无意中下了一碗面，一下子把鲍其欢给镇住了。

现在刘背头照顾鲍其欢这么好，他无非想学下小面，那就教他吧。我准备给刘背头讲两个要点。第一是味道要大，第二是如何调面前的空气和自己的心情。我出差考察小面的做工和原料，这一阵子一直是刘背头掌勺，他跟我这两年，特别是鲍其欢来了以后，他的厨艺已经不错了。他掌勺这一阵，顾客并没有减少，这就是证明。

"做小面有一个诀窍。"我对刘背头说。

"什么诀窍？"他瞪大眼睛。

"味道要大，下手要重。"我说。

我让刘背头操作。他一边煮汤料，一边放盐和佐料，他手抖来抖去，我在旁边说话。"加盐，加料，再加，再加。"我说。刘背头不敢加，他说已经比家庭食用的翻倍了。我把勺子夺过来，加给他看，他一下子明白了。

"你加的只和家庭食用的差不多，客人能记住你吗？"

"要想印象深刻，就要舍得下手。"我说。

我正准备教他第二个要点，忽然心神不宁。第二个要点有点玄，该怎么给他讲呢？

"就这些了吗？"刘背头问。

"对。"我说。

我有点心神不宁。我扶在灶台上，弓着身子，撅着屁股。我没想到刘背头忽然抱住我。我挣扎着，他开始摸我，手朝屁股和下身摸。我大声喊，他肆无忌惮。他有点疯狂了，居然在大白天扯我衣服。

"你给我搞一回。"他说。

"不行。"我挣扎着说。

我下决心不让他搞，我闻不得他年轻的气息，我身体里住着一头苍老的野兽。

"老鲍能搞，我为什么不能搞？"他说。

他完全疯了，撕破了我的裤子，猛扯我的内裤，我觉得完了，他力气太大了，外面门还开着，虽说是午后最安静的时候，但毕竟门还开着。

"有人吗？"

又是老食客！

刘背头看到花白头发的老食客。气不打一处来，这个人怎么总是坏他好事？他失去理智了，他决定治一下老食客。

"你滚!"他说。

"救命。"我喊。

老食客的大铝碗朝刘背头扔过来。

八

这个坏人不杀行吗?不杀行吗?伍敏慧握着菜刀去找鲍其欢,沿路都在想怎么杀他。这个作恶多端的男人,这个逼死她爸爸的男人,现在他瘫痪在床上了居然还作恶,还在和刘背头联合。猪都能杀,牛都能杀,鱼虾,鸡鸭,蛇,狗,这些畜生都能杀,那鲍其欢这个连畜生都不如的人凭什么不能杀?

鲍其欢租房的房门被伍敏慧踢开。

"听说你把刘背头赶走了?干得好!"鲍其欢对拎着菜刀冲进来的伍敏慧大声说。

伍敏慧把刀举起来。

"刘背头是个坏蛋。"他大声说。

"他比你还坏吗?"伍敏慧冲到床头,举起刀。

"他的目的就是想学做小面的绝招,你要防着他。"他大声说。

"你要下地狱了,你还操心人间的事干嘛?"伍敏慧说。她举着刀,不知如何下手。路上来的时候,上楼梯的时候,她心里想着,割耳朵还是割鼻子?头上砍还是手脚先砍?但是现在她却手臂发抖,不知怎么开始了。

"杀人是要抵命的。"鲍其欢继续大声说。

"我愿意!我愿意抵命,好不好?"伍敏慧喊。伍敏慧用菜刀比划着鲍其欢的脸。刀刃发着白光。鲍其欢胡子拉碴,脸色黑如猪屎。

伍敏慧听到了鸟叫。

刀上有鸟的叫声?哪里有?声音分明来自刀上,来自泛着白光的刀刃上。鸟叫了一声。又叫了一声。不是幻觉。鸟一声一声叫。

伍敏慧把刀垂下,刀刃上有鸟。鸟是生命。刀刃上怎么会有鸟?她似乎看见了爸爸的影子。她看了看刀刃。她垂下刀,缓缓地朝鲍其欢床前的小椅子上坐。杀人是要抵命的,这个她当然知道。她愿意抵命。这个命,这个千疮百孔的身子,这个已经不能再生育孩子的身子留着干什么?她把刀放在地上。她用手蒙住头。她双手插进头发里。她怎么听到了鸟叫?她要分辨一下,理一理自己的听觉,自己的耳朵。

她在发着白光的刀刃上听到了鸟叫。这把刀是切白菜萝卜和葱花的,白菜萝卜和葱花种植在郊外,上面跳跃着阳光,旁边的树枝上站立着小鸟?菜刀是钢铁做的,钢铁是铁矿做成的,铁矿埋在泥土下面,上面的树枝上站着的小鸟在喊她?

一只小鸟不让她杀这个坏人,那应该听一听,听一听,这只小鸟不是在救鲍其欢,而是在救她伍敏慧。杀人是要抵命的。

不行,这个坏男人在眼前,杀坏男人怕什么?杀坏男人为民除害。这个坏男人已经瘫痪了还在干坏事,留着干什么?

伍敏慧从地上捡起刀。刀在空中闪着光芒。

鲍其欢用手挡在面前。

"我不想死,我不想死……伍敏慧,我不想死……"鲍其欢下体突然失禁了,发出一声浊响。他感觉到了魂魄离开了,感觉到自己死了。

伍敏慧再次听到了鸟叫。

这次她听得更清楚。鸟叫就在刀上,在刀刃上。她听见了,这只鸟是她爸爸那只鸟。她爸爸租住的小屋,梁上居然有燕子巢。她爸爸说,到富贵人家筑巢的鸟儿,怎么来穷家小户了?分明是神招来的啊。这只燕子在她爸爸烧香的时候总是在那里欢唱。这只燕子在她爸爸去世以后,也飞走了。

是她爸爸派这只鸟来喊她?

刀掉在地上。

她哭起来。

伍敏慧捡起刀往回走。不杀了?不!一定要杀!

她当然不会放过鲍其欢。

伍敏慧开始给鲍其欢单独做小面汤料,既然刘背头吃了拉肚子,那鲍其欢吃了就不拉肚子?她开始下刀子,一把钢刀,一把钢刀,她嘴里念念有词。她看到面前的空气黑如团块,硬如岩石。都朝汤料里面调吧。

一大碗葱花小面鲍其欢吃了。

他居然没有事。

又一大碗葱花小面给他吃。

还是没事。

伍敏慧有点泄气了。她了解鲍其欢,他的胃是铜墙铁壁。他是个吃喝专家,走到哪个地方都吃地方特色,奇食异菜,从没见他有过什么不适。怎么办?伍敏慧决定把鲍其欢扔在外面折磨几天出出气。凭什么要养着他?凭什么做这么好的葱花小面给他吃?

伍敏慧给鲍其欢买了一个轮椅，把他放在轮椅上，推到面食店前面。她不想扔太远，她只是不想让他太舒服。她既要折磨他，又要能在近处控制着他，她还要留着杀他呢。

伍敏慧把鲍其欢扔到外面，鲍其欢恐慌起来。

"你不管我了吗，伍敏慧？"他说。

"我想开了，让你的仇家过来杀你，免得我杀人抵命。"伍敏慧说。

鲍其欢被伍敏慧扔到面食店门口的场坪上，不敢喊不敢动。

傍晚，伍敏慧又做了一碗小面给鲍其欢，说："你吃吧，夜里就在轮椅上露天过了，哪个仇家把你推走，与我无关。"

奇事发生了。半夜里，鲍其欢开始拉肚子，拼命喊肚子疼，和刘背头那时候的喊声一样，声音由小到大，一直喊到早上。太阳出来，晨光温和，早起的伍敏慧，看到了奄奄一息、浑身恶臭的鲍其欢。

她开心地笑了。

她蹲在鲍其欢面前，给他讲拉肚子的原因，告诉他是她干的。她告诉他，小面的汤料里面有刀，一把一把锋利的刀调进去了，专门杀他鲍其欢的。

"我昨天在外面凉了肚子，与你无关。"鲍其欢根本不相信她说的话。

"你和你爸爸一样，神神鬼鬼，我不信，我生来不信鬼神。"鲍其欢说。

"好，你不信？"伍敏慧继续给鲍其欢单独做汤料，给他吃小面，鲍其欢又开始拉肚子，肚子又疼得扯天扯地乱喊，一喊一个白天，一喊一整夜。

从此，伍敏慧门口就有了一个乞丐，浑身恶臭，成群的苍蝇追着他乱飞。为了避免影响，伍敏慧白天不再给他吃，免得他喊，天快黑时给他吃小面。每天晚上，鲍其欢都扯天扯地喊肚子疼。

再过一阵，他会死吗？

有一天早上，鲍其欢突然消失了。伍敏慧早上没看到他，一下子慌了。她以为他的仇家把他推走了。她一下子哭起来。

她想到报警，随后又发动店里的员工四处寻找，结果在附近另一个街道的一个面食店门口找到了。城管中心的人以为他是个乞丐，正准备处理他呢。

鲍其欢头发乱蓬蓬的，用手摇着轮椅，在服务人员的陪同下，兴高采烈地回来了。

这个人，命还真是大。

伍敏慧不知道。死一个人，有时候如吹灯容易，有时候千难万难。伍敏慧正想着，老食客过来了，给他快断气的老婆买最后一碗面来了。

我正在下面的时候,老食客家里来电话,说他老婆快不行了,他匆忙留下地址请我送面。我把面送到,见到了他和他老婆生死诀别的场面。

老食客把他老婆抱在怀里。他头发花白,他老婆一头银白。他们两个都在笑。我把面放在他老婆目光能及的小凳子上,小面冒着热气,上面飘着小磨油、芝麻、黄豆、肉末、姜末。她看着面,面带微笑。她看着四周,目力软弱。老食客在她耳边说话,给她指周围和她告别的人。儿子从外地回来了,儿子带着儿媳回来了;女儿从国外回来了,女儿带着洋女婿回来了,还有一个金发第三代。她一一都看到了。还有什么遗憾呢?没有遗憾。

最先开始哭的是我。我的泪水止不住,脸水如挂,串串如珠。世界上有这么美好的告别吗?人可以这样死吗?我想到了我爸爸,我爸爸死时不合眼,用手抹也合不住,瞪着眼望我,望这个世界。我以为死都是那样的呀!

老食客不让我哭。他托着他老婆,在耳边一直慢慢和她说话,告诉她人生没有遗憾了,儿女们都回来了,最爱吃的小面也端来了。病了上十年,几千碗小面,该吃好了吧。老婆脸色白润,慈眉善目,缓缓地渗出一点泪水,不多,他赶紧给她抹掉。

他在她耳边说:"我爱你。"

儿子,儿媳,女儿,女婿,金发孩子,一一伏在她耳边说:"我们爱你。"

我也跑过去说:"我爱你。"

他老婆缓缓地、幸福地把一扇门关上了。

我继续哭。

整个丧事充满了祥和、平静,亲人们友人们陆续到来,一一告别。我见证了这一切,见证了一扇门的关闭,我感觉身上有一股气流,山涧,清泉,绿树,轻风,全部串穿其中。我自己的身体就是一座山,就是一条河,一块土地,气流涌动。

原来人可以笑着离开。

我自愿给老食客家里帮忙处理丧事,几天之后,出来朝面食店走,一辆轮椅拦住我的路。是鲍其欢。

"刘背头在你对面开店了。"鲍其欢大声说。

九

伍敏慧站在太阳下面,阳光猛烈。鲍其欢在太阳下面,几个店员也在太阳下面。才几天时间，才几天时间？刘背头在斜对面开业了！一模一样的小面店。天气这么燥热。伍敏慧从鲍其欢的轮椅处走到自己的门店门前，正是开餐时间，她的小面店却门前冷清。斜对面刘背头在搞开业促销，门前人如潮涌。伍敏慧若无其事地走到自己的店门前，她想笑一下。刘背头开个店也值得紧张？她没有笑出来。太阳忽然冷起来。这么多年她已经习惯了忙碌。她在冷太阳下面忽然不明白现在该干什么，她折转身走到鲍其欢面前。

"你说什么？"伍敏慧弓着身子问。

"刘背头在你对面开小面店了。"鲍其欢说。

"你怎么还不死？"伍敏慧说。

"我要和刘背头一起死，我要炸死他！"鲍其欢说。

"你怎么还不死！！"伍敏慧声音大起来。

太阳重新热起来，伍敏慧深呼一口气，似乎恢复了正常。她走到自己的店门口，笑了一下。

"刘背头开个店，把你们吓成这样吗？"她对几个店员说。

"他开业一个星期打折，他能天天打折吗？"

几个店员也笑起来。

一个星期过去后，刘背头还是天天打折。

关于刘背头开店的消息，陆陆续续传来。有的说刘背头店面装修好看，有的说刘背头管理规范，有的说刘背头遇到一个准备开面食连锁店的资本大鳄，先开一家做试点，将来要做连锁店。情况一天天清楚了。这个刘背头，还真有来头。

伍敏慧每天坚持做小面，顾客减少了一大半，质量却要保持不变，还要更好。店员们都偷着去看刘背头的店，她不去。刘背头有什么好看的？刘背头有几根排子骨她不清楚吗？她注意到老食客每天都来，每天在这里吃小面，她没有专门去打招呼。她不需要同情。老食客也就是一个老食客，小面下好就行。

鲍其欢却出事了。

鲍其欢用石头砸刘背头的门店玻璃，用石头袭击去刘背头门店进餐的顾客，还扬言要炸刘背头的门店，刘背头报了警。警察抓走鲍其欢后，伍敏慧请老食客去救鲍其欢。

老食客问："你为什么要救他？"

伍敏慧说："我不知道。"

老食客说："你一出手去救他，警方会不会认为是你指使他去害刘背头？"

伍敏慧说："所以我找你去救。"

老食客说："既然你希望他去死，警察抓去，无人认领，扔到盲流站，早晚一死，多好！"

伍敏慧说："我现在不想让他死。"

老食客找到警察局，警察局果真准备把鲍其欢送到盲流站，老食客把鲍其欢保出来。

像一堆活动的垃圾一样的鲍其欢，臭气熏天地重新回到伍敏慧的面食店门前。拿他怎么办？继续让他露宿街头，他继续砸刘背头的门店怎么办？

老食客建议伍敏慧把鲍其欢送到福利院。

送到福利院？福利院是养老的地方。送这个坏蛋去养老？

伍敏慧一口拒绝。

"我这么恨他，送他去养老，可能吗？"伍敏慧说。

伍敏慧不送鲍其欢去福利院养老，她把鲍其欢重新送到原来租的那间宿舍。安排好后，她拍拍鲍其欢说："我先让你活着，回头再处理你。"

我和老食客给鲍其欢找福利院。老食客说服了我吗？我不知道。这一段时间太混乱了，刘背头每天都在出奇招，他在社区里面派发吃一送一的餐券，我们的面食店客人一天比一天少。我天天心急如焚地应对刘背头，顾不着管鲍其欢。老食客开着车在长江和汉水交汇处的小路上前行。在一个背靠汽车产业开发区的荒山前面，在长江和汉水的冲积扇，在距主城区一个多小时车程的地方，有这么一家安静偏僻的福利院，真让人惊喜。

鲍其欢，我要杀你，鲍其欢，我先让你待在福利院吧。

外面雨刮器不停地刮着汽车玻璃。天下着小雨。我为什么要杀鲍其欢？沿路我给老食客讲我和他的故事，讲四次打胎和宫外孕，讲小面，讲我爸爸。

那几年鲍其欢生意不好，我眼睁睁地看着他的企业一天一天垮掉。他这个生产石墨垫片的残疾人厂子，曾经有过辉煌，残疾人家家有电视，家家有房，全是企业买的。他们把防漏的石墨垫片卖给各地的大小油田，用于管道密封。过去他们搞营销，主要有两个办法，一是喝酒搞关系，二是利用残疾营销员推销，利用别人的同情心。后来石油的密封技术发生了变化，他们的产品不行了，他们的营销手段也陈旧了，企业一天一天垮下来了。

鲍其欢在企业垮台那几年，吃什么面都寡淡，脾气特别大，不单骂我，还多次打我。他找一个一个女人，我知道一个斗一个，我好斗成瘾了。他企业一垮，我又天天心疼他。我为了让他高兴，四处给他找好吃的面食。我找到一种好吃的面，他情绪能舒缓几天，过几天又不行了。那一阵子他四处借高利贷，支撑着企业。我那个时候不明白他为什么明知道企业不行了还要硬撑，现在和刘背头开战我才明白了。是要硬撑，撑着才有一线希望。不管这希望多小，总归是希望。

花白头发的老食客开着车。我爸爸也有一颗花白的头。我爸爸会做面条，我是逼得没办法才知道的。我给鲍其欢找不到更好吃的面了，我怕他吼我训我，我跑到我爸爸那里，在他小房里的神像面前哭泣。我吃到我爸爸下的手工面，我没想到那么好吃。

鲍其欢试着吃了一碗，他被镇住了，他也没想到我爸爸下的面那么好吃。

"你面下这么好，怎么不去开面店？"鲍其欢问我爸爸。

我爸爸不开面店，他只想劝我回去。可我就是不回去。他很无奈，晃着一头花白头发对着我叹气。

花白头发拿我没办法。他被房梁打坏了腰肾，说话只能轻声轻气，像个太监。他干一点重活都不行，路走多了都气喘吁吁。他打不了我，也舍不得打。他只有顶着一头花白的头发在省城住下来，住在我旁边。这样可以陪我，也可以劝我。

花白头发住在省城找工作，一开始找了一个电焊铁艺工，做不了，做几天歇一天，被辞了。第二份工作洗碗，他又太干净了，又没干多久。第三份工作干下来了，帮一个物业公司种花，拎水松土他有点吃力，但毕竟干下来了。

十

吃完这碗小面，伍敏慧就要把鲍其欢送到福利院去了。上楼的时候，伍敏慧大哭了一场；再早一点，下面的时候，她就开始流泪。她这么恨得要杀的人，现在却要送到福利院给他养老，天下有这样的事吗？她口袋里面装了一包老鼠药，下面的时候她取出来，准备丢进锅里；上楼的时候，她又取出来，准备丢到碗里，最终都没有丢。最后她脸上带着泪痕端着小面进来了。

鲍其欢却不去福利院。

鲍其欢干了半辈子福利企业，他对福利院多了解？他认为去福利院就是等死，看起来不杀他，其实和杀他有什么区别？他要留下来，和刘背头战斗，拼杀。他一生都在战斗和拼杀，他习惯了这种生活。

"福利院多好，吃喝有人管，不用人操心。"伍敏慧说。

"不去。"鲍其欢说。

"你不去？"伍敏慧说。

"不去。"鲍其欢说，"谁爱去谁去。"

两个人说了很久，由说到吵，最后，伍敏慧把口袋里的老鼠药掏出来。

"去还是不去？"她又问。

"不去。"鲍其欢说。

伍敏慧把老鼠药倒在小面上。黄黄的老鼠药掺面炒过，泛出一股怪香。伍敏慧迅速用筷子拌了一拌。这是老鼠药！这是老鼠药！你看清了！你看清了吗？

鲍其欢将身子支起来。

"你以为我送你去享福、去养老吗？"伍敏慧说，"我送你去福利院先养着，我对付完刘背头再回头杀你，你明白吗？"

"杀人是要抵命的。"鲍其欢说。

"好，我抵命。"伍敏慧把拌好老鼠药的小面端起来，挑了一筷子，准备朝自己嘴里喂："我们一起吃，你一筷子我一筷子，一起吃一起死，行不行？"

鲍其欢哭起来。

"伍敏慧，我留下来可以帮你啊。"鲍其欢说。

"我不要你帮。"伍敏慧说。

"伍敏慧，你知道我要翻盘的是什么事吗？"鲍其欢说。

"老鲍，你还做什么梦呢？"伍敏慧说。

鲍其欢说："伍敏慧，我想给你找到下小面的秘方。"

"哈哈哈"，伍敏慧说，"老鲍，你真是个天才，我现在没心思杀你，好吧，你别害怕。"

"伍敏慧，我去福利院，还不行吗？"鲍其欢看说服不了伍敏慧，叹了口气说。

伍敏慧把鲍其欢送到福利院。

这个偏僻的福利院让人安心，每个星期只有买菜的采购车进城一次。福利院的院民从进来以后，直到死亡才会离开。伍敏慧很高兴，很放心，她拍拍鲍其欢，说："老鲍，不许乱跑。听话，乖乖等着！"鲍其欢闷声不语。伍敏慧望望天空和周围，说："这下你跑不了了，你又不是一只鸟。"

伍敏慧没想到，鲍其欢这只残疾的苍老的鸟，飞回城里了。

伍敏慧很快接到鲍其欢的短信。

刘背头采用吃一送一的促销办法，伍敏慧也准备促销降价。鲍其欢给伍敏慧发短信劝她不要降价，靠质量取胜。他认为刘背头这么亏，长久不了。过了一阵子，伍敏慧又坚持不住了，鲍其欢发来短信，说刘背头店里的小面质量不行。

"你怎么知道？"伍敏慧发短信问他。

鲍其欢在短信里说："他做的小面表面上跟你一样，但是有差距，主要差在汤料味道上，他的味道爆辣，带有炝味，你的面更黏稠更正宗。"

"你怎么知道？你吃过吗？"伍敏慧问他。

鲍其欢不回答。

果然，会吃小面的长期老客户陆陆续续回到伍敏慧的店里，她的经营慢慢稳定下来，虽说压力还大，但勉强可以支撑。包括刘背头，他偶尔也过来买面吃。

有一天，伍敏慧终于看到鲍其欢了。

那天鲍其欢坐在福利院买菜的厢式小货车副驾上，正在吃小面。他面前两个碗，一碗是刘背头店的，一碗是伍敏慧店的，伍敏慧一眼就能看出。这辆厢式小货车停在两个面食店中间靠斜坡的一棵树下。

"怎么是你？"伍敏慧吃惊极了。

"伍敏慧……"鲍其欢半天说不出话。

伍敏慧一下子明白了鲍其欢发短信的原因。她有点感动。天气有点冷了，树上有昨夜凝下的凉雨，偶尔一颗一颗朝车篷上面滴。司机正在刘背头的面食店吃面，驾驶室只有鲍其欢一个人。

这辆车停得快挨住树了，一般的过路人都从车外面走，伍敏慧无意中从车和树中间走，这样才看见鲍其欢。也是天意。

"刘背头的小面表面和你的一样，味道却差些，主要在汤料上，他骗不了多久，你要相信顾客。"鲍其欢吃完面抹抹嘴说。

伍敏慧跑到小卖部给鲍其欢买了一包烟。这辆车每周朝城里只跑一次，他能说动司机带他进城，能说动司机在这么大的城市绕道穿行到这个地方吃小面，肯定下了工夫。

"你过得怎么样？"伍敏慧问他。

"过得不好。"他说，"我发现这个院长很坏，他把福利院院民养猪养鱼腌制的腊肉和腊鱼吊在食堂的梁上，都不给我们吃，他巴结上面来的领导，把腊肉腊鱼送给他们。"

伍敏慧说："老鲍，你要理解他啊，当福利院院长，要向上面申请资金，他只有送这些东西了。"

"他们真是可笑。"他说，"每个月搞卫生比赛，评比第一名奖三十块，不及格罚十块。三十块，这也叫奖励？"

伍敏慧笑起来。"老鲍，这是福利院，人们对钱的标准不一样的啊，哪像你以前当老板？"她说。

伍敏慧答应过年去看鲍其欢。

我挥手和鲍其欢告别。一颗凉雨从树上滴落。我的手举在空中,我看着凉雨顺着指尖往下流,我一下子清醒了。

我不相信这是我的手,我的胳膊。我重新举着看,右手,右胳膊。

这只手,这只胳膊,刚才在和鲍其欢告别吗?

在和一个害死我父亲的人,在和一个我一直想杀的人深情告别?

是真的?

操他妈的,操他妈的。我不知道骂谁,后来才明白我在骂自己的右手右胳膊。

从送别鲍其欢的那棵树下面到我的面食店,我一直舞动着右手,右胳膊,我不知道该拿它们怎么办。我使劲扔来扔去都扔不掉它们。我冲进面食店,我想找一把菜刀把它们砍下来。关键的时候不争气,要它们干什么?

我看到老食客。

正是早上开餐时间,整个面食店只有一个顾客,就是老食客!老食客旁若无人,均匀地挑着面,缓慢地吃。看见我进来,他面带微笑。

几个服务员和灶台人员神色严峻。

只有一个顾客?

对,只有一个。

从开门到现在一共来了多少顾客?

只有这一个。

我看着老食客,他也看着我,他脸上一直笑着。

"我不要你同情。"我说。

"我没同情你呀。"老食客说。

"这面我不卖给你了。"我说,"今天干脆剃光头,一个顾客也没有。"

"我是一个顾客,这是我的权利呀。"他脸上还在笑。

我已经说得很过分了,他脸上始终带着笑。我看不得他笑。我心里的野兽往外面跳,要出来伤人。我的员工们一个个吓变了脸色,他们在旁边赔着笑脸,试图阻拦我,却怎么都拦不住我。

老食客脸上的笑容最终消失了。

因为我把他面前的那碗面端去倒掉了。

笑容从老食客脸上消失。

太阳从天空消失了,月亮从夜空消失了,江水从河流消失了,人群从城市消失了。

一个人脸上的笑容,就是天空上的太阳,就是夜空上的月亮,就是河流里的江水，就是城市里的人群。

我一下子清醒过来。

老食客已经走出面食店，他并没有发作，稳着步子往前走。他走到我送别鲍其欢的那棵树下面，停住步，我已经追上来了。

"对不起。"我说。

太阳，月亮，江水，人群，一起在他的脸上出现。光芒。笑容是太阳的光芒，月亮的光芒，江水的光芒，人群的光芒。他脸上的笑容光芒。笑，笑有多光芒！

"你嫁给我吧。"他说。

"你说什么？"我的耳朵也在感受太阳月亮江水和人群的光芒，我没有听清。

"你嫁给我吧。"他又说。

我听清了。

一个花白脑壳的人，一个老婆刚死不久的人，一个我并不了解的老食客，在这么一个凉雨的清晨，突然说让我嫁给他，让这个清晨充满了警惕和诡异。

十一

刘背头第一个小面店开张不久，又在其他的地方开连锁店了，这可是件大事。伍敏慧很快就知道连锁的厉害了，她在刘背头的强大攻势下，节节败退，随着季节朝冷里走，她已经无路可走了。

刘背头开第一家店，并没有把伍敏慧打垮。伍敏慧做的小面质量和口味，紧紧地吸引着一批老顾客。这批老顾客，形成了一个核心消费圈。这个核心消费圈，在刘背头促销的时候让她不失尊严，店面人气减弱了，但是仍然能勉强支撑；刘背头他们的连锁店开了以后，她马上挺不住了。

刘背头加大促销力度，除了吃一送一，还现场送礼品。天下没有这么开面食店的，但是这些手段还真管用，伍敏慧的老顾客，那个核心消费圈，也开始松动、变化，逐渐跑到刘背头那里去。不就是一碗面嘛。

看着那些熟悉的老顾客的面孔一个一个离开伍敏慧的面食店，到刘背头店里去，这是她最痛苦的事。这些人多年来在她店里吃小面，她只赚他们很少的钱，却尽量做最好的面，最好的汤料。这些人都是周边社区的居民，大部分和她面熟。他们见到她会点头致意，会简单地问好。一切尽在面中！这些人到刘背头店里吃，一开始看见她后会略略难为情，但很快就无所谓了，像什么事都没发生一样。

　　伍敏慧一向对自己的小面很自信，因为这是她的生意，也是她的生命，她和刘背头打仗，靠的就是质量。她相信刘背头做不过她。但是刘背头却把她最忠诚的老顾客一个一个拉走了。她不断地改变汤料，都没有用。她逐渐失去自信。什么才能把人抓住？什么才能把人永远抓住？她没有心思在面食店喝红茶了。她在社区里走，在大街上走，在长江边走，苦思对策。

　　伍敏慧也决定促销，也用吃一送一的办法，也赠送礼品。这不是你愿意不愿意的问题，而是必须干。办法都是逼出来的。

　　伍敏慧把这几年攒的钱都取出来，投入到门店促销，和刘背头拼。真金白银投进去，很快没有了。

　　一碗小面三块，一碗小面毛利润百分之五十，除去门店租金、水电费、员工工资和税收，净利润百分之十五，也就是说一碗面赚四角五分。一百碗面四十五元，一千碗面四百五十元，一万碗面四千五百元，卖两万碗，伍敏慧还赚不到一万块。现在促销买一送一，毛利润没有了，每碗净亏百分之三十五的人工水电税收，每碗面亏一块零五分，卖两万碗面，要亏两万一。还要送礼品？礼品多少钱？

　　她这个店，每天卖上千碗，从促销开始，每月亏四五万，相当于过去五个月干活的利润扔进去。

　　伍敏慧从促销的第一天开始腰椎发凉，凉到头顶上，凉到脚跟上。她站在门口笑迎顾客，看着顾客端面吃面，看着人如潮涌，人越多她的腰椎越凉。晚上收摊，服务员们累瘫，几个主管和财务人员却神色严峻。卖出去上千碗面，回不了多少现金，第二天要出去采购，又要掏现金。怎么办？

　　伍敏慧晚上围着小区看自己的房子，一个念头不停地朝头顶上冲。把房子卖了？把房子卖了？把房子卖了！

　　这个房子是这些年的心血，由一百多万碗小面的利润组成。这个城市有无数个吃钱的老虎，房子就是其一。但是有了这个房子，虽然不大，伍敏慧结束了流浪，安定下来了。现在，把房子卖了？

　　某一个周末，鲍其欢又坐福利院的采购车进城，一家一家看完刘背头的连锁店后，找到伍敏慧。

　　"你不能这么和他拼，你这么拼下去，你离破产不远了。"

　　"那我怎么办？"伍敏慧说。

　　"把店关了，不搞了，让给他。"鲍其欢说。

　　"不，"伍敏慧说，"我绝不关，我拼到底。"

鲍其欢随货车带来一个孩子，黑黑壮壮，剃着一个瓦片头。这个孩子有点智障，鲍其欢却说他有特异功能。鲍其欢说这孩子能用鼻子闻到人的寿命，在福利院里特别有名。谁要死了，谁会长寿，都逃不过他的鼻子。

伍敏慧不相信。

这孩子另一个能力引起伍敏慧的注意，他特别能吃面。他一口气吃了十碗小面，这让伍敏慧很高兴。

"我们的小面好吃吗？"伍敏慧问。

"好吃。"他张开嘴，一个字一个字地往外含糊着说。

好吃的面，老顾客们为什么都不来吃？伍敏慧搞不明白这个城市的人们到底怎么回事。

有一天晚上，客人都走了，几个主管和财务人员在清点卖小面收回的现金，原来每天一个箱子堆满现金，现在每天半箱都不够，伍敏慧气得一脚踢开箱子，说："不清了，明天我们不收钱，连续几天不收钱，白送给他们吃，我们不收钱和刘背头拼！"

这是要过年的样子吗？啊，吃这么好的小面，不要钱！哈，来，来来，真不要钱！真的！天哪，这么好吃！这是新开店用白吃白送做宣传？不，不不，老店老店，老店为什么不收费？谁知道为什么，这世道少问为什么。要过年了，赶上就吃，快来吃，啊，小面，好吃的小面！

门口人头攒动，电话相互邀约。老客户喊新客户，老人喊孩子，电话喊，人声喊。为什么这样？要过年了！

伍敏慧站在疯狂的人群中，像一个顾客。她甚至产生了想去抢一碗吃的冲动。好像她不是老板，好像这是别人家的店。这么好吃的小面，又不收钱，凭什么不去抢一碗吃？要过年了！

快过年了。伍敏慧让服务员去街头喊那些在外打工的民工和可怜人过来吃小面！既然是免费，凭什么给富人免费？给城里人免费？给穷人免费让她心里略微舒服一点。

鲍其欢又来了。

鲍其欢在人群外面的轮椅上吸烟，瓦片头孩子扎在人群里面。店里店外，到处都是人头，站的蹲的，到处都是免费吃小面的人，热闹非凡。

"免费再搞几天你真要关门了。"鲍其欢对伍敏慧说。

伍敏慧和刘背头拼红了眼，完全在赌气了。

瓦片头孩子在人群里面窜来窜去，看人们吃面。伍敏慧给孩子端了一碗小面，孩子闻了一闻，不吃。

伍敏慧问鲍其欢："他怎么啦？"

鲍其欢说："这孩子在福利院，每顿一盆子面条，饭量惊人。"

伍敏慧说："那他现在怎么不吃？"

鲍其欢说："上次他在这儿吃了十碗面，走到路上全吐了。"

伍敏慧一惊，说："怎么回事？"

鲍其欢说不明白。

"你的小面，汤料味道怎么越来越大？"鲍其欢问。

"没办法"，伍敏慧说，"都是刘背头逼的，刘背头和我比汤料，味道都越来越大。现在的人，舌头越来越刁了，我不得不在汤料上下功夫。"

我又在和鲍其欢挥手告别。我的右手伸在空中，它一下一下朝鲍其欢挥动。我意识到不对，我朝右胳膊和右手看，我想收回来，但是来不及了。

老食客在看着他们。

老食客坐在门外吃小面，他看见了一切。他看见我的右胳膊和右手在和鲍其欢告别。他面带微笑。他凭什么面带微笑？我的右胳膊右手收不回来了。天空未必有吸引力？地心有吸引力能吸住我的双脚，天空未必也有吸引力吸住我的右胳膊右手？

"你笑什么？"我走向老食客。

"我没笑什么。"老食客说。

"你和鲍其欢是一伙的。"我对老食客说。

他又笑。

不行，这个老男人一直面带微笑，我必须把他脸上的笑容赶走，我是这笑容的敌人。我说他和鲍其欢是一伙的，我说老男人和老男人是一伙的，我说我这一辈子最恨老男人。

他脸上还在笑。

一个我要杀的人，一个害死我爸爸又差点害死我的人，我却一次一次像送别朋友一样和他挥手告别，我不知道自己怎么了。

我又开始和老食客胡闹，我不让他吃面，付钱也不行，似乎他就是刘背头，他就是鲍其欢。我把他吃了一半的小面端到垃圾桶前面倒掉。我看到他脸上的笑容消失。

太阳再次从天空消失，月亮再次从夜空消失，江水再次从河流消失，人群再次从城市消失。

我再次清醒。

笑容消失的老食客朝外面走，我在后面跟着他。他一步一步稳稳地迈着步子，走到鲍其欢停车的那棵树下，回头迎住我。

"嫁给我吧。"他说。

今天，他又说让我嫁给他。

"不，你是个坏人。"我说。

"坏人，我为什么是坏人？"他说。

"你老婆死了有一年？你怎么就找女人？你对你老婆那么好，不是假的吗？"我说。

"你在想这个吗？"他笑起来，说，"我们能不能生前对亲人好一点？死后彼此快活地生活？我们大多数人相反，生前对亲人不好，死后天天痛苦。我老婆在她生前就专门交代过我，并且要我当她的面发誓保证，只要她死后过了七七四十九天，也就是她在阎王爷那个望乡台上站着，和我们挥挥手之后，我们就不要惦记她了。她要我一定再找一个人，一定好好地快乐生活，这样她在另一个世界也心安。"

他又笑起来。

自从那个凉雨的早上他说要我嫁给他之后，我一次一次看见微笑闪着光芒在他脸上升起，我又一次一次把这光芒浇熄。我喜欢光芒，我拉着这位头发花白的老食客。在江边散步，在城市散步，在夜晚散步，在天空下面行走。我要他说那句话，那句要我嫁给他的话，那句话里面，有太阳的光芒，月亮的光芒，江水的光芒，人群的光芒。

我愿意被光芒笼罩。

十二

鲍其欢带着瓦片头孩子，忽然从福利院消失了。鲍其欢告诉伍敏慧，他就在这个城市里寻找下小面的秘方。伍敏慧和头发花白的老食客四处寻找他们。天气更冷了，长江和汉江是这个城市冬天的两条风道，相当于一个家舍有穿堂风，冷风直接从外面进入城市中心。这个城市有多少家面食店？下一碗面要秘方吗？鲍其欢告诉伍敏慧，找到秘方，他这一辈子也算没输。这就是他的事业，也是他原来说的翻盘。

老食客站在寒风中，一颗花白的脑壳格外扎眼。

"没有，这个面食店没有。"老食客说。

伍敏慧和老食客启动车子继续往下一个面食店寻找，他们希望会在接下来的某一个面食店门前找到鲍其欢。在伍敏慧跟鲍其欢同居的十年里，他们吃过的有特色的面食店可以连成一张神秘的地图，只有她和鲍其欢知道这张地图的路线。她知道鲍其欢沿着这条线在寻找秘方，她也沿着这条线寻找鲍其欢。

消失后的鲍其欢每天给伍敏慧发一次短信，向伍敏慧通报当年那些有名的面食店的变化。他按照那条只有他们俩知道的神秘面食店地图一家家地考察，然后发短信给她，发完后，他就关机了，他不想让伍敏慧找到他。伍敏慧问他在哪里，他不回复。

"没有，这个面食店也没有。"老食客说。

每到一个面食店，他们都把鲍其欢的照片交给老板和服务员，问他们也没有见过，请他们帮忙留心。这些面食店伍敏慧当年都很熟悉，一晃几年过去，能坚持活下来的，都发生了很大的变化。伍敏慧看着变化的门面，恍若隔世。

天上下起了一阵一阵冻雨，各个面食店都成了寒冷冬天里热闹的一角。外面冬风刮着，江风鸣响，行人侧身，广告招牌摇晃。如果旁边有一家面食店，价格不贵，有钱人没钱人进来都不用考虑，味道还不错，热热地吃上一碗，那就不单单是吃饱肚子的问题。他们会觉得这个城市是这么好，温暖祥和。如果再佐以小酒小菜，看着眼前的黄色吊灯，你会觉得人生的价值和生活的品质，全在其中。

城市就是一碗面。至少伍敏慧觉得如此。前些年，这些面食店她都来过，现在变化多大啊。南来的北往的面，鸡汤面鸭汤面财鱼面，到了这个城市都得变。这个城市夏天热得像蒸笼，冬天又刮刀子风，差距变化明显就是它的特点；这个城市过去是码头，如今有千万人口，南北东西鱼目混珠就是特点。不管是哪里的面，到这个城市来，都得加上长江的特色，汉江的特色，热的特色，冷的特色，南来北往的码头特色。那些抗不住变化的，店面都换了人。只有少数真正有特色的面食店，才坚持下来了。

伍敏慧相信鲍其欢的分辨力，他是吃面的专家。凡是鲍其欢短信提醒她的，她都立即赶去学习。

从寻找鲍其欢开始，伍敏慧才知道鲍其欢的提醒是对的。这个神秘的面食店地图，这几年已经发生了很大变化。自从和鲍其欢分手，自从自己开面食店，她最大的疏忽就是忽略了身边的这些变化。他们原来吃过的那些面食店，很多已经关门，有的改换门庭，有的地方干脆不再做面食。那些坚持着仍然在做面食的老店，都有绝活，也都在变化。

鲍其欢在短信里和她一起回忆这一家家生意仍然红火的老店，分析他们原来的味道和绝活，分析他们现在的变化。伍敏慧追随着鲍其欢的足迹，一家家品味。一个小店能存在若干年，能长盛不衰，其中的绝活和变化让伍敏慧大大受益。

鲍其欢在短信里说，他考察了这么多面食店，包括那些生意一直很红火的老店，他们做的面都不如她爸爸做的面。他说他每天考察完毕夜深人静时，都在回忆她爸爸下的面。那么简单，汤料那么少，味道那么小，里面却透着韧劲，里面永远有一种说不清的东西。就像萝卜白菜，就像盐巴。他说他在冬风呜呜的寒夜里，回忆她爸爸下的面，他觉得一点也不冷，全身温暖。他说他想念她爸爸。他让她最终回忆出她爸爸下的面的味道，有那种面，比一切所谓的秘方，比一切所谓的汤料都强。如果能下出那种面，在这个城市谁也打不败她。

她对着手机哭起来。

在很多个夜晚，她也在想她爸爸下的面。永远有韧劲，永远可口，永远简单朴素。她听着外面呜呜的冬风，一直在想，面里面有什么。鸟跟着爸爸飞走了，阳光跟着爸爸，月光跟着爸爸，江水和人群也都跟着爸爸飞走了吗？

下面的手艺，也跟着爸爸飞走了吗？

"没有，这个面食店也没有。"花白头发的老食客在一家面食店门前说。

"没有，这个面食店也没有。"花白头发的老食客在另一家面食店门前说。

有一家财鱼面馆，当年红火，现在仍然红火。当年是街头民工和社区居民的乐园，现在每碗面很贵，照样人来人往。奥秘在哪里？他们在一碗普普通通的财鱼面里面，加上了中药，加上了保健元素。他们在财鱼面里面，加上了菊花、金银花、萱草花、石斛花、当归花、三七花。他们用这些不同的中草药花做成汤料。你想养血平肝，一勺萱草花；你想清热平肝，一勺三七花；你想养血和胃，一勺当归花；你想理气安神，一勺石斛花；你想清肝明目，一勺白菊花……这是哪些高人想出来的点子？伍敏慧大受教育。

伍敏慧现在赌上了，她和刘背头拼了。没有人比她更热爱做面。一碗面，对于伍敏慧来说，不单单是让她从一个打工者变成了一个小老板，在这个城市有了身份和尊严，更重要的是救了她的命。当年她离开鲍其欢，站在这个城市街头，她已经二十九岁了。一个二十九岁的人，带着打过四次胎的身子，身无分文，她去哪里？哪里可以容身？

伍敏慧记得那是一个大太阳的中午，她站在街头。宫外孕之后，父亲又死了，她决定和鲍其欢拼了，她趁鲍其欢睡午觉的时候杀他没有成功，逃到大街上。她知道她永远不会回去，她知道她总有一天会再杀他，但是她必须先解决生计问题。她想起她唯一的一个特长，下面。她走进了一家面食店，留下来了。

头发花白的人是不是都是好人？至少我爸爸是。老食客不单和我爸爸同样有花白的头发，他们还同岁，你说巧不巧。这个男人你什么都可以跟他说，他总是笑。他怎么有那么多笑，好像笑是他随身带的零食，随时可以掏出来。这个男人你对他发脾气，骂他，说他是坏人，他也一直笑。

笑是太阳月亮，笑是江水和人群，笑是一个人身上的光芒。一个人能随时笑，能随时从口袋里掏出光芒，我就喜欢和他在一起。

我和老食客开着车在这个城市穿行，寻找鲍其欢。城市下了冻雨，我继续给老食客讲我和鲍其欢的故事。

我想起那一年鲍其欢的企业垮台，那一年他只有搏命，四处借钱。先问银行借，银行不借了，找民间借高利贷。高利贷还不上，借了后家还前家，拿企业的房子，一间一间往外抵。鲍其欢借了最后一笔高利贷，现金取出来一布袋，红砖头那样一块一块。这一布袋"红砖头"，可以度过这个年，可以让员工和几个债主先回去，可以撑到年后三月。年后怎么办？年后再说。

那天晚上，鲍其欢把一布袋"红砖头"取出来，堆在桌子上，坐在旁边发呆。"能不能把厂关了？"我问他。"不，绝不关。"鲍其欢说。这个问题我和他提过多次，他每次都这么坚决。这个厂他办了二十年，二十年的厂他费了多少心血？他舍不得，割肉卖孩子一样。

鲍其欢绝不关掉工厂，他盯着那一布袋钱盯了一个晚上后，决定去赌博。

"赌一把，赢点钱回来，再坚持一段时间，应该就过去了。"鲍其欢说。

"那输了怎么办？"我说。

"输，输，输，我会输吗？"鲍其欢训我。

我跟着鲍其欢去看他赌博，在汉江的一条船上，在汉口远郊的农家，一个个极隐秘的场所，一群群神秘莫测的人，一套套变化中有不变的规则。红色的钱在黑色的面孔前面挪来挪去。鲍其欢面前的红色越来越少。那些"红砖头"，一块块地移到别人面前去了。

我站在赌场中看。人在赌场容易入神也容易出神。我那些年跟着鲍其欢跑，看他们这一批老板，不光平时赌，做生意都是赌博式的，投入一个新项目，搞定一个大企业，有没有把握？不知道，赌上去再说！

鲍其欢赌国家政策，他认为国家对残疾人的福利企业还能保护五年，他准备用这五年再挣一笔钱，然后就开始出售企业土地，洗手上岸，但是政策和形势不给他五年，一年也等不了。

他赌输了。

鲍其欢把面前的"红砖头"输光了。夜里到转钟的时候，他带着我垂头丧气地从赌场里出来。鲍其欢大步走,我小跑跟着。空中一个一个烟花炸起来,快过年了!早几天下过雪,地上的雪硬得像石头,我们踩着硬雪,四周只有我们踩出的坚硬的声音。

我们经过一棵棵树,汉江边冬天的树枝条坚硬,上面结着冰凌。我们站在一棵树下,鲍其欢故作轻松地笑,但是笑着笑着,他哭起来。我就在那个时候,看见不远的地方有一只苍老的野狗对着汉江在哭,呜嘟呜嘟地哭。

我听到远处汉江里传来噼噼啪啪的声音,传来呜呜的声音。

鲍其欢回房间后从床下面一个柜子里拉出一个箱子,他把箱子打开,里面露出一块块"红砖头"。

"我要破产了,你跟了我这么多年,你拿着这些钱跑掉。"鲍其欢说。

没想到鲍其欢还留了一点。

"不。"我说。

我要留下来,我要陪他共渡难关。我要留下来,还因为我怀孕了。这是我怀的第四胎。

我那时候还不知道我这一胎是宫外孕,也不知道我是选择拿钱走人还是选择留下来。我留下来和不留下来,不是由我决定的,由我身上的气息决定的。

他让我拿了钱跑,十五万元,红红的十五块砖头。我身上的气息抢在我前面,坚决而干脆地说:"不。"

我站在那里,我对我说的话吃惊。

后面的事实让我更吃惊。我没有要那十五万块钱不说,还抱着他的腰要和他结婚。是的,这也是我身上的气息要我说的。这个男人,这个可怜的男人,他老婆和他离婚了,企业也要破产了,这个世界都不要他了,我要他吧。

十三

刘背头找到伍敏慧,面色痛苦,说:"伍姐,我恐怕活不长了。"

"怎么会呢?"伍敏慧看着刘背头的脸色说,"你有什么病吗?"

"如果有病,反倒好了。"刘背头说,"关键是我查不出什么病啊。"

伍敏慧正在做汤料。

"我肚子难受,胀得像石头一样。"刘背头说。

按照鲍其欢的提示和伍敏慧自己的考察,伍敏慧开始变化汤料。她每天尝试着变化,老顾客们都觉得新奇不已。

刘背头说:"我觉得烦躁,我怕查不出问题,反而有大问题。"

伍敏慧说:"刘背头,亏心事做多了。"

刘背头沉默不语,半晌又开始揉肚子,他的肚子坚硬如石块。

伍敏慧的心咯噔了一下。

客人都走完了,刘背头还在揉肚子。这个人背头真正梳光溜了,老板气魄出来了。

"肚子天天胀,石头一样,我吃了中药西药,都不行。"刘背头说,"我天天晚上睡觉翻不动身子,睡不着觉,我觉得问题大。"

伍敏慧的心又咯噔了一下。

"伍姐,"刘背头犹豫着说,"你原来调的那种……能让人拉肚子的汤料,还有吗?"

伍敏慧手在案板上一按,说,"刘背头,我家的汤料,什么时候让人拉过肚子?"

刘背头说:"伍姐,你别误会,我太难受了,我真想拉肚子。我想让自己拉,我吃泻药都不行;我自己学你调空气做汤料,我越吃肚子越硬。"

隔一天,刘背头又来了,刘背头肚子硬得消不下去。伍敏慧动了心思,想给他做刀子汤料杀他几刀,又不敢做,心里矛盾着。事实上,刘背头的小面店也撑不住。他背后的投资方虽然不要利润,却要营业收入和发展速度。伍敏慧这一个小店,影响了刘背头背后投资方的第一家旗舰店,把投资方所有连锁店的步伐都打乱了。投资方原打算让其他连锁店来学刘背头的第一家店,现在榜样却树不起来。投资方天天训斥刘背头无能。刘背头也撑不住、耗不住了。

"伍姐,别硬撑,我们联合吧。"刘背头挺着大而硬的肚子说。

"联合?怎么联合?"伍敏慧说。

"很简单,你这个门面一切都不变,只把牌子换成我们的。"刘背头说。

"牌子一换,我的店不就是你们的了?"伍敏慧说。

刘背头说:"这有什么呢?只要有钱赚,到哪儿不是做小面?给谁做不是做?"

"不。"伍敏慧说。

看了鲍其欢寻找的这么多店的绝活和变化,伍敏慧更明白该怎么做小面了。她比原先有底气了一点。

"唉",刘背头捂着肚子,痛苦地说,"你这个伍姐,我们的店合在一起,人也合在一起,多好。"

伍敏慧赶刘背头走。刘背头肚子突然动了一下,他赶紧朝厕所里跑。不一会儿,刘背头从厕所里出来了,他仍然没有拉出来。

老食客来了。

伍敏慧开始做那种下刀子的汤料,老食客当然不让她做。

"是刘背头主动要吃的,怪不得我;是刘背头主动要吃的,能怪我吗?"她对老食客说。

第一盆汤料,老食客面带微笑,付钱买下,倒在垃圾桶里了。

伍敏慧开始做第二盆汤料。她动作迅捷,手脚麻利。一团黑气从她身体里面升腾起来。一把把钢刀,锋利的刀刃在眼前晃动。刘背头得几把刀杀?刘背头现在肚子大了,不比原来,多锋利的刀刃才能杀动?老食客在窗前吃烟,喝红茶,他在替我担心?伍敏慧想,下的钢刀这么多,吃死了怎么办?

第二盆汤料,老食客又面带微笑,付钱买下,倒在垃圾桶里了。

伍敏慧开始做第三盆汤料。她动作舒缓了一点,开始和老食客说话:"我知道你为我好,老食客,但不是我要给他刘背头吃的,是他刘背头自己要吃的,他的肚子硬如石头。他居然敢学我调面前的空气,谁知道他把什么硬东西调进去了?老食客,你怕刘背头端着汤料去举报我,对不对?他吃了我的面拉肚子马上去举报对不对?做食品餐饮的倒是应该注意这个,我怎么没想到?那我让刘背头自己拿盆子来,他端回去吃行不行?他在自己家里怎么拉和我没关系吧。"

第三盆汤料,老食客还是面带微笑,付钱买下,倒在垃圾桶里了。

伍敏慧继续做。她自己肚子怎么有点疼了?她和老食客赌起来。她的汤料不卖给老食客了。"不卖不行。"老食客要买,那她涨价,十倍价。十倍价也买。买了就倒。"老食客你什么意思?你怎么孩子气?你赌这么贵?我涨价五十倍!""五十倍也买,你敢这样卖,我就敢买了倒掉。"

伍敏慧肚子有点疼了,她累了,也不想做了。这个花白头发的老食客和她赌,他那么有钱,她怎么赌得过?她嘴上继续说赌的时候,心里已经消气了,她心里在笑,她脸上也有了太阳、月亮、江水和人群。

雨刮器继续在车窗上刷动,花白头发的老食客继续带着我在下着冻雨的城市里寻找鲍其欢。鲍其欢又发来短信,他把他考察的另一家面食店的变化发给我——门面装修变化,面食味道变化,器皿变化,服务员服装变化,汤料色泽变化。

鲍其欢让我不要找他。他说他过得很好,带着瓦片头孩子吃面,自己也吃面。他说他要一口气把全城的面吃个够。他说他恐怕只能尽情吃这一回了,他七十多岁了,以后再没机会吃了。他说他吃完面就回福利院,再也不出来了,就在那里看太阳看天空看长江看汉江，终老一生。

我们最终找到鲍其欢了。他就在附近一个没有店招的小面食店里面。我和老食客在对面的大面食店里吃面。我在吃面的时候突然放下筷子，跑到店外面。夜已经很深了，城市里大部分灯都熄了。天空又高又黑。灯光残亮，斑斑驳驳。冷空气从街巷里面裹裹夹夹吹来。

我感觉他就在附近。我不知道为什么会有这种感觉。我在大面食店附近的几个街巷口张望，我没有想到鲍其欢就在对面一个这么小的面食店里。

鲍其欢和瓦片头孩子坐在面食店的墙角，看外面灯光的残亮和远处天空的暗黑。瓦片头孩子刚刚呕吐了。这孩子一吃城里大味汤料的面食就呕吐，鲍其欢只好带他来一个没有佐料的面食店。

"你小子没福。"鲍其欢对瓦片头孩子说，"福利院里的白水面你一顿吃一盆子，城里的好面你吃一回吐一回。"

孩子不说话。

鲍其欢从怀里掏出一瓶酒，自己喝了一口，递给孩子，孩子不喝。

"你不喝酒，也不看街上漂亮的女孩子，你小子也这么大了，你小子没福！"鲍其欢又说。

孩子不说话。

孩子不说话，鲍其欢却特别想说话。他找了这么长时间的秘方，现在他明白找不到了。他很沮丧。外面偶尔有一辆汽车经过，已经没有行人了。屋子里传来鲍其欢一口一口吞酒的声音。门口下面的店员在玩手机，外面的世界屋子里的客人都和他没有关系。

"你是对的，小子。"鲍其欢说，"所有大味汤料的面都不好吃，我们找了这么多家有名的面食店，生意再好，都是狗屁！没有一家好吃！"

鲍其欢越喝越猛。

"有一点你搞错了，你绝对搞错了。"鲍其欢继续对孩子说，"别人都说你的鼻子能闻到寿命，说你只和长寿的人在一起，我知道你闻不到。如果你能闻到寿命，你怎么天天和我在一起？我未必能长寿吗？我马上就要死了啊。"鲍其欢把手搭在孩子肩上。

鲍其欢没想到我在马路边听到他说话了。

"我翻不了盘了。"鲍其欢把酒猛一口喝完，说，"这个城市里所有好吃的小面都是大味汤料，没有秘方。这个城市里的人已经离不开大味汤料了。就像我，离不开酒和女人。酒和女人是这个城市给我的大味汤料，我已经吃顺口了，改不了了。我翻不过来了。翻不了盘我还要长寿干什么？所以，你小子和我在一起，你这个鼻子闻得不对。我马上要死了。"

"我原来和你一样,小子。"他说,"我原来也不喝酒、不沾女人,我一心只搞企业养残疾人,后来一沾女人和酒,这东西你不明白,你小子永远不明白,一沾就脱不了了,一沾我就不行了,我就垮了。我的胃口越来越刁,我已经没有救了。"

鲍其欢哭起来。

我也在马路边哭起来。

我又看到了汉江边上那只苍老的野狗在哭,一声一声呜嘟呜嘟的样子。

十四

过年了。面食店里的员工都放假回家。鲍其欢给伍敏慧发短信,要伍敏慧到福利院去看他。

鲍其欢现在不需要时间了,他感觉到时间是一个需要对付的东西。早上起来,干什么?吃饭。上午,干什么?中午又是吃饭,吃了饭干什么?下午睡觉?好睡,一天一天睡,脑壳都睡扁了,下午睡了夜里睡不着,夜里干什么?

鲍其欢一生都忙过来了啊,忙什么啊,忙生意,忙吃喝,忙着在城市里开车倒车,忙搞女人。现在他不忙了。

福利院里有一个残疾胖子,挂着双拐。他进福利院前一生都在放牛。他只放一头牛。一头牛养大后拉去耕地,生产队或者家里又给他换一头牛放。这个一生只放一头牛的胖子,他被送到福利院的时候,身上一分钱也没有。他一生几乎没有摸过钱,他从来没有见过一百块的钱。当然,他一生也没有搞过女人。他一生的漫长时间是怎么过来的?他每天放一头牛面对天空和草坡,面对孤孤单单的牛和自己,他怎么过的?

福利院还有一个歪戴瓜皮帽的老乞丐,这个老乞丐从小父母双目失明,他讨饭养活父母,一直给父母养老送终,这么苦哈哈的人,他居然去修汉丹铁路,一修十年。他修铁路的时候被飞石砸伤了腿。他也一生没有娶老婆。他这么一个人他还每天唱歌哼曲,他高兴什么呢?他的时间是怎么过的?

和鲍其欢住隔壁的喂猪佬更好笑。他除了冤枉坐了几年牢,剩余的时间喂了四十年猪,给生产队喂猪,也给私人喂猪。这个脾气大爱喝酒的喂猪佬,现在收养了那个瓦片头孩子,他每天晚上搂着孩子睡,像搂一头猪。

过年那一天,伍敏慧喊老食客开车,从城里赶到郊区福利院。春节的福利院一派祥和，张灯结彩，院子里的菜圃和廊架上面挂满了灯笼和彩带拉花。

吃饭就在集体食堂。春节有春节餐，火锅和蒸菜。一大桌，青菜大部分是自己种的，部分肉类和原料在城里面买。整个食堂里，灯火明亮，墙上贴着一周菜单，贴着卫生标准，还按月贴着每个人的生日。伍敏慧看到了鲍其欢给她说的那几个人——一生只喂一头牛的残疾人，歪戴瓜皮帽的老乞丐和带着瓦片头孩子的喂猪佬。五六桌饭同时开席。

一生只放一头牛的胖子拄着双拐四处敬酒。伍敏慧问他："你只放一头牛，那么多空闲时间怎么过？"胖子说："发呆啊。"伍敏慧不甘心，说："只发呆吗？"胖子说："发呆很舒服啊。"伍敏慧和老乞丐碰杯，问："要饭的日子苦吗？"老乞丐满脸黑红，说："谁记得啊，我只记得打死了一条狗烧着吃，快活啊。"坐过牢的喂猪佬今年七十八，他说他能活一百岁。他的话语含糊，显然喝多了。

智障瓦片头孩子在整个食堂饭厅最受人欢迎，每个人都喊他，请他和他们同桌吃饭，瓦片头孩子却挑三拣四。他目光看来看去，像一个将军。饭厅四处都是白发脑壳，一桌一桌。大家都不想死，都想长寿，活着这么好谁想死？瓦片头孩子像一个将军，他会检验气息，检验一个人的寿命，检验一个人活多长。

瓦片头孩子这个能力是喂猪佬发现的。院子里先前死了一个一百零三岁的老婆婆，人们总说老人要死了要死了，说了几年，但是几年来孩子却一直和老婆婆玩，老婆婆就是不死。有几天孩子不去找老婆婆玩了，怎么拉都不去，没几天老婆婆就死了。还有一回，一个刚入院的锅炉工，刚过六十岁，身体强壮，他去抱这孩子，孩子挣扎着不让他抱，他怎么用糖哄都不行，结果几天后锅炉工和福利院一个七十岁的泥瓦工老头为争一个老婆婆，被泥瓦工用铲子拍了一下脑壳，没几天锅炉工就死了。

饭很快吃完了。

伍敏慧用轮椅推着鲍其欢在廊架下面散步，一滴滴的淡阳光如花瓣一样散落，场院里，老人们搬出椅子在外面喝茶吃烟。瓦片头孩子纠缠着老食客在嬉闹。一个工作人员放鞭炮，众人开始捂耳朵。包括那些聋哑人也捂着耳朵，有人指着他们说："你们躲什么呀？"众人笑哈哈。

伍敏慧正在发呆，鲍其欢对她说："我喊你来，是让要你来杀我。"

我站在鲍其欢的轮椅后面推着他，我看着瓦片头孩子在远处场坪上和喂猪佬老食客玩耍，他们在玩我们这个地方古老的"斗鸡"游戏，一条腿架在另一条腿上互相冲撞。冬天的阳光如散开的菊花一样在他们身上洒落。这个孩子真有特异功能？他缠着两个白发老人游戏，那么喂猪佬和老食客会长寿？

我看着轮椅上的鲍其欢。鲍其欢带着这个瓦片头孩子进城吃小面，他们天天在一起，未必鲍其欢也会长寿？不，不会。因为我站在他身后，我正在想怎么杀他。他活不了多长，他长寿是不可能的。

我必须杀了他，为了我，更为我爸爸。

我永远记得那一刻。我爸爸在我宫外孕即将手术的时候，在我疼得快断气的时候，跑去找鲍其欢。鲍其欢却在那个幼师的宿舍里鬼混。那印证了我那飘在空中的那条命的观察。我爸爸要他去医院看我，他不答应。他不答应我爸爸就不走。

我爸爸去抱他胳膊，他告诉鲍其欢，我快没命了。鲍其欢一把把他推倒在地上。地上是大太阳，太阳像粘在地上，地面发烫。我爸爸烫得不行，但是他爬不起来。他开始冒汗。他的肾病突然发了。太阳在地面粘着，如同一只火盆，这只火盆在接着我爸爸额头上的汗水，一颗一颗，嗞嗞作响。

我爸爸哆哆嗦嗦。我爸爸说："鲍总，我孩子在医院里要死了，你快去救她，她怀的可是你的骨肉啊。"

我爸爸倒在太阳下面，起不来了。

我爸爸肾病发了，他很早的时候身上就开始肿。他的身体肿得像面包，一按一个窝，半天起不来。

这一回他被送到医院里，却坚持着不断气。他一直撑着等我，要和我说话。

我爸爸的话没说出来，人先死了。

我正在回忆这些痛苦的事，我正在想怎样杀鲍其欢，他还能长寿吗？

这个时候鲍其欢却突然说："我喊你来，是要你来杀我。"

"你说什么？"我怀疑我是否听清了。

"我活够了"，鲍其欢说，"你杀我吧，别让人看出来，想一个好方法。"

瓦片头孩子"斗鸡"输了，倒在阳光下。

阳光碎成一地菊花，黄色白色的菊花，一大片一大片花影，一大片一大片菊花地，散发着药香，散发着太阳的香，散发着月亮的香，散发着土地的香。我看见我爸爸在菊花地里向我招手。我丢下轮椅朝菊花海里跑，我看见爸爸在笑，在向我招手。我跑进菊花海，却迷失了方向，原来是那个瓦片头孩子在一大片菊花里喊我。他向我招手。千朵万朵黄色白色的菊花都在向我招手。

（原载于《钟山》2017年第3期）

时于此间

方　方

一

这天,杨自健拨了个电话,没料到,拨错了。还好,接电话的是自己的老同学马卫强。

杨自健有些不自然,讪笑着,说自己拨错了,本是想拨给老婆马小卫的,一下子看走了眼。

马卫强就哈哈大笑,笑完说:"可见我跟小卫有相通处。"

杨自健有点倒胃口。当年马卫强追求马小卫,就是反复强调:小卫,我们俩相通处太多了,你应该选择我。

但是马小卫还是选择了杨自健,说马卫强那张嘴太厉害,以后吵架吵不过。

见杨自健没说话,马卫强又笑,说:"别酸啦,人家已经是你老婆了,你还吃个什么醋?怎么讲你也算是我妹夫,是不是?这样心情可以平复了吧?"

杨自健只得笑了,说:"老夫老妻了,还有什么酸?反正你也是我的手下败将。"

马卫强说:"这个不叫败,是搭不搭配。比方,我老婆跟我就更搭。而且……更漂亮,是不是?"

杨自健想,那倒是。马卫强后来找的老婆简直像个明星。但他不愿自贬老婆马小卫,想罢便说:"别得意啦!我忙,挂了?"

马卫强说:"急什么。好久不见,怎么样,什么时候一起喝个酒?"

杨自健想,是了,毕业后,两人一直没有机会碰面。他分到派出所,马卫强当了交警,既不在同一城市工作,也不在相同岗位,各忙各自。自己成天管着张家两口子打架,李家钥匙忘带,赵家丢了娃娃,孙家老太钱被骗,诸如此类。马卫强呢，站在马路中间指挥交通，胳膊甩得都比别人粗。都是泡在陈芝麻烂谷子里的人，事业的雄心里装的全是琐事，怎么说以前也是上下铺的老酒友呀！想完便说："好呀。你过来，这边同学多。我请你吃火锅。我们这里跳神火锅店的火锅，相当有味。"

马卫强说："火锅还跳神？这名字鬼呀。一言为定，哪天去你那里跳大神。我带好酒，你带马小卫。"

一番说笑，两人挂了电话。

这是江南派出所和岩城交管中队两个年轻警察的对话。

屋外天色阴沉，寒风凛冽。一副要下雪的样子。冬天已在深处。天冷时，心里有火锅，还有酒，仿佛立即就暖和起来。

二

杨桂花低头扫马路。天很冷，戴着手套，手指头也是僵的。

抬腿踏上路边水泥坎，即是超市大门前的小广场。此处人多脚步乱，总比别处脏。杨桂花只管马路，不管超市门口，但她每逢扫到这里，仍然会顺便把上面的垃圾扫掉。

一个穿蓝花棉袄的人从她身边走了过去，杨桂花眼角的余光不仅看见她棉袄的蓝花，还看见她脚上那双红色皮靴。

一分钟后，地上一只小包抓住了杨桂花的眼睛。她弯腰捡起，捏了两下，立起身四下望了望，并没有人。于是她抬腿踏上台阶，朝前走了几步，举起包，对着超市的小广场大声喊道："谁的包掉了？"

有几人迅速朝她张望。穿蓝花棉袄的女人也回过了头。她低头看了看自己的手袋，然后大声说："哎呀，是我的！"

只有她一个人回应。

杨桂花打量她几眼，眼光落在红鞋上，她想这个人刚才的确从那里走过。便伸手把包交给了迎面向她走来的蓝花棉袄女人。她没打算看小包里的东西，也没有问那女人里面有什么。

蓝花棉袄的女人接过包，使劲地夸杨桂花，说了一遍又一遍。杨桂花说："你真想谢我，就送一面锦旗到我们所吧，或者写封感谢信。"

蓝花棉袄的女人赶紧说："没问题。我当然应该送锦旗。"

杨桂花便从身上摸了一张旧信封的纸头，把她所在的环卫所名字和电话以及自己的名字都写在了上面。

蓝花棉袄女人离开前拥抱了一下杨桂花,说:"这世上难得还有你这样的好心人。"

杨桂花目送着她进了超市的大门。心想,不就是个零钱包吗?手上捏着包里也没几个零钱哩。

但无论如何,这也是杨桂花特别愉快的一天。她想,有了锦旗,或者表扬信,所里就不会再劝退她了吧?这东西,比包里的钱重要。

杨桂花受聘到环卫所扫马路,已经十七年了。今年她满六十,所里领导放话出来,说春节后无论如何都得让她回去。杨桂花想,回去了,每个月没有工资,日子该怎么过呢?

三

火车终于轰隆轰隆地离站,李小莲长吐一口气。

天色已暗,车厢外黑漆一片,城里的灯光在黑暗里明明灭灭,一晃而过。冷风不大,在黑夜里像是飘着,尽管年年都来,但依然冷得陌生。

李小莲想,怎么会这么冷?

妈病了,得人照顾。姐姐来电话说,她婆婆住进了医院,家里两个孩子丢不开,一个人实在忙不过来。李小莲只好提前从南方回来,年终奖金显见得泡了汤。但妈是自己的亲妈,人比钱重。

李小莲辞了工,离开南方,踏上回家的路。经过省城转车,她原想留一天,打听有没有合适她做的事,像超市收银员呀推销员呀什么的,这些都是她做得来的。爹娘越发老了,孩子也该上学。她想,离家近点,来去方便,路费都少花不少。

但在某一瞬间,她改了主意。

李小莲给姐姐发了一个短信,说自己当晚即回,让她帮忙找个人去火车站接一下。她的到站时间是半夜一点。从火车站走到家,有一个小时的路。更深夜寒,窄路僻巷。不久前出过事,传说得很吓人,她不想自己也撞上个什么鬼。

时间在火车上慢慢地流逝。哐哐哐的声音压倒其他。车厢很安静,李小莲心里有些混乱。惊喜和惶恐,都袭击着她。她不停地喝水,又不停地跑厕所。她知道自己心乱的理由。但这理由只有她一个人知道,所以,她又不停地告诉自己,一切都很好。这是偶然,也是天意。既然如此,就不会遭报应。

夜本静谧，但火车疾驰声和风声，像剪子的两片刀口，将这份静谧剪得稀碎。李小莲全无睡意，她的心随着车轮在飞奔。

四

江美晴深更半夜睡不着觉。她反复告诫自己，我不应该烦。家里有钱，不会在乎她不小心丢了东西。

外面寒天冻地，风却不大，甚至吹不动屋后的万千树枝条。万籁于是俱静。

躺在床上，江美晴辗转反侧。纵是自己给自己一万种暗示，她的心仍然静不下来。

晚饭后，保姆翠红在厨房洗碗，洗得稀里哗啦，隔着墙都能听出她在使气。江美晴有点恼怒，正想训她几句。便这时，她突然发现戒指不见了。

于是不计翠红的洗碗声，她开始找戒指。那是一只钻戒。是钻石戒指呀！江美晴想。

几天前参加同学聚会她还戴着，此后家里并没来人。昨晚，翠红朝她借钱给儿子看病，她没有答应。翠红板下面孔，往常的粉脸瞬间转暗，把她的不高兴全部挂出。然后……钻戒就丢了。居然这么巧？巧得她不得不起疑心。

首饰盒里所有比它便宜的东西全在，唯独不见了戒指。

那一年，郭跳神递给她一个首饰盒，说这不是婚戒，只是一点小礼物。她看了看首饰盒里的价格表，吓一大跳，说："这么贵重的东西送给我？我还没答应跟你交朋友呢。"郭跳神笑道："你就算拒绝我，也不要拒绝钱，是不是？放心，这只是一个纪念，送给你就绝对不准备要回来。跟交不交朋友没关系。"江美晴不介意郭跳神对她有无真心，她看到的是郭跳神真的有钱，而且是太有钱了。有钱的最大好处，就是能把小日子过得大舒服。这些钱是怎么赚到，江美晴想，关我什么事呢？

江美晴收下了钻戒，也交出了自己的身心。

嫁给郭跳神，江美晴一直觉得是自己的一个意外。高中时她中意同班学霸吴恒。可吴恒考上大学去了北京，从此跟她断了联系。江美晴自恃有几分姿色，可她何尝料到她的姿色竟抵不过一纸文凭。那一阵，她的失落感很深，夜夜仰望星空，长吁短叹。郭跳神便是在这个时间段频繁出现，大手笔送给她昂贵礼物，完全不介意她是否愿意交往。江美晴想，这就是真情呀。

然而，就是这只昂贵而有真情的戒指，今天却莫名其妙地失踪。

睡不着觉的江美晴越想越烦。夜已更深,她还是隐忍不住,给出差在外的郭跳神打了个电话。

五

夜很深了,郭跳神在岩城谈完事,自己开着车回酒店。

天太冷,他不想赶夜路返回省城的家。到酒店泡个热水澡,睡上一大觉,明早再驱车回返,从容而舒服。生意虽然要做,但火急火燎反而做不成事。郭跳神一直都觉得自己人生的节奏掌控得很好。

郭跳神开的是火锅店。店名叫"跳神火郭"。取意即是他郭跳神的火锅店要火,他郭家也要火。果然。这名字一挂上墙,店子就开始火。现在,他已经开了三十五家连锁店。全国多地都有。郭跳神经常跟老婆江美晴说:"起码全国旅游不愁饭吃是不是?"

郭跳神和老婆江美晴是高中同学。郭跳神对自己这桩婚姻相当满意。毕竟江美晴长得漂亮,而他却相貌平平。最重要的是,江美晴给他生了个儿子,儿子完全继承了江美晴的基因,大眼睛,白皮肤。抱着儿子的那一刻,他明白男人为什么都想找漂亮女人。越是丑男,越要找漂亮的。虚荣不过是很小很小的理由,通过基因改变后代外貌才最为要紧。这一点,根本不需要人去教导,男人天生就明白这个道理。

江美晴没工作,生了儿子几年后,又给他生了个女儿。女儿更是人见人爱。郭跳神想,这辈子还图个什么呢?多赚点钱,让一家人日子过得富裕,儿女将来读精英学校。他们能有出息,这就比什么都好。自打有了这个念想,郭跳神心里变得相当踏实。

夜深无人。小城市就是这样,到了半夜,除了路灯半明半暗地在空中发呆,其他什么都没有。

再拐一个弯,只需直驰几分钟,即可到酒店。这是县城最好的酒店,虽然只是三星,但在这样的大冷天,温暖还是足够的。

雪开始下落。花片很小,一沾玻璃,随即成水。郭跳神喜欢下雪,雪天里的火锅店从来都是客满。瑞雪兆丰年,但瑞雪更旺火锅。只是他想,今年的雪怎么下得这么早呢?

怀着这样的念头,郭跳神有满心喜悦。路口即到,他的车拐弯了。这条路不宽,浓荫密布。路灯的微黄光照都被树叶吃进到阴影里,路面便显得十分幽暗。

这时候,他的手机蓦然响起。手机搁在副驾上,他侧过头,边拐弯,边拿起了手机。他的视线脱离了前方。

手机那头是江美晴的声音。她在哭泣,说钻戒丢了。

六

李小莲走出了车站。下雪了,雪花不大,但飘在脸上,依然冰凉。

火车上,她接到姐姐的短信,说她女儿也发烧,她脱不开身。爸爸说,天色太晚,麻烦别人不好,他会亲自去火车站。李小莲想,父亲身体不好,长年关节炎,越是天冷,走路越是无力,况且,头也不能受凉,一凉便疼,怎么能让他深夜出门呢?但一转念,其实家里除了父亲,也没别的人可以出得来。更深天寒,找其他人,也的确不方便。这么想着,她在心里长叹一口气。

李小莲的丈夫三年前得矽肺死了。婆家穷得叮当响,她便带着儿子回到了娘家。把儿子交给自己的爹娘总归放心,姐姐嫁在同村,搭帮着可以一并照应。安顿完,她便跟着村里人到南方打工去了。每三个月给爹娘寄钱回去,千叮咛万嘱咐,一定要吃好点,钱由她来赚。老小身体都好,就是对她最大帮助。但李小莲能赚多少钱呢?南方工钱虽多,开销也大。光是租房,便去掉半个月的薪水。好在李小莲人聪明,找了个单身在外的男人一起住。她负责做饭并陪睡,男人负责房租,伙食费均分。不谈婚姻,只为省钱。这样子,两个人都如释重负,打工的日子,便轻松了好多。

李小莲站在车站门口四处张望,一直没有看到父亲。她担心跟父亲两人走岔了,便绕着车站转了几个来回,仍未见人。李小莲有点急了,心想,接个人到处跑什么?找不到出站口,大冷天的,就站在车站大厅里不也挺好?

个小时都过去了。该上车的,该接人的,都差不多走空。车站渐次变得清冷。人少寻人易,但是,李小莲仍然没有看到父亲。她只好给姐姐打电话。姐姐急了,说:"爸爸早就出门了。我亲眼看到他走的。夜晚没车,他说早点去,几十分钟就走到了。"

李小莲心里咯噔一下,说:"不会出什么事吧?"

姐姐说:"能有什么事?爸爸老农民一个,一看就是穷光蛋,就是抢劫,也没人想到抢他,是不是?"

李小莲想想也是。可是爸爸在哪里呢?

挂了电话,李小莲继续找人。她有些恼怒,心里说:"是本来是你来接我,现在倒变成了我来找你。人老了，怎么就这么笨呢？"

车站有铁路警察，见李小莲一直在转来转去，不觉眼光中多了警惕。李小莲忙上前打问，说有没有见一个老人家。长得如何如何，走路不稳什么的。路警说没有。李小莲有点急，说："那是我爸爸，专门来车站接我，我现在怎么都找不到他了。"

路警说："你确认他到了车站吗？"

李小莲说："我哪知道？我家里人说他早出门了。"

路警说："那他就不一定到了车站。"

李小莲说："他不到车站能去哪儿？"

路警说："会不会到附近麻将室或者发廊什么地方去了？发廊小姐急等钱时，什么人都拉。"

李小莲便有些气："他一个老人家出来接女儿，怎么会去那些地方？你积点口德好不好？"

警察说："我是看你找不到人，帮助你打开思路。我是男人，比你更了解男人，尤其是老男人。"

李小莲说："狗屁胡说！"

她愤然骂了一句，便走开了。

一晃离下车已快两小时，接人的父亲仍然未见。李小莲急了，又忙不迭地给姐姐打电话，姐姐也不知道该怎么办。两人便来回商量以及推测。

那个被她呛过的铁路警察过来说："我帮你四周看了，没有老头。你光打电话有什么用？叫家里喊人帮忙四处找找。这大冷天，万一路上摔一跤，没爬起来呢？"

李小莲这时方醒悟，忙跟姐姐说："赶紧喊一下村长，在村里找几个人，沿着爸爸出门的路，一路找找。"

这时候的天，都开始有点发白了。雪也大了起来，路面敷上了雪层。

七

江美晴一夜没睡好，半梦半醒间，一只钻戒不停地在脑子里晃动，仿佛一口钟，嗡嗡嗡，不分时间，不分场合，持续不停地敲着。

天蒙蒙亮，有轻微的门响声，江美晴蓦然清醒。这是翠红。

她侧起耳，仿佛听声。她听到翠红蹑手蹑脚进到厕所，又听到翠红冲了马桶，然后听到她蹑手蹑脚地开抽屉拿钱。平常买菜的钱，都放在那只抽屉里。

翠红每天一大早都会出门买菜。

在她换鞋时，江美晴脑子里突然蹦出一个念头，像是有人拨了开关，她的脑子蓦然通亮：万一翠红拿了戒指，趁着买菜带出去，岂不就永远找不回来了吗？

这个念头来得奇快，快得江美晴几乎没有思考的过程。她突然就喊了起来："翠红！"

她的声音尖锐而凶狠。正在换鞋的翠红吓了一跳，忙缩回脚，踢跶着拖鞋朝江美晴卧室走去。还没到门口，江美晴穿着睡衣开门出来。

江美晴恶狠狠道："我的戒指丢了，是你拿了吧？"

翠红呆住了。发呆的样子更像是做贼心虚。江美晴见她如此，心里便存有八成确定。

江美晴冷笑道："这是很容易判断的事。家里只有我们两个大人，又没外人来过。我的戒指不见了，只有你做得出。"

翠红此刻缓过劲来，她说："美晴姐，你不能这样诬赖人呀。我在你家做了这么久，你看我拿过你们东西没？"

江美晴说："小的东西，你拿没拿我不计较，买菜贪点小钱，我也不在乎。可是这个戒指对我来说太重要了。是郭老板结婚前送给我的。你知道值多少吗？二十六万！你恐怕以为跟路边的塑料戒指一样，几十块钱？"

翠红吓着了，结结巴巴地辩解道："不管是几十万还……还……还是几十块，我都……都……都没有看到过。"

江美晴说："你没看到过？前几天我戴它去参加同学聚会，你还说，好大的钻石。"

翠红怔了怔，她想起了。她是问过这个话。她确实是见过，于是忙又解释："你戴着时见过，以后就再没见过。"

江美晴说："又撒谎。回来时，你还说你同学一定都眼馋死了吧。是不是？"

翠红一想，这话她也说过。可是，她并没有撒谎，后来她真没见过。翠红的嘴笨拙，一时觉得自己说不清楚，于是只好回答说："反正我就是没有拿。"

江美晴说："好哇，你不认账，那我就报警。如果你承认拿了，交出来，我就算了，你在派出所没有案底。但如果你不承认，由警察审问出来，那你就会判刑。反正你男人在坐牢，你也跟去一起坐，说不定牢里给你们豪华大床房哩。"

翠红大为生气，说："你……你……你，你也不能瞎说八道呀。我怎么会拿你的东西？"

江美晴就只是冷笑，心想，只要报警，吓也要吓死你。

翠红说着说着，开始哭泣。她不怕江美晴说她偷东西，怕的是有人提她男人坐牢。一提就让她心里委屈得慌。一家人本来就够倒霉，还要被别人说三道四。现在老板娘竟然当她的面说出这么刻薄的话，她实在有点受不了。

江美晴最讨厌人哭。她平常没事上网，在网上就经常发表那种"可怜人必有可恨之处"的言论。她觉得一些人没本事，只会装弱博同情，这种人她最烦。翠红的哭泣，让江美晴顿生恼怒。她心想，你装什么可怜，你越这样，我越不饶你。

江美晴说："你好像受了天大的委屈，难道我冤枉了你？我没打没骂，只是质疑一句，你就这样？好，既然觉得自己委屈，那我偏要去报警。走，你有胆跟我到派出所去！"

翠红哭泣，除了委屈，原本也是想用眼泪让老板娘缓和一下。等她脾气发完，再去解释。不料老板娘却越发起势。翠红是个脑袋不灵光的人，这种人往往认死理。一旦犟起来，怎么都不愿回头。

翠红用手背把眼泪一抹，说："走，王八蛋才不敢去派出所。"

八

天微亮，郭跳神便起了床。他一夜无眠，几乎眼睁睁地看着灰蒙蒙的光渗进黑暗，然后一点一点地把黑夜稀释成白昼。

雪更大了。他吐了一口气，嘴上道着"瑞雪兆丰年，大雪旺火锅"。他反复地念着，像是念咒语。

出了门，他的心绪仍然不安。雪地路滑，开车便格外小心，车速慢到后面的车不耐烦。有一辆奔驰不停地按喇叭。郭跳神想，你就是把天按破，老子也不得快开。

平常一个多小时的车路，他开了两小时才到省城郊区。看到立交桥，突然想起，今天是弟弟郭敬神的忌日。郭跳神想，难怪我今天不对劲。

他立即将车拐了弯。

弟弟的墓就在立交桥附近的山边。天色太早，墓地旁边的小店还未开门，他使劲敲门，叫起了浑身冒着热气的店主，买了几支香和一叠纸钱，店主拿出一个仿制的苹果手机，说："买个手机吧，没事可以发个短信，说不定回了呢？"他笑了起来，店主也笑。他想弟弟这辈子什么都赶时髦，却连苹果手机都没用过，也是蛮亏。所以他拍拍店主的肩，将这只手机买下来。

上山的路是他熟悉的。墓碑都像列队一样，整整齐齐地排列着。天冷，又是大清早，墓地无人。郭跳神走着走着，不觉黯然神伤。

他心情恍惚起来，心想，你怎么会死呢？我怎么让你死了呢？他曾经与弟弟有过最后一次见面。弟弟说："哥，你放心。我都扛了，没你的事。你也别再干了。我没老婆孩子，你就替我把爹娘接进城里来住，富贵点养着，这也是我们俩当初干这行的目的，还烦代我给二老送终。我们赚下的钱，足够这辈子开销。另外，张师傅和他女婿，是因我们下狱，他们家的人，你能照应就照应一下。"

郭跳神面前浮出弟弟的神情，他眼眶里不觉有了点泪。他想，我怎么能带你走这条路呢？太穷了不应该是理由。我怎么能让你承担我的罪呢？赡养父母也不应该是理由，对不对？郭跳神似乎从未这样反思过。而这天，冰冷山上那座孤单的坟墓，让他突然心有深疼。

他接受了弟弟的意见，说："在牢里表现好一点，争取早点出来，到时我会让你过更好的日子。"他以为没有命案，坐一些年牢，弟弟即会出来。万万没料到的是，警方认为弟弟这一团伙贩运时间长，毒品数量大，危害严重，对于头目，必判死刑。

于是，弟弟便成了这座山上孤零零的一个坟墓。枪毙的那天，他把自己关在弟弟的房间里，一整天，不吃不喝。他知道，弟弟这条命是他送走的。一直以来，他对爹妈说，弟弟出国了。几个月后，爹妈还是从村里人那里得知了弟弟之死。他们并未对他责怪，只是沉默许久，不愿与他说话。两个人的晚年并不快乐，因为儿子是死囚，这个结果让他们抬不起头来。没有尊严，人很难活得长。于是，他们陆续得病而死，无一活到六十岁。郭跳神知道，尽管他赚了钱，但一家人都因他的决定而改变了命运。

站在弟弟的坟前，郭跳神一边点香，一边烧纸，他的心思混乱，情绪低落。他说："老弟，是你保了我这些年的安稳日子。如你有灵，还望继续保我。"

然后，他把那纸制手机也在坟前烧了。临走前，又点了一支烟，插在弟弟的坟头。

离开时，郭跳神频频回头，每回头，都能看到一缕轻烟，在弟弟的坟头缓缓地上升。他想，事至如今，我能有什么办法。这么久了，上天难道还会记得惩罚我吗？老弟，你要继续保佑我。

九

李小莲离开车站时，天已经开始发白。街上零星有了行人。她的父亲还没有见到。姐姐已经找了村长。夜半时，天冷，村长不想多事。到了凌晨，李小莲又打电话央求，村长才爬起床来，说是在村里找了两个人，一起沿着通向火车站的道路寻找。

天大亮时，李小莲和村长派出的两个村民碰了头。他们都没有看到李小莲的父亲。李小莲急了，说："就这一条马路，怎么会把人走丢呢？"

两个村民也都姓李，一个叫李水旺，一个叫李大金。虽然出了五服，但到底都是族人。按规矩，他们应该管李小莲的父亲叫三伯。两个人也很着急。

李大金说："三伯夜晚特意出来接人，按说不会往别处去呀。"

李小莲说："可不是？"

李水旺性子慢，半天才说："会不会出车祸？我这眼皮出了村就开始跳。"

李小莲说："呸呸呸！你放什么臭屁呀！像我爹那样的人，一辈子小心，马路上走，总靠着边，还慢，会出啥车祸？这么大的马路，夜晚能有几辆车？"

李水旺嚅嚅道："这不是下雪么？路滑呀。"

李小莲说："我爹出来时，下雪了吗？那时滑什么滑？你就不能说点吉利话？"

李小莲一番呛词，震得李水旺不敢吭气了。倒是李大金忍不住，说："小莲姐，这不是没找见人吗？水旺哥也不是咒你爹，是提醒你。我们不妨去警察局打听一下，如果没有什么事，起码图个心安。三伯人好，我小时肚子饿，三伯总会给我一点吃的，他老人家对我有恩。要晓得他老人家没出事，我心里才会舒服点。那时我们再找就是了。"

事至如此，李小莲觉得只好这样。

他们一起去到交警大队。问到昨晚到今晨，有没有车祸。值班交警立马说："你们找人？男的女的？"

李小莲忙说："男的，是个老人家。昨天夜晚出来，失踪了。"

交警说："今天一清早，发现一起车祸，正是一个老人家。已经送到殡仪馆了。是马卫强去的现场，叫他带你们去看看。"

他说着大喊了一声："马卫强！"

李小莲的脸色立即煞白，她腿一软，险些站立不住。李大金忙扶了一把，急道："姐，别急，还不见得就是哩。"

那个叫马卫强的交警揉着眼睛出来，嘴上道："喊什么呀，忙了几个钟头，五分钟还没睡到哩。"

交警说："他们找人，没准就是你刚才处理的那个。"

马卫强立即振作了一下，看了看李小莲几人，说："哦，你们稍等一下。我去拿一下东西。"

几分钟后,李小莲一行便跟着马卫强坐上了去殡仪馆的车。一出门,李小莲的眼泪就止不住。她自己说:"不会的。不会是我爹。"

马卫强告诉他们,死者躺在马路中间,应该是被车撞的。撞他的车跑了,因为下雪,痕迹都被遮盖,查找有难度。而且这个老人有点惨,估计半夜就撞了,清早的路,都是白的,有几辆车只怕都没有留意到,直接辗过。也不晓得是晕倒后被车辗死,还是被撞死后,又被辗压。又或者被撞后并没死,结果被冻死,再被辗压。总之,人肯定是死了。最后的结论,还要法医来鉴定。

听到这番话,李小莲更是哭得凶。

李水旺说:"要是这样说,就不会是三伯。因为三伯去火车站,不需要过马路。"

李大金说:"是的哦,三伯怎么会去过马路呢,从村里过来,到火车站,进了城,是顺路,根本不过马路的。"

马卫强说:"对的,出事地点,就是火车站附近。凌晨四点半,我接到电话。死者身上没有任何联系方式,我也在急着找人哩,你们来得正好。"

李大金朝马卫强翻了下白眼。

好在李小莲头脑混乱,她根本没听清交警马卫强说了什么。她在想李水旺和李大金的话。从村里到火车站,进了城后,顺着边走即可,根本不需过马路。又想凌晨四点,自己在做什么呢?那时天黑得厉害,外面空无一人,她不敢轻易离开车站。似乎正在焦急地跟姐姐通电话,让她到村里找人。

殡仪馆的早上,并非冷冷清清,倒是人来人往,像市场一样热闹。李大金嘟噜了一句:"怎么这么多人死呀。"

马卫强说:"老的不去,新的不来。"

李小莲有些后悔了。她想,我爹怎么能到这里来呢?这个人肯定不是。我爹人善,不会那么背运。她觉得宁可冒着风雪在外面继续寻找,也不应该来到这里。这不是咒爹吗?李小莲心里骂着自己。

然而,冰柜拉开时,李小莲第一眼看到的是深蓝色的羽绒服,接着看到了同色的羽绒裤,然后是黑色皮棉鞋。这都让她眼熟,因为都是她买给父亲的。

李小莲腿一软,来不及哭,便晕了过去。

十

杨自健早上健身,跑完步,直接去上班。雪还下着,每走一步,身后就多一个脚印。杨自健觉得自己浑身的热气，足可驱散飘下来的雪，所以，他也没有戴帽子。

走到派出所门口，他见有两个女人在那里。一个气势汹汹地来回走动，一个蹲在地上边哭边嘀咕。两人也没遮没挡的，任雪花落在身上。

杨自健进门的一刹，突然停住脚步，说："这么大冷天，你们这是找人？"

走动的妇女，即江美晴，站下说："找警察！我要报案。"

杨自健说："法制观念还挺强的。我就是警察。有话进来说，外面太冷了。"

江美晴对着蹲在地上的女人，即翠红，说："起身走呀。不是要到派出所的吗？怎么不动？"

翠红说："走就走。谁还怕了？"

两人跟在杨自健身后，走进派出所。杨自健见她们俩说话都没好气，便想，女人们吵个架也要报案，想着便说出了口。

杨自健说："姐妹俩吵架，是不可以报案的。"

江美晴说："谁说是姐妹俩了？你有没有看清楚？我跟她怎么是姐妹俩？你看衣服水平低，看皮肤总看得出来吧！上班这么晚，对人连基本判断都没有，怎么当警察的？"

杨自健说："哗，好快的嘴。告诉你，我看皮肤水平更低。"

派出所是三年前盖的，窗户开得老大，玻璃却是单层的，夏天死热，冬天死冷。尤其接待室，空间略大，房门一推，冷气嗖嗖直往脸上扑。

杨自健让两个女人坐下，开了空调，又倒上一杯热水，然后说："暖和一下，这样说话利索一点。"

江美晴说："零下八十度咱也能把话说利索。"

杨自健笑道："零下八十度咱们全都是僵尸，好不？说吧，什么事？"

杨自健给自己倒了一杯水，坐在了她们对面。

江美晴一直气鼓鼓的，不只是丢了戒指，更是被翠红顶嘴给气的。这下子，叫这个警察一逗，倒忍不住笑了起来。

翠红在她家做了好几年，当初是郭跳神带回来的。郭跳神说这乡下女人的爹和老公都坐了牢，是被郭敬神带下水的，一家人还要活命，收留她也是帮她一家子，工钱开高一点。江美晴知道郭敬神的事，心里一酸，就答应了。翠红老实勤快，两人相处得不错，孩子也照顾得挺好。几年中，也时有小错，说一句，从来没有吭过声，今天却大口大气地跟她顶嘴。有保姆这样呛主人的吗？真是邪了门。何况丢戒指的是自己。自己是受害者，倒被一个保姆硬顶了一顿。

听到江美晴笑，翠红白了她一眼，完全笑不出来。她心里就一个字：冤。

翠红觉得这个字在她心里一直发胀，快要胀出她的心口。她好想把这个字大声喊出来。前几天监狱通知她去狱中医院探望丈夫。他已经坐牢几年了，还得坐三年才能出来，但是他却查出了白血病。丈夫到此时，才告诉她，他根本不知道送的什么货。岳父说跑长途，叫上他途中换个手。他只知是"敬神餐厅"的海鲜，却不知海鲜箱的夹层下藏着毒品。翠红说："我爸知道吗？"丈夫迟疑了一下，说他应该知道。因为海鲜的夹层箱是旧的，显然用过多次，而岳父与那些人，也显得很熟。取货时，他觉得哪里不对劲，周围人紧张兮兮的，但他以为走私海鲜，没有想过是贩运毒品。翠红说："你先前怎么不跟警察讲。"丈夫说："讲了。没人相信。"翠红说："为什么不信。"丈夫吞吞吐吐地说："因为支付的运费是一万块钱。警察说，跑一趟车，就能给这么高的工钱？运什么东西会给这么多钱？你没想过？"翠红说："你不是说只五千块吗？"丈夫低下头，吞吞吐吐说："我爸病了，急着用钱。我只想拿到这笔钱，也就没多想，以为是岳父面子大。"翠红说："儿子也有病，你怎么不朝他想？拿了钱，你扣下一半，倒是把家甩给我一个人撑？"翠红很气。丈夫悄悄拿钱给婆家，比他平白无故地坐牢更让她生气。她走前，也没好话，说他活该，他做了亏心事，就得有报应。回家后，她就光想着那五千块钱，暗骂道，你拿走两千块也罢了，居然一拿就是一半！你爹娘是人，我跟儿子就不是人？越想越委屈，连哭了几晚，也没化解开心里这个结。正想趁买菜回娘家跟母亲诉苦，却不料老板娘却诬她偷了戒指。冤，冤，冤，三个字，撞得她心口都是痛的。

　　杨自健终于听明白了江美晴和翠红二人来派出所的原因。他看了看翠红。翠红脸上有愤怒也有悲伤。她一直在强忍自己不插话，同时在强忍眼泪。杨自健不觉对她有几分同情。他想人穷被欺只能忍呀。

　　江美晴说："家里没有第二个人来。你说，难道我的怀疑没有理由？"

　　杨自健说："你把家里全都找遍了？"

　　江美晴说："找遍了。"

　　杨自健说："你戴戒指出门后，确认戒指已经放回了原处？"

　　江美晴迟疑了一下，说："我印象中是放回了。"

　　杨自健说："我听出来了，你不能确定，是不是？"

　　江美晴说："好像放回去了。"

　　杨自健说："还是不确定。我问你，你之后有没有再出门？"

　　江美晴说："出去过。那天太阳挺好，我就带宝宝去晒太阳，顺便到超市买了点东西。没走远。"

　　杨自健说："那有没有可能在超市被人偷了？"

江美晴断然回答道:"绝对没有可能,我推着儿童车,小孩在车上,我很注意不让人靠近,因为我怕不小心碰着孩子。"

杨自健想了想,说:"你把你的路线画一下。在超市呆了多久?"

江美晴在他递上的所辖内的地图上找到自己的家,然后她画出了她出门的路线,边画边说:"一个小时左右吧。"说时突然想,未必我真的带出去了?

杨自健看了一下,说:"的确没有走多远。我们会帮你查录像。但是在没有确凿证据前,你不能先预设是她拿的。"他说这话时一指翠红。

江美晴依然语气强硬道:"我知道她正缺钱花,前几天找我借了钱的。因为我没有借,所以她就偷。这就是我的根据。你要我不怀疑她,我也做不到。"

杨自健有点恼怒了,说:"查出来才放狠话也不迟?你有点钱就可以这么霸道?"

见警察帮忙自己说话,翠红忍着的泪,这时候流了下来。

十一

郭跳神进城时觉得时间尚早,他恐怕骚扰到老婆孩子,便先去了总店。

隔得老远,便能看到"跳神火郭"四个大字。白天里,没有灯光,还低调一点,到了晚上,暗色的天空下,这四个大字跳着红光,才是一派的灿烂。

这个名字是一位测字先生帮他起的。开始他想叫郭跳神火锅店。牌子刚要挂,爹死了。死前最后一句话,说:"郭跳神呀,你给老子……"他急忙赶回老家。左邻右舍都在推测郭爹爹最后想说什么。村里有个测字先生,一直在外游荡。老了,便回归乡里。早年下大雪,他的房子已垮,重建无钱亦无力,便寄住村尾的牛棚,平常谁也不待见他。这一刻他出来打圆,说:"郭爹爹定是说你给老子找块风水好地。人都要死了,不就图这个?"大家信以为然。郭跳神也顺势请测字先生看风水,丧事均照他的意见办。自弟弟死后,父亲就没再跟他说过一句话。郭跳神知道,父亲咽下去的半句话,一定不是这个。落葬后,办酒席,郭跳神让测字先生坐在自己旁边。测字先生脸上有笑,先说:"看你印堂,有一股邪火。"郭跳神忙问:"什么邪火?"测字先生说:"你爹心里也有火。"郭跳神说:"怎么讲?"测字先生说:"哪有人死前连名带姓喊儿子的?平常他这么叫你?"郭跳神想了想说:"平常喊我跳子。"测字先生说:"就是了。"郭跳神说:"那咋办?"测字先生说:"把他的火挪出来。不然,压在心头,再好的风水,也没用。"郭跳神说:"怎么挪?"测字先生打量了他一下说:"你也有火,都要挪走，不能让你爹那股火头又挪到你身上。眼下你最希望哪里火？"郭跳神说："我正要开火锅店哩。里面有个火字。"测字先生说："火锅的火，是不一样的火。"郭跳神说："哦？"测字先生说："你那火锅店，叫啥名？"郭跳神说："就叫郭跳神火锅店。"测字先生猛地把酒杯"叭"地砸桌上，大声道："成了！"郭跳神忙说："怎么成了？"测字先生说："要得叫'跳神火郭'火锅店。这两把火，定会火你郭家又火店子。"郭跳神一听，果然不错，给了测字先生一千块钱，回来即改了名字。早先他弟弟开的"敬神餐馆"，一直不温不热，他们当时志不在餐饮，不赔就当赚。他接手后，改叫了"跳神火郭"一名，火锅店竟莫名地旺了起来。旺到他无法收手，规模扩了又扩，一连扩到开连锁。郭跳神每年回家给爹妈扫墓，都会专门去探望测字先生。他家乡下屋子空着没人住，他甚至让测字先生就住在他的屋里。郭跳神说："我家您就放心住着，起码大冷天上个厕所，您老不用到外面去吹冷风是不是？"

火锅店早上不开门，大厨们都没来。只有值班的两个杂工正懒懒地整理着厨房，准备又一天的开张，见郭跳神一大早露面，都吓了一跳。郭跳神忙说："今天不查你们。我是来找点吃的，帮我下碗面去吧。"

郭跳神吃面时，接到江美晴的电话，说是在派出所。

郭跳神心一紧，说："你一大早到派出所干什么？"江美晴说："报案。我的钻戒不见了，我难道不要报案？"郭跳神松了一口气，说："警察怎么讲？"江美晴说："警察讲，这么贵重的东西，他们一定会查的。"郭跳神说："别麻烦人家了。搁穷人家是个大家伙，搁我们家，也不算个什么。"江美晴说："对我来说，太贵重了。你忘了你是在什么时候给我的吗？"

郭跳神放下手机，叹了一口气。他想起弟弟郭敬神的神态。郭敬神说："骗女孩要下狠手。"说着在他新买的戒指价格前加了一个"2"。写完说："你送给她时要说，她跟不跟你都送她了。钓鱼得这个样子钓。"

之后果然成功。他告诉郭敬神这个结果时，郭敬神大笑得仰倒在床上。那个声音和姿态，一瞬间都浮上心来。

郭跳神想，贵重？到底什么东西最贵重呢？

他不知道这句话是说给自己听的，还是说给江美晴听的。

十二

李小莲醒来时在殡仪馆的卫生室。她茫然几秒，马上记起了躺在冰盒子里的父亲，跳起来就往外跑。

一旁的马卫强忙不迭地按下她，说："不要着急。听我详细说给你听。刚才两个村民，有你家电话，已经去通知你的其他家人了。"

李小莲的眼泪哗哗地掉，她说："你说，你说，这是怎么回事？"

马卫强说："我凌晨接到的110通知，说有人报警，东山南路有车祸。那时天还没亮，我赶紧跑到那里。报警的是一位女教授。她说因为有雪，她的车开得慢，看到前面的车在这里颠了一下，就准备绕行。绕到一半，觉得不对劲，便停车下来看，这时才发现雪下有人。因为夜里雪下得大，隔远一点，几乎看不清楚雪堆有多高，开得快的司机可能都没在意。当时她能看到上面的车辙，说已有车辆直接从人身体上辗过了。到我看到时，雪已经把那些车辙再次覆盖了。这时候的人已经僵硬，我当时推测多半是深夜出的事。但是到底怎么出的事，一是要看监控录像，二是要看法医检查。甚至不排除另一个可能，即死者也可能是路滑摔跤后，爬不起来，从而冻死。"

李小莲喃喃道："我爹不应该走到马边中间去呀。他是去火车站，不需要过马路的。"

马卫强说："你说得有道理。如果你父亲是到火车站，那他是不需要过马路。但是有没有可能，他走错了路？以为要过马路呢？"

李小莲回答不出来。

李大金一旁说："不会。上次到车站接村头大爹爹，是我陪三伯一起来的。三伯特意跟我说，顺路走，千万别过马路。他还说，开车的司机性子野，被撞一下，死了倒算，没死就害了一家人。所以三伯绝对不会过马路。"

李小莲说："是呀，我爸爸出门少，会怕车，一向都躲车躲得远远的。他不会去过马路。"

马卫强觉得他们讲得有理。但事实是，他去现场看到的李三伯却躺在马路中间。他说："这样，两位乡亲在这里陪着李女士，也等其他家人，我马上去调看一下录像。现在设备先进，没有查不出来的死因。"

李小莲说："谢谢警官。我们必须得要一个真相，就是我爸爸到底是怎么死的。"

说到这个死字，李小莲终于哭出了声。

这个死原先离她很远，眼下却摆在了她的面前。父亲才六十几岁，按理尚在壮年。开了春，他就要去给家里翻地施肥插秧，立夏前，还要修整屋顶上的瓦，秋收时，打谷扎捆晒场全是他的事，而冬天一到，杀猪过年没有父亲操持，谁都做不了。可是现在，他却躺进那个黑暗冰凉的盒子，永远都出不来。

十三

杨自健骑着摩托到交通大队。天很冷,路也滑,但他还是浑身轻松。

任务简单,不是危险的凶杀,也不是搅得让人心烦的民事纠纷,更不是让他完全没有成就感的家庭调解。而是追寻一粒昂贵的钻戒。他想,啊,这么贵重的戒指,他还从来没有见过哩。当年向马小卫求婚,他送出的戒指才一千来块钱,想想觉得自己好寒碜。得幸马小卫说,她要的是这个人,不在乎戒指的贵贱。杨自健想到马小卫当年的话,心里就有一股温暖。

停好车,杨自健给马小卫打了一个电话。说晚上下班想接她出来吃饭。马小卫说:"你发的什么疯?"杨自健说:"昨天不是告诉你马卫强给我打电话了吗。那小子对你贼心不死,我得让咱俩的关系再巩固一下。"马小卫说:"我嫁都嫁给你了,你还巩固个什么?晚上回家吃饭!我要做红烧排骨。花什么冤枉钱?你嫌钱多,打进我的卡里。"杨自健忙说:"遵命!"

杨自健心情很好。平常跟交警大队各种办案往来多,他很容易调看到江美晴出门那天的录像。

马路并不宽,江美晴一个人,推着儿童车,行走速度很慢,她脸上呈现着轻松。这是衣食无忧备受宠爱的女性才会有的轻松。儿童车上坐着一个胖乎乎的小女孩。她两只胳膊不停地上下晃动,往来的汽车像是她指挥下的乐队,她的自得其乐很容易逗人发笑。杨自健看得很开心,他老早想要一个孩子,但是马小卫说,先过几年二人世界,三年后再说。他只好服从于老婆。他想,而今服从老婆是男人的必须。

江美晴到了超市,从马路进超市,要上一道马路牙子。江美晴弯下腰,将车轮抬了一下,然后从容地朝超市大门走去。监控录像只录马路,看不到超市门前的小广场。杨自健只好快进。

江美晴说,她在超市呆了约一小时。杨自健按她的说法快进了约一个小时的时间,再次观看录像时,果然放了一会儿便看到江美晴推着孩子再次进入了监控区。她几乎是沿着原路回返。在下马路牙子时,她再一次弯下腰,稳住车轮子。此时的儿童车颠了一下。她疾手一扶,一个小物件从她的包里掉了出来。

杨自健忙停下,他放了慢镜头,果然看到一个小东西,似乎是一只小钱包,从江美晴的包里掉了出来。江美晴没有发现,推着孩子走了。

杨自健叫了一声:"嗨,就知道你冤枉了人家!"

那么，这个小包会不会其他人捡去了呢？他继续往后察看。

其实时间很短，大约只有二十分钟，一个清洁工大妈慢慢扫地而来。杨自健想，她会看到这只小包吗？果然，大妈在扫到江美晴掉东西处，盯睛看了一下地，然后弯腰捡了一样东西，这正是江美晴掉的那只小包。

她捡起了小包，直起身体，望了一下，然后踏上马路牙子，朝着超市大门的方向走去。她的身影消失在监控录像之外。但这没关系，杨自健已经锁定了她。

杨自健回到所里，立即给江美晴打了电话，叫她带着翠红一起来派出所。江美晴惊喜道："找到了？"

杨自健说："还不能这么说。但已经比较清楚了。你们马上过来一下吧。"

只半小时，江美晴便开着车，载着翠红一起过来了。江美晴说："要快点，我让我妈帮我看着孩子哩。"

杨自健马上打开电脑，调出录像。他直接放到江美晴掉小包处。

江美晴惊道："哎呀，那是我的零钱包。怎么会掉出来呢？"

杨自健说："你要想想，你的戒指是不是放在了零钱包里。"

江美晴回忆了一下，她有点不好意思，望着翠红，她说："我跟同学聚会回来，好像是把戒指放进零钱包了。对不起，翠红。"

翠红没做声，她的眼圈又红了。杨自健很高兴这个结果，说："好了，这个案子解决了一大半。翠红被你冤枉，这个可以确定了吗？"

江美晴说："我是冤枉了她。戒指一丢，我心里就乱了。"

杨自健说："翠红，你主人已经给你道歉了。这事不大，你就算了吧。江女士，建议你来点实惠，这个月给人家加点工钱。你们俩的皮就不用再扯了。我们好全力去找回东西。"

江美晴忙说："可以，可以。这个月工钱之外，我另外给你一千块钱奖金。可以吧？"

翠红点了点头，觉得这个警察还蛮会体贴人的，与其继续跟江美晴扯皮，不如要点实惠。

杨自健说："那好，下面我们要去找另一个人。"

他说着，继续让她们看录像。看到清洁工捡起小包时，杨自健按了暂停。他指着清洁工说："现在，只要找到这个清洁工人，就能知道戒指的去向了。"

翠红突然叫了起来："那是我妈呀！"

翠红一直没怎么说话的，蓦然的一声叫，杨自健和江美晴都吓了一跳。杨自健这才发现她叫出来的声音粗壮而沙哑。

江美晴定睛看了看，说："是你妈？这个扫地的老太婆是你妈？看来我也真没冤枉你。从你这儿，又落到你妈那儿了？"

杨自健说："两码事。现在更容易了，我们直接去找你妈。她叫什么？"

十四

郭跳神坐在吉宝4S店里，他突然有点心神不宁。他对自己说，这辈子大江大河都过来了，小沟小坎又算什么。

郭跳神开的是宝马X5，开了三年，他觉得特别顺手。车子像是能够随自己的心意，心意到哪，车轮就能到哪。现在，他要把车头变形处修整一下，再上一道漆。4S店的老板是他的朋友，每次去"跳神火郭"吃饭，他都提供最好的位置和食材。朋友之间，什么都好说。

时间太早，朋友没来，修理工都认识郭跳神，客气地喊着"郭老板"，接下车便开始整修。郭跳神则坐在贵宾室里上网打游戏。游戏打得不顺畅，他显得心不在焉。眼光落在贵宾室的吧台上，上面什么吃的都有。咖啡、茶和酒，你想要什么，吱一声就会有人送过来。他想这就是当有钱人的好处呀。不然，站在路边店修车，风一吹，满脸满鼻都是沙。当过了有钱人，谁还想过那样的日子？郭跳神最初进城来，蹲在马路边修过自行车，他最羡慕的地方，就是对面马路边的汽车维修店。他想头上有个顶罩着，下雨淋不着，刮风吹不到，该有多好。后来骑车的人越来越少，而城管也不让摆摊，他只好收了摊子。经老乡介绍，去到贸易公司当采购员。干了三个月，便发现老板的货有蹊跷，但他没有吱声。有一回警察来查库房，老板措手不及，他则不声不响地把货藏进了公共厕所的顶棚上。警察没查到什么，疑惑地问了老板几句话，便走了。他把老板带到厕所，从顶棚上拿下他觉得有问题的货。老板拍拍他的肩，一句话没有说。过了一天，老板请他喝酒，给了他一笔钱，说："兄弟，你这回帮了我，我也要谢你一把。"他说："帮自家老板，是应该的。"老板说："我也不回避你了，但你千万不要走我这条路。以后你当什么都不知道。一旦走了，就是死路，难得回头的。"他说："既然这样，老板您为什么还要走？"老板叹了一口气，说："我是没办法。当年我爹胃癌动手术，我妈又长年瘫在床上，我妹妹是个神经病，一个家全靠我来支撑。我是走投无路，知道吗？"他说："那现在呢？"老板说："现在，我爹死了。我花钱请我舅舅一家照顾我娘和妹妹。我讨了老婆，有了孩子。老婆一家子也靠着我，没钱不行呀。再说了，一旦有了钱，就不想再过没钱的日子了。"当时他就想，我就是从未有过钱，也不想过没钱人的日子。但他没讲出来，只是说："有事需要帮忙，您就吱个声。"老板到底出了事，判了无期。老板在监狱里，跟他老婆说："公司你当老板，账上的事，交给郭跳神，这人可靠。"可惜老板的老婆太懒，管不了公司，转眼就离婚重新嫁了人。而郭跳神业已知道老板的路径，那一年，他弟弟在工地跟人打架，要赔对方医药费，他没办法，只能效仿他的老板，走了相同的路。只是，最后死的是他弟弟。

朋友十点多钟才赶来。进到贵宾厅就说："你怎么不吱一声就来了？我一眼看到了你的车。怎么啦？撞了什么？"

郭跳神说："昨晚不小心撞了一头牛。牛没事，车倒有事了。唉，又谈了一个连锁店。应酬太累，开车差点睡着了。"

朋友笑道："一大晚上撞什么牛呀！车头右边有一块凹了，但漆没伤到什么。你知道我的为人，我不问，你也别说。我们口径一致，是撞到牛了。"

郭跳神也笑，说："不然我怎么一直等你来？就是要这句话！这天冷得，过来吃火锅吧，我备点好酒。这日子吃火锅最舒服了。"

朋友说："没问题。我们全家就爱你家店的火锅。"

郭跳神笑道："那就好。车扔在这儿，你给我找辆车用几天。"

朋友说："好说。就开我那辆路虎吧。"

郭跳神到家时已经是中午。此时的江美晴情绪大好，说："你回家太好了。我的戒指可以找到。这下我就放心了。"

郭跳神说："为了个戒指，深更半夜打电话，一大早又报警，把人吓得不轻。"

江美晴说："如果是翠红拿了，难道我不报？你吓个什么？"

郭跳神说："那就更不应该报，她拿了就拿了，算不上什么。人家男人还在牢里哩。如果他一家缠上我们，死的就不知道是谁了。何况，人家最后也是清白的吧。"

江美晴说："我才懒得管这些。我的戒指我必须找回来。她没拿，可是她妈拿了，还不是一样。下午我们还得跟警察一起上她家去要哩。"

郭跳神说："那也就是赶个巧，人家翠红哪里知道她妈会捡到？你讲点理好不好？说老实话，如果不是你三更半夜一个电话，我也不至于……"

他说到这里顿住了，不由怔了几秒钟，仿佛在想什么。

江美晴说："我丢了贵重东西给你打电话也不行？你什么意思呀？"

郭跳神一挥手说："算了，算了，懒得跟你扯。滚一边去。"

江美晴见他如此，怒道："我怎么了？我惹了你什么？你发火也要有个由头好不好？"

郭跳神说:"你少说点废话可以不?给你钱,让你过富婆日子,你还不消停。没见过你这样的女人。"

郭跳神说着自己进了屋。

江美晴气坏了,眼泪瞬间就流满了脸。郭跳神待她从未如此粗暴。她想,这一天终于来了。男人有钱就变坏,这话说得不错。男人钱包鼓胀时,他的得意会一直从口袋爬到脸上。而此刻,无数女人便会奋不顾身地扑向他们。郭跳神一定在外面有了人,不然他怎么敢这样对待自己?

这个念头一起,江美晴的各种想法就如涌泉,根本止它不住。她开始盘算,如果郭跳神在外面包了小三,自己得设法抓到实据。一旦有了证据,就要求离婚。她属于无过错方,那么,一半以上的财产就能搞到手。两个孩子离不开娘,郭跳神还必须付两个孩子的生活费。一个孩子一年不得少于六十万,将来上学读书,还要追加。她江美晴才不怕没有男人哩,她怕的是没钱。有了钱,再找一个男人,只是时间早晚问题。而没有钱,一个离了婚并生过两个娃的女人,你就算姿色出众,谁还会要?这个世界就是这个样子,活在这世上,就得跟它配合。

江美晴想清了这些,掏出餐巾纸,沾了沾脸上的水,眼泪转瞬即干。她想,那个钻戒我必须找回来。

十五

李小莲开始为父亲忙碌丧事。

村里人纷然哀叹她父亲的不幸。都说这样的死,是老天不公。李小莲和母亲决定要好好为父亲操办一下。要请山上云中寺的和尚做法事,还要找吹鼓班子过来唱丧。李小莲眼睛一直通红,想想就哭。因为,不是她突然改变回家时间,不是这个时间恰在深夜,不是她的父亲前去接她,又怎么会有这样的死亡?

而她为什么要改车票呢?为什么就不能按原计划坐次日早上的车走呢?想到这些,李小莲总会大汗淋漓。难道这就是报应?但是,她苦思苦想,仍不能理解父亲为什么会走到马路中间。

丧事终究是要花钱的,酒席自己做不了,得请镇上的餐馆承包。父亲人缘好,客人定会不少,虽然可以收到一些礼金,但想必还是不够丧事的开支。姐姐哭丧着脸望着李小莲,然后说:"爹死了,是因为你的缘故,你得出大头。"

李小莲沉默了一会儿,方说:"爹死了,妈还在,我们姐妹不能为这个伤了和气。你能出多少出多少,剩下的,我来解决。"

次日一早，李小莲赶到了县城。

城南有家叫金手指的首饰店。老板是李小莲的中学同学，姓田，叫田浪仁。田浪仁喜欢吹牛，一吹牛就喜欢带出他的口头禅："我田浪仁呀。"但他偏又口齿不清，那个"浪"字很容易让人听成"烂"。所以，几乎所有认识他的人，都叫他"田烂人"。

田烂人当年想跟李小莲好，李小莲嫌他好吹牛，直接拒绝了。田烂人倒也没死缠烂打，只是说："你将来没找到好人家，会后悔的。"

李小莲一脚跨进首饰店大门时，脑子里浮出田烂人的这句话。她想完，暗道，我后悔个屁呀。就算你成了田富人，我也不会跟你。

一个细腰的小姐迎向李小莲，热情道："这位大姐来得正是时候，店里刚刚进了新款的金项链，这款式是东南亚目前最流行的。"

李小莲说："田烂人在不在？"

售货小姐们都心知肚明，只要是有人直呼田烂人这三个字的，多半是他的发小一类，这些人绝对不能得罪。于是细腰小姐说："呀，找我们田老板呀。在的在的。大姐在这儿喝点水，我去帮您叫老板。"说罢一扭一扭地进到店子后屋。

三分钟不到，田烂人便满面春风地出来，走路都像用的小碎步。田烂人说："我一听丫头介绍，就知道是你李小莲。怎么样，看我的店子，悔不当初吧？"

李小莲说："悔你个头呀。我今天是找你帮忙来的。"

田烂人说："我知道你家里最近有事。县城都传遍了，你爹真是不幸呀。"

李小莲眼圈一红，说："是呀，都是我害的。我爹来火车站是为了接我，没料到会遇上这样的灾难。"

田烂人说："哎呀，你给我打电话就好了。我开个车，直接送你回家，也就十几分钟的事。"

李小莲说："以前我爹也常来接站，谁想到会这样子？"

田烂人说："这也是命，霉运来了，门板都挡不住。也只能节哀顺变了。你说，有什么事？能帮上的，我绝对帮你。"

李小莲说："家里要办丧事，得花不少钱。哎，你别急，我不是来借钱，我是想兑换一个首饰。"

李小莲说着，拿出一枚戒指。田烂人接过戒指，眼睛一亮，说："钻戒呀。这款不便宜哦，你老公送你的？"

李小莲说："是呀，结婚时送的。现在没办法了，我想抵给你。你先把钱支给我，卖了它，你一样也能收到钱。"

田烂人不太相信地说："你老公这么有经济实力？死早了也是可惜。"

李小莲说:"啰嗦个什么,换不换?"

田烂人望了望李小莲,似乎在揣摩什么,然后说:"这东西不便宜呀,我们县里人,一个个穷哈哈的,谁买得起呢?"

李小莲说:"别跟我瞎叫,你连个有钱的朋友都没有?说吧,这个值多少?"

田烂人说:"你老公不告诉你他是多少钱买的?"

李小莲说:"我哪知道,那死鬼没跟我说。"

田烂人便拿着戒指有模有样地到一台小天平上称了一下,又拿在灯下照了一照,然后说:"大概能值两万块吧。"

李小莲心里一亮,没有想到它会值这么多。便说:"咱们是同学,我也信得过你。你说多少就是多少吧。"

田烂人想了想,仿佛下决心,说:"我田烂人呀,这辈子讲的就是一份情意。这个忙,算我帮你了。你家情况,也是特殊。我一分钱不赚你的,当我是积德行善吧。"

李小莲这一刻觉得田烂人还不错。田烂人留下了戒指,当场通过手机银行将钱转到李小莲的卡上。只一分钟,李小莲便接到了短信通知,钱到账了。她趴在柜台上写了抵押书,两人货款两清。

李小莲怀着欣喜和感激出了门。

十六

杨自健带着翠红一起去找杨桂花。江美晴说她也要去,翠红没阻拦,杨自健也没阻拦。

杨自健本想径直去环卫所,让所长把杨桂花叫回来。翠红跟他商量,说:"能不能先别闹到单位去?所里正在找碴子,想让我妈退休。我妈要是退休,家里就完全没有了经济来源。我一个人也养不了我妈跟我儿子,我带你们直接找她本人好不好?"

江美晴一想到翠红的父亲和老公都还在牢里,如果她妈再没有经济来源,没准会给她添很多麻烦,便帮腔道:"是呀,是呀。找回东西就行,没必要先弄到公家去。"

杨自健想想,觉得这事不大,就同意了。

他们在杨桂花的卫生辖区找了一个茶馆,坐了下来。翠红便去叫她母亲。江美晴说:"今天这单,我来买。"

杨自健说："我一个大男人，要你们女人买什么单？这才几个钱呀。"

汪美晴说："哟，还要面子呐。也行。我老公是跳神火锅店的老板，以后你去吃火锅，我让他给你打折。"

杨自健说："是吗？前几天还跟我同学约了要去那里吃火锅哩。你家火锅店的火旺呀。"

汪美晴高兴了，说："真的吗？你去之前，给我打个电话，我给你订雅座。保证汤好料足，而且还打最低折。"

杨自健说："好呀。就这么说了。"

两人说话间，看到翠红领了她的母亲杨桂花进来。

杨桂花听说找她的是警察，相当紧张。翠红让她坐下，她坐了半天，才在椅子上坐稳当。

杨自健递给她一杯热茶，然后又扯了几句关于马路卫生的闲话，这才提到前几天她在马路边捡了一个小包的事。

杨桂花忙说："有呀，有呀，我捡到了。"

翠红一听母亲如此爽快承认，忙说："东西在哪？"

杨桂花说："我当时就交给失主了？"

江美晴叫道："什么？我就是失主，你什么时候给我的？"

杨桂花打量了江美晴一会儿，方说："不是你。是一个穿蓝花棉袄的女人。我问谁丢了东西，她马上回头，说是我的。我就给她了。"

翠红急了，说："你怎么不问一下她丢了什么？"

杨桂花说："我也不知道里面有什么呀。这个女人的确是从我身边走过的。再说了，就一个小零钱包，我觉得也没几块钱呀。"

杨自健忙打开电脑，查看录像，果然在杨桂花之前，有一个穿着蓝花棉袄的女人从那里走过，杨桂花记得很准确。但她并没掉下东西。

他把蓝花棉袄女人背景定了格，把电脑推到杨桂花面前，说："是这个女人吧？"

杨桂花忙说："对的，对的，就是她。她还答应给我们所写感谢信送锦旗哩。"

江美晴说："你不会骗我吧？你知道我的包里有什么吗？一只钻戒，价值二十六万。你要是吞了，是要坐牢的。"

杨桂花脸都吓白了。她几乎语不成句："这个，这个，没骗呀。这么贵？要归我赔？"

翠红也急了，说："妈你怎么这么糊涂，捡到东西，哪能随便给人呢？"

杨桂花更急，说："我没想呀。我没有想到有人会骗我。不就是一个零钱包嘛，连我都不想要哩。"

三个女人，你一言我一语地开始争执。

杨自健说："打住，这个女人既然进了商场，那商场的监控一定有她的正面图像。我现在马上去一趟，大妈跟我一起去认一下。也别着急，如果你说的是事实，就没你什么事。江女士和翠红，你们先回去，有了结果，我马上通知你们。"

江美晴说："能找回来吗？"

杨自健说："人都找到了，还能找不回？你要相信我们，只是时间上晚一两天而已。"

江美晴嘟噜道："什么贱女人，居然骗老人家。"

这一回，翠红跟她的想法完全一样，翠红随着说："真是个贱女人，哪有这么诈骗的？"

杨自健出门时，杨桂花拉扯着他的衣服，说："杨警察，你看，看在杨姓上，你千万不要跟我们所里领导讲这个事。领导一定会骂我的，而且我不晓得里面有贵重东西，以为就几个零钱哩。"

杨自健微一点头，说："放心吧，大妈。"

十七

李小莲情不自禁地走到父亲丧生的那条路上。

站在路边，她呆呆地看着川流不息的车辆，满心感伤。爹你是怎么死的呢？是被一辆车撞倒了？还是被车直接轧死的？是先撞倒之后被轧，还是你死了再被车辗？法医鉴定说两种可能都有。他甚至还说，不排除您老人家自己跌倒，晕过去后，被冻死。爹，你死都死了，可是我们却不知道你是怎么死的。交警马卫强说，马路上的监控系统出了故障。为什么一到关键时刻，监控就会出故障呢？他说他会继续寻找肇事车辆。但是，他的话，有几分可信？

李小莲在路边徘徊，她一直在想，想得自己十分痛苦。父亲究竟是为什么事而走到了马路中间呢？

风呼呼地吹着，李小莲不由迎着风喊了一句："爹呀，你点拨我一下好不好？你为什么跑到马路中间去？是有人叫你吗？你到底是怎么死的？托个梦也行呀。"

路上几个行人对她侧目而视。一个大爷从她身边走过，风太大，雪还在飘，大爷用手捂紧自己的帽子。这帽子跟李小莲去年给她爹买的差不多。

突然间,一个念头闪过。李小莲记起,她父亲在殡仪馆的盒子里躺着时,头光着,并没有戴帽子。那么,他的帽子呢?她浑身战栗起来,忍不住给马卫强打了一个电话,提出这个问题。

马卫强说:"我第一时间赶到现场,并没有看到你爹戴着帽子。"

李小莲说:"不可能。我爹的头不能吹冷风,一吹就头疼。他出门必定戴帽子。冬天里,他的帽子几乎不离头。"

马卫强说:"这个我记得很清楚,你爹的确没有戴帽子。现场的照片,你也看到过,地上也没有其他什么,只有雪。"

李小莲看过现场照片,的确没有别的什么。可是,爹为什么不戴帽子呢?她忍不住给姐姐打了一个电话,姐姐斩钉截铁说:"爹出门时,绝对戴了帽子。我还让他捂紧一点。"

李小莲在花坛边一边打电话一边来回走动,眼睛无意识地在花坛扫来扫去。突然,她在花坛中的一棵月季花下,看到一绺她熟悉的颜色。李小莲心一动,走近花坛,伸了一只脚进去,用脚尖把那块有颜色的东西拨了出来:这是一顶咖啡色的绒线帽!

爹的帽子!李小莲的心急剧地跳动着。她拔腿便往交通大队跑,一边跑一边急急地跟马卫强再打电话。

这回马卫强怔住了。好一会儿他才说:"你别急,注意安全。我会在办公室等你过来。"

就在李小莲奔跑的时刻,田烂人通过微信,完成了一笔交易。他把那只钻戒以五万元卖给了他的一个富豪朋友。朋友开始出价四万,耐不住田烂人巧舌如簧,于是同意五万成交。田烂人说,这钻戒值十万元,他因急着用钱,所以打对折卖掉。

这一切,李小莲都不知道。那时刻的她,正在路上奔跑。她一边跑一边想,爹呀,我就知道你不会过马路的。

十八

晚饭时,郭跳神仍然有些心不在焉。江美晴一边跟他扯着闲话,一边观察他的表情。心道,我看你倒是有什么把戏。

郭跳神拿着手机,似乎随意在翻看什么。突然,他神情紧张地坐直了腰。

江美晴说:"有什么大新闻?"

郭跳神怔了一会儿，才说："没，没，没。看到一个贪官被双规了，我跟这人一起吃过饭。"

江美晴看到他神情不对，淡然一笑，说："这不是天天都有人被双规吗？哦，这人一定也在外面包了二奶吧？"

郭跳神翻着眼睛，望着天花板，想了一想，方说："美美，有件事我恐怕不得不告诉你。我犯了个大错误。"

江美晴立即板下了面孔，说："你是不是想说你犯了男人都会犯的错误？"

郭跳神素来对明星没有兴趣，故不知这句话的来由，于是说："也算是吧。"

汪美晴怒从心底起，说："那我就没必要听了。"

郭跳神长叹一口气，说："不听也好，都是烂事。满以为日子就这么安定了，哪里会晓得冒出这一档事，你要有思想准备就是。"

江美晴说："我当然有思想准备。自你弟弟枪毙后，我什么思想准备都有。"

郭跳神说："喂，喂，喂，两码事呀。你瞎扯个什么？我弟的事你提都不要提。"

江美晴冷笑一声，说："咱们协商得好，我当然可以一字不提；协商得不好，那……再说。"

郭跳神说："废话！有什么可协商的？"

翠红在厨房见他们拌起了嘴，忙喊一声："开饭了！"

江美晴不动声色，到房间叫了正在写作业的儿子，又抱女儿出来，放在儿童座椅上。翠红开始喂小的吃饭。

郭跳神吃饭时，仍然神不守舍。江美晴瞥他一眼，心想，这两天必须先转点钱到妈妈的卡上。

外面的风刮得呼呼响，估计明天的雪会更大起来。

郭跳神吃过饭，歪在沙发上看了一下电视，看时又翻手机，终于耐不住，说："我去找一下律师，可能要晚点回来。"

江美晴冷眼看着他出门，她暗道，你不回来都可以，吓得了谁？

走到门口，郭跳神又回过头说："你最好等我一下。"

江美晴说："急成这样？难道过一夜都等不了？"

十九

这天的傍晚，杨自健在超市里调看监控。超市里面的监控头多，杨自健便先调看了大门口的。他寻找的时间，与杨桂花捡包的时间同步。

监控中，果然有一个蓝花棉袄的女人走了进来。这个女人一出来，坐在他旁边的杨桂花便叫道："就是她。"

只一会儿，视频中杨桂花便跟着进入，她手上举着一个小包，似在问着什么。那蓝花棉袄的女子闻声掉头。她朝杨桂花走过去。两人说着话，杨桂花把小包递给了她。两人又说了几句。杨桂花拿出一个纸片，写了几个字给她。

杨桂花说："你看，我就是在写我们所的地址和电话哩。"

杨自健说："嗯，我相信你说的是实话。"

蓝花棉袄的女人离开杨桂花后，直接进了超市。

杨自健便又找出室内的监控。蓝花棉袄的女人进了超市，却并没有去买东西，而是朝洗手间走去。

好长时间，从视频上的钟点看已经过了半个小时，却并未见蓝花棉袄出来。杨自健奇怪了。他说："上个厕所怎么要这么久？"

杨桂花说："拉不出屎来就得这么久。"

杨自健见她说得这么直接，便一边快进，一边暗笑。视频时间又过了半小时，仍然没见那个女人。他说："咦，奇了怪了。"

杨桂花说："嗯，这么久，腿子蹲不住的。"

杨自健又想笑。他倒回视频，重新再看。还是没有看到蓝花棉袄的女子。厕所进进出出着女人，有各种颜色的，蓝花棉袄很醒目，照说是不会看漏的。杨自健心里说，难道你会跑不见？

于是他又一次倒了回去，这回看得更加仔细。突然，杨桂花指着一个黑棉袄的女人，说："是这个女的。她把棉袄翻过来穿了。我记得她穿的是红靴子。你看，这个黑棉袄的人也穿着红色靴子。"

杨自健立即将她定格，与前面蓝花棉袄女人比对裤子和鞋。果然，这是同一个人。而她的袖口，也隐约露出蓝花的图案。

进到超市后，为什么要把衣服翻过来穿呢？这岂不是太反常了？

他在视频中追踪着这个女人。她其实什么都没有买，上了一趟厕所，反穿了棉袄，便从超市的侧门出去了。

杨桂花说："她什么都没买。到超市光为了上厕所？为什么要把棉袄翻过来？是怕我后悔又赶进来找她？"

杨自健："有点像是。不管怎么说，她心虚了。"

他拷贝了视频，把杨桂花送回家。杨桂花问："还会要我赔吗？"

杨自健说："不会的。抓住这个女人，就可以了。"

杨桂花说:"你们抓得到她吗?"

杨自健说:"当然。您放心吧,一定会还您清白。"

杨桂花说:"我男人在牢里,女婿也在牢里。我哪有什么清白。只要不让我赔钱就好。我们穷人,缺的就只有钱,清不清白也没啥关系。"

杨自健感觉无语,于是也就真的没有说话。

天昏黑了,他没回家,而是再次去了交管局。他要调看超市侧门的马路监控。很快,他看到了那位反穿棉袄的女人。女人走过马路,上了一辆公共汽车。

这趟汽车,终点应该是火车站。

二十

寒冷日子的黄昏,似乎更加寒冷。马卫强在李小莲一连串的质问面前,打了个冷战。他脑海中浮出事故现场的画面。他想说服李小莲什么,但是,以什么理由说服呢?他自己也弄不清楚。

李小莲抓着她爹的绒线帽,只是不停地说:"你看,我爹的帽子,在花坛里。如果他在马路中间走,帽子怎么会掉在花坛里呢?你说说看,为什么?"

马卫强给李小莲倒了一杯水,让她坐下来冷静一下。同时也给自己倒了一杯,他也坐了下来。他说:"我也要冷静一下。"

马卫强想,这么冷的天出门,按理会戴帽子。而现在,帽子就在李小莲手上。是她从路边花坛中捡出来的。作为警察的他,却没有发现。

李小莲冷静不下来,她仍然说:"为什么人死在马路中间,帽子却飞到路边花坛里?难道我爹会把帽子扔进去再过马路?或者是他被车撞了,帽子飞到花坛的?可看这帽子,能飞那么远吗?如果能飞那么远,那我爹身上应该摔断几根骨头是不是?还说他是跌倒的,一个人跌倒,他的帽子可以飞到几米远的地方?"

马卫强完全说不出话来。

他有羞愧感。不是他查不出来,而是他太漫不经心了,觉得这不过是一起普通车祸,甚至可能是老人自己跌倒。他们的事情太多,多到觉得一个老头死在雪夜的路上算不上多大的事,它完全可以风平浪静地过去。可是他没有去体会在死者亲人那里,这就是天大的事,他们可能一辈子都不会风平浪静。

其实也很难说马卫强没尽到责任,为了追寻何车所撞,他当天就调看了监控。只是,这条路安装监控比较早,装的时候,树都很小,而现在,树已参天,监控悉数被埋在树叶之中。加上下了雪,连缝隙都挡住了,好多天的录像都是黑乎乎一长条。这个情况早就有所发现,整条路的监控都需要重新安装。他们报告打了好几份,局里却一直拿不出钱来。事情便拖着。这个话,又怎么能跟李小莲说?

李小莲好不容易静下来,马卫强方低声说:"我连夜去查,保证给你一个真相。"

这样,天快黑尽的时候,马卫强再次回到事故现场。此刻正是下班高峰期的尾声,来去的车流,仍如河流。他站在路边,站在那个捡到帽子的花坛旁。他想,是呀,为什么人死在马路中间,而帽子却在花坛里呢?

想象可以无边,但案子不能靠想象和推测,它得有实据。什么是实据?目击者,或监控。可是,这两样,哪里会有?

雪似乎生猛起来,只一会儿,马卫强在路边走过的脚印,就被覆盖。路灯也亮了,昏黄的灯光下,恍然觉得雪片更大更密。仿佛只十几分钟,行人和车辆突然间就稀少了。

马卫强走到了花坛后的小路上。沿着小路,一长溜的店铺,没有尽头。天冷无客,不少店铺便早早打了烊。

马卫强走着走着,突然想,现在的店铺,大多都会装有监控。会不会有的监控,不只是看到自家门口,也能够看到马路上呢?

突然间他就振奋起来,忙不迭地回转到事故地点。与之相邻的店铺,放宽范围,也有九家。一家面馆,一家土特产店,两家精品小店,一家面包屋,一家手机维修店,一家修车铺,一家酒吧,还有一家网吧。

他先到面馆去吃了一碗面,问清了这家并没有装监控。老板说,我一个面馆,没什么值钱的东西,卖几天的面,还不够装监控的钱。马卫强笑道:"谁说锅碗瓢盆不值钱?"

吃完面,马卫强给老婆打了一个电话,说晚上要查案。老婆对他的职业早已习惯,不惊不乍,只是说早点回来就是。马卫强想,难道我不想早点回来?

走出面馆,马卫强想,只有八家,应该不难。他从东面开始,一家一家调看监控视频。连续看了五家,虽都装了监控,但镜头全没有越过花坛,只是监视着自己的门口。每一家都说,当然只管自家门口,远的关我们什么事?那是归你们管呀。想想也是,马路上的事,怎么轮得着他们过问?第六家是面包屋,一大早要卖早点面包,已经下班。第八家修车铺也关了门,只剩下了第九家。马卫强已然觉得这条路走不通了。

这家是网吧。毫无疑问有监控。马卫强进去时,好几个人都站了起来。马卫强忙说:"别敏感,我是来找老板的。"

老板出来，问清来意，忙说："我家有两台监控，有一台可以看到马路边，但不知道对你有用没有。几年前，年轻人老在这里打架，为了知道他们朝哪条路跑了，所以就多装了一台监控。"

马卫强说："太好了。我就只看能监控到马路上的那台。"

老板毫不犹豫地调出监控。马卫强径直从两天前出事的晚上十点开始看起。

雪是在十一点四十二分开始下的。十二点过去十分，雪不大，但隔着几米，看人看物，已经有点影影绰绰的味道。一个老人走进了监控，他戴着帽子，沿着路边花坛，他的步伐不快。两分钟后，一辆越野车拐弯而来，它似乎没有注意到路边的老人，直接撞了上去。老人摔倒在地，帽子飞走。马卫强奇怪了，车祸难道不是在马路中间？

还没等马卫强细想，他便看到了令他震惊的内容：司机下了车，他弯腰看了看老人家。然后直起了身，四下环望了一圈。周边寂然，无车无人。于是，他再次弯下腰，拖起老人家便往马路中间而去。这个人走出监控，不到一分钟，即回到越野车旁，然后上车，开车而去。整个过程只花了两分钟左右，连犹豫一下都没有。马卫强不禁脱口骂道："这个王八蛋！"

老板听到他骂人，也凑了过来："真查到了？"

马卫强说："你看看，这他妈的不是人渣么？"

老板弯下腰，站在马卫强身边看他回放，看罢这一小段，不由惊道："他娘的，这跟杀人有什么差别？车牌号呢，好像看不清楚呀。"

马卫强说："这个有办法。多谢了。亏得你这里拍到了，不然还真对不起死去的老人家。案子完了，我请你喝酒。"

老板说："这客气个什么呀，你们把治安搞好，比什么都好。"

马卫强笑道："我管交通。"

马卫强下载了这段录像，赶到局里。他立即调看了下雪夜晚前面几个路段的监控。很容易地，他找到了这辆越野车。这是辆宝马X5，车牌也看得清清楚楚。输入车牌号，只几十秒，他便查到了车主。

他家的地址在省城，正好属于江南派出所。

马卫强耳边浮出杨自健关于喝酒的声音，突然想，这么巧？前几天跟杨自健还在电话里说一起喝酒，真是被说着了。

郭跳神一夜未归。

江美晴打了好多电话,想问他在哪儿。但他的手机关机。江美晴便又打给律师,问郭跳神找他做什么。正是早晨五点,律师没完全醒来,有些发蒙,说:"老板没有找我呀。"

江美晴知道郭跳神撒了谎,便说:"那你就去找他!"

其实郭跳神哪儿都没有去,他就待在自己的办公室里。他一直呆想,想了很久。他想自己聪明了半辈子,却在一瞬间犯了蠢。而这个蠢犯得有点大,大到足可毁掉他的一切。他不知道这是不是自己的一劫,无论是与不是,他都必须设法躲过。他不像弟弟郭敬神,寡人一个。他现在有妻有子,一旦有事,便是泰山压顶。

有人敲门,郭跳神心惊了几下,没有动。外面响起呼叫声,居然是他的律师。郭跳神打开门,颇觉奇怪,问律师为什么连电话都不打,就直接过来找他。

律师说:"您关机了,电话打不进。是嫂子找您,不知道您出了什么事。我估计您在这儿。"

郭跳神这才想起自己为了静心想事,关掉了手机。他叹了一口气,开了机,发现一堆短信。

律师说:"您的事?是外面有了女人?"

郭跳神怔了一下。说:"有什么女人?"

律师说:"听嫂子的语气,像是觉得你在外面养了别的女人。她很生气的样子。还说,如果您要有了人,她一定离婚成全你。"

郭跳神骂道:"养个屁呀!老子要倒大霉了,她还嫌不够?"

律师说:"出了什么事?"

郭跳神刚想说出口,忽又觉得还是不说为好。他摆摆手,说:"也不是什么大事吧,合作中有点问题,我先想想。你回吧,大清早,下雪天又冷,让你辛苦了。"

律师便说:"好吧,您也赶紧回吧,跟嫂子解释一下。不然她恐怕真慌了神。"

律师走后,郭跳神重新躺在沙发上。他心里的悲观大过了乐观。但无论悲或乐,他都必须回家一趟。

郭跳神到家时,已是早上八点过后。打开门来,却见江美晴和翠红正在吵架。

见他进来,两人都闭了嘴。江美晴怒目而视。

郭跳神说:"一大早,吵什么?"

江美晴说:"你带回来的好人,她居然要辞工。"

郭跳神说:"翠红,你这又是何必。离开我家,你到哪里再找到这样一份工资高而活不重的事情?"

翠红说:"我受不了委屈。我们家一个个都要被你们家冤死。"

郭跳神说:"这是什么话?你想清楚,我是受我弟弟所托,也是看你爹和你男人的面子,带你来我家。你的薪水,超过同行一倍。再说了,你爹和你老公,哪一个是冤的?出一趟车,自己该拿多少钱,他们不知道?我弟弟给了他们多少?他们拿钱时心里没数?"

翠红不语了。郭跳神说:"你爹在外面养了小,一个人养两个家,得多赚钱呀。"

江美晴惊道:"他一个开车的,居然也在外面养小的?你们男人,真够恶心的。"

郭跳神说:"你别瞎想,别扯我。我没别的女人。光你一个,就够让我受的了。"

江美晴没料到郭跳神开口回了这句话,反而怔住。她说:"这一夜晚,你在哪里?"

郭跳神说:"就在办公室。"

江美晴说:"你这么勤奋?大冷天的,猫在办公室,难道准备让公司上市?"

一边的翠红呆怔了好一会儿,这时候方说:"我爸养了小?我妈知道不?"

郭跳神说:"你妈当然知道。她能怎么办?还不是哑巴吃黄连,心里苦。"

翠红拔腿就要往外跑。江美晴说:"你现在跑回去有什么用?"

翠红说:"我要问一下我妈。"

江美晴说:"你还回来不?"

郭跳神说:"废话,她不回来能去哪?翠红,你下午回来,我再给你每月加三百块钱。你下午如果没回来,就永远不要来了。"

翠红踢踢踏踏地开门下楼,听到这话,顿了一下,然后说:"我会回来。"说罢,加快了步子,一会儿就跑没影了。

江美晴说:"凭什么还给她加钱?已经这么高的薪水了,还怕找不到好的?"

郭跳神说:"我担心我儿子闺女又要重新去适应另外一个人,对他们成长不利。"

江美晴撇了一下嘴说:"多大个事呀。"

郭跳神说:"现在这个非常时期,我必须保证我的家小能够过稳定正常的日子,这是大事。"

江美晴有些不解,说:"出了什么事?你神经兮兮的。郭敬神死的时候,你都没有这样。"

郭跳神说："你要有思想准备。我摊上大事了。"

江美晴被郭跳神的神情吓着了，忙不迭地说："未必跟郭敬神一样？不是没有人知道吗？"

郭跳神说："不是这个。但也不比这个小。"

江美晴见郭跳神的脸色并不像在说谎，腿立即一软，轰一声坐在了沙发上。

二十二

翠红将杨桂花从马路上一直拖到家里。杨桂花挣扎半天，挣不脱。她说："我们所里正想辞退我，我得好好做，让他们找不到由头。"

翠红不理不管，强行把杨桂花拖回了家。

翠红的儿子正在家里上网。见翠红和杨桂花两人一起进门，便说："妈，你怎么跟外婆一起回来了？"

翠红的儿子童年时在乡下遇到车祸，断了两条腿，每天只能坐轮椅，翠红带来进了城，让他弃学在家。扔给他几本书，叫他自己跟着电脑慢慢学。那孩子已经十六岁了，倒也觉得待在家里玩电脑很是自在。但是，他的腿上一直都有炎症。医生说，炎症不消，恐怕还得锯一截。翠红为此愁死。

翠红说："我找外婆有点事，你玩你的。"

翠红又一把将杨桂花拖进她的卧室，直截了当地问道："你知道我爸在外面养了小？"

杨桂花面呈怒色，说："这种丑事，有什么好问的？"

翠红说："知道还装什么？你干吗不跟他离婚？"

杨桂花说："我离了，他的钱就光养那个小的，我干吗要便宜他们？"

翠红说："你这说的什么话？干吗要自己受这个委屈？"

杨桂花说："我好着哩，我没受委屈。是他在坐牢又不是我在坐牢。你觉得他的下场比我好么？他赚下的钱，那个小的也没得到是吧？你儿子的电脑钱，你以为是你挣来的？再说了，那个小的现在又跟了别的男人是不是？我开心得很哩。"

杨桂花的声音很大，翠红看到了她的愤愤然。她不做声了。她在想母亲为什么会这么想。

杨桂花继续道："他为了养小，狠了命赚钱，结果把自己搭进牢里。我不罚他，天会罚他。他一把年龄，不就死在那里了？还省掉了离婚费哩。"

翠红慢慢平静下来，她突然觉得母亲说得有点道理。

见翠红脸色释然，杨桂花知道女儿已经想明白了，便不再说什么。她到厨房下了一锅面，里面放了两个鸡蛋，又加了一把青菜。油也放得很厚，平常她不这么舍得放油。下好后，她端到翠红面前，说："可怜女儿，成天伺候别人。今天难得回来，吃一碗妈下的面。锅里还有，我给你儿子和你弟弟都下好了，你别操心。"

翠红眼圈红了一下，接过杨桂花手上的碗，说："拿个小碗来，我分给你一半。我吃过了，老板家里今天吃的是油条。"

杨桂花说："好，好，好，有油条吃，还是好。你慢慢吃，我得赶去扫马路，不然今天的工作量完不成了。吃完陪一下你儿子。你老板人好，不会怪你回去晚一点的。"

翠红说："嗯。"

杨桂花一出门，就加快了步子。

她有点怕跟女儿待久了。她知道，有些话，可以跟女儿说，有些话，她却不能说。那年丈夫要儿子跟他一起跑长途。说什么上阵父子兵，有钱一起分。她挡下了，坚决不准儿子同去。她知道丈夫在外面干的不是什么好事，她不能让儿子走上这条路。她的丈夫很恼火，跟她大吵一架，且说儿子迟早要跟他一起做，不然，他一个人养不起这个家。吵完他便摔门而去。

杨桂花知道他去了哪里。她知道他包了小。她也知道丈夫说到做到。她要救儿子。她不能让儿子将来毁在她丈夫手上。那天，她打了一个电话。电话里，她提供了丈夫的车牌号。

可是，她万万没有料到，她挡下了儿子，丈夫却把女婿叫上一道跑了车。便是这次，他们翁婿二人一起被抓。

杨桂花把这件事放在自己的内心深处，紧紧掩埋。

二十三

雪还没停，天色更暗。杨自健早上出门时，牢骚道："下个没完，车都不好骑。"

杨自健上班骑摩托，最怕雨雪天气。老婆马小卫说："打的去所里好了，这鬼天气干吗非要骑车？"

杨自健说:"有案子在手上,靠打的的话,一个月的工资都得打完。还是自己跑起来方便。"

马小卫就笑:"真不容易呀,天天管大爹大妈扯皮,今天总算要破案了。"

杨自健想想也是,只好自嘲道:"前两月还截访成功过哩。"

不等老婆马小卫笑,他自己就笑了起来。那是杨自健上班后办过的最大案子。辖区内有个老头成天上访,怎么劝都劝不住,折腾了好几年。老头知书达理,能言善辩,所里拿他简直没奈何。杨自健灵机一动,找一个大妈,私底下跟大妈说好,这是工作需要,让大妈跟老头套近乎,然后约老头跳广场舞。老头中了计,并且跳广场舞上了瘾。领导为此好好表扬了杨自健,说他这个"美人计"用得好。

杨自健在自己和老婆马小卫的笑声中出了门。

去到办公室,他第一件事,便是把蓝花棉袄女人的照片发到各地,请求协查找人。又到打印机前,打印出了几张,然后坐在电脑前,开始将此事的全过程写份报告。

正忙着,突然有人叫他。杨自健抬头看去,竟是马卫强。杨自健有点吃惊,说:"前两天才说喝酒,你就这么急着赶来了?"

马卫强说:"可不是。缘分呀,办案来着。"

他正要把资料递给杨自健,突然看到旁边打印着李小莲的照片,奇怪道:"咦?这是干吗?"

杨自健说:"我手头的案子,正在通报寻找这女人。"

马卫强有点讶异,说:"为什么?"

杨自健说:"欺骗呀。从清洁工手上骗了一个包,里面有二十几万一个的钻戒。"

马卫强大惊,说:"啊?还有这事?我认识这女人呀。"

这回反过来归杨自健惊讶了:"什么?你认得她?"

马卫强说:"她爹出了车祸,我跟她打交道好几天了。"

杨自健:"啊呀,你真是我的克星。我本来还想好好破案的,现在直接带人就可以了。赶紧把地址告诉我。"

马卫强说:"毫无问题。我来找你,也跟她家的事有关。"

杨自健说:"你们也发现了她的犯罪行为?"

马卫强说:"哪跟哪,我手上的案子比你大。"

马卫强说完,把手上资料递给杨自健。杨自健一边翻阅一边说:"切,这么巧,这几天正忙他老婆的事哩。掉的钻戒就是他老婆的。"

马卫强说:"啊,不可能这么巧吧?这家伙可不是善辈哦。"

杨自健看着资料,不由又一次大惊道:"这是命案呀!这家伙疯了,这跟杀人有什么差别呀?啊啊啊?跳神火锅店的老板居然干这种事?前两天我还说带你去他那里吃火锅的。"

马卫强说:"这是怎么搅和的?!"

两人方坐下来,开始细细比对双方的资料。这时才发现自己手上的案子,居然是跟对方纠缠在一起。

杨自健说:"他们知道你跟我是同学,案子也得搅和着?"

马卫强笑道:"可不是,缠得那么紧,好像还知道我追过你老婆哩?"

两人不由大笑了一场。

二十四

大雪纷飞,满天都是。风也刮了起来。城市的缝隙里,有着孩子们打雪仗的喊叫,一声声,在飘扬的雪花中穿行。

杨自健出城的时候,马卫强的车正好到郭跳神的小区。他们开过小区门岗时,一辆路虎正从出口处而出。

杨自健抵达李小莲家的村口时,马卫强一行在机场将郭跳神截了下来。

那一刻的郭跳神正捏着飞澳洲的机票,意欲登机。郭跳神说:"是我错了,我只是一念之差,就犯下天大错误。"

马卫强说:"你很清楚你犯了罪,而不是错误。千万不要跟我讲什么一念之差。为了这一念,你平时该是积攒了多久?"

郭跳神说:"这个……我无话可说。我的确撞了人,在不知道对方死活的情况下,不但没有救,反而把他拖到了马路中间。事后发现错大了,但却无法挽回。"

马卫强说:"事后?事后发现自己错了,应该自首,而不是去澳洲。"

郭跳神长叹一口气说:"说的也是,每一个瞬间都像是鬼迷心窍。"

马卫强仍然嘴不饶人,他说:"那个鬼得在你心里住了几十年,才会在关键时刻迷了你的心窍。无需为自己狡辩。"

郭跳神再次长叹一声,不再辩解。他也知道,任何辩解都无意义。

马卫强在返回的路上便给杨自健打电话,说:"好险,得亏赶得快,不然这家伙就出境了。正准备去澳洲哩。帮我告诉李小莲,撞他父亲的人,已经被抓到了。"

杨自健惊讶道："人都跑到机场了？"

马卫强说："可不？幸亏我们赶得快。去他家时，没见到人。问他老婆，她先不说。后来我告诉她，你冒着风雪去岩城替她找戒指了。是我，向你提供了那个女人的地址。你老公撞死的人，正是这个女人的父亲。她这才告诉我们她丈夫去了机场。"

杨自健说："好主意。那我要告诉李小莲，是我帮你迅速找到的车祸司机。"

马卫强说："有个细节很要命。郭跳神说，半夜车拐弯时，他忙着拿手机接电话，没有看到路边有个人在走路。你再听清楚一点：这个电话是他老婆打的，因为她的钻戒不见了。"

杨自健说："这是个什么鬼？"

马卫强说："时于此间，玄机密布。"

马卫强丢下这句话，就挂了电话。杨自健重复着这八个字：时于此间，玄机密布。他想，什么意思呀？

二十五

雪一直没停。李小莲家的路有点烂。

李小莲没有料到有警察会找到她的家里。她有点茫然地望着杨自健，突然醒悟道："撞死我爸爸的司机抓到了？"

杨自健虽然第一次见到李小莲，但对她的面孔已经十分熟悉。杨自健说："是的，刚刚抓到。"

李小莲高兴道："是个老板吗？我要找他赔偿。我听马警官说，这个老板应该很有钱。马警官呢？"

杨自健说："他抓到人了，正在返城的路上。"

李小莲说："太好了，谢谢警方。"

杨自健说："但是，我今天来找你，不是为了你父亲的车祸。"

李小莲怔了一下，小心问道："那……为了什么？"

杨自健说："一只钻戒。"

李小莲脸色大变。她嘴巴动了几动，没有说出话来。

杨自健说："正像夜里撞人跑路可以查到一样，冒名骗得人家贵重物品，同样也能查到。明白吗？"

李小莲喃喃道:"我知道。是我错了。我只是一念之间,好像是鬼迷心窍。"

杨自健说:"戒指在哪里?你得交出来。"

李小莲说:"我卖了。"

杨自健吃了一惊,说:"才两天?你就卖了?"

李小莲说:"我父亲办丧事,需要花钱,我把它卖给了县城金手指首饰店。"

杨自健说:"你卖了多少钱?"

李小莲说:"两万。"

杨自健说:"才两万?失主说这枚戒指价值二十六万。"

李小莲吓了一跳,说:"怎么会?!首饰店老板是我同学。难道他哄我?还说是跟我关系好,才给我两万的。"

杨自健说:"是不是骗你,我也不知道。戒指拿到手,我们会带着发票到原店去核查价格到底多少。既不能听你说,也不能听失主自己说。"

李小莲急道:"反正我只拿了两万,我愿意退回。但得那个王八蛋司机赔偿我们钱之后,才还得出来。"

杨自健说:"你还是跟我走一趟吧。得先把戒指追回来,然后去录口供。"

杨自健把李小莲带上了车。

李小莲叹着气说:"我也不明白自己,当时怎么就突然跑去说,那东西是我的。"

杨自健说:"你知道那只钻戒是谁的?"

李小莲摇摇头,说:"我怎么可能知道?"

杨自健说:"那个车祸司机,夜半正开着车回酒店。拐弯时,去接他老婆的电话,没留意你父亲正在路边行走,一下子撞上了。可你知道他老婆为什么在夜半三更给他打电话?"

李小莲摇了摇头。

杨自健说:"他老婆告诉他:她的钻戒丢了。"

李小莲顿时目瞪口呆。

杨自健带着李小莲朝着省城方向而去。在一座桥上,载着马卫强和郭跳神的车与他们擦肩而过。

尾　　声

雪停了,年关迫近。

杨自健和马卫强到底坐在一起喝酒了。

不过，他们还是去跳神火郭店吃的火锅。郭跳神已经羁押，正在等待庭审。江美晴不得已而升任为老板。她给杨自健留了雅间，并且跟杨自健说，保证给他上最好的食材。且说她当老板，比待在家里带孩子要愉快得多。她给自己多请了一个保姆，这个人便是杨桂花。江美晴笑道："我升级了，做郭跳神先前的事，负责赚钱养家；翠红也升级了，做我以前的事，负责带孩子；翠红的妈也不怕被辞退了，她白天来家里，负责做饭和打扫卫生，拿的钱比她以前扫地还多点。这个王八蛋的郭跳神坐了牢，一下子让我们三个人都找到更好的位置。"

杨自健正带着老婆马小卫，听了江美晴一番话，两个人都哈哈大笑。笑完掉过头私底下议论，说这个女人也不是省油的灯呀。

杨自健约了几个同学，一起过来作陪马卫强。好久没聚会，同学们仍像以前一样了无拘束，照样拿马卫强和马小卫开涮。杨自健也消解了心结，由着他们胡说八道。自己暗道，反正老婆是自己的。

饭间自然少不了闲扯新近各自的事。

杨自健向众同学讲述了他和马卫强两人搅在一起的案子。

李小莲已经放回了家。因为郭跳神得悉自己撞的什么人后，为了减刑，主动交代那枚戒指只花了6万块，数字上的2，是他的弟弟加上去的，目的是为了把江美晴哄到手。鉴于李小莲毕竟初犯，欺骗冒领的数额不算大，而且事后补救及时，不仅追回戒指，且还表示愿意补偿，经过教育，警方见她悔改之意强烈，遂将她释放。据说，释放的第一天，她去到金手指首饰店，进门二话没说，直接给了田烂人一个耳光。之后又找到马卫强，表示他们家可以谅解郭跳神。只要郭跳神支付她家五百万。江美晴闻后骂道："她以为她的爹可以卖这么好的价？"

同学们都惊道："而今的女人们居然都这么彪悍。"

马卫强说："她想用谅解来换钱？警方怎么可能谅解？犯罪就是犯罪，这是钱买不了的。"

杨自健说："是呀。毕竟人是撞死的，还是冻死的，都不知道哩。"

马卫强说："郭跳神前程尽毁。他那个悔呀，不停地说自己只是一念之差，只是鬼迷心窍。"

杨自健也说："李小莲也这样，她也说自己是一念之差，鬼迷心窍。"

马卫强说："对这种言论，根本不要客气。直接告诉他们，一个人能有这样的一念之恶，都是平常长期积累的结果。善恶都在人心里生长，当恶的生长速度超过善时，一念之间冒出的便多半是恶念。关键时的判断，可看出一个人身上的善恶比例。真以为那只是一念？其实它正代表着一个人内心最基本的内容。"

正喝酒吃饭的大家，都鼓起了掌，纷然夸马卫强说得好，不愧是班上最强大的一张嘴。

这天晚上，杨自健喝多了。

半夜酒醒，杨自健完全不记得喝酒时大家聊了些什么。倒是马卫强之前说的八个字，则清晰地浮在眼前：时于此间，玄机密布。他觉得自己现在似乎参透了一点。

(原载于《长江文艺》2017第11期)

热干面记

李 榕

热干面,武汉特色小吃。面身为碱水面,烫熟后淋以芝麻酱,佐以葱花、辣萝卜等,搅拌匀便可食用。热干面面条爽滑筋道,酱汁香浓味美,色泽金黄,常吃不厌。

——题记

1979年冬,他第一次吃热干面。

那年特冷,小刀似的北风削了一整夜。车站紧临长江,湿冷的江风刺穿绽开棉花的黑工作袄,刺透系在腰间的草绳,经过骨骸,从手和脚滋出芽,生成莓红色的硬疮。丁武他爹袖着手缩着颈子在车站苦等公交,终于来了一辆,司机故意往前多滑了两百来米,黑压压的候车人如影随形汹涌而至。丁武他爹在人群中左冲右突,灵活得像抹了机油。挤上了车的他刚小小得意一下,竟然被人的怒潮裹挟着硬生生从后车门给挤了出去,他跌坐到地上,地冻得梆硬,疼得他咧开大嘴半晌没吭气。

超载的车像个醉汉摇摇晃晃开远了。他痛骂了一声,骂天,骂自己,这时遇上了老李的目光。

老李那时不老,一头锅盖形状的浓发,眼仁很黑,目光像汤般热切,像饼样实诚。站在滋滋冒出热气的钢精锅边,老李身上弥漫出无法抗拒的魅力。

冷飕飕的天顶合适吃一碗汤面,再喝上两碗烫舌根的面汤。丁武他爹清清喉咙,走上前,摸出二两粮票,数了一毛四分钱在案板:"来碗面!"说话间偎在了火炉旁,在火的催发下,手疮竟要含苞待放似的,又疼又痒又麻。

面上桌了。

老丁在矮脚长凳上坐稳,抻长胳膊,挑起一筷子尝了一口,脸上的线条就垮了下来。

面盛在敞口大瓷碗里。头一次见到这么干巴的面,半星汤水都没有,老丁将所有怒气拍到桌上，大声唤老李："加面汤！加面汤！"

老丁在建筑工地嘈杂惯了，平时说话和吵架没两样，用他媳妇的话讲：猴子不吃人，样子吓死人。此时此刻，老丁的咆哮就如同铁拳落在棉花上，老李悠悠抬起眼皮，盯着老丁的双眼，一字一顿："这是热、干、面，顾名思义，面要'干'，加了面汤？那叫汤面！"

老李的舌头不利索，但意思表达得不含糊。"热干面"三个关键字用的武汉话，其他字全是东北腔。在这个充斥着南腔北调建设者的城市，这样说话的也不多见。

争吵吸引了一旁候车的群众。说争吵并不确切，其实只是老丁一个人在嚷嚷，他端起面，展示给大家："面汤就是面的魂，一毛四分钱的面，起码有四分钱是汤！"

在老丁慷慨陈词时，老李默默摸出了四分钱，放在了老丁另一只挥舞着的手上，准确无误地羞辱了对方。

那时候吃过热干面的人少，但大伙儿还是踊跃参与了话题。嘈杂声里，老丁的嗓门最亮，像乐器里的号角，引领着所有的琴鼓弦钹，成功引来了居委会韩大姐。

韩大姐那时还不是居委会主任，胳膊上套一个箍，颜色红得似火艳得像霞光。一张薄饼似的嘴，能说会道，负责在街道调解各类纠纷。韩大姐平常没别的偏好，爱听个戏文，人还未到，先亮出青衣般的长腔："这不是丁武他爹嘛——您可瞅瞅，都几点了，还上不上班儿啦？看热闹的同志们——该上学的上学，上班的上班，都这磨叽，四化啥时候能实现啊？"

韩大姐了解完前因后果，细细的眉毛不以为然地挑起："不就是干巴了么？我给您加汤！"

说话间韩大姐伸手拿锅铲，老李抢先一步操起了家伙，规规矩矩地给老丁重做了一碗。

在韩大姐殷切地注视下，老丁带着不祥的预感接过面碗。得，还是那个配方！

韩大姐背对老李，对着用力指指自己的脑袋，用嘴形告诉老丁：他"有病"，算啦！

车来了，老丁长叹一声，起身放下面碗，他想这辈子都不会再光顾了。

丁武他爹是东北人，二十出头南下支援钢厂建设，来的时候东北老乡三十多个，在这个俗称火炉的城市里，夏天热走一批，冬天冻走一批，不到一年就剩老丁一个。

在红钢城里老丁知名度挺高，因为他儿子。尚在襁褓里的丁武，米汤糖水米糊奶糕这等好东西一律不吃，就知道哭，不停地哭，嚎累了，歇口长气儿，又接着抽抽搭搭，怎么摇晃都哄不好。

他媳妇小声问："娃儿是想喝奶吧？"

那时牛奶限量供应，一般人家想不敢想。老丁瞅眼媳妇瘪瘪的奶子，放了句狠话："让他哭够！饿了连屎都吃！"

孩子实在太小了，没法威胁利诱说服教育，哭个没完没了。他的哭声不同于普通孩子层次丰富，有委屈有愤怒，声音持久，且配合了动作，手脚用力挣扎，直哭到嗓音沙哑奄奄一息，一翻白眼厥过去了。把老丁和媳妇给吓得，搓手搓背掐老龙，孩子一口气将将续上，又接着嚎，只是音量小多了，断断续续，时有时无，看着真吓人。

两口子住的是工棚子，顶是油毛毡，墙是红砖，中间是用芦苇席隔开，完全不隔音。孩子一哭，连累一溜邻居都睡不成。老丁一米八几的大块头，四处求爷爷告奶奶，谁给倒霉孩子弄口奶喝啊？

大伙儿都帮着寻门路想办法。联系牛奶厂厂长，给孩子特批两瓶牛奶，联系火车司机解决运输，联系信号站解决存放。清晨，运煤的绿皮小火车拉着汽笛经过牛奶厂，牛奶存在信号站里，老丁晚上步行十里地去取。

牛奶从大肚玻璃瓶里倒出来，放奶锅里煮沸了，撇开上面的奶皮子，香味更加浓郁。已经哭抽抽的小人儿，鼻子翕动，两眼瞪得大大的，汪着泪到处找，叼住奶瓶就不松口了，一气喝完，中间不带喘的。

老丁媳妇边喂边骂："饿死鬼投胎！个饿死鬼投胎！"

丁武没白喝两年的特供奶，比一般孩子长得高，面色白里透红，大眼珠子溜溜地转，特别有主意。邻居们都说小丁天赋异禀，日后必定大有出息。这孩子不管多冷多热的天，从来不赖床，早上不用人喊，到了点儿起床，背上书包停停当当出了门，寻一个视野开阔的宝地，书包往树枝上一挂，他就得了天下了。掏鸟窝，钓虾，捕知了，烤蚂蚱，烧蜂窝……每天玩的不带重样。他留了两级后，就成了我的同桌。

学校附近有根铁轨，丁武没事就蹲那儿琢磨，火车经过的时候，铁轨就变得烫手，在上面放一枚铁钉，火车过后，圆圆的铁钉就变成了一枚薄薄的小剑；放上汽水盖子，变成圆圆的薄片……

他攒了很多这种薄片，玩得好的他会送一两枚，铁轨就是他私人的加工坊。如果放上小石子儿，会变成什么？薄薄的石片儿？

火车轰隆隆过去了，丁武上前一看，眼珠子瞪得像汽水盖子那么大：石子儿不见了！光光亮亮的铁轨上什么都没留下。

他问我，是不是石子儿太小了？我回答不了，他就一直琢磨下去。

他在茅坑附近选了块拳头大的，布置好现场后，火车却迟迟不来，他便跑回去搬了块海碗大的，意犹未尽，又加了块锅盖大小的……小火车呜呜开过，"咣唧"一下脱了轨。从前车速不快，车上没有乘客，司机磕掉两颗大牙，没重大伤亡。派出所民警找上门来，对老丁进行了严肃深刻的批评教育。难得见到穿制服的民警上门，大家都顾不上吃饭，围在丁家门口瞧热闹。老丁羞得脸没处搁，像逮蚂蚱一样，把儿子往腋下一夹领回家，家门口直挺挺跪上，老丁抽了根竹扫把上最粗的枝条，撸起袖子，打得呜呜作响。

老李挤过看热闹的人，一把扯住丁家的"家法"，一高一矮的两个人像发情的公羊，架住了犄角，较上劲，分别用眼神吃掉对方。老丁是队里出了名的大力士，居然拿老李没辙。

老丁脖子上的青筋直蹦："我教训自己孩子你捣什么乱！"

老李小身板绷得像弓弦："不能打孩子！"

老丁媳妇收工回家，正看见两个男人在地上演出动物世界，媳妇一声叫唤，两个滚了一身土的男人顿时都没力了，悻悻然撒了手，看热闹的也就散去了。

他俩僵持间，丁武跑了，一跑好几天，杳无音讯。他爹窝一肚子火没地儿消，对媳妇说，甭惦记，永远都别回才好！

又过了小半月，孩子还没回，老丁这下开始担心了，周边没亲戚，小子能上哪儿去呢？不是被拍花子的拐带了吧？

我爸告诉他，丁武没跑远，在老李的面摊干活，可带劲哩。

记忆里老李的生意一直不错，他常穿一身藏蓝色旧工装，抹一个黑色围裙，袖子挽到手肘。等钢精锅里的水烧开，抓二两面放进钟乳形的竹捞子，在沸腾的水里掸几秒，面熟了，盛在粗瓷大碗里，浇上佐料，一碗热干面就成了。

老李个头小，但动作挺猛。别人掸面是浮光掠影式，他却格外使力，一把锃光瓦亮的圆头锅铲舀芝麻酱，浇上卤肉汤，撒胡椒味精葱花盐。手势带风，勺碰盆，盆碰瓶，即便只有一位客人，也会生出千军万马的气势。

小时候我不爱吃热干面，更愿意吃黄澄澄的面窝或者脆崩崩的油条。等大些了，口味变了，吃惯了芝麻酱，隔两天不吃热干面就不行了，后来离开武汉去外地读书，最惦记的就是这口。我的出生地叫红钢城，顾名思义是座钢铁城，建设者多来自北方，对他们来说，热干面的意义应该是最扛饿，搭配一碗甜豆浆，一个鸡蛋，干一上午活都不会觉得饿。而这地方的女人们传说想生儿子就吃热干面，或许有它的道理吧？因为热干面是碱水面，常吃碱性食物生男孩的几率似乎高些。

老李忙的时候，碗筷周转不来，在大脚盆里堆成座小山。丁武他爹那时候置了辆永久牌二八式，有自行车的日子再没经过车站了，眼见失踪了二十九天的儿子蹲在一大盆碗筷旁，高卷着衣裳袖子，吭哧吭哧地刷碗。老丁两眼一黑。丁武从小好吃懒做，油瓶倒地当球踢，竟然在别人家变得如此勤快！

老李不让丁武他爹领走孩子，非要老丁表态：以后不打孩子。

老丁当下鼓起肱二头肌展现实力，老李占了地主优势，抓了把火钩果断迎战。客人们看这架势也顾不上吃东西了，赶紧一边一个抱住，这两人倒像是有股磁力，紧紧吸到一起，花了老大气力才掰开。

韩大姐把两人引到居委会。三人围着小蜂窝煤炉子，炉架上烘着一双女式鞋垫和两只大白薯。韩大姐一面翻烤着鞋垫和白薯，一面苦口婆心地劝，从国际形势说到国内形势，大家都是阶级兄弟，有啥深仇大恨？或许是想起了刚过世不久的爱人，她扯起袖子擦拭着眼角晶莹的泪花。要珍惜现在的幸福啊，同志们！

这事结局就应该像戏文里唱的那样——两人互赔不是，最终皆大欢喜。谁知，老李和老丁像是约好了，进门时没带上嘴，只伸出手默默烤火，烤完正面烤背面，烤完背面烤正面。室内陷入了死一般的沉默，直至白薯飘出了煳味，韩大姐终于耐不住了，把老丁拽一边说："丁师傅，这事必须您发扬风格！跟一个病人较劲，您觉着您光荣嘛？"

老丁这才整明白，韩大姐说的"有病"不是骂人，原来，老李真有病。

十年前的冬天，持续了十几天的雨夹雪，天一放晴，建筑一队三十六人追赶工期。脚手架突然断裂，四名架子工从高处坠落，当场死三个。老李重伤昏迷了好些天，都以为没救了。老李活过来后的好长时间连自己的名字都不记得，叫他也不理，成天木呆呆的。

将养了些时日，他被照顾到街道办的厂，那里活儿简单——把旧手套拆成纱线；把猪骨头敲碎；把弯曲的铁钉锤直……去的全是大字不识的老娘们儿。女人们有说有笑地围坐在一起，手和嘴都不停，念叨各自的男人或娃儿，每句话里都夹杂着提神醒脑的荤话，大家时不时发出哄堂大笑。

老李来到她们当中，别别扭扭的，不知道该伸手，还是该下腰，人更傻了。

这样不行。

韩大姐想了个辙，用废旧汽油桶整了口炉子，让老李在道口学着烤烧饼，卖不完的自己吃，总归不会饿死。韩大姐说了："李师傅，别怕，这贴烧饼和建筑活差不多，大姐这都给你写好步骤了，你听听是不是这么回事儿。"

韩大姐清清喉咙，字正腔圆地唱："揉面就像和水泥，不干不稀；刷油如同滚砂浆，薄而均匀不乱滴；贴饼就是砌砖墙，整整齐齐排炉膛。"

韩大姐的才华在红钢城自然是数一数二的，在街道小黑板上经常展示。

老李背熟"烧饼歌"，上手很快。其他步骤都顺遂，唯一的漏洞是老李贴完饼便继续揉他的面团，忘了饼不是砖头，不能撂下不管。韩大姐家吃了一礼拜焦黑的烧饼干。

烧饼行不通，炉子也别浪费，那就整点别的。"整啥呢？"韩大姐半是自言自语，半是问老李。

老李用字正腔圆的武汉话答说："热干面。"

韩大姐一拍大腿，说："啊，对，这好！面多烫一会儿少烫一会儿，也还是可以吃的；佐料少了啥，再补，多了啥，也不伤人命。"过了一周，老李的面摊顺利开张了。老李很珍惜这份工作，力气用得十足十。和人交往多了，老李的病症渐渐得到了缓解，说话也顺溜了。

丁武他爹一宿没睡。韩大姐的爱人也姓韩，老丁在建筑一队时，老韩是队长，两人脾气不对付。老丁当劳模后去省里登台领奖，随后参加了劳模宣讲队，四处巡讲先进事迹，风光无两。演讲结束后，老丁接通知直接到建筑三队当队长。老李就是在他巡讲期间到一队的，老丁当初在一队就是个编外副队长的角色，韩队长是个书生，实战经验不如老丁，老丁虽然没啥文化，施工的方案他都热心参与。譬如这样的持续雨雪天，搭建脚手架的楠竹极易干裂和腐坏，如果老丁当时在，会建议提前用麻布包裹脚手架，就不会，或许不会……

第二天下班，老丁没回家，上副食店打了半瓶黄鹤楼，买了一盒"游泳"烟上老李家赔不是。这个见哪一级领导都是昂首阔步的建筑工，生平头一次点头哈腰，从灵魂深度检讨自己对孩子教育不到位，表示以后绝不打，只骂（说服教育）。从头至尾，老李脸上毫无笑容，末了勉强点点头，东西却是死活不收。

老李一字一句说："孩子来家门口，有啥吃啥，还干活了，我要收东西，是人吗？"

老丁心里五味杂陈，走也不是留也不是，一抬眼，看到老李家墙角的炉子，有了主意。

煤炉时间长了，蜂窝煤不耐烧，老李拖回家来正打算自己收拾收拾。

老丁在炉前蹲下，盯着炉子左右看，一脸讨好地说："李师傅，我瞅这炉子沉，出摊的时候可费老力了，我给你装个轮子，再装个把手，就能推着走啦！"

老丁为自己的奇思激动得直搓手，老李却摇摇头："好是好，炉子光推着走还不成，加上板凳和桌子就更美了……"

老丁都没细想，一拍胸脯，没问题！

老丁答得爽快，回家却犯难了，搭架子筛沙和泥砌砖他都没问题，干这个业务不熟啊！

当晚老丁一板一眼绘图，趴在长条凳上，用丁武的作业纸背面画，东画西画总不得要领。媳妇笑他，猴子戴帽儿装人样子？他一怒撕了"图纸"，上队里找工程师请教。过了几天，老丁拿着工程师修改后的图就像得了圣旨一样趾高气扬地来了，身后面还跟着一个笑眯眯的小徒弟，他们推来机器和零头碎料，花了一天时间，切割焊接，给老李做了辆前无古人后无来者的手推车。

手推车像个横卧的大衣柜，分成四个不同大小的格子，其中一格做成炉子，上面是灶，侧面装了风箱，其他的装瓶瓶罐罐和碗筷炊具。推车边儿上挂着三个活动隔板，支起，用挂钩固定了，就是桌子。长条凳放在推车上，一车就可以拉走，轻巧便利。这个车哪怕是再过二十年、三十年也是绝无仅有，为老李后来事业的红火打下了坚实的基础。

老李喜出望外，围着推车转悠了好几圈，欢喜得直拍大腿。老李坚决要给工钱，老丁坚决不要，说孩子在你家白吃白住的，抵饭钱。老李说可是不能这么算！两人又吵起来了。没等惊动韩大姐，老丁自觉先闭嘴，说："钱我收！"

老丁便天天光顾老李家的面摊，争取早日把收的钱给花出去。还别说，这个面吃着吃着，他就上瘾了。

一晃又十年，老李的炉子不烧蜂窝煤改烧煤气了，老丁也从芦席棚子搬进了团结户，住得远了。老丁新家附近冒出了无数家热干面馆，各种风味涌现，有的用榨菜丁代替红油萝卜丁，有的佐以牛肉汤提味，不爱吃辣的就用蘑菇木耳笋丝炖三鲜汤，有的则在芝麻酱基础上增加了炸肉酱，滋味更富有层次。

老丁只吃李家，应该在他心目中，只有李记才是地地道道的汉味。

九十年代，老丁家终于分了个两居室，从平房搬进了红砖楼房，位于长江边儿上，晚上从窗户可以看见夜航船，听江涛拍案和汽笛声声。红砖房在红钢城是地标性建筑，全是五层楼的红色房子，绵延连成片，据说从空中俯瞰是个"双喜"字。我后来写过一篇红房子的散文，找到了相关图片，从空中看红房子是回廊结构，约摸有那么点意思，更属于诗人般的遐想。

老丁每天起早半小时，走临江大道，踩着老"永久"，吹着江风去李记吃碗面再上班。面摊生意火红的时候没地方坐了，老丁就蹲在墙根吃。

后来城市规范化管理，露天摊一律取缔。韩大妈帮老李解决了一个摊位，在16路车终点站旁划拉了三平方米见方的半露天门面，背靠墙，头顶是薄铁皮的屋檐，正面全裸。虽荒凉，但头上有了遮雨的，边儿上有了挡风的，手推车放进去，竟是刚刚好。

老丁帮老李做了个招牌，"李记面馆"，黑底金字，晨光下熠熠生辉。老李是个讲究人，厨具都收拾得发亮，连抹布都定时用碱水煮，比人家擦脸巾都白。很快的，左边副食店，右边豆皮豆腐脑生煎包子煎饺馄饨，再后面是炸面窝炸油条的，骨牌一般迅速推进，衍生出了早点一条街。生意红火得不行，报纸和电视台也采访过，高峰期排起长队，为吃碗面等个半小时也不奇怪，老李的动作比以往更加有力。

工人上班的条件也改善了，有班车接送，一定资历的老职工还有座儿，老丁不爱坐车，班车哪有自行车自在？吃完面跨上车，脚踏风火轮，越蹬越热乎，到了工地，四体生暖，身轻如燕。

一晃又是好几年过去，退休多年的老丁走进了李记面馆。

他们那个年纪的人，退休了也一身旧工作服，工作服穿习惯了，像第二层皮肤，再穿别的衣服就憋闷。我爸就是，工作服从来不舍得用机器洗，说机器伤布，好好的衣服洗几次就这里那里破口子了，很快就废了，都是自己手洗，水泥色洗着洗着洗成了灰白色，像是揉进了一层光。

李记的招牌没换，只是地址搬到了居民区临街的一居室，临街的墙破开，正当中放上了那辆绝无仅有的推车。车的面板原来是镀锌板，现在换成了不锈钢厚板。

天色微明，面馆里空荡荡的，一把椅子上睡着隔壁小卖部的玳瑁猫，听到有人进来，猫耳朵动了动，绷直了一个懒腰，让了座儿。

老丁坐下气定神闲地撕开方便筷子，老李亲自端面上桌。老哥俩一般都没有多的话，默契得像左胳膊和右胳膊。

这次老李放下面碗却没有马上离开，手撑着桌角，一脸忧心忡忡："听说，要拆？"

他表情凝重，目光从老丁软泡泡的眼皮转移到老丁的花白的眉毛上，努力想读出点什么。在老李眼中，老丁是见过省长的大人物，一张嘴就滔滔不绝，那些报纸广播里的大事，老丁都能娓娓道来，如数家珍。

老丁徐徐咽下嘴里的面，口里充盈着芝麻酱独有的香气，等香气散去，他轻咳了一声，断然说："不会！"

老李听到这么肯定的回答，浑浊的眼睛像一盏被擦亮的铜灯，放出些许光来，头再靠近些："真的？"

老丁胸有成竹，他们所在的街坊建成五十余年，房屋产权七十年，如果把房子比作人,这还没到退休年龄呢。小区里三年前配套了居民健身器材,去年新换了天然气系统,还封闭了老式的垃圾通道,统一配置了带轮子的大垃圾桶,居民倒垃圾的方式全部更改了。这些设施得花多少钱啊?哪个要拆的街坊会这样折腾?

老李听了老丁的话,连连点头,这时有客人叫"一碗热干面加个虎皮蛋",老李如释重负,放心地起身离座。

老李这辈子最信的就是老丁。

七年前,老李车站的门面要拆,韩大妈退休了,没人给做主了。老李顿时像个没爪蟹,向老丁讨主意,老丁就近找了自己小区临街的一居室。二十五平方米,十二万,老李倒抽口冷气,好家伙,这几乎是他全部积蓄了。老丁斩钉截铁:贵,但构造好,阳台临街,砸了墙就是门面,客厅里放几张桌子,刮风下雨都冻不着人,完事了帘子一拉,里面歇着,听听收音机喝口热茶,美!

老李信他,拿出积攒的棺材本置了房,开了店。

老丁媳妇为此念叨了好久:"你就敢这么跟人拿主意?一把岁数的人了,钱留着干啥不好,折腾啥玩意儿?"老丁说:"你不懂!他没个一儿半女的,不找点事做做,一歇下来人会老的!"老丁自己就是退而不休的典范,在街边挂个轮胎打气补胎,事业一路发展,从修自行车到了修电瓶车,不在于赚多赚少,就是不想闲着吃白饭。

"李记面馆"的招牌重新挂起,两个月完全没生意。

这小区的人挺有个性,宁可去远一点的民生甜食馆排队,也不在家门口吃早点,小区门口开的一个副食店、一个理发店就是这样关门的。老丁每天坚持去照顾生意,顺带打包一碗回去给媳妇,他媳妇一生节俭,从来早上茶水泡剩饭,那段时间是天天热干面,可惜杯水车薪。老李愁,头顶像是落了一层霜。老丁更愁,不敢从李记门口过。

老丁媳妇说总这样也不是个办法,她自作主张做了几个菜,等老李中午收工了,喊他来家喝两盅。老李开始不肯来,老丁媳妇就亲自上门,帮着他拣桌子,收凳子,老李不好意思了,像个孩子一样低着头跟着老丁媳妇回了。

菜上桌,酒喝上,老丁就畅所欲言了,说,老李啊,你得开阔思路,不能只卖热干面。现在是生活富裕了,人嘴刁!喜欢尝鲜,牛肉粉牛肉面可以有吧,豆浆面窝虎皮蛋香肠五香干子也都开发出来!别人开张都送这送那,你起码搞个豆浆免费吧?豆浆最简单,一把黄豆头天泡好,磨磨碎,第二天煮起一大锅,成本低,落个口碑,多好!

老李端着酒杯瞅着老丁,若有所思。老李家的热干面是自己亲手做的,每天早上两点半起床，拌麻油，晾干，佐料也是自己做，芝麻酱手工磨，萝卜丁自己买切晒腌，豆浆之类的他可没搞过。

媳妇一听老丁又给人乱出主意，赶紧夹一筷子菜堵住老丁的嘴，打岔："李师傅，您是哪里人啊？"

老李边吃菜边答了一句，答得含糊，老丁没听清楚，这话像把老钥匙，掏开了老丁珍爱的话匣子。

老丁从六岁给大地主白家放牛说起，克服困难成为一名光荣的建筑工，为支援建设从东北来到武汉，两条凳子拼起一张床，就这样安了家。就这房，老丁骄傲地拍拍桌子腿，说："是我们三队负责建的，在当时，一平方米造价五十，多结实，不漏水不开裂，哪个房能比？"

老丁好久没这么痛快聊天了，因为以往只要老丁一绽放回忆的小火花，他媳妇就像个消防器材，准确消灭于萌芽状态："知道啦！两条凳子拼起一个家，一个建筑工被省领导光荣接见，全省工地巡讲光荣事迹，掀起全省向丁大国的学习热潮……你咋不说说家里的事你甩手掌柜？你咋不说说我每天背着娃挤小火车上班？"

这让人还说得下去吗？

午饭已经吃到了黄昏，菜吃得七七八八了，老丁媳妇起身要去拍俩黄瓜，老李拦着不让。酒再次斟满，老丁继续畅谈："那年月，要努力节约资源搞建设，隔墙里不能用钢筋，用啥？竹篾水泥砂浆，腐了咋整？掺生石灰！竹篾加生石灰配水泥砂浆，申请了专利的，咱工人自己的专利……"老丁说到兴起，如同当年在台上演讲，站起身，一只胳膊如火炬般举起，一只铁拳头咚咚锤着胸膛，仿佛锤着铜墙铁壁。

老李佩服得竖起拇指，一扬脖，又干一杯。老丁也干，两人都长长吁口酒气，心满意足的样子。

老丁媳妇忍不住嘀咕，说见过用酱油下酒的，从没见过用说话下酒的。

借着酒劲，老丁对老李大声嚷："生意都是守出来的，信老哥不？"

老李用力点头，更用力地喝酒。酒很快见底了，老丁的脸红彤彤的，热汗不停冒出来，他拿毛巾不断擦，老李的面色如常，动作如常。老丁大感惊讶。老丁的酒量是厂里出了名的千杯不醉，平生第一次遇到对手，语气客气起来，嗓门也低了些许，不再像喇叭。

再后来，两人只喝酒，不说话，一方举杯，另一方就干了。

走的时候老李是摇晃着出门的，他站门口，回过身没头没尾地说了句："我上这地界是等人的！"

老丁喝懵了,向他媳妇确认:"他——说的,啥?"

他媳妇边收拾边说:"他说,他能等。人来啦,就有生意啦!等吧,等生意好起来——你脚抬一下。"

老丁用力抬起脚:"没错!生意就是等出来,守出来的!"

半年后,老李以前的老顾客逐渐找回来了,小区的人也开始光顾,生意终于步入正轨。

老李说,不想再折腾了,岁数大了,折腾不动。

但老丁这次判断失误了。

两个月后,拆迁通知就张贴到了街坊的大门口。

吃罢晚饭,街坊四邻在小区健身器材旁自动聚集,讨论拆迁的事儿。现如今拆迁早已不是什么新鲜事,周边有,报纸网上的相关新闻屡见不鲜,有抗强拆自焚的,有当钉子户在楼顶插满红旗的,有背着材料进京上访的……有人说,看能把几多钱,钱多,就搬,胳膊总也拧不过大腿的。

老丁说:"给多少都不搬!老子的房,国家规定有七十年产权,还差二十年,凭啥拆?!"

老李一句都插不上,老伙计说什么,他就附和两句。八十多的韩奶奶眼睛耳朵都不好使了,浑浊的眼瞅瞅这个,望望那个,一脸茫然,这时听清老丁的话,便拿拐顿着地,眼睛也顿着地:"我这把骨头就死在这里了!"

大家群情激昂,纷纷表示人在房在,誓死捍卫私有住宅。

这边义愤填膺,那边拆迁办悄无声息地行动起来。一群陌生人租用了小区隔壁的一栋闲置楼,办公桌支起,牌匾挂起,小食堂办起,黄昏时三五成行进行入户调查。

拆迁办的大多是招聘来的临时工,不少人就是临近小区的居民,他们训练有素,面对业主的愤怒挑衅讽刺均不卑不亢,动之以情晓之以理:"伯伯婶婶,您岁数和我爹妈差不多,我跟您说个实话,咱也是拆迁户,刚开始跟您想的一样一样的。可这是大势所趋,房肯定要拆的,早晚而已。早搬家,有奖励;早搬家,早选房;早搬家,早得实惠。"

老丁自诩能说会道的,但和他们打过一次交道便知自己不是对手,他是平生第一次遇到拆迁,对方已经拆过无数房子了,一切状况都在意料之中。

老丁跟他们说这房子的历史,这红砖房都是50年代末开建的,借鉴的是苏联马格尼托歌儿习克冶金工人村,属于历史文物,不能拆,不应该拆。他们反驳说,怎么不该拆?苏联寒冷,咱武汉是火炉城,这房子冬天凑合,夏天不透风,多闷热啊。

是啊，没电扇没空调的年代，太阳一落山，各家各户争先恐后搬下竹床抢占地形，摇着蒲扇挨过苦夏。现在的人不会明白，即使是这样的炎热，这样的物质匮乏，有些人却紧紧攥着不肯撒手。

老丁说房子不到七十年，他们告知：这属于"旧城改造"，是政府为广大居民办的好事，政府投入了大量资金为您改造居住环境，您还不支持不理解，就是您的不对了。

老丁媳妇说住习惯了，不想搬，他们循循善诱：您也不是一开始就住这儿的对不？从工棚换团结户，团结户到独门独户，时代在变，新旧更替。如果都跟您似地，抱着旧的不撒手，现在还得用鹅毛扇，坐着牛车，点蜡烛，住棚子。

老丁和媳妇都哑了。

拆迁办三个工作人员分工细致，两个唱白脸，一个唱红脸，见老丁松动了，便安抚说："您别急，多跟两个孩子商量商量再答复我们。"

被拆迁办一提醒，老丁才想起自己有两个孩子，丁武还有个姐姐，叫丁雯。丁雯小时候一直跟着外婆长大，到上学的年龄才接来。这孩子跟爹妈不亲，一个月回一次，提溜点牛奶水果例行公事地探望一下，寒暄基本为零。

他媳妇说，要不，打电话让孩子们回来一趟？这是大事儿。

老丁没吱声，丁武也有日子没回家了，算算快五年了。

丁武初中勉强混毕业，待业了一年半，顶老丁的职成了一名建筑工，不是架子工，是沥青工。国企职工是大家羡慕的铁饭碗，福利好，上下班有专车接送，发工作服工作鞋，过年发鸡鸭鱼肉水果购物卡，夏天发汽水冰淇淋绿豆白糖，没事发发卫生纸洗衣粉洗发水，工资奖金旱涝保收。丁武嫌干活累，他年轻，苦就罢了，岁数大的不出工，收入比他高多了，他心气不顺。他爸压制了几次，最终丁武砸了铁饭碗，去红钢城夜市整了个摊位。老丁气得，举着擀面杖满街追打。丁武早已不是以前，他一把夺过擀面杖，扔过围墙，掉头不见了。老丁为了让孩子顶职，办理的提前退休，他内心是舍不得建筑队的，退休后就像身体某个重要器官被摘掉了，可这孩子……

丁武早上睡觉，下午进货，5点准时出摊，笼着手守着个饭桌大小的地摊儿。冬天卖围巾手套暖宝宝，夏天卖迷你电扇游泳圈塑料拖鞋。老丁羞于见到老邻居老同事，不到天黑不出门。丁武却扯起粗喉咙喊："商场关门，最后清仓，一律十元！十元哎，您买不了吃亏，十元，您买不了上当！闲时备到急时用，急时用它不被动！"他眼尖，遇见熟人老远就打招呼，从烟盒里弹一支烟，非要人家"看看缺啥，让我开个张呗"，时间长了，反而是熟人躲着他走。

他手上没压过货，进什么什么畅销，几搞几搞，他买了个二手房，几搞几搞，买了个二手车。摊子他不亲自守了，请了人，他负责开着二手车去进货，进完货后也不闲着，看见路边有站着不动的人就凑近，满脸带笑问"走不走？"顺路捞几个油钱。

昔日红火的钢厂成了夕阳产业，每况愈下，与丁武同时进厂的工友大部分办理手续回家了，不少人充实到摆地摊的行列中。老丁这才觉得咱孩子凭自己的本事吃饭，也不比当工人差，他爹这边刚转换思路，丁武却将地摊转让出去，房也卖了，换了辆亮晶晶的宝马。他说赚小钱太累，生意要做大，就要有做大的样子，老丁再度陷入了郁闷。

丁武接到老妈电话，说忙，真没时间。他妈急了，家里这大的事，再忙也得回来！老爷子上火，嘴上燎起一串大血泡，时间长了非毛病了不可！

丁武回家时已经是一个月后的事了，看得出他是真忙，皮鞋上都是泥点子，也不知道多久没擦。人气色也不好，眼睛有点睁不开的样子。丁武到的时候，刚好拆迁办一行人坐了一屋子，正跟老丁做进一步思想工作，这是他们第三次上门，以前都是普通工作人员，这次拆迁组的大组长亲自出马了。

老丁一直闷头吸烟，烟雾暂时起到了隔绝对方的作用。大组长说："按照拆迁程序，我们这已经上门三次，您有困难，可以跟我提，政策范围以内的，我帮您解决。一味回避和抗拒是没用的，三次上门以后，我们就不再来了，再过一段时间，不签字的我们都会交给专门的拆迁公司，里面都是些社会闲散人员，俗称的'流打鬼'，他们可不会像我们这么客气！如今已有百分之七十的居民签了字，按照程序，腾出来的房要进行拆除，二老住在这种环境，能行吗？现在安置房源也选得差不多了，再等就没了。"

"对头！"丁武进门接了拆迁办的话尾，老丁像被菜刀切到指头了，顿时一个激灵，拆迁办大组长看到丁武下意识叫了句："丁总。"大组长介绍道，这位就是拆迁公司负责的丁总。

老丁和老伴用陌生目光打量着眼前的"社会闲散人员"。"丁总"没有否认对方的介绍，老丁和媳妇心上吹过一阵凛冽的寒风，心脏顿时长满了冻疮。

丁武早就意识到网络的普及将给地摊户带来的致命打击，他果断卖房，注册了一家装修公司。做了几笔家装后，他认为家装太琐碎，还是工装好，省心。很快，他承接了一笔几百万大工程——为新楼盘刷外墙。丁武带着施工队没日没夜忙活了两个多月，楼盘竣工了，几十万的工程款却黄了。这个标榜城市未来地标的盛大楼盘被开发商"一女三嫁"，等骗不过去了，老板卷了细软跑了，这可坑苦了丁武。垫付的工程款、民工的工资……麻烦纷至沓来，车卖了，店被砸了，丁武一夜回到一穷二白了。

事后他才琢磨过来：这么大笔工程怎么就落他手里了？天上不仅掉馅饼的，也掉铁饼啊。

丁武从兜里掏出一包大中华，动作娴熟地散烟给大家，送走了拆迁办，丁武开始对爸妈的说服工作，大意和拆迁办的话是一样的：签字吧！搬家吧！大势所趋！不要做无畏的挣扎！

这时，丁武他姐丁雯进了门，听见丁武话，她接了一句："必须要房子，要安置房。"

拆迁办留下的安置房的资料还放在饭桌上，丁雯拿起来，毫不犹豫地翻到其中一份，用指头关节敲击着说："选锦绣花园！现房，框架结构，周边配套都是安置房中最好的。"

丁武说，锦绣花园是所有房源里最贵的，要这个房爸妈的拆迁款可不够，不如要拆迁款，选个二手房更实惠。

丁雯说，二老积蓄不是有十六万吗，要个三居室，除了拆迁款，自己再补个十万，剩下的钱简单装修。

丁雯是会计，平时帮爹妈理财，账算得精准。儿女热烈地讨论着，"二老"反而成了旁观者，不由面面相觑。

这时丁武冷笑一声："我说姐，锦绣花园对口四中，燕燕马上要高中了吧？这是给爸妈选房，你的算盘子儿别净往自己怀里划拉。"

丁雯反唇相讥："你不也是？什么二手房，你就等钱到手好投资你那破公司！"

讨论变成了争吵，老丁明白了，这两个孩子都不是善茬，他一拍桌子，怒斥："越说越离谱，都闭嘴！"

老丁在家向来说一不二，只要一瞪眼珠子，两个孩子立刻噤若寒蝉。但他忘了，那都是很久以前的事了。

一儿一女对他的怒吼听而不闻，剑拔弩张，瞄准对方的漏洞，果断拆穿对方的把戏。

老丁坐不住了，他想摔点什么镇压一下两个逆贼，转悠了一圈，拿起这个物件舍不得，那个不忍心，他头一次感觉到自己老了，真的老了，不中用了。儿女开启了嘶吼模式，丁雯的声音细，被丁武的粗喉咙压制着，攻击力眼见走低。

处于劣势的丁雯绝地反击："瞎嚷什么呀，你个捡来的，都不是丁家的种，没你说话的地儿，滚犊子！"

她的声音低哑得近乎自语，却如同一把锈蚀的刀准确捅入要害。

屋子里瞬间安静，安静得像观众走光了的剧场。

老丁傻了，张着的嘴半天没合上。

半晌，丁武发出一声干笑："别忘了，养子一样拥有继承权。"

"养子"二字让老人更懵了，他妈伸手怯懦地去抓儿子的衣袖："小武子……"

她患白内障的眼睛努力睁大，想看清些，她怀里曾嚎哭的那团肉球如今高大结实，她的身体却缩小了，像枣核。

丁武毫不犹豫地打断了她："妈，我该说的已经说了，你们看着办吧！我还有事，先走了。"

丁武离开后，丁雯平静多了，说："爸妈，我是你们亲生女儿，听我的，没错。"

老丁的嘴动了动，不知道自己怎么应答的。

丁武出生在冬天。那天夜里下了寒气，老丁他妈把孩子裹在一件袄子里，千里迢迢送到工地。黑咕隆咚地，老丁还以为是他妈给送来一袋白面，接过来才发现是个孩子。孩子被冻僵了，一动不动，紧闭着眼，面色铁青。

他妈慌慌张张地："啥也别说，啥也别问，就说捡的，想养你就养着，不想养——送人！"

他妈掉头就走，老丁抱着孩子没追了一句："您……让我咋跟媳妇交代啊？"

老太太梗着脖子甩了句："爱咋交代咋交代！"

老丁媳妇看看抱着孩子出现的老丁时，打开盖在孩子脸上的蓝花布看了看，只淡淡说了句："饭在锅里。"说着便伸手接过了孩子。

媳妇比老丁大三岁，不怎么言语，但特有主意，从东北来武汉，就是媳妇的提议。生了闺女后，婆婆成日挑横捡竖的，媳妇便怂恿老丁偷偷报名，以支援建设的名义不远迢迢离开东北。刚来时只老丁一个人领工资，日子过得紧巴，媳妇摘来野菜用盐巴揉了，和点灰面做菜饼子吃，放一丁点油，饼特香。等攒了够钱，媳妇添置了台旧缝纫机，在楼道里开了个小缝补摊给人补衣裳。吃饱了的丁武四平八稳睡在摇篮里，小脸红扑扑的，身上盖着厚厚的棉袄。回家的时候媳妇把皱巴巴的零钱掏出来，一张张捋顺了，数得眉开眼笑。

丁武离家出走的日子里，媳妇老嘀咕："我可咋跟红儿交代啊……"

丁家五孩子，弟兄四个，就一个妹妹，名叫丁红。丁家兄弟一个赛一个的壮实，丁红却纤细白净，四兄弟读的书加起来抵不上妹子一人。老丁上班了，攒布票给妹妹买花布做新衣裳，托人从上海带发卡买手绢，另三个哥在家务农，什么活都不用妹子干，丁红成日只捧着书。老丁他妈总说，这孩子就是书读多了，把脑子读坏了！

丁红恋爱了，对象是白家少爷白崇峻。白家的成分是工商业兼地主，城里有铺子，家里有良田，养了家丁，有几杆火枪还有十几条恶犬，土改的时候白家被镇压的镇压，枪毙的枪毙，白崇峻岁数小逃过一劫，这两人本不该有什么交集，可偏偏就这么认识了。哥哥们赶紧都放下手里的活计，守着妹子好说歹说：选择这样的出身，你不单毁自己，还连累全家人，断，必须的。

老丁知道了也急得不行，他跟队里告假，说想回家看看，他这人不会撒谎，这么说韩队长当然不准假，两人差点打起来了。后来老丁得信说妹妹跟对方分手了，一颗心才放进肚子里。又过了几个月，他妈从东北抱着一个孩子摸上门来，老丁心里有几分明白。老家传来的消息是丁红病了，在家养着，父母兄弟轮班守着，但一个大雾天，丁红跳窗户跑了，此后没有了音信。有人说她和白家少爷比翼双飞了，有人说她投河自尽了。她就像草尖尖上的一颗露珠，倏忽间消失不见了。

丁武的身世，不知丁雯是何时知道的，女孩子真沉得住气，冷不丁悄悄地忽然来这么一招。老丁和老伴在床上翻来覆去烙了一夜饼子，往事种种浮现心头，亲生女儿小时候没能好好养在身边，内心多少对父母有怨念，可这怪谁呢？

天亮时老丁一拍床沿，咬牙切齿说："没拆迁就没这多破事！就是不搬，死磕到底！"

同样决定不搬的还有老李和韩奶奶，老李的房面积太小，没多少赔偿，要钱要房都难。韩奶奶老了，一时糊涂一时明白，牙掉光了，话都说得不太清楚了，可就是不搬。家里人轮流说服教育：您快九十了，守着干啥？谁劝都没用，韩奶奶急眼了就拿乌木拐棍杵人。

接下来过了一段安宁日子，拆迁办的言出必行，没有再上门了，只有一个高音喇叭每天循环播放。喇叭装在一辆改装电瓶车上，在小区里缓缓而行，不间断地播放着拆迁政策：居民朋友们，居民朋友们，拆迁工作已经进行了七个月，已经签字的居民占拆迁总人数的百分之七十五，小区即将封堵，请还没有签字到居民朋友抓紧时间！

没签字的人，喇叭就停在他家门口，没日没夜播放。

老李的面馆照样开放，以前老李都是三点多起床，掸一百斤面条还供不应求，现在客人少了，只掸二十斤，还常常有剩。拆迁进入到"打围"阶段，小区外围的红砖墙一夜砌起来了，墙挡住了李记的招牌，老丁就搭了个梯子，帮老李把招牌升升高，招牌上加装了一圈小灯珠，无论白天夜晚，灯珠不屈不挠地亮着。

　　一个春意融融的下午，三辆大卡车鱼贯开进小区，拆迁工程队正式入住。他们连着家当和家属直接搬进了已经搬离的人家，灶火生起，洗净的衣服晾起，小区恍惚又回到了拆迁前的繁荣和热闹。咚咚咚，天不亮开始拆除墙拆除门窗，被蚕食了门窗的楼，像掉了牙齿的兽，显露出惊恐的底色。物业退出后，垃圾无人清运，在万物生长的季节，繁衍出丰富的气味。

　　丁雯中途回来过两趟，对老人的固执有点无奈，说，再不选房，可就没好房源了，她打听过了，现在锦绣年华就剩下低楼层的了，新楼盘房间距短，低楼层日照时间短，对老人不好。

　　工程队负责人丁武在拆迁办的组长办公室隔壁弄了间办公室。地方不大，却弄得有模有样的，窗台上养着君子兰和发财树，桌上还放着一套紫砂养生壶，身后挂着条幅：无欲则刚。

　　丁武把他爹请到办公室里，说："咱妈为这个家辛苦一辈子了，管老的管小的，没享过一天福，都七十的人了，一身病，赌这口气，不值。"

　　丁武背光而坐，说话时不慌不忙地洗茶温壶，一副儒商的派头。

　　不知是紫砂壶里冒出的白气让老丁昏头昏脑，还是儿子的神态显得格外真诚，老丁觉得话说得在理，闭了闭眼，下定决心般点了点头。

　　老丁说："武子，你姐的那些话别放在心上，她脾气暴，随口那么一说。"

　　丁武的情绪好像是泡了三遍的茶，淡淡的："爸，啥也别说了，咱家那个墙啊，不隔音，我早就知道自己是捡来的。放心！您的养育之恩我不会忘。您看，这不机会来了吗，拆迁款我帮您多算点，加两个暗楼，加三个防盗网，您不吃亏！"

　　老丁直后悔说话没找对时机。

　　签字的日子，老丁摁手印的时候忽然想起了杨白劳，差点就哭了，他媳妇赶紧找话题转移注意力："我有件事一直没整明白，你说，咱妈那么老远送孩子来，路上武子都吃的啥？"

　　老丁一想，还真是。又是火车又是汽车的，路上连白开水都珍贵，娃儿是怎么挺过来的？可惜老太太早就仙去了，这个谜以后到地下了亲自问老太太吧。

　　签字完，老丁就和老伴一门心思到处看房。老丁净顾着忙自己的，有日子没见老李了，经过老李家时大吃一惊。

　　老李在后院大兴土木，用旧家具围起一方领地，正用鹤嘴锄翻地。

　　老丁问老兄弟："干啥哩？"

　　老李欢天喜地就像过年："这些都是搬家的人落下的，你看这锄头，贼好使!"

多日不见老李,他胖了,别人家闹哄哄搬走后,他就去捡回别人不要的家具、花草,庭院的规模日渐壮大,左边一颗桂花树,右边一棵橘子树,中间一排兰花,一排薄荷,还有葡萄扁豆和黄瓜。花团锦簇,郁郁葱葱,繁荣昌盛得不似人间。

老李乐呵呵地说:"等着啊!翻完地,种上萝卜和红菜薹,回头你只管过来摘!"

老丁一时不知道说啥好,低着头,半晌吞吞吐吐地说:"老伙计,一把岁数,就别折腾了,要不……要不咱就签了算了。"

老李脸一阵抽搐,目不转睛地看着老丁。

老丁殷勤地说:"你看,我那小子现在负责这片拆迁,到时候拆迁款让他帮忙多算点,咱们一起去买二手房,买隔壁,还当邻居,你看成不?"

老李笑容收了起来,手在身上来回擦,他闷声说:"不成。"之后不管老丁再说啥,老李都不理他。

丁武知道了急得直跺脚:"爸您怎么到处乱说呢,什么叫我帮忙多算点钱啊?拨款都是定额,有数的!我跟您多算点,我自己就少拿,您养了我,我应当回报您,可他算我什么人啊?"

老丁吃惊地说:"别忘了,你小时候,离家出走的时候谁收留你的!"

丁武说:"我还给他刷锅洗碗了呢!"

老丁想了想,祈求般说:"那,韩奶奶你总得关照关照,快九十的老人,对了,你以前喝的牛奶是她托人批的。"

丁武笑了:"您记性真好——多少年前的旧账了?这街坊十之八九都认识,全顾上,我得喝西北风了。"

老丁明白了,在自己这边比山高比天大的人情,在孩子眼里啥都算不上。但丁武对爹妈还是没说的,领着二老看了十几次房,爬高就低的,没抱怨过一句。他帮着爹妈联系了个合适的二手房房源,拆迁款买完房还能剩下十万,老丁觉得还凑合。丁雯却坚决不同意,嫌楼层高,说爹妈现在胳膊腿还利落,以后爬不动了,谁来背?

丁武又给联系了一个二手房,一楼,说这下爹妈不怕爬楼了。丁雯看了房后直摇头,说一楼潮,爹妈都有关节炎,受不了。

丁雯的意思,锦绣年华是电梯房,更适合养老。

丁武投降了,给联系了锦绣年华的房源,没想到丁雯还是不满意,说房太小,起码三居室……丁武没等话音落地,冲进厨房抽了把菜刀扔向丁雯。刀

"咔"的一声，深深扎进了鞋柜门，虽然离丁雯挺远，丁雯脸吓得跟手纸一个色儿，再也不说什么了。

拆迁的大事就这样简单粗暴地定下来了。

事后老伴跟老丁嘀咕："虽然丁雯是亲生的，但这事我觉得武子做得对，锦绣年华，还三居室，心真大。"

老丁"哼"了一声："武子也不是省油的灯！"

办理买房手续时，老丁亲眼看见中介所老板塞了丁武一个信封，信封挺厚实，丁武也不忌讳，大大方方装兜里了。

难怪他不遗余力地帮忙联系各种二手房源，老丁像吞了颗锈钉子，难受劲不足为外人道。

老丁踏踏实实准备搬家。那些旧家具成了心头大患，二手"新"家里摆满了用木芯板打的家具，跟墙体固定在一起，表面看着光鲜，其实贼不结实。

他媳妇摩挲着自家家具，眼泪就哗地下来了，这都是实木的，攒了半年的料，请木匠上门打的，当年空着手从东北来，这一件件皆来之不易。老丁斥道："哭啥？妇道人家！"说完，他自己哭得像个婴儿。

搬家头一天，老丁上老李家吃了最后一碗热干面，本来想了满肚子的话，最终一句也说不出。李记面馆已经被高墙严严实实围上了，大白天一丝光都透不进来，暗得像夜，老李打开屋里所有的灯，四方桌旁就坐着老丁一位顾客。

老李说："以后想吃，我随时给你做！"

老丁写了家庭地址给老李，转身离去。

他不知道这是他们最后一次见面。

老李死了。

老丁赶到医院的时候老李已经闭了眼，丁武守在床前抖着手吸烟，护士制止了好几次，他才不情愿地掐掉，又不甘心，一直夹着熄灭的半截烟。在死去的老李身旁看见儿子，老丁立刻产生了不祥的联想，二话不说，上去就抽了丁武一耳刮子。

丁武诧异，他后来跟我说，耳光空有其形，一点都不响亮，可见他爹是真的老了，再也不复当年那个挥舞着家法的威风了。

韩奶奶被人用轮椅推过来。她不断抚摸着老李枯树枝一样的手，忽然抑扬顿挫地唱将起来：

"揉面就像和水泥，不干不稀；刷油如同滚砂浆，薄而均匀不乱滴；贴饼就是砌砖墙，整整齐齐排炉膛……"

老丁后来才得知老李的死因。怪不得丁武，住韩奶奶隔壁的是负责切割钢筋的工人，家里堆放着几十个氧气瓶，傍晚炉子上坐着水壶而人出门了，少顷起火了。堆积的垃圾非常易燃，火势刹那间绵延成红色的海。

老李从火里背出了韩奶奶，回头去取韩奶奶的拐棍，人瞬间被炸飞。

老李没亲人，送葬的时候只有几个老邻居，还有副食店那只玳瑁猫，猫在现场短暂停留后，迈着方步离开了，从此不知所踪。

我后来见丁武是事故一年后了。我帮朋友做个农村剧去了趟东北体验生活，之前我家里拆迁时他帮了点忙，我妈嘱咐我务必请丁武吃个饭，我觉得同学之间不应该讲这个，一直没约他，但这次我改了主意，想跟他聊聊我这次去东北的收获。吃饭时我一直不知道怎么跟他开口说，饭后他坚持送我回家，我下车前，给了他一个红色塑料壳的小本。

丁武拿着本子没明白，打开车灯，本子里夹着一张女孩的旧照片。

女孩梳着黑油油的大辫子，有几分羞怯地看着远方，脖子上还挂着当年的时髦物品棉口罩。照片背后写着：赠白崇峻同志留念。这张照片和一张白家少爷的登记照放在一起，照片上的少年文弱，挺干净一孩子。

"大作家，你啥意思？"丁武问。

"这女孩叫丁红，我去东北的时候住的她那个屯，后面是我自己整理的事情的脉络，不清楚的你可以自己回去一趟补充补充。"

1969年2月，小白和丁红相约南下，丁家人报了警，中途二人走散了，丁红被带回家，小白失踪。半年后丁红生下了一个男婴，七斤八两。12月份男婴被送走，丁红失踪。第二年一月小白找到建筑一队，衣服破烂不堪且神志不清，韩队长给他喂了半碗南瓜疙瘩汤，小白活了。问他干嘛的，他说来寻亲的，问他叫啥，他编了个名。韩队长洞若观火，说，前些日子，大队书记领着派出所来人，说有个阶级敌人拐带良家妇女未遂，畏罪潜逃，提醒大伙阶级斗争弦不放松，警惕坏人混入革命队伍，见陌生人要向派出所报告——

韩队长说："不管你是谁，都不能在这里久留，吃顿干饭赶紧回家去吧。"

小白眼泪哗哗流了下来，泣不成声："我上这地界是等人的！"

"等谁？"

他死活不说。

韩队长心一软，答应了："成，给你三天，等到等不到都得走！"

三天里，小白混在一群北方工人中，推砖、和水泥、砌砖、抹灰。他身体羸弱，干活不及半个汉子，但他手巧，有人伤了，他帮着包扎，他说的"消毒"啊"消炎"啊，词儿大多数人没听过。干累了，他讲个戏文，大伙儿都爱听。队里一个叫李金福的，孤儿，满口武汉话，两人共一个铺。李金福爱听小白说杨家将，他特崇拜小白，说兄弟你就像杨六郎，啥都懂。记忆中的李金福嘴不停，爱炫耀自己同叔伯兄弟当扁担时的事迹，大哥一声令下，操家伙就上，只要打不死，就往死里打。手里没家伙的，脱下烂衫江水里一搅，就是一根好棍，占地头，抢生意，俗称"打码头"。韩队长这时插嘴说："吹牛，那时候你才多大？还没根扁担高！"李金福就以脑袋上一个茶杯盖大的疤为佐证。

工地里吃得艰苦，李金福闲来弹弓打鸟，长江里网鱼，但他只会弄熟，味道乏善可陈，小白带他去野地里寻野蒜野葱，撒几粒盐巴，味道鲜美绝伦。李金福边大快朵颐边怀想自己这辈子吃过的所有好东西。武汉真是好地方，九省通衢，汇集了各地美味。糯米包油条，一小截脆油条用蒸熟的糯米紧紧卷住，中间撒上榨菜丁和少许肉松，趁热吃，那个香！鲜鱼糊粉，好吃！苕面窝，好吃！豆皮，好吃！最爱热干面！翠绿的葱花末、红油萝卜丁、面泛着油亮的金色，光看看就让人赏心悦目。拌面的碗定要大！拌的时候却不必拌得那么久那么匀，吃的时候咸香感交相呼应，他蜂鸣般地念叨，引导着大伙的馋虫爬出黑夜爬向黎明。

小白等了三天，没等到要等的丁家大哥也没等到丁红，只从人们的谈话里零星知道丁大哥的风光，知道丁大哥家里的孩子能哭会吃还有口福，更不敢从嘴里随便说出他的名字。

而丁红，就像铁轨上的小石子，被岁月碾压席卷，没留下一丝痕迹。

不忙的时候，韩队长也坐在一边听小白讲岳飞杨家将，手里不紧不慢地卷着纸烟，三天时间到了，他似乎忘了提醒小白离开。小白又等了好几个三天，直到遭遇那场事故。

当天从脚手架摔下来五位工友，四名当场死亡，幸存的那一个如何变成"老李"，这是建筑一队三十二人的秘密。所有的秘密连同他们当年一起建起的红房子，灰飞烟灭，一如从未存在过。

（发表于《当代》2017年第6期）

贵 妃 芒

马 竹

一

有次几个文化人吃饭,酒过三巡有人提议:请章守石老师讲个段子乐一乐。章守石说:"不讲段子吧,免得节外生枝。"有喜欢听章守石讲段子的,说:"这里不会有内奸,讲吧讲吧。"章守石说:"你们实在想听,我就讲一个治疗牙齿的故事,跟平庸有点关系,要不要听?"众人说:"要听要听。"

章守石讲完治牙的故事,没人笑,倒是有人摇头说这不可能。有个把第二次婚姻也刚离掉的女作家说:"章老师的夫人有那么包容吗?你不觉得你们夫妻有名无实了吗?"另有一个文坛老前辈也有质疑:"那个九零后美女牙医的精神没问题吧?她哭得莫名其妙啊?"章守石赶紧抬手示意众人打住。"换个话题。"他说。

酒桌上的气氛有点尴尬。这时诗人寒悯端着酒杯站了起来,说:"各位可能没有注意,章老师在讲故事之前,特意提示过跟平庸有点关系。我敬守石兄一杯,我个人觉得这个故事不仅内容有可能,而且意味丰富。"章守石听寒悯这样一说,感到他一定会很快成为一个著名的诗人。喝了这杯敬酒,章守石望着酒桌对角的寒悯,说:"给个题目你,微不足道。"寒悯点头会心一笑。

下面这个故事,从章守石突然喊叫牙疼说起。

元旦之前有天清早,章守石起床后在客厅打转,不停咧嘴吸气,对正在化妆准备上班的妻子萧谨说:"牙疼,牙疼,我的牙齿怎么会突然这疼呢?你跟你们学校请个假,陪我去医院看牙齿吧?"语气是在商量。萧谨应道:"有什么好看的,什么年纪了,拔掉算了,再不你用盐水漱个口试试,可能只是上火呢?叫你不熬夜你不听。"章守石发毛了,吼:"叫你请假!请假!"萧谨说:"好,好,好。"匆忙化完妆，拿起手机打给年级主任请假，然后盯着章守石的眼睛说："你满意了吧？"

章守石说："什么意思？什么叫满意？你陪我去看个病会死吗？"萧谨摇头说："我这学期的全勤奖，就刚才这次请假，没了。"章守石说："没了算了。"萧谨说："当然算了，这辈子总不是穷死的。我有堆起来的事情要做，家务活就不说了，你是从来不会帮我半点忙的，关键是这学期我在帮一个怀孕老师代课，就是说我上了高三的课还要上高二的，你说我有多忙！"章守石不耐烦听，说："不听你叨逼！"

也就请假这点小事，夫妻之间言语往来都是怨气和戾气。其实他们都知道怎样控制这些不良情绪，但就是不自觉地，似乎这样对话更有利于交流，或者更适合于发泄他们内心深处平常积累的怨和戾。

章守石说："我不想开车，我们去坐公交。"萧谨说："随你。"她不跟他争辩，因为他现在认为他的牙疼是第一大事，所以跟他争辩只会继续挨他骂。俩人上了公交车，一句话不说，互相甚至不看一眼。到了医院那一站时，萧谨到章守石旁边拽一下他的胳膊，说："到站了。"下了公交车，萧谨说："看你现在哦，你连个车都不会坐了，怎么能面对着走廊站呢？"章守石说："你管老子怎样站！"

排队挂号，上楼就诊。口腔科人满为患，候诊区里人挤人。椅子不够坐，走廊上人挨着人。章守石说："这里气味真难闻。"萧谨说："医院都这味。"他们好不容易找到一个角落里面的位置，但只能勉强坐进去一个人。萧谨说："你坐，我站着。"章守石说："你坐，我不坐。"

萧谨落座，仰头说："我也牙疼过，我这两边，四颗牙，坏一颗我就自己动手拔掉一颗，我可没像你这样，我一分钱都没花进医院来的，还连上班都没耽误过。疼算什么？自己动手拔掉就好了。"章守石瞪她一眼，说："什么意思，你给我拔牙？"萧谨说："你让不让我拔呢？我这是想分散你的注意力，一个大男人，牙疼都忍不住，牙疼又不是什么病！"

章守石本想接一句"疼起来要命"，但觉得接这话很庸俗，就把话咽了进去，转头看向治疗区那边忙碌的现场。萧谨也看治疗区，看到他们挂了号的肖教授治疗区间内，有一群实习生正在围观肖教授治疗，其中一个高个子女孩的身材似乎特别好看，就拍了拍章守石的手臂小声说："看那个高个子女孩，应该蛮漂亮吧？可惜口罩把她的脸遮了，你看她的三围，那可是你最喜欢的身材哟？"章守石又瞪一眼萧谨，说："你这是在帮我分散注意力呢，还是无聊透顶没话找话？"

萧谨推一把章守石，说："你看，一说美女，你的表情就轻松多了。不管了，我要抓紧时间备课，下午还有两节课呢。"说着拿出包里的课本备课本，低头备课。章守石的视线集中在治疗区那个高个子女孩身上，心里叫喊：转过来呀转过来呀。女孩确有转身，但大口罩把她的脸几乎全部遮住。

口腔科看病很慢，每个病人的治疗时间都不短。本来就慢，挂号进来排队的人还在不断增加。医院安排人员把后面进来看病的人安顿在候诊区另一侧走廊，搬来一些方凳给病人及其家属坐。章守石想，难怪说牙医收入高，瞧这里，黑压压一屋人。

快到中午了，他们才听到一个护士喊："章守石！"

"到！"萧谨大声答应，立即起身，瞬间收拾好课本备课本，拽住章守石的胳膊说："轮到我们了！"萧谨臂力大，拽着章守石就像架起他在走。章守石曾经对儿子说过，找老婆最好找一个像你妈这样的，不光心细，还有力大。儿子只是笑笑，不用话语响应。

二

章守石躺在诊疗椅上，看是肖教授走来坐下，心里隐约有点失望。实习生们很快围了拢来，高个女孩也在其中。章守石瞥向女孩，觉得她眼里有淡淡忧伤，是一种与青春有关的淡愁。章守石希望是高个女孩给自己治疗，就在心里念：肖教授帮个忙吧，你让那个漂亮女孩给我看牙。

还真有点神奇，章守石如愿以偿。肖教授看了一下章守石的牙齿，忽然起身扫一眼围观的实习生，对其中一个说："姚颜，你来。"

谁是姚颜？章守石想，如果是那个漂亮女孩就好了。名叫姚颜的女实习生坐到章守石身边后，章守石心里一喜，差点叫出声：天啦！虽没完全听清姚颜究竟是哪两个字，但在稍后，他从她填写病历签名得到证实，她就叫姚颜。

姚颜坐到治疗椅边，芬芳阵阵的青春气息像是某种水果刚成熟时发散的气味，萦绕并笼罩了章守石身心，他感觉自己从里到外都在涌动一种久违了的兴奋和喜悦，并深感因为牙疼而得遇如此年轻漂亮的牙医很是幸运。姚颜的声音也很柔美，说："张嘴叫啊——！"章守石照她说的叫："啊——！"

借助近旁的射灯和她头上戴着的那片小镜子，姚颜看清楚了章守石牙齿的问题，说："要拍个片，请你起来，跟我来。"

在候诊区注视着这边动静的萧谨，看到章守石从治疗椅上起身了，立即从候诊区小跑过来问："严重吗？拔牙吗？"

姚颜看一眼萧谨，皱一下眉头，并不搭理萧谨，而是继续往拍片室方向走。章守石模仿姚颜的语气对萧谨说："要拍个片。"姚颜听到后，回头看了一下章守石。章守石向来认为自己是擅长捕捉女人眼神内容的高手，所以他后来对姚颜讲，你回头看我时眼里有笑意，虽然稍纵即逝，苦海回身，但那是黑夜里一道漂亮的闪电。姚颜只用鼻息一笑，算是回答。

她走路的步子大，所以快，章守石有点跟不上。萧谨跟在后面，章守石回头说："你跟着干嘛呢？你没必要跟着。"萧谨说："好，好，我不跟，那你跟她说，拔了算了。"萧谨有过亲历，牙齿坏了不需治，动手拔掉就好。

到了拍片室门口，章守石又忽然希望萧谨能在他的视线范围内，所以探出头张望候诊区方向找她的身影。萧谨在低头备课，没有抬头的意思。后来姚颜与章守石讨论过这个很小的细节，她问，章老师平时很依赖夫人吧？章守石点头承认。

姚颜说："请跟我进来。"姚颜把章守石带进拍片室，指了指椅子说："请坐，把这个拿在你手上，等一下听外面怎么指挥，你就怎么做。"章守石说好。紧接着他猛然觉得这是认识这个美女的机会，就问："可不可以要一下你的电话号码？"姚颜说："先拍片。"章守石听清楚了这个先字，心里又一喜。

拍片之后，姚颜把结果拿给肖教授看。章守石注意到姚颜说话时，教授几次摇头。后来姚颜告诉章守石："我建议给你直接拔牙，但肖教授不同意。"萧谨抬头看到还没开始治疗，又起身走过来问："怎么定的？拔还是不拔？"章守石说："你今天话真多，你又不是医生！"姚颜把拍片结果举了起来，给章守石看，也在给萧谨看，说："牙齿都成这样了，我们准备给你做根管治疗，因为这个年纪，牙齿能保护起来为好，保护得好，对以后饮食有好处，对记忆力也有益处的。"章守石连忙表态："我听医生的。"

其实章守石自己也不愿拔牙，以后也不一定舍得花钱去镶牙。他毕竟第一次遭受牙齿坏了的事情，所以匆忙结论认为：一个人如果口腔里的牙齿齐全，完好无损，那至少可以自我感觉还很健朗，尚未衰老。怕老、怕病和怕死，人的本能嘛。

"决定根管治疗吗？"姚颜问。章守石回答是的。于是姚颜附身，在小桌上给章守石开好了治疗单，直起身说："去缴费吧。"章守石接过单子，转交给萧谨。萧谨看了看单子，往门口方向走去，小声嘀咕了一句："迟早得拔，真是！"

等萧谨去办完缴费手续，回来把单子交给姚颜后，章守石再次躺在治疗椅上。姚颜这次把大灯移得更近一点，然后放下她头上的射灯，对章守石说："嘴巴再张大一些，你要一直张着嘴，不停喊啊——啊——啊——。"后来姚颜说：

"你叫得难听死了，声音打战，像在被屠宰一样。"章守石说："你怎么能指望一个病人发出动听的声音呢？要知道世界上所有痛苦的声音都不好听，都很难听的。"

"现在注射麻药。"姚颜说。注射完毕，章守石觉得有一万只马蜂同时在扎他的牙龈，很快半边脸也麻了，嘴唇更是没了任何知觉，仿佛口腔及附近部件全都不存在了，处在一种虚空之中。麻是不能知觉，疼却有感觉，前者与己无关，后者自己可感，可见不管麻木还是被麻木，与掌控力紧密关联。章守石开始胡思乱想。

姚颜提醒说："啊——。"章守石跟着念："啊——。"姚颜用手指在章守石腮帮子上轻轻一敲后问他："感觉疼不疼？"章守石摇头说："不疼了，没感觉了。"姚颜就用鼻息微笑一下，转身去拿治疗器械，回头看见章守石嘴巴闭合了，姚颜柔声说："啊——！"章守石跟念："啊——！"姚颜说："刚才跟你说过的，你要一直啊下去，不要停。"

治疗过程有点长，章守石一直喊着啊。中途肖教授走过来看了一下，什么也没说转身走开了，大概是对实习生姚颜的治疗过程比较满意。姚颜专心给章守石做治疗，胸脯几乎全都紧抵在他头上。章守石越来越陶醉，甚至就是沉醉在这种被年轻女子拥在怀里的感觉，以至下身悄悄有了反应。我愿我身体每一个部件都被你处理，让时光停留在我的期许和你的拥有中，我们一起来固定在这永恒的情境。此刻，章守石竟然有诗句在脑海里打滚，油锅开了的那种滚。

根管治疗结束后，姚颜给章守石的嘴里塞进一大团消炎棉球，说："一个小时内，请你不要喝水，也不要吃东西，麻药散了后，你会有一阵子疼痛，忍忍就好。现在我给你开药，回家记得按时吃，如果有问题，可以再来。"

"肯定需要麻烦你，"章守石说，"如果需要咨询，我能打电话给你吗？"说着话，章守石已经把自己的名片掏了一张出来，递向姚颜。姚颜的目光在名片上停留了几秒钟，点头说可以可以，接过名片后，在名片的反面写下了一个手机号码，然后把名片还给章守石。章守石的心又是一阵喜。

萧谨盯着这些细节，偏头横了一眼章守石。

到家后，吐掉嘴里含着的棉球，章守石掏出姚颜留了电话号码的名片，说："牙疼得遇美女一枚，朽木可长鲜菇数朵。"萧谨端来一杯温水，往客厅茶几上用力一放，说："吃药哦，章老师！越老越好色了你，今天我可是亲眼见识了什么叫老不正经。"章守石笑笑，说："只是要了一个电话号码，你至于吃醋吗？"萧谨说："我哪有吃醋？我看到了一只癞蛤蟆。"章守石笑得有点死皮赖脸，说："说不定吃得到天鹅肉呢？"

下午萧谨去学校上班，章守石因为口腔里麻药消散，牙疼了一阵。他现在把日子过得随性自在，明知这个时候不能吸烟，但因为疼痛难忍，反倒自虐似的一根接着一根抽。坐在南边阳台上，章守石一边抽烟，一边望着天空继续胡思乱想。他决定添加姚颜的微信号，因为他的胡思乱想中有许多想入非非的情景。或者说，他被她胸脯紧抵头部的情境带到了如在云端的梦幻里。快乐是每个人都愿经常回味的，尽管疼痛才是快乐的根源。

　　章守石给姚颜发出的加友申请石沉大海，连续发三次都无回音。难道是美女牙医写给他的电话号码不对？应该不会啊，因为存入后，手机自动推荐了申请添友信息，章守石分析可能姚颜正在上班，还没注意到手机里有信息。

　　萧谨今天有晚自习，下班回家已经入夜，问章守石："牙疼好些了吗？"章守石说："好是好些了，但感觉这颗牙齿可能还是保不住。"萧谨说："肯定保不住，早上就说拔了。"章守石说："你口口声声说拔，不是你的牙齿吧？"萧谨说："好，好，好，不争行不行？那你晚餐吃的什么呢？"章守石说："别的东西还能吃吗？面条！"萧谨说："你的更年期比女人还狠！不跟你说了，我今天实在是太累了，我洗了休息的。"章守石问："你是要我跟你说一声谢谢吗？今天拖累你了？"萧谨说："你说不说无所谓，其实你已经说了，哈哈。"

　　章守石在自己书房里上网，浏览网页，心却在撒野。他拿起手机，给美女牙医姚颜又发出一条添加微信好友的申请，等了一会儿，还是没等到回复。章守石起身，铺开一张四尺宣纸，捏着蘸了墨的毛笔，酝酿了一会儿，写下四行大字：一切具备，圆满无缺，戒律完善，是为具足。钤印之后拿到客厅地板上铺开，再打开大灯，用手机拍照并修图。章守石正要把这幅字发到朋友圈，看到手机上姚颜同意加友的消息，心里顿时大喜，浑身一震，好比被高压电击了一下。

　　他立即给姚颜发出一条信息："美女，晚上好。"满以为姚颜会很快回复"章老师好"，但等了几分钟并不见回音。这孩子是怎么回事？算了，随缘吧。章守石翻到微信相册，把刚才那幅字发到了朋友圈，很快他在数十个点赞的好友中看到多了一个陌生的小头像，正是姚颜。章守石有点喜不自胜，给姚颜发出信息："美女干嘛不回话？在干嘛呢？睡觉了吗？"这次姚颜回答很快："具足是什么意思？"

　　我就怕你不问，章守石心想，你问，我就有话可说了。章守石打字很快，回复姚颜："一切具备是从世俗生活讲的，意思是要做什么事情或者想实现什么理想，所有的一切都具备了就是具足；圆满无缺是佛学用语，意思是证得无上正等正觉，仿佛天上的月亮，或者说就是天心月圆，表示觉悟之后佛心具足；戒律完善也是一种具足，毕竟出家人或在家居士要想在佛禅之中真正得道，必须依照而行，认真而虔诚地皈依三宝，亦即皈依戒定慧、觉正净、佛法僧。以上三种具足，才算是对具足二字较为全面和深刻的认识。"

章守石最近几年有点好为人师了，浑然不觉这其实是年纪大了心态老了的表现，也可以说是一种自我意识不到的刷存在感。喜欢卖弄固然可笑，毫无自我觉察则更可笑。他发出那么长一段消息，姚颜一个字也没回复。什么意思？章守石觉得这女孩有点古怪。

三

半夜，章守石又被牙疼醒。他开灯，拍一下萧谨，说："我这颗牙松了。"萧谨说："你怎么总喜欢半夜闹人啊？跟你讲过直接拔，拔了就不疼了。"章守石说："你怎么这样不耐烦？你知道我的血小板偏低，万一止不住血怎么办？"萧谨说："那就不要半夜闹我，自己去含一颗甲硝唑啊。"

章守石骂一句"妈的"，起床穿衣，关灯，带上卧室门。他在客厅的茶几上拿了一颗甲硝唑含上。"狗日的"。他又骂一句，然后走进书房，感觉心情很差，打开电脑，指望看一部外国电影把自己弄困了好去睡觉。

他的血小板指数偏低，是十年前拆迁搬家落下的病。那年单位大院拆迁，他们要租的房子粉刷油漆还没超过一个星期就匆忙搬了进去，几天后章守石感到皮肤痒，以为是自己那段时间喝酒太多太频繁造成的，没往房东使用过劣质涂料粉刷墙面去想。租房半年后，章守石出现头昏和体力不济，也依然不觉得是劣质涂料害的。更要命的是，他们在武昌购买了一套二手房，简单粉刷后的当月，没等涂料完全干透就搬进新家。入住不久，章守石的身体状况越来越差，不仅皮肤严重过敏，抓痒抓得身上皮肤到处在发炎，浑而乏力且精力也是越来越差了，甚至出现如果不小心弄破身上哪个地方，就会血流不止。意识到身体问题严重后，萧谨陪他去医院做了一个体检，结果吓他们一跳。医院的朋友说，如果再不注意，下一步可能就是白血病，因为章守石的血小板指数不到三十万，而正常人是一百万到三百万。从那开始，在萧谨的呵护和监督下，章守石果断放下一切，着意养身，保持心态平和。一段时间后他的身体状况有所好转，血小板指数也有一些回升。

章守石含完这颗甲硝唑，已是半夜三更。他点燃一支烟，走到窗边，隔着玻璃望向苍茫的夜空，感觉城市灯火辉映在尘埃之上的那些暗光，都是晦气和浊气。他心想，元旦那天要是下一场雪就好，哪怕只是薄薄一层，也是一个好的兆头。但又转念一想,他要那个好兆头干什么呢?明年又能比今年强到哪里?可见,现在的章守石悲观情绪浓重,已然是一个没有梦想的人,平庸不堪的人。我如此悲观,如此平庸,他想,我算是完了。

他在书房窗边的沙发坐下,又点燃一支烟,拿起手机翻看姚颜的微信朋友圈,竟找不出一张姚颜的相片。他感到很是奇怪,因为一般九零后女孩子,都有晒饮食晒购物晒个人行为的朋友圈发布,形象较差的晒自己美颜美拍后的脸,形象姣好的晒自己故意丑化后的相。而姚颜发朋友圈并不多,断断续续,始终没晒过一张她的个照。她发的一些网易云音乐,也都是古代乐器演奏的。听了几首,章守石觉得姚颜在音乐方面的喜好与自己很接近,于是想若有机会跟她交流,从纯音乐开始。为表示自己半夜四点还醒着,章守石给姚颜发送了一条微信消息:"牙疼,难受。"没想到姚颜当即回复:"怎么回事?"章守石有点惊喜,写道:"啊?你没睡?"姚颜回复:"被你吵醒。"

章守石写道:"对不起啊。"姚颜问:"牙疼?怎么回事?哪颗牙齿?"章守石说:"就是你白天给我治疗过的牙齿,松了,舌头都能触动它。"姚颜回复:"其实你左边的龋齿也坏了,我还以为你是龋齿疼。"章守石问:"白天你没说啊?龋齿本来就没用是吧?坏到什么程度了?"姚颜说:"现在睡觉,明天你来医院看看。"章守石问:"好的,明天你在吧?"姚颜说:"我在。"章守石说:"那好,我天亮就来,争取挂第一个号,希望还是你给我看。"姚颜说:"你就是此刻来也会排队到中午。"章守石问:"为什么?"姚颜说:"网上预约挂号很多,老伯!"章守石一笑,写道:"明白了。美女,请不要喊我老伯,你这样一喊,意思是我老了,你想阻止我有进一步想法?"姚颜不再有回复。章守石等着,盯着手机,确定她不会再接话。奇怪这丫头怎么经常这样猛然结束对话呢?

此时北风从窗户的缝隙往书房里用力钻,发出轻微呜呜声,如埙在演奏。天亮了,章守石感觉到了困意,关掉电脑,回到卧室睡觉。走进卧室,萧谨枕边手机的闹钟铃声恰好响起:叮铃铃,叮铃铃……

萧谨起床,说:"半夜你跟谁在聊天?干嘛不设置静音呢?闹死人的。牙疼好些吗?"章守石回答说好些了。他宽衣上床,躺进被窝侧身看萧谨穿衣。萧谨说:"你死鱼眼睛在看哪里?闭上眼睛睡呀!"章守石问:"这么冷的天,穿这么小的内裤,你打算撩哪个?"萧谨反问道:"你说我撩哪个呢?"

看到萧谨穿丝袜,章守石又问:"不穿棉丝袜,穿这薄的丝袜,你不怕冷?"萧谨扭头瞪一眼章守石,说:"我连死都不怕,还怕冷?一清早你跟我东扯西拉的,耽误我的时间,这还没到三九寒天好不好,再说我向来不怕冷,哪像你,五十刚过就开始老寒腿了,闭上眼睛睡你的觉!"章守石突然说:"我想要。"

萧谨很久没有听到老公发出这样的声音，忍不住笑，说："你要死。"章守石认真说："我真的想要。"萧谨已经一只手搭在门把上了，回头说："真要？你忍忍，晚上好不好？我现在要赶紧上班去，今天上午我有两个班四节课，我忙死。"章守石生气了，坐起身，吼："老子现在真的想要！"

　　萧谨每天早起就像打仗一样时间紧张，一个环节拖延都会影响到上班打卡。她要洗漱要化妆，要为章守石准备好早餐，还有他午餐晚餐的主菜。她不像章守石自由自在，她是在武昌和汉口之间来回。至于夫妻之事，他们已经很久没有过了。此时章守石突然提出，让萧谨不仅不喜，反倒怨他耽误她早上十分紧张的作息时间。

　　把上班出门前所有事情料理完毕，拿了包打算出门，萧谨忽然担心章守石可能是真的生气在，就快步折回卧室门口，看他。章守石气鼓鼓说："你出门就被车子撞死！"萧谨听了哈哈大笑，说："恶毒啊你，章老师，是不是因为那个牙医美女，你在春心荡漾？老老实实睡觉，我上班去了。"章守石咆哮道："滚！"

四

　　这一觉睡到了下午快两点钟，章守石是饿醒的。起床后，他拿起手机一看，微信消息有很多条，有萧谨的，有牌友的，其中还有姚颜的几条。姚颜的消息问："章老师牙疼好些吗？怎么没来医院看牙？怎么不回复我呀？到底怎么了呀？是不想理我了吗？我最不喜欢你这样的人了知道吗？"

　　"才睡醒。"他回复姚颜这三个字，去厨房下一碗面条，吃了几口又不想吃。揭开小电锅看到早上萧谨为她炖的牛肉，也没胃口吃。又看到客厅茶几下面有些水果，其中有芒果，章守石平时不太爱吃水果，拿起一个芒果闻了闻，感觉这气味似乎有些熟悉。对了！姚颜身上散发出来的气味就是这个。芒果一样的女孩？这联想使他精神一振，进书房动手临帖。

　　章守石是在这半年才开始自学书法的，他对萧谨说过，书法的好处在一个人独处时可以安安静静地写字，一写就是几个小时过去，不知不觉打发了漫长无聊的时间。章守石由此阐发他的观点说，很多人把个人艺术行为看得过于高尚其实有失偏颇。他甚至说，一切艺术行为本质上跟钓鱼打麻将喝茶聊天等之类，并无本质意义的区别，统统属于打发时间，那么所有高看个人行为的人，都是没有活出明白的人。萧谨则不以为然，反对说："你倒是活得明白，因此你越来越像一个凡夫俗子，碌碌无为。"章守石很生气说："老子不跟你谈思想方面的问题，你哪里知道，绝大多数人的人生都是平庸平凡的，尤其是，当你明确感觉到你其实生活在平庸氛围里面，内心还要苦苦挣扎，还要用修行之类的说法说服自己，这终究还是一种自我欺骗，知道吗？"萧谨争辩说："我教书三十多年，总在勉励学生，你们要时时处处拒绝平庸，活出人生的精彩。"章守石问道："请问萧老师，你几十年来数千学生中，有多少是不平庸的呢？"

傍晚，萧谨下班回家，看到章守石还在练习书法，精神似乎不错，就问："干嘛不回我消息？你今天在干什么坏事？是去外面找了女人，还是把女人喊家里来了？"章守石说："我睡了大半天，下午两点钟才醒。"萧谨说："你过的是神仙日子。对了，刚才下班路上，我看到麦德龙今晚有打折促销，要不你开车，我们去买些节日礼物吧，元旦总是要用的。"

章守石说可以。在生活安顿方面，章守石现在全听萧谨的。文化体制改革之后，章守石所在单位让他赋闲在家了，等于是下了岗没事干，经济收入大不如前，于是就有那么一点人穷志短的样子。但萧谨没有一丝一毫嫌弃丈夫的表现，反倒比从前更加殷情照顾他的生活起居，还经常安慰他鼓舞他几句。他们一般都在元旦当天回老家一趟，陪陪两边的老人，带回很多礼物送双方的亲友。章守石拿了车钥匙，说："走。"

下楼发动车子，上路后萧谨调侃章守石说："我给你发几条消息你都不回复，还以为你在干坏事呢。"章守石说："干什么坏事？你不觉得，我干坏事用不着关机？"萧谨说："今天一早你突然那么激动，白天说不定就出去干了坏事呢。"章守石说："我真没有，确实在家呼呼大睡，我现在心情不错，你最好不惹我生气。再者说，那种事情不能叫做坏事，统统都算好事。"萧谨笑出声，说："那是相对而言，对于你是好事，对于我则是坏事，因为我老公背着我跟别的女人上床，是对我不忠。"

麦德龙超市很近，才说几句话就到了。车刚停好不到一分钟，章守石的手机响了，一看是姚颜打来的。姚颜说："章老师，在哪儿呢？在干嘛呢？"章守石说："刚到超市停车场，准备购买一些节日礼物。"姚颜问："你牙疼好了吧？"章守石说："谢谢，好些了。"姚颜说："我给你打电话，是想麻烦你呢。"章守石说："乐意效劳，什么事？"姚颜说："嗯……嗯……算了吧，还是算了。"章守石问："喂？喂？姚颜？这丫头！"章守石看向萧谨说："她搞什么鬼？"萧谨从车子后备箱里拿出购物专用的小拖车，关上后盖说："章老师，你不要把人家小姑娘搞得神魂颠倒了哟。"章守石说："要说颠倒，我倒是有一点了。"萧谨说："看你死不要脸的样子。"章守石瞪一眼萧谨，说："我不喜欢逛商店，不进去了。"萧谨转身喊道："车子没锁！"章守石"哦"了一声，扭头用遥控器锁了车子。

就这个扭头，章守石看到了一个人，著名文学评论家杨天心。"我真不进去了。"章守石说。萧谨停住脚步，说："你去车里等我也行。"章守石说："我看到杨天心老师了，我跟你说过他是我敬佩的人之一，我跟他打个招呼。"萧谨说："好，那我一个人进去了。"

章守石在进入超市的通道口等着，杨天心走近了，章守石说："杨老师，你好！"杨天心露出一个惊讶表情，然后介绍说："这位是章守石，作家。这是我夫人，潘老师。"等章守石和杨天心夫人打过招呼后，杨天心对妻子说："正好，你进去采购，我和守石在这里聊聊天，你采购好了，给我发消息，我在结账出口接你。"潘老师说："这么巧，你不想逛商店，老天就给你安排一个朋友等在这里。你们少抽点烟，我买好了东西就给你发消息。"杨天心说："好的，你辛苦了。"

给杨天心递烟点烟，章守石说："好久不见了，杨老师您还好吧？"杨天心说："还行，就那样吧，好与不好，都在乎自我的感觉。好久不见，是因为现在文学笔会比以前少多了。据我了解，省里市里很多文学笔会、作品研讨会，取消了不少，现在似乎都很怕麻烦，这未必不是对上面某些政策的误读和误解，我认为是这样。守石，你呢？你最近写了什么东西？"章守石说："写了一些小说，但都没拿出去发表。"

杨天心点头，从口袋里掏出一包烟，章守石看见那是近几年流行的细烟，说："杨老师也抽这种细杆子烟？"杨天心说："依我看，烟细了，抽的频率反倒增加了，所以说减少尼古丁吸入是自欺，从前一包烟现在变成两包，价钱没便宜反倒有所提高，是欺人。"章守石会意一笑说："对，对，对，自欺欺人。"杨天心说："我还是建议你要坚持写下去，文学创作这个东西，本质上讲是一个作家对现实生活的发现与表达，如果你还想继续表达，就要写下去。是否发表并不重要，写作到一定程度，即使现在不发表，东西也不会差到哪里去，所以不能用任何借口让写作终止，你觉得呢？"

章守石说："我听您的，手头有部长篇小说已经开始了，不是写不下去，而是觉得有许多表达吧，可能到时候发表不出来的。"杨天心说："你不应该考虑这些，这是很多作家写作当中的思维错误，这会影响写作水平正常发挥。"章守石说："是的，我会接着写下去的。"杨天心微笑着说："云心鹤眼，这个成语你知道吧？"章守石点头说："知道，知道，谢谢杨老师。"

购物完毕，在回家路上，章守石把杨天心刚才的话说给萧谨听，萧谨说："我说吧，我就一直觉得你写你的，不要想别的。你不写作，我总担心你出什么问题，你看你的大学同学中都有三个因为抑郁症自杀了，所以我总担心……"章守石打断萧谨的话，说："别说了，我怎么会得抑郁症呢？我不会自杀的，上有老下有小，任务都还没完成，我不能死。我就是想死的话，阎王老子不会收，叫我滚回来完成任务。"

萧谨呵呵笑，然后问他："刚才你说，杨教授问你哪个成语？我好像没听过。"章守石说："云心鹤眼，这个成语出自白居易的一首诗：'君以旷怀宜静境，我因蹇步称闲官。闭门足病非高士，劳作云心鹤眼看'。云心是云端的意思，古时候云心比喻神话的境界。鹤眼，比喻隐者的目光。云心鹤眼的意思是说，人要有高远的处世态度。"萧谨说："你看看，人家杨教授这是在点拨你呢。啊，对了，今天麦德龙水果折扣大，我买了很多水果。你在家里要多吃，增加维生素提高免疫力。"章守石说："我不喜欢吃水果，你又不是不知道。"

五

章守石已经忘了早上曾经抖狠提出要求的事，回家后径直坐在书房电脑跟前，看一部新近上映的伊朗电影。萧谨洗完澡后，穿着一件粉色真丝睡衣站在书房门口，喊："章老师！"

章守石没回头，目光还在电脑屏幕上。萧谨再喊："章老师！"

"干嘛？"章守石伸手握了鼠标，把屏幕上的伊朗电影暂停，扭头问："干嘛？"

萧谨妩媚一笑，撩开睡衣一角后又迅疾放下，让章守石瞥见她穿了紫色透明内裤。她倚在书房门框，伸出右手食指，缓缓勾动几下。章守石说："你不怕冻死啊你，像个卖春的，有病吧你！"萧谨说："你才是有病！今早你不是发脾气要吗？"章守石说："那是早上！"萧谨说："早上我的时间那么紧张，怎么可能呢？"

章守石不再看她，伸手握了鼠标点击屏幕继续看电影。萧谨喊："章守石！"章守石头也不扭地吼道："滚！"萧谨说："你真是个混蛋！"

大约一刻钟后，电影看完了。章守石习惯听着片尾音乐思考，他在想，人家为什么能把日常生活拍得这样真实感人？为什么能如此擅长表达普通人的情感？而且这个导演是伊朗政府并不待见的，他每拍一部影片几乎都要冒着生命危险，但国际社会都喜欢他，世界电影艺术界也都欣赏他，所有国际电影节的评委们都愿意投票给他。于是，他每部影片都能受到好评并且一定能够获得国际电影节大奖。章守石喜欢他，主要是喜欢他能把人们视而不见的寻常生活表现得淋漓尽致，且总有真知灼见。也就是说，在这位伊朗导演的心里，世间并没有所谓的平凡，到处都是不甘平庸与屈服的顽强抗争。

　　章守石拿起桌上的笔，在纸上写下这样一行字表达自己对这部影片的观后感：假如你始终保持沉默并以各种借口恭维自己的沉默，那就意味着，你其实已经活在残生，在平庸中渐渐丧失与生俱来的人格尊严和坚强斗志。

　　关了电脑，又点燃一根烟，章守石刷亮手机，浏览了一下微信朋友圈。现在朋友圈几乎没有什么值得可读的好文章了，转发的东西多是一些鸡汤鸭汤文，没有思辨，没有深度和真相。烟只抽了几口，章守石掐灭烟蒂，放下手机，起身去卫生间洗漱，准备睡觉。

　　走进卧室，没有像往常那样听到萧谨轻微的鼾声，而是看到她还靠在床头，就问她怎么还不睡？章守石打开自己这边的床头灯后，看见了萧谨圆睁双眼瞪他。她说："我在等你。"

　　"等我干嘛？"

　　"你说干嘛？"

　　"不要无聊，睡觉！"

　　"不是无聊，我要！"

　　章守石笑，说："就你这个架势，不是亲热，是吵架，我没兴趣。"

　　萧谨说："你说没兴趣就完了？重点不在你那里，在我这里，是我有兴趣，现在！"

　　章守石还是笑，说："你有兴趣，关我屁事。"

　　萧谨提高声音喊："章守石！"

　　章守石刚拿到手上的一本书准备睡觉之前翻一翻，竟被她这声大喊吓掉了。他弯腰把书从地板上捡起来，看向萧谨，说："什么意思？真想要，那你也得温柔一点啊？这是你威胁叫喊能搞成的事情吗？难不成你想强暴我？弱智吧你！"

　　"你说什么？"萧谨目光里流露出愤怒，问："你至于骂我弱智吗？你是不是真在外面有女人了啊？你多久不碰我了啊？每次我有想法，你哪次不是嫌弃我的样子？每次都说滚，每次都恨不得用脚踹开我！"

　　章守石说："你不也是长期不让我碰你吗？好几次半夜我把手放到你身上，你像被死人的手碰到了一样，狠劲扒开我。你的力气又大，每次都差点被你捏断手指！"

　　萧谨说："我不像你每天闲着没事，不像你有人侍候生活起居！我工作那么辛苦，家务事都是我在做，我哪有精力陪你做那事？"

　　章守石说："年轻时候呢？年轻时候不一样工作辛苦，家务事一堆，那时候你还要带你儿子呢！你们女人，更年期一过，都这么厌恶男人了吗？男人怎么办？男人更年期似乎并不影响身体需要啊？你说我们男人怎么办？怎么发泄？"

萧谨说："我管你怎么发泄！我给你发泄你又不要！算了吧，章守石，你不是公开在我面前撩那个牙医吗？你以为我真的一点都不嫉妒？但凡你对我有一点点尊重，一点点，你就不会那样当着我的面去撩年轻女人……"说到这里，萧谨的眼里忽然涌出了泪水。

看到萧谨流泪，章守石有点吃惊，说："这有什么好哭的？年过半百的女人，还为这种事情哭？我要一下人家的电话号码，就等于跟人家上床了吗？你他妈的这是什么逻辑！"萧谨用力抹去眼泪，盯着章守石说："你嫌弃我的身体，我还嫌弃你整个人呢！"

"真的假的？"章守石也瞪萧谨说，"问题这么严重了？"突然萧谨躺下去，扯了扯被子说："关灯，关灯，要看书你出去看！你也不好好想想，同样年纪的男人，那些一直和你在一起玩的，有几个不是在重要的职位上？最屁也是一个公务员吧，人家工资奖金福利比你高出多少你知道吗？我这些年忍气吞声，是为了儿子想，为了你想，到老了我们只是做个伴而已，我嘴上不说嫌弃你，你心里其实比我更清楚，你这个人，实在太不上进了！就是一匹骆驼，死之前还会继续任劳任怨在沙漠里走！或者一条狗吧，不到老死，照样知道怎样帮助它的主人！而你呢？平凡倒也罢了，但你是甘于平庸，乐于平庸，好像你把平庸当作成功似的，还有脸在我面前大男子主义，我怎么可能会真正服你！"

沉默。沉默。章守石确定被击中了。他放下书，伸手关了床头灯，躺下后长长地叹了一口气，然后用手轻轻抚摸萧谨的背部，是求和的举动。萧谨耸动一下肩膀说："别碰我！"章守石用温和的语气说："你说的，我都知道。是的，我是很平庸，但请你放心，等我把三个长篇小说都写出来了，你会看到，我这几年其实都是在为写作长篇做准备，要不杨教授怎么会提示我云心鹤眼呢，对不对？不要难过好不好，等哪天我们心情都好了，我们再……""没有再了！"萧谨恨恨地说。

章守石决心缓解气氛，说："不就是我现在不想做吗？这你也要生气啊，值不值得哦。我们俩人散步时有过交流对吧？夫妻几十年，这种事情早就不是事情了。你记得我以前跟你说过的，人活一辈子，尤其说话不可伤人，因为语言的伤口是无法愈合的。要不……现在我们就试试？"说着，他凑近萧谨亲吻了一下她的耳根。萧谨没有反对，章守石也就进一步亲吻萧谨的耳洞里面。这是萧谨身体上最敏感的部位，一般随着亲吻程度的增强，她会举手投降全面失守。萧谨身体开始发烫，呼吸变得急促起来，说："上来，上来。"

可惜上去之后的章守石没办法进行下一步操作，无论萧谨怎样撩拨，章守石保持着无动于衷，没法进入。萧谨一把将章守石推开，说："早上都看到你好好的呀，怎么回事？"章守石说："改天吧，我不会有事的。"萧谨说："你就把我想象成那个美女牙医行不行？"章守石说："我就是把你想象成范冰冰也不行。"萧谨说："呸！"

两人又沉默了一阵。北风在窗外呜呜响，更像是埙在吹奏忧伤。萧谨说："睡觉。"章守石说："我突然想起在哪里读到过，说一个人的牙齿状况是肾功能的具体标志，就是说，牙齿好的人肾功能就好。你说你很早就开始掉牙，是不是你肾功能衰退得很早？我现在牙齿也出问题了，是不是我的肾功能也开始不行了呢？"萧谨说："我讨厌半夜聊天。"章守石说："好吧，好吧，睡觉睡觉。"

但章守石无法入眠。想到自己偶尔也想跟妻子做那事，但更多时候确实对她的身体感到厌倦甚至抗拒。就在拆迁租房、新家装修、搬进新家那些日子里，除了章守石差点患上白血病，萧谨也衰老得很快，头发变白了很多，精力大不如以前，身体能力也是早衰明显。最突出的是她的身体那里干燥得很，要么他不能进入，要么令他疼痛。看过医生，医生有很多建议，但萧谨拒绝采用。于是章守石很少再有什么想法，萧谨也几乎不再提要求。由于他们互相不作指望，日子也就过成了真正的恬淡。

第二天上午姚颜打来电话，说："章老师，我想麻烦您开车送我回家。"章守石说："没有问题的，你家是哪里？什么时候出发？"姚颜说："元旦那天，上午我有事处理，午饭后吧？中午一点钟出发行不行？"章守石说："行，元旦那天中午我请你吃个饭吧？"姚颜说："不必了，中午一点钟，我在东湖附近的黄鹂路转盘等你的车子？"章守石说："好的。"

萧谨下班回家，章守石把姚颜这个要求跟萧谨讲。萧谨说："你不觉得奇怪？一个九零后女孩让一个五十多岁的老头开车送她回家？会不会有名堂？"章守石说："能有什么名堂？没必要多想吧？难道她会设计陷害我不成？真要那样，我会坦然面对的。我觉得，应该给她带点见面礼才好，你说呢？"

萧谨说："还坦然面对，是巴不得发生一点什么事情吧？你没看到吗，昨晚买了那么多的东西，水果也都在茶几上的袋子里呢，你挑选一些送她就是了。忘了跟你说，下午儿子微信说他元旦回家吃午饭的。他现在大了，想想你在他这个年纪，愿意跟父母交流什么吗？你不要每次趁他回家，就在饭桌上教育个没完没了。我们儿子现在是博士生，不再是几岁小孩子了。"章守石说："知道，知道，我不跟你废话了，我们约好了的，我现在出门打牌去。"萧谨追问："是哪几个人？"章守石说："你管呢？未必我会去跟不认识的人玩？"

六

"爸,新年快乐!"儿子章锦运起床,望着书房里章守石的背影说,然后去了卫生间。章守石昨晚打牌半夜回家,看到门口有双超大运动鞋,知道儿子已经回了。照例早起的章守石正在给微信好友们群发新年快乐的消息,听到儿子起床与问候,扭头嗯了一声。儿子在卫生间屙尿的声音很响,像是用尿砸马桶里的水。章守石想,年轻的力量表现在各个方面都那么气势如虹。

"妈呢?"章锦运从卫生间出来问。章守石说:"你喜欢吃肥肠粉,她给你买去了。"章锦运哦一声,到厨房喝水。喝水的声音也很响,咕隆咕隆,放杯子用力很大,让章守石担心杯子会被他砸破。儿子来到书房,说:"爸,昨晚你在外面打牌,我和妈一起散步,妈说你今天下午要送个美女回她老家?"章守石点头说:"是的。"

章锦运在看章守石这几天写的书法作品,说:"好像越写越好了呢?"章守石说:"你又不懂书法,你哪里知道好不好。"章锦运说:"外行看热闹,我觉得看着舒服就是好,不一定是内行才有资格说好吧?琴书诗画,达士以之养性灵,而庸夫徒赏其迹象。"

章守石偏头看着儿子,说:"可以啊,这句话你也能脱口而出?"章锦运笑笑,说:"正好这几天在看闲书,有些话我觉得不错,就多念几遍背下来了。哦,妈说你有可能是在给我物色女朋友,不会吧?"章守石摇头说:"不会,我才不会那么无聊管你的事情。再说,你一个博士快要毕业的大小伙子,连个女人都不去找,你也太不像我了吧?我在你这个年纪,都已经谈几个女朋友了。"

章锦运说:"嘿嘿,你又来了。不过,你是有资格吹。"

章守石说:"搞清楚啊,我这还真不是吹啊,我现在的粉丝,女性居多,不信你可以点开我的微信通讯录翻看。以前我跟你说过,男人,就跟孔雀一样,你要充分展现魅力,吸引异性注意,撩动她的芳心。远的不说,说你妈好吧?你看看你妈,又贤惠,又漂亮,有柔情万分的一面,也有力大如牛的一面。一个快退休的女人,前看后看,只四十来岁的样子,就是现在,我在哪里吃饭,带她参加,我拿得出手。昨晚你看到你妈练瑜伽了吧?那体形,那柔韧,我觉得她远远超过她同龄的女性。你知道这说明什么?说明你爸我当初有眼光更有远见,尤其有抢先下手的智慧和勇气。我跟你讲,凡漂亮能干的女人,你不下手总会有人下手,所以花当摘时,赶紧去摘,先下手为强!"

章锦运还是嘿嘿笑，说："就知道你会把话题绕到这个主题上来的。你放心，爸，我个人的事情，还是希望你不要管我。知道很多孩子不想回家的原因吗？就是怕父母唠叨婚嫁的话题。说实话，我不是不想谈恋爱呀，我是在写论文，无暇顾及其他事情。我毕业之后，人生的大事，一步一步会完成的。请你和妈把身体养好，到时候帮我带孩子吧，现在流行爷爷奶奶带孙子。"

"我才不会帮……。"章守石正要继续发挥，大门开了，萧谨进屋说："门外就听到你们父子俩个在吵，儿子好不容易回来一趟，你就跟他斗嘴。不要理他，儿儿，快来趁热吃，你最爱吃的肥肠粉，我还特意加了两元钱，麻烦人家多给了一勺肥肠。"

章锦运说："我们没吵，交流得很好，不过，爸有那么一点小激动。"

章守石说："我激动个毛，还小激动。你们母子在一起就喜欢议论我，往后你们不要背地里议论我。本来我就觉得自己很失败，过得这样平庸，一辈子都是微不足道的一个角色，每天都在被挫败感折磨，是真的没有几个人看得起我，再加上你们也在背地里议论我，那我活下去还有什么意义了呢？"

章锦运吃了一口肥肠粉，说："真好吃，爸，你要不要来一点？我不觉得你失败啊？我认为我的父母亲都很不错的啊。再说挫败感有什么不好？不是有句话嘛，聪明人知道自己该怎么生活，糊涂人是稀里糊涂过每一天。还有哦，失败乃成功之母，不是你在我小时候经常用这句话鞭策我，我怎么能顺顺利利考上博士呢？"

萧谨竖起大拇指，说："说得好，一听就是博士生的语言，我给儿儿点赞！"章锦运微笑一下，抬头问萧谨："妈，有一个成语，意思是不要看不起微不足道，成语怎么说的？我突然卡住了，想不起来。"萧谨说："是有这个成语的，我也卡住了。"

章守石在书房大声说："积微成著！"

章锦运说："对，对，对，积微成著，还是爸的记忆力好！爸，下午跟那个美女聊聊，看她是否愿意加我微信？你把我的微信名片推荐给她吧？"萧谨接话说："好啊，这是个好主意！那个牙医气质好，个子跟你一样高大，我看蛮般配的。"

章守石到厨房喝水，出来时冷笑了一声。章锦运扭头看向父亲，说："干嘛冷笑啊，爸？既然关心我谈朋友的事，推荐一下怎么不行？"萧谨说："莫撩他，你爸他现在真的是很严重的更年期。"

更年期三个字再次刺激到了章守石，他突然骂了一句脏话，然后大声吼："难道一切事情都归咎到更年期吗？你不用这个词会死啊！"萧谨也提高声音说：

"我用这个词你会死啊!"章守石大步走近萧谨说:"你什么意思?"萧谨挺胸怒视章守石:"你什么意思?"

章锦运啪的一声用力放下筷子,起身离开饭桌时嘴角轻微颤动,呼吸在变快,显然他是在极力控制着情绪。萧谨说:"吃完呀,不要生气,你爸他现在每天都这样!"章锦运回头瞪一眼父亲,然后大步回到自己房间,快速收拾好了东西,拎了一个小旅行包来到客厅,说:"你们接着吵吧,我回学校去的。"

章守石问:"什么意思?"章锦运犹豫一下,转身回到章守石面前,说:"爸,更年期不更年期,我倒不觉得这是问题的根本。问题的根本在,你每次看到我回家,我还是孤身一人,就是说我没给你带一个儿媳妇回来给你看到,你就随时随地借题发挥,看似无名火,根本原因就是这个,你看不起我。"

章守石又冷笑一声,说:"章锦运,你知道你现在多大年纪了?"章锦运猛然提高声音,一字一顿:"我!知!道!"然后冲到门口,开门出去后关门用力极大,整个楼道仿佛地震。

章守石吼道:"给老子滚!没用的东西!回家到现在,都不问问老子的牙齿,养你到博士又有什么用?"萧谨被眼前迅疾出现的一幕吓坏了,失声哭道:"这是为什么!这是为什么!儿子好不容易回来一趟,新年第一天想跟爸爸妈妈团聚一下,你非要把他气走!章守石啊章守石,你现在病得不轻了呀,呜呜……"

章守石说:"老子还没死,你嚎什么嚎!"萧谨到处找手机,在卧室找到了,拨通章锦运的电话,说:"儿儿,不要生气哈,不要生气,你回来,吃了午饭再去学校好不好?给你准备了这么多的水果,你带一点去啊?回来回来,儿儿?"章锦运回答说已经到地铁口了。萧谨放下手机后用手指向章守石说:"章守石!一个只会在家里发脾气的男人,是世界上最无耻最垃圾的男人!我恨你!"

听到后面这三个字,章守石忍不住笑了。萧谨看到他笑,跑进厨房拿出一把菜刀。章守石看到菜刀后立即逃进书房,关门并用身体紧抵着房门,大声说:"萧老师,杀人犯法你知道吗?你快去准备午饭哦,十二点半我要出门。你放心吧,知子莫若父,你儿子今天被我刺激了一下,说不定他会从此加快恋爱的步伐。"

萧谨隔着门说:"你才是个没用的东西!原来你怕菜刀啊?我今天知道了,往后你再跟你儿子抖狠,我就拿菜刀出来砍你。开门,开门,你中午想吃什么呢?"章守石大声说:"我不开门!我想吃剁椒鱼头!"萧谨说:"什么?你想剁削你头?"

七

十二点刚过，萧谨把午饭做好了，喊章守石吃，说："吃完饭，我去儿子学校一趟，我想下午带他去商店买几件新衣服。新的一年了嘛，穿新衣服，希望转好运。你下午大概几点回家呢？我赶回来给你做晚饭。"

章守石说："不会很晚吧。你告诉儿子，我是真没有气他的意思。他谈不谈恋爱，我哪里管得了他呢。至于我发火，他也应该能够理解我的良苦用心。"萧谨说："我才懒得传你这些废话给他听，昨晚我又不是没有提醒过你。你这人，自以为是惯了。你知道现在我最担心的是什么？我最担心我们儿子压力太大了，怕他承受不了。你不是不知道，一个博士生的学习压力有多难多大，难道你没看那些新闻吗？有些博士生就因为压力太大自杀……"章守石挥动筷子打断萧谨，说："新年第一天，你不要放这些屁！"

章守石看一眼饭桌上的剁椒鱼头，说："你把这个菜打包，带给儿子吃，这可是他最喜欢吃的菜。"萧谨说："明明心里疼爱儿子，怎么你就是不愿意当面表达呢？我做了两份啊，你吃你的，另外一份我用保温杯装好了，马上就给儿子送到他学校去。"章守石说："我一直觉得我们这代人，很可能这样溺爱孩子，反倒害了他们。"萧谨说："如果像过去那样，每个家庭有四个五个甚至九个十个孩子，你看还有哪个家长能有什么精力疼爱孩子。"章守石说："跟你说话总不在一个频道，滚滚滚，不要影响我吃饭的心情。"

他快速吃完饭，拎了两大袋零食和一大袋水果下楼。发动车子后，章守石感到手机在口袋里震动，拿出一看是姚颜。姚颜问他："章老师怎么还没来？"章守石说："刚启动车子，马上就到，你具体位置在哪里？"姚颜说："就在社科院门口的路边。"章守石说："好的，好的，我几分钟就能到。"姚颜说："嗯。"

章守石开车到黄鹂路转盘，绕了两圈也没看见姚颜的影子。怎么回事？这么小的一个转盘，四周只有几栋建筑，社科院大楼门前怎么就看不到姚颜的人影？又转一圈，还是不见任何等候的人影，章守石只好把车子停在社科院门前路边，拨打姚颜的电话，问她："你人在哪儿呢？我在转盘这里绕几圈了，怎么没看到你人影？"姚颜说："我还没下楼呢，马上到，马上就到。"

她这个马上到，几乎把章守石的脖子都扭断了，怎么也看不到姚颜身影出现。呼啸而过的车辆中，不知是交警还是法警还是检警的车子，有时候还有一些军车，一辆接一辆来来往往的，给章守石一种气氛有些紧张的感觉。万一被拍到违章停车就见鬼了，于是章守石重新启动车子，在黄鹂路转盘继续绕圈，一圈又一圈，一圈又一圈，还是看不到姚颜。

姚颜打来电话，说："章老师在骗人吧，你的车子呢？是个什么牌子的车子？车牌号是多少？"章守石说："你究竟在哪里？在不在社科院门前的路边？"姚颜说："在啊，我身边有把落地电扇，还有几大包行李，看见没？"章守石说："我靠，我十分钟之前就看到一台电扇了，你是一头黄发吗？"姚颜说："章老师说脏话！你再说脏话，我不要你送！"

开到落地电扇旁边，章守石看见了姚颜，下车后，他说："你这么漂亮啊，比我想象中还要漂亮很多，果然是个美女牙医。你什么时候把头发染黄的？"姚颜嫣然一笑，说："今天上午刚染的，好不好看？"章守石说："好看，好看，很像韩国美女。这冷的天，你带一台落地电扇干什么呢？还带了这么多的行李？搬家吗？"

姚颜温婉一笑，不急于回答这些问题，而是说："章老师，祝您新年快乐！"章守石点头说："好，好。"开始忙起来。他把行李放到后备箱，把落地电扇塞进车子后座上，东西都重，有点吃力。他平时不太喜欢干体力活，但此刻毕竟是在帮一个年轻女孩搬运东西，心里是乐意的，动作也假装轻松。

姚颜早就坐在了车子的副驾位置，等章守石忙完后问他："安全带插孔在哪儿？"章守石伸手到她的左边臀部推了一下她。姚颜说："不要碰我。"章守石说："你挪动一下，把你屁股下面的垫子移动归位，插口被你刚才挪动垫子挡住了。看你哦，你的底盘比我车子的底盘还要大呢。"姚颜抗议说："章老师，这是在说我太胖么？"章守石说："你把椅子往后挪动一点，不然你会憋屈的。"姚颜说："章老师，这是在夸我腿长么？"

章守石都不回答，开动车子后问："往哪里开？"姚颜一笑，说："往前开。"章守石说："你废话，车子不往前开，未必往后开？"姚颜说："先往前开。"章守石说："我知道往前开，我问目的地。你要我送你回家，你家是哪里呢？鄂东还是鄂西？鄂北还是鄂南？"姚颜说："你猜呢？"章守石忍住说"我靠"，说："我把车子先停在路边吧。"

姚颜笑笑，说："别，别，别，从汉口出城，到了汉口我再说目的地。"章守石看一眼姚颜说："你这丫头，好像在考验我什么似的。你还没回答我呢，带这么大一台旧电扇干什么？带这么多行李干什么？"姚颜说："章老师，听你刚才说话的语气，好像并不高兴送我，是吧？要不算了，你让我下车，我花钱叫一辆车回去。"章守石摇头说："我没这个意思，我的语气里没有任何不高兴，难道我好奇一下是在生气？再说我们在车上总得有一些正常交流对吧？再过一个红绿灯就是沙湖大桥了,是不是确定往汉口方向开?"姚颜说:"是的。"

章守石说:"汉口方向出城有多条大道,你能不能就直接把我们要去的地方告诉我呢?我好设计我的行车路线,丫头!"姚颜不说话,盯着前方。章守石说:"真奇怪,又要我送,又不说地方。"姚颜还是不说话,偶尔瞥一眼章守石。章守石说:"我的美女,美女牙医,请问你,我是走一桥,还是走隧道,还是从友谊大道上二桥?这决定我选择哪条出城道路最好,你知道吗?"姚颜说:"好吧,孝感。"

章守石一惊,说:"孝感?哈哈,我们是老乡啊,我的小美女!"姚颜说:"章老师!请你不要乱叫,你叫我姚颜就好,我不是你的美女,不是你的美女牙医,也不是丫头,更不是什么你的小美女。我知道你跟我是老乡,但是,我并不想让你知道我跟你是老乡!"章守石问:"生气了?"姚颜说:"没有。"章守石问:"你怎么知道我是孝感人?"姚颜说:"度娘。"章守石说:"哦?你百度过我?"姚颜说:"你名片上写着作家编剧,头衔那么多,我虽然只是瞟了一眼,但感觉你可能有点名气吧?有名气的人,网上都有资料的。"章守石说:"原来这样。我还真想知道,你带这台旧电扇干嘛?"姚颜说:"其实我也不想带的,刚才我看见你车子还没来黄鹂路转盘呢,就想还是带回去算了,我是真舍不得扔掉,就回到宿舍,上楼背下来了,带回去。"

忽然一辆车呼啸超车,车速很快,姚颜说:"怎么能右边超车?这人有病吧!"章守石一笑,说:"看来你今天心情不好。"姚颜说:"是你不守时害的,我顶讨厌那些不守时的人。"章守石说:"哦呵,反倒是我的不是了。现在哪个家里都是几台空调了,谁还用这种电扇啊?不如几十元钱处理掉算了,用五年了,价值早就实现了。"姚颜说:"章老师,你怎么能这样计算东西的价值?照你这样说,什么东西都是到老就不值钱了?人也是这样吗?"章守石说:"怎么回事,现在的孩子都喜欢话里有话了吗?你是说我老了吗?"

"啊,"姚颜忽然想起什么来,说:"章老师,新年快乐!刚才我跟你祝福新年,你还没有跟我说声新年快乐呢?"章守石说:"好,新年快乐!祝你今年的运气比去年好许多。"姚颜说:"也不要太好,稍微好一点就行。我以为你不会答应送我的,可见,我今年的运气一定不错。哎呀我怎么这么困呀,我要休息一下,不太想说话。"章守石问:"小美女,你不会是亲戚来了吧?"姚颜突然脸红了,说:"章老师,你太厉害了吧!不理你了!"她侧身然后扭头看向车窗右边的街景,还把整个身子都右倾了。

她的侧身很迷人。章守石心想,为一个年轻美丽的女孩开车是多么惬意的事,他希望这路途无限漫长,没有终点。

八

　　章守石觉得姚颜具有一种古典美人的气质，瓜子脸，挺鼻梁，樱桃唇，又因她是尽力右倾身子，左腿搁在右腿，大半个臀部翘了起来，圆实而性感。瞥一眼她的黄发，章守石觉得有些不解，因为前几天她还是一头乌黑靓丽的头发，猜想其中必有原因，问她："你干嘛偏要选在今天染发？"

　　姚颜叹一口气，说："心情不好嘛，换个发式。"章守石说："年纪轻轻哪有什么心情不好的时候，喊叫几声不就排解了。"姚颜说："亏你章老师还是个作家，是人都有喜怒哀乐，生来就有的情感，要不怎么说众生有情？"章守石说："呵，知道的还不少呢哈？说说看，什么事让你心情不好？"姚颜嫣然一笑说："我染发之后，心情就好多了呀。"章守石说："才怪呢，看你一双大眼，里面都是不快乐。"

　　姚颜把身子坐正，扯了扯外套下面，挺挺胸，清了清嗓子。章守石眼睛余光瞥到她丰满的胸脯，立马想起自己治疗牙齿时感受到的那种温馨，内心深处再次涌动起某种与亲近相关的渴望。但他又不知道如何表达，从哪里开始，说一些什么。虽然此刻已经开着车子在路上了，已经跟这个小女孩在一起了，但他确定自己不知道如何与她交谈，如何才能摸索出进一步言行的方向或路径。准确一点描述就是，他喜欢这个孩子，已经没有距离地相处在了同一个空间，但她就像一张照片，只是洗印在相纸上的彩照。

　　车子开进了长江隧道，车内陡然有点昏暗。姚颜问："这是哪个隧道？"章守石说："你不会连长江隧道都不知道吧？"姚颜说："太沉闷了，我撩你说话。"章守石说："你又不想说话又觉得气氛沉闷，真不知道你小脑袋瓜里在转动些什么，要不我打开音响？"姚颜问："你都听些什么音乐？"章守石说："古代乐器演奏的纯音乐，比如马常胜啊常静啊他们的，有古筝、琵琶、古琴、埙、箫、编钟等，算是古老乐器吧。"姚颜说："我也喜欢听这些音乐，不过我平时更喜欢听外国歌曲，主要听英语口语发音。"章守石说："我儿子也喜欢听英文歌曲。"

　　"说到你儿子，"姚颜动动身子稍微侧向章守石，问："他多大？在干嘛？"章守石说："比你大五岁，明年博士毕业，还没谈朋友呢。"姚颜说："看前面，不要看我。"说着，她低头找座椅的开关，问："往后靠的开关在哪里？"章守石说："右边下面，对对，中间一点。"姚颜找到开关后把椅背调到后仰，说："我真的想睡一会儿。"章守石故意看了一眼她隆起的胸脯，姚颜说："不要看我，看前面。放点音乐吧。"

章守石伸手打开音乐，是马常胜的古琴演奏。姚颜问是什么曲名？章守石说，《云心》，云朵的云，心灵的心。姚颜说："云心鹤眼。"章守石心里一惊，问："你说什么？"姚颜说："章老师的朋友圈昨天发过的书法，又不解释这个词的意思，害得我还要百度。"章守石点头说："原来你是个热爱学习的好孩子，这就更讨人喜欢了。告诉你，马常胜有几个音乐专辑，这个专辑的名字是《天籁密音》。他的专辑我都有付费下载，刻录在光盘上。如果你喜欢，等一下就把这个光盘送你做纪念？"姚颜说："好呀。"章守石说："问一下你，你听这类音乐的时候，是一种什么样的感觉？"

姚颜用鼻息一笑，章守石特别喜欢听她鼻息一笑的声音。姚颜说："我说不好，我完全不懂音乐。简单说吧，感觉很宁静似的，就像是一种回到家里之后的宁静。"章守石说："回家？用这两个字评价古典乐器演奏的音乐，很到位。"

"怎么讲？"姚颜坐起来问。章守石说："家，意味着安全温暖、宁静自在、亲切自由，所有美好的形容词，都能用在跟家这个字有关的情感和情绪中。"姚颜说："听这种音乐，就像坐在自家门口，看蓝天白云小鸟飞舞，还像看到远处的雪山，天边的大海。我说不好，但确实心里很安静，还像是一个人在漆黑的夜晚，坐在卧室窗前，看天上的月亮和星星在说话，看夜风在树梢上一遍一遍经过。"

"悟性真好，"章守石说，"语言表达能力也很不错。"姚颜不接话，忽然又躺了下去，一双修长的腿引得章守石不停用余光扫描。姚颜懒洋洋说："我既没悟性，也不会表达，刚才我那番话呀，不过是你这个老师的话引导得恰当，我是接你的话往下说而已。"说着，她打了一个哈欠。

章守石说："看来你真困了，我把音乐关了，你好好休息。"姚颜说："不关。啊，对了，章老师你的牙齿现在怎么样啊？"章守石说："疼是不怎么疼了，但感觉是松的。"姚颜说："那你最好是去医院拔掉算了。"章守石问："那天你为什么不直接给我拔掉呢？还记得吧？我夫人当时说过拔掉，她不赞成我做根管治疗的。"姚颜又是鼻息一笑，说："治疗牙齿，要根据病人具体情况确定方案，我当时请示过肖教授的，建议给你拔，教授说先做根管治疗吧，看能不能帮你保留下来。我跟你明说吧，章老师，要是直接拔了，医院怎么挣钱呢？"

"哈哈"，章守石一笑，扭头看一眼姚颜，说："往后你当了牙医，可不要尽想着病人口袋里的钱啊？你在家过完元旦，回武汉之后，我还是找你看病去，你给我拔牙，行不行？"姚颜说："拔不拔是你的事，找谁拔都可以的，但你再找不到了我了。"章守石问："怎么呢？"姚颜说："我元旦之后去海南，后天，票都买好了，没见我把全部行李都拖回来了吗？"

章守石说："完了。"姚颜问："什么完了？"章守石说："我只喜欢被你治疗牙齿。"姚颜问："为什么？"章守石说："那种感觉一言难尽。"姚颜腾一下脸红了，说："章老师！正经一点好不好！"章守石笑一笑，说："这是不正经吗？"姚颜说："我知道你在说什么！"

"哈哈哈"，章守石大笑，然后问："你要去海南？去干嘛呢？你不还在实习吗？你不打算考研了吗？"姚颜说："我决定了，结束实习，暂不考研，既然有这个机会，我还是就业去。"章守石问："你决定了吗？"

"是的，"姚颜说，"想了好多天才作决定的。我有一个远房的亲戚，在海口那边开了一家私人诊所，牙科，现在缺人手呀，问了我好多次了，能不能现在就去。我那个亲戚原来是开矿的，他有钱后转向了做超市和医院。我先开始有点犹豫，觉得放弃继续深造很不明智，但我最终还是决定，以后再考研，先就业要紧。你不知道，现在大学生研究生博士生，多得跟蚂蚁似的，找工作都特别特别难，一半以上的学生毕业等于失业，所以我是认真想过了才作这个决定的，先去就业。"

"那你跟你父母商量过了？"章守石问。"没有。"姚颜回答得干脆。章守石说："这么重大的人生决定，你不跟你爸爸妈妈商量？"姚颜说："如果你儿子明年博士毕业，想去什么地方从事什么工作，他决定了之后再回家来告诉你们，你是反对呢还是同意呢？"章守石点头说："我当然不会反对。"

姚颜一笑，说："所以啊，我没必要事先跟我父母亲商量啊，决定下来再说给他们知道就可以了呀。我们家，还算有钱吧。我爸爸在孝感开了两家汽车修理店，生意好，也忙。我妈妈呢，整天都在麻将桌上，自己还开了一个晃晃室。我有一个姐姐，嫁人了。姐夫帮我爸爸料理一个修理店，看上去是个粗人，特别喜欢打架，但他还是蛮会赚钱的。我还有个弟弟在读高中，我们家准备让他考学，考出去，到美国英国法国澳大利亚都可以，他读书聪明，比我强很多，值得我们家里花钱去培养他。不过，我这个弟弟个子比我还高大，平时喜欢运动，练过拳击，也特别喜欢打架。"

章守石没想过姚颜这些话的可信度，倒是把打架这个词听进心里了。就想，假设自己对姚颜有什么歪念，她姐夫和弟弟都那么喜欢打架，而且说不定现在他们就在孝感等着姚颜回家呢，自己会不会挨打。又觉得自己想多了，就问："小美女，你刚才说你姐夫和弟弟，他们都喜欢打架是什么意思？"姚颜说："没什么意思呀。平时我和我姐要是被谁欺负了，他们只要上前比划几下，都能把人家吓住。"章守石说："我懂了，你的意思是，我今天最好不要有欺负你的想法。"姚颜问:"章老师,你有欺负我的想法吗?"

"没有,没有",章守石说,"我们还是继续刚才话题吧。问你,你既然家庭条件好,我觉得你完全可以不用考虑这么早去就业,你把你该读的书都读完,读到博士毕业再工作,或者留学出去,你应该知道,国外牙医挣钱都多。"

姚颜摇头说:"这都是你们做父母的想法,我爸爸也这样跟我讲,讲了很多次了,我都不要听了。我就是想早些开始工作,自己养活自己,通过给病人治疗提高我的能力。我想最多三十五岁吧,自己开一家牙科诊所。我不想在哪家大医院口腔科工作,别人都觉得那该是多好的工作啊,其实他们根本不知道,进大医院工作有多难。算了不说这些了,后天我就到海南工作了,欢迎章老师有机会到海南旅游,一定要去找我呀!"

说到这里,姚颜伸手关掉了音乐。章守石感觉她此时内心可能很不平静,腾出右手把光碟按出来,递给姚颜,说:"送给你,做个纪念,你前面抽屉里有盒子,找一个,把碟子装好免得损坏,影响音质。"姚颜说:"谢谢。"

这时,章守石视线的余光在倒车镜里看到了后座上的电扇,心里还是不解,既然这孩子家境不错,怎么会如此在意一台旧电扇呢?如果把她刚才的一番话与她实际的行为关联起来琢磨,章守石猛然觉得她的话可能并不真实。如何不露痕迹才能问到真相呢?或者是否有必要戳穿她说的都是假话?

姚颜又躺下去,大伸懒腰时手碰到了章守石座椅后面的食品袋,问:"是些什么啊?"章守石说:"送给你的礼物。"姚颜说:"啊,谢谢。有水果没?"章守石说:"有。"姚颜说:"太好了,吃点水果可以解乏。"她把座椅靠背收起来,转身拿塑料袋时,右手扶在章守石左肩,让章守石感觉她那么自然,那么无拘无束。姚颜翻看着塑料袋,看到有芒果,很兴奋,说:"哇!芒果呃!你们家也喜欢吃芒果呀?"章守石说:"这种水果季节性很强,好像每年深秋这时候,我夫人都要尝尝鲜。"姚颜说:"这就巧了,我也是这两年才习惯秋天吃芒果的,知道吗,因为海南那边盛产芒果,我那个远房亲戚,每到秋天芒果上巾,就会给我快递一箱来,然后,我的同寝室她们,都跟着吃习惯了。嗯,章老师,我去海南工作了,到了秋天,就给你快递一箱芒果好不好?以后你们家尝鲜,就不用花钱买了。"章守石说:"不用,不用,不要你破费,何况我自己不太爱吃水果。"姚颜说:"你不爱吃,你夫人爱吃呀,既然你那么依赖你夫人,你怎么能不对她好一点呢?来,可以吃了,你吃一口。"

章守石摇头说:"我真不吃。"姚颜忽然大声说:"张嘴,喊啊——!"章守石喊:"啊——!"姚颜快速把一块芒果塞进了章守石的嘴里。"好吃吗?"姚颜问。章守石一笑,说:"不光好吃,还很好闻,像你的……"姚颜提高声音说:

"不要看我,看前面!"

九

  天空渐渐布满铅灰色,是章守石熟悉且喜欢的颜色,将要下雪的颜色。章守石说:"好像要下雪了。"姚颜说:"是呀,天气预报说今晚有小到中雪。"

  章守石此刻在心里涌动欢喜,说:"真的,我把你介绍给我儿子认识吧?"姚颜摇头说:"最好不。我知道他们博士生,一般女孩是瞧不上的。"章守石说:"我儿子不是那样的男孩。"姚颜哼一声说:"章老师,你可能不知道,现在啊,书读到什么层次,人生观念差别很大的。而且我也认为,能够把书读到某个层次,实实在在跟智力有关。智力决定思维,决定言行目标。"章守石说:"我儿子上午在家,他提出的,要我把他的微信推荐给你。"姚颜说:"不,不要。虽然我不知道贵公子是怎样考虑恋爱和婚姻问题,但我,我是说我自己,现在没想过谈恋爱,也没心情谈这种话题。"

  章守石说:"好吧,那我们就不谈这个话题了。问你,刚才你装碟子时,在想什么?"姚颜说:"这也看出来了?我在想快到孝感了,车子停哪里好。"章守石问:"什么意思?你不要我送你到你们家去?不请我去你们家喝口茶?不留我吃个晚饭?"姚颜摇头说:"不。"章守石说:"不对吧?这么远,我当你司机送你回来,水都不给我喝一口?"姚颜说:"我买瓶水给你。"章守石问:"真不要我送你到家?"姚颜摇头:"不要。对了,就到环岛路口吧,那里叫车方便。"章守石说:"还要叫车?你家不在市区?还有多远?干嘛不让我送到家呢?一百步走了九十步,就差十步,这人情你都不让我做完?你说过你爸爸是开修车店的,而且还是两家修理店,怎么不打电话叫你爸爸开车来接你?"

  姚颜看一眼章守石,极尽温柔一笑,但不说话。

  为什么?章守石在心里自问,但无答案,或者说他想不出哪一条答案适合,再或者是有无尽可能的答案。如果说此刻身边这个美丽女孩用无比温柔的微笑继续把自己美化成相纸上的照片,是一种只能近观的美好存在,那么,亲自驾驶车辆的章守石感觉自己置身在一个虚幻的境界里,如梦前行,虚无缥缈。当车子驶入孝感市区后,章守石突然觉得后悔:为什么不在来时的路上,随便找个理由把车子停在路边,延长到达的时间?车开到环岛路口,章守石心里顿时五味杂陈。姚颜说:"就停那边,那根电线杆旁边。"

  章守石看一眼姚颜,姚颜却在看右边窗外。章守石下车,把车内的风扇和后备箱里姚颜的行李全部搬下来,把他送给姚颜的礼物也都拿下来,集中在了路边的电线杆下。姚颜却没有下车,她有些伤感地望着天空。累得一头汗的章守石走到车子副驾,拉开车门一看,姚颜白皙的脸颊上似有泪水。"你怎么了?"章守石问。姚颜不回答,低下了头。章守石问:"你到底怎么啦?"姚颜突然伸手用力关上了车门。

章守石瞥一眼身后电线杆下的几大包行囊、风扇和礼品等物件,感觉那是一堆被逐出家门的人所有的行李,它们在呼啸的北风中显得尤为凄凉,被从此抛弃的凄凉。他绕到驾驶门那边开门坐入,正要说话,姚颜又突然打开了副驾车门出去。章守石赶紧放下右边车窗大声追问:"姚颜?姚颜!我把东西再搬到车上来,还是让我送你回家,好不好?"姚颜不回答章守石,背转身去,望向另外一条大街。然后她拿出手机,在写什么东西。很快章守石就听到自己手机有信息响,打开手机一看,是姚颜发来的:"您是一个好人!谢谢您!您请回吧!多保重!祝您平安!"

看完消息,他扭头看窗外,她还是背对着他。那一刻他体味到所谓五味杂陈,正是一种手足无措的四顾茫然和生命经历的陡然交错。这个年轻美丽的高挑身影,在冬天下午的时光中孤独而又安静,无助但很坚定。在元旦新年的今天,这个身影在冬雪将至时,真实可感但又恍若梦中。她丝毫没有扭头看一下或者转身挥手告别一下的意思,始终笔直站立着,背对着他和他的车子。章守石发动车子后,按了一下喇叭,向姚颜示意再见,她依然不动。章守石开动车子,想从车内后视镜看到姚颜转过来的脸,但没有。她的背影越来越小,直到从镜子里消失不见。

天空开始飘洒细小雪霰,纷落在车子玻璃上,旋即被风带走。章守石越来越强烈感到,刚才所有经历都不真实,虽然一切可感可触,车内甚至还有姚颜那新鲜如芒果味道的芬芳气息在萦绕。一路上他都想不通,姚颜为什么会哭?是懊悔不该对章守石过于提防?是没想到这趟旅程这样乏味?是感慨章守石对她的善意?是并不愿意回到孝感故乡?是她确有情感方面的冲动?抑或仅仅是对没有说声再见的分别感到伤心?

回到武汉东湖,雪花开始飞舞。章守石讲完刚才的经历,萧谨一笑,说:"你好像并没有说实话,是不是把那个美女牙医怎样了?要不就是那个女孩,对你真有期待?"章守石说应该不会。萧谨说:"那你就不要多想,人家就是借你的车送一下她,仅此而已。"章守石忽然觉得萧谨这四个字总结得好,仅此而已。仅此而已。

元旦之后的第一个星期天上午,章守石又被那颗根管治疗过的牙齿疼醒了。

萧谨说："我给你拔了算了，你不要舍不得拔掉。"章守石有些犹豫，不知如何是好，心想如果姚颜还在武汉，他会立即出门到医院，请她拔牙。但她已经不在武汉，在遥远的天涯海角，这辈子再难见到姚颜了，见不到这么美丽的牙医了。

"很疼很疼。"章守石说，一脸痛苦相。萧谨说："那就拔！家里有酒精棉球，我帮你拔掉你这颗没用的牙齿，最多十分钟，从此以后你就再没这个痛苦，与其每天吃甲硝唑，还不如拔了算了。"章守石心里一定，点头说："拔！"萧谨就用她的手指拔掉了章守石那颗早已坏掉牙根的牙齿，那颗被美女牙医姚颜用丰胸抵住头部进行过根管治疗的牙齿。章守石疼得大叫，连声骂了很多脏话。萧谨一个劲笑，前仰后合，说："章老师啊章老师，世界上所有的欢乐确实都建立在他人的痛苦之上啊，哈哈哈……笑死了。"

没过多久章守石感觉不到牙疼了，也没出现流血不止，心情有所好转。他在书房临帖的时候接到一个电话，说有个快递现在送在门口。萧谨去开门并签收了快递，拆开一看，高兴大喊："哇，芒果呃！章老师，这可是最好吃的贵妃芒！谁寄的呢？我看看地址，啊？海南海口？难道是那个美女牙医寄来的吗？"

章守石连忙看了快递地址，说："是她，这丫头不错嘛，说到做到。"章守石拿起手机给姚颜发出一条微信："芒果收到，谢谢丫头！"姚颜很快回复过来一个微笑表情，随后又发来这样一段文字："芒果没熟不能享用，芒果熟透容易霉变，这都是不能吃也没法吃的，不然会中毒出事。"

"什么意思？"章守石看完了消息说。萧谨也凑过去看了看消息，说："这孩子，好像是一语双关呢？"章守石皱眉说："双关什么了？不就是说芒果吗？"萧谨瞪一眼他，说："是的，是的，她说的确实就是芒果。"章守石拿起一个贵妃芒，端详着，说："我从没见过这样漂亮的芒果。"其实他此刻心里又是一阵五味杂陈，感慨万端。萧谨坐在客厅沙发上，削好一个芒果后问章守石："你吃一个吧？"章守石摇头说："不吃。"他脑海里顿时浮现那天在车上姚颜叫他喊"啊——"的情境。萧谨说："你真不吃？"章守石说："真不吃。"

（发表于《长江丛刊》2017年第十二期）

后　　记

编辑出版《湖北作家作品选（2016—2017）》，是湖北省作家协会按照湖北省委、省政府关于建设文学强省，为推进湖北文学高质量发展而实施的文学经典化工程，旨在展示全省作家和评论家年度创作成果，促进文学精品创作，为广大读者和文学评论工作者研究湖北文学和湖北作家作品提供系统的、翔实的资料。

《湖北作家作品选（2016—2017）》的编辑出版，得到了湖北省委、省政府的高度重视和大力支持。省委宣传部拨出专项经费给予扶持。为编辑出版该套作品选，湖北省作家协会党组专门研究了选编办法、作品入选原则、评审办法、各卷主编人选等，并通过多种渠道征集作品。各卷主编共初选作品601篇，在此基础上，湖北省作协从评委库中抽取专家组成评委会，分别对入选作品进行审读后投票，最终选出作品499篇。

《湖北作家作品选（2016—2017）》共分为：中篇小说卷、短篇小说卷、诗歌卷、散文卷、文学评论卷。各卷主编分别是：蔡家园、阳燕、张执浩、周新民、李鲁平。参与作品评选的专家分别是：中篇小说组：李建华、李正武、董宏量；短篇小说组：郑因、王晓英、杨晓帆；散文组：胡翔、华姿、严靖；评论组：魏天无、叶立文、李纲；诗歌组：邹建军、谷未黄、钱刚。湖北省作协党组书记朱训集、湖北省作协副主席高晓晖对《湖北作家作品选（2016—2017）》的编辑、评审工作给予具体的指导。武汉大学出版社王军等对本书的出版给予了大力支持。在此，对所有为该书编辑出版工作给予大力支持和付出辛勤努力的单位和个人，表示诚挚的谢意。

《湖北作家作品选（2016—2017）》入选作品按原创作品发表的时间顺序排列，时间相同者按作者的姓名笔画排列。

《湖北作家作品选（2016—2017）》是湖北省作家协会编辑的第一套优秀作家作品年度选本，各种疏漏在所难免。我们愿意与全省广大作家、评论家一起，认真汇集全省优秀文学作品，不断提高选本质量和水平，努力把选本打造成引人瞩目的文学品牌，为推动湖北文学事业繁荣发展作出新的贡献。

《湖北作家作品选》拟每两年出版一套，诚望广大作家、评论家大力支持。

《湖北作家作品选》编辑委员会办公室
2018年7月23日